Unterwegs in die Welt von morgen

Unterwegs in die Welt von morgen

Utopische Geschichten
und Science-fiction-Romane

Verlag Das Beste
Stuttgart · Zürich · Wien

Die Texte in diesem Buch
erscheinen mit Genehmigung der Verleger

134

Printed in Germany
ISBN 3 87070 454 3

Die Rebellion des
SCHÜTZEN
CADE
VON CYRIL JUDD

1

Tief unter den Schlafräumen, in uralten Kellern aus armiertem Beton, schloß sich automatisch ein Relais; es löste im Ordenshaus winzige Geräusche aus, die sich verstärkten und vervielfältigten: das leise Summen von Mechanismen in den Wänden; das Gurgeln von Kondensierflüssigkeit in den Klimaanlagen; das Stampfen der Kochvorrichtungen, als riesige Schaufelwerke den Frühstücksbrei umrührten; das Dröhnen der Kolben, die Wasser in die oberen Stockwerke pumpten.

Schütze Cade, geweihter Bruder des Waffenordens, gehorsamer Anhänger der Klin-Philosophie und loyaler Bürger des Menschenreiches, drehte sich in seinem Schlafsack auf dem blankgeschrubbten Kunststoffboden. Er hörte unterbewußt das Einsetzen der mechanischen Geräusche und erkannte die schwache Rhythmusänderung der Ventilatoren. Im Halbschlaf horchte er auf den Laut, der endgültig den Morgen ankündigte – auf das Scharren der Fenster- und Türgitter, die zögernd zurück in die Steinwälle glitten.

Der Imperator herrscht über das Volk. So ist es weise und gerecht.

Der Waffenorden dient dem Imperator durch den Statthalter und die einzelnen Feldherrn. So ist es weise und gerecht.

Und solange diese Ordnung besteht, ist alles weise und gerecht bis ans Ende der Zeit.

Die Worte kamen ihm in den Sinn, noch bevor er die Augen öffnete. Er kannte sie seit seinem sechsten Lebensjahr, als er irgendwie mit seinen Eltern übereingekommen war, dem Waffenorden beizutreten. Etwa zum sechstausendsten Mal begann sein Tag mit der bewußten Bestätigung der Klin-Philosophie.

Die Fenstergitter knirschten, und im gleichen Augenblick drang das erste Licht herein. Cade fröstelte in seinem dünnen

Schlafsack und richtete sich auf. Er wußte augenblicklich, was das Frösteln bedeutete: Heute war Kampftag.

Die Luft aus den Ventilatoren blies kräftiger und kälter. Sie kribbelte auf Cades Haut, während er den Schlafsack zu einem winzigen Päckchen zusammenrollte, das sich in seiner Tasche verstauen ließ. Mit der Präzision, die er sich in dreizehn Jahren angewöhnt hatte, streifte er den Waffengurt ab, holte die Waffe heraus und sperrte den Gurt zusammen mit dem Schlafsack in den Spind, der seine säuberlich gefaltete Uniform enthielt. Er öffnete die Waffe mit einer Reflexbewegung, überprüfte die Ladung und stellte die wasserdichte Versiegelung ein.

Kampftag! Mit wachsendem Stolz führte Cade jedes kleinste Detail der Morgenroutine durch. Sein Körper reagierte wie eine zuverlässige Maschine, während sein Geist sich allmählich auf den neuen Tag vorbereitete. Er dachte flüchtig an die einfachen Bürger, die sich jetzt noch faul in ihren Betten wälzten, kurz den Namen des Imperators vor sich hinmurmelten und dann über eine üppige Frühstückstafel herfielen. Er dachte flüchtig an die Klin-Lehrer, die den Tag mit komplizierten und tiefsinnigen Lehrsätzen begannen. Er dachte flüchtig an seinen eigenen Feldherrn von Frankreich, der die Nacht zweifellos in Meditation verbracht hatte und nun bleich und erschöpft aussah.

Er dachte auch an den Imperator – den Heiler, den Lehrer, den Herrscher –, aber wie ein Pistolenschuß kam die Mahnung: *Das geziemt sich nicht!*

Schuldbewußt lenkte er seine Aufmerksamkeit wieder auf die kahle Schlafkammer und sah zu seinem Entsetzen, daß Schütze Harrow noch gähnend in seinem Schlafsack lag.

Das unanständige Gähnen wirkte ansteckend; Cade öffnete unwillkürlich den Mund. Doch dann beherrschte er sich und sagte scharf: „Heute ist Kampftag, Bruder!“

„Und wie fühlst du dich?“ entgegnete Harrow höflich und ohne jedes Schamgefühl.

„Ich bin hellwach“, erklärte Cade kühl, „und sehe dem Tod gefaßt ins Auge – oder einem ruhmreichen Leben, falls mein Opfer nicht angenommen wird.“

Der Bruder vom Mars schien den Tadel nicht zu verstehen,

aber er kroch aus seinem Schlafsack und ließ die Luft heraus.

„Wie lange noch bis zur Dusche?“ fragte er unbekümmert.

„Sekunden“, erwiderte Cade verächtlich. „Zwanzig, höchstens dreißig.“

Der Marsianer sprang mit einer Schnelligkeit auf, die ihm unter anderen Umständen Lob eingetragen hätte. Cade sah mit Bestürzung zu, wie sein Zellenkollege zum Wandschrank lief und den Schlafsack, ungefaltet und noch halb mit Luft gefüllt, hineinstopfte. Der Waffengurt wurde darübergeworfen, und dann knallte die Schranktür zu. Es blieb ihm gerade noch eine Sekunde, um die Waffe wasserdicht zu machen, dann kam von der Decke der nadelscharfe, erfrischende Strahl. Das Wasser floß durch ein Gitter im Boden ab und hinterließ gerade noch genug Feuchtigkeit, daß die Novizen die Zelle säubern konnten, wenn die Schützen den Raum verlassen hatten.

Cade versuchte seine Gedanken von dem Marsbewohner loszureißen. Er sah andächtig zu, wie das wirbelnde Wasser von einer Wand zur anderen wechselte. Er hielt die Waffe an die Lippen – *dem Lehrer* – an die Brust – *dem Heiler* – und schließlich an die Stirn – *dem Herrscher.*

Er bemühte sich, nicht an Harrow zu denken, der das reinigende Wasser begrüßte, ohne die Ladung seiner Pistole überprüft zu haben. Es stimmte also, was man über den Mars hörte. Laxe Dienstauffassung war zu jeder Zeit schlimm genug, aber ausgerechnet am Morgen des Kampftages – Cade konnte das nicht verstehen. Ein Novize stellte sich vielleicht unvorbereitet unter die Dusche; ein Schützenanwärter mochte es einmal vergessen, die Ladung seiner Waffe nachzuprüfen. Aber wie hatte Harrow es je geschafft, den Rang eines Schützen zu erreichen? Und weshalb war ihm, Cade, dieser Mann ausgerechnet am Vorabend des Kampfes zugeteilt worden? Seine Meditation litt unter der Anwesenheit des Marsschützen.

Ärger ist immer gefährlich. Und Ärger am Kampftag, noch vor der Unterrichtsstunde des Klin-Lehrers, ziemt sich nicht. Cade bemühte sich, nicht mehr auf seinen Zellengefährten zu achten. Das Wasser versiegte, und er zog sich im feierlichen Ritual an. Dann löste er die Versiegelung der Waffe und steckte sie in die Tasche am Gurt.

Ein Gong schlug an. Cade holte aus einer Wandklappe zwei Schüsseln mit dampfendem Konzentrat, das in den riesigen Breikesseln tief unter der Erde gekocht wurde.

„Bruder?" rief Harrow.

Während der Essenszeit war Stille zwar nicht gefordert, aber doch üblich. Cade rief sich in Erinnerung, daß Harrow zum erstenmal in diesem Ordenshaus weilte.

„Ja, Bruder", entgegnete er.

„Sind noch mehr Marsianer unter uns?"

„Ich kenne keine", sagte Cade und war erleichtert über diese Tatsache. „Weshalb fragst du?"

„Es würde mich freuen", erwiderte Harrow knapp. „In Kampfzeiten ist ein Mann gern unter seinesgleichen."

Cade verschlug es einen Moment lang die Sprache. Was waren das für Reden? Im Orden kannte man das Wort Mann nicht. Es gab Novizen, Schützenanwärter, Schützen, Meisterschützen und schließlich Arle, den Obersten Schützen. Sie waren Brüder, unabhängig von Rang und Alter.

„Du bist unter deinesgleichen", sagte er freundlich. Er ließ sich vom Zorn nicht in Versuchung führen. „Wir sind alle deine Brüder."

„Aber ich bin neu in eurer Gemeinschaft", erklärte der andere. „Meine Brüder hier kenne ich nicht."

Das klang vernünftiger. Cade konnte sich noch an seinen ersten Kampf für den Feldherrn von Frankreich erinnern, kurz nachdem er das Ordenshaus von Denver verlassen hatte. „Deine Brüder werden bald im Kampf neben dir stehen", sagte er. „Ein Schütze, der an deiner Seite gestritten hat, ist kein Fremder."

„Das wird morgen sein." Harrow lächelte. „Und wenn ich den heutigen Tag überlebe, bleibe ich nicht mehr lang hier."

„Wohin führt dein Weg?"

„Zurück zum Mars."

„Wie soll ich das verstehen?" fragte Cade. „Marsgeborene Schützen kämpfen für den Feldherrn vom Mars. So geziemt es sich."

„Vielleicht, Bruder, vielleicht. Aber in einem Brief, den ich von meinem Vater erhielt, steht, daß unser Feldherr den Imperator gebeten hat, ihm alle marsgeborenen Schützen zu überlassen. Und dazu gehöre ich nun einmal."

„Dein Feldherr ist der Feldherr von Frankreich", sagte Cade scharf. Er selbst hatte am Vortag Harrows Zuweisung erhalten, unterzeichnet vom Statthalter und gegengezeichnet vom Obersten Schützen. Einen Moment lang schwieg er, doch dann konnte er sich nicht mehr beherrschen. „Bei allem, was sich ziemt", sagte er, „was soll dieses Gerede? Wie kann sich ein Schütze *Mann* nennen? Und wie kannst du mit *deinesgleichen* jemand anderen als deine Waffenbrüder bezeichnen?"

Der marsgeborene Schütze zögerte. „Auf dem Mars ist alles noch sehr viel frischer. Sechshundert Jahre sind keine lange Zeit. Wir haben ein Sprichwort: ‚Die Erde bleibt unverändert, aber der Mars ist jung.' Familien bedeuten noch etwas. Ich stamme von Erik Hogness und Mary Lara ab, die vor langer Zeit Karten von der Nordhalbkugel anfertigten. Ich kenne alle meine Verwandten. Weißt du vielleicht noch etwas von deinen Vorfahren der achten Generation? Weißt du, was sie geleistet haben?"

„Ich nehme an, daß sie taten, was sich ziemte, so wie ich tun werde, was sich ziemt", entgegnete Cade steif.

„Genau", sagte Harrow befriedigt, und es klang, als habe er Cade ein Zugeständnis abgerungen.

Cade ging hoch aufgerichtet zur Tür und öffnete sie. Er überließ Harrow die leeren Schüsseln. Am Ende des Korridors kam die Kolonne der Schützen in Sicht, und sie warteten in strammer Haltung, bis sie an der Reihe waren, sich einzuordnen. Mit gesenkten Blicken marschierten sie zum Auditorium.

Als Cade seinen Platz in der Frontreihe einnahm und hinter sich die Blicke der anderen Schützen und Schützenanwärter spürte, war er erleichtert, daß der Klin-Lehrer den Hörsaal noch nicht betreten hatte. Es blieb ihm noch Zeit, um die gefährliche Stimmung des Zorns und des Mißtrauens zu unterdrücken. Als der Mann endlich erschien, hatte Cades Beunruhigung bereits einer freudigen Aufnahmebereitschaft Platz gemacht.

Es war gut, Schütze zu sein; es war gut, Klin-Lehrer zu sein. Sie waren in ihrer Hingabe beinahe Brüder. Die Aufnahmebereitschaft legte sich ein wenig, als der Mann zu sprechen begann.

Cade hatte schon sehr viel schlechtere Lehrer gehört; bei der Klin-Philosophie machte es nicht den geringsten Unterschied, ob die Lehrsätze von einem klugen, tiefsinnigen Dozenten vorgetragen wurden oder von einem ungeübten jungen Feldherrnsohn – was dieser Mann zu sein schien. Was weise und gerecht war, blieb es bis ans Ende der Zeit. Aber an einem Kampftag, dachte Cade, hätte man doch einen erfahrenen Lehrer schicken können. *Die Gefahr des Hochmuts,* durchzuckte es ihn, und er saß einen Moment lang ganz starr da. Dann achtete er reumütig auf die Worte des jungen Mannes.

„Seit der Erschaffung der Welten vor zehntausend Jahren existiert der Waffenorden und dient dem Imperator durch den Statthalter und die Feldherren. Klin sagt von den Waffentragenden: ‚Sie müssen arm sein, denn Reichtum läßt sie Furcht vor Verlusten empfinden, und Furcht ziemt sich nicht für einen Mann der Waffen. Sie müssen keusch sein, denn die Liebe zu einer Frau verringert die Liebe zu den Herrschern!' *Herrscher* bedeutet bei Klin übrigens immer Imperator. ‚Sie müssen gehorsam sein, denn die Folge des Ungehorsams ist Feigheit angesichts des ruhmreichen Todes.' Das sind die Worte Klins, niedergelegt vor zehntausend Jahren bei der Erschaffung der Welten."

Es ist wunderbar, dachte Cade, wunderbar, wie alles zusammenpaßt: die Erschaffung der Welten; der Imperator, der sie beherrscht; der Orden, der ihm dient; und die Klin-Philosophie, die das Dienen leicht macht. Immer wieder erstaunte ihn dieses nahtlos ineinandergreifende Gebilde.

Der Dozent beugte sich vor und wandte sich direkt an die Zuhörer der ersten Reihe: „Ihr Schützen werdet beneidet, aber ihr selbst kennt keinen Neid. Klin sagt von den Schützen: ‚Sie müssen immer mit läppischen Details beschäftigt werden, damit sie nicht zu denken anfangen. Sobald Soldaten denken, ist der Ofen aus!' *Läppisch* bezieht sich auf Lappen, Flicken und bedeutet die Zusammensetzung kleinster Stückchen zu einem Ganzen. Klin will also, daß die Schützen nicht lange über Kleinigkeiten nachdenken, sondern das Ganze sehen."

Guter Klin! dachte Cade. Er liebte die kraftvolle Bildersprache, die Klin in seinen *Betrachtungen über das Regierungswesen* benutzte. Feldherrn und ihre Gefolgschaft zerstreuten sich hin und wieder damit, daß sie für ein paar Tage wie gewöhnliche Bürger lebten. Das gleiche spielerische Element tauchte bei Klin auf, wenn er ein Beispiel aus der Küche oder der Fabrik nahm. Der Dozent erklärte gerade, daß Klin im Denken eine Gefahr für alle jene sah, die unterhalb eines Feldherrn standen, und daß der Vergleich nichts anderes als universelle Vernichtung bedeute. „Denn Klin dämpft wie immer seine Ermahnungen ab."

Unwiderstehlich wurden Cades Gedanken auf ein Thema gelenkt, das er liebte. Während der junge Dozent weitersprach, dachte der Schütze über die Erhabenheit der Klin-Philosophie nach: wie die *Betrachtungen* in allen Ordenshäusern verehrt wurden, in allen Feldherrnstädten der Erde, auf den schwach besiedelten Venuskolonien, auf den kalten Monden der grausamen Außenplaneten, auf den von Menschenhand konstruierten Planetoiden und auf dem Mars. Was mochte bloß mit Harrow los sein? Wie konnte er fehlgehen, wenn er die Stütze der Klin-Philosophie besaß? War es möglich, daß die Lehrer auf dem Mars Klin nicht richtig interpretierten? Auf der Erde hörten selbst gewöhnliche Bürger gewisse Ausschnitte der Philosophie. Aber Cade war sich im klaren darüber, daß die Schützen einen tieferen Einblick in die Lehre Klins erhielten.

„. . . und so komme ich zu einem Thema, das mir Schmerzen bereitet." Cade zwang sich, wieder auf die Worte des Dozenten zu achten. Das war das Wesentliche; darauf hatte er gewartet. „Es ist nicht leicht, vorsätzliche Schlechtigkeit in Betracht zu ziehen, aber ich muß euch berichten, daß unziemliche Gedanken das Herz des Feldherrn von Moskau erfüllen. Durch gewisse Quellen erfuhr unser Feldherr von Frankreich, daß Hochmut und Gier von seinem Bruder im Norden Besitz ergriffen haben. Mit Kummer stellte er fest, daß der Feldherr von Moskau mit seinen Schützen in Elsaß-Lothringen eindringen möchte. Mit Kummer erteilte er unserem Obersten Schützen den Befehl, die nötigen Gegenmaßnahmen zu treffen, und das ist geschehen. Wie ihr wißt, soll heute der Kampf stattfinden."

Cades Herz klopfte schneller aus Empörung über den hochmütigen, gierigen Feldherrn von Moskau.

„Klin sagt von Männern wie dem Feldherrn von Moskau: ‚Die Bösen sind immer unter euch. Macht sie zu euren Anführern!' Damit meint er, daß man die Bösen isolieren und aus der Menge herausheben soll, um sie dann durch gute Taten zu beschämen. Heute nun findet der Kampf statt, und bevor die Sonne untergeht, werden viele von euch tot sein. Ich gebe euch allen die Lehre mit: Kämpft, wie es sich geziemt, ohne dem Hochmut zu verfallen, und denkt daran, daß es im Reich des Menschen niemanden gibt, der nicht mit Bewunderung zu euch aufsieht."

Er verließ das Podium, und Cade senkte den Kopf zum Schlußgedanken: *Die Klin-Philosophie in einem Schützen ist wie die Ladung in einer Pistole.* Es war einer seiner Lieblingssätze, weil er mit so wenigen Worten so viel sagte. Wenn man mehr Zeit hatte, konnte man den Vergleich fortführen. Es gab herrliche Parallelen für jedes Bauelement der Pistole. Aber im Augenblick hatte er keine Zeit. Der Oberste Schütze des Feldherrn von Frankreich war erschienen. Er warf einen sorgenvollen Blick zum Fenster, wo die Sonne auftauchte, und begann sofort: „Brüder, wir haben erfahren, daß zu dieser Stunde an die hundert Schützen von einem unbekannten Stützpunkt des Feldherrn von Moskau aufbrechen, um das Forbach-Sarralbe-Dreieck an der Grenze von Frankreich zu besetzen. Sie werden gegen Nachmittag oder Abend hier eintreffen. Der Wert des genannten Gebietes ist unschätzbar. Wir hielten es geheim, aber offensichtlich gelangte die Nachricht nach Moskau. Es wurde Eisen in dem Grenzdistrikt gefunden!"

Ein unterdrücktes Murmeln lief durch das Auditorium. Auch Cade verlieh seinem Erstaunen Ausdruck. Eisenerz auf der Erde! Gab es auf dem zehntausend Jahre alten Planeten immer noch das Metall der Macht? Es hieß, daß bereits vor vierhundert Jahren die letzten Lager versiegt waren. Deshalb auch hatte man den Mars kolonisiert. Vom Mars kam das Eisen.

„Genug, Brüder, genug! Wir werden in etwa der gleichen Weise vorgehen wie bei dem Überfall von Aachen – zwei Divisionen an die Front, eine in Reserve. Die erste Kompanie unter meiner Leitung hat ihren Stützpunkt in Dieuze, etwa vierzig Kilometer südlich des Dreiecks. Die zweite Kompanie unter Schütze Cade operiert von Metz aus, etwa fünfzig Kilometer westlich des

Dreiecks. Die dritte Kompanie bleibt fünfundsiebzig Kilometer südwestlich, in Nancy. Sofort nach der Einsatzbesprechung brechen die Kompanien in Zweimannflugzeugen auf.

Sobald wir uns installiert und Funkkontakt aufgenommen haben, schicken Bruder Cade und ich Spähflugzeuge in das gefährdete Gebiet. Falls aus der Luft keine Feindtätigkeit zu erkennen ist, erkunden Fallschirmspringer das Gelände zu Fuß. Unser weiteres Handeln hängt von ihren Berichten ab. Brüder, bemannt eure Flugzeuge, und startet unverzüglich! Der Ruhm sei mit euch!"

2

CADE blieb eiskalt. Er lief die zweihundert Meter vom Ordenshaus bis zum Rollfeld. Sein Atem ging vollkommen gleichmäßig, als er sich in seine kleine Maschine schwang. Seine Finger flogen über die Schalter und Hebel des Instrumentenbords. Als die Aggregate warmliefen, kam sein Begleiter, Schützenanwärter Kemble, an Bord. Sekunden später wurden sie mit 3,25 g gegen die ungepolsterten Sitze gepreßt.

Paris huschte unter ihnen vorbei, Paris, das Cade nur von Luftaufnahmen kannte, obwohl das Ordenshaus am Rande der Stadt lag. Minuten später hatten sie Reims hinter sich gelassen. Das Abbremsen und die Landung in Metz waren ebenso grausam wie der Start. Im Dienst hatte Cade bisher weder sich noch anderen etwas geschenkt. Allerdings wußte er nicht, daß er eine gewisse Berühmtheit auf diesem Gebiet erlangt hatte.

„Bruder", sagte er zu dem halb betäubten Schützenanwärter, „stell die Funkverbindung zu Dieuze und Metz her!" Zu seinem Mißfallen arbeitete Kemble zwei Minuten lang mit Karte, Kompaß und Zirkel, bis er die anderen Kommandostellen geortet hatte. *Die Gefahr des Hochmuts,* dachte er schuldbewußt und schluckte seinen Ärger hinunter. Nach und nach landeten die zwölf anderen Flugmaschinen seiner Kompanie.

„Bruder Cade!" hörte er die Stimme seines Vorgesetzten. „Die Späher!"

„Die Späher, Bruder", wiederholte er und winkte zwei Piloten, die sofort ihre Flugzeuge starteten. Von da an hörten sie eine Zeitlang nur das monotone: „Keine Feindtätigkeit!" über Funk. Der Text änderte sich nach fünf Minuten: „Rendezvous mit den Spähern der ersten Kompanie über Forbach. Keine Feindtätigkeit."

„Bruder Cade", sagte der Oberste Schütze, „befiehl deinen Spähern abzuspringen! Meine Leute werden ihnen Deckung geben."

Cade nickte und gab die Anweisung weiter. „Späher der zweiten Kompanie! Schütze Orris übernimmt Schütze Meynalls Maschine im Schleppflug. Bruder Meynall springt über Forbach ab und erkundet die Lage. Schützenanwärter Raymond durchforscht Sarreguemines und Schützenanwärter Bonfils Sarralbe."

Meynall, Raymond und Bonfils meldeten ihre erfolgreiche Landung. Der Schütze in Forbach sagte: „Keine Bürger in der Nähe, wie gewöhnlich. Ich bin auf dem Dorfplatz in der Nähe des Postamts. Keine Feind –" Ein Schuß krachte, und Schütze Meynall schwieg.

Cade erweiterte den Funkbereich, so daß der Oberste Schütze und die Reservekompanie mithören konnten, und sagte scharf: „In Deckung gehen! Forbach ist besetzt. Schütze Orris, zurück zum Stützpunkt!"

Dann hörte man die Stimme des Obersten Schützen: „Aufklärer der ersten Kompanie, zurück zum Stützpunkt! Brüder Raymond und Bonfils, berichtet!"

Schützenanwärter Raymond sagte: „In Sarreguemines keine Bürger. Ich habe mich im Erdgeschoß einer Bäckerei verschanzt, deren Fenster zum Dorfplatz hinausgehen. Ich erkenne Bewegungen an den Fenstern der gegenüberliegenden Gebäude."

„Bruder Bonfils!" Es kam keine Antwort.

„Bruder Raymond, du hältst die Stellung. Wir bereiten den Angriff vor. Warte mit dem Feuer, bis wir den Feind in einen Kampf verwickelt haben. Dann wähle die günstigsten Ziele aus. Du kannst nicht auf unsere Unterstützung rechnen."

„Jawohl, Bruder."

„Dritte Kompanie in Nancy, ihr wißt Bescheid. Treffpunkt aller

Kompanien in zehn Minuten, um zehn Uhr sechsunddreißig, zwei Kilometer südlich des Marktplatzes von Sarralbe. Flugzeuge so landen, daß schnelles Aussteigen gewährleistet ist. Wir unternehmen zu Fuß einen Frontalangriff auf Sarralbe und vertreiben den Feind. Die dritte Kompanie übernimmt den linken Flügel, die zweite Kompanie das Zentrum und die erste Kompanie den rechten Flügel. Schütze Cade, du kommandierst eine Maschine ab. Die Insassen sollen den Feind durch ein Fallschirmmanöver ablenken, bis unsere Kämpfer den Marktplatz erreicht haben. Fertig, Brüder!"

„Einsteigen!" schrie Cade seiner Kompanie zu, und sie sprangen in die Flugzeuge. In einer herrlichen Parade stiegen sie auf. Die Steuerung erfolgte automatisch durch Cades Flugzeug. Erst kurz vor der Landung schaltete er die Automatik aus, damit die Schiffe sich nebeneinander aufreihen konnten. Die erste Kompanie hatte in einer schnurgeraden Linie rechts von ihm Aufstellung genommen, und Sekunden später landete die dritte Kompanie.

Schützenanwärter Kemble hatte zwar äußerst unbefriedigend am Funkgerät gearbeitet, aber Cade wußte, daß es sich für einen Schützen nicht ziemte, nachtragend zu sein. Und so sagte er: „Bruder, ich habe dich dazu auserwählt, das Ablenkungsmanöver durchzuführen."

Der junge Mann richtete sich stolz auf. „Jawohl, Bruder!" Nur mit Mühe unterdrückte er ein geschmeicheltes Grinsen.

Cade wandte sich dem Mikrofon zu. „Schütze Orris, du bleibst während des Angriffs mit Schützenanwärter Kemble hier. Auf ein Zeichen von mir startest du und fliegst nach Sarralbe, wo du Bruder Kemble über dem Marktplatz aussteigen läßt. Danach bringst du die Maschine zurück und schließt dich den Angriffstruppen an."

Der Schützenanwärter kletterte aus Cades Maschine. Am Boden blieb er einen Moment lang stehen und prahlte: „Wetten, daß ich ein Dutzend abknalle, bevor sie mich erwischen?"

„Vielleicht, Bruder", entgegnete Cade, und diesmal konnte der junge Mann das stolze Grinsen nicht mehr verbergen. Cade wollte ihn nicht entmutigen, aber wenn er einen Mann der Moskauer erledigte, dann höchstens den Dachschützen. Doch wie konnte man von ihm erwarten, daß er die Zusammenhänge verstand? Dreißig Sekunden Verwirrung beim Feind konnten von weit größerer Bedeutung sein als der Tod von dreißig ihrer besten Schützen.

Es war zehn Uhr sechsunddreißig; Männer verließen die Flugzeuge und bildeten eine absichtlich unregelmäßige Angriffskette. Der Marsch begann . . .

Cades Blicke waren überall. Er spähte nach Bewegungen in den Büschen, suchte nach Fallgruben am Boden und nach feindlichen Schützen in den Baumkronen. Und irgendwie kamen ihm seine gleichmäßigen Schritte zu Bewußtsein. *Schützen marschieren zum Ruhme des Imperators.*

Zur Rechten klang ein Schuß auf. Der Oberste Schütze berichtete: „Feindlicher Beobachtungsstand, ein Novize. Wir konnten den Mann erledigen, aber in der Stadt ist man nun gewarnt."

Nur Cade besaß ein Helmfunkgerät. Er wandte sich an den Mann zu seiner Linken: „Der Feind hat uns entdeckt, Brüder. Weitergeben."

Die Nachricht verbreitete sich. Brüder, die bis dahin lax und unaufmerksam dahinmarschiert waren, nahmen Haltung an und achteten besser auf ihre Umgebung.

Gerade noch rechtzeitig. Etwa dreißig Meter links von Cade klappte der ausgezeichnet getarnte Deckel einer Schützengrube auf. Der Moskauer traf mit einem einzigen Schuß zwei Feinde, bevor er selbst getötet wurde. Wenn die Linie der Angreifenden regelmäßiger gewesen wäre, hätte er mindestens zwanzig erledigt. Der Wald wurde dichter, und sie verloren die direkte Verbindung zu den Flügeln. „Späher!" sagte der Oberste Schütze in Cades Kopfhörer. Cade schickte zwei Männer mit einer Handbewegung voraus.

Während Cade auf allen vieren vorwärts robbte und nach der Moskauer Kampfgruppe Ausschau hielt, dachte er: *Es ziemt sich, daß wir Schützen dienen.* Im gleichen Moment entdeckte er eine unnatürliche Bewegung in einem Busch und schoß. Ein Wimmern, und der feindliche Schütze lag verkohlt am Boden. Cade rollte automatisch zwei Meter zur Seite. Da, wo er gelegen hatte, schlug ein Energiestrahl ein. Aber Cade erkannte die Stellung des

Schützen und holte ihn mit einem gezielten Schuß aus der Baumkrone.

Und solange diese Ordnung besteht, ist alles weise und gerecht bis ans Ende der Zeit.

Der Späher vorn hob die Hand. Die Kompanie hielt an, und der Späher kam zurück, bis er Cade erreicht hatte. „Zehn Meter Sträucher und Unterholz, dann sind wir an der Ortschaft. Drei Reihen vierstöckige Steinhäuser, dahinter der Marktplatz, wenn ich mich recht erinnere. Im Unterholz herrscht keine Gefahr, aber diese Fenster!"

„Ja", murmelte Cade, „man kann uns von oben beschießen." Neben ihm atmete jemand tief ein. Er warf dem bleichen jungen Schützenanwärter einen strengen Blick zu, doch bevor er ihn tadeln konnte, hörte er, wie Harrow, der Marsianer, sagte: „Ich finde es auch abscheulich." Seine Stimme drückte Mitgefühl aus, und das raubte dem jungen Mann vollends die Nerven.

„Ich kann es nicht ertragen", stieß er hysterisch hervor. „Dieses Gefühl, daß alle Deckung der Welt nicht ausreicht, um uns zu schützen!"

„Beruhigt ihn", sagte Cade verächtlich, und jemand führte den Schützenanwärter weg, aber erst, nachdem Cade seinen Namen notiert hatte.

„Bruder!" Harrow sah ihn ernst an.

„Was gibt es?" fragte Cade unwirsch.

„Bruder, ich habe eine Idee." Er zögerte, aber als Cade sich ungeduldig abwenden wollte, fuhr er hastig fort: „Bruder, warum greifen wir sie nicht von oben an? Niemand braucht es zu erfahren."

„Was redest du da?" fragte Cade verständnislos. „Es sind doch keine Bäume in der Nähe."

„Cade, spiel mir nichts vor", erwiderte Harrow heftig. „Ich kann nicht der einzige Schütze sein, der diesen Gedanken hatte. Wer soll denn den Unterschied merken? Ich meine –"

„Wenigstens besitzt du noch Schamgefühl", sagte Cade mit Abscheu. „Ich weiß, was du meinst." Er wandte sich ab und rief: „Bringt den jungen Schützen her, dem es vorher an Mut fehlte." Er wartete, bis der Schützenanwärter wieder neben ihm stand.

„Und nun sollst du sehen, wozu es führt, wenn man der Angst erliegt. Dein Schwächeanfall hat Schütze Harrow beeindruckt. Weißt du, was er vorschlug? Daß wir die Häuser von den Flugzeugen aus bombardieren sollten!"

Der Schützenanwärter sah lange Zeit zu Boden. Schließlich hob er den Kopf und sagte heiser: „Ich wußte nicht, daß solche Menschen existieren, Sir. Ich bitte um die Ehre, das feindliche Feuer auf mich lenken zu dürfen."

„Du hast die Ehre nicht verdient", fuhr Cade ihn an. „Zudem besitzt du nicht den Rang für irgendwelche Privilegien." Er warf dem Schützen vom Mars einen bedeutungsvollen Blick zu.

Harrow wischte sich den Schweiß von der Stirn. „Ich hätte zum Mars zurückkehren können, zu meinem Volk, wenn ich diesen Kampf überlebt hätte", sagte er bitter.

„Du verdienst weniger als das hier, Schütze Harrow", sagte Cade streng in das plötzliche Schweigen. Der Feind hatte zu schießen aufgehört; er wartete auf den Angriff. Die Waffenbrüder von Frankreich, die sich in der Nähe befanden, hielten den Atem an. Cade ergriff die Gelegenheit, um seinen Männern eine unvergeßliche Lektion zu erteilen. Er sagte laut: „Klin hat geschrieben: ‚Man muß immer von der Annahme ausgehen, daß die Menschheit im Grunde ihres Herzens mitleidvoll ist. Wie sonst ließe es sich erklären, daß Gauner immer an der Spitze des Staates stehen?' Da du von der Klin-Philosophie nicht allzuviel zu verstehen scheinst, Bruder, will ich dir erklären, daß das Wort ‚Gauner' ebensoviel bedeutet wie ‚reuiger Sünder'. Ich werde Klin gehorchen und Mitleid üben. Wir brauchen einen Schützen, der freiwillig die Deckung verläßt und das Feuer des Gegners auf sich lenkt. Wir anderen können dann an den Mündungsblitzen erkennen – hörst du mir zu?"

Der marsgeborene Schütze murmelte vor sich hin; nun sah er auf und sagte deutlich: „Ja, Bruder, ich höre zu." Aber wieder bewegten sich seine Lippen, als Cade fortfuhr: „Wir anderen also können an den Mündungsblitzen erkennen, wo sich der Feind befindet."

„Ja, ich werde ihr Feuer auf mich lenken", sagte Harrow.

Cade wirbelte unvermittelt herum und sah die Männer seiner

Kompanie an. „Seid ihr Waffenbrüder oder klatschsüchtige Küchenmägde?" fragte er scharf. „Zurück an eure Posten, bevor der Feind unsere Schwäche bemerkt! Und möge der Kampf die Erinnerung an diesen Augenblick löschen!"

Er nahm über Helmmikrofon Verbindung zur ersten und dritten Kompanie auf und beschrieb die Situation. Von dem schändlichen Zwischenfall erwähnte er nichts.

„Gut gemacht", lobte ihn der Oberste Schütze. „Greift unverzüglich die erste Häuserreihe an! Wir haben eure Koordinaten und folgen euch, sobald ihr ein oder zwei Gebäude gestürmt habt."

Harrow murmelte wieder vor sich hin: *„Der Imperator herrscht über das Volk. So ist es weise und gerecht. Der Waffenorden dient dem Imperator durch den Statthalter und die einzelnen Feldherren. So ist es weise und gerecht. Und solange diese Ordnung besteht, ist alles weise und gerecht bis ans Ende der Zeit."*

Cade konnte ihn für diese Worte nicht tadeln. Harrow zeichnete sich bei seinem letzten Einsatz aus. Cade war überrascht und erfreut über die Behendigkeit, mit der er den Wald verließ und auf die Häuser zueilte. Sein Umhang flatterte im Wind, so daß die beiden Schützenstreifen am Saum deutlich sichtbar waren – der braune für Frankreich, der rote für den Mars. Der erste Schuß aus einem Fenster verfehlte ihn.

„Geortet!" rief der erste Scharfschütze von Cades Kompanie.

Ein Strahl aus einem anderen Fenster zerschmetterte Harrow den Arm. Aber er lief weiter und versuchte es sogar mit Ausweichmanövern.

„Geortet!" rief der nächste Scharfschütze.

Aus einem dritten Fenster jagte ein Strahl. Wieder wurde Harrow am Arm getroffen.

„Geortet!"

Ein weiterer Schuß riß ihm die Beine weg.

„Geortet!"

Der Sturmtrupp machte sich einsatzbereit, aber Cade hob warnend den Arm. „Er kriecht weiter", sagte er. „Wahrscheinlich schießen sie noch einmal."

Aus einem kleinen, unscheinbaren Stiegenhausfenster fiel der letzte Schuß.

„Geortet!“

„Er ist tot“, sagte Cade. *Solange diese Ordnung besteht, ist alles weise und gerecht bis ans Ende der Zeit* . . . „Scharfschützen, haltet euch bereit! Sturmtrupp – vorwärts! Scharfschützen – Feuer!“ Er jagte als erster ins Freie, und dicht über seinen Kopf hinweg zischten die Energiestrahlen. Die Scharfschützen hinter ihm erledigten die georteten Verteidiger – nahezu alle. Aus zwei nicht georteten Fenstern jagte plötzlich Feuer und mähte zwei Männer des Sturmtrupps nieder. Sofort erwiderten Cades Leute die Schüsse. Aber dann waren die Waffenbrüder von Frankreich bis zur Hausmauer vorgedrungen. Sie verteilten sich in einer engen Gasse und sprengten eine Seitentür.

Wie Jagdhunde suchten sie die feindlichen Schützen. Einige lagen tot unter den Fenstern, andere waren verwundet. Cade verlor einen Schützenanwärter, als ein Verletzter in panischer Angst zur Waffe griff und um sich schoß. Aber dann gehörte das Haus ihnen.

Der Rest der Kompanie kam und besetzte die wichtigen oberen Fenster. Nur zwei Mann wurden als Wachtposten im Wald zurückgelassen.

Cade setzte sich mit einem Seufzer auf den blanken Boden eines Raumes im zweiten Stock. Alle Räume waren mehr oder weniger leer. Man hatte Flüchtlingstrecks mit hochbeladenen Wagen und Karren durch die Straßen ziehen gesehen. Irgendwie war es rätselhaft. Die Bürger schienen Kämpfe vorherzuahnen. Als die Moskauer mit ihrem großen Geheimnis von den Eisenerzfundstellen hier ankamen, hatten sie vermutlich erfahren müssen, daß dies selbst den einfältigsten Bürgern bekannt war.

Es war jetzt Nachmittag, und Cade mußte das Eintreffen der ersten und dritten Kompanie abwarten. Wahrscheinlich brauchten sie etwa eine Woche, bis alle drei Dörfer zurückerobert waren. In Sarreguemines wartete Bruder Raymond darauf, aus seinem Keller . . .

Cade zuckte schuldbewußt zusammen. Niemand hatte den Keller dieses Gebäudes untersucht. Müde stand er auf und humpelte ins Erdgeschoß. Anfangs konnte er keine Kellertreppe finden, doch dann fiel ihm eine Lücke zwischen der Wand und einem riesigen Kirschholzschrank auf. Er öffnete die Schranktür, und dahinter lag die Treppe. Aus der Tiefe schimmerte schwaches Kerzenlicht herauf.

Ein uraltes Gesicht, braun, runzelig und häßlich, starrte ihm entgegen.

„Komm herauf, Bürger", sagte er. „Ich möchte dich bei Tageslicht betrachten."

„Nein." Erst an der hohen, dünnen Stimme erkannte er, daß es sich um eine Frau handelte. „Nein, Sir, das kann ich nicht, mit Verlaub. Meine Tochter, diese Schlampe, hat mich und meinen Bruder in den Keller gesperrt, als die bewaffneten Männer kamen. Sie und ihr fetter Mann wollten sich nicht mit uns abplagen. Meine Beine machen nicht mehr mit wie früher, mit Verlaub, Sir."

„Dann schick deinen Bruder, Bürgerin!"

„Nein, Sir, mit Verlaub", entgegnete die Vettel. „Auch mein Bruder kann nicht kommen. Meine Tochter, diese Schlampe, und ihr großer, fetter Mann haben ihm nicht die richtige Kost hiergelassen. Er litt an Schwindsucht und hätte täglich Leber essen müssen. Und so kam er um. Seid Ihr ein bewaffneter Mann, Sir?"

„Ich bin Schütze des Waffenordens, Bürgerin. Du sagtest, daß du Nahrungsmittel besitzt?" Cade bemerkte erst jetzt, daß er völlig ausgehungert war.

„Ja, Sir, aber nicht das Richtige für meinen lieben Bruder. Essen in Dosen, dazu ein paar Kuchen. Wollt Ihr herunterkommen, Sir?"

Cade schob vorsichtig den Kirschholzschrank zur Seite und ging die Treppe hinunter. Die Alte leuchtete ihm mit einer Kerze; er hatte einen Tisch oder eine Speisekammer erwartet, aber das Licht fiel auf einen ausgemergelten Toten, der in einer Ecke lehnte.

„Wo ist das Essen?" fragte er. „Ich will es mit hinaufnehmen."

„Geduld, bewaffneter Mann." Sie deutete mit der Kerze auf eine Truhe. „Zuerst muß ich diese drei Schlösser öffnen, und meine Hände sind alt und langsam. Darf ich Euch einen Schluck anbieten?"

Sie schenkte ihm aus einem Krug Apfelwein ein. Er achtete

nicht auf ihr Gerede. „Das Ding an Eurer Hüfte ist also eine Pistole, Sir. Damit könnt Ihr einen Menschen verbrennen, ja? Ihr müßt nur den Lauf auf ihn richten?"

Cade unterdrückte mühsam seine Verärgerung und nickte. Sie war alt und närrisch, aber immerhin hatte sie etwas zu essen für ihn.

„Und stimmt es, Sir, daß man einen verbrannten Bürger nicht von einem verbrannten und verkohlten Bewaffneten unterscheiden kann?" fuhr sie eifrig fort.

Das konnte er nicht hingehen lassen. Er schlug ihr mit der Hand über den Mund. Warum brachte sie nicht endlich das Essen? Sie begann im Dunkeln an den alten Schlössern zu arbeiten und murmelte vor sich hin: „Ich sehe, es ist wahr. Ich sehe, es ist wahr. So geschieht es immer, wenn etwas wahr ist. Ich nenne meine Tochter eine faule Schlampe, und sie schlägt mich. Ich nenne ihren Mann ein gieriges Schwein, und er schlägt mich."

Zorn ist eine Gefahr, dachte er angestrengt. Zorn ist eine Gefahr. Er trank den Apfelwein und unterdrückte den Impuls, der alten Närrin den Krug an den Kopf zu werfen. Immer noch hantierte sie an den Schlössern. Als er sich bückte, um den Krug auf den Boden zu stellen, kippte er nach vorn.

Sofort wußte er, was geschehen war, und er erschrak über seine Einfalt. Er, ein Schütze, ließ sich von einer närrischen Bürgerin vergiften! Cade tastete nach seiner Pistole und entdeckte, daß die Alte sie ihm schon abgenommen hatte. Während sein Bewußtsein schwand, hoffte er verzweifelt, daß niemand ihn finden und diese Schmach aufdecken würde. Manche Dinge vergaß man besser.

Die alte Frau stand vor ihm und machte ein Zeichen, ein hassenswertes Zeichen, wie die Parodie einer Zeremonie, die ihm teuer war. Und sie hüpfte mit schrillem Gelächter auf und ab. „Ich habe dich hereingelegt!" kreischte sie. „Ich habe sie alle hereingelegt! Ich habe meine schlampige Tochter und ihren gierigen, fetten Mann hereingelegt! Ich wollte gar nicht mit ihnen gehen." Endlich schwieg sie und zerrte keuchend und stöhnend den Leichnam ihres Bruders an den Fuß der Treppe. Cades Pistole hatte sie in den Rockbund gesteckt.

Kurz bevor das letzte Licht erlosch, sah Cade ihre ledrigen dunklen Züge vor sich. „Ich brauchte einen bewaffneten Mann, Sir, einen bewaffneten Mann. Und nun hab ich einen!"

3

GEFAHR . . . *Gefahr . . . Zorn ist eine Gefahr, ebenso wie Eitelkeit und Bequemlichkeit* . . . Dieser Tod war erfüllt von Gefahren. Cade stöhnte in der endlosen Dunkelheit, und das immer noch lebendige Fleisch zuckte angewidert zusammen, als die häßliche Vision nicht weichen wollte. Seine Glieder waren bleischwer.

So zu enden, so sinnlos zu enden! Er, der gelebt und gedient hatte, wie es sich ziemte; er, die mächtige Stütze des Imperators – Schütze Cade! *Dieses Ende ist nicht gerecht!* Er hätte es am liebsten verbittert hinausgeschrien, aber seine Lippen waren wie zugefroren. Er brachte keinen Laut hervor.

Aber sein Herz schlug erbarmungslos. Es pumpte Galle und Zorn durch seine Adern. *Zorn ist eine Gefahr.* Cade unterdrückte den Ärger und versuchte sich innerlich auf den Tod vorzubereiten. *Schützen marschieren zum Ruhme des Imperators. Die Gefahr flieht angesichts der treu dienenden Schützen.*

Zwei Visionen erfüllten ihn. Er wandte sich ab von der Häßlichkeit und dem Ekel und konzentrierte sich auf das hehre Bild des Dienens. Und endlich fand er den geziemenden Frieden. Die Gefahren des Zorns und der Eitelkeit waren also eine letzte Prüfung gewesen. Er sah in das häßliche, grinsende Gesicht und fand, daß es jede Macht über ihn verloren hatte. Die reinen Züge des Todesengels schwebten dahinter, und der Todesengel kam nur zu jenen, die geziemend gelebt hatten . . .

Aber sein Herz schlug weiter, als sich der Todesengel über ihn beugte. Er lebte. Er war nicht tot. Die erstarrten Lippen bewegten sich schwach. „Eitelkeit ist Gefahr." Er lebte, und das häßliche Gesicht gehörte einer Vettel, die er schon irgendwo gesehen hatte. Der Todesengel war eine junge, wunderschöne Bürgerin.

„Gut", sagten die roten Lippen zu der gebeugten Vettel. „Laß uns jetzt allein. Man erwartet dich im Nebenraum."

„Der bewaffnete Mann lebt", erwiderte die Alte mit einem trockenen Kichern. „Ich habe ihn hergelockt, und er lebt. Meine Tochter, diese Schlampe, würde mir das nie glauben. Sie ließ mich zum Sterben hier, sie und ihr gieriger . . ."

„Geh jetzt!" Die junge Frau trug die grelle, billige Kleidung der einfachen Bürgerin, aber ihre Stimme verriet, daß sie es gewohnt war, Befehle zu erteilen. „Geh in den Nebenraum, aber rasch, sonst warten sie nicht auf dich."

Cade zuckte zusammen, als die Spinnenfinger der Vettel seinen Oberarm berührten. „Er lebt", wiederholte sie. „Die Haut des bewaffneten Mannes ist warm." Entsetzen stieg in Cade hoch. Es war, als kröchen ekelhafte Würmer über seinen Arm. Er wollte die Alte wegstoßen, aber seine Hände waren gefesselt. Die Hexe schlurfte langsam zu einer Tür. Während das Mädchen ihr nachsah, prüfte Cade die Fesseln.

Dann war die Alte fort, und Cade befand sich allein mit der Bürgerin, die ihn so unziemlich an den hehren Todesengel erinnert hatte und die Befehle erteilte wie ein Mann.

Die Fesseln waren locker. Er zerrte nicht mehr daran, um das Mädchen nicht mißtrauisch zu machen.

Sie beobachtete ihn, und er zwang sich dazu, sie nicht anzusehen. Seine Blicke erfaßten jede Einzelheit des Raumes; die elliptische Krümmung von Decke und Wänden; die gebogene Tür, die sich der Wand anpaßte und kaum von ihr zu unterscheiden war; das Bett, auf dem er lag; ein Tisch mit einem Fläschchen. Die langen, gepflegten Finger des Mädchens spielten mit der Flasche.

Er sah zu, wie sie lässig den Verschluß öffnete. Eine Nadel war daran befestigt. Er sah zu, wie sie einen Wattebausch aus einer Schale holte und in eine farblose Flüssigkeit tauchte. Er beobachtete immer noch ihre Hände, auch als sie zu sprechen begann. Er hatte Angst vor der Schönheit ihres Gesichts.

„Cade", sagte sie eindringlich, „kannst du mich hören? Kannst du meine Worte verstehen?" Ihre Stimme war jetzt nicht mehr befehlend, sondern weich und melodisch. Sie weckte Erinnerungen in Cade. Erinnerungen an seinen elften Geburtstag, als er in den Orden eingetreten war. Seine Mutter hatte ihn geküßt und ihm den neuen Namen zugeflüstert, ebenso leise wie jetzt das Mädchen. Seit jenem

Tag hatte es keine Frau mehr gewagt, ihn so vertraulich anzureden.

„Cade", sagte sie wieder. „Ich habe nicht viel Zeit. Sie werden bald kommen. Kannst du mich verstehen?"

Die Hände auf dem Tisch bewegten sich, legten Nadel und Wattebausch hin, schwebten auf ihn zu. Sie umfaßten sein Gesicht und drehten es herum. Cade hatte noch nie im Leben so seidenglatte Hände gespürt, auch nicht in seiner Kindheit. Es war ein wohliges Gefühl – wie am Audienztag, wenn er die Robe des Imperators berührte. Cade errötete.

Heute war nicht Audienztag. Eine Bürgerin berührte ihn, und jeder Kontakt mit Frauen war verboten. Heftig schüttelte er die Hände ab.

„Verzeihung", sagte sie, „Verzeihung, Schütze." Dann lachte sie leise. „Es tut mir leid, daß ich es versäumte, Sie Ihrem Rang gemäß anzusprechen, und daß ich Ihre Keuschheit durch meine Berührung besudelt habe. Wissen Sie, daß Sie in Schwierigkeiten sind? Was ist Ihnen wichtiger? Das Ritual Ihres Ordens oder die Treue zum Imperator?"

„Schützen marschieren zum Ruhme des Imperators", begann er. „Sie sind die Säulen des Reiches . . ."

Stiefel, dachte er. Kniehose. Sie waren verschwunden. Er hob mühsam den Kopf und sah, daß er den ordinär grellen Schlafanzug eines Bürgerlichen trug, dazu die primitiven Sandalen eines Arbeiters. Keine Stiefel, keine Kniehose.

„Wo bin ich?" stieß er hervor. „Im Namen des Ordens, dessen Mitglied ich bin, verlange ich, daß man mich unverzüglich freiläßt und . . ."

„Still, du Narr!" Ihre Stimme war wieder hart geworden. „Die anderen werden hereinkommen, wenn du so laut schreist. Nun hör mir rasch zu! Eine Organisation, die den Imperator stürzen möchte, hat dich gefangengenommen. Ich kann dir im Moment nicht mehr erklären, aber ich habe den Auftrag, dir ein Mittel zu geben, das . . ."

Sie unterbrach sich plötzlich. Draußen waren gleichmäßige Schritte zu hören. Sie kamen näher – woher? Befand sich ein Korridor jenseits der Tür?

Etwas preßte sich gegen seine Lippen, glatt und rund.

„Mach den Mund auf, Idiot! Schluck diese Tablette! Sie . . ."

Die Tür glitt auf, und die gleichmäßigen Schritte kamen noch näher. Dann hörte Cade die überraschte Stimme eines Fremden.

„Ich suche meinen Vetter."

„Ihr Vetter ist nicht hier", entgegnete das Mädchen ruhig. „Ich bringe Sie zu ihm." Mit drei Schritten stand sie neben dem Fremden und berührte ihn leicht am Nacken. „Folgen Sie mir."

Der Mann drehte sich um. Der Ausdruck seines blassen Gesichtes hatte sich ebensowenig geändert wie das Gleichmaß seiner Schritte. Doch bevor sie die Tür erreichten, wurde diese von außen geöffnet. Der Neuankömmling war ein drahtiger kleiner Mann mit scharfen Gesichtszügen. Er trug die graue Uniform der Klin-Diener. Hastig schloß er die Tür hinter sich und lehnte sich dagegen.

„Hier ist Ihr Vetter", sagte das Mädchen kühl. „Er wird Sie jetzt übernehmen."

Cade, der an seinen Fesseln gearbeitet hatte, senkte instinktiv den Blick und lag reglos da. Der Mann in der grauen Uniform deutete zu ihm herüber.

„Wie geht es ihm? Irgendwelche Schwierigkeiten?"

„Keine Schwierigkeiten." Die Stimme des Mädchens klang verächtlich. „Er kommt zu sich."

„Gut." Cade hörte, wie er tief einatmete und sich an den starren Fremden wandte, der vor ihm den Raum betreten hatte. „Ich bin dein Vetter", sagte er ruhig. „Du kommst jetzt mit mir."

„Du bist mein Vetter", erwiderte der Mann wie ein Schlafwandler. „Ich soll berichten, daß meine Mission geglückt ist. Ich habe den –"

„Komm jetzt mit. Du kannst deinen Bericht –"

„– Klin-Vorsteher des dritten Bezirks –"

„– unter vier Augen abgeben."

„– umgebracht."

Cade öffnete die Augen einen Spalt. Der „Vetter" in der grauen Uniform war nervös geworden, während der Mann den Bericht herunterleierte.

„Soll ich mich nun vernichten? Die Mission ist erfolgreich abgeschlossen." Endlich schwieg die monotone Stimme.

Und keinen Augenblick zu früh. Cades Hände waren frei, als der Klin-Diener zu ihm herübersah, aber er hatte sie unauffällig auf dem Rücken verschränkt.

„Scheint in Ordnung zu sein", meinte der Mann und betrachtete ihn eine Zeitlang. Cade öffnete blinzelnd die Augen. „Und er kommt zu sich. Ich bringe diesen Kerl besser hinaus."

„Es wäre vermutlich günstiger." Die Stimme des Mädchens drückte nun Verachtung aus. „Gehört er zu deinen Leuten?"

„Nein, ich nehme nur seinen Bericht entgegen. Larter hat ihn bearbeitet."

„Larter ist neu", sage sie und schwieg dann.

„Nun . . ." Einen Moment lang herrschte verlegene Stille. Cade öffnete seine Augen ganz. Der graugekleidete Mann stand in der Tür. „Vielleicht sollte ich in der Nähe bleiben", meinte er zögernd. „Schließlich ist er Schütze. Er . . ."

„Ich sagte doch, daß ich mit ihm fertig werde", entgegnete sie. „Kümmere dich lieber um deinen Mann, bevor er . . . *Aufpassen!*"

Die Augen des Schlafwandlers hatten zu glänzen begonnen, als er die Nadel auf dem Tisch liegen sah. Er warf einen Blick auf Cade, und mit einem Mal verzerrte sich seine starre Miene.

„Laß es nicht zu!" rief er. „Laß dich nicht anrühren! Wenn sie dich in die Hände bekommen, wirst du wie ich!"

Während der graugekleidete Mann vor Entsetzen erstarrte, handelte das Mädchen blitzschnell. Cade hätte Bewunderung für sie empfunden – wenn dieses Gefühl im Zusammenhang mit einer Frau schicklich gewesen wäre. Mit einem Satz war sie am Tisch und riß die Spritze hoch. Und noch während der Fremde Cade seine Warnung entgegenrief, jagte sie ihm die Nadel in den Arm. Der Mann stieß einen leisen Schrei aus.

Der Klin-Diener hatte sich von seinem Schrecken erholt. Als das Mädchen ihm nun zunickte, machte er sich sofort an die Arbeit.

„Du kommst jetzt mit mir", sagte er langsam und monoton. „Du kommst jetzt mit mir. Du kommst jetzt mit mir."

Cade hatte schon des öfteren Hypnotiseure beobachtet, aber nie hatten sie Drogen benützt, die so rasch wirkten. Er spürte, wie die Kapsel, die ihm das Mädchen zwischen die Lippen gesteckt hatte, warm und feucht wurde. Angst ergriff ihn, aber er wartete, bis sich die Tür geschlossen hatte und die unheimlich gleichmäßigen Schritte verklangen.

Er wußte genau, wie rasch sich die Bürgerin bewegen konnte. Mit perfekter Präzision sprang er auf, spuckte die Tablette aus und war neben dem Mädchen, bevor es sich umdrehen konnte. Sein Schlag traf sie seitlich am Kopf, und sie brach lautlos zusammen.

4

ER MUSSTE fort von hier.

Er mußte zurück zum Ordenshaus. Er warf einen Blick auf das Mädchen, das mit dem Gesicht nach unten am Boden lag, und spürte mit Unbehagen die kratzige Bürgerkleidung auf seiner Haut. Die Waffe an seiner rechten Hüfte fehlte.

Die Klin-Philosophie in einem Schützen ist wie die Ladung in einer Pistole.

Er erinnerte sich schaudernd, mit welcher Ruhe sie zugegeben hatte, daß ein Komplott gegen den Imperator geschmiedet wurde. *Der Imperator herrscht über das Volk. So ist es weise und gerecht. Und solange diese Ordnung besteht, ist alles weise und gerecht bis ans Ende der Zeit.*

Cade wandte den Blick von dem bewußtlosen Mädchen ab und betrachtete noch einmal die sonderbare Form des Raumes. Er konnte nichts Neues entdecken. Er ging auf die kaum sichtbare Tür zu. Vielleicht führte sie irgendwie ins Freie. Dieser Ort des Grauens, wo und was er auch immer sein mochte, mußte vernichtet werden, und je eher ihm die Flucht gelang, desto rascher konnte er die nötigen Maßnahmen einleiten. Ein Glück, daß man ihn ausgewählt hatte, einen erfahrenen Schützen, und nicht einen Schützenanwärter oder Novizen. Er dachte das ohne Stolz. Nur eine gewisse Dankbarkeit erfüllte ihn.

Jenseits der Tür befand sich ein leerer Korridor, dessen einziger Zweck es zu sein schien, den Raum, aus dem er gekommen war, mit ein paar anderen Räumen in fünfzig Meter Entfernung zu verbinden. Cade war mit einemmal überzeugt davon, daß er sich unter der Erde befand. Er zählte sechs Türen am Ende des Korridors. Vorsichtig horchte er. Hinter fünf der Türen vernahm er Stimmen. Ruhig öffnete er die sechste Tür. Er betrat einen leeren Saal, etwa zehn Meter breit und zwanzig Meter lang. Der Raum war hell erleuchtet und mit einfachen Bänken ausgerüstet. Vorn befand sich ein primitives Rednerpodium. An einer Wand entdeckte Cade drei durch Vorhänge abgeteilte Kabinen, deren Zweck ihm unklar blieb. Aber er stürzte sich blitzschnell in eine davon, als er jenseits der Tür Stimmen vernahm.

Die Kabine bestand aus zwei Abteilen, die durch einen dünnen Vorhang voneinander getrennt waren. Wenn man das Abteil benutzte, das sich näher an der Wand befand, konnte man hinaussehen, ohne selbst entdeckt zu werden. Es war eine ebenso verrückte Anordnung wie der graue, eiförmige Raum, aber Cade mußte zugeben, daß es sich um eine perfekte Beobachtungsstation handelte. Durch den inneren Gazevorhang und den halb zugezogenen Außenvorhang sah er ein halbes Dutzend Bürger den Saal betreten. Sie unterhielten sich leise. Ihre Kleider hatten den üblichen Schnitt, aber statt der lebhaften bunten Farben trugen sie ein einheitliches düsteres Braun.

Die Leute schwiegen, als sie auf den Saalbänken Platz nahmen. Nach und nach kamen immer mehr Menschen. Cade zählte an die fünfzig. Nach einiger Zeit erhob sich ein Mann von der ersten Bank und trat auf das Rednerpodium, wo er eine merkwürdige Geste machte. Die rechte Hand berührte nacheinander die linke Schulter, die rechte Hüfte, die rechte Schulter und die linke Hüfte. Dann zeichnete der Mann in der Luft ein P. Es war eindeutig eine Verspottung des jahrtausendealten Schützenrituals beim Anlegen der Waffe. Cade dachte kalt: *Das werden sie büßen!*

Die Bürger in den Bänken wiederholten das Zeichen, und der Mann am Podium begann mit wohlklingender, geübter Stimme zu sprechen. „Die Ersten von Kairo!" Er vollführte komplizierte Gesten und Zeichen. Das hielt eine Zeitlang an, und Cade verlor rasch das Interesse. Er sah nur, daß die Saalbesucher die

Gesten verzückt wiederholten. Schließlich sagte der Mann: „So wird man euch erkennen! Die Ersten der Ersten!“

Etwa zwanzig Bürger von den rückwärtigen Bänken standen auf und gingen hinaus. Cade stellte zu seiner Verblüffung fest, daß einigen von ihnen Tränen über die Wangen liefen.

Als sie gegangen waren, sagte der Sprecher: „Die Fortgeschrittenen der Ersten Kairos!“ Die Lichter gingen bis auf einen blauen Kegel am Rednerpodium aus. Der Sprecher trat ein wenig zur Seite und wiederholte die gleichen Gesten, nur sehr viel langsamer. Bürger traten auf die Plattform und führten zu den Zeichen und Gesten ein kleines Spiel auf.

Und plötzlich wußte Cade, wo er war und was das alles zu bedeuten hatte. Er befand sich in einer Mysterienversammlung. Er wußte wenig über die Mysterienkulte. Es gab insgesamt vier oder fünf davon, die alle auf lächerliche Weise versuchten, das Altertum noch einmal heraufzubeschwören. Diese Narren von Bürgern zahlten hohe Summen dafür, daß man ihnen die esoterische Bedeutung von unsinnigen Phrasen, mystischen Gesten und symbolischen Dramen erklärte. Wahrscheinlich hatten ein paar kluge Köpfe das Ganze eingefädelt. Es hieß, daß die Kulte versuchten, einander die Gläubigen abspenstig zu machen, und oft genug gelang es ihnen. Anhänger der Mysterien waren Versager, Narren sogar in den Augen der Bürger. Die Klin-Philosophie konnte ihnen nichts bieten, da sie ihnen unverständlich blieb.

Cade konnte sich nicht erinnern, je von einem Kairo-Mysterium gehört zu haben. Aber es war erschreckend. Wenn diese Bürger an die Mysterien glaubten, waren sie zu allem fähig, sogar zu einer Verschwörung gegen den Imperator.

Die Lichter flammten wieder auf, und die albernen Riten näherten sich offenbar dem Ende, als zwei weitere Bürger eintraten. Einer von ihnen war der graugekleidete Mann – der „Vetter“, wie Cade ihn nannte.

Er flüsterte dem Sprecher etwas zu. Cade wußte genau, was es war. Er sprang mit einem Satz aus seiner Kabine und versuchte die Tür zu erreichen.

„Haltet ihn auf! Ein Frevler!“

„Ein Spion!“

„Fangt ihn! Fangt ihn!"

Aber sie taten nichts dergleichen. Sie redeten erregt durcheinander, während sich Cade einen Weg zur Tür bahnte und die Klinke herunterdrückte. Der Ausgang war versperrt.

Cade wirbelte herum, so daß ihm die Wand als Rückendeckung diente.

Der Vetter rief laut: „Ergreift ihn, geliebte Brüder und Schwestern! Er ist ein Spion, der unsere geheimsten Rituale entehren möchte!"

„Er lügt!" schrie Cade. „Ich bin Schütze Cade vom Waffenorden. Ich diene unter dem Feldherrn von Frankreich. Bürger, ich befehle euch, diese Tür zu öffnen!"

„Eine lächerliche Anmaßung, Spion", entgegnete der Vetter ruhig. „Wo ist deine Pistole, wenn du ein Schütze bist? Und was suchst du hier in Baltimore, wenn du dem Feldherrn von Frankreich dienst?"

Die Bürger zeigten sich beeindruckt. Cade war verwirrt. In Baltimore?

„Kreist ihn ein, geliebte Brüder und Schwestern!" rief der Vetter. „Haltet den Spion fest, und bringt ihn mir!" Die Bürger drängten heran, und Cade wurde von der Überzahl geradezu erdrückt. Dicht neben ihm tauchte das Gesicht des Vetters auf. Er spürte den Einstich der Nadel. Zum erstenmal stellte er sich die Frage, wie lange er unter dem Einfluß der Droge gestanden hatte. *Baltimore!* Natürlich, die Mysterien waren auf der ganzen Welt verbreitet. Er hätte nun ebensogut auf Sansibar sein können oder in seiner Heimatstadt Denver . . . oder in Baltimore.

Es gab überhaupt keinen Zweifel daran: die Mysterienkulte mußten unterdrückt werden. Bis jetzt hatte man sie toleriert, da alle Gruppen feierlich erklärt hatten, sie leisteten der Klin-Philosophie nur Hilfsdienste.

„Er wird euch nicht angreifen", sagte der Vetter. „Ich bitte zwei von euch, ihn hinauszutragen."

Schützen marschieren zum Ruhme des Imperators. Er schlug heftig mit Armen und Beinen aus, als die Bürger sich über ihn beugten, um ihn hochzuheben. Nichts geschah – sie trugen ihn ohne Schwierigkeiten aus dem Saal. *Eitelkeit ist eine Gefahr!* Ein

Gefühl durchflutete Cade, das er nur aus seiner frühen Kindheit kannte: Er schämte sich.

Die beiden Bürger trugen ihn wieder in den ovalen Raum und schnallten ihn auf dem Bett fest. Er hörte, wie der Vetter sagte: „Ich danke euch, geliebte Brüder, im Namen Kairos!" Dann schloß sich die Tür hinter den Männern. Zorn überlagerte die Scham, als er neben sich deutlich eine Frauenstimme hörte: „Du verdammter Idiot!"

„Er ist klug genug für unsere Zwecke, meine Liebe", entgegnete der Vetter salbungsvoll. „Die Intelligenz, die der Orden ihm gelassen hat, reicht gerade noch aus." Höhnische Befriedigung schwang in der Stimme des Mannes mit. „Er weiß, wie man andere Menschen tötet. Und er ist stark. Die Beule an deinem Kopf . . ."

„Rühr mich mit deinen schmutzigen Händen nicht an, Vetter! Mir fehlt nichts. Wo willst du ihn aussetzen?"

„In irgendeinem Park; gleichgültig, wo."

„Wenn er von einer Bank fällt, verhaftet man ihn vielleicht. Besser wäre ein Ort mit einem Tisch, damit er eine Stütze hat . . ."

„Du hast recht. Bringen wir ihn zu Mrs. Cannon. Wie gefällt dir das? Ein keuscher Schütze bei Mrs. Cannon!"

Das Mädchen lachte hell. „Ich muß jetzt gehen", sagte sie.

„Gut. Ich danke dir im Namen Kairos." Die Tür schloß sich.

Cade spürte, wie seine Schultern gegen einen Tisch gepreßt wurden. Er sah in ein graues Nichts. Ein Klicken, und dann war ein schwarzer Fleck vor ihm.

Er hörte die Stimme des Vetters: „Du wirst feststellen, daß es in diesem Raum keine Ablenkung gibt. Er besitzt weder Ecken noch Winkel, an denen sich deine Blicke festhalten könnten. Du kannst entweder den schwarzen Punkt ansehen oder die Augen schließen. Das ist mir gleichgültig. Wenn du den schwarzen Punkt ansiehst, wirst du nach einer Weile das Gefühl haben, daß er auf dich zupendelt und wieder zurückschwingt. Hin und her, hin und her. Das ist kein mechanischer Trick, sondern auf die Arbeit deiner Augenmuskeln zurückzuführen. Du kannst die Augen schließen, aber es wird dir schwerfallen, an etwas anderes zu denken als an den schwarzen Punkt, der hin- und herpendelt, hin und her, hin und her . . ."

Es stimmte. Er sagte die Wahrheit. Ob Cade nun seine Augen öffnete oder schloß, immer schwang der schwarze Fleck auf ihn zu und wieder zurück, einmal riesengroß und dann wieder klein. Er versuchte sich an die Lehrsätze der Klin-Philosophie zu klammern, aber der teuflische Hypnotiseur durchschaute ihn.

„Warum kämpfst du gegen mich, Schütze Cade? Du hast keine Stiefel. Du hast keine Kniehose. Du hast kein Hemd. Du hast keinen Umhang. Du hast keine Pistole. Nur der schwarze Punkt pendelt hin und her. Warum bekämpfst du mich? Warum bekämpfst du den Punkt, der auf dich zuschwingt? Warum bekämpfst du mich? Ich bin dein Freund. Ich sage dir, was du tun mußt. Du hast keine Stiefel. Du hast keine Kniehose. Du hast keinen Umhang. Du hast keine Pistole. Warum bekämpfst du deinen Freund? Du hast nur den Punkt, der hin- und herpendelt. Warum bekämpfst du mich? Ich sage dir, was du tun mußt. Beobachte den Punkt, der hin- und herpendelt . . ."

Er hatte keine Stiefel. Er hatte keine Kniehose. Er hatte keinen Umhang. Er hatte keine Pistole. Weshalb sollte er seinen Freund bekämpfen? Das Mädchen, dieses böse Mädchen, hatte ihn hierhergebracht. Er haßte sie, weil sie ihn, einen Schützen – aber er war kein Schütze. Er hatte keine Pistole. Er hatte nichts, er hatte nichts.

„Du weißt nichts. Du weißt nichts. Du weißt nichts. Du weißt nichts . . ."

Cades Persönlichkeit zog sich zurück, weiter und immer weiter.

„Du gehst zum Palast und tötest eigenhändig den Statthalter. Du gehst zum Palast und tötest eigenhändig den Statthalter."

Er würde gehen . . . Ein schwacher Abglanz seiner früheren Persönlichkeit wollte aufschreien, sich zur Wehr setzen. Er würde zum Palast gehen und eigenhändig den Statthalter töten. Wer war er? Er wußte es nicht. Er würde zum Palast gehen und eigenhändig den Statthalter töten. Weshalb? Er wußte es nicht. Er würde zum Palast gehen und eigenhändig den Statthalter töten. Er wußte nichts. Der Persönlichkeitsfunke in seinem Innern sah es geschehen und konnte nichts dagegen tun.

5

SCHWÄRZE und Holpern . . . Ruhe und das Gefühl der Beschleunigung . . . eine Zeitlang Stille und dann Geräusche . . . ein Motor, Wind und Stimmen. Gelächter.

„Glaubst du, daß er es schafft?"

„Wer weiß?"

„Er ist Schütze. Die Kerle können einem in Sekundenschnelle den Hals brechen."

„Diesen Quatsch glaub ich nicht."

„Sieh ihn dir doch an! Muskeln wie Stahl!"

„Man wählt sie danach aus."

„Nein, es ist die Ausbildung, die sie erhalten. Wenn es jemand schafft, dann ein Schütze."

„Ich weiß nicht."

„Nun, wenn er es nicht schafft, dann der nächste. Oder der übernächste. Wir wissen, daß wir ans Ziel kommen werden. Wir holen uns eben so viele, wie wir brauchen."

„Es ist gefährlich. Zu risikoreich."

„Nicht mit unserer Methode. Die Alte kam gleich mit."

Ein Ruck.

„Du mußt ihn zur Cannon bringen."

„Zwei Straßenblöcke! Bei dem Gewicht . . ."

„Ich weiß, aber wir haben keine andere Wahl. Ich trage meine Klin-Uniform. Damit kann ich mich bei der Cannon nicht sehen lassen."

„Aber – na ja, schon gut. Ich möchte nur wissen, ob er es schafft."

Ein Schwanken durch dunkle Straßen, gestützt von einem keuchenden, fluchenden Schatten. Ein schwach beleuchteter Raum. Gläserklirren. Grelle Tupfen.

„Soo, Freund, immer langsam. Hier ist ein hübscher Ecktisch. Gefällt er dir? Also gut, auf den Stuhl mit dir. Setz dich, Mensch! *Setz dich!*" Ein dumpfer Schlag in den Magen. „Na, endlich. Zwei Whiskeys, Schatz!"

„Was ist 'n mit deinem Freund los?"

„Hat zuviel erwischt. Ich lasse ihn hier sitzen, wenn ich ausgetrunken habe. Nach einem Nickerchen kommt er meist wieder zu sich."

„Tatsächlich?"

„Tatsächlich. Da, Schatz, der Rest ist für dich."

„So sieht die Sache gleich anders aus."

„Schon wieder zurück, Schatz?"

„Hier ist der Whiskey."

„Danke. Auf dein Wohl, Schatz! He, Freund, hörst du mich? Ich verschwinde jetzt. Hoffentlich sehe ich noch ein paar Schlagzeilen über dich." Der Schatten verschwamm, und ein bunter Klecks tauchte auf.

„Stiftest du einen Drink? Mann, du hast aber hübsch gebechert. Darf ich dein Glas nehmen? Du brauchst es kaum noch. Ich heiße Arlene. Komme aus dem Süden. Magst du Mädchen aus dem Süden? He, was ist denn mit dir los? Wenn du schläfst, dann mach gefälligst die Augen zu! Das soll wohl witzig sein, was? Na denn, schlaf weiter, du Komiker!"

Wieder ein bunter Klecks. „Brauchst du Gesellschaft? Ich habe gesehen, daß du Arlene weggeschickt hast. Kein Wunder. Die ist nur auf Drinks aus. Was mich betrifft, ich unterhalte mich gern mit den Kunden. Was machst du so in deiner Freizeit? Pferdewetten, Kartenspiele? Ich schwärme für Kämpfe. Besonders für Sansibar. Dieser Schütze Golos – Mann! In diesem Jahr hat er siebzehn Überfälle und neun Tote für sich gebucht. Das nennt man einen Schützen! Na, Freund, sollen wir nicht doch einen trinken? Was ist eigentlich los mit dir? Oh, verflucht! Stiert mich der Kerl aus ganz verglasten Augen an, und ich merke es nicht!"

Der Farbfleck verschwand. Allmählich kam Leben in die starren Glieder. Er konnte wieder klar denken. *Geh zum Palast, und töte den Statthalter!* Die Hände auf der Tischplatte regten sich schwach, und das Gehirn sortierte langsam die Erinnerungen.

Ein Handkantenschlag seitlich des Nackens – oder, wenn man dreißig Sekunden Zeit hat, eine Umklammerung mit beiden Händen. Dabei bricht der Luftröhrenknorpel.

Geh zum Palast, und töte eigenhändig den Statthalter!

Eine Hand umfaßte das leere Whiskeyglas und zerdrückte es

zu winzigen Splittern. Wenn man von hinten herankommt, schiebt man einen Fuß vor den Gegner, drückt ihm das Knie in den Rücken und biegt seinen Körper nach hinten.

Ein grell gekleidetes Mädchen trat an seinen Tisch. „Ich stifte dir einen kleinen Drink, Freund. Nein, du darfst nicht ablehnen. Ich habe ihn gleich mitgebracht."

Er wollte etwas sagen, brachte aber keinen Ton hervor. Seine Arme blieben bleischwer auf der Tischplatte liegen.

„Hör mir zu, Cade", flüsterte das Mädchen. „Keine Szenen! Keinen Lärm! Du bleibst schön still sitzen und hörst mir zu."

Es war wie ein Erwachen. Automatisch wandten sich seine Gedanken der Morgenandacht zu. *Der Waffenorden dient dem Imperator durch den Statthalter und . . .*

„Der Statthalter!" stieß er heiser hervor.

„Es ist alles in Ordnung", sagte das Mädchen. „Ich habe dir ein Gegenmittel gegeben. Du sollst freiwillig entscheiden, was du tun wirst."

Cade versuchte aufzustehen und konnte es nicht.

„In ein paar Minuten bist du wieder bei Kräften", sagte sie.

Er sah sie jetzt deutlicher. Sie trug ein starkes Make-up, und in ihrem Lockenhaar spiegelte sich die purpurne Farbe des durchsichtigen Hosenanzugs wider. Das ergab keinen Sinn. Nur die Damen des Hofes trugen durchsichtige Kleider; die Bürgerinnen hüllten sich in grobe Stoffe. Aber nur Bürgerinnen trugen Hosenanzüge. Adlige zogen fließende Gewänder vor. Er schüttelte den Kopf und riß die Augen gewaltsam von dem perfekten Körper los, den das dünne Gewebe deutlich erkennen ließ.

Sie errötete ein wenig, als sie seinen Blick bemerkte. „Das gehört zu meiner Rolle", sagte sie. „Ich bin keine . . ."

Cade versuchte gar nicht zu verstehen, wovon sie sprach. Ihr Gesicht war unbeschreiblich schön. „Du bist die Bürgerin aus diesem sonderbaren ovalen Raum!"

„Leise!" entgegnete sie kühl. „Und diesmal könntest du mich wirklich anhören."

„Du stehst auf der Seite dieser Leute!" sagte er anklagend. Endlich gehorchte ihm die Stimme. Auch seine Bewegungen waren jetzt kontrolliert.

„Nein! Verstehst du denn nicht? Wenn du die Kapsel geschluckt hättest, die ich dir im Hypnoseraum gab, dann wäre dir nichts geschehen. Aber du mußtest meine Hilfe ausschlagen und es auf eigene Faust versuchen. Siehst du nun, wie weit du gekommen bist?"

Sie hatte recht. Die Flucht war ihm nicht gelungen.

„Vielleicht wirst du noch vernünftig", fuhr sie fort, als er nicht antwortete. „Du fühlst dich jetzt besser, nicht wahr? Der Zwang ist fort! Und noch eines könntest du bedenken: Ich bin eigens hierhergekommen, um dir ein Gegenmittel zu verabreichen."

Cade entdeckte, daß er nun auch seine Beine bewegen konnte. „Vielen Dank für deine Hilfe", sagte er steif. „Ich – ich muß jetzt wohl zum nächsten Ordenshaus gehen und mich melden. Ich –" Es ging gegen die Regeln und bedeutete vielleicht sogar Ungehorsam, aber sie hatte ihm tatsächlich geholfen. „Ich werde dich in meinem Bericht nicht erwähnen."

„Sitzt du immer noch auf dem hohen Roß?" fragte sie müde. „Cade, du verstehst die Zusammenhänge nicht. Es gibt so viele Dinge, die du nicht weißt . . ."

„Du kannst mir die nötigen Informationen vermitteln", unterbrach er sie. „Danach werden wir uns nie wiedersehen, so es der Herrscher will."

Er war von seinen eigenen Worten überrascht. Weshalb sollte er diese – Kreatur – vor der gerechten Strafe schützen? Gut, sie hatte ihn unterstützt. Aber das war ihre Pflicht. Schließlich trug er den Titel eines Schützen. Er mußte sich ihr Geschwätz nicht länger anhören. Die Stadtwache konnte sich um sie kümmern.

„Cade . . ." Sie kicherte, und das war unerträglich. „Cade, hast du je in deinem Leben Alkohol getrunken?"

„Das ist verboten . . ." Er unterbrach sich entsetzt. *Verboten! . . . denn die Liebe zu einer Frau verringert die Liebe zu den Herrschern . . .*

„Paß auf, Bürgerin!" begann er laut und hitzig.

„O Cade! Nun hast du es geschafft. Wir müssen rasch weg von hier." Ihre Stimme wurde schrill und nasal. „Ich nehme dich mit heim, Süßer. Du sollst es so richtig bequem bei mir haben . . ."

Eine dicke Frau hatte sich vor dem Tisch aufgestellt. „Ich bin

Mrs. Cannon", sagte sie. „Was suchst du hier, Kleine? Du gehörst nicht zu meinen Mädchen."

„Wir wollten eben gehen, ehrlich. Habe ich recht, Großer?"

„Ich wollte gehen!" Schwankend stand Cade auf. Das Mädchen folgte ihm dicht auf den Fersen, als er hinausging.

Mrs. Cannon brachte sie mit grimmiger Miene an die Tür. „Wenn ich dich noch einmal bei mir sehe, Kleine, setzt es Prügel."

Draußen sah Cade neugierig die dunkle, schmale Gasse entlang. Er hatte keine Ahnung, wo er sich befand. Wie sollte er sich orientieren? Er drehte sich um. „Wo sind wir?" fragte er.

„In Aberdeen."

Natürlich. Die Stadt, in der sich der Palast des Imperators befand! Und das Büro seines Statthalters!

„Es gibt hier ein Ordenshaus", meinte er. „Wie komme ich hin?"

„Cade, versteh mich doch! Du kannst nicht in ein Ordenshaus gehen. Das wäre dein sicherer Tod."

Die typische Reaktion der Bürger, dachte er. Und es stimmte ihn traurig, daß dieses Mädchen auch nicht anders als alle war. Schließlich hatte sie viel für ihn getan.

„Ich versichere dir, daß es mir nichts ausmacht, eines Tages im Kampf zu fallen", sagte er freundlich. „Ihr Bürger versteht das nicht, aber es ist so. Ich muß dafür sorgen, daß die höheren Stellen von dieser Verschwörung erfahren, und dann kehre ich zurück an meinen Posten."

Sie stieß einen erstickten Laut aus. Nach einer langen Pause sagte sie: „Das habe ich nicht gemeint. Ich will deutlicher mit dir sprechen. Du hast heute abend Alkohol zu dir genommen, ein oder zwei Gläser. Du bist so etwas nicht gewöhnt." Wieder machte sie eine Pause, und er hatte den Eindruck, als unterdrückte sie ein kleines Lachen. „Du bist betrunken. Ich nehme zu deinen Gunsten an, daß diese Betrunkenheit die Ursache deines dämlichen, hochtrabenden Benehmens ist. Aber allein kannst du jetzt nicht durch die Straßen gehen. Ich nehme dich mit zu mir. Das ist im Moment der einzige sichere Ort. Und nun sei bitte endlich vernünftig!" Sie sah zu ihm auf, und im Licht der Straßenlaterne wirkte sie trotz des starken Make-ups wie eine

Göttin. Ihre Hand legte sich leicht um seinen Arm, und sie zog ihn mit sich.

Cade schlug sie nicht. Er hätte allen Grund dazu gehabt, aber er brachte es nicht fertig. Ihre Berührung verwirrte ihn.

„Wenn du mir sonst nichts mehr zu sagen hast, dann gehe ich jetzt", meinte er kühl. Sie hatten eine Straßenecke erreicht. Weiter vorn entdeckte Cade hellere Lichter und höhere Bauwerke.

Das Mädchen ließ nicht locker. Sie blieb an seiner Seite und zischte ihm zu: „Ich versuche dir das Leben zu retten, du verdammter Idiot! Kannst du nicht endlich zur Vernunft kommen? Du weißt nicht, worum es geht."

Ein Wachmann stand auf der anderen Straßenseite, ein Symbol der Sicherheit. Cade zögerte einen Augenblick. Er wandte sich dem Mädchen zu. „Laß mich jetzt allein", sagte er, „oder ich kann nicht für deine Sicherheit garantieren."

„Cade, du darfst nicht gehen!"

Das war unerträglich. *Die Liebe zu einer Frau,* dachte er wieder und schüttelte ihren Arm ab.

Er trat auf die Straße hinaus. „Wachmann!"

Der Mann in der grauen Uniform reagierte nicht.

„Wachmann!" wiederholte Cade. „Ich wünsche, daß Sie mir den Weg zum Haus des Waffenordens zeigen."

„Deine Wünsche interessieren mich nicht, Bürger."

Cade erinnerte sich an seine einfache Kleidung. Er beherrschte sich mühsam. „Könnten Sie mir den Weg beschreiben, Sir?"

„Wenn ich es für richtig halte. Und wenn der Zweck deines Verlangens geziemender ist als dein Benehmen. Was hast du im Ordenshaus zu suchen?"

„Das geht . . ." Er unterbrach sich. „Das kann ich Ihnen nicht verraten, Sir. Es handelt sich um eine Angelegenheit äußerst geheimer Natur."

„Schön, Bürger, dann mußt du den Weg eben selbst finden." Der Mann lachte. Doch dann warf er einen Blick auf das Mädchen, das halb hinter Cade stand. „Sie gehört zu dir?" fragte er aufmerksam.

Cade drehte sich nach dem Mädchen um.

„Nein", entgegnete er scharf.

„Na, Kleines?" fragte der Wachmann. „Was tust du außerhalb des Bezirks?"

„Bezirk?" Zum erstenmal sah Cade, daß das Mädchen verlegen war. „Was soll das heißen?"

„Du weißt genau, was ich meine, Kleines. Du trägst dieses Strumpfband doch nicht zum Schmuck, oder? Kunden darfst du nur innerhalb des Bezirks ansprechen. Natürlich, wenn du mit dem Bürger gekommen bist . . ." Er warf Cade einen bedeutungsvollen Blick zu.

„Sie gehört nicht zu mir", erklärte der Schütze entschieden. „Sie ist mir bis hierher gefolgt, aber . . ."

„Das ist eine dreckige Lüge", kreischte das Mädchen plötzlich mit schriller Stimme. „Der Kerl da redet mich bei der Cannon an und führt sich so ekelhaft auf, daß wir beide hinausgeworfen werden, und dann verspricht er, daß er mich mit in seine Wohnung nimmt. Hier an der Ecke fällt ihm plötzlich ein, daß er etwas anderes vorhat, und er will mich einfach stehenlassen. Diese Kerle lassen sich vollaufen, und dann wissen sie nicht mehr, was sie wollen . . ." Sie fauchte entrüstet.

„Na, Bürger? War sie mit dir im Lokal?"

„Nein", sagte Cade störrisch. Er starrte das Strumpfband an, das der Wachmann erwähnt hatte. Es handelte sich um eine schmale Silberkette, die am Schenkel des Mädchens befestigt war und die Falten des durchsichtigen Anzugs zusammenraffte.

„Tut mir leid, Kleines", sagte der Wachmann fest, aber nicht unfreundlich. „Aber du kennst die Vorschriften. Wir gehen zum Revier."

„Siehst du?" Sie wirbelte wütend zu Cade herum. „Siehst du, was du angerichtet hast? Nun buchten sie mich ein, und ich kann die Strafe nicht bezahlen. Und das alles, weil du nicht weißt, was du willst! Gib doch zu, daß du mich mitnehmen wolltest. Mehr verlange ich gar nicht."

Cade wandte sich angewidert ab. „Du bist mir gefolgt", sagte er. „Ich habe dich gewarnt, aber du wolltest es nicht anders . . ."

„Jetzt reicht es aber", unterbrach ihn der Wachmann scharf. „Ihr kommt beide mit aufs Revier. Dort könnt ihr euren Streit zu Ende führen."

„Ich sehe keinen Grund . . .“, begann Cade, doch er unterbrach sich, noch bevor der Wachmann nach seinem leichten Schlagstock griff. Ihm war eingefallen, daß er im Revier den Weg zum Ordenshaus erfragen konnte. „Also schön“, sagte er kühl. „Ich komme mit.“

„Du verdammter Idiot!“ zischte das Mädchen.

6

„NUN, wer von euch beiden erhebt Anklage?“ Der gelangweilte Beamte betrachtete zuerst das Mädchen und dann Cade.

Beide schwiegen.

„Die war außerhalb des Bezirks“, erklärte der Wachmann, der sie hergebracht hatte, „und sie konnten sich nicht einigen, ob er sie begleitet hatte oder nicht. Da nahm ich eben beide mit.“

„Ein Verstoß des Mädchens also“, murmelte der Beamte. „Wenn sie keine Anklage erhebt, besitzen wir keine Handhabe gegen den Mann.“ Er winkte einer graugekleideten Frau zu, die etwas abseits auf einer Bank saß. „Nimm sie mit, und trage ihren Namen ein. Die Strafe beträgt zehn Grüne . . .“

„Zehn Grüne“, wiederholte das Mädchen niedergeschlagen. „Ich besitze nicht einmal einen Blauen. Er war mein erster Kunde . . .“

„Zehn Grüne“, erklärte er unerbittlich, „oder fünf Tage Haft. Jammern kannst du bei der Kollegin. Ab jetzt.“ Er wandte sich Cade zu. „Wir halten lediglich der Ordnung halber Ihren Namen und Ihre Adresse fest. Dann können Sie gehen. Diese Mädchen werden immer unverschämter. Wenn wir nicht durchgreifen würden, hätten wir sie bald überall in der Stadt.“

Es hatte wenig Sinn, über diese unverständlichen Sätze nachzudenken. Cade beugte sich vor und sagte leise: „Kann ich Sie unter vier Augen sprechen?“

„Verrückt geworden, Mann? Los, reden Sie, wenn Sie etwas zu sagen haben!“

Der Schütze sah sich um. Niemand stand in der Nähe. Mit leiser Stimme fuhr er fort: „Es wäre gut, wenn Sie etwas mehr

Respekt zeigen würden, Wachmann! Ich bin kein gewöhnlicher Bürger."

Verstehen dämmerte in den Zügen des Beamten. Er erhob sich prompt und führte Cade in einen kleinen Nebenraum. „Verzeihung, Sir", sagte er hastig. „Ich hatte keine Ahnung. Im allgemeinen geben sich die Herren vom Hof gleich den Straßenwachmännern zu erkennen, wenn sich ein derartiger Zwischenfall ereignet. Sie sind jung, Sir, und vielleicht war es Ihr erster Ausflug in – äh – das andere Viertel. Es wäre nicht nötig gewesen hierherzukommen, Sir. Das nächste Mal nennen Sie dem Wachmann auf der Straße einfach Ihren Namen . . ."

„Ich glaube, wir mißverstehen einander", unterbrach Cade den Redefluß. „Ich kam absichtlich hierher. Sie können mir und dem Reich einen Dienst erweisen."

„Jawohl, Sir. Ich kenne meine Pflichten, Sir, und ich werde Ihnen in jeder Weise behilflich sein. Wenn ich nur zuerst Ihren Namen erfahren dürfte, Sir; ich weiß, es ist lästig, aber wir können nicht zulassen, daß sich gewöhnliche Bürger . . ." Er sah Cade starr an. „Oder sind Sie etwa ohne Rangabzeichen ausgegangen?"

Endlich verstand der Schütze. „Wachmann, Sie stellen die falschen Vermutungen an", sagte er entrüstet. „Ich habe gehört, daß es unter unseren Adligen gewisse degenerierte Menschen gibt, die niedrigen Vergnügungen nachgehen. Aber ich gehöre nicht zu ihnen. Ich bin Schütze des Waffenordens und verlange, daß Sie mich unverzüglich zum nächsten Ordenshaus bringen."

„Sie besitzen kein Rangabzeichen?" fragte der Wachmann grimmig.

„Waffenbrüder brüsten sich nicht."

„Aber Waffenbrüder tragen Pistolen."

Cade bewahrte die Ruhe. „Sie brauchen sich nur mit dem Ordenshaus in Verbindung zu setzen. Man kann dort meine Fingerabdrücke nachprüfen. Vielleicht findet sich auch ein Schütze, den ich persönlich kenne."

Der Mann am Schreibtisch gab keine Antwort. Er ging an die Tür und machte sie auf. „He, Bruge!"

Der Wachmann, der Cade und das Mädchen hergebracht

hatte, schlenderte näher. „Sollen wir den Kerl wegen Trunkenheit einlochen? Er ist entweder übergeschnappt oder völlig blau. Wie hat er sich draußen benommen?"

„Das Mädchen meinte auch, daß er zuviel getrunken hätte", meinte der Wachmann.

„Gut, dann erhebst du Anklage. Heute nacht bleibt er jedenfalls hier. Er hat mir im Vertrauen erzählt, daß er eigentlich Schütze des Waffenordens sei . . ."

„He, damit begann doch das Ganze", erinnerte sich Bruge. „Er trat auf mich zu und erkundigte sich nach dem Weg zum Ordenshaus. Ich dachte, er sei ein wenig plemplem und hätte ihn laufenlassen, wenn nicht der Streit mit dem Mädchen begonnen hätte. Glaubst du, daß er übergeschnappt ist?"

„Ich weiß nicht." Der Beamte schwieg einen Moment lang, doch dann traf er eine Entscheidung. „Du beantragst jetzt einen Haftbefehl, und morgen früh sehen wir weiter."

Cade konnte sich nicht mehr beherrschen. Er trat wütend vor die beiden Männer. „Und ich sage euch, daß ich Schütze Cade vom Waffenorden bin und dem Feldherrn von Frankreich diene! Wenn ihr nicht die nötigen Schritte zur Feststellung meiner Identität unternehmt, werdet ihr es bitter bereuen."

„Moment . . ." Ein anderer Wachmann, der bis dahin unauffällig auf einer Bank gesessen hatte, kam näher. „Ich bin ein glühender Anhänger von euch Kämpfern, und ich freue mich, einem echten Schützen gegenüberzustehen." Er war klein und untersetzt, und auf seinem Mondgesicht zeichnete sich ein dümmliches Lächeln ab. „Ich möchte Sie nicht belästigen, Sir, aber ich hatte erst gestern einen kleinen Streit mit Bruge, den Sie schlichten könnten. Sir, wie oft haben Sie in diesem Jahr schon gekämpft? Oder wie oft haben Sie während der letzten fünf Jahre gekämpft?"

„Daran kann ich mich wirklich nicht erinnern", entgegnete Cade ungeduldig. „Und im Augenblick habe ich wichtigere Dinge zu tun, als die Vergangenheit heraufzubeschwören. Wenn Ihr Vorgesetzter nun seine Pflicht tun und mich zum Ordenshaus bringen könnte, wäre ich ihm sehr dankbar."

„Was sagen Sie dazu, Boß?" Der Mann mit dem Mondgesicht

wandte sich von Cade ab und sah den Beamten am Schreibtisch an. „Warum sollte Bruge nicht anrufen – nur zum Spaß?"

Der Beamte lächelte mit einem Mal. „Gut. Bruge, du rufst bei der Registratur an." Er nickte freundlich.

„Meinetwegen." Bruge verließ den Raum.

„Schütze Cade, wie viele Menschen haben Sie eigentlich getötet, seit Sie Schützenanwärter wurden?" fragte der Mann mit dem Mondgesicht. „Und wie viele offensive Kämpfe waren es im Vergleich zu den defensiven?"

„Wie? Oh, ich habe sie nie gezählt, Wachmann. Das würde kein Schütze tun." Der Mann war zumindest höflich. Es schadete nicht, wenn er während der Wartezeit seine Fragen beantwortete. „Die Anzahl der Getöteten bedeutet in einem Krieg überhaupt nichts. Ich habe an Gefechten teilgenommen, wo wir die Hälfte unserer Männer geopfert hätten, um einen winzigen Hügel zu erobern."

„Donnerwetter!" meinte einer der Wachmänner. „Habt ihr das gehört? Für einen winzigen Hügel, den Dummköpfe wie wir vielleicht nicht einmal bemerken würden! Hallo, Jardin . . ." Er begrüßte einen graugekleideten Mann, der eben eingetreten war. Dann wandte er sich an den Dicken mit dem Mondgesicht. „Das ist der richtige Mann für dich. Jardin kennt sämtliche Kämpfe des Schützen."

„Ihr sprecht von Cade?" fragte der Neuankömmling traurig. „Ja, natürlich weiß ich über ihn Bescheid. Er hatte im zweiten Quartal erst acht Tote. Aber er wäre mindestens auf zwölf gekommen, wenn . . ."

„Ja, es ist eine Schande", unterbrach ihn der Dicke. „Jardin, ich habe eine echte Überraschung für dich. Jeder weiß, daß du Frankreichanhänger bist und eine besondere Vorliebe für den Schützen Cade besitzt. Nun paß gut auf, Mann! Hier steht Schütze Cade in Person! Schütze Cade, darf ich Sie mit Jardin, einem Ihrer glühendsten Verehrer, bekanntmachen?"

Zwei weitere Männer waren eingetreten, und einer hatte sich an der Tür postiert. Sie standen alle da und hörten zu. Cade bedauerte, daß er sich dazu herabgelassen hatte, die Fragen des Dicken zu beantworten.

„Laß den Unsinn!" sagte Jardin beinahe wütend. „Ich finde es alles andere als komisch, wenn ein guter Schütze stirbt."

„Ich sage dir, dieser Mann behauptet, er sei Schütze Cade. Oder stimmt das nicht?" Der Dicke wandte sich fragend an Cade.

„Ich bin Schütze Cade", erwiderte er streng.

„Also, das –"

Der Mann am Schreibtisch unterbrach Jardins Ausruf.

„So, nun reicht es", sagte er scharf. „Sie haben sich den falschen Schützen ausgesucht, Freund. Schütze Cade ist tot. Ich weiß es, weil Jardin hier auf ihn gewettet hatte und mir zwanzig Grüne auszahlen mußte. Aber lassen wir das. Wer sind Sie, und weshalb geben Sie sich als Schütze aus?"

„Aber ich bin doch Schütze Cade", erklärte Cade verwirrt.

„Schütze Cade", sagte der Beamte geduldig, „wurde letzte Woche während des Kampfes im französischen Grenzgebiet getötet. Man fand seine Leiche in der Küche eines Wohnhauses. Wissen Sie, daß es ein schweres Vergehen ist, sich als Schütze auszugeben?"

Jetzt erst erkannte Cade, daß Bruge sich nicht mit der Registratur in Verbindung gesetzt hatte, sondern daß er hinausgegangen war, um die übrigen Wachmänner herzuholen. Es waren nun elf Personen im Raum – zu viele für ihn. Er schwieg. Es hatte keinen Sinn, auf der Wahrheit zu beharren.

„Das wird ein Fall für den Psychiater", sagte der Beamte.

„Soll ich den Haftbefehl unterzeichnen?" Bruge grinste wie ein Schimpanse.

„Ja. Wir stecken ihn bis morgen früh in die Zelle und führen ihn dann dem Irrenarzt vor."

„Wachmann", sagte Cade ruhig, „werde ich den Psychiater überzeugen können, oder ist er auch nur ein einfacher Bürger wie Sie?"

„Haltet ihn fest", sagte jemand. Zwei Männer ergriffen seine Arme. Der Beamte schlug ihm den Gummiknüppel ins Gesicht. „Mag sein, daß du verrückt bist", sagte er, „aber ich verlange, daß du den Klin-Dienern den nötigen Respekt zollst."

Cade stand da, und eine Seite seines Unterkiefers wurde allmählich gefühllos. Er wußte, daß er die Männer, die ihn festhielten, abschütteln konnte, und er wußte auch, daß er den Beamten mit einem gutgezielten Tritt zu töten vermochte. Aber welchen Sinn hätte das gehabt? Zu viele Wachleute befanden sich im Raum.

„Schön", sagte der Mann mit dem Gummiknüppel. „Sperrt ihn zu Fledwick."

Der Schütze ließ sich widerstandslos in die Zelle bringen. Er beachtete seinen Zellengefährten nicht, bis der Mann nervös fragte: „Hallo! Weshalb hat man dich eingelocht?"

„Unwichtig."

„Oh, oh! Ich bin durch einen Irrtum hier. Ich heiße Fledwick Zisz. Ich bin Klin-Lehrer. Bei den Kollekten hatte sich ein Fehler eingeschlichen, und man machte mich dafür verantwortlich. In ein oder zwei Tagen wird sich meine Unschuld erwiesen haben."

Cade warf dem Mann einen uninteressierten Blick zu. Seine ganze Haltung drückte aus, daß er ein Dieb war. Es gab also auch unter den Klin-Lehrern Diebe.

„Was bedeutet ein silbernes Strumpfband bei einem Mädchen?" fragte er plötzlich.

„Oh!" machte Fledwick und erklärte es ihm.

Verdammt soll sie sein, dachte Cade. Was ihr wohl zugestoßen sein mochte? Sie hatte erklärt, daß sie die Strafe nicht zahlen könne. Vermutlich sperrte man sie zu einer echten Prostituierten.

„Ich hätte ja viel lieber in einem Waffenorden gepredigt", erzählte der Klin-Lehrer. „In dem Autowerk, das mich beschäftigte, war ich nie sehr glücklich. Mir imponiert das Militär."

„Kennst du den Schützen Cade?"

„Oh, wer kennt ihn nicht? Du hättest die Gesichter bei der Belegschaft sehen sollen, als die schreckliche Nachricht bekannt wurde. Man hatte nämlich Gemeinschaftswetten auf ihn abgeschlossen. Nicht daß ich persönlich viel von Glücksspielen verstehe, aber – äh – zufällig übergab man mir die Spielkasse. Diese Dinge sind gut für die Arbeitsmoral. Wenn ich allerdings hier herauskomme, werde ich mich mehr an Hunderennen halten. Hunde können wenigstens nicht erschossen werden. Ich war immer der Meinung . . ."

„Halt den Mund!“ sagte Cade. Komisch, daß diese Kerle keinen Unterschied zwischen ihr und den anderen Mädchen festgestellt hatten. Ach was, er hatte genug eigene Sorgen. Man hielt ihn also für tot. Er grinste. Er mußte zum Ordenshaus gelangen und einen Bericht über das Kairo-Mysterium abgeben, aber man würde ihn als namenlosen Bürger behandeln. Ein Schütze besaß weder Frau noch Familie, die ihn identifizieren konnten. Nur die Waffenbrüder kannten ihn, und die Wachmänner weigerten sich, ihn zum Ordenshaus zu bringen. Sie wußten, daß Cade tot war.

Er war total verwirrt. Er konnte nicht mehr klar denken. Er streckte sich auf der Zellenpritsche aus und sehnte sich nach dem engen Schlafsack und dem harten Fußboden des Ordenshauses. *Der Imperator herrscht über das Volk* . . . Hoffentlich zog sie sich mit ihren respektlosen Reden keine Feinde zu. Oh, verdammt! Warum war sie nicht in ihrem Bezirk geblieben? Aber das bewies doch, daß sie mit Prostitution nichts zu tun hatte, oder?

„He, du!“ sagte er grollend zu Fledwick. „Hast du schon einmal gehört, daß eine Prostituierte irrtümlich den Distrikt verließ?“

„Oh! O nein! Ganz bestimmt nicht. Jeder weiß, wohin er gehen muß, wenn er eine Frau braucht. Das hat man mir wenigstens erzählt.“

Ein verrückter Gedanke kam Cade. Wenn er tot war, dann mußte er sich auch nicht mehr an sein Gelübde halten. Aber das war Unsinn. Er sehnte sich nach einer Unterredung mit einem echten Klin-Lehrer, nicht mit diesem schleimigen Dieb. Ein guter Klin-Lehrer konnte immer alle Probleme lösen.

„Du!“ sagte er. „Welche Strafe bekommt man, wenn man sich als Schütze bezeichnet und keiner ist?“

Fledwick kratzte sich an der Nase. „Zwanzig Jahre!“ Er sah sein Gegenüber furchtsam an. „Tut mir leid, daß ich dir diese unangenehme Nachricht . . .“

„Halt den Mund! Ich muß nachdenken.“

Er dachte nach – und erkannte mit einem bitteren Lächeln, daß er diese Strafe noch vor einer Woche für zu knapp bemessen gehalten hätte.

Fledwick drehte sich mit einem Seufzer zur Wand. Wollte er etwa einschlafen?

„Du!" sagte Cade. „Weißt du, wer ich bin?"

„Du hast es mir nicht verraten." Der Klin-Lehrer gähnte.

„Ich bin Schütze Cade vom Waffenorden, und ich diene dem Feldherrn von Frankreich."

„Aber . . ." Der Lehrer setzte sich auf und starrte Cade beunruhigt an. „Oh, natürlich", sagte er. „Selbstverständlich, Sir. Tut mir leid, daß ich Sie nicht gleich erkannte." Danach blieb er auf der Bettkante sitzen und warf seinem Zellengefährten hin und wieder einen nervösen Blick zu. Cade fühlte sich ein wenig besser.

Der Imperator herrscht über das Volk . . . Er hoffte, daß auf Verlassen des Distrikts keine allzu hohe Strafe stand.

7

CADE öffnete die Augen. Schmuddelige Wände, eine verschlossene Tür und der kleine Klin-Lehrer, der immer noch am Rand der Pritsche saß. Der Kopf war ihm auf die Brust gesunken, und er schnarchte. Bei dem Gedanken, daß der Mann fest entschlossen gewesen war, über den wahnsinnigen Zellengefährten zu wachen, mußte Cade lächeln. Hastig rief er sich zur Ordnung. Er begann mit dem Morgenritual und wünschte sich insgeheim, daß es kürzer wäre. Er hatte nämlich einen Plan.

Sekunden nach Beendigung der Andacht beugte er sich über den Schlafenden und rüttelte ihn wach. Fledwick sprang mit einem erschreckten Quieken hoch. Der Schütze legte ihm die Hand über den Mund.

„Keinen Laut", flüsterte Cade. „Hör zu!" Er setzte sich auf Fledwicks Pritsche. „Ich möchte raus aus diesem Gefängnis, aber dazu brauche ich deine Hilfe. Wirst du Schwierigkeiten machen?"

„Aber nein, Sir." Die Antwort kam zu schnell und zu bereitwillig. „Ich stehe ganz zu Diensten."

„Gut." Cade warf einen Blick auf das Schloß der Zellentür – einen gewöhnlichen Radionikmechanismus. „Ich werde das

Schloß so manipulieren, daß es sich von innen öffnet, fünfzehn Sekunden nachdem es von außen geöffnet wurde. Du mußt irgendwie Lärm schlagen, damit ein Wachmann die Zelle betritt."

„Du kannst das Schloß manipulieren?" unterbrach ihn Fledwick. „Wo hast du das gelernt?"

„Ich sagte dir doch, daß ich Schütze des Waffenordens bin. Ich erwarte deine volle Mitarbeit. Ich befinde mich im Besitz wichtiger Informationen, die sofort an das Ordenshaus weitergeleitet werden müssen. Man gewährt dir bestimmt Strafnachlaß, wenn du dich auf meine Seite stellst."

Cade sah, wie der Hoffnungsfunke in Fledwicks Augen erlosch.

„Es geht mir nicht so sehr um den Strafnachlaß."

„Schön, du glaubst mir nicht. Dann muß ich deine Mitarbeit eben erzwingen. Wenn du nicht genau tust, was ich dir befehle, spiele ich wieder verrückt und bringe dich um. Ist wenigstens das klar?"

„Ja." Fledwick schluckte.

„Ausgezeichnet. Nun hör zu! Du lenkst die Aufmerksamkeit des Wachmanns auf dich. Sag, daß du dich nicht wohl fühlst oder daß ich dich angegriffen habe . . ., irgend etwas, damit er die Zelle betritt. Er wird hereinkommen, die Tür schließen und dich ansehen. Dann überwältige ich ihn, die Tür öffnet sich automatisch, und ich verschwinde."

„Darf ich fragen, was mit mir geschehen soll? Es heißt, daß die Wachleute Fluchthelfer übel behandeln."

„Du kannst mich begleiten, wenn du willst. Das wäre sogar von Vorteil, weil ich die Stadt nicht kenne."

Er stand auf und trat an das Schloß.

Fledwick sah ihm über die Schulter. „Du willst es tatsächlich versuchen?" In seiner Stimme schwang Ehrfurcht mit.

„Natürlich, du Schwachkopf! Davon rede ich doch die ganze Zeit." Er machte sich an die Arbeit, und der kleine Prediger sah ihm zweifelnd zu. Das Teil, das sich im Innern der Zelle befand, war in weniger als einer Minute geöffnet. Cades geübtes Auge analysierte sofort die Stromkreise, die dahinter angeordnet waren. Fledwick hielt nervös den Atem an, als der Schütze mit sicheren Fingern die Transistoren, Relais und Druckschaltungen abtastete. Aber es war ein Kinderspiel, nicht den Alarmstromkreis auszulösen – ein Kinderspiel für jemanden, der blind das Instrumentenbord eines Flugzeugs verdrahten konnte.

Cade setzte die Schutzhülle wieder über den Mechanismus und wandte sich zu Fledwick um. „Jetzt!"

Der kleine Mann war den Tränen nahe. „Könnten wir nicht bis nach dem Frühstück warten?"

„Was gibt es denn?"

„Brot und Wurst", erwiderte der Lehrer hoffnungsvoll.

Cade schüttelte den Kopf. „Nein. Ich esse bis zum Einbruch der Nacht kein Fleisch. Hast du vergessen, daß ich Schütze bin?"

Der kleine Mann nahm sich zusammen und sagte ruhig: „Allmählich überzeugst du mich. Deine Geschicklichkeit beim Öffnen des Schlosses . . . Wenn uns die Flucht gelingt, kann ich dir ein gewisses Lagerhaus zeigen. Ich kenne Hehler, die uns das Zeug abnehmen würden. Offen gestanden, ich habe doch einiges mehr auf dem Kerbholz, als ich vorhin erwähnte."

„Das ist unwichtig", meinte Cade. „Wenn du mich bei der Flucht unterstützt, werde ich dafür sorgen, daß man dir die Strafe erläßt. Und nun rufe endlich den Wachtposten herbei. Es wird bald hell."

Fledwick begann mit einem leisen Stöhnen und steigerte sich zu einem Kreischen. Es klang, als wälzte er sich in Agonie.

Zwei Wachtposten tauchten verschlafen und verärgert auf. „Was ist denn mit dir los?" fragte einer von ihnen Fledwick. Der kleine Prediger wälzte sich auf der Pritsche.

„Krämpfe!" stöhnte Fledwick. „Ich halte das nicht mehr aus! Mein Magen brennt wie Feuer."

„Ja, ja", sagte der Wachmann. Er wandte sich mit ausgesuchter Höflichkeit an Cade. „Du, Hochwohlgeborener, nimmst auf deiner Pritsche Platz und legst die Hände auf die Knie. Mein Kollege wird dich bewachen. Eine falsche Bewegung, und Schlafgas strömt in die Zelle. Und wenn du dann aufwachst, bekommst du Prügel wie noch nie zuvor ein Schütze."

Er nickte seinem Begleiter zu, der sich vor einen großen roten

Hebel stellte. Innerlich jubelte Cade. Der Mann, der auf ihn achten sollte, wirkte langsam und begriffsstutzig.

Das Schloß wurde von außen geöffnet. Der Wachmann beugte sich über den leise stöhnenden Fledwick. Cade zählte die Sekunden. Als die Tür zum zweitenmal aufsprang, war er bereit. Er fällte den Wachmann im Innern der Zelle durch einen einzigen Hieb und war ins Freie gelaufen, bevor der zweite Posten überhaupt merkte, was sich abspielte. Der Mann setzte sich nicht zur Wehr.

Fledwick hatte inzwischen ebenfalls die Zelle verlassen. „Komm!" befahl Cade. Es war ungewohnt, mit jemandem zusammenzuarbeiten, der nicht die Reflexe eines Schützen hatte.

Sie erreichten die Tür zur Wachstube. Unterwegs hatten sie nur leere Zellen passiert. Cade warf einen vorsichtigen Blick durch das Guckloch. Drei schläfrige Wachmänner saßen herum. Einer stand an der Faksimilemaschine und las die Frühausgabe der Nachrichten.

„Boyer!" rief der Mann. „Grey Dasher hat das letzte Rennen in Baltimore gewonnen. Du schuldest mir einen Grünen – wo ist denn Boyer?"

„Im Zellenblock. Fledwick bekam einen Tobsuchtsanfall."

„Wann ging er hin?"

„Immer mit der Ruhe. Kurz bevor du hereinkamst. Marshal ist bei ihm. Sie machten sich vor einer knappen Minute auf den Weg."

Cade duckte sich, als der Mann von der Faksimilemaschine ans Guckloch trat und durchsah. „Eine Minute ist zu lang", hörte er ihn sagen. „Ihr wißt alle, wie beschränkt Marshal ist – und dieser Bulle in Fledwicks Zelle . . . Schnallt eure Gaspistolen um!"

Die Männer protestierten. „Könnten wir nicht den ganzen Block unter Gas setzen?"

„Das würde dir so passen! Du mußt die Berichte ja nicht schreiben."

„Kannst du mit einer Gaspistole umgehen?" flüsterte Cade. Der Klin-Lehrer schüttelte zitternd den Kopf.

„Dann halte dich aus dem Kampf heraus!" befahl Cade. Er war selbst etwas nervös, weil er seine Waffe nicht mehr besaß. Sie sagen immer, daß ein Schütze keine Furcht kennt, dachte er, aber darin irren sie sich.

Die massive Tür wurde aufgeschlossen. Der Mann von der Faksimilemaschine trat als erster in den Korridor. Mechanisch schlug Cade zu. Er traf das Nervenzentrum unterhalb des Brustbeins. Mit der freien Hand entriß er dem Wachmann die Gaswaffe und feuerte zwei Schüsse durch die halboffene Tür. Einer der Posten konnte noch die eigene Waffe ziehen, aber der Schuß prallte harmlos von der Wand ab.

Fledwicks Lippen bewegten sich angstvoll, aber Cade winkte ihn unerbittlich weiter. Der Schütze warf einen vorsichtigen Blick auf die Straße hinaus. Niemand war zu sehen.

„Los", sagte er und warf die Gaspistole auf einen der bewußtlosen Wachmänner.

Fledwick hob sie prompt wieder auf. „Weshalb denn das?" fragte er.

„Diese Waffe ziemt sich nicht für einen Schützen", entgegnete Cade wütend. „Ich habe sie nur benutzt, weil mir keine andere Wahl blieb."

Fledwicks Gesichtsausdruck war eine Mischung aus Resignation, Verehrung – und Mitleid. Cade hatte diesen Ausdruck manchmal bei den Höflingen gesehen, ganz besonders bei den Damen, ohne ihn zu verstehen.

„Sollten wir die Pistole nicht für den Notfall mitnehmen?" fragte der Klin-Lehrer vorsichtig. „Ich kann sie ja tragen, wenn sie für dich zu entwürdigend ist."

„Wie du willst", entgegnete Cade knapp, „aber beeil dich!"

Fledwick schob die Gaspistole in seinen Kittel. „Und sollten wir nicht etwas wegen dieser Wachmänner unternehmen?" fuhr er zögernd fort. „Wir könnten sie in eine Zelle schleppen und abschließen."

„Unsinn!" meinte Cade mit einem ärgerlichen Achselzucken. „Bis man sie entdeckt, haben wir längst das Ordenshaus erreicht." Fledwick folgte ihm seufzend die Stufen hinunter und durch die leere Straße. Es herrschte leichter Nebel, und am Himmel waren die ersten Spuren der Morgendämmerung zu erkennen. Die beiden grünen Laternen vor der Wachstation ließen die Schatten der Männer lang und dünn erscheinen.

„Wie weit ist es zum Ordenshaus?"

„Fünf Kilometer auf dem Highway – eine breite Straße, etwa zwei Querstraßen von hier entfernt."

„Dann brauche ich ein Bodenauto."

„Auch noch Fahrzeugdiebstahl!"

„Eine Beschlagnahme im Namen des Waffenordens", entgegnete Cade ruhig. „Du hast nichts damit zu tun." Diebstahl – Beschlagnahme. Beschlagnahme – Diebstahl. Merkwürdig, wie sich die Perspektive außerhalb des Ordens veränderte! Und irgendwie interessant! Er schämte sich bei diesem Gedanken und ermahnte sich hastig: *Schützen marschieren zum Ruhme des Imperators.* Ja, er marschierte in weichen Bürgerschuhen, und er wollte ein beschlagnahmtes Bodenfahrzeug benutzen.

Ganz leicht – und dann spürte er einen Stich. Würde es für das Mädchen ebenso leicht sein? Er wollte sich erkundigen. Möglicherweise rächte man sich an ihr, jetzt, da er ausgebrochen war. Wenn die Wachmänner nicht deutlich zu fühlen bekamen, daß sie unter seinem Schutz stand, mißhandelten sie das Mädchen vielleicht. Er hatte selbst erlebt, wie sie mit ihren Gefangenen umgingen.

„Das hier ist ein gutes Fahrzeug", sagte Fledwick. „Aus meinem Werk." Cade erinnerte sich, daß der Klin-Lehrer in einem Autowerk gearbeitet hatte. Er betrachtete die geparkte Maschine. Fledwick drückte sich die Nase am Fenster platt. „Vollgetankt", verkündete er befriedigt. „Es wird uns ans Ziel bringen."

„Verschlossen?" fragte Cade. „Ich kümmere mich . . ."

Fledwick winkte ruhig ab. „Zufällig bin ich mit diesem Modell vertraut." Der kleine Mann nahm seinen Gürtel ab, und zu Cades großer Überraschung enthielt das Kleidungsstück eine Unmenge von Schlaufen und verborgenen Innentaschen. Aus einer davon holte Fledwick einen flachen Metallgegenstand und schob ihn in das Schloß des Wagens. Ein Klicken, und die Tür sprang auf.

Cade starrte den Klin-Lehrer an, der sein Werkzeug sorgfältig wieder im Gürtel verstaute. Fledwick räusperte sich und erklärte: „Ich wollte mir von meinen mageren Ersparnissen selbst ein Auto kaufen, und in der Schlüsselwerkstatt arbeitet ein kluger Kollege, der diese – äh – Öffner herstellt. Ich dachte, es sei ganz praktisch, so ein Ding zu besitzen, falls man einmal die Kombination vergißt."

„Die Kombination am Türschloß des noch nicht gekauften Autos?" fragte Cade.

„Oh. Aber ja. Vorsicht, reine Vorsicht."

„Das mag schon sein. Ich verlasse dich hier. Du mußt mich nicht zum Ordenshaus begleiten. Wahrscheinlich weißt du selbst, daß wir Schützen mit gewöhnlichen Bürgern nur im äußersten Notfall verkehren dürfen. Ich danke dir für deine Dienste im Namen des Reiches." Cade schickte sich an, das Fahrzeug zu besteigen.

„Ich würde lieber an deiner Seite bleiben", sagte Fledwick drängend. „Du hast von einem Straferlaß gesprochen . . ."

„Man wird ihn dir zuschicken."

„Es ist gar nicht so einfach, mich zu finden. Ich wünsche mir nichts sehnlicher, als dem Arbeitervolk die Weisheit Klins näherzubringen, aber solange ich diesen Straferlaß nicht vorweisen kann, bekomme ich keine Anstellung."

„Steig ein", sagte Cade. „Nein, ich übernehme das Steuer. Du könntest in deiner Geistesabwesenheit das Instrumentenbord in die Tasche stecken." Er jagte auf den Highway zu.

„Nicht so schnell", warnte Fledwick. „Die Radarmeßgeräte lösen eine Fahrsperre aus, wenn du mehr als vierzig fährst."

Cade verlangsamte die Geschwindigkeit. Er achtete sorgfältig auf mögliche Gefahren – und sah die sonderbarsten Dinge. Die breite Straße wurde von Läden gesäumt. Läden mit Nahrungsmitteln, Kleidern und Möbeln! Es kam ihm so unnütz vor.

Fledwick schaltete das Radiogerät des Wagens ein. Aus dem Augenwinkel sah Cade, daß er eine ganz bestimmte Wellenlänge suchte, die keinerlei Bezeichnung trug.

Warum konnten nicht alle Menschen so vernünftig sein wie die Ordensbrüder? fragte sich Cade. Ein einziges Gewand – natürlich durfte es nicht der Uniform der Schützen ähneln. Große Speisesäle, in denen einfache, nahrhafte Normgerichte serviert wurden? Das Bild, das er sich von den Bürgern gemacht hatte, stimmte also. Sie waren verweichlicht, schlapp und stopften sich morgens, mittags und abends mit Leckereien voll.

Wie er sich auf das einfache Frühstück im Ordenshaus freute!

Er wußte, daß der Alltag unter den Brüdern die beunruhigenden Gedanken der letzten Tage auslöschen würde. Ein Beweis dafür, daß die Ordensregel richtig war. *Kein Waffenbruder soll den Gefahren außerhalb des Ordenshauses oder außerhalb des Schlachtfeldes ausgesetzt werden. Falls es nötig ist, von einem Ort zu einem anderen zu reisen, so soll dies, wenn möglich, per Flugzeug geschehen.*

So geziemt es sich! Es gab vielfältige Gefahren. Unzählige Male hatte er seine Gedanken von den Ordenspflichten abschweifen lassen. Als er an diesem Morgen erwacht war, hatte er die Andacht beinahe mutwillig abgekürzt.

„Cade!" sagte Fledwick mit schriller Stimme. „So hör doch!"

Ein Rundfunksprecher erklärte eben: „. . . der behauptet, der gefallene Schütze Cade aus Frankreich zu sein. In seiner Begleitung befindet sich ein nichtregistrierter Klin-Lehrer namens Fledwick Zisz. Der angebliche Cade besitzt eine Gaspistole und hat Bärenkräfte. Zisz ist unbewaffnet und völlig ungefährlich. Ich wiederhole: Gesucht werden zwei Männer, die heute morgen aus der Wachstation des Siebten Bezirks entwichen sind. Es handelt sich um einen nichtidentifizierten Mann, der behauptet, der gefallene . . ."

„Noch vermissen sie nicht das Fahrzeug", sagte Cade.

„Das kommt noch", versicherte Fledwick düster. „Oder sie vermissen es und bringen es nicht mit uns in Zusammenhang." Er starrte eine Weile finster vor sich hin und murmelte dann wütend: „Unbewaffnet und völlig ungefährlich!" Er tastete nach der Gaspistole. „Unbewaffnet, also wirklich! Gleich haben wir die Stadt hinter uns gelassen. Wenn sie die Schlinge noch nicht zugezogen haben . . ."

„Die Schlinge?"

„Ich meine, wenn sie die Stadtausgänge noch nicht durch Wachmänner besetzt haben, gelingt uns die Flucht vielleicht. Sie riegeln Aberdeen bestimmt hermetisch ab, doch wenn sie von dem Auto nichts wissen, werden sie sich zuerst um die öffentlichen Verkehrsmittel kümmern. Das ist unsere Chance."

Cade fuhr gleichmäßig mit vierzig dahin. Die Sonne war aufgegangen, und der Verkehr in Richtung Stadt wurde mit jeder

Minute dichter. Einmal sahen sie ein Fahrzeug, das von einer Art Käfig umgeben war. Offensichtlich hatte es die erlaubte Geschwindigkeit überschritten und war festgehalten worden.

„Die Barrieren gibt es nur in der Stadt", erklärte Fledwick. „Draußen kannst du schneller fahren. Die Autos der Wachleute sind langsamer als unser Fahrzeug."

Die Schlinge war noch nicht zugezogen. Sie rollten an einem schläfrigen Wachmann vorbei durch das Tor. Entweder hatte er die Warnung noch nicht erhalten, oder er war der Meinung, daß der Siebte Bezirk ihn nichts anging. Cade ignorierte instinktiv den Rat Fledwicks, außerhalb der Stadt schneller zu fahren. Er blieb bei unauffälligen fünfzig Kilometern die Stunde, und das war gut so. Ein grünes Wachauto überholte sie, und Fledwick rutschte auf seinem Sitz zusammen. Doch die Wachmänner schenkten ihnen nicht die geringste Aufmerksamkeit.

Auf dem Highway herrschte nun dichter Verkehr. Links vor ihnen ragte ein grauer Wall auf. „Das Ordenshaus", sagte Fledwick und deutete nach vorn. Cade seufzte. Nun würde die verrückte Episode ein Ende finden.

Im gleichen Augenblick meldete sich der Rundfunksprecher: „An alle Waffenbrüder und Wachleute!" Die Stimme war hart und gebieterisch. „An alle Waffenbrüder und Wachleute! Dieser Aufruf macht unsere vorherigen Anweisungen ungültig. Der Mann, der sich für Cade ausgibt, und der nichtregistrierte Klin-Lehrer sind schwer bewaffnet und äußerst gefährlich. Sollten sie irgendwo auftauchen, so sind sie ohne Warnung zu erschießen. Waffenbrüder! Tötet diese Verbrecher durch wohlgezielte Schüsse! Wachleute! Benutzt Gaspistolen mit großer Reichweite! Der neue Befehl für Waffenbrüder und Wachleute lautet: *Erschießt die Verbrecher ohne Warnung!* Die beiden Männer sind gemeingefährlich. Laßt euch nicht auf Verhandlungen ein!

Es folgt eine Beschreibung der Täter . . ."

Cade fuhr unwillkürlich langsamer. Entsetzt hörte er sich die Beschreibung an. Man dichtete ihm Mordgier und Wahnsinn an. Sein Begleiter kam nicht viel besser davon.

„Nun bist du plötzlich bewaffnet und gefährlich", sagte Cade verblüfft.

Die Antwort des Klin-Lehrers war ein Hagel wilder Flüche. „Du hast mich da hineingezogen!" rief der kleine Mann. „Was für ein Schwachkopf war ich! Ich hätte die fünf Jahre Strafe auf einem Fuß stehend abgerissen. Ich hatte Freunde, die mir mit einer Kaution zu Hilfe gekommen wären. Aber du mußtest mich zu einem Ausbruch überreden!"

Cade schüttelte verwirrt den Kopf. Fledwicks Wutausbruch berührte ihn überhaupt nicht. Er dachte immer noch an den Aufruf.

„Aber ich bin doch Schütze Cade", sagte er laut, mehr zu seiner als zu Fledwicks Beruhigung.

8

„Das alles ist ein Irrtum." Cade starrte wie betäubt vor sich hin.

„Schön." Die Stimme des kleinen Klin-Lehrers klang ätzend. „Aber wäre es nicht besser, etwas zu unternehmen, bevor wir durch diesen komischen Irrtum ums Leben kommen? Wir nähern uns immer noch dem Ordenshaus. Ich glaube, ich kann auf die Gastlichkeit deiner Brüder verzichten."

„Du hast recht", sagte Cade. „Die Brüder werden dem Befehl natürlich nachkommen. Es ist ihre Pflicht." Er ärgerte sich selbst über den entschuldigenden Tonfall. „Ich würde ihm auch nachkommen, obwohl er sehr – ungewöhnlich ist. Bisher gab man auch dem schlimmsten Verbrecher das Recht, sich zu verteidigen."

Fledwick hatte seinen anfänglichen Zorn überwunden. Er bemerkte Cades Bestürzung und sagte langsam: „Als ich dich in der Zelle beim Öffnen des Schlosses beobachtete, dachte ich, du seist entweder ein Schütze oder ein Meisterdieb – *der* Meisterdieb schlechthin. Und als du fünf Wachleute zusammenschlugst, ohne auch nur in Schweiß zu geraten, dachte ich, du seist obendrein der größte Kraftprotz aller Zeiten. Aber als du dann die Gaspistole wegwarfst, wußte ich, daß du ein Schütze bist. Cade hin oder her, du bist ein Schütze, und deshalb verfolgt man dich zu Unrecht. Aber was können wir tun? Wohin sollen wir gehen?"

Cade lachte mit einemmal. Es war so einfach; der Orden hatte für alles seine Regeln. Er wendete das Fahrzeug und sagte: „Zum Obersten Schützen!"

„Zum Obersten Schützen", wiederholte Fledwick verständnislos. „Zum Boß aller Schützen. Würde der uns nicht doppelt schnell erschießen?"

„Das verstehst du nicht", sagte Cade. Er suchte nach einer Möglichkeit, dem kleinen Mann die Bedeutung des Obersten Schützen klarzumachen, aber er wußte, daß ihm das nicht gelingen würde. Diese Dinge fühlte man. „Wir im Orden sind Brüder", begann er vorsichtig. „Er ist unser Vater. Der Statthalter teilt uns den einzelnen Feldherrn zu, aber seine Anweisungen werden nur durchgeführt, wenn sie mit dem Siegel des Obersten Schützen gezeichnet sind. Er berührt unsere Waffen, bevor wir sie zum erstenmal anlegen. Die Erinnerung an diesen Akt läßt unsere Hand ruhiger zielen und macht unseren Blick schärfer."

Es gab noch sehr viel mehr, aber das konnte er einem Fremden nicht erzählen.

„Und wo lebt dieser Oberste Schütze?" fragte Fledwick unbeeindruckt.

Cade zitierte die Antwort. „Nahe den Höhlen von Washington, jenseits des Potomac, befindet sich in südlicher Richtung eine mächtige Höhle, die keine Höhle ist; sie wird Alexandria genannt."

„Die Höhlen von Washington!" stieß Fledwick hervor. „Da gehe ich lieber das Risiko mit den Wachleuten ein! Laß mich aussteigen! Halt an und laß mich aussteigen!"

„Ruhe!" donnerte Cade ihn an. „Du solltest dich schämen. Ein gebildeter Mann wie du wiederholt die Sätze der gewöhnlichen Bürger. Warst du Klin-Lehrer oder nicht?"

Fledwick schwieg einen Moment lang. Dann murmelte er vor sich hin: „Du weißt selbst, daß es gefährlich ist. Und vergiß nicht, daß ich als ‚gewöhnlicher Bürger' geboren wurde. Deine Antwort kam so überraschend, daß ich keine Zeit zum Nachdenken fand. Ich erinnerte mich an meine Kindheit und an die Drohungen meiner Mutter: ‚Wenn du nicht brav bist, bringe ich dich in die Höhlen!' Genau das sagte sie." Er zitterte. „Wie könnte ich das je vergessen?"

Cade erwiderte knapp: „Mir würde es nichts ausmachen, die Nacht dort zu verbringen, aber keine Angst – wir tun es nicht." Kein Wunder, dachte er, daß die Bürger so merkwürdig sind. Wenn sie solche Dinge hörten . . .

„Achtung, an alle Waffenbrüder und Wachleute!" Es kam die Nachricht, die Cade längst erwartet und befürchtet hatte. „Wie eben bekannt wurde, haben der angebliche Schütze Cade und sein Begleiter Fledwick Zisz ein Bodenfahrzeug mit dem Kennzeichen AB-79 gestohlen. Wachleute, die das Fahrzeug ausfindig machen, haben den Befehl, die Insassen unverzüglich mit Gaspistolen außer Gefecht zu setzen und zum nächsten Ordenshaus zu transportieren. Die Exekution selbst wird von Waffenbrüdern vorgenommen. Ich wiederhole: Das gestohlene Auto trägt das Kennzeichen AB-79."

Der Sprecher schwieg. Im Wagen hörte man nichts außer Fledwicks leisem Wimmern.

„Mann, nimm dich zusammen", sagte Cade. „Wir steigen gleich aus." Er hielt den Wagen an und holte aus dem Handschuhfach die Straßenkarte von Washington und dem umliegenden Bezirk. Dann verließ er das Auto und zerrte den angstschlotternden Fledwick mit sich. Er stellte die Steuerung auf Automatik und fünfzig Kilometer pro Stunde ein und verdunkelte die Scheiben, bevor er das Fahrzeug zurück in Richtung Stadt rollen ließ.

Der kleine Dieb sah dem Auto mit sehnsüchtigen Blicken nach. Er drückte sich noch tiefer in die Sträucher neben der Straße und fragte: „Was machen wir nun?"

„Wir gehen zu Fuß", entgegnete Cade grimmig. „Auf diese Weise erreichen wir den Obersten Schützen vielleicht unversehrt. Und hör auf zu wimmern! Es besteht immerhin die Chance, daß ein Waffenbruder das Auto niederbrennt, ohne zu ahnen, daß es leer ist."

Der Klin-Lehrer schluchzte weiter.

„Paß auf", meinte Cade, „wenn das den ganzen Weg so gehen soll, wäre es vielleicht besser, du versteckst dich irgendwo. Allein komme ich schneller ans Ziel."

Fledwick schluchzte noch einmal und sagte dann mit zitternder Stimme: „Kommt nicht in Frage, Schütze. Ich begleite dich."

Für den Schützen war der fünftägige Marsch erfrischend und beruhigend. Hier konnte er seine Fähigkeiten einsetzen und seine Ausbildung nutzen. Und zu seiner Überraschung fiel ihm Fledwick nicht zur Last.

Am ersten Tag beispielsweise robbten sie durch Gemüsefelder zum Hof einer Hühnerfarm. Cade entdeckte plötzlich zu seinem Kummer, daß er nicht wußte, was er als nächstes tun sollte. In einem Gefecht verlangte man einfach von den Bürgern Verpflegung. Doch es wäre Selbstmord gewesen, vor den Besitzer der Hühnerfarm hinzutreten und Nahrung zu fordern. Fledwick wußte Rat. Aus seinem unerschöpflichen Gürtel holte er ein Instrument, das den Aluminiumzaun mühelos durchtrennte. Dann nahm er ein paar Erbsen aus der Tasche, die er unterwegs aus den Schoten gestreift hatte. Er verstreute sie neben dem Loch im Zaun und wartete ab. Nach einiger Zeit hatte sich eine Hühnerschar um ihn versammelt. Vier geschickte Hiebe, und er kam mit vier toten Hühnern zurückgekrochen.

Danach überließ Cade die Lebensmittelbeschaffung Fledwick.

Einmal wären sie beinahe entdeckt worden. Sie lagen in einem Feld dicht neben einer einsamen Papierfabrik, als ein Dutzend Wachleute heranfuhren und das Feld umstellten – allerdings nicht das richtige. Cade beobachtete sie eine Zeitlang bei der Arbeit und stellte fest, daß er ihnen ohne weiteres entschlüpft wäre, ebenso Fledwick. Der kleine Prediger bewegte sich wie eine Schlange und umging geschickt Hindernisse. Vermutlich hatte er sich diese Fähigkeit beim Umherschleichen in dunklen Zimmern angeeignet.

Nach dem Vorfall bei der Papierfabrik gab Cade Fledwicks Drängen nach und unterrichtete ihn in der Handhabung der Gaspistole. Fledwick übte gewissenhaft. Nach einem Tag hatte er die wichtigsten Griffe verstanden, und Cade ging sogar so weit, ihm den Unterschied zwischen der Gaspistole und der Waffe des Ordens zu erklären. Er sprach von dem Symbolismus und den heiligen Zeremonien, welche die vulgäre Gaspistole niemals für sich in Anspruch nehmen konnte.

Aber auch Cade lernte. In fünf Tagen, so schien es ihm, hatte er durch den unbekümmerten Redefluß des kleinen Mannes mehr über die Außenwelt erfahren als während der dreizehn Jahre, die er im Orden verbracht hatte. Er wußte, daß es ihn eigentlich nichts anging, wenn Fledwick vom Leben in Werkstätten und Fabriken erzählte, von den Sitten in Restaurants, Theatern und Kneipen. Fledwick hatte ein doppelschichtiges Vokabular. Die eine Hälfte war bürgerlich und anständig, während die andere Hälfte sich aus deftigen, bildhaften Ausdrücken zusammensetzte, die ihre Wurzeln in einer zwielichtigen, Cade unbegreiflichen Welt hatten.

Obwohl Cade nicht sonderlich redegewandt war, bemühte er sich, dem ehemaligen Klin-Lehrer klarzumachen, was Leben im Orden für ihn bedeutet hatte. Aber er mußte entdecken, daß Fledwick den Waffenorden aus ganz falschen Motiven verehrte. Die feierlichen Riten, die Demut dem Imperator gegenüber, das ständige Bemühen um eine geziemende Haltung – das alles blieb ihm unbegreiflich. Er schien in dem Obersten Schützen nichts anderes zu sehen als eine Art Chef, der den Orden vom Schreibtisch aus verwaltete. Aber Cade verzieh dem kleinen Dieb, als er eine Stunde vor Sonnenuntergang einen fetten Truthahn stahl.

Am dritten Nachmittag saß Cade eine ganze Stunde über seinen Karten und versuchte eine unabänderliche Entscheidung hinauszuschieben. In der kommenden Nacht beharrte er darauf, einen Fünfkilometermarsch zurückzulegen. Sie erwachten im Morgengrauen, und Fledwick stieß einen kleinen Schrei aus, als er nach Süden sah.

„Sind das . . .", begann er heiser.

„Ja", entgegnete Cade. „Die Höhlen von Washington. Ich wollte die große Schleife um die dichtbevölkerten Wohngebiete vermeiden, und die einzige Möglichkeit dazu bot ein Weg, der im Abstand von nur drei Kilometern an den Höhlen vorbeiführt. Ich benutzte ihn nachts, weil ich überzeugt davon war, daß du bei hellem Tageslicht gestreikt hättest." Cade sagte nicht, daß er vor seiner eigenen Reaktion Angst gehabt hatte. Lächelnd fragte er: „Hast du je im Leben eine Nacht so dicht an den Höhlen verbracht?"

„Nein." Fledwick schauderte.

Sie aßen gestohlenes – oder konfisziertes – Obst, während Cade die unregelmäßige Silhouette im Süden beobachtete. Er war nicht so ruhig, wie er aussah. Die gähnenden schwarzen Höhlen in dem grauen Felswall erinnerten an Augen und Mäuler. Der Grat wirkte in der Morgensonne wie eine menschliche Wirbelsäule. Es war ein furchtbarer Anblick.

Cade legte die Frucht, die er in der Hand hielt, auf die Seite. „Gehen wir", sagte er mit belegter Stimme zu Fledwick. Der kleine Mann sprang sofort auf. Sie machten einen Bogen um die Höhlen, und Fledwick redete unaufhörlich, um seine Nervosität zu überspielen. Er sprach von Orten wie Mrs. Cannons Bar.

Einmal stellte Cade eine direkte Frage. Hatte Fledwick je von einer Frau gehört, die ein silbernes Strumpfband trug, aber nicht wie eine Bürgerin sprach, so und so aussah und einen durchsichtigen Hosenanzug anhatte? Der ehemalige Lehrer mißverstand ihn. Er versicherte Cade, daß er ihm die hübschesten Mädchen von Aberdeen besorgen könnte, sobald diese Geschichte vorbei sei . . .

Cade brüllte ihn entrüstet an, und sie gingen schweigend nebeneinander her, bis sie den Potomac erreicht hatten.

Fledwick konnte nicht schwimmen. Cade machte ihm aus seiner Hose Schwimmflügel, indem er die Öffnungen verschloß und das Kleidungsstück mit Luft aufblies. Dennoch mußte er den kleinen Dieb erst ins Wasser werfen, bis dieser sich dem provisorischen Schwimmgerät anvertraute. Cade zog ihn ans andere Ufer, und dort warteten sie, bis ihre Sachen wieder trocken waren. Cade betrachtete aufmerksam die Karte.

„Da ist es", sagte er und deutete nach Osten. Und er fühlte sich beschmutzt, weil er an das Bürgermädchen gedacht hatte, während der Oberste Schütze so nahe war.

Fledwick räusperte sich nur zweifelnd. Als sie nach einem Marsch von zehn Minuten näher an den Wall herangekommen waren, blieb er plötzlich stehen und sagte enttäuscht: „Das sind ja wieder Höhlen."

„Schwachkopf!" sagte Cade scharf. *„Eine mächtige Höhle, die keine Höhle ist* – so lautet die Beschreibung. Und du willst Klin-Lehrer gewesen sein! Das bedeutet offensichtlich, daß der Ort wie eine Höhle aussieht, aber nicht wie eine Höhle gefürchtet werden muß."

„Offensichtlich!" entgegnete Fledwick erbittert. „Für dich vielleicht. Aber dir sind ja auch so viele andere Dinge klar."

„Das hier nicht", sagte der Schütze steif. „Ich werde mir den Ort ansehen, aber in gebührendem Abstand. Kommst du nun mit oder nicht?" Fledwick setzte sich stumm auf den Boden, und Cade machte die Runde um den düsteren, kuppelförmigen Berg, der angeblich die Residenz von Arle war. Tatsächlich, die dunklen Eingänge wirkten wie Höhlen . . . Er hörte Fledwicks leise Schritte hinter sich, drehte sich aber nicht um.

Sie hatten die Westseite erreicht, und nun nahm der Berg eine Form an, wie sie der traditionellen Beschreibung entsprach. Die Höhle war auf einer Seite ein gigantisches Gebäude und auf der anderen eine eingefallene Ruine.

„Fünf", murmelte Cade geistesabwesend.

„Wie?" Fledwick zuckte zusammen.

„Fünf – fünf Stockwerke, fünf Seiten, ein regelmäßiges Pentagon, wenn die eine Hälfte nicht aus einer Felshöhle bestehen würde. Wahrscheinlich besitzt der Bau auch fünf Mauerringe, von denen wir nur den äußeren sehen können."

„Hinlegen!" flüsterte Fledwick, und Cade warf sich zu Boden. „Wachtposten!"

Cade beobachtete die Gestalten, die sich neben der gigantischen Fassade winzig ausnahmen.

„Es sind Waffenbrüder", sagte er schweren Herzens. „Wir müssen annehmen, daß sie den Befehl haben, uns zu erschießen. Also warten wir die Dunkelheit ab und suchen dann den Obersten Schützen persönlich auf. Ich traue niemandem außer ihm."

9

SIE ließen sich auf einem Wiesenhügel etwa einen halben Kilometer von dem Bauwerk entfernt nieder. Fledwick legte sich auf den Bauch und schlief ein. Die fünf Tage hatten seine ganze Kraft gekostet, aber er war ein guter Begleiter gewesen: klug und geschickt und nur dann unbrauchbar, wenn seine Phantasie ihm den Mut nahm.

Für Cade gab es keinen Schlaf. Er beobachtete unablässig das Pentagon und speicherte die Informationen in seinem Innern – die Anzahl der Wachtposten, den Ablauf der Patrouille, die Zeit der Wachablösung und die Beschaffenheit des Geländes. Und nebenbei mußte er noch ein schwierigeres Problem lösen.

Die Chance, ins Innere des Gebäudes zu gelangen, war groß. Ohne Stolz – *Stolz ist eine Gefahr* – wußte Cade, daß er zu den besten Schützen des Imperators gehörte. Aber die augenblickliche Situation erforderte seine ganze Kraft. Er mußte, ganz auf sich gestellt, eine Kompanie von Wachtposten überlisten. Wenn es ihm nicht gelang, an ihnen vorbeizukommen, mußte Arle auf anderem Wege von der Gefahr, die dem Imperator drohte, Kenntnis erhalten. Cade riß aus seinem Hemd ein Stoffviereck, um es als Schreibmaterial zu benützen. Und da war das kleine Federmesser, das Fledwick ihm zum Essen geliehen hatte. Ein winziger Schnitt in jede Fingerkuppe der linken Hand. Er drückte die Finger auf die einst weißen Karos des Hemdes. Noch ein paar Tropfen Blut auf die Messerspitze, und er schrieb mit großen Buchstaben auf den Stoff:

CADE STARB NICHT
IN SARRALBE
KAIRO-MYSTERIUM
BALTIMORE

Das genügte. Sie konnten die Fingerabdrücke und vielleicht sogar das Blut identifizieren. Sie konnten zum Haus der alten Vettel gehen, die ihn vergiftet hatte, und die unterirdischen Räume des Mysteriums ausräuchern. Sie konnten seine Geschichte Schritt für Schritt überprüfen . . .

Cade wischte die Klinge und seine Finger ab, um Fledwick nicht zu beunruhigen. Das Stück Hemdenstoff knüpfte er um einen Stein und steckte es in die Tasche.

Bei Sonnenuntergang erfolgte am Pentagon eine Wachablösung. Cade atmete erleichtert auf, als er sah, daß die Nachtwache

nicht schwerer bewaffnet war als die Tagwache. Es handelte sich um eine Ehrengarde, mehr nicht. Im Abstand von fünfzig Metern marschierten Posten hin und her. Sie trafen sich unter Bogenlampen und kehrten wieder zurück zu ihren Ausgangspositionen. Nur die Ruinenseite des Gebäudes war nicht bewacht. Kein Wunder – die Höhlen wirkten allein furchterregend.

Cade stupste seinen Partner mit den Zehen an.

„Ist es Zeit?" Fledwick richtete sich auf.

Der Schütze nickte und erklärte ihm seinen Plan. In zwei weiteren Stunden würde die Aufmerksamkeit der Wachtposten nachgelassen haben. Jeder Kommandant wußte, daß man zu diesem Zeitpunkt unerfahrene oder faule Truppen am besten überraschen konnte.

Sie konnten sich also zwei Stunden Zeit lassen, um sich dem Gebäude zu nähern. Fledwick kaute eine gestohlene Rübe. „Und dann?" fragte er. „Was geschieht, wenn wir dort sind?"

Cade deutete auf eine bestimmte Bogenlampe. Dahinter, etwas zur Rechten, gähnte dunkel ein Höhleneingang. Er war kaum zu unterscheiden von den bizarren Schatten, welche die Scheinwerfer an die Felswände zeichneten. Zwei Schützen näherten sich von entgegengesetzten Richtungen, blieben genau unter dem Lichtkegel stehen, salutierten und kehrten mit der Präzision von Maschinen wieder um.

„Sieh dir den Mann mit dem roten Streifen an!" sagte Cade. Der Wachtposten verschwand im Dunkel und tauchte nach einiger Zeit dreißig Meter weiter rechts an der nächsten Lampe auf. Irgendwo dazwischen lag unsichtbar die Verbindungsstelle von Ruine und Bauwerk.

„Das wird unser Opfer", stellte Cade ruhig fest.

„Kennst du ihn?" fragte Fledwick betont höflich.

„Er kommt vom Mars", erklärte Cade, ohne auf den Spott zu achten. „Und der Marsmann, der es mit einem terranischen Schützen aufnimmt, ist noch nicht geboren. Die Kerle haben ein laxes Training, und es fehlt ihnen an Hingabe. Wir greifen an der dunklen Stelle zwischen den beiden Lampen an. Kommen wir rasch ans Ziel, dann kann ich seinen Umhang, den Helm und die Stiefel an mich nehmen und die Wachrunde fortsetzen.

Gelingt mir das nicht, dann müssen wir leider die – Gaspistole einsetzen und den näher kommenden Posten betäuben.“ Er zuckte mit den Schultern. „Danach haben wir genau dreiundfünfzig Sekunden Zeit, in das Gebäude einzudringen – so lange dauert der Marsch von einer Bogenlampe zur anderen.“

Fledwick spuckte ein holziges Stück Rübe aus. „Dreiundfünfzig Sekunden? Ist dir aufgefallen, daß sich vor dem Eingang ein Eisengitter befindet?“

„Natürlich. Ich bin doch kein einfältiger Bürger!“

„Ich wäre dir dankbar, wenn du einem einfältigen Bürger erklären würdest, wie du in dreiundfünfzig Sekunden das Gitter überwinden willst.“

„Wir betreten den vergitterten Eingang überhaupt nicht! Wir benutzen die Höhle. Sie muß irgendwo ins Gebäude führen.“ Cades gleichgültige Miene verriet nicht, daß er mit dem Tod rechnete. „Wir gehen jetzt.“ Er kroch den Hügel hinunter, ohne auf das verzweifelte Flüstern seines Partners zu achten. Endlich merkte er am Rascheln im Gras, daß Fledwick ihm folgte. Er lächelte. Ihm war klar, daß Fledwick absichtlich Lärm machte, um ihn zu ärgern und zu beunruhigen. Wenn es darauf ankam, würde der kleine Dieb sich völlig lautlos bewegen.

Zehn Meter weiter vorn hielt er an. „Du kannst zurückbleiben, wenn du willst“, flüsterte er. „Ich werde deshalb nicht schlecht von dir denken.“

Er wartete. Als Antwort kam ein unterdrückter Laut, der halb nach einem Fluch und halb nach einem Schluchzen klang. Lächelnd schlich Cade weiter.

Volle zwei Stunden später hatten sie die Postenkette erreicht und trennten sich. Cade wartete angespannt, zum Sprung geduckt. Als dann der Marsmann in sein Blickfeld kam, ging alles enttäuschend einfach. Der Schütze brach lautlos auf dem Betonweg zusammen. Vielleicht war er tot – bei Handkantenschlägen gegen die Halsschlagader konnte man das nie genau wissen. Cade hatte sich bemüht, nicht zu hart vorzugehen. Wenn Brüder im Kampf fielen, so war das ehrenhaft. Aber er hatte noch nie davon gehört, daß jemand einen Waffengefährten heimlich überfiel.

Mit verzweifelter Hast streifte er die Kleidung des Bewußtlosen über. Aber die verdammten Stiefel wollten nicht passen. Er sah auf und entdeckte in einiger Entfernung den zweiten Wachtposten. Der Mann näherte sich dem Lichtkegel. Mit unendlicher Erleichterung hörte er das Zischen der Gaspistole. Der Posten brach zusammen. Nur sein Arm ragte in den Lichtkreis. Cade brauchte die Stiefel nicht mehr. Er schnallte den Pistolengurt des Marsmannes um und fühlte, wie Optimismus in ihm hochstieg. Mit einer raschen Bewegung holte er die Botschaft aus der Tasche und legte sie neben den zusammengebrochenen Schützen. Von irgendwoher kam Fledwick, und gemeinsam rannten sie auf die gähnende dunkle Höhle in der moderigen Wand zu. Cade übersprang mit einem einzigen Satz den scharfen bröckeligen Rand und zerrte den Dieb zu sich herüber, sobald er auf dem Geröll festen Fuß gefaßt hatte. Sie stolperten ins Innere der Höhle.

Sie hörten Stimmen und das Trampeln vieler Stiefel. Jemand rief: „Da hinein – sie flohen über das Geröll!"

In der Stimme klang Zorn mit, aber auch Respekt.

Cade hatte jetzt keine Zeit, über den Wahnsinn seines Unternehmens nachzudenken. Er hatte einen Bruder überwältigt und vielleicht sogar getötet. Er hatte einen gemeinen Bürger mit in geheiligtes Gebiet genommen. Und wenn sein Plan gelang, dann würde er ohne Warnung in die privaten Wohnräume des Obersten Schützen eindringen. Aber all dies wurde von einem Gedanken überschattet: *Du befindest dich in einer Höhle, und es ist dir nichts zugestoßen.*

Ein heißer Luftstrom jagte durch die Höhle, gefolgt von einem durchdringenden Ozongeruch. „Sie schießen in – die Höhle", flüsterte er Fledwick zu. „Duck dich, dann geschieht nichts."

Minutenlang knisterte die Luft über ihnen, und Cade lag reglos da. Er hoffte, daß er seine Mission vollenden konnte. Wieder dachte er an die Verbrechen, die er bereits begangen hatte, aber sie waren die einzige Möglichkeit gewesen, noch schlimmere Verbrechen zu verhindern. Daß es Menschen gab, die eine Verschwörung gegen den Imperator wagten . . .

Die Schüsse ließen nach. Offenbar bot der kurvenreiche Weg

Schutz genug. Wieder klangen Stimmen auf, und Cade konnte sich vorstellen, daß die Schützen am Rande der Höhle beratschlagten. Er war überzeugt davon, daß sie es nicht wagen würden, den Eingang zu betreten.

„. . . Verschwendung. Holt Fackeln . . ."

„. . . räuchern sie aus."

Cade robbte über den Boden, bis er bei Fledwick war. „Aufstehen", flüsterte er. „Wir können nicht hierbleiben."

„Ich kann mich nicht rühren", wimmerte der kleine Dieb gefährlich laut. „Geh voraus!"

Verwundet, dachte Cade – oder er hat sich verletzt, als wir uns so plötzlich zu Boden werfen mußten. Er hob den kleinen Mann auf und lud ihn sich auf die Schulter. Langsam ging er vorwärts.

Zuerst mußten sie der Reichweite der Fackeln entkommen. Sie hatten Nahrungsmittel, eine Pistole mit voller Ladung, ein Dutzend Gaspatronen und zwei Messer. Wenn sie noch eine Quelle mit Trinkwasser entdeckten, konnten sie lange durchhalten. Neue Energie durchflutete Cade. Vielleicht schafften sie es doch noch!

Sie kamen um eine Ecke, die das Licht völlig abschnitt. Cades Augen gewöhnten sich an die Dämmerung, er konnte die Form und Struktur der Höhle erkennen. Und seine Augen bestätigten ihm, was Füße und Hände seit geraumer Zeit ertastet hatten . . ., was er Fledwick erklärt, aber selbst nicht zu glauben gewagt hatte: Es handelte sich um eine künstliche Höhle, um einen stillgelegten Korridor in einem verfallenen alten Gebäude.

Höhle und Gebäude waren eins!

Was war Washington?

Er hätte sich gern mit Fledwick darüber unterhalten. Der kleine Dieb konnte erstaunlich scharf und logisch denken. Aber er war verletzt, und Cade wollte ihn nicht unnötig erregen.

Die Höhle – er nannte sie immer noch so – schien endlos; zu beiden Seiten zweigten Türen ab. Jeder dieser staubbedeckten Räume konnte als Gefechtsstand dienen, aber im Augenblick hörte er nichts von den Verfolgern.

Das kleine Bündel auf seiner Schulter bewegte sich. „Du kannst mich jetzt abstellen."

„Kannst du gehen?“

„Ich glaube schon.“

Cade wartete, bis der kleine Mann sicher auf dem Boden stand. Wütend flüsterte er: „Heißt das, daß du überhaupt nicht verletzt warst?“

Fledwick nickte ohne die geringste Reue, und Cade schwieg verächtlich.

„Wohin gehen wir jetzt?“ fragte Fledwick.

Cade erwiderte nachdenklich: „Ich glaube, daß wir in den anderen Teil des Gebäudes gelangen, wenn wir einfach weitermarschieren.“

„In den anderen Teil? Du hast das tatsächlich ernst gemeint?“ Fledwick war mit zwei Schritten an der Höhlenwand und tastete sie ab. „Tatsächlich – ein Teil des Gebäudes. Aber es handelt sich doch um eine Höhle?“

„*Eine Höhle, die keine Höhle ist* – willst du das nicht begreifen? Offenbar glaubst du lieber an die Horrorgeschichten der Bürger. Komm jetzt!“ In seinem Innern herrschte Verwirrung. Wenn die Höhle tatsächlich nur ein unbenutzter alter Korridor war, weshalb wurden sie dann nicht von den Wachtposten verfolgt?

Sie kamen um eine Ecke und sahen weit vorn eine Tür, durch deren Ritzen Licht drang.

10

FLEDWICK erwies sich wieder einmal als unbezahlbar.

Es gab auf der ganzen Welt kein radionisches Schloß, das Cade widerstanden hätte. Aber diese Tür war mit einem altmodischen mechanischen Schloß gesichert, das höchstens noch bei Bürgern in Gebrauch war.

Der ehemalige Klin-Lehrer schien damit vertraut zu sein. Er holte aus seinem unerschöpflichen Gürtel einen Metalldraht, den er in die Öffnung des Schlosses steckte. Im Nu war das Hindernis entfernt.

Cade trat zuerst ein, wie es sich geziemte. Die Tür öffnete sich einen Spalt, und dann, bevor Cades Augen sich an das Licht gewöhnt hatten, fragte eine Stimme: „Wer ist da?"

Cade hätte beinahe laut gelacht. Er hatte sich auf einen Kampf gefaßt gemacht, auf einen plötzlichen Schuß, sogar auf seinen Tod. Aber mit einer weiblichen Stimme hatte er nicht gerechnet.

Er schob die Tür ganz auf, und Fledwick folgte ihm in den Raum.

Nur zwei Dinge ließen sich auf den ersten Blick erkennen: Sie war eine Dame des Hofes, und ihre Überraschung war ebensogroß wie die der beiden Männer.

Sie stand aufrecht neben einem Ruhebett. Ihre Augen waren schreckgeweitet, doch dann blitzte Zorn in ihnen auf. Das geschickt getönte blaugrüne Haar unterstrich ihren Glanz noch. Nur die Hochgeborenen trugen solche Frisuren – weiche Locken türmten sich zu einer Krone und waren hier und da mit Goldstaub besprüht. Auch in ihren Augen schienen metallische Funken aufzuspringen.

Ihr Gewand sprach ebenfalls für ihre noble Herkunft. Es war durchscheinend wie alle Gewänder der Adligen, aber nicht zu einem vulgären Hosenanzug verarbeitet. In weichen Falten legte es sich um ihren Körper, ein zartes Seegrün, das genau auf ihre Augen- und Haarfarbe abgestimmt war. Goldfäden durchzogen das Kleid.

Cade stand sprachlos da. Er hatte schon früher die Damen des Hofes in solcher Aufmachung gesehen, aber nicht so nahe und informell. Aber es war nicht ihr Anblick allein, der ihn verwirrte, sondern ihre Gegenwart in den Privaträumen des Obersten Schützen.

Die Frau hob ein zart geformtes goldenes Röhrchen an die Lippen und sog daran. In einer kleinen Erweiterung am anderen Ende glühte etwas auf, und als sie die Hand wieder senkte, kam eine Wolke blaßgrauen Rauchs von ihren Lippen. Der schwere Duft wehte zu Cade herüber.

„Nun?" fragte die Frau.

Der Schütze sagte formell: „Wir kommen als Diener Klins und . . ." Er sprach nicht weiter. Irgend etwas stimmte hier nicht. Konnte es sein, daß er den Ort verwechselt hatte? Sollte der Plan falsch gewesen sein? Der Einrichtung und der Frau nach zu urteilen, befand er sich im Palast eines Feldherrn. Und was sollte er in diesem Fall der Fremden antworten?

Fledwick sprang in die Bresche. Die Worte sprudelten gewandt hervor. „Hochgeborene Lady, wenn Euer Mitleid nur einem Funken Eurer Schönheit gleichkommt, dann müßt Ihr uns anhören, bevor Ihr uns verurteilt! Wir knien zu Euren Füßen. Wir . . ."

„Schweig, du Narr!" fuhr Cade ihn an. „Lady! Dieser Bürger spricht nur für sich. Ich beuge das Knie nur vor dem Imperator und meinem Feldherrn, aber niemals vor einer Frau. Sagt, wo befindet sich der Herr dieses Hauses?"

Sie musterte ihn mit kühlen Blicken. „Ich bin seine Freundin. Wie ich sehe, trägst du eine gestohlene Ausrüstung, obwohl du von Diensttreue sprichst."

Sie glaubte ihm vermutlich nicht, aber Cade war es mit einem Mal müde, immer wieder Ausreden ersinnen zu müssen. „Ich maße mir nichts an", sagte er ruhig. „Ich bin Schütze Cade vom Waffenorden; mein Gebieter ist der Feldherr von Frankreich. Es wird behauptet, daß ich beim Kampf in Sarralbe fiel, aber das stimmt nicht. Ich kam her, um bei meinem Ordensvater, dem Obersten Schützen Arle, eine Audienz zu erbitten. Aber wenn Ihr die Herrin des Hauses seid, habe ich das falsche Ziel gewählt. Ich bitte Euch im Namen des Ordens, helft mir weiter. Der Oberste Schütze wird es Euch persönlich danken . . ."

Sie lachte leise vor sich hin. „Du bist also Schütze Cade", meinte sie schließlich. Sie wandte sich an den kleinen Dieb. „Dann mußt du Fledwick Zisz sein. Und ihr traurigen Gestalten habt die ganze Welt in Atem gehalten? Gefährliche Verbrecher! Wie seid ihr hier hereingekommen? Und woher stammt diese Uniform?" Sie sprach mit ihnen wie mit Bürgerlichen.

„Der Umhang und der Helm sind gestohlen", erklärte Cade ruhig. „Ich nahm sie vor einer knappen Stunde einem Wachtposten ab. Außerdem stahl ich . . ."

„Hochgeborene Lady, ich habe Angst", kreischte Fledwick plötzlich los. „Ich bin nur ein kleiner Dieb, aber er – er ist tatsächlich das, was die Leute von ihm behaupten. Ruft Euren Gebieter, rasch! Lady, er besitzt eine Pistole . . ."

„Dummkopf!" schalt sie ihn lächelnd. „Selbst wenn er eine besitzt, kann er nicht damit umgehen. Glaubst du, jeder Gemeine kennt das Geheimnis dieser Waffen?" Sie trat einen Schritt zurück.

„Davon weiß ich nichts", wimmerte Fledwick. „Aber ich flehe Euch an, hochgeborene Lady, ruft Euren Gebieter! Ruft ihn, bevor dieser Wahnsinnige uns beide umbringt!"

Starr vor Empörung hörte Cade sich das Gewinsel an. Er hatte dieser elenden, feigen Kreatur mehr als einmal das Leben gerettet. Und nun kam der Dank dafür! Es war unglaublich.

Die Frau beobachtete ihn aus den Augenwinkeln. Sie trat noch einen Schritt zurück. Nun, soll sie ihren Herrn rufen, dachte Cade. Damit wäre uns allen geholfen . . .

Fledwick jammerte weiter, und endlich verstand Cade, welche Absicht er damit verfolgte.

Er zog mit einer blitzschnellen Bewegung die Pistole, die er dem Posten abgenommen hatte, und richtete sie auf Fledwick. „Verräter!" rief er. „Dafür sollst du sterben!"

Endlich verlor die Frau die Nerven. Sie lief an eine seidenbespannte Wand und drückte verzweifelt gegen eine Rosette.

„Nicht schießen!" wimmerte Fledwick und blinzelte Cade erleichtert zu. „Bitte nicht schießen! Ich bin nur ein armseliger Dieb . . ."

Cade deckte mit seiner Pistole den Eingang. Wen mochte die Frau herbeigerufen haben? Einen Feldherrn? Nun, dann würde der Oberste Schütze auf dem schnellsten Weg Nachricht erhalten. Im Notfall konnte Cade die Lady als Geisel benutzen.

Die Frau drehte sich um. „Sei endlich still!" fuhr sie Fledwick an. Sie war blaß, aber sehr stolz. „Hör mir zu! Ich habe Hilfe herbeigerufen. Mein Beschützer ist sehr mächtig. Wenn du dich jetzt freiwillig ergibst, soll dir Gerechtigkeit widerfahren."

Cade steckte die Waffe ein. Er wußte, daß er sie in Bruchteilen einer Sekunde ziehen konnte, wenn es sich als notwendig erweisen sollte. Er empfand Bewunderung für die Frau, die angesichts der drohenden Pistole so tapfer gehandelt hatte. „Danke, Lady", sagte er. „Und danke, Fledwick. Du kennst Tricks, die mir nie im Leben einfallen würden."

Der kleine Dieb wischte sich den Schweiß von der Stirn. „Denkst du, ich hatte keine Angst vor diesem Mordinstrument?"

„Was für ein Unsinn . . .", begann die Frau, aber im gleichen Augenblick öffnete sich die Tür, und ein Mann trat ein.

„Moia!" rief er. „Was gibt es? Weshalb hast du gerufen?"

Er entdeckte die beiden Fremden, und sie erwiderten seinen Blick, Fledwick neugierig und zugleich ängstlich, Cade demütig und verwirrt. Er hatte automatisch die Waffe gezogen. Ebenso automatisch vollführte er den Salut, als er die stolze Haltung des Mannes sah, den Goldstreifen am Umhang und die Waffe mit dem Siegel am Griff.

Cade hörte, wie der Oberste Schütze besorgt fragte: „Ist dir nichts zugestoßen?"

„Bis jetzt nicht." Lady Moia lachte gezwungen.

„Gut. Du kannst dich erheben, Schütze. Zeig mir dein Gesicht!"

„Er ist kein Schütze!" rief die Frau. „Er ist dieser Betrüger, der sich als Cade ausgibt. Und er besitzt eine Pistole!"

Ruhig erwiderte der Oberste Schütze: „Oh, doch, er gehört unserem Orden an, auch wenn er andere Kleidung trägt. Sprich, Bruder! Du hast einen unziemlichen Weg gewählt, um vor mein Antlitz zu treten. Weshalb?"

Cade erhob sich und steckte die Waffe, die er zum Salut präsentiert hatte, in sein Halfter. Mit niedergeschlagenen Augen sagte er: „Sir, ich bin Schütze Cade aus Frankreich. Ich komme mit einer wichtigen Botschaft . . ."

„Ich habe sie bereits erhalten. Eine sehr dramatische Botschaft, mit Geschick abgeliefert. Ich studierte sie eben, als mich Lady Moias Signal erreichte. Es war dein Werk?"

„Jawohl, Sir. Ich wußte nicht, ob ich Sie lebend erreichen würde. Sir, ich muß Sie warnen. Es ist eine Verschwörung im Gange, eine gefährliche Verschwörung gegen . . ."

„Wir sprechen später darüber. Der – Umhang, den du trägst, stammt von einem Marsmann?"

„Er gehört einem Bruder, Sir. Hoffentlich habe ich ihn nicht getötet. Ich fand keine andere Möglichkeit, zu Ihnen zu gelangen."

„Er ist tot, und dafür schulde ich dir Dank. Er hatte einen

wichtigen Posten inne und versah ihn nachlässig. Ich werde dafür sorgen, daß ein besserer Mann ihn ersetzt, denn es könnten Fremde eindringen, die nicht mit ehrlichen Absichten kommen." Er wandte sich an Lady Moia: „Wir werden uns jetzt zurückziehen. Ich hoffe, der Zwischenfall hat dich nicht allzusehr erregt. Und ich verspreche dir, daß die Posten ihre Strafe erhalten werden. Ich komme zurück, sobald ich mir die Geschichte dieses Bruders angehört habe." Ihre Blicke trafen sich, und Cade sah ein unziemliches Lächeln auf den Lippen des Obersten Schützen.

„Wir gehen in meine Räume", sagte Arle unbefangen zu Cade. „Lady Moias Gemach ist kein Ort für blutrünstige Erzählungen." Er sah sich geistesabwesend um, bis sein Blick auf die offene Korridortür fiel. „Ach ja, wir müssen das Schloß austauschen", murmelte er. „Du!" Zum erstenmal schien er Fledwick zu bemerken. „Schließe die Tür, und verriegle sie! Morgen bringen wir ein neues Schloß an." Er griff in ein verziertes goldenes Kästchen und holte eine kleine goldene Pfeife heraus, die er lässig zwischen die Lippen steckte. „Kann ich dich eine Weile allein lassen?" fragte er Lady Moia.

„Gewiß", erwiderte sie. „Und mach dir keine Sorgen wegen des Schlosses. Der Riegel genügt vollkommen." Er wandte sich zum Gehen. „Halt, die Pfeife!" rief sie ihm nach. „Das ist mein neues Spielzeug!"

Er nahm die Pfeife aus dem Mund und schüttelte mißbilligend den Kopf. „Merkwürdiges Spielzeug! Aber kommt jetzt, ihr beiden." Er winkte Cade und Fledwick zu.

Der Raum, in den er sie führte, beruhigte Cade. Es handelte sich um ein Studierzimmer, wie man es in jedem Ordenshaus vorfand. Die Wände waren kahl und enthielten Nischen zur Aufbewahrung von Gegenständen. In der Mitte stand ein Tisch mit Ordensbänken. Cade nahm auf Arles Geste hin Platz; Fledwick blieb stehen.

„Und nun erzählt mir eure Geschichte", sagte der Oberste Schütze.

Cade begann. Er hatte so oft über die verwirrenden Ereignisse nachgedacht, daß er ihren Ablauf bereits im Schlaf kannte: die

Betäubung und die Gefangennahme im Keller des Hauses von Sarralbe; das Erwachen in Baltimore; das Kairo-Mysterium. Er hatte sich danach gesehnt, jemandem die Wahrheit sagen zu dürfen, und jetzt, da es soweit war, spürte er eine leichte Enttäuschung. Und noch etwas verwirrte ihn: Der Oberste Schütze zeigte kaum Interesse für seine Erzählung. Von Zeit zu Zeit stellte er eine Frage oder flocht eine Bemerkung ein: „Wie viele waren es? Einheimische oder Fremde? Eine böse Sache, Bruder! Du hast keinen Schützen erkannt, oder?" Aber seine Blicke spiegelten Langeweile wider.

Konnte er lügen, wenn es um das Wohl des Ordens ging? Cade zögerte. Die Frage brannte in seinem Innern und erlosch. Er belog Arle, indem er einen Teil der Ereignisse ausließ. Er sprach nicht von dem Mädchen, das zweimal versucht hatte, ihn vor der Hypnose zu retten. Er deutete an, daß er von selbst zu sich gekommen sei – „und neben mir stand eine Trägerin des Strumpfbandes und versuchte mich anzusprechen" – und verhaftet worden sei, weil man ihn für einen Betrüger hielt. Er erzählte, wie der Fluchtweg verlaufen war. Arles ganzes Interesse galt dem kleinen Metalldraht, mit dem Fledwick das Türschloß geöffnet hatte.

„Sehr schön", sagte er schließlich und warf den Draht auf den Tisch. „Und dann?"

„Dann betraten wir das Gemach der – der Lady." Cade würgte an den Worten herum.

Lady Moias Gemach. Ich bin seine Freundin. Sie hatte geklingelt, und der Oberste Schütze, die Inkarnation des Waffenordens, gehorchte diesem Klingeln. Cade betrachtete das stolze Gesicht.

„Du bist beunruhigt, Bruder", sagte Arle. „Vielleicht sollte ich dir erklären, daß Lady Moia unserem Haushalt vorsteht. Wir können nicht verlangen, daß fremde Feldherren und Höflinge, die hier zu Besuch weilen, das karge Leben der Ordensbrüder führen. Lady Moia sorgt für ihr Wohl."

Natürlich. Es war so logisch. Aber das Lächeln, das die beiden ausgetauscht hatten, blieb unerklärt, ebenso wie die Tatsache, daß Lady Moia den Obersten Schützen duzte.

Cade sagte heiser: „Ich danke Ihnen, Sir. Das war alles. Den

Rest wissen Sie selbst." Dann, auf ein nervöses Hüsteln von Fledwick, betonte er noch einmal, welche Dienste der kleine Klin-Lehrer dem Reich erwiesen hatte.

„Ganz recht", sagte Arle, und Fledwick entspannte sich mit einem Seufzer.

Drei Schützen traten auf ein Klingelzeichen von Arle ein. Er sagte: „Das ist Fledwick Zisz, ein ehemaliger Klin-Lehrer. Ihr werdet euch erinnern, daß ihr den Befehl hattet, ihn bei Aufgreifen sofort zu erschießen. Dieser Befehl war ein grober Irrtum. Fledwick Zisz ist ein ehrenwerter Bürger unseres Reiches, der offenbar nur ein paar unüberlegte Dinge getan hat. Bringt mir Schreibmaterial, damit ich ihm einen Straferlaß ausstellen kann."

Cade warf dem Freund einen Blick zu und schämte sich, als Fledwick die Augen abwandte. Nicht einmal er konnte Lady Moias Gemach vergessen; wie sollte es Fledwick gelingen? Er hätte den kleinen Mann am liebsten zur Seite genommen und ihm erklärt, daß dennoch alles seine Ordnung hatte, daß die äußeren Formen des Obersten Schützen nicht zählten, daß sein Inneres in vollkommener Harmonie mit Klin sein mußte, daß die Beziehung zwischen Arle und Lady Moia nicht das war, was sie zu sein schien.

Cade saß schweigend da, während der Oberste Schütze die Begnadigung schrieb und unterzeichnete. Einer der Schützen legte ein Stück durchsichtigen Kunststoffs darüber, und Arle preßte den Griff seiner Waffe dagegen. Das Siegel.

Das gleiche Siegel, das Cade manchmal in Ekstase an Brust und Lippen gepreßt hatte. Er errötete und wandte sich ab. Abrupt erhob er sich, ohne das Zeichen Arles abzuwarten, und ging zu Fledwick. „Ich habe mein Versprechen gehalten", sagte er. „Du bist frei. Du warst ein guter Gefährte."

Der kleine Mann sah ihm endlich in die Augen. „Es freut mich, daß du das sagst. Und die Sache war es wert. Schade, daß ich dein Gesicht nicht fotografieren konnte, als ich zum erstenmal Hühner stahl!" Es war eine Kränkung, aber Cade machte es nichts aus. Und Fledwick fügte sanft hinzu, mit dem verwirrenden Blick, an den Cade sich allmählich gewöhnt hatte: „Es tut mir leid."

Das war alles. Der Oberste Schütze reichte ihm die Begnadigung und hörte sich ungeduldig die Dankesworte an. „Meine Schützen werden dich in einem Bodenauto nach Aberdeen bringen", sagte er. „Dort weist du die Begnadigung in einer Wachstation vor."

Er wandte sich an Cade. „Und du, Schütze, möchtest sicher eine Schlafkammer aufsuchen." Er ließ einen Novizen kommen und befahl: „Bring den Bruder in die Schlafkammer der Nachtwache! Er wird am Morgen eine neue Uniform brauchen."

Cade vollführte noch einmal den Salut, bevor er ging. Arle nickte ihm geistesabwesend zu.

11

DIE leere Schlafkammer wenigstens war real. Cade zog sich aus, schnallte die Waffe wieder um und blies den Schlafsack auf, den er von der Wand geholt hatte. Wochenlang hatte er geglaubt, daß die erste Nacht in einer Schlafkammer des Ordenshauses eine Wohltat sein werde. Nun wußte er, daß er sich getäuscht hatte. Was hatte er zu Fledwick gesagt? „Du bist frei." Merkwürdig. Cade ging ans Fenster. Fünf Stockwerke tiefer lag ein Hof, der von dem äußeren Gebäudering und zwei Verbindungsspeichen gebildet wurde. Aus den Fenstern drang kein Licht mehr, aber die dünne Neumondsichel erhellte weiß den Beton. Es schien sich um einen verlassenen Flügel zu handeln. Cade starrte in den mondbeschienenen Hof, als könnte er dadurch seine wirren Gedanken betäuben.

Also gut, sagte er sich ärgerlich, denk darüber nach. Denk an den Blick, den sie ausgetauscht haben. An die Gleichgültigkeit des Obersten Schützen, an die geübte Bewegung, mit der er die Pfeife aufnahm. Was weißt du darüber? Was weißt du von der Welt außerhalb des Ordenshauses?

Vielleicht muß der Oberste Schütze so sein. Vielleicht erfahren wir es nur nicht, weil wir zu einfältig wären, um es zu begreifen. Vielleicht werden wir später, mit zunehmendem Alter, auch in diese Geheimnisse eingeweiht. Vielleicht lassen sie sich mit der Klin-Philosophie vereinbaren. Überhaupt – vielleicht war all das, von dem vergifteten Apfelwein bis zu dieser Nacht, eine Prüfung. Was weißt du schon?

Es war zu erschreckend. Er zog sich vom Abgrund dieser Gedanken zurück. Sie hatten nichts in seinem Innern zu suchen! Er versuchte an seine Pflichten zu denken, an die Zeremonien des Ordens.

Denk an die Höhle, die keine ist – ein sonderbarer Ort! Dieses fünfeckige Gebäude – war es vor zehntausend Jahren geschaffen worden wie die Höhlen von Washington? Oder hatten die Höhlen früher bestanden und waren in den Bau mit einbezogen worden? Ein schmutziger Gedanke durchzuckte ihn. Wenn man sich in einem Flugzeug befand und – *nein!* Was war nur los mit ihm? Wenn das so weiterging, mußte er einen Heiler aufsuchen. Sollten die Ereignisse ihn zum Wahnsinn getrieben haben?

Er kroch in seinen Schlafsack. Das zumindest war gut. Die Gewohnheit ließ sich nicht verleugnen. Dankbar vollführte er die Pflichtmeditationen . . ., und morgen bekam er wieder eine ordentliche Uniform. Stiefel – *Schützen marschieren zum Ruhme des Imperators* . . . Umhang, Helm . . . Cade war eingeschlafen.

Er träumte, daß der Oberste Schütze Lady Moia mit einer Pistole bedrohte, und die Lady verwandelte sich in das Mädchen, das ihn gerettet hatte. Er versuchte dem Obersten Schützen in aller Unterwürfigkeit zu erklären, daß es sich nicht mehr um Lady Moia handelte und daß er nicht das Recht hatte, das Mädchen zu erschießen. „Cade!" rief das Mädchen schwach. „Cade! Cade!"

Der Schütze setzte sich kerzengerade auf. Der Ruf war kein Traum. Er öffnete mit einer raschen Bewegung den Schlafsack und starrte durch das Fenster in den Hof hinunter. Vier Gestalten hoben sich dunkel vom Beton ab, und eine war kleiner als die anderen.

Es schien einen Streit zu geben, und die kleine Gestalt stürzte plötzlich, von den anderen zu Boden gestoßen.

Fledwick!

Er stand auf, hob flehend ein weißes Papier und wurde wieder zu Boden geworfen. Cade wußte Bescheid. Der kleine Dieb wies sein Begnadigungsschreiben vor, das der Oberste Schütze persönlich unterzeichnet und gesiegelt hatte. Einer der Männer riß es ihm ungeduldig aus der Hand und zerfetzte es.

Cade stand hilflos am Fenster und wartete. Er sah, wie Fledwick an eine Wand gestellt wurde. Die drei Männer hoben ihre Waffen. Und der Gefährte seines fünftägigen Marsches brach zusammen, getroffen von den Strahlen dreier Pistolen. Die Männer trennten sich. Zwei gingen auf eine Tür des inneren Gebäuderings zu, der dritte betrat den Flügel, in dem Cade wohnte.

Ihm war übel. Er hatte einen Mord miterlebt: einen Mord mit Waffen des Ordens, durchgeführt von Brüdern auf Befehl des Obersten Schützen. Arle hatte nie die Absicht gehabt, sein Versprechen zu halten. Es konnte sich nicht um eine Prüfung handeln. Das war Lüge, Verrat und Mord im Auftrag des Ordens.

Die Tür der Schlafkammer öffnete sich lautlos, und eine Gestalt huschte zu Cades aufgeblasenem Schlafsack.

„Suchst du mich, Bruder?"

Der Mörder wirbelte herum, als er das Flüstern hörte. Er hatte die Pistole im Anschlag. Aber er brach zusammen, bevor er richtig erkannte, daß sein vermeintliches Opfer sich nicht hilflos im Schlafsack befand.

Cades Gedanken waren kristallklar und eiskalt. Man hatte seinen verkohlten Körper schon einmal gefunden, in Sarralbe. Nun wollte er diese List wiederholen. Vielleicht gewann er etwas Zeit damit. Es würde eine Weile dauern, bis man seinen Mörder vermißte. Und so rollte er den Toten in seinen Schlafsack und sengte das Kunststoffgewebe an, damit niemand verfrüht Verdacht schöpfte.

Dann streifte er seine Kleidung über und huschte durch leere Korridore und über leere Treppen. Er kannte nur einen Weg ins Freie. Zum erstenmal fragte er sich, ob man Lady Moia in diesem verlassenen Flügel untergebracht hatte, damit die Ordensbrüder sie nicht sahen.

Die innere Tür ihres Schlafgemachs war mit einem radionischen Schloß gesichert. Cade öffnete es rasch und betrat lautlos den Raum. Eine Nachtlampe brannte, und ein fremdartiger, süßer

Geruch lag in der Luft. Auf dem Tisch standen goldene Kästchen und Pfeifen und andere Kleinigkeiten, deren Zweck er nicht einmal ahnte. Und mit einem Mal wußte er, daß ihm auch die tiefste Demütigung nicht erspart blieb. Er war im Begriff, zum Dieb zu werden.

Eines stand fest – die Ordenshäuser konnte er nicht mehr betreten. Zum erstenmal im Leben würde er Geld brauchen. Gold, das wußte er aus seiner Kindheit, ließ sich in Geld umtauschen. Er griff nach den glitzernden Dingen und stopfte sie in die großen Taschen des einfachen Bürgermantels. Es war erstaunlich, wie schwer sie wogen.

Mit ungeschickten Bewegungen öffnete Cade den Riegel der Tür. Jedes Scharren machte ihn nervös. Er befürchtete, daß Lady Moia erwachen könnte. Aber sie lag friedlich im Nebenraum und atmete gleichmäßig. Irgendwie erleichterte es ihn, daß sie allein war.

Und dann lief er durch die dunklen Korridore. Als er mit Fledwick hierhergekommen war, hatte er sich automatisch die Entfernungen und Winkel eingeprägt. Er erreichte den Höhleneingang nach wenigen Minuten.

Die Ehrengarde hatte sich nicht verändert. Anstelle des getöteten Marsschützen sah er einen neuen Mann, aber sonst war alles beim alten geblieben. Der Oberste Schütze vertraute offensichtlich auf sein Mordkommando. Cade blieb im Schatten der Höhle stehen und beobachtete die Wachtposten auf ihrer Patrouille.

Narren! dachte er, und dann fiel ihm ein, was für ein Obernarr er selbst gewesen war – seit seiner Entscheidung, dem Orden beizutreten.

Das Verlassen der Höhle war sehr viel leichter als das Betreten. Diesmal wußte er, was ihn auf der anderen Seite erwartete: Kilometer um Kilometer hohes Gras, in dem sich ein Mann eine Ewigkeit verstecken konnte. *Ein Mann.* Unbewußt hatte sich das Wort aufgedrängt. *Ein Mann – nicht mehr ein Schütze.*

Cade war ein Schatten unter vielen, ein dunkler Blitz, den die Wachtposten überhaupt nicht wahrnahmen. Lange Zeit lag er im hohen Gras und wartete, bis er sicher sein konnte, daß er keinen

Alarm ausgelöst hatte. Dann kroch er auf allen vieren durch das hügelige Gelände. Nach einiger Zeit erhob er sich und ging mit weit ausgreifenden Schritten auf den Potomac zu. Er mußte den Fluß überqueren, wenn er Baltimore oder Aberdeen erreichen wollte.

Eine Zeitlang wartete er ratlos am Ufer. Schwimmen konnte er nicht, da ihn das Gewicht des Goldes in die Tiefe gezerrt hätte. Und ein Boot war weit und breit nicht zu sehen.

Er ging am Südufer entlang, in der Hoffnung, irgendwo eine unbewachte Brücke zu entdecken. Das erste Licht zeigte sich am Himmel, als er ein Stück vor sich wütende Stimmen hörte. Cade warf sich zu Boden.

„Vorsicht, verdammt!"

„Kannst du es besser? Dann mach es selbst, und halt den Mund!"

„Das sagst ausgerechnet du? Wenn du so weiterschreist, landen wir alle im Kittchen."

„Da wären Angsthasen wie du am besten aufgehoben."

Cade hatte von Fledwick erfahren, daß „Kittchen" soviel wie Gefängnis bedeutete. Die Männer waren also Verbrecher wie er. Er stand auf und sah zwei Bürger, die in einer kleinen Senke ein Floß mit flachen Paketen beluden.

Es dauerte eine Weile, bis sie bemerkten, daß sie nicht allein waren. Dann, als er auf sie zukam, blieben sie wie erstarrt stehen.

„Was macht ihr da?" fragte er.

„Sir, wir – wir . . .", stammelte der eine. Sein Kollege hatte schärfere Augen. „He!" sagte er kühl, nachdem er Cade einen Moment lang beobachtet hatte. „Du bist keiner von denen. Hast du was vor?"

„Nein." Wieder Ausdrücke, die er von Fledwick gelernt hatte.

„Was dann? Umsonst riskiert ein Kerl keine zwanzig Jahre. Die Uniform paßt dir nicht, das sieht ein Blinder. Und die Pistole ist garantiert eine Imitation."

Der andere Bürger schüttelte den Kopf. „Wie konnte ich nur darauf hereinfallen – eine falsche Uniform und eine falsche Pistole! Mach dich lieber aus dem Staub, Großer! Ich möchte nicht dabeisein, wenn sie dir zwanzig Jahre aufbrummen."

„Ich möchte, daß ihr mich übersetzt. Ich kann zahlen." Cade holte ein goldenes Kästchen aus der Tasche und wollte schon fragen: „Reicht das?", als er in ihren Mienen die Ehrfurcht erkannte. „Dazu brauche ich noch bürgerliche Kleidung." Er ärgerte sich über das „bürgerlich", aber die beiden Ganoven bemerkten den Schnitzer nicht.

„Klar", erwiderte der Mann, der seine Waffe als Imitation abgetan hatte. „Wir bringen dich nach drüben. Aber Kleidung –"

„Das mache ich schon", warf der andere hastig ein. „Du hast etwa meine Größe. Ich verkaufe dir gern das Zeug, das ich am Leibe trage. Aber ich finde, daß so viel Kollegenhilfe schon eine besondere Belohnung wert ist."

Cade wog das Goldkästchen in der Hand. Es schien viel wert zu sein, aber ob es ausreichte, um einen Anzug zu bezahlen?

Der Mann legte sein Schweigen als Ablehnung aus. „Schon gut", sagte er. „War nicht so gemeint." Er zog sich bis auf die Unterwäsche aus. Cade streifte die Sachen über. Als er achtlos seine Schätze von der einen Jacke in die andere steckte, quollen den beiden Männern die Augen über.

„Laß diese Spielzeugpistole lieber verschwinden", warnte ihn einer von ihnen. „Du weißt, wie sie sich aufführen, wenn man Schützen imitiert."

„Ich behalte sie", erklärte Cade und versteckte sie unter der langen, weiten Jacke. „Und nun setzt mich über."

„Wir könnten dich sogar noch weiter bringen", meinte der eine Bürger vorsichtig.

„He!" unterbrach ihn der andere.

„Schnauze! Siehst du nicht, daß der Kerl untertauchen muß?"

„Und wie wollt ihr das bewerkstelligen?" fragte Cade.

„Also, Kumpel, wir übernehmen die Verteilung von geschmuggelten Zigaretten. Für einen Mann wie dich klingt das vielleicht billig, aber dafür sitzen wir auch nicht lange im Knast, wenn man uns schnappt. Wir bringen die Dinger vom – vom Hersteller über den Fluß. Am anderen Ufer wartet ein Wagen, der sie entgegennimmt. Wenn du dem Fahrer zwei deiner Goldäuglein gibst –"

„Eines", unterbrach Cade.

„Gemacht", erklärte der Mann sofort. Cade holte noch ein

Kästchen und reichte es ihm. Der Bürger strich über das Gold. „Darauf rauchen wir eine. Das merkt niemand." Ohne die Antwort abzuwarten, riß er eines der Päckchen auf und holte drei Kugeln heraus. Eine davon stopfte er in eine Aluminiumpfeife und zündete sie an. Sein Kollege tat das gleiche.

„Danke", sagte Cade und schob die Kugel, die er bekommen hatte, in eine Tasche. „Ich hebe sie mir für später auf." Die Männer warfen ihm einen schrägen Blick zu und erwiderten nichts. Er erkannte, daß er einen mehr oder weniger schweren Fehler begangen hatte. Es gab also auch unter Bürgern Dinge, die sich nicht ziemten. Hoffentlich machte er in Zukunft nichts mehr falsch.

Die Kugeln waren nach kurzer Zeit verbraucht, und die Männer befanden sich in guter Stimmung. Cade beobachtete sie genau, um möglichst viel zu erfahren.

„Ich rauche zuviel", klagte der eine. „Wahrscheinlich kommt es daher, daß man ständig mit dem Zeug hantiert."

„Es ist ja nicht schädlich."

„Aber ich habe ein komisches Gefühl dabei. Wenn es die anderen tun, kann es mir nur recht sein. Ich verdiene dabei. Aber der Imperator hat es verboten."

„Was hat denn der Imperator damit zu tun?"

„Nun, der erste Imperator hat die Luxusgesetze erlassen."

„Quatsch! Die Luxusgesetze wurden zugleich mit dem ersten Imperator eingesetzt. Das kann dir jeder Klin-Lehrer sagen."

„Trotzdem – ich habe ein mulmiges Gefühl dabei. Luxus paßt nicht zu uns."

„Das predige ich ständig meinem Mädchen. Mal will sie dies, mal wieder das, und nun bildet sie sich sogar ein durchsichtiges Kleid aus einem Luxusladen ein. Ich sagte ihr, daß sie es in der Öffentlichkeit nicht tragen könnte, und privat würde es ihr keinen Spaß machen."

„Weiber", meinte der andere kopfschüttelnd. „Wenn es die Luxusgesetze nicht gäbe, würden sie wie das Hofvolk herumlaufen, und unsereiner hätte keinen Grünen in der Tasche. Ah, da ist der Wagen. Wir können übersetzen."

Cade hatte bemerkt, daß am anderen Ufer in regelmäßigen

Abständen Scheinwerfer blinkten. Das Floß setzte sich langsam in Bewegung. Cade thronte auf den Schachteln, während die beiden anderen Männer versuchten, das Gefährt mit langen Stangen zu steuern.

Der Wagen, ein großes Personenauto von unbestimmbarer Farbe und mit völlig verschmutzten Nummernschildern, parkte auf dem Highway parallel zum Ufer.

„Wer ist 'n das?" fragte der Fahrer, ein dicker Mann in mittleren Jahren. Er sah Cade mißtrauisch an.

„Der Kerl muß untertauchen. Schwerer Junge. Wir sagten, du würdest ihn vielleicht mitnehmen."

„Was heißt hier vielleicht?" wandte Cade ein. „Es war fest vereinbart."

„Ich habe genug Schwierigkeiten", meinte der Fahrer. „Hau ab, Blödmann!" Blödmann war offensichtlich eine Beleidigung. Der Fahrer hakte die Daumen in den Gürtel. Cade versetzte ihm seufzend einen mittelstarken Hieb in den Magen. Dann wandte er sich an die anderen. „Hört mal, ihr – Blödmänner! Gebt mir sofort eines der Kästchen zurück. Und wenn ihr Schwierigkeiten macht, hole ich mir beide!"

Sie tauschten fragende Blicke aus und gaben ihm eines der Kästchen. Cade hielt es dem Fahrer unter die Nase. Der Mann schüttelte immer noch verwirrt den Kopf. „Das gehört dir, wenn du mich mitnimmst."

„Geht in Ordnung, Kumpel", meinte der Mann versöhnlich. „Aber du mußt verstehen, ich kann nicht von meiner Route abweichen, sonst verliere ich den guten Job."

„Ich will nach Aberdeen", sagte Cade entschieden.

„Gemacht. Warte, bis wir umgeladen haben . . ."

Die flachen Päckchen verschwanden in überraschenden Verstecken – unter den Sitzen, in den Kissen, hinter Verkleidungen.

Cade beobachtete die Männer und fragte sich, weshalb er Aberdeen gewählt hatte. Nach einer Minute gab er auf. Irgendwo mußte er beginnen, und weshalb nicht bei dem Mädchen? Sie wußte etwas – jedenfalls mehr als er. Und jetzt, da Fledwick tot war, blieb sie die einzige, die ihn nicht verraten hatte. Außerdem, so redete er sich ein, war es nur vernünftig. Kein Mensch würde erwarten, daß er dahin zurückkehrte, wo man ihn bereits einmal gefangengenommen hatte.

Nachdenklich nahm er neben dem Fahrer Platz. „Wohin willst du in Aberdeen?" fragte der Mann, nachdem sie losgefahren waren.

„Kennst du Mrs. Cannon?"

„Ja. Sie gehört zur Kundschaft", erwiderte der Fahrer mißbilligend.

Cade fragte vorsichtig: „Ist etwas mit dem Lokal nicht in Ordnung?"

„O doch. Die Alte ist prima. Und mir kann es egal sein, in welcher Bumskneipe du untertauchst. Ich habe gesagt, daß ich dich mitnehme, und mein Wort halte ich."

Dreizehn Jahre einseitige Erziehung ließen sich nicht über Nacht auslöschen. Cade hatte ein schlechtes Gewissen. „Ich suche dort jemanden", sagte er entschuldigend. „Ein Mädchen."

„Was denn sonst? Mir brauchst du nichts zu erzählen. Ich bringe dich gern hin. Persönlich bin ich nicht für diese Dinge. Ich renne zwar nicht jeden Tag in den Klin-Dienst, aber ich weiß, was sich schickt."

„Immerhin verkaufst du geschmuggelte Zigaretten", sagte Cade entrüstet.

„Vielleicht habe ich ein scheußliches Gefühl dabei, vielleicht auch nicht. Jedenfalls rauche ich nicht. Ist es meine Schuld, daß ein Haufen von Hohlköpfen die Hofleute imitieren müssen? Sag ihnen: ‚Der Imperator sieht es nicht gern!' Dann ziehen sie ein schiefes Gesicht und erwidern: ‚Ach, viel macht es sicher nicht aus, und das nächste Mal opfere ich doppelt soviel. Das sieht der Imperator sicher gern.' Blödmänner!"

Cade nickte, und die Unterhaltung schlief ein.

12

CADE war nach einiger Zeit eingenickt. Bei jeder Haltestelle schreckte er hoch und schlief wieder ein. Aber schließlich rüttelte ihn der Fahrer hart an der Schulter.

Cade fuhr mit einem Ruck auf. Durch das Fenster sah er einen schmuddeligen Bürgersteig und drei graue Steinstufen, die zu einer massiven Tür führten. Sie befanden sich in einer schmalen Hintergasse, die kaum Platz genug für das Auto bot. Zu beiden Seiten ragten drei- und vierstöckige Betonklötze auf. Es gab weder Fenster noch klare Häuserabgrenzungen. Schmutz klebte an den Mauern, und in regelmäßigen Abständen führten ausgetretene Stufen zu einer Tür.

Der Fahrer holte drei ordentlich verpackte Bündel aus der Armstütze des Vordersitzes und sah Cade erwartungsvoll an.

„Nun?" fragte er. „Möchtest du noch lange sitzen bleiben?"

Cade versteifte sich, doch dann atmete er tief ein. Er war jetzt unter Bürgerlichen und wurde wie sie behandelt. Diese Lektion mußte er gründlich lernen. Möglicherweise hing sein Leben davon ab. „Entschuldige", sagte er. „Sind wir am Ziel?"

„Kennst du Mrs. Cannons Bar nicht?"

Cade öffnete die Tür. „Sieht bei Tag anders aus." Er folgte dem Fahrer die Treppe hinauf. Der Mann klopfte in einem bestimmten Rhythmus an die Tür. Das fette Gesicht, das sich gleich darauf in einem schmalen Spalt zeigte, kannte Cade.

Mrs. Cannon übersah den Fahrer und wandte sich an Cade. „Die Bar wird erst bei Anbruch der Nacht geöffnet, Fremder", sagte sie heiser. „Kommen Sie später wieder!"

Der Fahrer sah sie verblüfft an. „Ich dachte, Sie kennen ihn. Er muß untertauchen. Ein paar Bekannte haben mir den Tip gegeben, daß er ein großes Ding gedreht hat."

Ihre wasserblauen Augen richteten sich wieder auf Cade. Sie betrachtete seine zusammengewürfelte Kleidung und starrte ihm ins Gesicht. „Mag sein, daß ich ihn schon einmal gesehen habe", gab sie schließlich brummig zu.

„Mich und meine – Moneten", sagte Cade rasch. Er hatte viel von Fledwick gelernt. „Als ich das letzte Mal hier war, hat mich eines der Mädchen ganz hübsch ausgenommen."

Endlich erkannte ihn die Frau. „Das war kein Mädchen von mir", sagte sie keifend.

Dem Fahrer reichte es. „Ich gehe jetzt", sagte er. „Ich muß noch liefern. Streiten könnt ihr auch ohne mich."

Die Tür ging ein Stück weiter auf.

„Du wartest hier", sagte die Frau zu Cade und begleitete den Fahrer zum Wagen. Cade sah sich um. Er befand sich in der Küche des Hauses. Staunend betrachtete er all die fremdartigen Gegenstände.

Die riesigen Kochsäle der Ordenshäuser, in denen Cade als Novize viele Stunden verbracht hatte, wirkten neben dieser Küche wie – ein Schlafsack neben Lady Moias Ruhebett. Das einzige, was er erkannte, war ein riesiger Infrarost, der sich in einer Wandnische befand. Damit hatte man im Ordenshaus die abendlichen Fleischgerichte zubereitet. Aber hier endete die Ähnlichkeit auch schon. Die durchsichtigen Türen der Kühltruhe zeigten ein Gewirr von Geflügel, Fisch, Fleisch und Meeresfrüchten. Er sah Obst und Gemüse, von dessen Existenz er nichts geahnt hatte. Luxus für den degenerierten Geschmack, dachte er.

In der Ecke stand ein Mixgerät, mit dem man den Konzentratbrei der Ordensküchen herstellen konnte. Es war eine verbeulte alte Maschine, der man ansah, daß sie selten benutzt wurde. Offenbar schätzten Mrs. Cannons Kunden dieses Gericht nicht.

Auf Regalen entdeckte Cade Hunderte von bunten Gewürzen und ein Dutzend Spezialmixer und -kochplatten, deren Zweck er nicht erraten konnte. Irgendwie erinnerte ihn dieses fröhliche Durcheinander an seine Kindheit, an sein Elternhaus. Ihm war bereits jetzt klar, daß er sich nicht für den Orden eignete. Das Ritual, das einen Großteil seines Lebens ausgemacht hatte, war sinnlos geworden. Manchmal erschien es ihm sogar als Wahnsinn. Ein Heiler, dachte er, und dann fragte er sich, ob er geheilt werden wollte. Natürlich war der Orden seine Heimat . . ., aber der Oberste Schütze –

Er verdrängte diese Gedanken. Zuallererst brauchte er Informationen, und deshalb mußte er sich mit dem Mädchen in Verbindung setzen.

„Das war kein Mädchen von mir", hatte Mrs. Cannon gesagt. Das machte nichts. Er brauchte einen Ausgangspunkt, und nichts eignete sich dafür besser als die kriminelle Halbwelt, in der sich das Mädchen mit solcher Sicherheit bewegt hatte. In dieser Welt wurde man von einem zum anderen weitergereicht: von den Schmugglern zum Fahrer und zu Mrs. Cannon. Ein Lächeln huschte über seine Züge. Noch vor kurzem hatte er nicht geahnt, daß man das Wohlwollen eines kleinen Gauners brauchte, um in ein Bumslokal eingelassen zu werden.

„Mann", sagte die heisere Stimme, „wenn du so lächelst, wird mir ganz heiß – trotz meines Alters." Mrs. Cannon stand im Eingang und betrachtete ihn mit einer Mischung aus Gutmütigkeit und Koketterie. „Und rot wird er auch noch! Lang wie ein Baum und stark wie ein Schütze und wird rot! Na, wir haben Mädchen, die das zu schätzen wissen. Mir sind die Kerle mit Zaster lieber." Doch dann änderte sie ihre Haltung abrupt. „Lazar sagt, daß du untertauchen mußt. Was hast du ausgefressen?"

Bevor Cade antworten konnte, fuhr sie fort: „Freund, im oberen Stock haben schon viele Kerle übernachtet, ohne daß ich eine Frage gestellt hätte. Völlig sicher, solange es mit den Mädchen keine Schwierigkeiten gibt. Aber ich kann es nicht billig machen. Lazar hat dich hergebracht, und dein Gesicht gefällt mir, sonst täte ich es nicht für allen Zaster von Aberdeen. Protektion braucht man überall. Also, ich gebe dir eine hübsche Kammer, drei Mahlzeiten pro Tag und . . ."

Die Frau redete gern. Cade achtete nicht genau auf ihre Worte. Sie wollte ihn im Hause wohnen lassen, und das war ein Glück für ihn.

Mrs. Cannon holte Luft, und Cade warf rasch ein: „Ich – ich habe Zaster. Ich kann zahlen."

„Womit?"

Er holte den erstbesten Gegenstand aus der Tasche. Es war ein winziges, glitzerndes Ding – fünf kleine Glöckchen an einer Metallspange. Als er es auf den Tisch stellte, klingelte es fein. Die Blicke der Frau sogen sich an dem Schmuck fest.

„Praktisch wertlos", sagte sie ruhig, als sie wieder aufsah. „Läßt sich nicht verkaufen."

„Das wußte ich nicht", meinte Cade entschuldigend und griff wieder danach. „Vielleicht etwas anderes . . ."

„Oh, schon gut!" Sie lachte schallend, und ihr fetter Körper geriet ins Schwanken. „Du läßt dich nicht bluffen. Natürlich besitzt du ein Pendant!" Cade durchsuchte vergeblich seine Taschen nach einem Gegenstück zu dem zarten Schmuck.

Offenbar hatte er unbewußt etwas sehr Kluges getan. Er breitete seine Habseligkeiten auf dem Tisch aus und sortierte sie.

„Tut mir leid", sagte er schließlich. „Es ist nicht dabei."

Die Frau sah völlig verwirrt von den Gegenständen auf. „Es tut dir leid", wiederholte sie. „Es scheint nicht dabeizusein." Sie betrachtete ihn lange Zeit mit einem prüfenden Blick. „Weshalb bist du hierhergekommen?" fragte sie ruhig.

„Der erstbeste Ort, der mir einfiel", murmelte er. Irgend etwas stimmte nicht. Welches Bürgertabu hatte er nun verletzt?

„Oder der einzige Ort", meinte sie nachdenklich. „Und rede mir nicht ein, daß du in jener Nacht Schnaps getrunken hättest. Die Kleine, die dich ausnahm, bemerkte den Unterschied vielleicht nicht, aber ich bin seit vielen Jahren im Geschäft. Ich kenne Betrunkene, und ich kenne Süchtige. Ein junger Kerl wie du . . . Nun, ich weiß jedenfalls, daß du dein Zimmer bezahlen kannst. Aber daß du mit all diesem Zeug herumläufst und noch nicht einmal weißt, was es wert ist . . ., damit bringst du dich ans Messer."

Cade verstand nicht, was sie meinte. „Wenn ich ein Zimmer bekomme, zahle ich gut dafür", sagte er geduldig. „Mehr verlange ich nicht."

Aus irgendeinem Grund wurde sie wütend. „Dann gebe ich dir auch nicht mehr. Komm!" Sie riß eine Tür auf und ging eine schmale, düstere Treppe hinauf. Unterwegs murmelte sie: „Man kann einen Menschen nicht zum Sprechen zwingen, wenn er den Mund halten will. Manche Leute verstehen nicht, daß man ihnen nur helfen will."

Sie holte einen Schlüsselbund aus der Tasche und trat an eine bestimmte Tür. Dann streifte sie einen Schlüssel vom Ring und reichte ihn Cade.

„Das ist der einzige", sagte sie. „Du bist hier oben sicher. Wenn du Hunger hast oder dich vergnügen willst, kannst du in die Bar kommen."

Er schloß die Tür hinter ihr und sah sich um. Sein neues Quartier war weder hell noch sauber. Die Regale waren vollgestopft. Das machte ihm nichts aus, denn er besaß nichts, das er in die Regale legen konnte. Ein altes Klappbett, wie er sie während der

Kämpfe oft in Bürgerhäusern gesehen hatte, vervollständigte die Einrichtung.

Es fiel ihm schwer, sich umzugewöhnen: Er war jetzt in einem Bürgerhaus, und er mußte als Bürger leben. Er schüttete seine Schätze auf der Koje aus und betrachtete jedes Stück. Er hatte nicht verstanden, was die Alte sagte, aber in ihrem Gesicht hatte sich Erregung gespiegelt. Weshalb? Man konnte die Dinger für Geld oder Nahrungsmittel umtauschen. Und für Geld konnte man Kleider, eine Wohnung oder Vergnügungen kaufen. Auch Fledwick war merkwürdig gewesen, wenn es um Geld ging. Der kleine Mann hatte sich immer wieder in Gefahren begeben, um mehr Geld an sich zu reißen. Und die Männer auf dem Floß – sie hatten versucht, mehr als ihren Anteil zu bekommen. Es bedeutete, daß die Bürger am Geld hingen.

Er legte sich auf das Bett und fand die alte Matratze unerträglich. Lieber schlief er auf dem Fußboden. Wenn er das Mädchen finden wollte, mußte er die Bar aufsuchen. Er erinnerte sich an den Lärm und an die Gerüche, an den Drink, den er genommen hatte, und an die schlechte Luft. Aber er war wegen der Bar hierhergekommen. Das Mädchen des Kairo-Mysteriums hatte ihn in dieser Bar aufgesucht. Vielleicht hielt sie sich öfter hier auf. Er dachte an Kleider – er brauchte Schuhe, am besten Slipper. Und Sachen zum Wechseln. Auch die Bürger trugen nicht ständig gleiche Kleidung.

Mrs. Cannon wartete unten im Schankraum. Sie schien seine Gedanken zu lesen. „Schade, daß du nicht etwas früher gekommen bist“, sagte sie. „Bis vor einer Weile saß der alte Carlin hier herum. Wenn ich gewußt hätte, daß du nicht mehr schläfst, hätte ich ihn hinaufgeschickt. Aber morgen früh taucht er bestimmt wieder auf.“

Er hatte keine Ahnung, wer Carlin war. Vorsichtig fragte er.

„Carlin? Der macht hier seine Geschäfte – verkauft unter der Hand Luxuskleider. Ich habe nie verstanden, weshalb diese Schlampen so verrückt hohe Preise dafür bezahlen. Wahrscheinlich, um hinter verschlossenen Türen ihre Freunde damit anzuheizen. Zu meiner Zeit hätte ich jedem Kerl den Laufpaß gegeben, wenn ich ihm nicht auch ohne diese durchsichtigen Fetzen genug gewesen wäre. Du bist nicht vom Distrikt, was?“

Er zögerte, verwirrt von der unerwarteten Frage.

„Das dachte ich mir“, fuhr sie trocken fort. „Hör mir zu!“ Sie beugte sich über den Tisch, und ein schwüler, betäubender Duft stieg von ihrem Dekolleté auf. „Auch wenn du nicht danach fragst, ich kann dir einen guten Rat geben. Du mußt untertauchen, und du bist süchtig – eine schlechte Kombination. Außerdem redest du nicht gern, weder mit mir noch mit sonst jemand. Schön, das verstehe ich, aber deshalb mußt du nicht gleich arrogant werden. Hör mir zu . . .“

Sie holte pfeifend Atem und fuhr eindringlich fort: „Als ich heute nachmittag in meine Küche kam und dich lächeln sah, hättest du das ganze Haus auf dem Präsentierteller haben können. Ein Mann mit deiner Figur und deinem Gesicht sollte seine Vorzüge ausnützen. Wenn du nicht reden willst, Mann, dann lächle einfach!“ Sie stand auf und winkte einem Neuankömmling zu. „Ich muß mich jetzt um die Kundschaft kümmern“, sagte sie. „Wie kann ich dich nennen, falls jemand danach fragt?“

Cade lächelte innerlich über den absurden Ratschlag – und über die rasch darauffolgende Frage. Zum erstenmal sah er die Frau genau an. Sie war trotz ihrer losen Zunge keine gefährliche Frau. Er schwieg, aber langsam breitete sich ein Lächeln auf seinen Zügen aus.

„Wunderbar!“ gurrte sie. „Du bist nicht dumm. He, Jana!“

Eine geschmeidige Brünette löste sich aus einer Mädchengruppe, die auf Kunden wartete. Sie schlenderte mit einstudierter Lässigkeit auf ihn zu; das silberne Strumpfband preßte den durchsichtigen Stoff ihrer Hose eng an den Schenkel.

„Jana, Smiley ist ein Bekannter von mir“, sagte Mrs. Cannon. „Für ihn gibt es nur das Beste vom Besten.“ Sie blinzelte ihm zu und begab sich dann zu ihren Gästen.

„Das will was heißen, von der Chefin beschützt zu werden, Smiley“, sagte das Mädchen. Sie hatte eine rauchige Stimme, und ganz automatisch nahm sie die gleiche Haltung ein wie Mrs. Cannon: Sie beugte sich über den Tisch und schob die Schultern vor. Vermutlich eine Bürgerangewohnheit, dachte er. Jedenfalls enthüllte es sehr viel von ihrer Figur.

„Ja“, sagte er steif. „Sie war sehr gut zu mir.“

„He, ich erinnere mich an dich!“ rief Jana plötzlich. „Du warst vorige Woche hier. Und du hattest geladen, Bruder!“

Er konnte es nicht ändern. Die Anrede „Bruder“ ging ihm durch Mark und Bein.

Jana runzelte die Stirn. „Was ist los, Smiley?“

„Nichts.“

„Nichts?“ fragte sie mißtrauisch. „Hör mal, du trinkst gar nichts . . .“ Cade folgte ihrem Blick und bemerkte ein Glas mit einer gräßlich riechenden Flüssigkeit. Er schob es zur Seite. „Ich hab mich lange mit Arlene darüber unterhalten. Erinnerst du dich noch an sie? Die kleine Blonde da drüben in der Ecke!“ Ein Hoffnungsschimmer flackerte auf und erlosch, als er das Mädchen ansah. „Jedenfalls sagte sie, daß das Zeug kein Schnaps war, und ich selbst hab noch nie einen Mann von deiner Statur gesehen, den ein einziges Glas umwarf. Du mußt mir natürlich nichts erzählen, wenn du nicht willst, aber . . .“

Cade dachte an Mrs. Cannons Rat und lächelte. Er sah sie an und lächelte, bis er sich albern vorkam.

Der Erfolg war unerwartet. Plötzlich pfiff sie durch die Zähne, daß ein halbes Dutzend Besucher sich nach ihr umdrehten, und sie warf ihm einen Blick der Hingabe und Verehrung zu, wie er ihn bisher nur bei Schützenanwärtern auf dem Schlachtfeld gesehen hatte.

„Bruder!“ seufzte sie.

„Entschuldige!“ sagte Cade mit erstickter Stimme. Er ergriff die Flucht vor dem Feind.

13

CADE lernte rasch bei Mrs. Cannon. Es blieb ihm keine andere Wahl. Seine Augen und Ohren waren dazu geschult, winzige Nebensächlichkeiten aufzunehmen – Worte, Blicke, Gesten. Und sein Verstand wertete diese Dinge unverzüglich aus.

Auch die Besucher von Mrs. Cannon erfuhren einiges über ihn. Er war Smiley, und die ungeschriebenen Gesetze des Distrikts verlangten es, daß niemand tiefer in ihn drang. Man flüsterte über ihn. Einige behaupteten, er sei adelig, aber niemand fragte. Seine vollen Taschen und Janas scharfe Zunge genügten zur Einführung in die neue Gesellschaft.

Seine Statur? Offensichtlich ein Mann, der zu kämpfen verstand. Die Goldgegenstände, von denen gemunkelt wurde? Offensichtlich hatte er ein großes Ding gedreht. Seine gelegentlichen Gedächtnislücken oder sonderbaren Manieren? Offensichtlich war er einem starken Rauschgift verfallen. Das erklärte auch, weshalb er sich nichts aus Frauen und Alkohol machte.

Er überragte die anderen Dauerkunden des Lokals – die schäbigen kleinen Taschendiebe, die nervösen Glücksspieler und die verabscheuungswürdigen Strichjungen. Als Benutzer einer geheimnisvollen, starken Droge überragte er sogar die freundlichen, gepflegten Hochstapler, die gelegentlich vorbeikamen. Drogen waren romantisch und heroisch. Nur Mrs. Cannon mißbilligte diese Dinge. Sie hatte einmal einen süchtigen Freund gehabt. Aber sie wollte nicht darüber sprechen.

Nacht für Nacht saß Cade an einem Ecktisch der Bar und hatte ein unberührtes Glas vor sich stehen. Carlin, der unter der Hand Bürgerinnen und Straßenmädchen mit Luxuskleidern versorgte, hatte bei ihm Maß genommen und einige der Goldgegenstände in Grüne und Blaue umgetauscht. Der Alte hatte endlos um jedes Stück gefeilscht, aber da Mrs. Cannon die Transaktion überwachte, erhielt Cade schließlich zwei maßgeschneiderte Anzüge und genug Geld, um zwei Wochen Wuchermiete zu bezahlen. In seinem Zimmer hatte er hinter einem Regal ein Versteck für seine restlichen Schätze gefunden: ein goldenes Kästchen, das verschiedene Schmuckstücke enthielt.

Mit dieser Sicherheit – einer Wohngelegenheit, neuer Kleidung, gutem Essen, Taschengeld und einer Reserve – konnte er seine ganze Aufmerksamkeit der Suche nach dem Mädchen zuwenden. Er stellte kaum Fragen, aber er horchte genau auf die Gespräche, die geführt wurden, in der Hoffnung, einmal eine Spur zu entdecken. Nacht für Nacht saß er an seinem Tisch und betrachtete die Neuankömmlinge. Er spendierte Drinks jedem, der mit ihm sprach, und das kam nicht billig.

Da war zuerst Mrs. Cannon mit ihren Mädchen. Nachdem er

erfahren hatte, daß es durchaus nichts Außergewöhnliches war, nach bestimmten Mädchen zu fragen, sprach er offen mit ihnen. Aber niemand kannte sie, und niemand hatte sie vor jener schicksalhaften Nacht bei Mrs. Cannon gesehen.

Es war ein Rückschlag. Cade wußte, daß er seine Suche höchstens in Baltimore fortsetzen konnte, und das widerstrebte ihm. Schon einmal war er dort in die Hände seiner Gegner geraten. Wenn er das Mädchen nicht bei Mrs. Cannon aufspürte, mußte er eben ohne sie vorgehen. Und allmählich reifte ein neuer Plan in ihm heran.

Er verschwendete eine Nacht mit einem stillen grauhaarigen Mann, einem ehemaligen Dieb, der sich mit seinem „Ersparten" zur Ruhe gesetzt hatte. Der Fremde erzählte viel von der Unterwelt – von Korruption und organisierter Prostitution, von Hehlerei und von Spitzeln. Eines Abends vertraute der Mann Cade unvermittelt an, daß er ein großes Geheimnis kenne. „Die Welt war nicht immer so wie heute!" flüsterte er.

Cade dachte an die Mysteriumriten und beugte sich ein wenig vor, um sich die Geschichte des ehemaligen Diebes anzuhören. Aber seine Hoffnung wurde enttäuscht. Der freundliche alte Mann war eindeutig verrückt.

Er hatte, so erzählte er, vor Jahren bei einem Diebstahl ein Buch gefunden. Es hieß „Lesebuch für die sechste Klasse" und war unglaublich alt. „Mehr als zehntausend Jahre!" flüsterte er Cade ins Ohr.

Cade lehnte sich verärgert zurück, während der Alte weiterplapperte. In dem Buch standen viele Geschichten, Gedichte und Anekdoten, und viele davon waren auf Tatsachen aufgebaut. Aber eines hatten sie alle gemeinsam: Sie erwähnten mit keiner Silbe den Imperator, Klin, den Orden oder das Menschenreich. „Verstehst du nicht, was das bedeutet? Verstehst du das nicht? Es gab einmal eine Epoche, in der kein Imperator existierte!"

Als er Smileys gelangweilte Miene bemerkte, vergaß er alle Vorsicht und sprach so laut, daß Mrs. Cannon ihn verstehen konnte. Sie warf ihn in loyaler Entrüstung hinaus. Später bedauerte sie es. Der Vorfall sprach sich herum, und es fand eine Razzia statt, die einzige während Cades Aufenthalt im Distrikt.

Das ganze Viertel wurde gründlich durchsucht, und auch Cade mußte einige Fragen beantworten. Aber die Wachleute suchten nach einem bestimmten Mann, und Smileys Herkunft interessierte sie nicht. Später sprach es sich bei Mrs. Cannon herum, daß man den Mann gefunden hatte, als er gerade einer spottenden Kinderhorde seinen Unsinn erzählte. Er überlebte die Nacht in der Wachstation nicht. Cade erinnerte sich an die Gummiknüppel, und er fragte sich, ob es nötig gewesen war, so hart mit dem irren Alten umzugehen.

Es gab noch andere, die sich an Cades Tisch setzten. Da war ein elegant gekleideter junger Mann, der Cades Gleichgültigkeit Mädchen gegenüber mißverstand. Ihm wurden die Augen rasch geöffnet.

Mrs. Cannon warf ihn persönlich hinaus und kreischte ihm die übliche Drohung nach: „Und laß dich ja nicht mehr bei mir erwischen!" Doch der Junge war so zugerichtet, daß er sie vermutlich nicht mehr verstand.

Eines Nachts unterhielt er sich mit einem fetten, salbungsvollen Kerl, einem ehemaligen Schwindler, der aus dem Geschäft ausgestiegen war, weil er zuviel trank. Smiley spendierte ihm mehrere Drinks, weil er etwas über das Kairo-Mysterium wußte. Er war Mitglied gewesen – bei mehreren Mysterien. Er erklärte, daß man bei diesen Mysterien auf eine Menge Leute stieß, die man ausnehmen konnte. Nachdem der Mann genug getrunken hatte, wagte Cade es, ihn direkt auszufragen. Aber der ehemalige Schwindler wußte kaum etwas. Er hatte noch nie von Hypnose in Verbindung mit einem Mysterium gehört. Graue, ovale Räume hatten nichts mit den Kairo-Riten zu tun. Die Mysterien dienten einzig und allein dazu, dämliche Bürger auszunehmen. Der Mann murmelte etwas davon, daß man ein neues Mysterium gründen müsse. Mit seiner Erfahrung und Smileys Aussehen würde es keine Schwierigkeiten geben. Sie könnten den anderen Mysterien die Kunden abnehmen. Dann legte er den Kopf auf die Tischplatte und schlief ein.

Es kamen noch viele andere; aber *sie* tauchte niemals auf, und er erfuhr auch nichts über sie.

Als die zweiwöchige Frist, die er sich gesetzt hatte, um war, wußte er sehr viel mehr über das Leben im allgemeinen. Nur von dem Mädchen hatte er keine Spur entdeckt. Es wurde Zeit für seinen zweiten Plan.

Mrs. Cannon protestierte lebhaft, als er ihr erklärte, er müsse nun fort. „Ich habe noch nie einen Menschen erlebt, der seine Beute so schnell losgeworden ist", sagte sie mit heiserer Stimme. „Du mußtest nicht jedem Drinks spendieren, sobald er sich als Unterweltler ausgab. Hör zu – ich habe so viel an dem Schnaps verdient, daß du noch eine Woche bleiben kannst. Wenn du den Mund hältst, lasse ich dich weiter hier wohnen. Vielleicht ist die eine Woche entscheidend. Na, was sagst du dazu?"

„Es geht nicht um das Geld", versuchte er zu erklären. Sie hatte recht damit, daß seine Blauen und Grünen ausgegeben waren, aber sie wußte nichts von dem Kästchen, das er in seinem Zimmer versteckt hatte. „Ich muß ein Versprechen einlösen."

„Ein Versprechen zählt nicht, wenn man untertauchen muß", erwiderte sie heftig. „Was nützt es dir, wenn dich vor der Tür die Wachleute festnehmen? Dann kannst du dein Versprechen auch nicht halten."

Darüber machte er sich keine Sorgen. Die Bar war eine Informationsquelle, und er wußte, daß man die Suche nach dem „angeblichen" Cade eingestellt hatte, zumindest hier in Aberdeen. Ein junger Schützenanwärter hatte vor zehn Tagen zwei Fußgänger getötet. Man hatte zwar betont, daß die verkohlten Leichen nicht mit letzter Sicherheit identifiziert werden konnten, aber es ging doch allgemein das Gerücht um, daß es sich um Cade und Fledwick Zisz gehandelt habe. Die Aufmerksamkeit der Wachleute ließ nach. Wenn Arle persönlich noch Nachforschungen anstellte, dann tat er es geheim.

Cade brauchte ein Versteck, wo er alles bis auf seinen guten Anzug und die restlichen Schätze unterbringen konnte. Zögernd gab ihm Mrs. Cannon einen Privattresor, der durch ein radionisches Schloß gesichert war.

Cade zog sich zum letztenmal in der Dachkammer um. Er wählte den dunklen, feierlichen Anzug, den Carlin nur ungern genäht hatte. „Du willst wohl zu einer Audienz?" hatte er knurrig gefragt. Cade lächelte, als er daran dachte. Genau das war seine Absicht. Es blieb ihm keine andere Wahl.

Er hätte versuchen können, in das Kairo-Mysterium einzudringen, aber möglicherweise hätte man ihn ein zweites Mal hypnotisiert. Auch der Weg zu einem Ordenshaus war ihm verschlossen. Aber es existierte immer noch der Imperator. Und heute fand die allmonatliche Audienz statt.

Selbst hier bei Mrs. Cannon verehrte man den Imperator: Die kleinen und großen Verbrecher, die leichten Mädchen und Kupplerinnen führten ein ungeziemendes Leben, aber sie empfanden Loyalität gegenüber dem Herrscher. Der wahnsinnige Alte mit seinem Buch aus der Vergangenheit hatte ihnen allen Entsetzen eingeflößt.

Das Reich ist groß, dachte Cade, aber nicht so groß, daß der Imperator sein Ohr einer gerechtfertigten Bitte verschließen würde.

Er hatte nur Angst, daß man ihm nicht glaubte, wenn er seine furchtbare und verwirrende Geschichte erzählte. Der Imperator in seiner Güte konnte kaum annehmen, daß in einem harmlosen Mysterium ein Komplott gegen ihn geschmiedet wurde. Dazu kam die moralische Verderbtheit des Obersten Schützen. Vor ein paar Wochen hätte Cade solche Beschuldigungen selbst noch entrüstet zurückgewiesen.

Aber vielleicht gelangte die Sache an weniger gütige Personen als den Imperator. Cade hatte den eisenharten Statthalter schon bei Zeremonien gesehen – ein grimmiger Mann, die Faust des Reiches. So war es immer gewesen, und so würde es immer sein. Vielleicht nahm ihn der Statthalter wenigstens so weit ernst, daß er eine Untersuchung einleitete. Mehr wollte Cade nicht.

Als Cade aufbrach, hatte er nur die Hälfte seines zusammengeschrumpften Besitzes bei sich: ein paar kleinere Goldgegenstände, drei Blaue und einen Grünen. Das goldene Kästchen und die Pistole des Ordens waren in dem Tresor bei Mrs. Cannon verwahrt. Die dicke Barbesitzerin hatte beim Abschied weinerlich gesagt: „Und vergiß nicht, wiederzukommen! Du findest hier immer Zuflucht."

Er versprach ihr, an sie zu denken, und dieses Versprechen war ehrlich gemeint. Er hoffte zwar, das Lokal nie wiederzusehen, aber er wußte, daß er es bis zu seinem Tode nicht vergessen würde. Diese – Liederlichkeit! Weder im Lebensstil noch im Denken herrschte Ordnung. Die Proportionen waren verzerrt. Und doch hatte man ihm eine merkwürdige Wärme entgegengebracht, eine unerwartete Kameradschaft, wie er sie für die Brüder im Orden empfunden hatte. Nur war sie hier echter und stärker. Er fragte sich, ob alle Bürger diese Eigenschaft besaßen oder ob es sich um eine Besonderheit der Verbrecher und kleinen Gauner handelte.

Als er die Tür hinter sich schloß und die Straße entlangging, fühlte er sich verloren. Es war die gleiche Straße, auf der ihn das Mädchen verfolgt hatte. An der Ecke stand ein fremder Wachmann. In düsterer Stimmung marschierte Cade zum Palast. Was geschehen mußte, würde geschehen, dachte er und ärgerte sich über seinen Fatalismus. Er hätte stolz sein sollen, weil er dem Imperator einen großen Dienst erwies, aber statt dessen dachte er voller Unruhe an das Mädchen.

Das Mädchen, das Mädchen, das Mädchen! Er hatte den Obersten Schützen belogen, als er ihre Rolle unerwähnt ließ – aber erst, nachdem er den Verdacht gefaßt hatte, daß Arle ein wollüstiges, ungeziemendes Leben führte. Er versuchte sich einzureden, daß ihr nichts zustoßen würde, aber gleichzeitig wußte er, daß er den Imperator nicht belügen konnte. Vielleicht wurde sie zermalmt, wenn sich die Mühlen der Gerechtigkeit erst einmal in Bewegung setzten.

14

Als respektabel wirkender Bürger der Mittelklasse wurde Cade ohne Schwierigkeiten am Audienztor eingelassen. Hundert Meter weiter vorn erhob sich der eigentliche Palast, ein elegantes Bauwerk aus rosa Marmor. Ein Klin-Diener – die Goldtresse an seiner grauen Uniform bedeutete, daß er für den Palastdienst abgestellt war – führte den Neuankömmling zu einer Menschenmenge, die sich auf dem Platz versammelt hatte.

„Warte hier!" sagte er brüsk und ging.

Noch mehr Bürger kamen, und allmählich füllte sich der freie Platz. Cade fiel auf, daß von Zeit zu Zeit ein paar reich gekleidete Bürger an den Wachtposten herantraten und einige Worte mit ihm wechselten. Ein Händedruck, und die Leute wurden zum Palast geführt.

Der Schütze trat unauffällig näher und beobachtete den Posten. Sein Verdacht bestätigte sich. Selbst hier im Palast, unter den Augen des Imperators, herrschte Korruption.

Für den bescheidenen Preis eines Grünen brachte ihn der Wachtposten ins Innere und gab ihm einige Instruktionen. „Wenn du den Audienzsaal betrittst, mußt du auf das Erscheinen des Imperators warten. Sobald er sich zeigt, mußt du aufstehen. Du darfst niemals das Gesicht von ihm abwenden. Bewahre Schweigen, bis man dich anspricht. Dann darfst du deinen Fall vortragen. Sprich nicht mehr als zehn Worte, und senke dabei den Blick."

„Zehn Worte?"

„Hast du keine Bittschrift, Bürger?" Der Wachtposten war erstaunt.

Cade schüttelte den Kopf. „Aber das macht nichts", sagte er. „Zehn Worte genügen mir."

Der Posten brachte ihn vor eine prunkvolle Tür in der Halle und sagte streng: „Warte hier, bis man dich hereinruft!"

„Und wie lange wird das diesmal dauern?" fragte ein sorgfältig gekleideter Mann dicht neben Cade.

Bevor Cade antworten konnte, sagte eine weißhaarige Matrone in strafendem Tonfall: „Das ist doch völlig gleichgültig. Ich genieße jede Minute. Auf diese Reise habe ich mich mein Leben lang gefreut. Ich komme nämlich aus England, aus Northumberland, und ich habe viele Jahre für diesen Augenblick gespart."

Der Mann sah sie erstaunt an. „Worüber möchten Sie sich denn beim Imperator beschweren?"

„Beschweren? Beschweren? Du liebe Güte, das will ich doch nicht. Ich möchte nur sein freundliches Gesicht aus der Nähe sehen und sagen: ‚Herzliche Grüße von einer treuen alten Bürgerin aus Northumberland, England!' Glauben Sie, daß er sich darüber freut?"

Cade war gerührt über ihre Unschuld. „Ganz bestimmt", meinte er, und sie strahlte.

„Oh, ich hingegen habe dem Imperator eine ernsthafte Beschwerde vorzulegen." Der Fremde neben Cade plusterte sich auf. Ein mehrseitiges Manuskript tauchte plötzlich in seiner Hand auf. „Mein Nachbar Flyte mit seiner schlampigen Frau und den vier ungezogenen Fratzen . . ."

„Verzeihung." Cade schob sich an dem Mann vorbei und nahm die alte Dame aus Northumberland am Arm. Er hatte wieder eine Reihe von Leuten beobachtet, die sich aus dem Kreis der Wartenden lösten und mit den Wachtposten verhandelten. Er trat vor einen Klin-Diener. „Sir, meine alte Mutter ist von der weiten Reise völlig erschöpft. Wir warten hier seit Sonnenaufgang. Wann werden wir eingelassen?"

„Oh, das ließe sich rasch erledigen."

Cade gab den Versuch auf; offensichtlich kam man hier nur mit harter Währung durch. Verbittert holte er einen Grünen aus der Tasche.

„Möchtest du hier auf deine Mutter warten oder ebenfalls der Audienz beiwohnen?" fragte der Posten freundlich.

Cade verstand, zögerte und holte dann seinen letzten Grünen aus der Tasche. Er hatte nun nur noch ein paar Blaue.

Aber das machte nichts. Er befand sich nun im Audienzsaal. Die verwirrte alte Dame von Northumberland trippelte neben ihm her.

„Stellt euch drüben auf!" kommandierte der Klin-Diener. „Und sprecht leise, wenn ihr etwas zu sagen habt."

Zwei Gruppen warteten im Saal, die sich deutlich voneinander unterschieden. Eine bestand aus Bürgern, die sich nervös und ängstlich hinter einer weißen Linie zusammendrängten. In einiger Entfernung schlenderten gelassen und ruhig Hofleute hin und her. Ein Podium befand sich am Ende des Saales, vermutlich für den Imperator reserviert. Klin-Diener mit Gaspistolen umringten es. Einer von ihnen wies Cade mit einer grimmigen Bewegung hinter die weiße Linie.

Die alte Dame umklammerte seinen Arm und bedankte sich wortreich. Aber Cade, der seinen Impuls bereits bereute, wandte

sich von ihr ab und arbeitete sich zur anderen Seite der Gruppe durch. Kurze Zeit später entdeckte er den Dicken mit dem Manuskript neben sich.

„Ich sah, daß Sie den Posten nicht überzeugen konnten", sagte er. „Und so bezahlte ich ohne Widerspruch. Ich möchte wissen, wie oft man uns noch zur Ader läßt."

„Das war hoffentlich das letzte Mal", entgegnete Cade finster.

„So ein Jammer!" meinte jemand neben ihm.

„Wie?" Cade drehte sich um und entdeckte eine säuerlich dreinblickende Frau in mittleren Jahren, die angestrengt zum Podium hinüberstarrte. Es füllte sich allmählich mit Adligen – Damen des Hofes, hohe Würdenträger des Klin-Dienstes und ein paar Ordensbrüder mit silbernen Streifen am Umhang. Cade erkannte keinen von ihnen.

„Diese Schande für den Hof!" fuhr die Frau kopfschüttelnd fort. Ihre Augen glänzten sensationslüstern.

„Was?" fragte Cade. Sie deutete auf jemand, und er merkte, daß er die falsche Frage gestellt hatte. „Wer?" verbesserte er sich, und dann sah er . . .

„Wer ist das?" fragte er und packte seinen Nachbarn hart am Arm.

„Was haben Sie gesagt? Vorsicht – der Stoff knittert!" Er schüttelte Cades Hand ab, aber der Schütze bemerkte es überhaupt nicht. Es war *sie*, daran gab es keinen Zweifel. Sie hatte ihm den Rücken zugewandt, und ihr Haar war merkwürdig karottenrot gefärbt, aber irgendwie wußte er, daß sie es war.

Er wandte sich an die Frau: „Was ist mit ihr?"

„Das wissen Sie nicht?" Sie warf ihm einen bedeutungsvollen Blick zu. „Das ist Lady Jocelyn. Die Sonderbare. Kein Mensch sieht ihr an, daß sie die leibliche Nichte des Imperators ist . . ."

Der sorgfältig gekleidete Mann unterbrach sie mit einem Kichern. „Etwa die Dichterin?"

„Ja. Eine Bekannte von mir arbeitet in der Küche, natürlich nicht als gewöhnliche Köchin, sondern als Diätassistentin, und sie hat mir erzählt, daß Lady Jocelyn jedem ihre Gedichte vorliest – ob die Leute zuhören wollen oder nicht. Einmal hat sie sich sogar an Bürger gewandt . . ."

Aber Cade hörte nicht mehr zu. Lady Jocelyn hatte ihnen das Gesicht zugewandt, und ihre Ähnlichkeit mit dem Mädchen des Kairo-Mysteriums schwand. Das rote Haar war natürlich gefärbt. Und selbst Cade, der wenig von Frauen und Mode verstand, konnte erkennen, wie schlecht es zum Farbton und Schnitt ihres Kleides paßte. Sie hatte runde Schultern und war kurzsichtig, denn sie schob ständig den Kopf vor, wenn sie etwas sehen wollte. Einen Moment lang fiel ihr Blick auf die Bürger, dann ging sie mit merkwürdig hüpfenden Schritten weiter. Dieses Geschöpf war eine Karikatur des Mädchens, das ihm zweimal das Leben gerettet hatte.

Rings um ihn atmeten die Menschen tief ein. Der Imperator war eingetreten und nahm auf dem Podium Platz. Zwei Klin-Diener traten vor die Bürger, und es setzte ein hastiges Schieben und Drängeln ein. Bevor Cade begriff, worum es ging, hatte ihn einer der Männer um seine letzten Blauen erleichtert. Er betrachtete verächtlich die geringe Summe und stellte Cade am Ende der Reihe auf. Verdammt, was sollte er noch alles wissen? Ihm war nun klar, weshalb die Menschen in Mrs. Cannons Umgebung verächtlich von den Audienzen sprachen. Das hier war eindeutig eine Angelegenheit der Mittelschicht. Cade sah den sorgfältig gekleideten Mann ganz an der Spitze der Linie. Er ging auf ein Podest zu, legte ein paar Grüne darauf und murmelte einem der Wachtposten etwas zu.

Dankesgabe, Liebesgabe – irgend etwas dieser Art. Er erinnerte sich schwach, daß er davon gehört hatte, aber nun konnte er nichts mehr tun. Wütend starrte er die weißhaarige Alte an, die weit vor ihm in der Reihe stand. Sie hatte sich ihr Geld für die Dankesgabe aufgespart.

„Bürger Bolwen", sagte der Posten, und der sorgfältig gekleidete Mann sagte: „Ich habe eine Beschwerde gegen einen widerwärtigen Untertanen des Imperators." Er reichte sein umfangreiches Manuskript dem Posten und zog sich zurück.

Cade hatte keinen einzigen Blauen bei sich, und die Schlange wurde immer kürzer. „Gabe", nannten sie es. Hieß das, daß es sich um eine freiwillige Spende handelte? Bisher hatte jeder gezahlt.

„Ich bitte den Imperator, meinen begabten Sohn zu befördern."

„Die Bevölkerung von Buena Vista grüßt in Treue den Imperator."

„Ich bitte den Imperator, sich für meinen Mann zu verwenden."

Cade betrachtete einen Moment lang das Gesicht des Imperators und verlor noch mehr Zeit. Er hatte sich den Herrscher anders vorgestellt – weltfern und voller Güte. Er sah jedoch die scharfen, durchdringenden Züge eines Gelehrten.

Neben Cade stand ein Klin-Diener. „Gabe in die linke Hand!" flüsterte er.

Cade wollte etwas entgegnen, aber der Mann zischte: „Ruhe!"

„Aber . . ." Im nächsten Augenblick hatte der Posten die Waffe gezogen. Er deutete mit dem Daumen zur Tür. Cade sah, daß dieser Mann für seine Stellung gründlich ausgebildet worden war. Er ließ sich bestimmt nicht überrumpeln. Schweigend trat Cade zur Seite und ging zurück zur Tür. Der Posten ließ ihn keinen Moment aus den Augen.

Draußen hielt ihm der Mann eine vernichtende Rede über Bürger, die ihre Pflicht nicht kannten und die wertvolle Zeit des Imperators verschwendeten. Cade erfuhr, daß die Dankesgabe wieder eines der vielen ungeschriebenen Gesetze war – und wegen dieser Kleinigkeit mußte er nun einen weiteren Monat warten.

Die Ungerechtigkeit war plötzlich mehr, als er ertragen konnte. Er, der sein Leben aufs Spiel gesetzt hatte, um den Imperator zu retten, wurde abgewiesen, weil er nicht mehr genug Grüne hatte . . .

Der Posten tadelte ihn streng, daß er nicht genügend Respekt dem Imperator gegenüber gezeigt habe.

„Respekt gegenüber dem Imperator!" stieß Cade heftig hervor. „Was weißt du schon, du grauer Narr? Ich riskiere mein Leben, indem ich hierherkomme. Es droht eine Verschwörung gegen den Imperator. Ich wollte ihn warnen . . ." Sein Selbstmitleid war mit einem Schlag verschwunden. Als nächstes würde er wohl noch seinen Namen nennen!

Der graugekleidete Posten hatte sich einen Schritt zurückgezogen und richtete die Waffe ruhig auf Cade. „Verschwörung, so?“ sagte er. „Du bist wahnsinnig. Oder . . ., ach was, komm mit! Das ist eine Sache für die Schützen.“

Cade marschierte niedergeschlagen durch den Korridor. Er hatte es ausgesprochen, und er würde dafür bezahlen müssen. Der Palast selbst beherbergte ein Ordenshaus, und jeder Schütze, der seine Waffe wert war, würde seine Personenbeschreibung kennen.

„Da hinein.“ Ein Lift brachte sie in das oberste Geschoß des Palastes. Sie traten in eine Vorhalle, die von einem Schützenanwärter bewacht wurde.

„Sir“, sagte der Klin-Diener, „rufen Sie bitte den Schützen vom Dienst.“ Der Anwärter warf Cade einen neugierigen Blick zu, aber er schien ihn nicht zu erkennen. Er sprach in ein Wandmikrofon, und die Tür öffnete sich. Im Verhörzimmer wartete der Schütze vom Dienst. Cade starrte auf den Kunststoffboden. Er wagte es nicht, den Blick auf den Schützen zu richten. Jeden Augenblick würde der tödliche Strahl kommen . . .

Er täuschte sich. Eine vertraute, trockene Stimme sagte erstaunt: „Aber wie kommst du hierher? Ich dachte –“

„Still!“ warf Cade rasch ein. Der Schütze war Kendall von Denver, ein Gefährte seiner Jugend. Als sich der Mann von seiner ersten Überraschung erholt hatte, wurde seine Miene verschlossen. Cade wußte, was in ihm vorging. Er nahm an, daß sein Waffenbruder sich auf einer Geheimmission des Ordens befunden hatte und nun zurückkehrte.

„Wachmann, besteht eine Anklage?“ fragte Schütze Kendall.

„Sir, dieser Kerl hat sich geweigert, im Audienzsaal die Dankesgabe zu entrichten, und als ich ihn ins Freie zerrte, faselte er etwas von einer Verschwörung. Ich halte ihn für verrückt, aber falls doch etwas an der Sache sein sollte . . .“

„Schon gut. Ich übernehme den Fall. Kehre auf deinen Posten zurück.“

Als sie allein waren, grinste Kendall breit. „Wir hielten dich alle für tot, Bruder. Es erging sogar der Befehl, einen Betrüger zu erschießen, der sich deinen Namen angemaßt hatte. Du hast allerhand gewagt, daß du hierherkamst. Bruder Rosso und Bruder Banker sind auch hier im Palast. Sie werden sich über deine Rückkehr freuen. Kann ich dir irgendwie helfen?"

Sollte er sich zum Imperator bringen lassen? Nein, nun mußte er den Imperator nicht mehr belästigen. Die rechte Hand, die Eisenfaust des Imperators, konnte das Problem ebenfalls lösen. „Bring mich zum Statthalter, Bruder. Sofort!"

Kendall erhob sich, ohne eine Frage zu stellen. Es ging durch Korridore, über Treppen und durch Vorzimmer. In einem Raum warteten Männer und Frauen. Sie durchquerten die Nachrichtenzentrale, in der Hunderte von Novizen die Sende- und Empfangsgeräte bedienten. Dahinter, in einem großen Saal, arbeiteten Männer an langen Tischen Botschaften aus und verschlüsselten sie. Sie kamen in Räume, wo Ordensangehörige in Diktiergeräte sprachen oder an Schreibmaschinen arbeiteten. Andere hatten Aktenstapel vor sich liegen oder verglichen lange Listen. Boten liefen zwischen den Räumen hin und her. Zum erstenmal gewann Cade einen Eindruck von der komplizierten Verwaltungsarbeit des Ordens.

Endlich erreichten sie einen kleinen Warteraum und nahmen Platz. Cade hatte das unheimliche Gefühl, daß er von Strahlen abgetastet wurde, aber die Vorrichtung war so geschickt verborgen, daß er sie nicht entdecken konnte.

„Schütze Kendall, bring den Bürger herein", sagte schließlich eine Stimme – und Cade versteifte sich. Das war die harte, befehlsgewohnte Stimme, die er nie vergessen konnte; die Stimme, die per Rundfunk den Befehl erteilt hatte, ihn und Fledwick ohne Warnung zu erschießen.

Er folgte Kendall von dem Warteraum in ein Zimmer, wie er es noch nie gesehen hatte. Es war so bequem und reich ausgestattet wie Lady Moias Schlafgemach, aber es strahlte Männlichkeit aus. Den Mittelpunkt des Raumes bildete ein Schreibtisch, an dem der Statthalter saß. Cade atmete erleichtert auf. Dieser Mann konnte die Verschwörung unterdrücken und den verderbten Obersten Schützen bestrafen . . .

„Sir", sagte Kendall, „das hier ist Schütze Cade, den man irrtümlich für tot erklärt hat. Er bat mich, ihn hierherzubringen."

„Mein Taststrahl enthüllte, daß er keine Waffen trägt", erklärte der Statthalter. „Sorge dafür, daß er sich nicht deine Pistole aneignet." Er erhob sich, während Kendall sich mit verwirrter Miene ein paar Schritte zurückzog. Cade sah, daß der Statthalter eine Ordenswaffe trug – eine Waffe, die er nun ruhig vom Gürtel löste und auf den Tisch warf. Langsam ging er auf Cade zu.

Er war ebensogroß wie Cade und noch schwerer. Seine Muskeln bildeten harte Knoten. Er hatte nichts von Cades Geschmeidigkeit an sich. Cade war ein Boxer, der Statthalter – ein Würger. Als er einen halben Meter von Cade entfernt stand, sagte er mit vibrierender Stimme: „Willst du mich töten, Schütze? Das hier wäre deine Chance."

Cade erwiderte ruhig: „Ich bin nicht hergekommen, um Sie zu töten, Sir. Ich habe einige Informationen, die für das Reich von ungeheurer Wichtigkeit sind."

Der Statthalter starrte ihm eine Zeitlang wortlos in die Augen, dann grinste er plötzlich. Er kehrte zum Tisch zurück und schnallte sich die Waffe um. „Du weißt genau, daß es sich um Schütze Cade handelt?" fragte er Kendall, während er ihm den Rücken zuwandte.

„Daran kann kein Zweifel bestehen, Sir", erwiderte Kendall. „Wir haben unsere Novizenzeit zusammen verbracht."

„Cade, wer weiß außerdem von Ihrer Identität?"

„Niemand, Sir. Nur Bruder Kendall."

„Gut." Der Statthalter wirbelte herum, die Waffe in der Hand. Ein Energiestoß setzte Kendalls Leben ein Ende. Cade sah, wie sich die Mündung der Waffe auf ihn richtete.

15

„SETZ dich!" sagte der Statthalter. Er legte die Pistole auf die glänzende Tischplatte, während Cade in einen weichen Sessel sank. Wie betäubt dachte er: Das war nicht der gleiche Mord wie an Fledwick; Kendall besaß eine Waffe. Er hätte ebenfalls ziehen können . . ., aber weshalb?

„Ich kann dich gebrauchen", erklärte der Statthalter. „Ich kann immer einen guten Schützen gebrauchen, der einen Blick hinter die Kulissen geworfen hat und dabei einen kühlen Kopf bewahrt hat. Du könntest mir besonders nützlich sein, weil dich die Öffentlichkeit für tot hält – den letzten Zeugen deiner Existenz habe ich eben beseitigt. Außerdem besitzt du eine bemerkenswerte Immunität gegenüber Hypnose."

„Sie wissen Bescheid?" fragte Cade verwirrt.

Der Statthalter lachte und antwortete lässig: „Die Große Verschwörung, ja. Ich habe meine Spione in dieser Großen Verschwörung. Ich war beunruhigt, als man mir verriet, daß ein sehr gefährlicher Schütze mit dem Auftrag losgeschickt worden war, mich zu ermorden. Meine Beunruhigung wuchs, als ich erfuhr, daß du diesen Schwachköpfen der Stadtwache entkommen konntest."

Das Mädchen – war es *seine* Spionin?

„Und wie hast du nun die Hypnose überwunden?"

„Ich kam in einer Trinkhalle zu mir", sagte Cade langsam und ein wenig unsicher. Wenn sie seine Spionin war – aber er riskierte es. Vielleicht wurde er niedergeschossen wie Kendall, doch er wollte endlich die Wahrheit erfahren. „Ich spürte, wie der Zwang wuchs", fuhr er fort, „und ganz plötzlich ließ er nach, ohne jeden ersichtlichen Grund. Ich habe ihn seither auch nie wieder gefühlt. Ich verließ die Bar und machte mich auf die Suche nach einem Ordenshaus. Eines der Mädchen folgte mir, und wir wurden beide von der Wache festgenommen."

Der Statthalter hob den Kopf, und Cade erkannte die Überraschung in seinen Augen. „Du weißt nicht, wer das Mädchen war?"

„Nein", erwiderte Cade. Das zumindest stimmte.

„Ganz gewiß nicht?"

„Ich habe versucht, es herauszufinden", gestand er ohne Scham, und der Statthalter lächelte zynisch. Cade war das gleichgültig. Das Mädchen stand nicht im Dienst des Statthalters. Seine Behauptung, der hypnotische Zwang habe nach einiger Zeit von selbst nachgelassen, wurde nicht angezweifelt. Der Mann wußte also doch nicht alles.

„Erzähl mir den Rest", forderte ihn der Statthalter auf. „Was geschah mit deinem Partner – dem Klin-Lehrer?"

Cade berichtete von der Reise quer durch das Land und von den erschütternden Entdeckungen im Ordenshaus, die in der Ermordung Fledwicks gipfelten. Der Statthalter lächelte wieder, als er bei Lady Moias Erwähnung Schmerz in Cades Zügen entdeckte. Und er nickte beifällig, als Cade erzählte, wie er bei Mrs. Cannon „untergetaucht" war.

„Du hast deine Sache gut gemacht", sagte er schließlich gönnerhaft. „Aber nun möchte ich wissen, ob du von deinen Erfahrungen profitiert hast. Cade, seit deinem Novizentum hat man dir falsche Informationen geliefert. Du hast die richtigen Dinge getan – aber aus falschen Gründen. Wenn du die richtigen Gründe erfährst . . . Doch zuerst eine Frage: Weshalb haben die Schützen von Frankreich die Schützen Moskaus bekämpft?"

„Weil die Moskauer versuchten, ein Erzdepot an sich zu bringen, das uns gehörte", entgegnete Cade. Worauf wollte der Mann hinaus?

„Es existiert überhaupt kein Erzdepot. Einer meiner Männer schickte einen gefälschten Bericht an den Feldherrn von Frankreich und verstreute an der sogenannten ‚Fundstelle' etwas Eisenerz vom Mars. Als der Feldherr von Frankreich dem Feldherrn von Moskau eine Kräftevereinigung anbot, ließ ich die Nachricht von dem ‚Erzdepot' in Moskau durchsickern. Das Ergebnis kennst du. Es wird keine Kräftekombination zwischen Frankreich und Moskau geben, weder jetzt noch in Zukunft."

Cade kam zu dem Schluß, daß der Statthalter scherzte, aber in seinen Augen war es ein schlechter Scherz.

„All eure Kämpfe beruhten auf ähnlichen Überlegungen", fuhr der Statthalter grimmig fort. „Sie dienten dazu, die Feldherren abzulenken und sie an Vereinigungen zu hindern. Das ist auch der Zweck der Großen Verschwörung – obwohl die Feldherren, die dahinterstecken, nichts davon ahnen. Es erfordert ungeheure Geldmittel, eine ausgedehnte Untergrundorganisation zu lenken; etwa ein halbes Dutzend Feldherren unterstützen im Moment die Kairo-Verschwörung und werden finanziell ausgelaugt. Nach einiger Zeit geben sie meist auf, und andere Feldherren nehmen ihren Platz ein. Meine Agenten sorgen natürlich dafür, daß niemals etwas Ernsthaftes aus der Sache wird. Ich muß gestehen, daß uns das Kairo-Mysterium beinahe aus den Händen glitt, aber dieses Risiko müssen wir eingehen."

Also doch kein Scherz, dachte Cade wie betäubt. Seine Welt brach vollends zusammen. „Was wollen die Feldherren, die hinter der – Verschwörung stehen?" fragte er. Er beherrschte sich mühsam.

„Sie wollen mich natürlich umbringen und sich selbst an die Spitze schieben. Sie wollen immer mehr Schützen für sich. Sie wollen immer größere Kriege austragen und immer mehr Dörfer zerstören . . . Dir hat man beigebracht, daß die Feldherren treue Diener des Reiches sind, so wie die Bürger treue Diener des Feldherrn sind. In Wahrheit sind die Feldherren die schlimmsten Feinde des Reiches. Ohne einen Statthalter, der sie in ihre Schranken weist, würde das Reich in einer Generation zerfallen. Und nun zu deinem verehrten Obersten Schützen, Cade. Du glaubst, er war ein Einzelfall, nicht wahr?"

„Ich hatte es gehofft", sagte Cade müde.

„Schlag dir das aus dem Kopf! Die meisten von ihnen waren so; die meisten werden so sein – müssen so sein, wenn du mich verstehst. Arle sinnt darauf, mich auszustechen und die beiden Ämter in seiner Hand zu vereinigen. Das ist ganz selbstverständlich. Ein Schütze wie du beispielsweise überlebt jahrelang die verschiedensten Kämpfe, weil er klug ist. Er wird zum Meisterschützen gemacht und steht ständig in Verbindung mit dem Hof des Feldherrn. Er wird in die Intrigen des Feldherrn einbezogen. Die Frauen des Hofes, fasziniert von der Tatsache, daß hier ein Mann ist, der sich nichts aus ihnen macht, wenden all ihre Kunst auf, um ihn zu verführen. Im allgemeinen gelingt es ihnen auch. Sein Eid ist gebrochen, ihm fehlt die aktive Betätigung im Kampf, er läßt sich in Intrigen ein, um zum Obersten Schützen gewählt zu werden. Hat er dann endlich diese Stellung erreicht, dann ist er ein ganz gewöhnlicher Lüstling mit einem Hang zur Macht – wie unser Freund Arle. Aber, Cade, vergiß eines nicht: *Es muß einen Obersten Schützen geben.* Als Kämpfer weißt du das. Wie oft hat dir der Gedanke an den Obersten Schützen in der Schlacht das Leben gerettet? Die Tatsache, daß der Mann in Wirklichkeit deinem Ideal nicht entspricht, hat damit nicht das geringste zu tun."

Cade beugte sich vor. Er wollte eine Frage stellen, aber in seiner Kehle saß ein würgender Klumpen. „Und der Imperator?" stieß er schließlich hervor. „Der Imperator. Weshalb läßt er es zu? Weshalb?"

„Der Imperator ist auch eine Lüge", erklärte der Statthalter ruhig. „Der Imperator kann diese Entwicklung nicht aufhalten. Er ist ein ganz gewöhnlicher Mensch. Wenn er versuchen würde, mir in die Regierungsgeschäfte dreinzureden, würde ich ihn einfach nicht beachten. Imperatoren der Vergangenheit, die sich zu sehr in die Politik einmischten, starben früh, Cade. Sie wurden von ihren Statthaltern getötet.

Und so muß es sein. Wie du weißt, wird das Amt des Feldherrn durch Adoption weitergegeben, während beim Amt des Imperators die männliche Erbfolge gilt. Der Statthalter wählt einen erfahrenen Mann, der seiner Aufgabe gerecht werden kann. Der Imperator hingegen ist auf seine Söhne angewiesen, die nicht immer regierungstauglich sind. Die Linie des Statthalters ist also stärker. Sie muß die Regierungsgeschäfte führen."

Seine Stimme steigerte sich beinahe zu einem Brüllen. *„Aber es muß einen Imperator geben.* Der Statthalter ist nicht beliebt: Er schickt Menschen in den Tod; er setzt Steuern fest; er beschränkt die Bürger in ihrer Freiheit. Der Imperator tut nichts dergleichen. Er existiert, und jeder liebt ihn, weil es so befohlen wird. Wiederum tun die Menschen das Richtige aus falschen Gründen. Wenn sie ihn nicht liebten, was würde mit dem Reich geschehen? Angenommen, alle Bürger würden zu Verbrechern. Angenommen, alle Wachstationen wären mit Verbrechern gefüllt. Was sollten wir tun, wenn sie die Wachstationen angreifen würden? Aber sie lieben den Imperator und möchten ihn nicht durch Verbrechen traurig stimmen. Deshalb können wir sie steuern."

Der Statthalter erhob sich, steckte die Pistole ein und ging rastlos im Zimmer hin und her. „Ich bitte dich, denke nach, Cade! Ich möchte ein so gutes Werkzeug wie dich nicht verlieren. Denke nach! Die Dinge sind nicht so, wie sie scheinen; sie sind nicht so, wie man sie dir dargestellt hat. Jahrelang hast du Überragendes geleistet, weil du die wahren Gründe deines Tuns nicht kanntest. Nun ist es anders. Es gibt neue Aufgaben für dich, und du kannst sie nicht erfüllen, wenn du von den Lügen geblendet bist, die du bisher geglaubt hast. Denke immer daran, daß das Reich, so wie es jetzt aufgebaut ist, funktioniert. Es funktioniert seit zehntausend Jahren, und es kann weiterhin funktionieren, wenn starke Männer das innere Gleichgewicht erhalten."

Er blieb einen Moment lang vor dem toten Schützen Kendall stehen und sagte schlicht: „Das geschah für das Glück von Millionen. Sie sind glücklich, wenigstens die Mehrzahl von ihnen. Die Schützen, die Klin-Diener, die Hofangehörigen und die Bürger – was würde mit ihnen geschehen, wenn die Struktur des Reiches zusammenbräche? Cade – ich möchte dich nicht verlieren. Denke nach! Ist die Arbeit, die ich tue und die ich von dir verlange, wirklich so verabscheuungswürdig? Deine Aufgabe war es, auf Befehl des Ordens zu töten. Meine Aufgabe ist es, jeden einzelnen Untertan des Reiches zufriedenzustellen."

Die leidenschaftlichen Worte hämmerten auf Cade ein und versuchten seinen Willen zu schwächen. Der Statthalter sprach von dem Eid, den Cade geleistet hatte, und zerstörte die Logik dieses Eides vollkommen. Cade hatte sein Leben dem Dienst des Imperators geweiht – und der Imperator war nichts anderes als das machtlose Aushängeschild des Statthalters. Mit grausamer Vulgarität schilderte er Cade, was er für dieses Leben in Askese aufgegeben hatte.

Er erzählte von Delikatessen, Drogen und Weinen; von Musik, Tanz und Liebe; von der Welt der Sinne, die Cade entgangen war.

Es war einfach, ihm zuzuhören und seinem Werben zu verfallen . . . Aber Cade wußte, daß der Statthalter ihm nicht alles gesagt hatte. Da war etwas, das nicht in die neue Welt paßte – das Mädchen. Das Mädchen, das weder den Tod des Statthalters noch den Tod des Schützen gewollt hatte. Das Mädchen, das Cade mit Recht davor gewarnt hatte, in ein Ordenshaus zurückzukehren.

Es gab keinen mächtigen, gütigen Imperator mehr; es gab keine loyalen Feldherren mehr; es gab nur den Statthalter – und das Mädchen. Also, dachte Cade, ist Verrat das übliche Machtmittel, seit mehr als zehntausend Jahren. Er wußte, welche Antwort er dem Statthalter geben würde, die Antwort, die er ihm geben mußte, um am Leben zu bleiben. Aber noch war es nicht soweit. Die Strategie erforderte, daß er noch eine Weile wartete. Ein zu rasches Aufgeben hätte das Mißtrauen des Statthalters geweckt.

„Ich brauche Zeit, Sir", sagte er leise. „Das alles ist – zu neu für mich. Der Ordensschwur war jahrelang der Leitstern meines Lebens, und erst seit einem Monat ... Darf ich einen Tag in Meditation verbringen?"

Die Lippen des Statthalters zuckten amüsiert. „Einen Tag? Aber selbstverständlich. Du kannst ihn in meinen eigenen Räumen verbringen. Ich stelle dir ein bequemes Gastzimmer zur Verfügung."

16

BEQUEM war der Raum; er erinnerte Cade an Lady Moias luxuriöses Gemach. Im Vergleich zu Mrs. Cannons Dachkammer war er prunkvoll. Aber Cade war sich im klaren darüber, daß er auch ein Gefängnis darstellte.

Es waren keine Gitter an den Fenstern, und vermutlich hatte man auch den Erschießungsbefehl aufgehoben. Aber Cade wußte, daß er den Raum ohne die ausdrückliche Erlaubnis des Statthalters nicht verlassen konnte.

Wenn er noch einen Zweifel an der Antwort gehegt hätte, so wären sie jetzt zerstreut worden. In der Freiheit wäre es ihm vielleicht schwergefallen, Verrat am Statthalter zu begehen und ihn zu belügen. Als Gefangener hingegen schuldete er nur sich selbst Ehrlichkeit. Und vielleicht dem Mädchen – wenn er es je fand.

In dieser Nacht schlief Cade gut. Nachdem er sein Frühstück verzehrt hatte, suchte ihn sein Gastgeber auf.

Cade wartete nicht, bis der Mann seine Frage stellte. Er salutierte und sagte: „Meine Entscheidung ist getroffen. Sie fiel mir nicht schwer. Ich stehe Ihnen zu Diensten und erwarte Ihren ersten Auftrag."

Der Statthalter lächelte. „Gut. Du sollst ihn bekommen. Das

Reich wird immer stärker von dem Egoismus und der Machtgier eines Feldherren bedroht, dem ich mit den üblichen Mitteln nicht beikomme. Bis jetzt habe ich nach einem geeigneten Mann gesucht, der alles Notwendige in die Wege leiten könnte. Du bist der richtige."

Er machte eine Pause, und das Schweigen wurde drohend.

„Du gehst zum Mars", sagte er schließlich, „und sorgst für den Tod des Feldherrn vom Mars. Die Einzelheiten überlasse ich dir. Ich kann dir ein Raumschiff zur Verfügung stellen und Geld. Was du damit machst, ist mir gleichgültig."

Cades Gehirn akzeptierte den Auftrag als taktisches Problem und verschob im Augenblick noch die Entscheidung, ob er den Befehl durchführen würde oder nicht.

„Dazu brauche ich eine neue Identität."

„Du kannst sie selbst wählen. Ich sagte bereits, daß ich dir die Einzelheiten überlasse. Ein Vorschlag von mir wäre lediglich, daß du dich als desertierter Schützenanwärter ausgibst, der sich im Distrikt versteckt. Solche Fälle kommen gelegentlich vor. Du kannst als Beweis die Zeit anführen, die du in diesem Bordell verbracht hast. Und ich versichere dir, daß man dich am Hof des Mars mit offenen Armen aufnehmen wird, wenn du solche Dinge erzählst."

Cade sah ihn entsetzt an.

„Ja", fuhr er ernsthaft fort. „So schlimm stehen die Dinge. Dachtest du, ich hätte dir sonst den Auftrag erteilt? So, du kannst dich nun vorbereiten und eine Liste der Dinge zusammenstellen, die du benötigst." Er deutete auf einen roten Knopf des Wandmikrofons. „Rufe mich, sobald du fertig bist."

Im gleichen Moment summte das Gerät. Der Statthalter drückte auf den Knopf.

„Ja?"

„Eine Botschaft, Sir. Soll ich sie hereinbringen?"

„In den Vorraum." Er wandte sich an Cade: „Verständige mich, wenn du bereit bist."

Der Schütze verlor keine Zeit. Er setzte sich an den Schreibtisch und stellte bereits eine Liste der benötigten Dinge zusammen, als sich die Tür wieder öffnete.

„Du bekommst Besuch", sagte der Statthalter kühl. „Ich möchte nur wissen, wie sie entdeckte . . ."

„Sie? Wer?" Cade war aufgesprungen. Die Liste hatte er vergessen.

„Wer wohl? Wie viele Damen des Hofes kennst du noch?"

Also war es Lady Moia. Und die Erinnerung an sie schmerzte immer noch. Es würde eine Zeitlang dauern, bis er jene Nacht im Ordenshaus vergessen hatte. „Eine, Sir, wie ich Ihnen berichtete", sagte er formell. „Und ich würde das Zusammentreffen gern vermeiden."

„Es läßt sich aber nicht vermeiden. Sie weiß, daß du hier bist, und ich habe keinen Grund, ihr den Zugang zu verweigern, ohne gleichzeitig deine Identität preiszugeben. Woher wußte sie, daß du hier bist?" fragte er mit donnernder Stimme.

„Sir, ich habe keine Ahnung. Ich habe sie nur einmal in jenem Ordenshaus gesehen . . ."

„Im Ordenshaus? Da erzähltest du nur von Lady Moia." Er starrte in Cades verwirrtes Gesicht und begann plötzlich heftig zu lachen. „Du hast ja keine Ahnung!" stieß er hervor. „Mein tugendhafter Schütze, sie ist das geheimnisvolle Mädchen, auf das du zwei Wochen lang bei Mrs. Cannon gewartet hast. Ich holte noch gestern nacht Erkundigungen ein." Wieder lachte er. „O Cade, du warst gestern so aufrecht, so von deinem Schwur beeinflußt. Wie konntest du es unterlassen, mir diese Kleinigkeit mitzuteilen?"

Cade spürte, wie ihm das Blut in die Wangen stieg. Aber es war keine Schamröte, sondern Erregung. Sie war es. Sie hatte ihn gefunden, nachdem er vergeblich nach ihr geforscht hatte. Und sie war keine Bürgerin und auch keine Trägerin des Strumpfbandes, sondern eine Dame des Hofes.

„Nein." Der Statthalter lachte. „Ich will dir den Spaß nicht verderben. Du sollst in Kürze von ihren eigenen zarten Lippen erfahren, wer sie ist." Der Statthalter nahm auf einer Couch Platz. „Wenn es dich befriedigt, Cade – mein Respekt für dich ist gestiegen. Ich kann Leute gebrauchen, die verschwiegen sind. Dann hat sie sich also tatsächlich im Distrikt umgesehen?" Er grinste. „Wieder einmal der Beweis dafür, daß die einfachsten

Lösungen meist die richtigen sind. Drei Wochen lang klatschte der ganze Palast darüber, und ich dachte, ich wüßte es besser."

Cade versuchte sich auf die Worte des Statthalters zu konzentrieren. „Der ganze Palast?" fragte er unsicher. „Sie meinen, der ganze Palast kannte sie?" Weshalb dann die Geheimnistuerei? Weshalb hielt man ihn hier fest? Es paßte nicht zu der gestrigen Haltung des Statthalters.

„Ja, natürlich. Aber sie dachten alle, daß sie mit dem Betrüger Cade zusammengetroffen sei – nur ich wußte, daß es sich um den echten Schützen handelte. Um den reinen, keuschen Schützen Cade. So dachte ich jedenfalls. Nun scheint es so zu sein, daß ich die richtige Information besaß, sie aber falsch interpretierte. Wenn ich an dein entsetztes Gesicht denke, als ich dir gestern von den Gepflogenheiten des Hofes erzählte! Cade, du beeindruckst mich. Du wirst mir noch gute Dienste leisten." Wieder mußte er lachen. „Ich frage mich nur . . . Sie muß eine herrliche Schlampe abgegeben habe. Wie sah sie aus? Sie ist so . . ."

„So schön?" fragte Cade.

Der Statthalter sah ihn verwundert an. „Am besten bringen wir dich rasch zum Mars", sagte er trocken. Er warf einen Blick auf das Papier, das er in der Hand hielt. „Sie erklärte, daß sie dich gestern bei der Audienz erkannte, daß sie dich aber nicht verraten wollte. Nun, da ich dich gefangen habe, will sie dich vor deinem Tod noch einmal sehen."

Unvermittelt wurde er wieder ernst. „Cade", sagte er düster, „ich kann es dir verzeihen, wenn du das Mädchen aus mißverstandener Treue gestern nicht erwähntest. Sollte es sich jedoch herausstellen, daß es sich um etwas anderes handelt, dann könnte ihr Besuch tatsächlich der letzte vor deinem Tode gewesen sein."

Die Tür schloß sich hinter ihm, und Cade sank in einen Sessel. Er vergrub das Gesicht in den Händen. War er verrückt geworden? Oder waren alle anderen verrückt geworden?

„Verräter, sieh mich an! Sie behaupteten, du seist ein Lügner, und ich glaubte ihnen nicht, aber nun weiß ich, daß sie recht hatten. Sieh mir ins Auge, wenn du es wagst!"

Cade sprang auf. Er hatte nicht gehört, daß sich die Tür öffnete.

Ihre Stimme klang näselnd und melodramatisch. Er sah sie an. Ja, es war Lady Jocelyn. Er hatte gestern selbst die Ähnlichkeit bemerkt. Jemand erlaubte sich einen Scherz mit ihm. Aber wer wußte von dem Mädchen?

„Verräter", sagte sie, „sieh mir ins Auge und erkenne, wie sehr du geirrt hast, als du dachtest, ein armes, unwissendes Bürgermädchen vor dir zu haben. Sieh mir ins Auge!"

Er sah auf, und etwas Unerklärliches geschah. Mit einem Mal änderte sich Lady Jocelyns gebückte Haltung, und der Kopf saß stolz auf geraden Schultern. Die kurzsichtigen, blinzelnden Augen wurden größer, und Spott schimmerte in ihnen auf. Sie trug immer noch ihr scheußlich orangefarbenes Kleid, und das strähnige karottenrote Haar wollte nicht dazu passen. Aber sie war es.

„Hast du nichts zu deiner Verteidigung zu sagen?" fragte sie schrill.

„Ich bitte tausendmal um Verzeihung, Lady", antwortete er heiser und mit klopfendem Herzen. „Wenn ich etwas geahnt hätte, wenn nur ein Wort gefallen wäre, das mir Aufschluß gegeben hätte, dann hätte ich Euch niemals belogen." Wenn Fledwick mich jetzt hören könnte!

Das Mädchen blinzelte und nickte ihm zu.

„Ich vertraue auf Eure Warmherzigkeit, Lady. Niemals hätte ich dieses Verbrechen begangen, wenn Eure Schönheit mich nicht dazu verführt hätte." Offenbar hatte sich am Hof die Geschichte verbreitet, daß Lady Jocelyn, das häßliche Entlein des Palastes, inkognito in der Stadt Vergnügen gesucht hatte und dabei verhaftet worden war. Nun tat sie, als fürchtete sie für Cades Leben, weil er ihre wahre Stellung nicht erkannt hatte.

„Die Gerechtigkeit wird ihren Lauf nehmen", verkündete sie düster. „Wer Herrscherblut verkennt, muß mit dem Leben büßen. Aber ich bin gekommen, um dir Trost in der letzten Stunde zu bringen. Hol mir einen Stuhl. Du kannst zu meinen Füßen Platz nehmen."

Cade tat, was sie ihm befahl. Er hatte die Kontrolle verloren. Er kniete zu ihren Füßen nieder, während sie ein dickes Manuskript aus der Tasche ihres weiten Kleides zog.

„Ich werde dir meine Werke vorlesen." Sie begann mit einem Gedicht.

Es gibt kein Wort in diesem Reich,
sei es geflüstert oder laut verkündet,
das seinen Weg nicht alsogleich
zu unserem gütigen Herrscher findet.

Sie räusperte sich und deutete auf den Lautsprecher. Cade nickte.

Es gibt der Pforten viel' in diesem Land,
die hier geöffnet, andere verschlossen,
der Bürger trägt den Schlüssel in der Hand,
indem er Klin dient unverdrossen.

Ihr Knie preßte sich gegen Cades Schulter, als sie „die hier geöffnet" sagte. Er konzentrierte sich auf die Botschaft.

Arm oder reich, *nimm* hin dein Leben,
benutze es, und mach daraus das Beste,
Nur einmal wird es dir gegeben,
nur einmal sind wir Erdengäste.

Diesmal waren die Stichworte „nimm" und „benutze". Aus dem umfangreichen Manuskript glitt ein flaches Kästchen. Es war das kleinste Tonbandgerät, das Cade je gesehen hatte. Im Nu hatte er es geöffnet. Er sah, daß es ein Band von halbstündiger Dauer enthielt. Vorsichtig stellte er es ein, so daß es genau Lady Jocelyns Stimmhöhe und -stärke entsprach.

Das Mädchen nickte ihm zu und schwieg. Im nächsten Augenblick sprach die Tonbandstimme weiter:

Und unser höchstes Gut ist Treue,
die Treue, die wir unserm Herrscher schulden,
wird sie verletzt, gibt es nur Reue
und bittre Stunden zu erdulden . . .

Er legte das Gerät sorgfältig auf ihren Stuhl, als sie sich erhob. Schweigend folgte er ihr zur Tür. Irgendwo lauschte der Statthalter den salbungsvollen Versen.

17

Sɪᴇ führte Cade durch endlos gewundene, dunkle Korridore. Türen öffneten sich lautlos, Wände glitten zur Seite, verborgene Treppen tauchten auf. Kein Mensch kam ihnen auf ihrer Flucht entgegen. Der Palast hatte offenbar seine Geheimnisse . . .

Als sie endlich im Freien standen, waren sie in einer schmalen Seitengasse, die Cade an den Distrikt erinnerte. Ein Bodenauto erwartete sie. Cade sah den Fahrer nicht. Er folgte dem Mädchen auf den Rücksitz und wollte sich eben bei ihr bedanken, als sie den Finger auf die Lippen legte.

Cade lehnte sich zurück. Er versuchte sich zu entspannen, aber seine Gedanken ließen sich nicht abschalten. Das Mädchen war ihm ein Rätsel. Bei ihrer ersten Begegnung hatte sie sich als Bürgerin ausgegeben, als Mitglied des Kairo-Mysteriums. Dann hatte sie das Strumpfband getragen – offen und vulgär. Und nun entpuppte sie sich als Dame des Hofes, als leibliche Nichte des Imperators.

Er wußte, daß sie das erste Mal als Spionin gearbeitet hatte – aber für wen?

Das zweite Mal hatte sie sich verkleidet, aber nicht, um Vergnügen zu suchen, wie es der Hofklatsch andeutete. Cade wußte es besser.

Diesmal konnte er ihre Identität nicht anzweifeln. Aber die bucklige, kurzsichtige Närrin, die er bei der Audienz gesehen hatte, besaß keine Ähnlichkeit mit der Lady Jocelyn, die aufrecht und selbstbewußt ihm gegenüber Platz genommen hatte.

Der Wagen hielt an einem Feldrand, und Lady Jocelyn öffnete die Tür. Sie führte ihn rasch zu einem verfallenen alten Gebäude jenseits des Feldes. Cade hatte keine Gelegenheit, dem Bodenauto nachzusehen.

„Mach auf", sagte sie, als sie vor der Tür des Gebäudes standen, und ihre Stimme klang so befehlend wie damals in dem ovalen Hypnoseraum. Cade hievte einen Holzbalken aus seinen Halterungen und schob die Tür auf. Im Innern befand sich ein Raumschiff – zwölf Meter glänzendes Metall.

„Du kannst mit dieser Maschine umgehen, Schütze." Es war eine Feststellung, keine Frage.

„Ich habe Raumschiffe zum Mond und zurück geflogen", entgegnete er.

Sie wirkte beunruhigt. „Nicht zum Mars?"

„Ich kann natürlich auch den Mars ansteuern." Jeder Schütze konnte das.

„Hoffentlich. Das Raumschiff ist startbereit. Es besitzt Treibstoff und Lebensmittelvorräte." Sie drückte ihm ein zusammengefaltetes Papier in die Hand. „Das hier sind die Landekoordinaten für den Mars. Freunde erwarten dich oder holen dich kurz nach der Landung ab. Wenn du sofort startest, befindest du dich vermutlich außerhalb der Radarreichweite, bevor sie dich verfolgen können."

„Sie?" fragte er. „Die Maschinen des Statthalters?" Soviel er wußte, verfügte der Statthalter nur über Frachter und Fähren, nicht jedoch über Kampfschiffe.

„Cade", sagte sie ruhig, „wir haben keine Zeit. Ich habe dir schon einmal geholfen, gegen deinen Willen. Nun bitte ich dich, sofort zu starten, ohne Fragen und Argumente. Doch zuerst mußt du mich niederschlagen."

„Was?"

„Es wäre nicht das erste Mal", meinte sie wütend. „Ich brauche ein Alibi, mit dem ich die anderen ablenken kann."

Das groteske Make-up konnte die Schönheit ihrer Züge nicht verbergen. Eine angenehme Wärme stieg in ihm auf. Merkwürdig – man hatte ihm beigebracht, die Nähe der Frauen zu meiden, weil sie Gefahren mit sich brachte. Niemand hatte das wohlige Gefühl erwähnt . . .

„Cade!" fuhr sie ihn an. „Ich sage dir, wir brauchen jede Sekunde. Das Tonband gab uns eine halbe Stunde Vorsprung, wenn sie nicht vorher mißtrauisch wurden. Tu, was ich dir sage!"

Ein Bodenwagen des Palastes jagte heran und hielt mit kreischenden Bremsen am Feldrand.

„Da sind sie schon", sagte sie erbittert.

Cade zögerte nur einen Moment lang. Dann schlug er sie nieder, wie sie es verlangt hatte – aber er ließ sie nicht liegen. Er hob sie auf und lief die Rampe hinauf in den Kontrollraum, wo er ihren schlaffen Körper auf eine Konturenliege schnallte. Die Schleuse klappte zu, und im gleichen Moment rief draußen jemand, daß er sich ergeben solle.

Cade hatte im Pilotensitz Platz genommen. Alles weitere war Reflex. Gurte, Nackenstütze, Vorwärmstufe eins, Vorwärmstufe zwei, erste Zündung und Start.

Er verlor nur für wenige Sekunden das Bewußtsein. Dann drehte er sich um und sah nach dem Mädchen. Sie war immer noch ohnmächtig. Warnleuchten blinkten auf, und seine Hände reagierten, als seien sie unabhängig von ihm. Zehn Minuten lang arbeitete er schweigend an den Instrumenten. Dann erst schaltete er das Radargerät ein und schnallte sich los.

Besorgt beugte er sich über das Mädchen. Weshalb blieb sie so lange bewußtlos? Er machte sich auf die Suche nach einem Medikamentenschrank.

Im Laderaum entdeckte er nur verschlossene und versiegelte Kästen, die entlang der Trennwände gestapelt waren.

Dahinter lagen die Wohnräume – eine Kabine mit Kojen, eine winzige Kombüse und ein Waschraum. Vermutlich brauchte Jocelyn Wasser. Er füllte eine Spritzflasche und klebte sie mit Spezialpaste an seine Hüfte. Als er zurück in den Kontrollraum kam, sah er, daß das Mädchen erwacht war. Sie umklammerte mit halb geschlossenen Augen einen Haltepfosten.

„Du Tölpel!" sagte sie mit tödlich kalter Stimme.

„Du hast mir befohlen, zum Mars zu starten", entgegnete er ruhig. „Genau das habe ich getan."

„Gib mir das Wasser!" fuhr sie ihn an und trank ungeschickt aus der Flasche. „Cade", meinte sie schließlich, „ich nehme an, daß du es gut gemeint hast, aber dein Handeln bedeutet für uns beide den Tod. Glaubst du, sie werden es zulassen, daß du mit einem Mitglied der Herrscherfamilie an Bord in den Raum fliehst? Sie werden uns vernichten und meinen Tod als unglückliche Verkettung der Umstände hinstellen. Wenn du auf mich gehört hättest, wärst du entkommen."

Cade deutete auf den Heckradarschirm. „Da", sagte er. „Nichts zu sehen – nur ein winziger Blip."

„Wo?" Sie stieß sich von ihrem Pfosten ab und landete neben dem Bildschirm.

„Siehst du? Höchstwahrscheinlich ein Meteorit. Oder auch ein anderes Schiff. Aber es ist nicht hinter uns her. Man braucht zwei Stunden, um ein Kampfschiff startklar zu machen, außer es ist bereits mit Treibstoff und Notrationen versehen. Und in zwei Stunden . . ."

„Angenommen, sie besitzen startklare Schiffe?" fiel sie ihm ins Wort. „War unsere Maschine nicht auch bereit? Hast du nichts dazugelernt? Das Reich ist nicht das, was es scheint. Dieses Schiff hier wartet seit sechs Jahren auf einen Schützen, der es zum Mars fliegt, und nun soll es durch deinen Leichtsinn vernichtet werden."

Cade schwebte vor den Schirm und beobachtete den grünen Blip, der sich nun in drei Punkte aufgliederte. „Schiffe", sagte er. „Aber welche Kategorie?"

„Zerstörer, wenn du mich fragst", entgegnete sie heftig.

„Aber sie wissen doch, daß du an Bord bist!" Zerstörer wurden zum Vernichtungskampf eingesetzt. Sie holten ihr Opfer ein und zertrümmerten seinen Rumpf mit langen, gepanzerten Rammnasen. Für die Insassen gab es kein Entrinnen.

„Ich sehe, du lebst immer noch in deiner ethischen Traumwelt", erwiderte sie. „Ich gebe ihnen einen herrlichen Vorwand für den Angriff, Cade. Warum nur hast du nicht auf mich gehört? Und was willst du jetzt tun?"

Er begab sich zu seinem Platz. „Ich versuche es mit einem Ausweichmanöver und der stärksten Beschleunigung, die das Schiff erträgt", erklärte er. Es würde nicht genügen, das wußte er genau. „Wenn die anderen Piloten schlechter sind . . ."

„Sie sind es nicht!" fuhr sie ihn an. Er fragte sich, ob sie wußte, daß jeder Zerstörer mehrere Piloten besaß, die einander abwechselten, um das Opfer zu hetzen.

Er stellte den Heckschirm auf stärkste Vergrößerung ein. Die Silhouette der Schiffe zeigte sich. Es waren Zerstörer.

„Cade, hör mir zu!" Ihre Stimme klang drängender als je zuvor.

„Ja."

„Du wirst kämpfen müssen. Es gibt keine andere Möglichkeit."

Er sah sie ungläubig an.

Sie erwiderte seinen Blick. „Es sind Kanonen an Bord."

„Was willst du damit sagen?"

„Das weißt du ganz genau." Wieder sah sie ihn an, ohne die geringste Scham. „Du mußt schießen!" sagte sie.

18

SCHON einmal hatte er den Vorschlag gehört, von einem Marsschützen, der in Frankreich gefallen war. Aber daß sie diese Worte über die Lippen brachte, zerriß ihm das Herz.

„Es geht um unser Leben, Cade!" bettelte sie.

„Um unser Leben!" wiederholte er leidenschaftlich. „Was wäre das für ein Leben, wenn wir immer an diese schmachvolle Tat zurückdenken müßten?"

„Dann tu es für das Menschenreich! Für unsere Mission!"

„Welche Mission?" Er lachte bitter. „Für eine Lüge, eine Farce, einen schlechten Scherz auf den Lippen des Statthalters? Was bedeutet mir das Menschenreich? Ein schwacher Imperator, ein machthungriger Statthalter und ein verlogener, lüsterner Oberster Schütze. Mir ist nichts mehr geblieben – nur der Wunsch, mich nicht zu beschmutzen."

„Du redest wie ein unwissender Bürger!"

„Es gibt gewisse Dinge, die falsch sind, verabscheuenswert, und ich weigere mich, sie zu tun. Ich – es tut mir leid, daß gerade du den Vorschlag gemacht hast."

Sie beherrschte sich mühsam. „Ich sehe, daß ich dir einiges verraten muß. Ich versuche gar nicht, dich zum Schweigen zu verpflichten; dein Versprechen wäre bedeutungslos. Aber ich hoffe, daß du im Notfall nicht verraten wirst, was ich dir gesagt habe."

Er schwieg.

„Du hast nie das Wort ‚Geschichte' gehört, Cade."

Er sah überrascht auf. O doch, er hatte es gehört – von dem verrückten kleinen Gauner, den man in der Wachstation zu Tode geprügelt hatte.

Sie fuhr mit gerunzelter Stirn fort: „Die Geschichte ist eine Zusammenfassung aller sozialen Veränderungen im Lauf der vergangenen Epochen."

„Aber –"

Sie winkte ab. „Ich weiß, was du sagen willst. Daß sich die soziale Struktur nicht verändert. Aber das stimmt nicht. Ich kann dir nicht sagen, woher ich es weiß, aber ich versichere dir, daß es unzählige Formen der sozialen Ordnung gegeben hat und daß die Welt *nicht* vor zehntausend Jahren geschaffen wurde."

Ihre glühende Überzeugung verwirrte ihn. War sie auch verrückt? Wie der kleine Ganove bei Mrs. Cannon?

„Versuche folgendes zu verstehen: Vor Jahrtausenden gab es eine soziale Ordnung ohne den Imperator und ohne die Feldherren. Sie wurde vernichtet – von Menschen, die aus Flugzeugen Bomben abwarfen. Das war eine furchtbare Art des Kampfes. Unschuldige starben – Mütter und Kinder, Bewaffnete und Unbewaffnete. Die Nahrungsmittel wurden vergiftet. Das Trinkwasser verwandelte sich in eine stinkende Kloake. Die soziale Ordnung wurde zerstört. Die Menschen verließen ihre Heimatstädte – o ja, sie besaßen Städte. Wir haben sogar die Namen übernommen. Sie lebten wie Tiere und bewahrten nur das Wissen, daß früher alles besser gewesen war. Sie vergaßen allmählich, worin die bessere Existenz bestanden hatte, aber sie vergaßen niemals die todbringenden Geschosse, die aus dem Himmel gekommen waren. Je verwischter die Erinnerung wurde, desto furchtbarer stellten sie sich den Überfall selbst vor."

Cade nickte. Wie ein nächtlicher Angriff, dachte er. Je weniger man sah, desto schlimmer malte man sich die Dinge aus.

Mit einem Mal stockte ihm der Atem. „Die Höhlen!" sagte er. Und er dachte an die gähnenden Höhlen von Washington, die keine Höhlen waren, sondern Gebäuderuinen.

„Ja, die Höhlen", erwiderte sie. „Die Höhlen, die sich niemand erklären kann. Gebäude, die von den Bomben vernichtet wurden." Sie machte eine Pause und fuhr dann beschwörend fort: „Cade, du mußt kämpfen. Wenn du es nicht tust, verschleuderst du unser Leben."

Cade glaubte ihr nicht. Sie hatte kaum Beweise gebracht. Er umklammerte eine Halterung, bis die Knöchel an seinen Händen weiß hervortraten. Zehntausend Jahre Imperator, Statthalter, Orden und Feldherr . . ., das war seine Welt.

„Sie kommen schnell näher", meinte sie ausdruckslos und starrte in den Bildschirm.

„Wo sind die Waffen?" Seine Stimme klang heiser, und er wagte es nicht, sie anzusehen. Er wußte, daß er nur so tat, als würde er ihr glauben – um einen Vorwand zu haben, sie retten zu können.

„Im Kartenschrank. Es sind zehn, wenn ich mich nicht täusche."

Zehn Kanonen. Er konnte sie nacheinander abfeuern, mit stärkster Reichweite, und wenn bei einer die Spulen durchbrannten, nahm er die nächste . . .

„Wir müssen Raumanzüge überstreifen", erklärte er. Er öffnete den Spind und suchte alles heraus. Selbst nach drei Jahren erinnerte er sich noch an die Größe, die er brauchte. Beinschutz Nummer sieben, Armschutz Nummer acht, dann der Torso und die Zwischenstücke. Er wählte die richtigen Größen für das Mädchen aus und half ihm beim Überstreifen. Man merkte ihr an, daß sie noch nie einen Raumanzug getragen hatte.

„Nun die Helme?" fragte sie ruhig.

„Zuerst tragen wir die Kanonen in den Laderaum." Sie mußten zweimal gehen. Cade verrieb Klebstoff an einer Trennwand und befestigte die Waffen in einer Reihe.

„Nun die Helme", sagte er. „Dann gehst du zurück zum Kontrollraum. Ich dichte das Abteil ab und öffne die Laderaumschleuse. Du beobachtest die Schirme. Kennst du die Alarmsignale?"

Sie schüttelte den Kopf.

„Sobald die Angreifer nahe genug sind, ertönt ein lautes Summen. Ich kann es hier im Vakuum nicht hören. Verständige mich per Helmmikrofon, sobald du es bemerkst. Dann mußt du den Druck im Kontrollraum verringern, damit ich das Schott öffnen kann. Hast du alles verstanden?"

Sie nickte und streifte ihren Helm über. Cade tat das gleiche.

„Interkomtest", sagte er schließlich. „Hörst du mich?"

„Ja", entgegnete sie. „Kannst du die Lautstärke etwas verringern?"

„In Ordnung. Ist es so besser?"

„Ja, danke." Das war alles. Ein beiläufiges Danke, weil er die Lautstärke herabgesetzt hatte, und kein Wort zu seiner Entscheidung. Erkannte sie nicht, was er für sie tat? Nahm sie tatsächlich an, daß er diesen „Geschichte"-Unsinn glaubte?

Er dichtete die Luken ab und nahm eine der Waffen von ihrem Platz. Geladen. Ohne Nummer. Er hatte noch nie eine Waffe ohne Nummer gesehen. Und nun lagen gleich zehn vor ihm. Cade stellte sie auf stärkste Reichweite und eng gebündelten Strahl ein. Dann reduzierte er den Luftdruck des Laderaums und öffnete die Schleuse.

Cade schwebte wartend hin und her. Er versuchte die Gedanken abzuschalten, aber das wollte ihm nicht gelingen.

Was wußte er?

Er wußte, daß die Schützen die einzigen Kämpfer für das Reich waren. Diese Information hatte sich nicht geändert. Er wußte, daß sie im Dienste des Imperators standen – nein, diese Illusion hatte ihm der Statthalter grausam zerstört. Auch das Wissen, daß der Oberste Schütze das Symbol des Waffenordens war, hatte sich als falsch erwiesen. Sein Leben lang hatte er gewußt, daß man von einem Flugzeug oder Raumschiff aus nicht schießen durfte – und nun war er selbst im Begriff, es zu tun. Er hatte gewußt, daß es für einen Schützen keine Frauen gab, daß er keusch bleiben mußte bis zum Tode. Und nun liebte er eine Frau – eine Frau, die ihm Rätsel aufgab und ständig neue Gesichter zeigte. Was wußte er? Er wußte, daß er diese Frau besitzen wollte, obwohl er ihr Geheimnis nicht kannte.

„Alarm", hörte er ihre Stimme blechern im Helm.

„Verstanden", erwiderte er automatisch und lächelte bitter.

Cade stieß sich zu den Waffen ab. Zwei klebte er an seine Hüften, und zwei nahm er in die Hände. Es war eine groteske Situation. Ein Mann, eine Waffe, so geziemte es sich. Aber weshalb? fragte er sich. Weshalb nicht ein Mann und zwei Waffen, ein Mann und vier Waffen, ein Mann und so viele Waffen, wie er brauchte? Er starrte durch eine Luke hinaus in das Dunkel. Die

Sonne lag hinter dem Raumschiff. Das war ein Vorteil; er würde die Feinde deutlich sehen.

Dreimal blinkte ein Lichtfunke auf, wurde zum grellen Schein und jagte an dem Raumschiff vorbei. Die Zerstörer waren bei ihrem ersten Versuch, ihre Geschwindigkeit der ihres Opfers anzugleichen, über das Ziel hinausgeschossen. Sie würden wiederkommen . . .

Cade überlegte, ob er in den Mysterien Frieden finden könnte. Aber er wehrte den Gedanken hastig ab. Er wußte, daß die Mysterien Fallen für die einfältigen Bürger und eine Verdienstquelle für Ganoven waren. Friede? Vielleicht gab es ihn bei Mrs. Cannon, wo man essen und trinken und Drogen kaufen konnte, solange man Grüne besaß. Danach lauerte man in einer dunklen Seitenstraße auf einen Bürger, der im Distrikt sündigte. Und danach konnte man wiederum essen und trinken . . .

War das Leben bei Mrs. Cannon falsch? War es richtig, von einem Raumschiff aus zu schießen?

Die Zerstörer tauchten weit vorne wieder auf und setzten zur Umklammerung an. Sie waren kleiner als Cades Schiff und besaßen mehr Antriebe. Hinter den häßlichen, stumpfen Rammnasen sah er Gefechtstürme aufragen. Ein Zerstörer blieb als Reserve zurück; die beiden anderen bereiteten eine symmetrische Doppelkollision vor. Das bedeutete, daß sie aus gleicher Entfernung und mit gleichem Schub auf Cades Schiff zurasen und versuchen würden, es zwischen sich zu zermalmen.

Cade kannte die Regeln für den Rammabstand nicht. Er mußte improvisieren.

Beide Zerstörer schleppten einen feinen rötlichen Nebel nach; die verbrauchten Gase wurden ausgestoßen. Einer war etwas näher; der andere versuchte den Abstand zu korrigieren. Cade hakte sich am Rand der offenen Laderaumschleuse fest. Der Gefechtsturm des näher kommenden Zerstörers blitzte in der Sonne. Drei Sekunden lang jagte die Kanone Energie in den Raum, bevor ihre Ladung erschöpft war. Cade warf sie einfach ins Leere und riß die nächste Waffe an sich. Er benötigte sie nicht mehr. Der Gefechtsturm wirkte stumpf und geschwärzt. Cade wußte nicht, ob er getroffen hatte. Der Zerstörer schwenkte ab.

Der zweite Zerstörer arbeitete sich immer noch an Cades Schiff heran. Cade verbrauchte die zweite und dritte Kanone. Der Energiestrahl sandte tanzende Blitze über den Rumpf des gegnerischen Schiffes. Luken zerschellten. Dann wendete der Zerstörer und floh mit vollem Antrieb. Als Cade sich nach dem Reserveschiff umsah, war es verschwunden.

Ein gutes Gefecht, dachte Cade. Vermutlich trugen die Männer an Bord der Zerstörer Raumanzüge, so daß keine Toten zu beklagen waren. Der Gefechtsturm war nicht explodiert wie die Luken, vielleicht, weil er nur ein paar Sekunden der Kälte des Raumes ausgesetzt gewesen war und die Energie der Kanone nicht ausgereicht hatte, um eine Dauerschädigung des Materials herbeizuführen. Auch die Psychologie durfte nicht außer acht gelassen werden. Das erste Schiff-zu-Schiff-Gefecht! Cade lachte schallend, über sich, über den Orden, über die Klin-Lehrer, über die Moral . . .

Eine Stimme gellte blechern in seinen Ohren: „Ausschalten! Ausschalten!“

„Verzeihung, Lady“, sagte er, immer noch lachend. „Aber ich habe sie besiegt, ich habe sie besiegt. Und wenn du jetzt noch den Druck im Kontrollraum reduzierst, kann ich die Luke öffnen.“

19

ER HALF ihr, den Helm abzunehmen, und dann half sie ihm. Sie sahen einander an und wußten nicht, was sie sagen sollten. Jocelyn senkte zuerst den Blick, und einen Moment lang spürte Cade, daß sie sich schämte. Sie schämte sich, daß sie seine Welt und seinen Glauben zerstört hatte.

Aber das machte jetzt nichts mehr; es ließ sich nicht ändern. Cade starrte das Mädchen noch einmal an, und wieder begann er schallend zu lachen.

Es war alles so grotesk. Da stand sie, die Zehen in ein Halteseil gehakt, eine plumpe, mißgestaltete Figur, die nicht mehr Ähnlichkeit mit einer Frau hatte als ein Radargerät oder eine

Druckpumpe. Über der unförmigen Masse aus Metall und Kunststoff leuchtete ihr karottenrotes, strähniges Haar. Ihr Make-up war so verschmiert, daß es sie zu einer Karikatur machte.

Er beantwortete die stumme Frage in ihren Augen nicht, und sie wagte es nicht, sie in Worte zu fassen. Statt dessen sagte sie ruhig: „Hilf mir bitte aus dem Anzug!"

Cade war mit einem Mal ernüchtert. Er zeigte ihr, wie sie die Anzugteile voneinander lösen und im Spind verstauen mußte. Und dann, als hätte sie ihn noch nicht genug schockiert, erklärte sie wie eine Bürgersfrau: „Ich mache uns etwas zu essen. Ist der Druck im Laderaum hoch genug?"

Er überprüfte das Meßgerät und öffnete ihr die Luke. „Laß mich ein paar Minuten allein", bat sie. „Ich möchte mich waschen und umziehen."

Ein paar Minuten? Cade konnte mit dieser vagen Zeitangabe nichts anfangen. Er verbrachte eine halbe Stunde damit, seinen Anzug auszuziehen und zu verstauen. Dann überprüfte er die Instrumente des Kontrollraums. Viel gab es nicht zu tun. Endlich betrat er den Laderaum und die dahinter liegenden Wohnräume.

„Ach, da bist du ja. Ich wollte dich eben rufen." Sie stand an einer winzigen Kochplatte und erwärmte zwei Gefäße mit Konzentrat. „Du kannst inzwischen schon den Tisch und die Bänke herausklappen." Er kam ihrer Aufforderung nach. Dabei ließ er kein Auge von ihr.

Sie hatte sich gewaschen. Das verschmierte Make-up war verschwunden, und von neuem wunderte er sich über die perfekte Schönheit ihrer Züge. Um die Haare hatte sie ein Tuch geschlungen – er hoffte nur, daß sie die karottenrote Tönung entfernt hatte. Und statt des scheußlichen orangefarbenen Kleides trug sie einen Mechaniker-Coverall. Die Ärmel und Hosenbeine waren hochgerollt, und der Gürtel umspannte die winzige Taille. Sie sah verführerisch aus. Wie sagte ein Mann einer Frau, daß er sie schön fand?

„Du hast noch Zeit, dich frisch zu machen", sagte sie betont.

„Natürlich, vielen Dank." Er betrat den Waschraum und säuberte sich mit dem wirbelnden, warmen Wasserdampf, der aus den Düsen drang. Dann ließ er sich von dem prickelnden Luftstrom trocknen.

Als er wieder die Kombüse betrat, hatte sie das Essen fertig.

Zu seinem Entsetzen entdeckte er, daß er ihr gegenübersitzen sollte. Er mußte sie während des Essens ansehen! Nun, sagte er sich, es war der erste Schritt. Je früher er die Rolle des Schützen aufgab, desto leichter wurde das Leben für ihn. Das Konzentrat half ihm dabei. Es gab zwar im Raum keinen Sonnenuntergang, aber sein Magen kannte die Zeiteinteilung genau. Er würde in den nächsten zwei Stunden kaum ein Fleischgericht akzeptieren. Auch der Coverall half. Er war froh, daß er den Bürgeranzug nicht mehr sah, den er mit gestohlenem Geld erworben hatte.

Das Essen fiel ihm leichter, als er erwartet hatte. Der Tisch besaß eine gummierte Oberfläche, und er konnte sich mit Riemen an der Bank festschnallen. Das Mädchen sprach nicht, während sie aßen und tranken.

Schließlich ergriff Cade das Wort. „Erzähl mir mehr!"

„Worüber?" fragte sie kühl. Er wußte, daß sie ihn genau verstanden hatte.

„Über deine ‚Geschichte' beispielsweise. Oder über die Ladung, die wir an Bord haben. Wer ist der Empfänger?" Er hatte die verschlossenen Kästen im Laderaum nicht vergessen.

„Ich habe bereits alles Nötige gesagt."

„Du erwähntest beim Start, daß dieses Schiff seit sechs Jahren bereit sei."

„Es war unwichtig. Vergiß es wieder."

„Belüg mich nicht!" sagte er hitzig. *Ärger ist eine Gefahr.* Der Gedanke kam von selbst, und er verscheuchte ihn. Diese Warnungen gingen ihn nichts mehr an. „Ich habe dich in allen möglichen Rollen gesehen – als Verräterin, Hure und Spionin. Bist du etwa auch eine Diebin? Gehört das Schiff dir? Oder hast du nur den Entschluß gefaßt, es für deine Zwecke zu verwenden – wie mich?"

„Hinaus!" Ihr Gesicht war schneeweiß vor Zorn. „Hin-aus!" wiederholte sie mit zusammengebissenen Zähnen.

Cade öffnete den Riemen um die Hüfte und erhob sich

langsam, indem er sich am Tisch festhielt. Er war lange genug ausgenutzt worden, von den Feldherren und vom Orden – und von ihr. Er hatte sein Leben dabei aufs Spiel gesetzt. Nun wollte er den Spieß umdrehen. „Glaubst du wirklich, daß du mir ausweichen kannst?“ fragte er kühl. Kalt beobachtete er ihre zitternden Schultern. Er zwang sich zu einem Lächeln, wie es ihm Mrs. Cannon beigebracht hatte.

Sie schwieg mit zusammengepreßten Lippen, aber in ihren Augen blitzte der Zorn.

„So leicht ist das nicht“, fuhr er fort. „Selbst ein Schütze lernt schließlich die Realitäten des Lebens kennen. Du hast alles zerstört, was mir heilig war. Wie kannst du nun darauf vertrauen, daß ich mich wie früher benehme?“ Sie beherrschte sich eisern, doch er wußte, daß sie nicht mehr lange durchhalten konnte.

„Hast du vergessen, daß ich mich drei Wochen lang allein in der Welt umsah – ohne deine Führung? Ich habe eine Frau wie dich kennengelernt. Glaubtest du etwa, du seist als einzige das Werkzeug eines ehrgeizigen Verräters? Ich weiß nicht, wer dein Herr ist, aber den ihren kenne ich. Ich spreche von Lady Moia und . . .“

„Hinaus!“ kreischte sie. „Sofort hinaus!“ Tränen liefen ihr über die Wangen, aber sie schluchzte nicht.

„Nein.“ Er klammerte sich am Tisch fest und zog sich zu ihr hinüber. „Nicht, bevor du mir geantwortet hast. Vielleicht befriedigt es dich, deinem Herrn zu dienen, aber ich habe es satt, ständig ausgenutzt zu werden. Dreizehn Jahre lang hat mich der Orden hin und her geschoben, wie es ihm beliebte, und ich wandte nichts dagegen ein. Dann ‚starb‘ ich, und die Leute des Kairo-Mysteriums versuchten mich für ihre Zwecke zu mißbrauchen. Ihr auserwähltes Opfer, der Statthalter, versuchte mich wiederum gegen den Feldherrn vom Mars auszuspielen. Beim Reich! Sogar ein betrunkener kleiner Ganove bei Mrs. Cannon dachte, er könnte sich meiner bedienen. Mir reicht es. Verstehst du das?“

Er unterbrach sich, als er erkannte, daß sein Ausbruch ihr Gelegenheit gegeben hatte, die Beherrschung wiederzufinden. „Du hast mich zweimal gerettet“, fügte er etwas ruhiger hinzu,

„als andere mich ausnutzen wollten. Weshalb? Um mich selbst auszunutzen! Um dieses Schiff endlich ans Ziel zu bringen! Zu welchem Zweck? Und in wessen Auftrag? Diesmal werde ich es erfahren."

Er machte eine kleine Pause und holte dann zum entscheidenden Schlag aus. „Wem gehört die Fracht? Was befindet sich in den Kästen? Wer bedient sich deiner?"

„Niemand!"

Er hatte auf ihren Zusammenbruch gewartet und sie nicht mehr scharf genug beobachtet. Ihre Hand landete klatschend auf seiner Wange. Er packte sie hart an den Armen und preßte sie gegen eine Trennwand. „Antworte mir!" sagte er scharf. Sie schluchzte jetzt verzweifelt und hilflos. Ihr Widerstand war gebrochen. Sie konnte nicht mehr kämpfen. Er wußte, daß sie ihm sagen würde, was er wissen wollte, auch wenn er sie losließ. Er wollte sie freigeben; er setzte schon dazu an. Aber aus einem unerklärlichen Grund gehorchten ihm seine Hände nicht. Sie war dicht neben ihm und sah ihn mit einem Mal verwirrt und fragend an.

Er hatte es noch nie zuvor getan; er wußte nichts darüber. Aber er beugte sich über sie, und einen Moment lang berührten seine Lippen ihren Mund.

Sie löste sich schließlich von ihm, und er umklammerte eine Halterung. Sein Inneres war aufgewühlt. So also sahen die Gefühle aus, die ein Mann für eine Frau empfand. Diese Dinge hatte man ihm bisher vorenthalten. Das war es, was der Statthalter mit brutaler Offenheit erwähnt hatte. Das war es, was den Obersten Schützen seine Amtsgeschäfte vernachlässigen ließ. Das war es, was Jana ihm bei Mrs. Cannon angeboten hatte. Und keiner von ihnen hatte so recht verstanden, daß er keine Vorstellung davon hatte – bis jetzt.

Er sah zu ihr hinüber und machte eine neue Entdeckung. Sie war hilflos gegen ihn; er konnte mit ihr machen, was er wollte. Und das entsprach nicht seinem Geschmack.

„Jocelyn", sagte er ruhig. Das Wort enthielt eine Bitte und ein sanftes Streicheln.

„Ich hatte gehofft, daß du mir wenigstens das ersparen

würdest“, sagte sie kühl. „Gut, ich erkläre dir alles, was ich weiß. Aber danach bitte ich dich, mich in Ruhe zu lassen.“

„Jocelyn!“ wiederholte er, aber sie achtete nicht darauf.

„Ich habe als Spionin im Kairo-Mysterium gedient, ja. Du könntest froh darüber sein. Aber ich bin weder eine Prostituierte noch eine Diebin, ganz gleich, was du glaubst. Ich diene dem Menschenreich. Was die Fracht betrifft, so geht sie dich nichts an, und ich wäre zum erstenmal eine Verräterin, wenn ich dir mehr sagen würde. Könntest du jetzt gehen?“

„Wenn du es wünschst.“ Es gab nichts mehr zu erfahren, und er mußte über die Dinge nachdenken, die sich in den letzten Minuten abgespielt hatten.

Er verließ den Raum, ohne sie anzusehen, und ging ihr auch während des restlichen Tages aus dem Weg. Sie schlief in der Heckkabine, während er es sich auf der Konturenliege des Kontrollraums bequem zu machen versuchte.

Das Nachdenken machte die Sache nicht besser. Er war an sie gekettet, ganz gleich, wessen Spiel sie spielte. Überall sah er Chaos und Konflikte. Sie diente dem Menschenreich? Das behauptete auch der Statthalter, der vor seinen Augen einen Waffenbruder ermordet hatte. Zweifellos behauptete es auch der schwächliche Imperator, der Oberste Schütze und jeder einzelne Feldherr.

Bis vor kurzem hatte jede Geste, jedes Ritual einen Sinn für ihn gehabt. Alles hatte sich nahtlos in seine Welt eingefügt. Doch nun entpuppte sich das Leben als Spielball von Zufallskräften. Es war abhängig von menschlichen Schwächen wie Machtgier oder Stolz. Weshalb sollte er mehr von dem Mädchen verlangen als von der übrigen Welt?

Am Morgen war er hungrig und ging in die Kombüse. Jocelyn war kühl und höflich und blieb es auch während der nächsten Tage. Dann versuchte er noch einmal, sie auszufragen.

Er wollte mehr über die „Geschichte“ wissen. Sie nagte an ihrer Unterlippe und erklärte, daß sie nie davon gesprochen hätte, wenn es nicht darum gegangen wäre, sein und ihr Leben zu retten. „Vergiß das Wort am besten wieder!“

„Kann ich vergessen, daß ich von einem Raumschiff aus geschossen habe?" entgegnete er ernst, und sie wandte den Blick ab.

Über die Fracht wollte sie nicht sprechen, und seine Bitterkeit wuchs mit jedem Tag. Er sollte also wie in einem Schachspiel hin und her geschoben werden – er, der Kompanien befehligt hatte und sicher zum Rang eines Obersten Schützen aufgestiegen wäre.

Sie hatten noch vier Tag Zeit bis zur Landung, als er beschloß, die Fracht auf eigene Faust zu untersuchen. Er hätte es offen tun können; sie besaß nicht die Macht, ihn zurückzuhalten. Aber er sicherte sich Ungestörtheit dadurch, daß er gegen Mitternacht laut an ihrer Kabinentür rüttelte. Sie hatte einen leichten Schlaf, denn unmittelbar danach hörte er, wie die Riegel vorgeschoben wurden. Wieder rüttelte er an der Tür und ging dann geräuschvoll weiter. Er lächelte grimmig, als er überlegte, wie lange es dauern würde, bis sie die Tür öffnete. Und dann fiel ihm ein, daß sich hinter der verschlossenen Tür die Nahrungsmittel befanden. Nun, er hatte schon mehr als einmal gefastet. Und vielleicht fand er nun heraus, wer mit seinem Leben spielte.

Die Metallkästen ließen sich mit einem vorsichtig dosierten Strahl der Waffe öffnen. Zum Vorschein kamen Pistolen – mindestens tausend. Pistolen des Ordens oder zumindest Nachbildungen, alle geladen und ohne Nummern. Eigentlich war er nicht einmal überrascht.

Systematisch öffnete Cade noch ein paar Kästen und Spinde und untersuchte den Inhalt.

Schließlich ging er zurück in den Kontrollraum. Er gab sich keine Mühe, sein Werk zu vertuschen.

Zehntausend Waffen des Ordens, bestimmt für den Mars. Er wußte nun, für wen Lady Jocelyn arbeitete.

Er schlief. Am nächsten Morgen versuchte er die Kabinentür zu öffnen, aber sie war immer noch verriegelt. Er schaltete den Interkom ein.

„Was willst du?" fragte sie kühl.

„Mich zuerst einmal dafür entschuldigen, daß ich deinen Schlaf gestört habe."

„Schon gut."

„Und etwas zu essen."

„Ich weiß nicht, wie ich es dir bringen soll", entgegnete Jocelyn.

„Du kannst es dir nicht leisten, mich verhungern zu lassen. Ich muß schließlich noch das Schiff landen."

„Von Verhungernlassen kann nicht die Rede sein." In ihrer Stimme klang leiser Spott mit. „Ich wollte dich nur etwas schwächen."

„Ich bin bereits geschwächt", sagte er. „Ich habe heute nacht Schwerarbeit geleistet."

„Welcher Art?"

„Das zeige ich dir, wenn du herauskommst." Er mußte nicht lange warten. Nach einer Pause von zehn Minuten rief sie zurück.

„Versprichst du mir, daß du dich vernünftig benimmst, wenn ich dir etwas zu essen bringe?"

„Natürlich", erwiderte er fröhlich, „wenn du es wagst, dich auf das Wort eines gefallenen Ordensbruders zu verlassen. Worauf soll ich schwören?"

Stille. Dann, beinahe schüchtern: „Auf dich selbst."

Er entgegnete nachdenklich: „Schön, ich schwöre, daß ich dir keinen Kummer bereiten werde."

„Ich komme in fünf Minuten."

Cade wartete. Er hörte, wie die Riegel zurückschnappten und die Tür sich öffnete. Er saß ganz ruhig da und wartete. Durch die offene Luke des Laderaums schwebte ein Behälter mit Konzentrat. Offenbar war er ihr entglitten, als sie die geöffnete Fracht entdeckte. Cade sah zu, wie der Behälter von einer Trennwand abprallte und in seine Richtung pendelte. Er war hungrig und sehnte sich nach dem Essen, aber er ließ es vorüberschweben. Jocelyn kam einen Augenblick später in den Kontrollraum. Sie war blaß, aber beherrscht.

„Nun weißt du also Bescheid", sagte sie. „Bitte mich nicht, dir die Sache zu erklären, denn ich kann es nicht. Selbst mit einer Folterung würdest du nichts erreichen. Gewisse Loyalitäten lassen sich nicht verletzen."

„Das mag für dich gelten, aber nicht für mich. Meine letzten

Hemmungen in dieser Richtung hast du zerstört. Außerdem brauche ich deine Erklärungen nicht. Du hast vergessen, daß ich in den letzten Wochen mit vielen Menschen gesprochen habe. Mit dem Statthalter beispielsweise. Und mit einem armseligen Marsianer, der zu Mrs. Cannon kam, um seine Einsamkeit zu vergessen. Und . . ." Er dachte an den Marsschützen Harrow, der für einen schrecklichen Frevel gestorben war. „. . . und mit anderen."

Cade holte den Konzentratbehälter aus der Luft und sog an der Öffnung.

„Und was glaubst du, daraus schließen zu können?" fragte sie ruhig. Er ließ den Behälter los. Das Konzentrat war kalt, und er hatte keinen Hunger mehr.

„Erstens einmal – ich weiß, auf wessen Seite du stehst."

Er wartete, aber sie sagte nichts. „Ich verstehe zwar nicht, weshalb eine Verwandte des Imperators für den Feldherrn vom Mars spioniert, aber . . ." Er schwieg befriedigt. Ihr Gesicht war ausdruckslos, aber sie schien plötzlich die Luft anzuhalten.

„Leugnest du es?"

„Nein. Nein, ich leugne es nicht."

„Dann möchtest du vielleicht eine Erklärung abgeben?"

Nachdenklich meinte sie: „Nein, das kann ich nicht. Was weißt du sonst noch?"

„Weshalb sollte ich es dir sagen?" Er sprach jetzt offen. „Weshalb sollte ich deine Fragen beantworten?"

„Weil ich mehr weiß als du. Weil es gewisse Dinge gibt, die gefährlich sind, wenn sie in falsche Hände geraten."

„Also gut." Er hatte nichts zu verlieren – und er wollte darüber sprechen. „Erstens weiß ich seit einiger Zeit, daß der Feldherr vom Mars den Imperator gebeten hat, ihm alle marsgeborenen Schützen zu überlassen. Bis jetzt waren die Marsianer auf die einzelnen Feldherren der Erde verteilt. Doch vor einem Monat etwa erhielten die Schützen den Befehl, zum Mars zurückzukehren, und die Novizen wurden nicht mehr auf die Erde geschickt, sobald sie den Rang eines Schützenanwärters erreicht hatten. Zweitens weiß ich, daß sich der Statthalter entschieden gegen diese Neuerung wendet. Und ich glaube zu wissen, weshalb . . ."

Sie beugte sich vor, als sei sie gespannt auf seine nächsten Worte.

Er wechselte absichtlich das Thema.

„. . . weshalb der Mars seine Schützen für sich haben möchte und weshalb der Statthalter es zu verhindern versucht. Der Grund ist so selbstverständlich, daß man nicht dahinterkommt, wenn man nicht zu der Clique der Intriganten und Planer und . . . Geschichtskundigen am Hofe gehört. Es geht um das Marseisen, um nichts sonst!"

Sie lehnte sich zurück und wirkte beinahe gelangweilt. Was er sagte, war nichts Neues für sie. Also befand er sich auf der richtigen Spur.

„Die Erde benötigt das Eisen vom Mars. Wenn der Feldherr vom Mars einen eigenen Orden besäße, wenn er die Marsianer mit ihrer sonderbaren Heimat- und Familienanhänglichkeit an sich binden könnte – dann hätte er mehr Macht als der Imper . . ., als der Statthalter selbst."

Er lachte laut auf, als er an die Morgenandacht dachte, mit der er mehr als sechstausendmal seinen Tag begonnen hatte. *„Die Schützen dienen dem Imperator durch den Statthalter und die einzelnen Feldherren. So ist es weise und gerecht. Und solange das gilt, ist alles weise und gerecht bis ans Ende der Zeit"*, zitierte er laut. „Daran habe ich jahrelang geglaubt."

Er schüttelte den Kopf. „Ich nehme an, der Feldherr vom Mars weiß, daß seine Bitte nie erfüllt werden kann. Und ich nehme weiter an, daß er insgeheim einen illegalen Orden aufbaut, der den gleichen Zweck erfüllen soll."

Ein flüchtiges Lächeln huschte über ihre Züge. Sie wußte nicht, wieviel sie ihm mit diesem Lächeln verriet.

Vorher hatte er es vermutet, aber nun war er sicher, daß die Ausbildung der illegalen Schützen bereits begonnen hatte. Es dauerte drei Jahre, bis man einem Novizen die erste Übungswaffe in die Hand gab. Wie viele „Ordensbrüder" warteten bereits? Wie viele halb ausgebildete Marsianer warteten auf die Pistolen, die er mitbrachte?

Zum erstenmal seit zehntausend Jahren würde man mit Waffen kämpfen, die der Oberste Schütze nicht berührt hatte. Doch dann erinnerte er sich. Keine zehntausend Jahre . . ., die „Geschichte“ sprach von einer weit kürzeren Zeit.

„Welchen Zweck?“ fragte sie.

Cade zuckte zusammen. „Oh, den einer Privatarmee natürlich. Eine Streitmacht, stark genug, um die terranischen Schützen zu bekämpfen. Sie muß nicht stark genug sein, um alle Terraner zu bekämpfen. Der Feldherr vom Mars weiß sicher, daß der Statthalter eine Vereinigung der terranischen Feldherrn niemals zulassen würde. Aber die Waffen, die ich zum Mars bringe, reichen aus, um den Feldherrn des roten Planeten zum Statthalter oder gar zum Imperator zu machen.“

Er wartete.

Jocelyn schwieg eine Weile. Schließlich entgegnete sie langsam: „Du mußt nur eines verstehen, Cade, ich bin keine bezahlte Spionin!“ Sie sagte dies mit solchem Nachdruck, daß Cade ihr einen Moment lang glaubte.

„Aber weshalb dann?“ fragte er ungeduldig. „Für wen arbeitest du?“

Sie lächelte. „Diese Frage habe ich schon einmal beantwortet: für das Menschenreich.“ Wieder hatte sie sich geweigert, ihm eine offene Antwort zu geben. Aber sie fuhr fort: „Cade, du hast mich zuerst im Kairo-Mysterium kennengelernt. Damals mißtrautest du mir, obwohl du später entdecktest, daß du unrecht hattest. Weißt du, was ich dort tat?“

„Die Große Verschwörung!“ meinte er spöttisch. „Jeder Feldherr ein Statthalter! Chaos, Verwirrung, Grausamkeit und Unvernunft! Ja, ich weiß, was du dort tatest.“

„Willst du deinen Zorn nicht überwinden und logisch denken?“ fragte sie scharf. „Vielleicht merkst du dann, daß du auf der falschen Fährte bist.“ Sie hob die Hand, als sie sah, daß er protestieren wollte. „Einen Augenblick! Ich habe nicht für die Verschwörung gearbeitet; das weißt du inzwischen. Weshalb hätte ich versuchen sollen, dich vor der Droge zu retten? Ich habe keine besondere Vorliebe für den Statthalter.“ Sie schwieg, und Cade mußte sich eingestehen, daß sie recht hatte. Es war das einzige Paradoxon in dem Bild, das er sich gemacht hatte.

„Cade“, fuhr sie fort, „ein Großteil deiner Vermutungen ist

richtig. Einige Tatsachen weißt du noch nicht, Tatsachen, die ich nicht zu enthüllen wage. Sogar für mich ist das Wissen gefährlich; für dich wäre es vielleicht tödlich. Es geht um das Leben anderer Menschen und ganz besonders um das Leben einer Person, die wichtiger ist als du oder ich. Aber selbst mit dem Wissen, das du im Augenblick besitzt, mußt du erkennen, weshalb ich mich der Verschwörung anschloß."

„Ja, natürlich – weil es dein Auftraggeber befahl!"

Sie ballte die Hände wütend zu Fäusten. „Weil – ich – dich – brauchte!" sagte sie schließlich mit mühsamer Beherrschung. „Dich oder einen anderen Schützen, der dieses Raumschiff steuern konnte. Ich sagte dir doch, daß es bereits seit sechs Jahren wartet. Auf den Piloten! Und ich habe diesen Piloten besorgt. Verstehst du nun? Ich konnte nicht zulassen, daß du dich in Gefahr begabst. Der Statthalter hätte dich töten können. Ich brauchte dich für diese Aufgabe."

Schön, dachte er verbittert, nun sind wenigstens die Zusammenhänge klar. Sie hat ihren Auftrag erfüllt und dazu eine Gruppe nach der anderen verraten. Und er selbst – er war ein Pilot im Dienste des Feldherrn vom Mars. Nichts weiter.

Sie nahm sein Schweigen für Kapitulation. „Du verstehst mich nun, nicht wahr?" fragte sie ruhiger. „Cade, später kann ich dir vielleicht mehr sagen . . ."

„Im Augenblick hast du genug gesagt – bis auf eines: Du behauptest, daß du keine bezahlte Spionin bist. Was hat dich dann dazu bewogen, die Große Verschwörung zugunsten einer gleichartigen Verschwörung auf dem Mars zu verraten?"

„Keine Verschwörung! Es handelt sich um einen Heilungsprozeß!" Der Damm war gebrochen. Zu lange hatte sie Worte und Träume zurückhalten müssen. Nun sprudelten sie hervor. „Wir wollen die Menschheit heilen", sagte sie stolz. „Wir wollen sie vor dem eisernen Griff des Statthalters und der Klin-Philosophie retten. Wie kann ich dir das nur begreiflich machen?" Ihre Augen glänzten. „Ich habe dir von der Geschichte erzählt, aber für dich ist sie im Augenblick nur ein leeres Wort. Du hast dich nicht mit ihr befaßt . . . Du weißt auch nicht, was ‚Wissenschaft' bedeutet, oder? Natürlich nicht. Das Wort ist halb verboten und halb vergessen, weil Wissenschaft Veränderung bedeutet und Veränderung eine Gefahr für Klin und den Statthalter darstellt. Die Menschheit muß untergehen, Cade, weil wir an Maschinen gefesselt sind und keine neuen konstruieren dürfen. Siehst du nicht, daß die Maschinen nach und nach ausfallen werden und . . ."

„Nein", entgegnete er müde. „Das sehe ich nicht. Wenn Maschinen ausfallen, stellen die Brüder im Orden neue her. Auch die Klin-Lehrer studieren die Maschinen genau und bauen sie nach."

„Ja, alles wird nachgebaut und reproduziert", sagte sie. „Aber die Weiterentwicklung ist stehengeblieben. Es gibt keine Neuerungen oder Verbesserungen. Cade, es gab eine Zeit, in der die Menschen ihre Maschinen mit Uran betrieben. Das Uran ist heute verbraucht. Als nächstes benutzte man Thorium. Auch Thorium existiert nicht mehr. Und nun das Eisen. Auf der Erde gibt es kein Eisen mehr. Was geschieht, wenn auch das Marseisen erschöpft ist? Es müßten heute Zehntausende von Männern und Frauen Tag und Nacht damit beschäftigt sein, eine neue Energiequelle zu suchen. Aber kein Mensch kümmert sich um das Problem.

Es gibt andere Wege, die Zivilisation zu vernichten, als Bomben abzuwerfen. Eines Tages werden wir keine Raumschiffe und Flugzeuge mehr haben. Die Städte werden sich in Kloaken verwandeln, wenn die Abwasserpumpen nicht mehr funktionieren. Niemand wird die lebenswichtige Nahrung aus den Meeren herbeischaffen, wenn die großen Frachter verrotten. Die Antriebe der großen Nahrungsmittelfabriken werden ausfallen. Wie sollen wir dann unsere Kinder ernähren? Krankheiten werden uns heimsuchen, weil die chemischen Werke keine Medikamente mehr herstellen können." Sie schwieg erschöpft und beobachtete ihn mit gerunzelter Stirn. „Bedeuten dir meine Worte überhaupt etwas?" fragte sie mit einer gewissen Bitterkeit.

„Ich weiß nicht", erwiderte er nachdenklich. Er dachte an die Sätze des Statthalters, als er neben dem toten Kendall gestanden hatte. Eines war zumindest klar: Hier bekämpften sich zwei starke Parteien. Die Ansichten des Statthalters waren ihm realistischer erschienen als die Ansichten Jocelyns, aber . . . wenn er ihr glauben konnte, dann würde das Leben einen neuen Sinn bekommen.

„Die Wissenschaft kann diese Dinge wieder ins rechte Lot bringen. Und es gibt noch andere Helfer – die Kunst beispielsweise. Die Kunst schafft mit Hilfe der Sprache, des Lichts und der Musik neue Welten. Sie kann einen Menschen zugleich zum Lachen und zum Weinen bringen. Heutzutage gibt es niemanden, der Freude am Schöpferischen empfindet. Oder die Freiheit. Auch dieses Wort ist dir unbekannt. Aber du wirst bald erfahren, was es bedeutet. Hoffentlich . . ." Sie zögerte und sah ihn trotzig an. „Hoffentlich schließt du dich dem Feldherrn vom Mars an, sobald wir den Planeten erreichen. Er ist der Mann, der unsere Welt verändern kann. Mehr kann ich dir im Augenblick nicht sagen."

„Dann will ich auch keine Fragen stellen", entgegnete er. Ihm schwirrte bereits jetzt der Kopf. Er hatte viele neue Begriffe kennengelernt, aber einer übertrumpfte sie alle: der Begriff „Liebe".

20

SIE verbrachten bis zur Landung noch drei Tage im Raum: Tage, in denen es Cade leichtfiel, den Orden zu vergessen. Das alte Leben lag hinter ihm, die Sicherheiten von früher waren hinfällig geworden. Es gab nur einen festen Bezugspunkt – Jocelyn. Er wußte, daß er versuchen würde, an ihrer Seite zu bleiben, wenn sie die Landung auf dem Mars lebend überstanden. Der Feldherr vom Mars konnte kein schlechterer Führer sein als der Feldherr von Frankreich, und bestimmt war er besser als der Statthalter.

Cade benutzte die kurze Spanne dazu, das Vertrauen und die Freundschaft Jocelyns zu gewinnen. Noch nie zuvor hatte er so lange Unterhaltungen geführt oder so eifrig zugehört wie jetzt.

Zu rasch zeigte sich der Mars auf den Bildschirmen, und Jocelyns Freundlichkeit verschwand hinter hektischen Vorbereitungen und knappen Instruktionen.

Die Koordinaten, die sie genannt hatte, brachten sie zu einem Becken, das von schroffen Felswänden umgeben war. Es befand sich auf der südlichen Hemisphäre, knappe hundert Kilometer von der Marshauptstadt entfernt.

Aus der Luft betrachtet, war es einer der wenigen Flecke, die weder Grün noch Rot zeigten, sondern ein gleichförmiges Grau. Kein Rot, das bedeutete kein Eisen. Kein Grün, das bedeutete kein Wasser und somit auch keine Vegetation. Für den grauen, kargen Felsboden interessierte sich vermutlich niemand.

Cade landete das Raumschiff ohne Schwierigkeiten. Er schnallte sich los und trat an eine der Sichtluken. Ein ödes Tal breitete sich vor ihm aus, umgeben von uralten, zerfressenen Hügeln. Jocelyn stellte sich ungeduldig neben ihn. Sie trug bereits einen dicken synthetischen Pelz.

Cade zog sich ebenfalls um, während sie ruhelos hin und her ging. „Kannst du die Marsluft vertragen?“ fragte sie.

Er nickte. „Ich habe Kämpfe in den Alpen und im Taurus bestanden.“ Er erinnerte sich noch genau daran. Brüder waren neben ihm zusammengebrochen – tapfere, unermüdliche Männer, die zufällig die dünne Luft nicht vertragen konnten. „Und du? Ich habe eine Atemmaske im Spind gesehen.“

„Ich war schon öfter hier.“ Sie trat nervös an die Luftschleuse.

Cade setzte den Mechanismus in Gang, und langsam trat der Druckausgleich ein. Einen Moment lang wurde ihm schwarz vor den Augen. Er mußte sich an einer Eisenstrebe festhalten. Das Mädchen, leichter als er, erholte sich rascher. Ihre Blicke glitten zum Horizont. „Die Tatsache, daß du die Kisten aufgebrochen hast, erschwert uns die Arbeit“, meinte sie. „Am besten, wir fangen gleich mit dem Entladen an, damit alles bereit ist.“

„Bereit für den Feldherrn vom Mars?“

„Ja.“

Er folgte ihr zurück ins Schiff und öffnete die Frachtschleuse. Während Jocelyn Spind für Spind ausräumte, schleppte Cade die schweren Kästen ins Freie. Fünfzig Meter vom Raumschiff entfernt stapelten sich die Waffen. Jocelyns Ungeduld wuchs.

„Kommen deine Freunde zu spät?“ fragte er unsicher.

Sie zuckte mit den Schultern, doch im nächsten Moment atmete sie erleichtert auf. Schwarze Punkte tauchten auf den Bergkuppen auf, Hunderte.

„Die Schützen vom Mars?“ Ihre große Anzahl überraschte ihn, aber zugleich bemerkte er mit Verachtung ihre schlechte Formation.

„Alles andere als Schützen, Cade. Das richtige Wort wäre ‚Patrioten‘.“ Cade konnte nicht erkennen, ob sie diese Männer bewunderte oder verabscheute. „Das bedeutet, daß sie ihre Heimat lieben. Sie verehren den Feldherrn vom Mars stärker als den Imperator.“

Unwillkürlich schauderte er – und einen Augenblick später mußte er über sich selbst lächeln.

„Es handelt sich also nur um Träger.“

Sie wollte den Kopf schütteln. Doch dann sagte sie: „Ja, nur Träger.“

Die Menge kam näher. Patrioten oder Träger, Cade sah jedenfalls deutlich, daß sich keine Schützen unter ihnen befanden. Es waren Farmer, Bergwerksarbeiter, Angestellte aus der Stadt. Sie gingen leichtfüßig wie alle Marsgeborenen und hatten keinerlei Atembeschwerden. Ihre Kleider waren leichter als die Pelze, die er und Jocelyn trugen. Und sie alle hatten sich grobe Säcke über die Schultern geworfen. Cade dachte daran, daß die Waffen in den Säcken aneinanderstoßen würden, und er preßte die Lippen zusammen. Eine Pistole war nur ein Werkzeug zum Töten.

Halbwüchsige Jungen waren in der Menge und sogar einige Frauen. Insgesamt schätzte er die Zahl der Marsianer auf knappe tausend. Sie hatten die Aufgabe, fünfzigtausend Pistolen in die Stadt zu bringen.

Wie konnte dieser zusammengewürfelte Mob das Geheimnis wahren? fragte er sich. Und dann dachte er an Harrow, den toten Schützen . . . „Ein Mann ist gern unter seinesgleichen . . . Auf dem Mars ist alles noch frischer . . . Was weißt du über deine Vorfahren der achten Generation?“ Wenn diese Leute alle so waren . . .

Mit der Menge kam Lärm, das undisziplinierte Geschnatter von tausend erregten Menschen. Ein hagerer Mann mit harten Gesichtszügen wandte sich um und rief dröhnend durch die dünne Marsluft: „He, seid mal einen Moment lang still, und bleibt stehen!“ Ein paar Helfer wiederholten den groben Befehl. Eine Minute später stand die Menge schweigend da.

Der Mann wandte sich an Cade. „Ich bin Tucker. Von einer Frau war keine Rede. Wer ist sie?“

Lady Jocelyn entgegnete dramatisch: „Eine Tochter vom Mars!“

Cade glaubte einen feinen Spott in ihrer Stimme zu erkennen.

Der Hagere sagte: „Mars segne dich, Schwester.“

„Mars segne uns alle, vom Höchsten bis zum Geringsten.“ Es schien sich um eine Art Losung zu handeln.

„Es freut mich, eine Hochgeborene unter uns zu wissen, Schwester. Es hieß, daß der Pilot des Schiffes kein Bruder sei.“

„Noch nicht. Er ist ein erdgeborener Schütze, der die Marsianer für den Tag der Befreiung ausbilden wird.“

„Die Bewegung wächst“, erklärte Tucker mit glänzenden Augen. „Nichts kann sie mehr aufhalten.“ Es klang wie der mystische Unsinn des Kairo-Mysteriums.

Die Menge wurde wieder lauter, und Tucker drehte sich um. „Mund halten!“ rief er. „Stellt euch in einer Reihe auf, und öffnet die Säcke! Aber trödelt nicht!“ Cade stöhnte bei dem Gedanken, einer solchen Horde militärische Disziplin beizubringen. Aber er schluckte seinen Mißmut hinunter; er würde tun, was Jocelyn von ihm verlangte.

Brüllende Helfer sorgten schließlich dafür, daß die Leute eine Art Reihe bildeten. Ein Dutzend Marsianer nahmen die Pistolen vom Stapel und legten sie in die bereitgehaltenen Säcke. Unter terranischer Schwerkraft hätte man niemals so große Lasten schleppen können, aber die geringere Schwerkraft des Mars erleichterte die Arbeit. Cade war froh, daß die Waffen so gute Sicherungen besaßen. Es gab keine Unfälle.

Jocelyn meinte ruhig: „Wir brauchen das Schiff nicht, und ich möchte es auch nicht als Denkmal hier stehenlassen. Kannst du es nicht in eine Parkbahn bringen?“

Das war vernünftig. Als das leere Schiff mit automatischer Steuerung einen Orbit um den Mars anflog, kümmerten sich die letzten Träger um das schwindende Häufchen von Waffen. Tucker, der hagere „Patrioten“-Führer, sorgte mit viel Gebrüll dafür, daß die Leute in einer Reihe aus dem Tal marschierten. Und dann heulten Düsen auf und übertönten jedes andere Geräusch. Diesmal war es nicht ein einzelnes Schiff, sondern eine ganze Flotte. Hundert oder mehr Raumaufklärer donnerten im Tiefflug über das öde Tal hinweg.

Sie jagten fächerförmig auseinander und landeten jenseits der Felswände. Cade hatte selten eine Umklammerungsaktion erlebt, die mit dieser Perfektion durchgeführt worden war. Er fragte sich, ob die Schiffe manuell oder automatisch gesteuert waren.

Die Linie der Träger war im Nu aufgelöst. Hilflos irrten neunhundert Menschen umher und stellten einander erschreckte, sinnlose Fragen. Lady Jocelyn packte Cade hart am Arm. Ihr Gesicht war schneeweiß. Er muß Radarstationen auf Deimos oder Phobos haben, daß er uns so genau orten konnte, dachte Cade.

Und dann hörte er wieder die Stimme, die ihm ein Grauen einjagte, die unverwechselbare Stimme, die seinen Tod befohlen hatte. Zynisch klang sie durch die dünne Luft des Mars. „Meine Schützen haben euch umringt, Marsianer! Legt die Waffen nieder, und ergebt euch. Ich verlange nur die Auslieferung der beiden Terraner. Alle anderen Personen werden nach einer kurzen Untersuchung freigelassen. Ihr habt eine Viertelstunde Zeit, um euch zu entscheiden. Wenn sich bis dahin die beiden Personen nicht in unserer Hand befinden, schießen wir."

Die Stimme schwieg, und das Murmeln der Menge schwoll an.

„Wer ist das?"

„Wer ist der Mann aus dem Raumschiff?"

„Es hieß, er sei kein Bruder."

„Wir müssen die Waffen wegwerfen."

„Sie werden uns einfach niedermähen."

„Was sollen wir tun?"

„Ja, was sollen wir tun?"

Cade schüttelte wie betäubt den Kopf; Tucker starrte ihn an.

„Er lügt!" rief jemand mit klarer, lauter Stimme – Jocelyn. „Er lügt! Glaubt ihr, er wird euch laufenlassen, sobald ihr ihm hilflos ausgeliefert seid? Er wird euch alle umbringen."

Ihre Warnung ging im Geschrei der Menge unter. Nur Tucker und Cade hatten ihre Worte verstanden. Der hagere Marsianer meinte langsam: „Sobald wir ihm ausgeliefert sind? Wir können auch jetzt nichts mehr tun. Die Leute sind zwar gedrillt, aber wir kennen die Waffen nicht."

Jocelyns Stimme übertönte den Lärm der Menge kaum. Sie schien zu sich selbst zu sprechen. „Zweihundert Jahre", sagte sie ausdruckslos, „zweihundert Jahre des Planens, des Wartens, der Angst. Wir dachten, daß uns irgendwann ein Schwachkopf oder ein Feigling verraten würde. Aber keiner hat es getan. Eine Pistole, zwei Pistolen, ein Dutzend pro Jahr . . ." Sie schwankte. Cade legte ihr den Arm um die Schultern.

„Was für ein Traum – und wir kamen der Erfüllung so nahe! Der Mars in Rebellion, die Klin-Philosophie erschüttert, die Schützen in zwei Lager gespalten, der Statthalter vernichtet! Menschen auf dem Mars und auf der Erde, die endlich eigenständig denken, die sich von den Fesseln der erstarrten Tradition befreien!" Der Glanz in ihren Augen erlosch.

„Wir haben die Sache unterschätzt", sagte sie ruhig zu Cade. „Das Gewicht der Tradition war stärker. Zweihundert Jahre . . ., hoffentlich hat mein Onkel einen leichten Tod."

Ihr Onkel. Cade verstand mit einem Mal. „Der Imperator", sagte er langsam. „Dein Onkel – der Imperator! Er weiß Bescheid?"

„Ja, natürlich." Ihre Stimme klang erstickt. Cade schüttelte den Kopf. Weshalb war er nur so blind gewesen? Weshalb hatte er das alles nicht früher begriffen? Es war so offensichtlich.

„Der Imperator – die letzten fünf Imperatoren, sie waren machtlos. Alles, was sie besaßen, war Wissen. Sie und ein paar andere der Familie, eine Handvoll Männer und Frauen. Vor drei Generationen erkannte der damalige Imperator, daß der Mars der Schlüssel war, daß die Herrscher vom Mars rebellieren würden und daß die Bevölkerung sich der Rebellion anschließen würde. Der Pakt zwischen dem Mars und dem Imperator wurde vor fünfzig Jahren geschlossen. Mein Onkel schrieb selbst die Petition für die Rückkehr aller marsgeborenen Schützen. Was für ein Traum das war! Aber nun haben wir verloren."

Hoffentlich hat mein Onkel einen leichten Tod. Diese Hoffnung war sicher vergeblich. Der Imperator würde leiden – und mit ihm Jocelyn. Der Statthalter konnte sie erst töten, wenn er alle Informationen erpreßt hatte.

„Acht Minuten!" donnerte die zynische Stimme über das Tal hinweg. Die Marsianer liefen hilflos hin und her, verängstigt, ärgerlich und verwirrt.

Tucker preßte die Lippen zusammen. „Wenn wir nur kämpfen könnten!" murmelte er vor sich hin. „Wenn wir nur kämpfen könnten!"

Fünf Jahre diente man als Novize, fünf weitere als Schützenanwärter. Und man brauchte geübte Schützen, um sich aus der Umklammerung des Feindes zu lösen. Dennoch wagte Tucker zu denken: Wenn wir nur kämpfen könnten!

Sie sind Patrioten, dachte Cade. Nun wußte er, was das Wort bedeutete. Sie hatten Angst, aus gutem Grund, aber sie hielten ihre Säcke mit den Waffen fest. Sie wollten nicht nachgeben.

Cade sprach das Unmögliche aus. „Wir können sie bekämpfen!"

„Schützen?" fragte das Mädchen ungläubig.

Aber in Tuckers Gesicht leuchtete Hoffnung auf. „Sie sind ausgebildet", sagte er. „Drei Jahre lang haben wir sie gedrillt."

„Es gibt keine andere Möglichkeit", meinte Cade, zu Jocelyn gewandt. „Es ist ein anständiger Tod – und du hast mir selbst beigebracht, gegen die Regeln zu handeln."

Er feuerte seine Pistole dreimal in die Luft ab, und die Menge schwieg.

„Ich bin Schütze Cade vom Waffenorden!" rief er. „Ihr besitzt Pistolen – mehr Pistolen als die Schützen in den Bergen. Ich werde euch zeigen, wie man sie benutzt."

21

GEDANKEN hämmerten durch sein Hirn. Die komplizierte Pistole, die kein gemeiner Bürger bedienen konnte: zuerst das Studium der Primärstromkreise, das Zeremoniell der Waffe, die Nachladeordnung, die Überprüfung aller Teile, die Fehlfunktionen des

Hilfsstromkreises, das Zielen. Die Bedeutung der Pistole in der Klin-Philosophie, die verschieden starken Strahlen für verschiedene Aktionen. Nacheinander kam ihm alles in den Sinn, und er verwarf es.

„Ihr müßt lediglich die Mündung auf das Ziel richten und abdrücken!" rief er. „Sobald die Ladung einer Pistole erschöpft ist, werft sie weg, und nehmt die nächste." Er wandte sich an Tucker: „Hast du ein Dutzend Männer, die sich als Führer eignen?"

Der Marsianer nickte. „Bring sie her", fuhr Cade fort. Während Tucker die Männer zu sich rief, suchte Cade die umliegenden Hügel ab. Ganz schwach zeichneten sich die radionischen Antennen gegen den Himmel ab – insgesamt zehn. Welche Verachtung mußten die Feinde ihm gegenüber empfinden, daß sie ihre Kommandoposten derart entblößten!

Wo sollte er mit diesem Mob zuerst angreifen? Vor ihm lag ein kleiner Paß. Normalerweise wurde er von den Belagerern bewacht. Normalerweise zogen ein paar Freiwillige das Feuer der Angreifer auf sich, und die übrigen stürmten den Paß. Aber das erforderte Übung und Erfahrung. Ein Stück weiter rechts entdeckte er eine häßliche kleine Klippe – eine Klippe, die kein vernünftiger Schütze angreifen oder verteidigen würde. Aber war es so unmöglich, daß die Marsianer sie erkletterten? Schließlich empfanden sie die dünne Luft und die geringere Schwerkraft als normal.

„Hier sind die Leute." Cade warf einen Blick auf die Führer, die Tucker ausgewählt hatte, und begann mit der Instruktion. Seine Lehrer wären entsetzt gewesen. Er erklärte ihnen lediglich den Abzugshebel, die Öffnungseinstellung und die Skala zur Ladungsanzeige. Sie wußten nicht, wie man die Waffe nachlud; es waren genug Ersatzpistolen vorhanden. Sie wußten nichts von der Pflege der Waffen, von dem Ritual, der inneren Bedeutung – sie wußten nur, wie man schießen mußte. Erst jetzt erkannte Cade, wie einfach im Grunde alles war.

„Wir marschieren auf diese Klippe zu", sagte er und deutete nach vorn. „Versucht unterwegs den anderen Männern zu erklären, wie die Waffen funktionieren. Es ist nicht nötig, eine

Marschordnung einzuhalten. Je schlimmer es aussieht, desto besser. Das ist alles."

Er gab ihnen eine Minute Zeit und ging dann los. Er rief ihnen einen Befehl zu, der älter als der Orden war und ebenso alt wie die Geschichte: „Folgt mir!"

„Für Mars! Für den Feldherrn vom Mars!" schrie jemand, und andere nahmen den Ruf an. Cade sah sich nicht um. Wenn ihm alle folgten, war es gut. Wenn nicht, so konnte er nichts dagegen tun. In den Augen der Beobachter mußte der Marsch über die Ebene wie eine sinnlose Flucht aussehen. Selbst wenn sie gehört hatten, welche Befehle er der Menge zurief, und selbst wenn sie bemerkt hatten, daß die Unterführer seine Befehle weitergaben, so würde es ihnen als unvorstellbar erscheinen, daß gewöhnliche Bürger kämpften.

Cade hatte selbst seine Zweifel. Er befürchtete, daß sie bei dem ersten gezielten Feuer zurückweichen würden – wie eben Bürger. Mars oder Erde, die Bürger blieben überall gleich: langsam, verweichlicht, dumm. *Ihr müßt lediglich die Mündung auf das Ziel richten und abdrücken!* Schöne Worte, dachte er spöttisch – vermutlich Drillübungen auf dem Dorfplatz, nach der Tagesarbeit. Und selbst das hatte nichts genützt.

Jocelyn versuchte mit ihm Schritt zu halten. „Glaubst du . . .?" keuchte sie. „Cade, es ist die Garde des Statthalters! Sie können jede Truppe des Reiches besiegen."

„Wir sind keine Truppe des Reiches", entgegnete er. „Wir sind ein Haufen verrückter Patrioten. Wir wissen nicht, wie wir kämpfen müssen, aber wir wissen, wofür wir kämpfen. Und jetzt geh zurück. Such dir einen Platz mitten in der Meute, und achte darauf, daß du nicht niedergetrampelt wirst, wenn sie in Panik ausbrechen."

„Ich bleibe."

„Du – gehst!"

Schweigend blieb sie zurück, und Cade marschierte weiter. Gib es zu, du Schwachkopf! sagte er sich. Gib es zu! Du hast dich in ein Kinderspiel eingelassen. Novize und Statthalter – wie in deiner Jugend. Aber du vergißt, daß du vom Feind umringt wirst und daß du sterben mußt, weil dieser Mob dich nicht unterstützen kann. Eine Farce? Also schön, spiel sie zu Ende, so gut du kannst, *Schütze* Cade!

Düsteren Sinnes marschierte er weiter, und die Klippen ragten vor ihm auf, mit den grotesken Nischen und Kratern, die Wind, Sand und Alter eingegraben hatten. Wenn die Schützen jetzt das Feuer eröffneten, war er mit seinen Marsianern verloren. Sie hatten keine Ahnung, wie sie sich verteilen mußten; sie würden sich wie Schafe zusammendrängen und umkommen. Nur falls es ihnen gelang, den toten Winkel unterhalb der Klippe zu erreichen, ließ sich das Gemetzel aufhalten.

Wenn die Schützen geahnt hätten, daß die Marsianer nicht den Paß stürmen wollten, hätten sie längst ihre Waffen eingesetzt. Der Angriff der Marsianer mußte blitzartig und tödlich erfolgen. Daß sie versuchten, den Berg zu nehmen, würde die Grundfesten der Ordensstrategie erschüttern.

„Für den Feldherrn! Für den Feldherrn vom Mars!" hörte er die heulende Meute hinter sich. Er grinste. *Patrioten!* Vielleicht brauchte man Patrioten für diesen mörderischen, ja selbstmörderischen Angriff.

Einmal rutschte er im Geröll aus und hielt sich im letzten Moment an einem Felsvorsprung fest. Ein grinsender Halbwüchsiger mit vorquellenden Augen stand neben ihm. „Gib mir zwei Pistolen, Bruder!" sagte er. Dann drehte er sich um und rief: „Die Klippen hinauf! Folgt mir! Greift an!"

Mit kühler Berechnung stellte er fest, daß die Vorteile der geringen Schwerkraft durch die dünne Luft ausgeglichen wurden. Der Junge an seiner Seite atmete unbeschwert. Er lief voraus – und einen Augenblick später stürzte er, getroffen von einem Weitschuß.

Automatisch zielte Cade auf den Felshang, von dem der Schuß gekommen war. Das Gefecht hatte begonnen.

Jetzt oder nie, dachte er. Ein oder zwei Gegenstöße, damit sie wissen, daß wir auf der Hut sind. Vielleicht geraten sie in Verwirrung, bevor die Bürger die Flucht ergreifen. *„Folgt mir!"*

Tucker rannte an Cade vorbei. „Für den Feldherrn vom Mars!" schrie er. Der Sack mit den Pistolen geriet ins Pendeln. Andere folgten ihm – Männer mit brennenden Augen, ein keuchender Junge, eine robuste Frau.

Pistolen wurden eingesetzt. Cade hoffte nur, daß ihn nicht einer der Marsianer durch einen schlecht gezielten Schuß außer Gefecht setzte . . .

Der Kampf wurde heftiger, als er keuchend den Grat erreichte. Das Feuer von den Hügeln kam präzise und tödlich. Welche Wirkung die wilden Schüsse des Mobs hatten, konnte er nicht beurteilen. Cade schwang sich grimmig über die Klippe. Eine Gruppe von Marsianern hatte sich hinter ihren gefallenen Kameraden verschanzt und zielte mit grimmiger Entschlossenheit auf die Mündungsblitze der Gegner. Sie wußten inzwischen, wie man die Öffnung der Waffe am wirksamsten regulierte. Mit grimmiger Befriedigung sah Cade, wie andere Männer von Deckung zu Deckung huschten und die Angreifer aus ihren Felsnischen holten. Trotz der vielen Toten gewannen sie Boden.

Sie brauchten Cades Pistole nicht. Er zog sich zurück und stationierte sich an der Klippe, wo er den Strom der nachkommenden Marsianer nach links und rechts dirigierte.

„Tucker!“ rief er in das Gewühl.

Der hagere Marsianer, der das Gefecht angeführt hatte, war unverletzt. „Tucker, führe diese Gruppe hier rechts an der Bergkette entlang. Sie soll Lärm machen und möglichst viel schießen. Ich gehe mit den übrigen Männern nach links. Wenn du bemerkst, daß die Schützen sich zurückziehen und neu formieren, dann laß deine Leute allein weitermarschieren, und sag mir Bescheid.“

„Jawohl, Bruder.“ Wie in alten Zeiten, dachte Cade – nur daß er jetzt die Männer angriff, an deren Seite er früher gekämpft hatte.

Er wagte nicht, an Jocelyn zu denken. Seit Beginn des Kampfes hatte er sie nicht mehr gesehen. Er war ganz mit seiner Aufgabe beschäftigt. Und allmählich faßte er Hoffnung. Vielleicht gingen sie als Sieger aus diesem Gefecht hervor.

Die Hügel der unmittelbaren Umgebung waren von Schützen freigekämmt. Er sah, daß die Marsianer sich in winzige Gruppen gliederten – eine Lehre, die sie aus ihrem Training oder erst aus dem Kampf gezogen hatten?

„Folgt mir!“

Und sie folgten ihm die Hänge hinunter. Sie durchsuchten das zerklüftete Gelände, als hätten sie nie etwas anderes getan. Hatte er dafür seine Jugend geopfert? fragte sich Cade bitter. Für eine Handvoll Tricks, die diese fanatischen Laien in der Not selbst entdeckten? Dicht an ihm jagte ein sengender Strahl vorbei, und er warf sich zu Boden. Er mußte die philosophischen Gedanken auf später verschieben.

Sie erkletterten die nächste Klippe und stießen unvermittelt auf einen Kommandostand. Die Marsianer blieben stehen, um die radionischen Geräte zu bewundern.

„Weiter, verdammt!" keuchte Cade. „Lauft und schießt!"

Mit Flüchen und Bitten trieb er sie weiter, von einem Hügel zum nächsten. Sie hatten ihre Lektion gut gelernt. Und dann kam, was er nicht zu hoffen gewagt hatte: der Rückzug. Aber vermutlich war es keine Flucht, sondern eine Vereinigung der Kräfte. Die Schützen würden sich bald neu gruppieren . . .

Ein zweiter Kommandostand fiel, und dann befahl Cade seinen Männern, das Feuer einzustellen. Er führte sie nicht mehr mühsam von einem Hügel zum nächsten, sondern dirigierte sie den Beckenrand entlang. Er durfte jetzt keine Zeit verlieren. Cade nahm ein Fernglas an sich, das die fliehenden Schützen vergessen hatten, und beobachtete Tuckers Fortschritte auf der rechten Flanke. Die Kette der Angreifer war etwas zu weit auseinandergezogen, aber die Männer hatten einen Kommandostand erobert und attackierten eben den zweiten. Auch hier konnte Cade einen Rückzug der Schützen erkennen.

Zehn Meter von ihm entfernt klang plötzlich wildes Feuer auf, und Cade warf sich zu Boden.

„Verdammt, und ihr wollt Späher sein?" fluchte er. „Los, wir räumen auf!"

Sie grinsten ihn an und durchbrachen die Nachhut der Garde. Kurze Zeit später beschossen sie die Haupttruppe. Sie erlitten Verluste, aber ein dritter Kommandostand fiel ihnen in die Hände. Der Rückzug der Schützen war diesmal keine Finte . . .

Er schickte Späher aus, welche die fliehenden Schützen in Atem halten sollten. Von dem eroberten Kommandostand aus beobachtete er die Aufklärer, die zweihundert Meter von den

Klippen entfernt standen, und etwas Unglaubliches geschah. Ameisenhaft hasteten die Schützen auf ihre Raumschiffe zu. Sie blieben nicht, um zu kämpfen. Sie flohen in panischer Angst.

„Feuer!“ rief Cade. „Gebt den Befehl weiter. Feuer!“ Vermutlich trafen seine Leute auf diese Entfernung niemanden, aber die Schützen sollten wissen, daß er in der Nähe war.

Tucker tauchte neben ihm auf. „Ich sollte dir Bescheid sagen“, keuchte er, „aber ich konnte nicht früher weg von meinen Leuten . . .“

Cade tadelte ihn nicht, und Tucker fuhr triumphierend fort: „Mann, wir haben ihr Hauptquartier besetzt! Das hat ihnen den Rest gegeben, was?“

„Ich kann es mir nicht vorstellen“, erwiderte Cade – und erkannte erst jetzt das volle Ausmaß des Geschehens. Er lachte. „Ja, das hat ihnen den Rest gegeben!“ Im gleichen Moment heulten die Düsen der ersten Maschinen auf.

Cade folgte Tucker über Felsen und Geröll, um das Hauptquartier selbst zu inspizieren. Immer noch klangen Schüsse in den Hügeln auf.

Es war kein Irrtum. Die Überreste des Kommandostandes gehörten zum Hauptquartier des Feindes. Trotz seiner guten Verteidigungslage war es von den Marsianern einfach überrannt worden. Zerfetzte Karten lagen am Boden, und die technische Ausrüstung war zertrümmert.

„Feuer aus!“ rief Cade mit dröhnender Stimme. Der Befehl hallte von den Klippen wider.

Cade ging an das Schaltpult des Zentralsenders und warf einen Blick auf den Toten, der neben den Instrumenten lag. Er starrte in das Granitgesicht des Statthalters.

Tot! Tot, weil er seine Macht nicht abgeben wollte. Er hatte nicht mit einem Kampf der Marsianer gerechnet; niemand hatte das getan.

Allmählich verebbte der Kampflärm. Cade beobachtete, wie die Schützen in ihre Raumschiffe kletterten und nach Norden starteten. Sie würden auf der Erde die Nachricht vom Sieg der Marsianer verbreiten.

Der Sieg war unglaublich – aber noch unglaublicher erschien

Cade die Tatsache, daß die Bürger überhaupt gekämpft hatten. Patriotismus?

Müde betrachtete er die Marsianer, die es sich auf dem felsigen Boden bequem gemacht hatten. Einige sangen Lieder, andere unterhielten sich laut und mit übertriebenem Gelächter. Ein Mann schluchzte hysterisch, obwohl er nicht verwundet war. Die meisten schwiegen oder tauschten zögernd Bemerkungen aus.

„Und wenn sie in größeren Verbänden wiederkommen?"

„Ich habe fünf Brüder. Sie können alle kämpfen . . ."

„Ja! Und meine Söhne sind stark für ihr Alter . . ."

„Manley ist tot. Ich weiß nicht, wie ich es seiner Frau sagen soll."

„Man wird sich um sie und die anderen kümmern."

Cade stand auf und stolperte durch das Territorium, das sich noch vor kurzer Zeit in den Händen des Statthalters befunden hatte.

Patriotismus! Das nächste Mal würden die Schützen mehr Respekt vor dem Feind zeigen. Er konnte sich so gut vorstellen, mit welchem Selbstvertrauen sie an ihre Aufgabe gegangen waren. Eine normale Säuberungsaktion mit idealen Geländebedingungen. Und dann war ihr Angriff durch die Taktik des Feindes unterbrochen worden. Ein Kommandoposten fiel, dann der nächste. Sie mußten sich neu gruppieren, sie mußten sich vor Bürgern zurückziehen. Und als das Hauptquartier fiel . . .

Im Normalfall hätte es nichts ausgemacht. Automatisch wäre der Ranghöchste an die Stelle des Kommandanten gerückt. Aber die verwirrten Schützen dachten nicht mehr an diese Dinge.

Sie hatten nicht an ihre Niederlage glauben können, und das war letztlich entscheidend für ihre Panik gewesen.

Und die Niederlage war der erste Schritt zum Sturz der Feldherren, der Klin-Philosophie und des Waffenordens.

Was hatte der Statthalter gesagt: „Und wenn sie die Wachstationen angreifen würden, bis alle Gaspistolen leer sind . . . Wir brauchen den Imperator, weil die Bürger zu ihm aufsehen."

Aber es gab keinen Statthalter mehr, und der Imperator . . .

Der Imperator hatte den Kampf erst möglich gemacht. Der Imperator und –

Bis zu diesem Augenblick hatte er nicht an sie gedacht. Er hatte ihr Bild in den Hintergrund gedrängt, um sich während des Gefechts nicht ablenken zu lassen. Aber nun war alles vorbei.

Sie stolperte über das Geröll, völlig erschöpft, aber sie hielt sich stolz aufrecht. „Danke, Schütze Cade, für den Dienst, den du mir und meinem Onkel erwiesen hast." Sie sprach formell, aber er verstand sie. Er selbst fand keine Worte, um seine Freude auszudrücken. Sie lebte, sie war unverletzt.

„Du schuldest mir keinen Dank – nur dir selbst und deinen Brüdern."

Dann trafen sich ihre Blicke, und auch Jocelyn verstummte.

„He, Schütze!" Das war Tucker. „Ich sammle die Männer. Soll ich eine Wache zurücklassen?"

„Wozu?" Mühsam kehrte Cade in die Wirklichkeit zurück. „Können deine Männer noch mehr als die Waffen tragen? Ein Teil der Ausrüstung hier ist sehr wertvoll."

Tucker stieß mit dem Fuß gegen die verbeulten Instrumente. „Das Zeug da?"

„Ich sehe es mir an", erwiderte Cade und wandte sich an Jocelyn. „Kann ich dich zuerst sprechen? Nur auf ein paar Worte . . ."

„Natürlich." Sie nahm seinen Arm, und er führte sie zu einem abseits gelegenen Platz.

„Was nun?" fragte er einfach.

„Nun? Zum Hof, zum Feldherrn vom Mars. Dann – vielleicht können wir zurückkehren. Der Statthalter hat noch keinen Nachfolger ernannt. Die Verwirrung auf der Erde bietet uns Sicherheit. Aber wenn du willst, gibt dir der Feldherr vom Mars sicher das Kommando über seine Truppen."

„Ich weiß nicht. Es gibt viel zu tun. Ich bin es nicht gewohnt stillzusitzen. Ich möchte nicht gern Oberster Schütze vom Mars werden", sagte er langsam. „Vielleicht heirate ich eines Tages."

„O Cade!" Ihre Augen blitzten belustigt. „Wir sind nicht auf der Erde. Die Schützen des Feldherrn vom Mars gehören keinem Orden an. Die meisten Kämpfer, die du heute gesehen hast, sind verheiratet."

„Das stimmt", entgegnete er. „Daran habe ich nicht gedacht.

Die alten Gewohnheiten – Jocelyn ... ich ..." Wie konnte er es ausdrücken? „Du bist die Nichte des Imperators!" stieß er hervor.

„Der Imperator ist auch ein Mensch", erwiderte sie leise. „Ein kluger Mensch – und verheiratet."

Nun wußte er, daß Worte nicht genügten. Er nahm sie in die Arme und küßte sie, aber diesmal nicht herrisch und im Zorn, sondern voller Zärtlichkeit.

Minutenlang vergaßen sie ihre Umwelt, dann sah Cade einen Schatten vor sich auftauchen. Er erhob sich.

„Es gibt noch viel Arbeit zu erledigen", sagte er.

„Arbeit für uns beide, Liebling."

„Liebling." Zögernd wiederholte er das ungewohnte Wort. Dann lächelte er. Er mußte noch so viel lernen.

Cyril Judd

Das Pseudonym Cyril Judd leitet sich aus den Vornamen der beiden Autoren ab, die sich dahinter verbergen: Cyril M. Kornbluth und Judith Merril.

C. M. Kornbluth wurde 1923 als Sohn eines eingewanderten jüdischen Schneiders in New York geboren. Er lernte mit drei Jahren lesen, verließ die Schule im Alter von dreizehn Jahren ohne Abschluß, bekam mit vierzehn ein Stipendium am City College und mußte die Schule verlassen, weil er einen Streik anzettelte. Nach einem Studium an der Universität von Chicago diente Kornbluth im Zweiten Weltkrieg als Infanterist in Europa. Danach arbeitete er als Korrespondent eines Depeschendienstes. 1951 entschloß er sich, als freier Schriftsteller tätig zu werden, nachdem er bereits im Alter von fünfzehn Jahren angefangen hatte zu schreiben und schon eine beachtliche Menge von Kurzgeschichten unter zahlreichen Pseudonymen erschienen waren. Die Stärke des Autors, der 1958 starb, liegt in der Satire und der Sozialkritik – sowohl in seinen Kurzgeschichten als auch in seinen Romanen, von denen „Eine Handvoll Venus und ehrbare Kaufleute" einer der wichtigsten ist. Er schrieb ihn zusammen mit Frederik Pohl, dem Ehemann von Judith Merril, mit der er den vorliegenden Roman gemeinsam verfaßte.

Judith Merril, ebenfalls 1923 in New York geboren, fing 1947 mit dem hauptberuflichen Schreiben von Science-fiction an. Neben ihrer Tätigkeit als Schriftstellerin machte sie sich einen Namen als Herausgeberin. Ihre zwischen 1950 und 1965 jährlich erschienenen Anthologien mit der besten SF des Jahres zählen zu den wichtigsten dieser Zeit, und mit dem 1968 veröffentlichten Sammelband „England Swings SF" wurde sie zur Apologetin der New Wave.

P. J. O'Shaughnessy

TRAUMA

Ins Deutsche übertragen von Hilde Linnert

1

MEINE Fingergelenke sind steif.

Ich muß den Bleistift gelegentlich fallen lassen und sie warm reiben. Alle Knochen in meinem Körper schmerzen, und mir fällt auf, daß sogar die Angst vor dem Tod subjektiv und relativ ist, denn er wird oft genug von den Armen und Kranken begrüßt, während die Reichen und die Genießer schon bei seiner Erwähnung zu zittern beginnen.

Der Gedanke zaubert ein Lächeln auf meine trockenen Lippen. Aber das Lächeln vergeht, als ich mich mit einem frisch gespitzten Bleistift wieder mit dem leeren Blatt befasse. Der gelbe amtliche Schreibblock ist an der oberen Kante ausgefranst, dort, wo ich die Blätter von einem Dutzend mißlungener Anfänge herausgerissen habe.

Das Problem besteht darin, daß es keinen richtigen Anfang gibt. Keinen konkreten, durch fixe Daten bestimmten Zeitpunkt, von dem ich ausgehen könnte.

Deshalb muß ich alles so niederschreiben, wie man einen Traum erzählt: Ich wähle einen beliebigen Punkt, bei dem es sich um einen Augenblick handelt, an den ich mich klar erinnern kann, und von da aus berichte ich.

Die Geschichte ist ein Traum, der sich in einen Alptraum verwandelt hat, deshalb will ich mit einem Traum innerhalb des Traums beginnen, an den ich mich noch erinnere . . .

EIN Gesicht.

Das Gesicht einer alten Frau. Weißgepudert, runzlig, in blaues, gespenstisches Licht getaucht. Rabenschwarzes, unwahrscheinlich gesundes Haar umrahmte das unheimliche geträumte Gesicht.

Der schmale rote Mund öffnete sich und enthüllte die zu gleichmäßigen Zähne eines künstlichen Gebisses. Eine Stimme drang aus einem Lautsprecher und befahl mir aufzustehen. Unter dem Gesicht der Frau erschien eine unglaublich alte Hand: ihre Haut war so dünn, daß man sehen konnte, wie das Blut durch die hervortretenden Venen floß.

„Was siehst du?" fragte eine weit entfernte, elektronische Stimme.

„Sie will, daß ich ihre Hand nehme", antwortete ich.

„Dann nimm sie, Sebastian", krächzte die Stimme.

„Ich will schlafen", sagte ich und sank auf das Bett zurück.

„Nein!" befahl die Stimme, „nimm ihre Hand!"

Ich setzte mich wieder auf, streckte meine Hand nach der ihren aus und sah entsetzt, wie meine Hand durch die ihre hindurchging. Es gab sie gar nicht.

Das unheimliche Gesicht wurde noch drohender, und sie lächelte ein breites Lächeln, das schamlos den falschen rosa Gaumen der Prothese über den falschen weißen Zähnen bloßlegte.

Bevor ich ohnmächtig wurde, hörte ich eine Stimme sagen: „Noch einen Tag im T.K.-Labor, und wir haben den Schlüssel. Noch einen Tag!"

2

ICH WEISS nicht, wie lange ich geschlafen hatte. Als ich aufwachte, schimpfte eine Krankenschwester mit mir.

„Sebastian", sagte sie, „ich bin nicht böse auf dich, aber das ist das vierte Mal, daß du dein Bett naß machst. Wir müssen jedesmal die Laken wechseln. Du kannst dir doch vorstellen, wieviel Arbeit du uns machst, nicht wah?"

„Es tut mir leid", antwortete ich.

Ein junger Mann in weißer Uniform, den ich fälschlicherweise für einen Arzt hielt, tauchte plötzlich hinter der Schwester auf und teilte ihr mit, daß er mich jetzt übernehme.

„Entspannen Sie sich, Mr. Cant, jetzt geht es Ihnen gut. Mein Name ist John", sagte er sehr freundlich. „Jetzt ist alles in Ordnung." Dann, leise: „Wollen Sie hierbleiben?"

Ich hob erstaunt den Kopf.

Er begann mein Laken glattzustreichen, obwohl das vollkommen sinnlos war, und er sprach mit unterdrückter Stimme weiter, wobei er die Lippen sowenig wie möglich bewegte. „Tun Sie nur das, was man Ihnen sagt", drängte er. „Sagen Sie sowenig wie möglich oder überhaupt nichts."

„Warum?" fragte ich.

„So!" sagte er laut und strich mechanisch einige Falten im Laken glatt. Eine große, schlanke Schwester kam an mein Bett und begrüßte den Pfleger mit „Wie geht es ihm, John?" Dann zu mir: „Wie geht es Ihnen, Mr. Cant?" Sie hatte das schwarze Haar der Irinnen und Augen von unwahrscheinlich hellem Blau. Sie war schön.

„Das ist Miß Goldberg."

Ich lag ruhig im Bett und sah in ihre schönen Augen, während sie mir eine Injektion in den Arm verabreichte. Die warme Sonne erfüllte den Raum und setzte Glanzlichter auf ihr Haar, und im nächsten Augenblick war ich eingeschlafen.

Als ich aufwachte, kam eine schwarzhaarige Schwester auf mich zu, die ich bisher noch nicht gesehen hatte. Ich konnte sie in dem gedämpften Licht nur undeutlich erkennen. Genauso schnell tauchte eine zweite Schwester neben ihr auf, und beide sahen mich aufmerksam an. Mir wurde schwindlig, und ich verlor das Bewußtsein.

„Wach auf, Sebastian, du hast es schon wieder getan!" Das war die schwarzhaarige Schwester.

„Es tut mir leid."

Die beiden Schwestern rollten mich zur Seite, schlugen das Laken in der Mitte zusammen, rollten mich wieder zurück, entfernten das nasse Laken und wiederholten den Vorgang mit einem frischen Laken.

„Halten Sie den Griff der Flasche so, und stecken Sie mit der anderen Hand Ihren Penis so in die Flasche."

„He, lassen Sie meinen Schwanz los!"

„Ich bin Krankenschwester."

„Das ist mir egal", erklärte ich, „Sie sollen ihn nicht einfach in die Hand nehmen!"

„Ich wollte Ihnen nur erklären . . ."

„Ich weiß, wie's gemacht wird", unterbrach ich sie.

„Mr. Cant, Sie müssen versuchen, sich zu beherrschen. Es ist sehr wichtig, daß Sie urinieren."

„Wo ist das Feuer?" fragte ich und begann hysterisch zu lachen, als hätte ich gerade den komischsten Witz der Welt erzählt.

Am anderen Ende des Raums konnte ich undeutlich den Pfleger John und Miß Goldberg erkennen. Sie starrten mich aufmerksam an. John kam zu mir; er sah finster drein, sagte aber nichts.

„Es tut mir leid", sagte ich, ohne die geringste Ahnung, weswegen ich mich entschuldigte.

„Es macht nichts; liegen Sie nur still. Ich muß Ihnen ein Medikament verabreichen. Haben Sie Vertrauen zu mir, Sebastian."

„Okay", versicherte ich ihm, und er verpaßte mir einen Stich mit einer Injektionsnadel. Ich zog das Laken herauf und legte mich auf den Rücken. Miß Goldberg tauchte auf.

„Wann werde ich erfahren, was mit mir los ist?" fragte ich, und Tränen, die ich nicht unterdrücken konnte, trübten meinen Blick.

„Bald", sagte sie, „sehr bald."

„Ich habe Angst, Miß Goldberg, wirkliche Angst. Ich weiß nicht, warum ich hier bin. Ich weiß nicht, wie lange . . . ich erinnere mich an überhaupt nichts mehr. Leide ich an Gedächtnisschwund? Ist es das?"

„Nicht gerade, Sebastian, aber Sie sollten versuchen, sich an soviel wie möglich zu erinnern."

Ich weinte und glitt wieder in einen künstlich herbeigeführten Schlaf.

3

„WIE FÜHLEN Sie sich, Mr. Cant?"

„Groggy", antwortete ich, noch nicht ganz wach.

Auf meine Bemerkung erfolgte keine Antwort, und als meine Augen klar wurden, sah ich Miß Goldberg mit einer Injektionsnadel bewaffnet am Fußende des Bettes stehen. Ich blickte nach rechts und sah den Mann, dessen Stimme mich aufgeweckt hatte. Ich sah ein teures braunes Jackett, ein weißes Hemd und eine weiße Krawatte, in denen ein Mann steckte; er war Ende Vierzig oder Anfang Fünfzig, hatte graue Schläfen und strahlte ruhige Kraft und Stärke aus.

Es war noch nicht ganz finster, und ich konnte erkennen, daß ich mich immer noch in dem Zimmer mit der schönen Aussicht auf die Berge befand.

„Nehmen Sie meine Hand!" befahl er. Ich gehorchte. „Jetzt drücken Sie meine Hand, so fest Sie können.“ Ich drückte. „Gut“, sagte er. „Sehr gut.“

„Was zum Teufel geht hier vor?“ flehte ich hilflos.

„Sie und ich werden ein langes Gespräch führen, Mr. Cant.“

„Damit bin ich absolut einverstanden. Ich möchte ein langes Gespräch führen. Ich möchte ein paar Erklärungen bekommen.“

„Wir werden das lange Gespräch führen. Aber nicht jetzt, sondern sehr bald, Mr. Cant.“

Er trat ans Fußende des Bettes, griff nach meinem Diagramm, trug etwas darauf ein, steckte die Füllfeder wieder in die Hemdtasche und wiederholte: „Sehr bald.“ Und ging zur Tür.

„Doc!“ Er drehte sich um und sah mich an. „Doc“, sagte ich eindringlich und ohne offensichtlichen Grund, „ich werde Ihnen alles erzählen, alles, woran ich mich erinnern kann.“

Er nickte, lächelte, drehte sich um und ging. Miß Goldberg kam mit der Spritze.

„Legen Sie sich auf den Bauch, Mr. Cant!“ befahl sie.

Ich drehte mich gehorsam um und stützte dabei das Kinn auf den Handrücken. „Wo bin ich?“

„Sie befinden sich im Sunnyview Hospital, Mr. Cant.“

„Wer war dieser Arzt?“

„Das“, sagte sie, während sie mein Gesäß abrieb, „ist Dr. Manna.“

„Wer?“

„Manna“, wiederholte sie, wobei sie gleichzeitig zustach. „Er ist der Leiter des Hospitals.“ Sie tupfte den Einstich mit einem alkoholgetränkten Wattebausch ab, und ich drehte mich auf den Rücken, während sie die Decke hinaufzog.

„Dr. Manna möchte gern, daß Sie das hier lesen.“ Sie zog ein kleines blaues Buch aus der Tasche ihres Kittels, wünschte mir angenehme Nachtruhe, drehte sich um und verließ das Zimmer.

Während sich die Tür leise hinter ihr schloß, las ich den rotgedruckten Titel. Es war Orwells „1984", und in meinem Geist wirbelten fürchterliche Vorstellungen durcheinander, bevor die Medikamente mich in Schlaf versenkten.

Wieder wachte ich auf und hatte infolge der für meine Augen fremden Umgebung einen hysterischen Anfall. Die Panik wurde durch den Anblick und die Stimme von Miß Goldberg, die neben meinem Bett stand, ein wenig eingedämmt.

„Wie wäre es mit ein bißchen Sonne?" fragte sie fröhlich. Ich konnte ihre langen, schönen Beine sehen, als sie an einer Kordel zog und die Vorhänge zur Seite glitten. Sie enthüllten sanft gewellte braune Hügel, die das Morgenlicht rosa färbte.

„Ist das nicht schön?" sagte sie in Richtung der Hügel.

„Ja, es ist hübsch."

Sie kam zu meinem Bett und griff mit beiden Händen nach meinem Kissen, um es aufzuschütteln. Ich bin sicher, daß ich genauso dreinsah wie ein einmonatiges Kalb.

Sie hörte auf, sich mit dem Kissen zu beschäftigen, beugte sich aber noch immer über mich. Ihr Parfum machte mich schwindlig.

Ihr Gesicht näherte sich mir, und sie küßte mich leicht auf die Lippen. „Ich muß Ihnen eine Injektion geben, Sebastian."

„Sie dürfen mich umbringen, Miß Goldberg, wenn Sie Lust dazu haben."

Sie zog die Decke hinunter.

„Wir drehen uns jetzt schön brav um", sagte sie, und dann, während ihre Stimme konzentrierter klang, „warum nennen Sie mich nicht Julie?"

„Julie. Das ist ein hübscher Name."

„Danke." Sie tupfte den Zielpunkt mit der Watte ab. Druck. Stich. Abtupfen. Sie zog die Decke wieder hinauf und begann, sie seitlich festzustecken. „Dr. Manna wird heute vormittag mit Ihnen sprechen. In seinem Büro."

„Gut. Werden Sie dasein, wenn ich zurückkomme?"

Sie war fertig und richtete sich auf. „Ich werde dasein." Sie lächelte und ging zur Tür.

„Julie?" Sie drehte sich immer noch lächelnd um. „Wird diese Injektion . . . werde ich darauf wieder einschlafen?"

Ich glaube, sie wußte, daß in meiner Frage unausgesprochen etwas viel Heikleres mitschwang: Kann ich Ihnen trauen?

„Nein, Sebastian, im Gegenteil. Sie wird Sie munter machen."

Sie verließ das Zimmer. Ich drehte mich um, betrachtete die Hügel und Berge, die in der Morgensonne jetzt gelb leuchteten, und hörte tatsächlich die Vögel singen.

Während ich zufrieden dalag, schien es mir, als ob alles immer klarer würde. Ich befand mich in einem etwa zwanzig Quadratmeter großen Raum; eine Wand bestand beinahe ganz aus Glas, ausgenommen im unteren Teil, und durch sie sah man eine sehr reale Landschaft mit Hügeln in der Nähe und Bergen in der Ferne und ab und zu einem schneebedeckten Gipfel. Bei den Hügeln handelte es sich um sanfte, braune kalifornische Hügel. Plumpe Riesen, die unter khakifarbenen Armeedecken schliefen. In dem Zimmer befand sich außer mir noch ein Patient, ein schlafender alter Mann. Er war so dünn und gelb, daß nur das leichte Heben und Senken seiner Brust bewies, daß er überhaupt noch lebte.

Die Tür ging auf, ich drehte mich um und sah eine Schwester, die einen quietschenden Rollstuhl hereinschob und ihn neben mein Bett manövrierte. Sie sehen nicht einmal mehr wie Rollstühle aus, sinnierte ich. Es sind nicht mehr die massiven, knarrenden Holzstühle, in denen Lionel Barrymore herumzukutschieren pflegte. Die modernen Dinger mit den blauen Handgriffen aus Plastik sehen aus wie mutierte Fahrräder.

Die Schwester war jung, sogar sehr jung, trug langes, glattes blondes Haar und war so hübsch, daß sie einfach dümmlich sein mußte – der Typ, der beim Anblick des römischen Kolosseums, des Tadsch Mahal oder von Notre-Dame tiefschürfend feststellt: „Super."

„Wir werden eine kleine Reise unternehmen, Mr. Cant", verkündete sie, während sie die Decke zurückschlug und mir half, aus dem Bett zu steigen. „Ich heiße Debbi."

„Natürlich", murmelte ich.

„Wie bitte?"

„Nichts, Deborah." Ich wuchtete mich aus dem Bett und merkte, wie steif meine Gelenke waren.

„Der Name wird ganz einfach D-e-b-b-i geschrieben."

„Kein i-e?"

„Nein, meine Mutter wollte etwas Besonderes."

„Eine einfallsreiche Frau."

„Wie bitte?" fragte sie.

Ich ließ mich in den fahrbaren Gartenstuhl fallen. Meine Arme waren immer noch kräftig, aber meine Beine waren schrottreif.

„Fühlen Sie sich wohl, Mr. Cant?"

„So wohl wie eine Hure beim Hochamt."

„Wie was? – Oh – ich verstehe. – Super!"

Debbi mit einem „i" öffnete die Tür und drückte den Hartgummikeil hinunter, damit sie offenblieb. Dann holte sie mich, und wir waren unterwegs, Gott weiß wohin. Beim Schwesternzimmer bogen wir scharf nach rechts ab, und bei der nächsten Kreuzung hatten wir beinahe einen erfolgreichen Frontalzusammenstoß mit einer fahrbaren Bahre, die von zwei Männern mit grünen Kitteln und grünen Kappen geschoben wurde. Auf der Bahre lag eine Frau auf dem Rücken; sie hatte die Augen geschlossen und war sehr ruhig.

„Wohin bringen sie sie, Debbi?"

„Das weiß ich nicht. Vielleicht wird sie operiert, vielleicht."

„Warum glauben Sie das?"

„Ich weiß nicht. Sie haben sie in den Operationssaal geschoben, also nehme ich an, daß sie operiert wird."

„Super."

„Wie bitte?"

Ich fragte mich geistesabwesend, welche Art von Verantwortung man Debbi-mit-einem-i überhaupt aufbürden konnte. Meine Phantasie beschwor ein entsetzliches Bild herauf: ich selbst auf einem Operationstisch und Debbi als Assistentin des Chirurgen, wie sie Kaugummi kaut und im Steuerpult, das für meine lebenswichtigen Funktionen zuständig ist, ihr Spiegelbild bewundert.

„Entschuldigen Sie mich einen Augenblick, Mr. Cant", sagte Debbi, als sie mich in der Halle parkte, eine Bremse einrasten ließ, zu einer Tür ging, anklopfte und eintrat. Einen Augenblick später tauchte sie wieder auf.

„Was ist das für ein Zimmer, Debbi?"

„Das ist Dr. Mannas Büro. Er möchte mit Ihnen sprechen."

„Jetzt?"

„Nein, nicht jetzt." Natürlich — wir hatten schon wieder den zweiten Gang eingelegt und rollten weiter. „Er möchte, daß Sie im Patio sitzen, dort zu Mittag essen und sich eine Weile entspannen."

„Genau das brauche ich. Ruhe."

„Wie bitte?"

„Ich sagte – *super.*"

„Ja."

Als sie mich auf der Terrasse abstellte, konnte ich endlich würdigen, wie berechtigt die Bezeichnung Sunnyview für das Hospital war. Wieder lagen die Berge und Hügel vor mir, nur war der Anblick von der Terrasse aus überwältigend. Mir fiel auf, daß ich wohl kilometerweit sehen, aber außerhalb des Spitalgebiets keinerlei Anzeichen von Zivilisation entdecken konnte. Ich schätzte, daß ich mich im dritten oder vierten Stockwerk befand.

Die schöne Miß Goldberg hat nicht gelogen, überlegte ich. Das letzte Medikament, das sie in meinen geduldigen, Kummer gewohnten Hintern injiziert hat, war tatsächlich kein Schlafmittel gewesen. Ich hatte mich in den letzten Stunden wohl, ja sogar fröhlich gefühlt, und ich fragte mich, ob das daher kam, weil ich zum erstenmal seit langer Zeit wach, wirklich wach war. Eine Zeitlang genoß ich den warmen Sonnenschein und versank beinahe in einen natürlichen Schlaf, wurde aber durch das Geklapper eines Minitischchens geweckt, das, von einem Bonbonmädchen gelenkt, zwischen Tischen und Stühlen hindurch auf mich zuschnurrte. Eine wirklich passende Bezeichnung für die hübschen, gerade von der Schule abgegangenen Mädchen, die in Spitälern arbeiten. Kleine Florence Nightingales mit schnuckeligen Busen und knackigen Apfelpopos. Vielleicht stellt man sie aus dem gleichen Grund an, aus dem man früher junge Mädchen zu alten, kranken Männern ins Bett legte und hoffte, daß die alten Knacker ihre Vitalität durch eine Art sexueller Osmose in sich aufnehmen würden.

„Hungrig, Mr. Cant?"

„Am Verhungern."

Sie schob mich näher zum Tisch, stellte das Tablett darauf und war weg.

Gebratenes Huhn. Gut getroffen, dachte ich. Ich fühlte mich angesichts der Umgebung und allem übrigen wie bei einem Picknick. Ich dachte über die verschiedenen Fragen nach. Die große Frage: Warum war ich hier? Oder, vielleicht noch wichtiger, ist es vorbei? Steht mir noch mehr bevor? Verlangen die bösen Götter, die dieses Drehbuch geschrieben und inszeniert haben, noch weitere Prüfungen?

Das Bonbonmädchen war wieder da, bevor ich mit der Mahlzeit fertig war. „Dr. Manna möchte jetzt mit Ihnen sprechen."

Bei dieser Feststellung wurde mir heiß vor Erwartung. Jetzt würde ich die Antworten bekommen. Tod oder Erlösung würden beginnen . . . und ich war auf den Höhepunkt gespannt. Das Bonbonmädchen klapperte mit mir den weißen Korridor zu seinem Büro hinunter, stellte mich drinnen ab und verließ wortlos das Zimmer.

„Guten Tag, Mr. Cant." Der Arzt stand mit dem Rücken zu mir am Fenster und hielt mit der rechten Hand die Jalousie auseinander. Die Haltung wirkte irgendwie gestellt.

Ich entschied mich für eine spektakuläre Eröffnung. „Sie Hundesohn! Was tue ich hier?"

Er reagierte nicht. Er war unbeeindruckt und ließ es mich merken. Er ließ die Jalousie los und drehte sich mit einem herzlichen Lächeln zu mir um, das meine Feindseligkeit ungehörig und kindisch wirken ließ. Ich runzelte die Stirn und beschloß, mich von diesem Mann nicht verwirren zu lassen.

„Sie sind hier, weil Sie krank waren. Das ist alles", sagte er.

„Warum bin ich erkrankt; oder, wie Sie es ausgedrückt haben, woran *war* ich erkrankt?"

„Sie waren geisteskrank."

„Und jetzt?"

„Jetzt . . . ja also, jetzt geht es Ihnen besser."

„Gut. Kann ich fort? Kann ich nach Hause?" Ich stand auf.

„Wir sollten noch . . . oder eigentlich *Sie* sollten noch ein paar Unklarheiten beseitigen, Mr. Cant."

„Danke schön, aber ich würde das viel lieber zu Hause tun –

nicht hier, wenn Sie damit einverstanden sind . . . und ich weiß, daß Sie es nicht sind." Ich lächelte süß. „Weil ich hier ein Gefangener bin; stimmt das vielleicht nicht, Dr. Banana, oder wie zum Teufel Sie heißen?"

„Wo arbeiten Sie, Mr. Cant?"

„Ich arbeite bei den . . . bei den . . . bei . . ."

„Arbeiten Sie überhaupt?"

„Ich bin ein . . . ein . . ." Ich versuchte krampfhaft, mich zu erinnern.

Das Gesicht dieses Mistkerls war vollkommen undurchdringlich. Wo arbeitete ich? Womit verdiente ich meinen Lebensunterhalt? Wenn ich versuchte nachzudenken, hatte ich das schmerzliche Gefühl, daß mir die Antwort auf der Zunge lag; aber sie fiel mir nicht ein.

„Sie haben mir mein Gedächtnis weggenommen. Sie haben durch Ihre Medikamente bei mir Gedächtnisschwund verursacht."

„Wirklich, Mr. Cant? Passen Sie einmal auf. Waren Sie beim Militär?"

„Ja."

„Truppengattung?"

„Luftwaffe."

„Übersee?"

„Vietnam."

„Einsätze?"

„Ein paar."

„Einrückungsdatum, Mr. Cant?"

„Sechzehnter Mai neunzehnfünfundsechzig."

„Entlassung?"

„Vierter Januar neunzehnachtundsechzig."

„Stammnummer?"

„Zwei-eins-nein vier-fünf-vier-null-sechs."

„Na also!"

„Also erinnere ich mich an die Zeit in der Armee. Und was war nachher? Was war vor einem Jahr? Was war eine Woche bevor ich in dieses verdammte Krankenhaus kam?"

„Entspannen Sie sich, Mr. Cant. Sie werden merken, daß alles in Ordnung ist. Sie werden verstehen, damit einverstanden sein und schließlich über Verstehen und Einverständnis hinausgelangen. Also, Sie haben mich gefragt, was eine Woche bevor Sie hierhergekommen sind, war, richtig?"

„Ja."

„Okay, schauen wir einmal . . . Wann haben Sie zum letztenmal gebratene Ente gegessen?"

Ich mußte nur eine Sekunde nachdenken, dann hatte ich's, detailliert und in Farbe. „Erntedanktag."

„Bei wem?"

„Mary. Sie hat mich eingeladen . . ."

„Zu ihr, zum Erntedanktagessen, richtig?"

„Ja."

„Denken Sie jetzt einmal nach, Mr. Cant, wo waren Sie, als man Sie ins Spital gebracht hat?"

„Ich war in einer Bar. Im ‚Sands'. Ich war allein dort. Die Bullen haben mich draußen festgenommen . . . ich weiß noch immer nicht, weshalb . . . und man hat mich ins Spital gebracht."

„Wie lange vorher . . . vor der Bar und der Verhaftung . . . waren Sie bei Mary zum Erntedanktagessen?"

Ich konnte mich nicht erinnern.

Meine Verwirrung befriedigte ihn, und er begann wieder Fragen zu stellen, als wäre ich die Kuh im Blindekuhspiel und als drehte er mich zum Spaß noch ein paarmal um mich selbst, bevor er mich herumtappen ließ.

„Welche Schule haben Sie besucht?"

„Coolidge. Öffentliche Schule Nummer sechzehn, Bronx."

„Haben Sie nach der bestandenen Abschlußprüfung ein Geschenk bekommen?"

„Ja, eine Uhr, von meinem Vater."

„Können Sie sich zufällig an die Marke erinnern?"

„Ja, tatsächlich. Es war eine Bulova mit einem elastischen Armband aus Gold."

„Haben Sie den Abschluß irgendwo gefeiert?"

„Ja. Wir . . . meine Eltern und ich und mein Bruder und meine Schwester . . . wir sind in ein Restaurant gegangen . . . zu Minolli . . . wir haben Spaghetti gegessen. Es war eine Art zusätzliches Geschenk zu der Uhr, weil ich eine Auszeichnung in Mathe erhalten hatte. Ich war kein Genie auf diesem Gebiet, aber ich lernte wirklich eifrig ... für meinen Vater. Er belohnte mich mit der Uhr und dem Essen." Ich sprudelte die Details hervor, dankbar, weil ich mich so klar erinnern konnte. Dankbar, weil ich noch ein Gedächtnis hatte.

„Das ist bemerkenswert. Finden Sie nicht auch, Mr. Cant, daß es bemerkenswert ist, wenn man sich an die Einzelheiten eines so lange zurückliegenden Ereignisses erinnert? Können Sie sich vielleicht sogar daran erinnern, was Sie anhatten?"

„Blauer Anzug ... marineblau ... weißes Hemd und Krawatte. Das war damals Mode ..."

„Worum ging es bei dem Streit?" Er lehnte sich plötzlich auf seiner Stuhlkante nach vorn, und seine Augen suchten die meinen. Der Dreckskerl versuchte, mir ins Gehirn zu sehen.

„Was für ein Streit? Ich erinnere mich an keinen Streit."

„Der Streit in Ihrem Büro, Mr. Cant."

„In meinem Büro? Wovon, zum Teufel, sprechen Sie?"

„In Ihrem Büro, während der Arbeitszeit, zwei Wochen bevor Sie in die Klinik gekommen sind."

„Wie kann ich mich an etwas erinnern, das an meinem Arbeitsplatz geschehen ist, wenn ich mich nicht einmal daran erinnern kann, womit ich mein Brot verdiene?"

Er starrte mich an, die Augen halb geschlossen. Er war nicht sicher, ob ich die Wahrheit sagte. Mit Zeigefinger und Daumen rieb er sich das Kinn, und sein Blick wurde intensiv und hypnotisch.

„Ich möchte, daß Sie sich vorstellen, Sie stehen vor Minollis Restaurant, und zwar am Tag Ihrer Abschlußprüfung an der öffentlichen Schule Nummer sechzehn. Sie haben gegessen, und Sie stehen vor dem Restaurant: Sind Sie allein?" Er sprach, als stünde ich unter Hypnose. Natürlich war ich nicht hypnotisiert, aber ich wollte antworten. Ich wollte sein Spiel mitspielen, damit ich meine Antworten bekam.

„Ich bin allein."

„Ihre Eltern?"

„Drinnen."

„Warum?"

„Das weiß ich nicht."

„Sehen Sie jetzt zum Eingang hinüber. Jemand ist herausgekommen. Wer ist es?"

„Meine . . . meine Schwester." Ich fühlte mich unbehaglich.

„Ist was nicht in Ordnung, Mr. Cant?"

„Sie blutet. Sie hat Blut auf dem Gesicht . . . auf der Stirn. Sie hat eine Wunde auf der Stirn, die blutet wie irr. Sie weint. Sie ist böse auf mich . . . nein, sie ist verletzt . . . sie ist verletzt und weint, weil ich sie verletzt habe. Ich habe ihr Gesicht zerschnitten . . ."

„Womit? Und warum?"

„Das weiß ich nicht."

„Ich werde es Ihnen sagen, Mr. Cant. Sie haben im Restaurant gestritten. Heftig. Sie haben die Uhr, die Ihr Vater Ihnen geschenkt hatte, vom Handgelenk gerissen und Ihrer Schwester mit aller Kraft ins Gesicht geworfen, und dann sind Sie aus dem Restaurant gelaufen. Das ist damals geschehen."

„Warum?"

Er ignorierte die Frage vollkommen.

„Mr. Cant, verstehen Sie, was der Ausdruck ‚assoziative Reaktion' bedeutet?"

„Ich glaube schon."

„Wenn ich ‚rot' sage und Sie antworten ‚Blut'; oder wenn ich ‚orange' sage und Sie sagen ‚Saft', wären das assoziative Antworten, ja? Aber keine *Reaktionen.* Können Sie sich an die alten Klamaukfilme erinnern, in denen der Ton eines Horns oder einer Glocke oder auch ein bestimmtes Wort eine sonst friedliche Person in Wut versetzte?"

„Was wollen Sie mir erklären, Doktor?"

Er lehnte sich wieder nach vorn, bemüht, vorsichtig vorzugehen und mich zu beruhigen, und sagte: „Man gibt einem Säugling kein Steak. Man gibt ihm Nahrung, die leicht zu verdauen ist, sonst erstickt das Baby. Sie sind ein intelligenter Mensch, Mr. Cant. Sie werden das Puzzle zusammensetzen. Sie werden dann alles im ganzen sehen und nicht erschrecken. Wenn Sie es jetzt auf einmal vorgesetzt bekämen, würden Sie es kurzerhand ablehnen. Sie könnten nicht mit allem auf einmal fertig werden, es einfach hinnehmen. Bitte, glauben Sie mir."

Er stand auf, ging zum Fenster und zog die Jalousien hoch; draußen war der Abendhimmel leuchtend rot.

„Schön, nicht wahr?"

„Ja."

„Es ist eine schöne Welt, Mr. Cant. Es gibt ein paar Dinge, ein paar Menschen . . . kranke, verwirrte Kinder, nicht mehr und nicht weniger . . . durch die manche Dinge weniger hübsch werden. Aber heute abend, von hier aus gesehen, ist es eine hübsche Welt, finden Sie nicht?"

„Ja, es ist jedenfalls ein hübscher Sonnenuntergang."

Meinem Ton entnahm er, daß sein Wohlwollen mich nicht beeindruckt hatte. „Sie mögen John Macky, nicht wahr, Mr. Cant?"

„John wie?"

„John, der Pfleger in . . . in der Intensivstation."

„Ach ja. Der ist in Ordnung."

Ohne wirklich zu wissen, warum, vertraute ich instinktiv diesem John-dem-Pfleger.

Dr. Banana drückte auf einen Knopf der Sprechanlage, die auf dem Kaffeetisch stand. „Schicken Sie John Macky vom T.K. bitte in mein Büro. Und er soll andere Kleidung für Mr. Cant mitbringen."

„Ja, Dr. Manna."

Manna, Banana, ich war nicht weit weg. Er ging wieder zum Fenster und verschränkte die Hände hinter dem Rücken – eine Haltung, die ich immer für typisch englisch gehalten habe. Um genau zu sein, für die eines englischen Leutnants, der etwas Wichtiges zu verkünden hat und der Mitteilung ein ernstes, nachdenkliches Vorspiel vorangehen läßt. Ich wollte ihn gerade fragen, was T.K. bedeutet, als er sich umdrehte und redete.

„Sie können Sunnyview verlassen, Mr. Cant. Es gibt keine Gitter und keine Zäune, aber Sie werden es nicht verlassen. Und zwar deshalb nicht, weil Sie intelligent sind, und Intelligenz schließt den Vorteil oder – je nachdem, wie man es sieht – den Nachteil ausgeprägter Neugierde mit ein."

Einen endlosen Augenblick lang sahen wir einander prüfend ins Gesicht. Es klopfte, die Tür ging auf, und ein roter, kraushaariger Kopf sah herein.

„Kommen Sie herein, John! Sie kennen Mr. Cant?"

„Ja. Wie geht es Ihnen, Mr. Cant?“ John-der-Pfleger lächelte. Er hat ein gutes, offenes Gesicht, dachte ich. Er gab mir eine weiße Hose, ein weißes Hemd, Socken und Tennisschuhe. Banana forderte mich auf, aus dem Rollstuhl heraus- und in die Sachen hineinzusteigen. Ich entsprach seinem Wunsch, während er weiterredete. „John lebt auf dem Klinikgelände. Würden Sie Mr. Cant ein wenig herumführen? Könnten Sie das tun?“

„Ja, Sir, in etwa einer Stunde ist mein Dienst zu Ende.“

„Ihr Dienst ist jetzt schon zu Ende.“

„Danke, Sir.“

Ich war in das weiße Hemd und die weißen Hosen geschlüpft, und Banana legte die Hand auf meine linke Schulter und lehnte sich ein wenig zurück, um mich zu begutachten. „Sie sehen kräftig genug aus für einen Spaziergang, Mr. Cant.“

„Ich fühle mich auch kräftig genug, Doktor.“ Ich wollte ihn eigentlich nicht „Doktor“ nennen. Das ist ein Titel, den ich immer mit Respekt und einem gewissen Maß an Ehrfurcht assoziiere, und ich mochte Banana nicht.

Er drehte mich um und schob mich zur Tür. „Entspannen Sie sich. Genießen Sie unsere reine Landluft. Die Sterne sind hier oben einfach großartig. Ich glaube, Mr. Cant, daß Sie sich täglich besser fühlen werden und bald besser als je zuvor in Ihrem Leben.“

„Wo befinden wir uns genau, Doktor? Wo liegt Sunnyview?“

„Auf dem Land, Mr. Cant. Auf dem gesunden Land mit der frischen Luft.“

„Ich hoffe, in dem Land, in dem ich geboren wurde.“

„Ha! – Gut! Sie haben einen blendenden Sinn für Humor.“

„Zu freundlich. Wann werden wir wieder miteinander *plaudern?* Ich möchte soviel wie möglich so bald wie möglich erfahren. Und noch etwas . . . werde ich noch diese . . . diese Träume haben?“

„Ich glaube nicht. Und was meinen Sie?“

Ich drehte mich um und schob zornig seine Hand von meiner Schulter. „Wie, zum Teufel, soll ich das wissen?“

Sein Lächeln verschwand. Seine sehr grauen Augen wurden sehr kühl.

„Ich nehme an, Sie werden bald feststellen, Mr. Cant, daß Sie über ein gewisses Stadium hinaus sind."

John blickte nervös zu Boden. Es gab nichts mehr zu sagen, uns blieb nichts anderes übrig, als zu gehen. Die Sonne ging unter, und der Doktor sperrte sein Büro zu. Wir gingen, und kurz darauf schlenderten John und ich über mein neues Universitätsgelände.

Saint John, der Pfleger, spielte gutgelaunt den Führer. Links von Ihnen sehen Sie das und das, rechts das und das. Redselig und in raschem Tempo.

„Langsamer, John."

„Entschuldigen Sie. Ich habe ganz vergessen, daß Sie ja schon eine ganze Weile nicht mehr zu Fuß gegangen sind."

Wir waren zu einem kleinen Hügel gekommen, auf den ein Baum seinen Schatten warf, und ich beschloß, mich auf diesem besonders einladenden Rasenfleck hinzulegen; John zeichnete sich als Silhouette vor der untergehenden Sonne ab.

„Ich will weniger eine Führung, John, als mich über einige Dinge informieren."

Wie ich erwartet hatte, wurde seine Haltung abweisend.

„Setzen Sie sich, John. Ich habe nicht vor, Sie in Verlegenheit zu bringen." Natürlich hatte ich es vor.

Er hockte sich auf seine Fersen und zupfte geistesabwesend an einem Grasbüschel. „Ich kann Ihnen nicht viel sagen. Das heißt, ich darf nicht."

„Warum, John? Würde man Sie als Verräter erschießen?"

Er lächelte. „Kaum. Es ist besser für Sie, Mr. Cant . . ."

„Sebastian."

„Es ist besser für Sie, Sebastian, wenn Sie in Etappen lernen, wie sich Dr. Manna ausgedrückt hat."

„Hören Sie, Saint John . . ."

„Saint John?"

„Ich habe einen Namentick, wissen Sie."

„Ich hatte schon schlimmere Spitznamen."

„Schluß damit, Saint John. Beschäftigen wir uns mit Trivialerem; zum Beispiel, kann ich diesen Laden wirklich verlassen? Falls ich plötzlich aufspringen und davonlaufen würde, würden Sie dann eine kleine Trillerpfeife hervorholen, und würden dann die Sirenen im ganzen Lager losheulen? Würden Hunde bellen, und müßte ich versuchen, sie abzuschütteln, indem ich im dunklen Wald in einem Bach gegen die Strömung wate?"

Er setzte sich neben mich, lehnte sich zurück und stützte sich mit den Händen auf.

„Es gibt eine einfache Möglichkeit, das herauszubekommen", und er zeigte mit der ausgestreckten Hand auf den fernen Waldrand.

Ich blickte vom Engelsgesicht des „Heiligen" über den sanft gewellten Rasen, der mit gehenden und sitzenden weißen Einheitsanzügen gesprenkelt war, zum Rand des Waldes, der das Gelände abschloß. Links von mir war er mir am nächsten: nur etwa achtzig Meter entfernt.

„Auf Wiedersehen", sagte ich.

„Auf Wiedersehen", sagte John.

Eine Sekunde später rannte ich über das Gras. Als ich die Bäume erreichte und zum Heiligen zurücksah, winkten er und zwei weitere weißgekleidete Sportsfreunde mit Taschentüchern. Ich grinste, brach in die Knie, und zum erstenmal seit meiner Ankunft an diesem merkwürdigen Ort hatte ich nicht das Gefühl, keine Freunde zu haben, paranoid zu sein, sondern ich fühlte mich – zumindest im Augenblick – leidlich sicher.

Ich ging langsam zu ihnen zurück; infolge meiner kurzen, aber intensiven körperlichen Betätigung keuchte und schwitzte ich. Sie setzten sich in Richtung Schlaftrakt in Bewegung und winkten mir, ihnen zu folgen, und ich winkte zurück und bedeutete ihnen weiterzugehen. Ich befand mich nicht gerade in glänzender körperlicher Verfassung und keineswegs in der Stimmung, mich hetzen zu lassen. Als ich schließlich das Gebäude erreichte, saß John allein bei der Stereoanlage. Ich setzte mich in einen Stuhl, der die Form einer Untertasse hatte und überraschend bequem war, und lauschte der Musik, die melodiös und der Umgebung angepaßt war – und die war von überirdischer Schönheit. Weißer Marmor, weiße Teppiche, üppig und dick. Kaffeetische aus geschliffenem Glas, auf denen Körbchen mit Früchten und Blumen standen . . . und erst die Mädchen. Die Mädchen gingen herum, saßen, servierten Getränke, waren in hauchdünne zartrosa, blaue und grüne

Feengewänder gekleidet. Alle waren zumindest hübsch, und die meisten sahen aus wie Engel.

„Ich bin tot und im Himmel."

„Nicht ganz."

„Nicht ganz, aber beinahe."

„Beinahe." John zwinkerte mir zu, während er an seinem Drink nippte. „Wünschen Sie eine Führung durch unser bescheidenes Heim, Mr. Cant?"

„O ja, Mr. Macky."

„Gut", sagte er, leerte sein Glas, und wir machten uns auf den Weg.

Am bemerkenswertesten an der Dekoration waren die Farben, das heißt ihr Nichtvorhandensein. Die Wände, die Decke und sogar die Möbel wiesen verschiedene Schattierungen von Weiß auf. Der erste Stock war nichts als ein langer Korridor mit Schlafzimmern, deren Türen durch Abwesenheit glänzten. Eine Tatsache, zu der ich mich äußerte: „Keine Türen?"

„Keine Türen."

„Warum nicht?"

„Warum Türen?"

„Na ja, deshalb."

„Also wirklich, Sebastian, Sie haben eine Art, mit Worten zu spielen . . ."

„Und Sie, Saint John, verfügen über einen feinen Sinn für Humor. Gibt es hier – na ja – Koedukation?"

„Sie alter Schmutzfink!"

„Hat meine Frage lüstern geklungen?"

„Ja. Es handelt sich kaum um Koedukation, aber sehr wohl um beide Geschlechter, und die Zimmer werden je nach Bedarf und Verfügbarkeit zugewiesen, Sir."

Das Erdgeschoß bestand aus zwei großen Tagesräumen, von denen der eine der „Winterraum" und der andere der „Sommerraum" genannt wurde. Ein Teil des Winterraums war als Speiseraum mit einem runden Kamin an jeder Seitenwand gestaltet. Den Mittelpunkt des Hauses bildete eine große, offene Küche, in der eine schwarze Köchin mit einer gigantischen Oberweite herumwatschelte, das Essen zubereitete und sich autoritär benahm.

„Die Finger aus meiner Suppe, John Macky!"

„Unsere Köchin", stellte er sie vor. „Unsere geliebte Tante Jemima."

Mit einer königlichen Geste ihrer Suppenkelle warf sie uns hinaus, und wir begaben uns mit einem Glas Mangosaft und einer Handvoll schmackhafter Plätzchen in den Sommerraum.

„Sitzen Sie nicht einfach so mit Ihrem Glas rum . . . erklären Sie", sagte ich.

„Erklären? Was soll ich erklären?"

„Was soll das alles? Was zum Teufel soll das alles? Ich gebe zu, daß ich gebührend beeindruckt bin, und Sie wissen es. Darum geht es ja bei Ihren reizenden Erläuterungen, nicht wahr? Sie wirken so echt wie ein schwuler Leichenbestatter, John. Ich möchte, verdammt noch mal, ein paar Erklärungen."

„Fragen Sie mich."

„Und Sie werden alle meine Fragen beantworten?"

„Immer mit der Ruhe, Sebastian, ich habe weder die Absicht, zimperlich noch frivol zu sein."

„Ich mag Sie, John", sagte ich weinerlich, „deshalb will ich nicht böse auf Sie sein. Aber ich bin frustriert." Er verstand.

„Was genau ist diese Anstalt?" fragte ich.

„Ein Krankenhaus."

„Eine Nervenheilanstalt?"

„Ja."

„Wo sind wir?"

„Geographisch gesehen?"

Ich zog die Mundwinkel hoch und schloß die Augen, um Ungeduld anzudeuten.

„Tut mir leid, ich kann Ihnen nur sagen, Sebastian, daß wir uns in Kalifornien befinden."

„Nord? Süd?"

„Tut mir leid."

„Okay. Sie können es mir nicht genau sagen. Sie wollen zwar, aber Sie können nicht, stimmt's?"

Er nickte und zuckte die Achseln.

„Gut, John. Wenn das eine Nervenheilanstalt ist . . ." Plötzlich befand sich eine kleine Blondine in Rosa an meinem Ellbogen.

Wortlos nahm sie mir mein beinahe leeres Glas aus der Hand und hielt es mit einer fragenden Bewegung in die Höhe: wollte ich noch einmal dasselbe?

„Ja, danke", sagte ich.

Sie nahm Johns Glas vom Kaffeetisch, und er nickte, weil auch er noch einen Drink wollte. Sie ging auf leisen Sohlen davon. Ich vergaß den Gedankengang, den sie unterbrochen hatte.

„Sind das alles Krankenschwestern, John?"

„Sie arbeiten alle hier."

„Jede von ihnen ist eine Schönheitskönigin. Wurden sie wegen ihres Aussehens engagiert?"

„Nein." Er lächelte.

„Aber sie sehen alle gut aus."

„Einige wurden so geboren."

Ich hatte mich umgedreht, um mich im Raum umzusehen, aber mein Blick kehrte zu John zurück, als mir die Bedeutung dieser Bemerkung klar wurde.

„*Einige* wurden so geboren?"

Er rutschte unbehaglich herum. Was für ihn selbstverständlich war, war es offensichtlich nicht auch für mich, und er war erleichtert, als uns die rosa Dame unterbrach, die mit den frisch gefüllten Gläsern zurückkehrte. John blickte in sein Glas, während er an dem Getränk nippte und hoffte, daß ich das Thema fallenlassen würde. Er hoffte vergebens.

„Wenn einige so geboren wurden, dann stimmt das für andere nicht; sie wurden so *gemacht.*" Ich starrte John an, John starrte seinerseits den Mangosaft in seinem Glas an.

„Okay, Sebastian, einige wurden, wie Sie es ausdrücken, so gemacht." Er sah erst auf, nachdem er zu Ende gesprochen hatte.

„Plastische Chirurgie? Kosmetische Chirurgie?"

„An einem hübschen Gesicht ist ja nichts Schlimmes, oder?"

Er wollte mir sichtlich nicht geradeheraus erklären, daß er mir gegenüber gewisse Dinge nicht erwähnen durfte. Er zog es vor, mich andeutungsweise darauf aufmerksam zu machen, daß ich mich verbotenem Gebiet näherte und den Rückzug antreten sollte. John Macky war ein empfindsamer Mensch. Es fiel ihm schwer, die Wahrheit zu verschweigen, und lügen war für ihn unerträglich, aber er wollte, daß ich wenigstens einen Teil der Wahrheit erfuhr. Er wollte, daß ich mich langsam vorbereitete wie ein Mann, der ins kalte Wasser springt, und daß ich den Umfang der kalten Wasserfläche nach und nach kennenlernte. Ich befreite ihn von der Spannung, weil er mir sympathisch war.

„Auch Sie, John? Kosmetische Chirurgie?"

Ein Grinsen machte sich auf seinem Gesicht breit, und wir lachten beide. Es war zu komisch, sich vorzustellen, daß irgendein kosmetischer Chirurg dieses unscheinbare Mondgesicht *schaffen* und dann obendrein noch mit Sommersprossen betupfen würde.

„Hi", sagte sie und stand neben uns. Ihr Kleid war hell- und dunkelgrün, sie trug eine weiße Blume im schwarzen Haar, und sie war Julie Goldberg, langbeinig und süß.

„Hi, Julie. Sie kennen Sebastian . . . gerade Dienstschluß gehabt?"

„Ja." Sie strich sich das Haar aus der Stirn, setzte sich, lächelte mich an, und ich atmete tief und gekränkt ein.

„Wie geht es Ihnen, Mr. Cant?"

„Großartig."

„Sie sehen auch großartig aus. Wesentlich besser als bei unserem letzten Beisammensein."

„Danke."

„Wie gefällt Ihnen unsere kleine Institution?"

„Sehr nett."

„Also werden Sie nicht durch die Wälder davonlaufen?" Sie lachte. Sie warf John einen verschwörerischen Blick zu, machte eine Pause, nahm einen Schluck und erklärte: „Ich war eine der Zuschauerinnen, die Ihnen zum Abschied zugewinkt haben."

„Ich weiß. Deshalb bin ich ja zurückgekommen." Natürlich wußte ich es nicht, denn auf diese Entfernung konnte ich nicht einmal die Geschlechtszugehörigkeit, geschweige denn Gesichter unterscheiden, aber ich log mit sonorer, sexy klingender Stimme, weil es eine gute Gelegenheit war, mit dem Balztanz zu beginnen.

„Ich wußte, daß Sie das tun würden, Sebastian. Deshalb habe ich ja gewinkt." Sie reagierte recht gut auf meinen Eröffnungszug. John verließ uns für einen Augenblick.

„Sie sind eine sehr gut aussehende Frau, Julie", sagte ich und hoffte, daß meine Augen dabei wie klare blaue Bergseen aussahen.

„Sie sind ein netter Kerl, Sebastian." Sie lächelte. Sie war ein richtiger Kobold. Ich lehnte mich bequem zurück und ließ meine Augen über ihr Gesicht und ihren Körper schweifen. Ihr Gesicht gab mir eindeutig zu verstehen, daß sie die Aufmerksamkeit, die sie bei mir erregte, genoß. Saint John kam zurück, zu früh.

„Sie werden morgen wieder mit Dr. Manna sprechen."

„Befindet sich in der Herrentoilette ein entsprechender Aushang?"

„Sehr komisch! Ich habe es schon vorher gewußt, habe aber jetzt erst daran gedacht, es Ihnen zu sagen."

„Und was können *Sie* mir sagen, Julie? Was können *Sie* mir über Sunnyview erzählen?"

Über den Tisch hinweg ergriff sie meine Hand.

„Daß Sie sich keine Sorgen machen sollen. Daß alles in Ordnung ist. Daß ich Sie mag."

Das Abendessen bestand aus gegrillten Rippchen mit Mais, Kartoffeln und grünen Bohnen, die, wie John erklärte, aus den Gärtnereien des Krankenhauses stammten. Er machte einen Witz über Rebecca auf der Sunnyview Farm, der zu schwach war, um weitererzählt zu werden. Nachher saßen wir vor dem Kamin, wärmten unsere Füße und tranken einen köstlichen Johannisbeerwein. Jemand begann, leise ein altes Lied zu singen, und wir stimmten alle ein. Große Scheite knisterten und glühten im Feuer, und Julie nahm meine linke Hand und verschränkte ihre Finger in den meinen. Wir saßen über eine Stunde so beisammen, dann begannen die Leute im Raum aufzustehen und wegzugehen. Julie stand auf, küßte mich auf die Wange und sagte gute Nacht, und John führte mich in den ersten Stock auf mein Zimmer.

„Ein Eckzimmer. Sie haben Glück." John forderte mich auf einzutreten.

„Eckhäuser sind nur auf dem Grundstücksmarkt wertvoll, Saint John, und sogar das muß nicht stimmen."

„Ein Eckzimmer, das bedeutet Fenster an zwei Wänden, Sie Schlaukopf. Eines mehr als in den anderen Zimmern."

Er hatte natürlich recht, und der Blick auf die mondbeschienenen

Rasenflächen und auf die Sterne war sehr hübsch. John lehnte an dem Rahmen der nicht vorhandenen Tür, während ich mein neues Zuhause beäugte . . . mein Zuhause für wie lange? Ich bekam plötzlich Angst und mußte mich hinsetzen, denn mir war eingefallen, daß ich mich vergnügt in ein Krankenhauszimmer zurückzog, obwohl ich noch immer nicht wußte, was, zum Teufel, ich hier zu suchen hatte. Was noch schlimmer war, ich hatte zugelassen, daß man mich in einen Zustand der Einwilligung manövrierte, so daß selbst ich nichts gegen meine Einkerkerung einzuwenden hatte.

„Haben Sie das Gefühl, in eine Falle gegangen zu sein, Sebastian?"

„Können Sie Gedanken lesen?"

„Man kann es leicht erkennen und noch leichter verstehen."

„So sprach John, der Pfleger."

„Gehe hin in Frieden, mein Sohn." Er legte mir spaßeshalber die Hand segnend auf den Kopf.

„Nimm deine blöde Hand von meinem Kopf."

Er schaltete die Nachttischlampe ein, zog eine Schreibtischlade auf und entnahm ihr einige Zeitschriften, die er auf mein Bett warf. „Du kannst lesen oder schlafen."

„Keine Hilfestellung, Saint John? Keine aufmunternden Worte? Ich habe Angst, Saint John, ich werde richtiggehend nervös." Er blieb kurz in der Tür stehen, bevor er ging.

„Hat irgend jemand dich heute nachmittag aufgehalten, als du losranntest?"

„Nein. Aber ich hätte immer noch gern Antwort auf etliche meiner Fragen, und zwar bald."

„Du wirst morgen nach dem Frühstück mit Banana – wie du ihn zu nennen beliebst – sprechen."

„John?"

„Ja?"

„Du verlangst, daß ich mich in meinem Zimmer in einem merkwürdigen, Sunnyview genannten Gebäude entspanne und zur Ruhe begebe, ohne mir zu sagen, warum oder für wie lange ich hier bin."

„Sebastian, vertraust du mir?"

„Ich weiß nicht, warum, Saint John, aber ja, ich vertraue dir."

„Ich komme morgen früh zu dir."

Ich hörte, wie er den Korridor entlangging und auch das Geräusch leiser Gespräche aus anderen Schlafzimmern. Ein brandneuer Flanellpyjama lag auf dem Fußende des Bettes. Ich entkleidete mich, zog den Schlafanzug an, schlüpfte zwischen kühle, frische Laken und schaltete die Lampe ab. Banana hat recht, dachte ich. Die Sterne leuchten hier oben wirklich prächtig . . . wo immer das auch sein mag. Ich schaute lange Zeit durch die vorhanglosen Fenster auf den Himmel, und als mir die Augenlider schwer wurden, fiel mir ein, daß ich zum erstenmal seit undenklicher Zeit ohne Schlafmittel einschlief.

4

ICH HÖRTE ein Geräusch, drehte mich auf den Rücken und sah zur Tür. Ich erkannte nur das Rosa des Nachthemdes und das Weiß ihrer Zähne, denn sie lächelte.

„Darf ich bei dir schlafen?"

Ich antwortete nicht. Ich traute dem Traum einfach nicht.

Sie trat aus dem schwachen Licht des Korridors in den dunklen Raum. Kam zum Bett. Dann hob sie einen Zipfel der Decke, ihre Stimme klang ganz weich und zärtlich, und sie fragte noch einmal: „Darf ich bei dir schlafen?"

Mir stieg das Blut so heftig zu Kopf, daß ich alle Witzeleien vergaß und nur atemlos „ja" sagte. Sie stieg ins Bett, zog die Knie hoch, die Decke über sich, streckte die Beine aus, rückte sich zurecht und kuschelte sich an mich, als hätten wir schon hundertmal miteinander geschlafen. Vertraut und entspannt und heiß. „Verdammt", keuchte ich. „Du bist eine phantastische Frau, Julie."

Nachher legte sie ihre heiße Wange auf meine Brust und sagte mir, daß sie mich liebe. Aufrichtig und mit Gefühl. Es war ihr ernst damit.

Am nächsten Morgen erwachte ich durch mein eigenes idiotisches Seufzen und Stöhnen. Das Zimmer war voller Sonnenlicht, in dem mikroskopisch kleine Staubpartikelchen in der Luft tanzten. Ich blies wohlig müde in sie hinein und sah zu, wie sich die Partikelchen in dem Lufthauch bewegten, als hätte ich ihnen Leben verliehen. Ich war allein. „Wie spät ist es?" fragte ich laut. Auf das Stichwort hin sah jemand zur Tür herein, sagte „Frühstück" und verschwand wieder. So viele Gedanken und Fragen überschwemmten mein Gehirn, daß ich mich auf nichts Spezielles konzentrieren konnte, also schaltete ich mein Gehirn ab und wusch sie weg; ich ließ nur die Erinnerung an die vergangene Nacht und den angenehmen Morgen bestehen.

Ich frühstückte mit Saint John, der mir erklärte, daß Julie zeitig essen und an die Arbeit gehen mußte, daß sie ihm aber mitgeteilt habe, sie wünsche mir einen angenehmen Morgen und wolle gemeinsam mit mir zu Mittag essen.

„Wann?"

„Sie hat gesagt, du sollst um zwölf hiersein und auf sie warten, falls sie sich verspätet."

„Das ist alles?"

„Ich habe schon erwähnt, daß sie dir einen angenehmen Morgen wünscht."

„Weißt du, John, ich habe vergangene Nacht mit dem Mädchen geschlafen."

John grinste scheinheilig.

„Sitz nicht einfach so da – du hast Ei am Kinn –, sitz nicht einfach so da, sag etwas!"

„Ist es weg?"

„Ja, es ist weg. Also?"

Er faltete seine Serviette zweimal und legte sie auf den Tisch.

„Was willst du, daß ich sage, Sebastian? Soll ich dich fragen, wie es war? Soll ich mich nach den Details erkundigen? Oder willst du meinen Segen, mein Sohn?"

Man konnte dem Heiligen einfach nicht böse sein. Ich jedenfalls nicht. Außerdem, was *wollte* ich von ihm hören?

„Wann spreche ich mit Banana?"

„Dr. Manna", korrigierte er mich. Er stand auf. „Jetzt."

„Jetzt?"

„Er wartet."

Ich war plötzlich nervös. John stand neben mir, schien sich über mich zu beugen. „Okay, okay, dräng mich nicht so." Ich trank den schalen, kalten Kaffee, um Zeit zu gewinnen.

„Ich dränge dich nicht", sagte er.

Schließlich stand ich mit einem „Gehen wir" auf, und wir verließen den Eßraum. Ich wollte eigentlich nicht mit Banana sprechen. Um die Wahrheit zu sagen, ich hatte richtig Angst vor ihm.

Ich ging in meiner frischen weißen Kleidung über das parkähnliche Gelände und hatte das merkwürdige Gefühl, ein Klischee zu sein. Wie der Held in einem zweitklassigen Film, der von freundlichen Marsbewohnern gefangengenommen wird. Ich wartete beinahe darauf, daß ein verrückter Regisseur hinter den Bougainvilleas hervorschoß und rief: „Schnitt! Schnitt! Das kopieren wir!"

Aber ich vertraute Saint John und fühlte mich nicht bedroht. Ich war nicht eingekerkert oder gar gefesselt, und ich konnte, wenn ich wollte, davonlaufen, und niemand würde mich aufhalten. Nur diese feststehende Tatsache bewahrte mich davor, in Panik zu geraten.

Ich saß vor Bananas Büro und wartete. Seine Tür war geschlossen, und aus seinem Büro drang kein Geräusch, und ich fragte mich, ob er bald kommen würde oder ob er schon da war. Ich lauschte angestrengt, konnte aber nichts hören.

Die Tür sprang auf, und er stand da, geschäftsmäßig und liebenswürdig, herzlich und höflich.

„Guten Morgen, Mr. Cant. Bitte kommen Sie doch herein!"

Ich hatte es vorher nicht bemerkt, aber das Büro bildete einen frappanten Gegensatz zu dem farblosen Korridor. Natürlich bemerkte ich jetzt immer mehr Dinge. Je klarer mein Verstand wurde, desto schärfer wurde mein Wahrnehmungsvermögen.

An den holzgetäfelten Wänden hingen mehrere gute Bilder. Auf kleinen Ziertischen standen Vasen mit frischen Blumen, Pflanzen und Kunstgegenständen. Es gab ein großes Bücherregal, hauptsächlich medizinische Texte, und eine gut eingerichtete Bar.

„Setzen Sie sich, Mr. Cant." Er wies auf zwei große schwarze Fauteuils, die das Kaffeetischchen umstanden. Ich setzte mich. Er setzte sich nicht. Statt dessen ging er zur Bar und fragte mich, ob ich etwas trinken wolle.

„So früh am Tage?"

„Gehören Sie zu den Typen, die vor fünf Uhr nichts trinken und dann Gin in sich hineinschütten, bis sie bewußtlos sind?"

„Nein; aber trotzdem, nein, danke."

„Ein bißchen Wein", drängte er. „Bitte, leisten Sie mir Gesellschaft, Mr. Cant. Sie wissen ja, daß Präsident Jefferson gesagt hat, die Amerikaner müßten sich bemühen, guten Wein zu produzieren, damit sie nicht zu harten Getränken greifen. Ich gebe den Gedanken natürlich frei wieder, aber er ist ‚vernünftig'."

„Okay", sagte ich. „Ein bißchen Wein hat noch niemandem geschadet."

„Gut, gut." Er war so befriedigt wie ein Antialkoholiker, der einen Gesinnungsgenossen findet. Er brachte mir lächelnd ein Glas, drehte sich um und ging zum Fenster. Ich hatte das Gefühl, als ob das alles schon viele Male vorher genauso abgelaufen wäre: die Bewegungen, das Timing, alles war genau einstudiert und getestet, ein todsicheres Erfolgsrezept. Glatt und vollendet und bis auf die kleinste Nuance durchdacht. Banana hatte diesen Walzer schon hundertmal zu anderen Zeiten mit anderen Patienten getanzt.

„Ein Trinkspruch?" Er hob sein Glas in Augenbrauenhöhe und drehte sich halb zu mir um. So ein Schmierenkomödiant. Sogar die Beleuchtung stimmte, sein Gesicht war vollendet modelliert, und der Wein leuchtete in der Morgensonne.

„Ein Trinkspruch", stimmte ich zu.

„Auf . . .," und er hielt mir sein Glas entgegen . . ., „auf Sunnyview."

In der Bewegung lag eine Herausforderung, aber ich unterließ eine provozierende Antwort und sagte einfach „Auf Sunnyview" und leerte mein Glas.

„Durstig?"

„Nervös."

„Sie haben keinen Grund dazu, Mr. Cant. Nicht den geringsten Grund. Noch ein Glas?"

„Ja, bitte."

Er schoß zu mir herüber, schnappte mein leeres Glas und flitzte zur Bar, um es wieder zu füllen. Er wollte, daß ich mich vollaufen ließ, das stand fest.

„Sie sind Ihr eigener präoperativer Anästhesist, nicht wahr, Doktor?“

Er reichte mir mein zweites Glas Wein.

„Sie sind sehr scharfsinnig, Mr. Cant. Ja, ich möchte, daß Sie sich entspannen.“

„Ich bin scharfsinnig? Sie sind der Schärfere von uns beiden. Sie sind tatsächlich ein schlauer Fuchs, Doktor.“ Ich hob das Glas an die Lippen, murmelte „Der Bananenfuchs“ ins Glas und kicherte über meinen Geistesblitz. Er hörte es.

„Der Bananenfuchs? Ach ja, natürlich, Sie nennen mich ja Dr. Banana. Der Bananenfuchs, was? Nicht schlecht.“

„Ich mag diese Geschichte nicht“, sagte ich böse.

„Welche Geschichte?“

„Sie wissen genau, was ich meine. Daß Sie wissen, was ich privat sage. Sind Wanzen in meinem Zimmer? Ist John an eine Leitung angeschlossen, die meine Stimme überträgt?“

„John ist an keine Leitung angeschlossen. Ja, in Ihrem Zimmer befinden sich Wanzen.“

Seine einfache, aufrichtige Antwort entwaffnete mich. Er benützte diesen Augenblick, stellte sein Glas auf den Tisch und setzte sich mir gegenüber. Er sprach rasch, aber ohne besondere Betonung.

„Was ist Sunnyview?“

„Eine Klinik“, antwortete ich.

Es war offenkundig eine Klinik, und natürlich war das nicht die richtige Antwort. Nicht die Antwort, die er hören wollte.

„Eine Nervenheilanstalt.“ Schlag Nummer zwei. Ich wußte es, und er wußte es auch. Er starrte mir in die Augen. Tief in mich hinein. In dem Wein war etwas. Er hatte mir ein Mittel eingegeben.

„Was ist Sunnyview?“ fragte er noch einmal.

„Es ist ein Institut, in das Menschen gebracht werden, um zu ...“, und während ich das Ganze in Worte faßte, begann ich, in die Hose zu urinieren. „Es ist ein Institut, in dem Leute einer Gehirnwäsche unterzogen werden ...“ Meine Schenkel waren klitschnaß, und ich hatte das Gefühl, ohnmächtig zu werden. „Wo die Menschen die ...“

„Die Wahrheit erfahren, Mr. Cant.“

Mir war sehr kalt, und ich begann haltlos zu zittern, und dennoch war mein Blut heiß. Mein Gesicht war heiß. „Nein!" schrie ich und erschrak zu Tode.

Er sprach schnell und gleichförmig, um die unerträgliche Qual zu verkürzen. „Sie heißen Sebastian Cant, und Sie haben Ihre Tochter getötet, indem Sie sie aus einem Fenster im fünften Stock stießen. Sie haben Ihre eigene Tochter, Ihr Fleisch und Blut, getötet. Sie haben sie aus dem Fenster gestoßen und getötet."

„Das habe ich nicht getan! Ich habe es nicht getan! Ich habe keine Tochter!" Aber während ich ihm das entgegenschrie, wußte ich die Wahrheit. Ich *hatte* eine Tochter, Annie. Die alptraumhafte Szene tauchte in meinem Geist auf. Ich sah Annies Gesicht, ihr blondes Haar und das blaue Kleid, das sich im Wind bauschte, und die flatternden Vorhänge, und ich wurde ohnmächtig.

„Los, Mr. Cant! Los, Mr. Cant! Los, Mr. Cant! Los, Mr. Cant!" Sie sangen. Die Bestien, die Hexen. Sie sahen im Licht der Leselampe schrecklich aus, aber ich wußte, was sie wollten, die Bestien, die Hexen. Ich überwand meine Hemmungen, und endlich begann sich die Plastikflasche zu füllen.

„Er füllt sie, er füllt sie. Das ist gut, Sebastian, das ist sehr gut."

Sie tanzten um das Licht herum, ihre ins Riesenhafte vergrößerten Schatten tanzten auf den Wänden herum. Sie nahmen die Flasche und schütteten den Harn in drei schöne Kristallgläser, hoben sie mir entgegen, rollten die Augen und tranken ihn aus. Die Bestien, die Hexen. Ich wußte, daß es Kristallgläser waren. Ich konnte es erkennen. Schönes, zartes Kristall, in ihren bösen Krallenfingern. Die Bestien.

5

Julie stand im Türrahmen meines Zimmers.

„Darf ich hereinkommen?"

Ich antwortete nicht. Ich spürte, daß ich zu weinen begann, und ich versuchte nicht, meine Tränen und mein Schluchzen zu unterdrücken. Ihr Nachthemd und die Laken raschelten, sie war bei mir, drückte mich an ihre Brüste, und ich weinte leise die ungehemmt fließenden Tränen und sanften Seufzer, die auf eine Niederlage folgen. Ich gab mich geschlagen. Besiegt. Diese Klinik hatte mir eine Heidenangst eingejagt, und das einzig Gute oder Reale im ganzen Universum war Julie. Ich überließ mich ihren Armen.

Am nächsten Morgen duschte ich gemeinsam mit Julie im Badezimmer, das zu meinem Wohnraum gehörte. Es war ein asexuelles Ritual, obwohl sie mich nachher mit einem Frottierhandtuch abrieb.

„Fühlst du dich besser?"

Ich antwortete ihr nicht, und während des Frühstücks sprach ich kein Wort. Nicht aus einer entschlossenen Ablehnung heraus, sondern einfach weil ich die Sinnlosigkeit jeden Widerstandes erkannt hatte. Ich hatte nicht mehr genügend Energie, um auch nur irgendein Wort zu sagen. Ich ließ die morgendlichen Zeremonien vollkommen passiv über mich ergehen, bis man meine Schritte zur Klinik lenkte, mich zu Bananas Zimmer führte und mich auf einen Stuhl setzte, damit ich auf diesen Teufel wartete.

Er erschien aus dem Nichts und setzte sich mir gegenüber. Eine volle Minute lang starrten wir einander an. Dann unterbrach er die Stille.

„Wollen Sie immer noch alles mögliche wissen? Wollen Sie immer noch Antworten auf Ihre Fragen erhalten, Mr. Cant?"

„Nein, Sie Hundesohn", sagte ich sehr ruhig. „Ich will nichts mehr wissen, es liegt mir überhaupt nichts daran, etwas zu erfahren. Ich ziehe es vor, unwissend zu bleiben, aber trotzdem vielen Dank."

„Mr. Cant, Ihre Neugierde . . ."

„Ich will nichts mehr wissen."

Er wand sich und fletschte mit der Andeutung eines Lächelns seine Zähne. „Ich verstehe", sagte er und wandte sich zum Fenster.

„Was ist los, Doktor? Sie scheinen nicht zu wissen, was Sie antworten sollen. Sie dürfen mich nicht mit Gewalt herumkriegen, stimmt's? Hab ich's erraten, Doc? Lauten die Vorschriften nicht so? Aber Sie haben Gewalt angewendet, nicht wahr? Sie haben mir

Narkotika verabreicht, bis mir die Halluzinationen eine Riesenangst eingejagt haben, und wenn das keine Gewalt ist, dann möchte ich wissen, was es sonst ist, Sie scheinheiliger Dreckskerl!"

Auf das hin drehte er sich um und biß die Zähne zusammen. „Das ist keine Gewalt, Mr. Cant, das ist keine Gewalt! Es wurden nur Alpträume freigesetzt, die in Ihrem Unterbewußtsein schlummerten. Es ist eine reinigende Prozedur, die die Wunde ausbrennt. Es geschieht nur zu Ihrem Besten!" Er setzte sich betont langsam, sich stets des Wertes seines Gleichmuts bewußt. „Ich will Ihren Geist nicht vergewaltigen, Mr. Cant, ich will ihn befreien. Warum, glauben Sie, habe ich Ihnen das Buch von Orwell zum Lesen gegeben? Um Ihnen die *andere* Seite zu zeigen."

„1984?"

„Ja! *Das,* Mr. Cant, ist eine negative Utopie, aber dazu sind wir nicht da. Wir wollen die Menschheit nicht versklaven. Wir wollen sie *befreien.* Sie von ihrer selbstzerstörerischen Gewalttätigkeit befreien. Und wir haben die Macht dazu. Hier. Und jetzt. Wenn wir es tun können, was ist daran eigentlich schlecht? Wenn wir Kriege, Mord, Aggression abstellen? Und Haß? Ist das denn schlecht? Ist das nicht ein wünschenswertes Ziel? Oder ist der Vorsatz verwerflich? Sehen Sie mich an, Mr. Cant. Vor zwölf Jahren hat ein Mann in Akron zwei junge Mädchen . . . zwei Kinder . . . in sein Auto gelockt. Er brachte sie in ein leerstehendes Haus am Stadtrand, wo er beide folterte und vergewaltigte. Er wurde erwischt, weil ein Nachbar Rauch aus dem Schornstein steigen sah und der Meinung war, die Polizei müsse erfahren, daß das leerstehende Haus bewohnt sei." Banana unterbrach sich. „Ich möchte Ihnen etwas zeigen", sagte er, ging rasch durchs Zimmer und schnappte sich ein Päckchen von seinem Schreibtisch. Er saß schon wieder auf seinem Stuhl, bevor noch die Vertiefung, die sein aufdringlicher Hintern in der Polsterung hinterlassen hatte, ganz verschwunden war. Er überreichte mir das Päckchen, und es stellte sich heraus, daß es sich um etwa zwölf Bilder, in Form eines Büchleins gebunden, handelte. Auf dem Deckel stand nur „Charles L.", und die Fotos zeigten einen Mann, eine Frau und ein junges Mädchen an einem Grill im Hof ihres Hauses.

Erstens ergab sich aus der Kameraeinstellung und der Tatsache, daß die Schnappschüsse ganz offensichtlich nicht gestellt waren, daß die drei Personen nicht ahnten, daß sie fotografiert wurden. Zweitens ergab sich aus dem Benehmen des Mannes, der Frau und des Kindes (eines jungen Mädchens), daß es sich um eine Familie handelte. Eine Familie in ihrem Heim – und anscheinend liebevoll und glücklich.

Ich sah zu Banana auf. „Ist das der Mann, von dem Sie gesprochen haben?"

„Lieber Mr. Cant, als die Polizisten das leerstehende Haus betraten, fielen sie infolge des Gestanks zuerst beinahe in Ohnmacht. Wissen Sie, der Rauch, den der Nachbar gesehen hatte, stammte vom verbrannten Fleisch eines der beiden Mädchen. Er hatte ihre Leiche einfach in den Kamin geworfen und dann mit Benzin übergossen. Das zweite Mädchen war an einen Stuhl vor dem Kamin gefesselt. Als die Polizei eindrang, war sie wohl noch am Leben, aber wahnsinnig."

Ich sah die Broschüre auf meinen Knien an und blätterte die Bilder durch. Auf einem davon umarmte der Vater seine Tochter zärtlich.

„Wohlgemerkt, Mr. Cant, er versuchte nicht, irgendwelches Beweismaterial zu vernichten. Als die Polizei ihn verhörte, erklärte er, daß er – ich zitiere wörtlich – ‚Sündenblasen auskoche'."

Ich starrte den lächelnden, freundlichen Mann auf der Fotografie an und versuchte, die eben gehörte Geschichte mit diesem Gesicht in Zusammenhang zu bringen.

„Unglaublich? Unglaublich, daß im Geist eines Menschen ein solcher Trieb zum Bösen vorhanden sein kann? Daß ein Mensch so verrückt sein kann? Das ist durchaus nicht unglaublich, Mr. Cant, aber ich werde Ihnen sagen, was tatsächlich unglaublich ist. Diese Fotos, mein lieber Mr. Cant, wurden gemacht, *nachdem* er das Verbrechen begangen hatte."

Mein Blick wanderte von der Broschüre zu ihm.

„Elf Jahre und zwei Monate danach, um genau zu sein. Wie Sie wahrscheinlich erraten haben, stammen die Fotos von einem Film, der aus einiger Entfernung aufgenommen wurde. Sie wurden vergangenes Jahr geschossen und zeigen Charles L., den zärtlichen, liebevollen Ehemann und Vater, der vor zwölf Jahren zwei kleine Mädchen vergewaltigt und gefoltert hat. Dieser freundlich lächelnde Herr hat ein Kind getötet und dann den Leichnam angezündet, um ‚Sündenblasen auszukochen‘."

„Aber wie . . .?"

„Wie was, Mr. Cant? Wie er entkommen ist? Warum er sich nicht versteckt hält? Warum er so normal wirkt? Welche Frage soll ich zuerst beantworten? Keine!" Er spuckte das Wort aus, stand plötzlich auf, und ich wußte, daß das Gespräch zu Ende war. Er ging zu seinem Schreibtisch und drückte ruhig, aber entschieden einen Knopf.

„Keine weiteren Antworten heute, Mr. Cant, außer der einen: Wir haben es geschafft, Mr. Cant – ich und meine Mitarbeiter. *Wir haben es geschafft!"*

Die Tür hinter mir ging auf, unrd eine Schwester stand plötzlich neben mir. Der Mut, den ich noch vor ein paar Augenblicken empfunden hatte, war wie weggeblasen. Er schaltete auf eine tröstliche Tour um, und als ich zur Tür ging, legte er mir den Arm um die Schultern.

„Wollen Sie mich morgen früh wieder besuchen?"

Ich nickte.

„Gut. Also dann gegen zehn Uhr. Machen Sie sich jetzt einen schönen Tag. Entspannen Sie sich."

Die Schwester trat zu mir und begleitete mich stumm durch die Tür und den Korridor entlang. Dann fiel es mir ein. Es wurde mir mit solcher Vehemenz klar, daß ich den Geschmack von Erbrochenem im Mund spürte. *Ich war es.* Der Mann auf der Fotografie war *ich!* Die Schwester verstärkte ihren Griff, als sie spürte, daß ich schwankte.

„Fühlen Sie sich nicht wohl, Mr. Cant?" Ihr Gesicht sah besorgt aus.

„Ich fühle mich ganz wohl. Ich fühle mich ganz wohl. Es ist alles in Ordnung", log ich.

„Wir sollten uns für einen Augenblick hinsetzen. Wir sehen gar nicht gut aus."

„Nein, ich fühle mich ganz wohl. Ich brauche nur etwas frische Luft."

Was ich brauchte, war ein Gespräch mit John Macky. Sobald wir im Freien waren, muß mein Gesicht wieder Farbe angenommen haben, denn ich schaffte es, mein Kindermädchen dazu zu überreden, daß es mich freiließ.

„Es geht mir gut", sagte ich noch einmal. Und wieder und immer wieder, bis sie endlich meinen Ellbogen losließ und ich geradewegs zum Schlaftrakt und dem Heiligen rannte. Ich fand ihn im Sommerraum, wo er einen Drink zu sich nahm. Ich setzte mich und erzählte von dem Gespräch mit Banana.

„. . . und dann, John, begriff ich, daß ich der Kerl auf den Fotografien war. Verstehst du denn nicht, *ich* war es. Ich bin der Kerl, der die Kinder vergewaltigt hat, von denen er mir erzählte. Man hat mich erwischt. Man hat eine Gesichtsoperation an mir vorgenommen . . . ganz einfach . . . mich hierhergebracht . . . ganz einfach . . . mich mit genügend Medikamenten vollgepumpt, damit ich es vergesse. Das ist alles möglich . . . zum Teufel, ich muß es dir doch nicht sagen. Du weißt ja, daß hier genau das geschieht. Gesichtschirurgie ist überhaupt nicht kompliziert . . . und dann Drogen . . . mein Gott. Heilige Mutter Gottes. Ich habe *so was* getan. Ich war es. *Ich* war es, John!"

„Und hier versetze ich dir eine Ohrfeige."

„Was?" Ich bemerkte, daß ich Saint Johns Jackenärmel in meiner Faust zerknüllte. Die Leute an den benachbarten Tischen starrten zu uns herüber.

„Entschuldige." Ich ließ ihn los, und der Jackenärmel blieb dort zerknautscht, wo ich ihn angefaßt hatte. Er setzte sich auf, zog den Ärmel wieder glatt und winkte einem Mädchen.

„Trink etwas, Sebastian", besänftigte er mich.

„Nein, danke. Na schön, wenn es sein muß. Okay. Bringen Sie mir einen Schuß Bourbon und ein großes Glas Wasser." John scheuchte sie mit einer Handbewegung fort und wendete sich mir zu.

„Du bist Sebastian Cant. Du bist nicht Charles L."

„Kennst du ihn?"

„Ich habe von ihm gehört. Ich habe von dem Fall gehört. Jeder kennt ihn." Er bemerkte meinen Blick und verbesserte sich: „Jeder in Sunnyview."

Ich entdeckte eine ganz neue Seite an ihm. Ich merkte allmählich, daß er erheblich besser informiert war als ich. Um wieviel mehr er wußte, und wie wenig – wie schrecklich wenig – ich selbst über Sunnyview wußte.

„Sprichst du morgen wieder mit Dr. Manna?" fragte er.

Ich nickte.

„Frag ihn geradeheraus, Sebastian, er wird dir antworten. Du bist nicht Charles L."

Das Mädchen kam mit meinem Drink. Sie war rothaarig und genauso schön wie alle anderen. Grünäugig und milchhäutig, mit riesigen, sommersprossenübersäten Brüsten, die das Mieder prall füllten. Ich konnte sie mir mühelos beim Melken oder Buttern vorstellen. Sie trug ein grünes, rustikal wirkendes Kleid.

„... du brauchst dir keine Gedanken zu machen."

„Was ist los? Entschuldige bitte, John."

Das Mädchen lächelte und schwebte davon.

„Ich habe gesagt, Sebastian, daß du dir wegen nichts Sorgen zu machen brauchst, selbst wenn du Charles L. wärst." Der Heilige sah offensichtlich die Besorgnis in meinem Blick. „Aber du bist es nicht", fügte er rasch und bestimmt hinzu. „Morgen wird Dr. Manna es dir bestätigen. Heute abend mußt du mir glauben. Warum sollte ich lügen?"

Warum sollte er? überlegte ich und entspannte mich ein wenig.

„Wie wäre es mit einer Runde Golf, Sebastian?" Er stand auf, während er das sagte.

„Minigolf?"

„Aber nein, Mann, wir haben neun Löcher. Habe ich das noch nicht erwähnt?"

„Du hast."

„Also?"

„Saint John, du bist wunderbar. Ich möchte liebend gern ein paar Golfbälle kaputtmachen."

„Kaputtmachen, wie? Sind wir heute aber aggressiv."

„Na ja, deshalb bin ich ja hier, nicht wahr?" Ich sagte das so leichthin, nur zum Spaß, aber während ich aufstand, kamen die Worte langsamer von meinen Lippen, wie auf einer Schallplatte, wenn die aufgezogene Feder ihre Spannung verliert. Alles wurde langsamer. Und im Zeitlupentempo glitt mir das Glas aus der Hand, brach mit einem melodischen Klang entzwei, als es auf den Tisch auftraf, und ich sackte nach hinten und suchte in der Luft nach einem Halt, und unglaublicherweise sprach ich den Satz noch zu Ende, aber die Worte kamen nur langsam, im tiefen Baß. John streckte die Hand aus, und mein Ellbogen schlug auf dem langen Weg nach unten auf dem Tisch auf. „Verdammt . . . das . . . tut . . . aber . . . weh . . ."

„Verdammt, das tut weh."

„Das hast du schon gesagt", stellte John fest. Er und das rustikale Mädchen und noch einige Leute hatten mich auf einen Stuhl gesetzt, und ich rieb mir die Beule an meinem Kopf. Das rustikale Mädchen zauberte eine kleine braune, durchscheinende Kapsel hervor und bot sie mir an; sie riet mir, sie in den Mund zu stecken und zu zerbeißen. Ich nahm sie in die Hand und sah den Heiligen an. Er nickte. „Sie wird den Schmerz lindern, das ist alles." Ich steckte sie in den Mund und zerbiß sie zwischen meinen Backenzähnen, und der Schmerz in meinem Kopf war weg. Sofort. Nicht schwächer. Total weg.

„Erstaunlich."

„Wirksame kleine Teufelsdinger, was?"

Er hatte recht, mild ausgedrückt.

„Ein konzentriertes Anästhetikum, das durch den Mund in den Blutkreislauf gelangt. Sehr wirkungsvoll. Sehr schnell wirkend. Beseitigt augenblicklich jeden Schmerz jeglicher Intensität, angefangen von Zahnweh bis zu einem gebrochenen Bein, und hält mindestens zwei Stunden lang an. Ich hätte dir deinen Beutel bringen sollen, aber ich habe nicht daran gedacht."

„Beutel? Was für einen Beutel, John?"

Als Antwort öffnete er seine Jacke und zauberte einen kleinen rechteckigen Lederbeutel hervor, der an seinem Gürtel befestigt war. Er wies keinerlei Kennzeichnung auf, und ich konnte keine Verschlußkappe oder Öffnung erkennen.

„Was ist das, eine Erste-Hilfe-Tasche?"

„So was Ähnliches."

Die Leute, die sich um uns versammelt hatten, waren wieder verschwunden, auch das rustikale Mädchen.

„Warum bin ich deiner Meinung nach umgekippt, John?"

„Du bist einfach noch immer schwach, weil du so lange im Bett gelegen hast, Sebastian, und der Bourbon pur war eben ein bißchen zuviel für dich."

„Vielleicht." Ich bezweifelte es. Die Dreckskerle pumpten immer noch Drogen in mich. In meine Nahrung. Ich wußte es. Diese Dreckskerle!

„Hast du noch immer Lust auf ein wenig Golf?"

„Ich weiß nicht, John, glaubst du, ich sollte jetzt Golf spielen?"

„Sicherlich. Es wird dir guttun. Du mußt in die Sonne. Wir werden auf dem Weg zum Klubhaus einen Beutel für dich holen."

Als wir zur Glastür gingen, sah ich zum Tisch zurück. Das rustikale Mädchen hatte die Glasscherben weggeräumt und wischte den Tisch mit äußerster Konzentration sauber. Sie sah mich an und lächelte.

Ich fühlte die frische Luft hereinströmen, als Saint John die Tür öffnete; sie blinzelte mir in dem Augenblick zu, in dem John mich am Ärmel hinauszog.

„Ein gutaussehendes Mädchen", stellte ich fest, während ich hinausmarschierte.

„Ja."

„Sie sehen alle gut aus, Saint John."

„Ja."

Ich sah im Geist Fotos von Julie, und ich dachte an sie und auch daran, daß ich sie den ganzen Tag nicht gesehen hatte.

John grüßte zwei Schwestern und einen Pfleger, an denen wir vorbeikamen. Der Weg, den wir entlangspazierten, unterschied sich vom übrigen Rasen nur dadurch, daß das Gras etwas zertreten war und hier und da der helle Sandboden durchschimmerte. Es gab weit und breit keine Straßen, nur schmale sandfarbene Wege; sie zogen sich über die monotone Gegend hin, die von den unvermeidlichen weißgekleideten Gehpuppen übersät war. Eine der Schwestern, an denen wir gerade vorbeigekommen waren, hatte eine dunkle Mähne und lange Beine. Ich begann von Julie zu träumen.

„Wach auf, Sebastian!"

„Was?"

„Weil du kein Wort von dem gehört hast, was ich gesagt habe, muß ich annehmen, daß du geschlafen hast."

„Entschuldige, John. Du hast zum Teil recht, ich habe geträumt."

Wir waren bei einem Gebäude angelangt, das an ein Bauernhaus erinnerte. Es war rechteckig, etwa sieben Meter breit und sechzehn Meter lang und grün-braun gesprenkelt. Und außerdem häßlich.

„Man hat vergessen, dieses Gebäude anzustreichen, Saint John."

Er lächelte.

John ging direkt auf die einzige Tür zu und hielt sie für mich auf. Ich fühlte mich sofort heimisch. In gleichmäßigen Abständen aufgestellte olivgrüne Metallregale reichten vom Boden bis zur Decke; man konnte zwischen ihnen durchgehen, beinahe wie in einer Bibliothek. An der Schmalseite jeder Reihe waren in Augenhöhe Karten angebracht, auf denen zweifellos das Inventar dieser Reihe und die genaue Lage jeden Stücks festgehalten waren. Das alles war sehr vertraut. Sobald man eingetreten war, stand man vor einem Pult, auf dem sich eine kleine Glocke befand. John drückte auf die Glocke. Nichts geschah. John wartete einen Augenblick lang und läutete dann wieder. Wir hörten das Geräusch einer Wasserspülung, darauf wurde eine Tür geöffnet, dann schlurfte jemand herum . . . Gedämpfte Flüche erklangen, als etwas herunterfiel und wieder aufgehoben wurde. Schließlich tauchte ein wohlbeleibter älterer Mann aus dem dunklen Seitengang auf. Er hielt eine zusammengerollte Zeitschrift in der einen und eine Pfeife in der anderen Hand. Er stopfte die Zeitschrift unter das Pult und begann die Pfeife am Handrücken auszuklopfen, wobei er die unsichtbare Asche in einen unsichtbaren Aschenbecher leerte.

„Was kann ich heute für dich tun, John?"

„Wie geht's dir heute, Pop?"

(Nachschublager. Das war's. Das hier war ein Lagerraum, genau wie bei der Armee in . . . wo? Welches Nachschublager? Ich sah im Geist den Lagerraum mit dem ewig mißgelaunten Sergeanten vor mir und die olivgrünen Regale . . . aber wo? Ich konnte mich nicht erinnern.)

„Das ist Sebastian, Pop. Er ist erst seit ein paar Tagen hier. Er braucht einen Beutel."

Der alte Mann sah mich einen Augenblick lang aus tränenden Augen an, während er den Pfeifenstiel in den Mund steckte und ein besonders hartnäckiges Stückchen nicht vorhandenen Tabaks aus dem Rohr blies. Er nahm mit einer Hand die Pfeife aus dem Mund und reichte mir die andere.

„Sebastian? Ich habe bis jetzt noch nie jemanden kennengelernt, der Sebastian hieß." Sein Händedruck war kräftig und warm.

„Um die Wahrheit zu sagen, auch ich habe noch nie . . ." Ich zögerte, weil ich nicht wußte, wie ich ihn nennen sollte.

„Pop genügt", meinte er gönnerhaft.

„Pop", nickte ich.

Er steckte die Pfeife wieder in den Mund, sagte „Ein Erste-Hilfe-Beutel kommt sofort", drehte sich um und ging nach hinten. Hätte er eine Kapitänsmütze aufgehabt und gehinkt, dann wäre das Bild vollkommen gewesen.

„Ach ja, und eine Karte, Pop", rief ihm der Heilige nach.

„Kommt sofort!"

„Was ist mit der Pfeife los, Saint John?"

„Du hast wahrscheinlich bemerkt, Sebastian, daß hier niemand raucht. Aber Pop kann sich von seiner Pfeife nicht trennen. Sie beruhigt ihn irgendwie. Etwas, woran er sich festhalten kann . . . aber er raucht nicht. Niemand raucht."

„Hier", fügte ich hinzu.

„Hier", bestätigte John, und Pop tauchte wieder auf.

„Eine Karte", und er knallte eine brieftaschengroße Karte in Buchform auf das Pult. In der anderen Hand hielt er den Beutel. Er drehte ihn um.

„Der Gürtel gehört hier durch", zeigte er mir mit seinem dicken Zeigefinger. Er stützte die Ellbogen auf dem Pult auf, zielte mit dem oberen Rand des Lederbeutels auf mich und zeigte auf eine rote, gebogene Metallklappe.

„Das ist die Sicherheitsklappe."

Er klappte sie auf, und darunter tauchte ein Kippschalter auf, wie die verdeckten Schalter auf dem Armaturenbrett eines Flugzeugs.

„Das ist der Summer." Pop legte die Fingerspitze auf den Schalter.

„Summer?"

Pops Augenbrauen gingen bei meiner Frage in die Höhe, und ich war darüber erstaunt, daß ich seiner Meinung nach wissen mußte, was ein Summerschalter bedeutete. Vielleicht, überlegte ich, ist der alte Lagersergeant ein bißchen senil.

„Ich werde es ihm schon erklären", schaltete sich John ein.

Pops geübter, flinker Zeigefinger drückte den Deckel über dem Kippschalter zu und klappte das Oberteil der Tasche hoch. Darunter befanden sich drei Fächer, die nicht die ganze Tiefe der Tasche einnahmen. Offensichtlich enthielt der Raum unterhalb der Abteile einen Mechanismus, der mit einem Summer verbunden war. Ganz gleich, was so ein Summer sein mochte. Pop zeigte auf jedes einzelne Fach und erklärte: Ihre T, Ihre S und Logrin." Er sah mich an und sprach zu mir, aber in Wirklichkeit erklärte er es Saint John. Er zeigte auf die einzelnen Fächer: T, rosa Kapseln – etwa ein Dutzend; S, die genauso aussahen wie die durchscheinenden braunen Kapseln, die ich vorher vom rustikalen Mädchen bekommen hatte, als ich auf den Kopf fiel (vermutlich waren es die gleichen) – etwa ein Dutzend; und etwa zwei Dutzend braune, gesprenkelte Tabletten, die Pop Logrin nannte.

Er ließ das Oberteil einrasten.

„Soll ich sie laden?" fragte er John.

John nickte. Pop drehte daraufhin die Tasche um, fuhr mit dem Fingernagel unter einen dünnen, flachen Stab am Boden der Tasche, hob ihn leicht an, schob seinen Finger darunter und drückte ein Ende hinauf. Der Stab war am Boden der Tasche befestigt und ließ sich bis zu einem Winkel von fünfundvierzig Grad hochdrücken. Dem Geräusch nach wurde er durch eine Feder geladen. Pop legte dann seine Handkanten auf den oberen Rand des Beutels und den Stab am anderen Ende und drückte diesen mit einiger Anstrengung wieder in die Vertiefung am Boden des Beutels. Er rastete dort ein und war offensichtlich „geladen". Pop gab mir den Beutel.

„Danke."

Ich ging hinaus, während John Pop einen Gruß zurief und mir

die Tür aufhielt. Ich drehte den kleinen Lederbeutel in den Händen, hob den Sicherheitsdeckel über dem „Summer" hoch und öffnete und schloß den Deckel.

„Gefällt dir dein Spielzeug?"

„Die hier heißen S, für Schmerz, richtig?" Während ich fragte, öffnete ich den Deckel und zeigte mit dem Finger auf die braunen, durchscheinenden Kapseln. John nickte. Dann zeigte ich mit dem Finger auf das nächste Fach: „T?"

„Richtig."

„Für Tranquilizer?"

„Richtig."

Ich wanderte weiter zu den gesprenkelten Tabletten. „Logan?"

„Logrin", verbesserte John. „Eine Art – na ja – eine Art Vitaminkonzentrat, kombiniert mit . . ."

„Tranquilizern?"

„Nein, das ist schwierig zu erklären, Sebastian. Nimm eine. Sie sind völlig harmlos und tun dir gut."

Ich sah mich nach einer der Wasserfontänen um, die es hier gab, entdeckte aber keine in der Nähe.

„Kau sie einfach, Sebastian, sie sind süß." Er steckte eine Tablette in den Mund. Warum sollte ich mir Sorgen machen? Ich dachte daran, daß sie mir sowieso die anderen Drogen mit dem Essen eingaben, diese Dreckskerle. Ich kaute. Gut.

„Ich spüre nichts", sagte ich zu John.

„Du spürst auch nichts, das heißt nicht sofort."

„Glaube ich dann, daß ich fliege, oder stelle ich nur einen neuen Rekord auf dem Golfplatz auf?"

„Du wirst schon sehen."

Das Gebäude, das etwa dreißig Meter vor uns lag, trug auf zwei Seiten den großen, fleckigen Buchstaben „G". G für Golf? Vielleicht für Gott oder für Gorillas. Ich war auf alles gefaßt. Als wir beim Klubhaus eintrafen, wirkte der Logrin bereits. Das Gefühl entsprach keinem Marihuanarausch und sicherlich keinem Alkoholrausch. Es war eine angenehme Wärme, ein bißchen wie Marihuana, aber ohne Unterbrechung des Zeitgefühls.

John lächelte, als wir zum Klubhaus kamen, und fragte: „Wie gefällt er dir?"

„Der Logrin?“

„Ja.“

„Kann man ihn rauchen?“

Wir betraten das Klubhaus, das von den Gesprächen der Golfspieler widerhallte.

Das Kommen und Gehen im Umkleideraum, das Geplauder und der geräuschvolle Transport der Ausrüstungsgegenstände kamen mir bekannt vor, also nahm ich an, daß das Spiel nicht ganz neu für mich war.

„Noch nie gespielt?“ fragte John.

„Ich weiß es nicht“, antwortete ich, und Bitterkeit überkam mich bei der Erkenntnis, daß ich mich nicht einmal daran erinnern konnte, ob ich Golf gespielt hatte oder nicht. Diese Dreckskerle

John nahm mir sanft den Schläger aus der Hand. „Es ist doch nicht wirklich wichtig, Sebastian, nicht wahr?“ Er steckte den Schläger in eine Golftasche und reichte sie mir am Schulterriemen. Er hatte die Taschen überprüft, während ich mit einem Putter übte. Jetzt hängte er sich die Tasche über die Schulter und forderte mich auf, das gleiche zu tun. Ich folgte seinem Beispiel, und wir schlenderten den Weg zum ersten Abschlag hinunter, um das wahrscheinlich dümmste Spiel zu spielen, das der *Homo erectus* je erfunden hat.

Ich erreichte mit zwei Schlägen das erste Green und überraschte damit sowohl mich selbst als auch den Heiligen, der, seiner Routine nach zu urteilen, offensichtlich oft gespielt hatte. Ich hatte mir den Beutel im Klubhaus auf den Gürtel geschoben, und beim dritten Aufschlag, bevor ich mich zu meinem Schlag in Positur stellte, fragte ich John, wozu der „Summer“ da war.

„Vielleicht, um damit Hilfe herbeizurufen“, schlug ich vor, „wenn man einen Herzanfall hat oder so was Ähnliches?“

„So was Ähnliches.“

„Was für eine Antwort soll das sein, John? Ich meine, ich habe mir das Ding umgeschnallt und sollte wissen, wozu es gut ist.“

Er saß auf einer der kleinen Holzbänke, die bei jedem Abschlag stehen, damit sich die Golfspieler von ihrem kraftraubenden, männlichen Sport erholen können. Er hielt den Schläger mit Daumen und Zeigefinger beider Hände am Schaft, hob und senkte ihn abwechselnd und visierte dabei wie ein Bombenschütze am Schaft entlang den Boden an. Wahrscheinlich verfolgte er irgendein im Gras kriechendes Tier. Seine Gleichgültigkeit ärgerte mich.

„Nun, John?"

Er stand auf und reinigte den Schläger mit einem Lappen, der zum Bällewaschen an dem Hydranten hing.

„Er bringt dir Hilfe, Sebastian, das ist alles. Warum bist du böse und, wenn ich es sagen darf, immer noch paranoid?"

„John, soll ich dir meinen paranoiden Lieblingswitz erzählen? Der Kerl", phantasierte ich, ohne seine Antwort abzuwarten, „geht zu einem Psychiater. Er sagt dem Medizinmann, daß ihn Männer mit Messern verfolgen, die ihn töten wollen. ‚Nun', meint der Medizinmann, ‚Sie leiden eindeutig an Paranoia. Ich werde Sie behandeln und heilen.' Also geht der Kerl wochenlang jeden Tag zum Medizinmann und erzählt immerfort von seinen Wahnvorstellungen mit den Mördern, und der Doktor versichert ihm immerfort, daß er gesund werden wird. Nun, eines Tages stolpert der Kerl in die Ordination des Medizinmanns, fällt auf den Bauch, und in seinem Rücken steckt ein Messer. Der Doktor springt auf. ‚Gratuliere', sagt er, ‚Sie sind nicht paranoid.'"

John lachte. „Der ist gut. Ich habe ihn noch gar nicht gekannt."

„Verdammt noch mal", sagte ich wütend, „ich habe Drogen bekommen, bis ich Halluzinationen gehabt habe – und du weißt es; man hat mich belogen – und du weißt es. Also erzähl mir keinen Quatsch darüber, daß meine Befürchtungen Einbildung seien. Sie sind real."

„Du hast mich überzeugt, Sebastian." Er machte nach jedem Satz einen Übungsschlag. „Der Summer bringt Hilfe." (Schlag.) „Ärztliche Hilfe." (Schlag.) „Die Hilfe kann auch ein Schutz sein." (Schlag.)

„Schutz?"

„Ja." Er machte eine Pause und stützte die Hände auf den Schläger. „Wir verfügen hier über eine Sicherheitsabteilung." Ich nickte und grinste ihn zynisch mit zusammengepreßten Lippen an. „Also, nicht alle hier sind vollkommen, Sebastian. Es kommen gelegentlich Diebstähle vor – manchmal Überfälle. Und dann stolpert manchmal, weil es keinen Zaun gibt, ein Jäger zu uns herein oder ein Camper oder auch ein einfacher altmodischer Landstreicher."

„Und wer den Eindringling entdeckt", sagte ich, „drückt auf den Summer . . ."

„Ja."

„Und was tut ihr mit ihm, John, wenn eure SS-Leute ihn erwischen? Injizieren sie ihm Luftblasen in die Venen, und begraben sie ihn im Süden?"

Rufe vom letzten Loch ließen darauf schließen, daß die Partie hinter uns vorgelassen werden wollte, falls wir uns mit unserem Spiel nicht beeilten.

„Kaum", lautete die Antwort des Heiligen.

Ich schlug den Ball hart vom Abschlag weg, hoch und weit. Die vier hinter uns brüllten uns ihren Dank zu, und wir stapften weiter.

„Was tut ihr wirklich, Heiliger? Oder vielleicht sollte ich fragen, was ihr mit Menschen getan habt, die über euer Shangri-la stolperten?"

„Wir bringen sie nicht um."

„Das ist nur eine halbe Antwort, und zwar die negative Hälfte."

John blieb stehen und beugte sich über seinen Ball. Er schwang den Schläger ein paarmal probeweise, und ich wunderte mich darüber, daß er sich während unserer Unterhaltung im Gehen auf seinen Ball konzentrieren konnte. Meine Gedanken waren nicht beim Spiel, sondern ganz bei unserem Gespräch. John trat noch näher zum Ball und schubste ihn auf das Green. Es war ein guter Schlag. John war ziemlich gut. Er steckte den Schläger in die Tragtasche, die auf dem Rasen lag, hob sie hoch und schlang sich die Tragschlaufe über die Schulter.

„Wo ist dein Ball?" fragte er.

„Pfeif drauf! Was macht ihr mit ihnen . . . was macht ihr mit Eindringlingen, John?"

„Wir drehen sie um und schicken sie nach Hause."

„Ganz einfach?"

„Nicht ganz."

„Also was? Sag es mir, John, ich will es wissen. Assimiliert ihr sie? Preßt ihr sie in den Sunnyview-‚Klub'? Hab ich's erraten?"

„Manchmal." Er blieb stehen, hakte den Daumen aus der Tragtasche und gestikulierte nachdrücklich mit beiden Händen. „Was willst du eigentlich von mir hören, Sebastian? Du weißt, daß wir hier isoliert sind und daß wir keine Sehnsucht nach Publicity haben, um es mild auszudrücken. Du mußt inzwischen auch wissen – ich hoffe zumindest, daß du es weißt –, daß wir nicht bösartig sind. Wir schaden unseren Leuten nicht und auch nicht Fremden, aber wir bekommen gelegentlich ungebetene Gäste. Wir verfügen auch über wissenschaftliche Lösungen für diese Probleme, und sie bestehen sicherlich nicht darin, daß wir die Leute töten und im Süden begraben. Wir sind auf wissenschaftlichem Gebiet sehr fortschrittlich, Sebastian. Sicherlich sind wir über so unoriginelle und primitive Lösungen hinaus. Sieh mal, leg die Hand auf den Boden." Er machte es mir vor, und ich machte es ihm widerstrebend nach, hockte mich hin und drückte die Handfläche auf den Rasen. „Er ist warm." Das stimmte. Warm wie die Haube über einem heißen Automotor.

„Dampfleitungen?"

„I wo. Nichts so Archaisches. Der Boden ist mit feinen Metallkörnern versetzt, die aus einer gut leitenden Legierung bestehen wie die Elemente eines Toasters, aber ohne . . ."

Die vier hinter uns bombardierten uns wieder mit ihren Aufforderungen und unterbrachen Johns Gedankengang. Er gab auf.

„Nimm deine Leinentasche, Sebastian, und wir treten ab. Das Spiel wirkt sich auf unser Gespräch nachteilig aus, und die vier hinter uns machen vielleicht in die Hosen, wenn sie nicht durchspielen können."

„Ausgezeichneter Vorschlag." Ich nahm meine Tasche und machte mich auf den Weg zum Klubhaus, ohne mich um meinen verlorenen Ball zu kümmern.

Während des Marsches sprachen wir überhaupt nicht miteinander. Auf halbem Weg wechselte ich die Tasche von der rechten auf die linke Schulter, um beide gleichmäßig wund zu scheuern. Ich war verschwitzt und müde.

„Schneidet der Träger ein?" fragte John.

„Ein wenig. Ich bin nicht in Form."

„Das ist nicht erstaunlich, Sebastian. Du darfst erst seit ein paar

Tagen aufstehen. Nimm eine S-Tablette für die Schulter und nachher einen Logrin."

„Es ist nicht so arg."

„Wir halten das sinnlose Ertragen von Schmerz weder für lobenswert noch für heldenhaft", meinte er trocken.

Ich wollte John sagen, daß der Schmerz für mich einen Teil des Menschseins bedeutete, so wie der Tod ein Teil des Lebens ist, aber ich sagte nichts. Ich fügte mich statt dessen seiner Logik, öffnete mit meiner freien Hand den Beutel und fischte eine kleine braune Kapsel heraus, die ich mühelos hinunterschluckte. Die Schulterschmerzen waren weg. Dann ein Logrin, auf dem ich herumkaute, und als ich soweit war, sagte John: „Jetzt fühlst du dich doch viel besser, nicht wahr?", und ich dachte: Natürlich. Es war wirklich ein sehr angenehmer Tag.

„Heineken", bestellte ich, und John verlangte Scotch mit Wasser, und die hübsche dunkelhaarige Kellnerin mit den stramm sitzenden Hosen lächelte. „Ja, Sir."

Das „Neunzehnte Loch" war wirklich nett. Es war ein makelloser Kreis mit einer runden Bar in der Mitte, und von jedem Tisch aus hatte man eine unbehinderte Aussicht. Von uns aus gesehen verlief der Zaun des Golfplatzes etwa hundert Meter geradeaus und beschrieb dann einen rechten Winkel. Rechts oben, von mir aus gesehen, lag das Hauptgebäude, drei Stockwerke hoch, in häßlichem Braun und Grün gehalten. Zwischen ihm und uns befanden sich der Schlaftrakt und ein paar Nebengebäude, die alle große Buchstaben an der Seitenfront trugen. Mit Hilfe eines Führers kann man sie wahrscheinlich identifizieren, dachte ich und griff in die Hüfttasche nach der Karte, die Pop mir gegeben und die ich in meine Brieftasche gesteckt hatte. Währenddessen kam die Kellnerin mit unseren Drinks, und weil ich gerade meine Brieftasche herauszog, fiel mir etwas auf, das ich bis jetzt übersehen hatte: in Sunnyview war kein Geld in Umlauf, und ich fragte mich, wie viele weitere unübersehbare Tatsachen innerhalb dieser merkwürdigen kleinen Gesellschaft meiner Aufmerksamkeit entgangen waren.

Die dunkelhaarige, hübsche Kellnerin weckte die Erinnerung an Julie, und ich fragte mich, wann ich sie wohl wiedersehen würde. Die Kellnerin schenkte John seinen Whisky und mir mein Bier ein. Das schäumende kalte Bier war ein wunderbarer Durstlöscher.

„Bier, John, ist ein Getränk, zu dem kein Kerzenschimmer paßt. Es muß unter glühender Sonne erfunden worden und von einem schwer arbeitenden Bauern oder einem salzverkrusteten Fischer zum erstenmal gebraut worden sein. Im Himmel schenkt man sicherlich Wein aus, aber Bier ist von Natur aus Teil des Schmutzes und des Schweißes der Erde. Ich habe einmal einen Zeitungsbericht über einen kleinen alten Mann gelesen, der den Untergang seines Fischerbootes überlebte, indem er den kleinen hölzernen Köderbehälter losriß und hineinkroch. Er trieb über fünfzig Stunden lang ohne einen Tropfen Trinkwasser in der Dünung des Ozeans, bis ihn ein Zerstörer sichtete und an Bord hievte. Das erste, was der ausgemergelte, braungebrannte alte Fischer haben wollte, war ein schönes kaltes Bier und eine Zigarette. Kein Wasser, kein Steak und keine Kartoffeln, sondern ein Bier und eine Zigarette! Aber kannst du dir vorstellen, daß er Wein verlangt hätte? Nie! Und die Matrosen brachten ihm sein kaltes Bier und die Zigarette. Er machte ein paar tiefe Züge aus der Zigarette – hieß es im Bericht weiter –, nahm auch ein paar kräftige Schlucke von dem Bier und schüttete sich den Rest über sein grinsendes, nach oben gekehrtes Gesicht. Das ist der ideale Verwendungszweck für Bier. Dazu wurde das beliebte Gebräu geschaffen. Whisky jedoch wurde nicht erfunden, Saint John, man hat ihn entdeckt. Wie ihr Iren alle wißt, hat sich ein bösartiges altes Weib das Rezept im Fegefeuer ausgedacht, und seither eignet er sich für eiternde Wunden oder für einen festlichen Leichenschmaus."

„Willst du dein Bier eigentlich trinken oder ein Gedicht darüber schreiben?"

Johns Bemerkung riß mich aus meinen Tagträumen, und ich machte schnell einen kräftigen Zug, um die Wirklichkeit genauer zu erkennen. Ich schaute John scharf an.

„Sag mir die Wahrheit, John, wenn ihr sie nicht im Süden begrabt, was *tut* ihr dann mit den Fremden, die gelegentlich in euren sterilen Garten Eden hereinschneien?"

Der Heilige schlürfte seinen Drink, stellte dann das Glas auf den Tisch und begann es geistesabwesend zu drehen. „Du hast gesagt – eigentlich gefragt –, ob wir sie hineinpressen."

„Ja. Tut ihr das?"

„Manchmal, Sebastian, aber nur, wenn alle Umstände diese Lösung notwendig machen; das maßgebliche Kriterium", er drohte mit dem Finger, „ist der freiwillige, ich betone, der *freiwillige* Wunsch zu bleiben."

Ich nahm einen Schluck Bier. „Und wenn kein derartiger Wunsch vorliegt?"

„Dann schicken wir ihn dorthin zurück, wo er hergekommen ist."

„Na hör mal, Heiliger. Mach mir doch nichts vor. Ihr führt ihn mit verbundenen Augen in den Wald und laßt ihn versprechen, daß er bis hundert zählen wird, während ihr verschwindet?"

„Natürlich nicht."

„Also?"

„Schau, Sebastian, vieles davon . . . also, du wirst bald Antworten auf viele deiner Fragen bekommen. Ich glaube, schon ab morgen. Aber du sollst alles auf die richtige Art und Weise und von der richtigen Person erfahren."

„Banana?"

Er lächelte und ging wieder auf den Spitznamen ein. „Ja, Banana."

„Hör mal, John, du kannst doch meine Ungeduld verstehen, nicht wahr? Ich meine, wenn ich nicht so gern wissen möchte, wozu diese Anlage, zum Teufel, wirklich dient, wäre ich schon lange fort. Über den Hügel." Ich machte eine weit ausholende Handbewegung.

„Wirklich?"

„Na ja, vielleicht nicht." (Ich hatte das deutliche Gefühl, daß ich etwas Falsches gesagt hatte, und versuchte es abzuschwächen.) „Ich vertraue dir, John. Zeig mir, daß du mir ebenfalls vertraust."

„Sieh mal", er zögerte – dann sprudelte er hervor. „Ich werde dir sagen, was geschieht, wenn ein Fremder nach Sunnyview hereinstolpert. Okay? Ich sage es dir, wenn du mir zwei Dinge versprichst. Erstens, du läßt mich reden, ohne mich zu unterbrechen, und zweitens, wenn ich fertig bin, stellst du keine Fragen und verlangst keine weiteren Erklärungen, Begründungen oder Details. Abgemacht?"

„Abgemacht", sagte ich und hob mein Glas. Er begann, sprach langsam, überlegt und deutlich, um klarzumachen, daß er es nicht mehr wiederholen würde.

„Zunächst: der Fremde wird gut behandelt, höflich und entgegenkommend. Wir geben ihm oder ihr oder ihnen zu essen und lassen sie ärztlich behandeln, falls es notwendig ist. Auf die Frage, wo sie sich befinden, sagen wir ihnen ‚in einer Klinik', nicht mehr."

Ich öffnete den Mund, um etwas zu sagen, aber John deutete mit einer Handbewegung an, ich solle schweigen, und fuhr fort: „Wenn wir während unserer ersten Kontaktgespräche feststellen, daß unser Fremder keine starken Bindungen zu seinem Zuhause oder überhaupt kein Zuhause hat, und wenn er über eine Handfertigkeit oder ein Talent verfügt, das wir brauchen können, machen wir ihm . . . machen wir ihn vorsichtig auf die Möglichkeit aufmerksam, daß er hierbleiben kann."

„Hübsch ausgedrückt", kommentierte ich. John gestattete sich ein zustimmendes Nicken, machte aber keine Pause.

„Wenn ihm klargeworden ist, daß er bleiben kann, wird entweder er uns fragen, ob das möglich ist, oder wir fragen ihn, wenn wir seine besonderen Fähigkeiten sehr dringend brauchen. Sobald beide Seiten sich darüber geeinigt haben, daß er hierbleiben will, wird ihm ein Orientierungs- und Erziehungsprogramm verpaßt. Okay?" Es war ein rhetorisches „Okay", denn der Heilige sprach sofort weiter. „Falls . . . falls jedoch dieser Eindringling . . ." – ich lächelte zynisch über die geänderte Bezeichnung, aber der Gesichtsausdruck des Heiligen veränderte sich nicht – „. . . wenn unser Fremder fort will, wenn er dorthin zurück will, wo er hergekommen ist, wenn er nach Hause oder sonstwohin will, also wenn er Sunnyview verlassen will, lügen wir."

„Aha", unterbrach ich ihn mit leisem Triumph in der Stimme. „Aha, du Superheiliger." Er war verärgert, das heißt, wenn man das Temperament des Heiligen in Betracht zog, sogar wütend.

Er fuhr fort. „Wir erklären, daß Sunnyview ein staatliches Krankenhaus und seine Lage streng geheim ist. Sobald wir das erklärt haben, machen wir ihnen klar, daß wir sie einer Behandlung unterziehen müssen, durch die sie vergessen, daß sie jemals hier gewesen sind, die ihnen aber überhaupt nicht schaden kann. Wenn sie diese Behandlung ablehnen und darauf bestehen, uns zu verlassen, bedienen wir uns einer List. Ein Mittel in einer Tasse Kaffee oder etwas Ähnliches, um sie gefügig zu machen. Jedenfalls verläßt niemand Sunnyview mit intakter Erinnerung an seinen Aufenthalt hier. Für unsere Zwecke ist es unerläßlich, daß wir isoliert bleiben, und unsere Lage, sogar unsere bloße Existenz, sind absolut geheim."

„Aber", begann ich, um die erste von tausend Fragen zu stellen.

„Aber", wiederholte John, indem er mich unterbrach und spöttisch sein Glas hob, „natürlich bist du ein Mensch, der zu seinem Wort steht, und willst noch ein Bier."

„Noch ein Bier", stimmte ich hilflos zu. John lächelte.

„Du", sagte er, „bist keiner von diesen Fremden. Du bist kein Unfall, Sebastian." Womit er natürlich die erste Frage beantwortete, die ich gestellt hätte.

Wir aßen unser Mittagessen und vertrödelten noch ein paar Stunden bei ein paar Tassen Kaffee, sprachen über Golf und andere vollkommen nebensächliche Dinge. Ich unterbrach das Geplauder einmal, um in einer Telefonzelle in der Nähe der Herrentoiletten von einem Telefon ohne Wählscheibe aus einen Anruf zu tätigen. Die Telefonistin konnte mich mit Dr. Manna verbinden. Ich erklärte ihm energisch, daß ich so bald wie möglich mit ihm sprechen wolle, und er antwortete so freundlich und saccharinsüß wie immer, am nächsten Tag um zehn Uhr wäre eine Unterredung zwischen uns vorgesehen. Er fügte mehr als vielsagend hinzu, daß wir diesmal ein sehr ausführliches Gespräch führen würden.

Vom Klubhaus wanderten John und ich über das Gelände zum Schlaftrakt. Es gelang mir, den Rest des Tages irgendwie totzuschlagen. Ich spielte mehrere Schachpartien gegen den Heiligen, der sich als beachtlich starker Spieler erwies, und ich verbrachte den Rest des Abends mit Beethoven neben dem Kamin im Winterraum in einem riesigen Plüschsofa. Der Duft köstlichen Parfums und das Rascheln eines Kleides weckten mich aus meinem Traum.

„Er ist unverwüstlich, nicht wahr?“ Es war das rustikale Mädchen; es stand neben mir und blickte in den Kamin, dessen Widerschein seine milchweiße Haut rosig überhauchte.

„Beethoven?“ fragte ich und antwortete banal: „Wie das Gras.“

Sie war eine der seltenen echten Rotblonden, die wirklich schön sind. Es ist traurig und meiner Meinung nach wirklich ungerecht, aber die meisten Frauen, die mit rotem Haar gesegnet sind, sind auch mit rotfleckiger Haut und beziehungsweise oder Pferdezähnen gesegnet. Die Schönheit am Kamin wies keinen dieser Mängel auf.

„Wie heißen Sie, damit ich Sie nicht ‚Rotfuchs‘ nennen muß?“

„Ich habe es gern, wenn man mich ‚Rotfuchs‘ nennt.“

„Wirklich?“

„Wirklich.“

Sie lächelte mir zu und ließ sich plötzlich mit einer graziösen Bewegung zu meinen Füßen nieder, lehnte die Wange an meinen Schenkel und hielt mein Bein umklammert wie ein Kind. Genau so.

Eine unglaublich taktlose Frage fiel mir ein, und ich stellte sie auch sofort.

„Wo ist Julie? – Verzeihen Sie“, fügte ich schnell hinzu. „Das war blöd.“ Sie drehte den Kopf, lehnte die andere Wange an meinen Schenkel und sah mich an.

„Nein, das war es nicht“, widersprach sie und strahlte mich an. „Julie hat heute Nachtdienst. Deshalb bin ich hier.“

Ich streichelte ihr Haar, und sie hob den Kopf und lächelte, und dann sah sie wieder ins Feuer. Durch die Bewegung breiteten sich die rotgoldenen Flechten über meine Knie aus, und sie streichelte mein Bein. Der Gesamteindruck, den sie bot, war: liebevolle Unterwerfung . . . Milch und Honig für das männliche Ego und deshalb von zauberhaftem Reiz. Minuten später war sie in meinem Zimmer und in meinem Bett und in meinen Armen. Sie war ein außergewöhnliches Mädchen.

Der „Rotfuchs“ verließ mein Lager verstohlen während der Nacht, und das war gut so, denn am nächsten Tag standen ein Gespräch unter Männern und entsprechende Taten auf dem Programm. Es war Zeit, meine Männlichkeit unter Beweis zu stellen, und wie jeder Krieger weiß, kann man Eros nicht dienen, während man Mars dient. Ich wollte von diesem Dreckskerl Banana Antworten auf meine Fragen, und zwar noch an diesem Morgen. Ich hechtete wie ein Marineinfanterist aus dem Bett ins Badezimmer und schrubbte meine Zähne mit gebremstem Zorn. Dann marschierte ich hinunter ins Eßzimmer und führte meinem Körper Kalorien in Form von gebratenen Spiegeleiern zu, stürzte zwei Tassen pechschwarzen Kaffee hinunter, um meine Nerven zu stärken, sah auf die Uhr und marschierte um 9.50 Uhr schnurstracks und wild entschlossen auf Feldmarschall Bananas Büro zu.

„Kommen Sie herein, Mr. Cant. Setzen Sie sich. Wie geht es Ihnen heute morgen?"

„Ich will auf alles eine Antwort. Auf alles . . . heute . . . und jetzt", knirschte ich.

„Es ist meiner Meinung nach auch höchste Zeit", stimmte er mir freundlich zu. „Also werden Sie sie auch bekommen. Kaffee?"

„Ja, bitte. Schwarz und wenig Zucker." Er schenkte den Kaffee ein. Natürlich nicht in gewöhnliche Tassen, sondern in Schalen aus feinstem Porzellan; er stellte sie zwischen die beiden schwarzen Statuetten auf den Kaffeetisch. Er ging dreimal zwischen der Bar und dem Kaffeetisch hin und her. Zuerst mit zwei Tassen Kaffee auf Untertassen, wobei er mich aufforderte, mich zu setzen und es mir bequem zu machen; dann mit einem kleinen Milchkännchen und einer kleinen silbernen Schale mit Würfelzucker; und schließlich verlieh er seinem Auftritt den letzten Schliff – er öffnete ein Kistchen Zigarren.

„Zigarre, Mr. Cant?" fragte er. Das Spiel war eröffnet.

„Ja." Ich nahm eine Zigarre, schnupperte an ihr und biß das Ende ab. Vielleicht fühlte er sich wie ein Schachspieler, aber ich kam mir mehr wie ein Rugbystürmer vor. Ich sah ihm starr ins Gesicht, und statt das abgebissene Ende elegant von meiner Zungenspitze zu entfernen, spuckte ich es vulgär aus, nur um ihn zu ärgern. Er tat mir nicht den Gefallen. Ich erlaubte ihm, mir Feuer zu geben, rührte ein Stück Zucker in meinem Kaffee um, schlürfte ihn, stellte ihn wieder auf die Untertasse und schmauchte schweigend die kräftige dunkle Zigarre, ohne Banana aus den Augen zu lassen.

„Haben Sie an etwas Bestimmtes gedacht, Mr. Cant? Die Tatsache, daß Sie auf alles eine Antwort haben sollen, entspricht Ihrem Wunsch, sozusagen Licht in die Angelegenheit zu bringen – und ich kann Ihre Gefühle durchaus verstehen –, aber ich glaube, daß es leichter ist, wenn Sie mir die Fragen stellen und ich sie detailliert zu Ihrer Zufriedenheit beantworte. Sind Sie damit einverstanden?"

Ich beschloß, eine Breitseite abzufeuern, um sein aristokratisches Auftreten ein bißchen zu stören.

„Meiner Meinung nach sind Sie ein nichtsnutziger Hurensohn und wahrscheinlich genauso aufrichtig wie ein hungriger Köter. Wie wollen Sie mich zunächst einmal davon überzeugen, daß Ihre Antworten nicht bestenfalls halbe Wahrheiten und schlimmstenfalls geschickte Lügen sind? Saint John gab zu, daß ihr hier über eine sehr elastische Ethik verfügt, wenn ihr es mit Fremden zu tun habt."

„Aber Sie, Mr. Cant, sind für uns kein Fremder, wie Ihnen John bereits gesagt hat. Sie sind nach Sunnyview gebracht worden. Sie sind nicht zu uns hereingestolpert." Er lehnte sich zurück und sog an seiner Zigarre. „Entspannen Sie sich, Mr. Cant. Lassen Sie sich Zeit. Genießen Sie den Kaffee und die Zigarre, und ich werde Ihre Fragen beantworten."

„Gut", sagte ich. „Warum bin ich hier? Warum sind Sie hier? Was sind Ihre Absichten, und was wollen Sie von mir?"

„Sie sind hier, weil Sie krank waren und wir Sie heilen wollen." Er stand auf, schlenderte zum Fenster und nahm seine Napoleon-in-voller-Gloriole-Pose ein, aber diesmal hatte er etwas Überzeugendes an sich.

„Kennen Sie den hippokratischen Eid, Mr. Cant? Natürlich nicht den genauen Wortlaut, aber könnten Sie ihn in groben Zügen wiedergeben? Die meisten Menschen", sagte er, ohne eine Antwort abzuwarten, „die meisten Menschen würden ihn ungefähr wie folgt umschreiben: ‚Ich verspreche, meine Patienten nach besten Kräften zu behandeln und nie eine Behandlung abzulehnen, so wahr mir Gott helfe.'" Er drückte die Zigarre spöttisch an die Brust. „Irgend etwas in der Art, nicht wahr? Aber das stimmt nicht, mein lieber Mr. Cant. Ein Mißverständnis; eines von vielen in Bezug auf Hippokrates. Hippokrates' Vermächtnis bestand darin, daß er den

Arzt aus seiner Stellung, halb Scharlatan und halb Priester, zu einem Wissenschaftler emporheben wollte. Daß er aus dem Beruf eine Kunst machen und – was das wichtigste war – die Ausübung der Medizin einer Bruderschaft anvertrauen wollte."

Damit wandte er sich der Bücherwand zu, suchte einen Augenblick lang, nahm ein kleines Bändchen heraus und blätterte darin, bis er gefunden hatte, was er brauchte. Er überflog die Seite, blätterte um und begann, mir laut vorzulesen; dabei streckte er den Zeigefinger in die Luft, als wollte er die Bedeutung der Worte betonen.

„Ich schwöre bei Apollon dem Arzt und bei Asklepios, bei den Mächten der Gesundheit und Genesung und bei allem Göttlichen als Zeugen, daß ich erfüllen will nach meiner Kraft und meines Geistes Vermögen diesen Eid und diese Verpflichtung: achten will ich meine ärztlichen Lehrer gleich meinen eigenen Eltern, mein Leben will ich mit ihnen teilen und ihnen von meiner Habe geben, wenn sie ihrer bedürfen. Ihre Nachkommen will ich gleich meinen Brüdern halten und sie lehren diese Kunst, wenn sie nach ihr verlangen, ohne Entgelt und ohne Vertrag. An Unterweisung und Vortrag und aller üblichen Lehre will ich teilnehmen lassen meine eigenen Söhne, die Söhne meiner Lehrer und Schüler, die durch Vertrag und ärztlichen Eid gebunden sind, sonst niemanden."

Dr. Manna klappte das Buch mit einer Hand zu, stellte es an seinen Platz zurück, dann drehte er sich um und verkündete melodramatisch: „Seit Hippokrates' Zeiten führen wir Krieg – einen Krieg gegen die Unwissenden, die wissenschaftliche Erkenntnis für Blendwerk des Teufels halten. Unsere Waffe – unsere stärkste Waffe – war immer das Pflichtbewußtsein, aber nicht der Menschheit, sondern unseren Berufskollegen gegenüber. Dieses Pflichtbewußtsein wurde immer stärker, je öfter wir immer wieder sehen mußten, wie sich das schrecklich wankelmütige Wesen der Menschen gegen uns wendete. Wir erlebten, daß die Menschen entweder aus Ehrfurcht vor uns weißen Göttern knieten oder uns auf den Scheiterhaufen der Häretiker schleiften, weil wir eine neue Wahrheit verkündeten. Die Familie eines Arztes, Mr. Cant, seine einzige wahre Familie, sind seine Kollegen aus der Ärzteschaft. Sein Gott, sein einziger Gott, ist die Wahrheit."

Er sah auf die Uhr und verkündete unvermittelt, es sei Zeit fürs Mittagessen.

„Was halten Sie von Freud, Mr. Cant?" fragte er, während er mir den Arm um die Schultern legte und mit mir zur Tür ging.

„Wie viele Worte darf meine Aussage haben?"

Er lächelte. „Wenn Sie unbedingt wollen, können wir uns nach dem Essen noch weiter unterhalten."

„Ich werde kommen", sagte ich.

6

ICH WAR sehr hungrig, aber ich zog es vor, ziellos herumzuschlendern, statt in den Schlaftrakt zum Mittagessen zu gehen.

Er hat nicht viel gesagt, dachte ich. Das ganze Gerede über Hippokrates und darüber, daß Mediziner loyal wie Blutsbrüder zusammenhalten müssen, war offensichtlich nur die Einleitung zu einer viel aufschlußreicheren Eröffnung.

Während ich herumspazierte, ging ich im Geist das Gespräch wieder durch, horchte genau hinein, wiederholte es mir noch einmal, analysierte jeden einzelnen Satz, suchte nach versteckten Bedeutungen und entdeckte nur, was jeder Schauspieler weiß – daß die Wahrheit, die hinter den Worten steht, ebenso unterschiedlich ist wie die unendliche Modulationsfähigkeit der menschlichen Stimme. Und Banana war ganz schön kaltblütig. Das Schlagwort „Tu nie Bananen in den Kühlschrank" fiel mir ein, und lächelnd fand ich aus meinem Wachtraum in die Wirklichkeit zurück; dabei stellte ich fest, daß ich bei meinem Herumwandern zur Tür des Schlaftrakts gelangt war, aus der der appetitanregende Duft frisch gebratener Hühner kam. Ich betrat das Eßzimmer und gab einer Kellnerin meine Bestellung auf, noch während ich einem freien Tisch zustrebte.

Bald war ich damit beschäftigt, ein halbes Huhn zu verschlingen, das einfach köstlich schmeckte. Sunnyview, sinnierte ich, hatte in bezug auf die Zubereitung von Hühnern die höchsten Sphären der Kochkunst erreicht.

„Wer hat dich verhungern lassen?"

Ich sah langsam auf, weil ich wußte, wer da zu mir sprach. Die Beine kannte ich.

„Julie. Wie geht es dir? Lange nicht gesehen", sagte ich bewußt kühl.

„Ich habe gearbeitet", lächelte sie. „Darf ich?" Sie zog gleichzeitig den Stuhl zurück, setzte sich hin, stützte das Kinn in die Hände und starrte mich auf eine Art an, die nicht so sehr beunruhigend als nervenzermürbend war.

„Wie war das rustikale Mädchen?" fragte sie geradeheraus.

„Woher weißt du . . .?"

„Sie hat mir erzählt, daß du sie die ganze Nacht so genannt hast. Sie hat dir auch gesagt, daß sie es mag, wenn man sie Rotfuchs nennt, Sebastian."

„Sie hat dir sehr viel erzählt."

„Warum nicht?" Ihr Lächeln wurde breiter.

Ich stellte plötzlich fest, daß eine Serviette mit Fettflecken und ein Teller mit abgenagten Hühnerknochen keineswegs die richtige Umrahmung für eine Liebesszene sind, und winkte einem Serviermädchen, den Tisch abzuräumen.

„Wie wäre es mit einem Spaziergang, Julie?"

„Nein", sagte sie und deutete hinter mich, „ich muß um ein Uhr wieder oben sein, und es ist schon Viertel vor."

Ich drehte mich um, sah auf die Uhr, wendete mich ihr dann mit resigniertem Nicken wieder zu. Ein Mädchen räumte den Tisch ab, und wir lehnten uns zurück, um ihm Platz zu machen, und nach dem letzten störenden Handgriff beugten wir uns wieder vor.

„Heute abend, Julie?"

„Heute abend", sagte sie. „Ich habe wieder Tagdienst."

Ich geriet in Panik, und ich hatte das Gefühl, wieder in die Alptraumwelt der ersten Wochen zurückzugleiten. Tagdienst . . . Nachtdienst . . . ich konnte die wilden Augen der düsteren Schwestern sehen, als sie im Schein der dunklen Lampe ihre bösen Kelche leerten. War ich damals verrückt gewesen; war ich es noch immer?

„Was ist los, Sebastian? Du bist weiß wie ein Laken."

„Als du ‚Tagdienst' gesagt hast, habe ich mich erinnert . . ."

„Ach das. Damals hast du Halluzinationen gehabt, Sebastian. Ich weiß es, ich war dabei. Erinnerst du dich?"

„Ich erinnere mich, aber jetzt bist du *wirklich*. Wie konntest du ein Teil der Halluzinationen sein? Das verstehe ich nicht." Ich griff nach ihrer Hand und umklammerte sie mit beiden Händen. „Ich weiß nicht, wo die Wirklichkeit aufhört und wo sie beginnt."

„Du bist jetzt in der Wirklichkeit, Liebling, das weißt du doch, nicht wahr?" Sie legte ihre freie Hand auf meine und drückte sie.

„Ich nehme es an. Ich nehme es an, Julie."

„Du hast sehr viel mitgemacht, Baby. Darf ich heute nacht in dein Zimmer kommen und dich trösten?"

Sie lächelte, weil sie wußte, daß die Frage rein rhetorisch war. Sie drückte mir zum Abschied noch einmal die Hand und stand auf. Sie schritt quer durch den Raum zum Ausgang und genoß die bewundernden Blicke, während sie mit der Arroganz einer Prinzessin – oder einer Zauberin? – weiterging.

Die Leute begannen herumzurutschen wie in einem Schulzimmer fünf Minuten vor Ende der Stunde, und ich riß mich aus meinem Traumzustand. Es war Zeit, zu Banana und Kapitel zwei zurückzukehren – Freud, hatte er gesagt.

Einige Minuten später stand ich vor Bananas Höhle. Ich zögerte, obwohl ich schon die Hand erhoben hatte, um zu klopfen, als ich seine Stimme hörte. Nicht aus dem Büro, sondern hinter mir. „War das Mittagessen in Ordnung, Mr. Cant?"

Ich wendete den Kopf, eine Hand noch immer auf der Klinke und die andere zum Klopfen erhoben; ich war irgendwie in dieser Stellung fixiert, die immer dümmer wirkte, je länger ich sie beibehielt.

„Sie können die Klinke ruhig hinunterdrücken, Mr. Cant", lächelte er. „Keine Schlösser – Sie erinnern sich doch?"

Ich öffnete die Tür und trat ein, und mußte dabei denken, wie idiotisch ich mich aufführte.

„Kaffee? Ein Glas Wein?" fragte er mich über die Schulter, während er zur Bar am anderen Ende des Büros ging. „Welches Gift bevorzugen Sie?"

„Sie meinen, welche Droge."

Er blieb bei der Bar stehen und wendete sich mir halb zu.

„Nein, Mr. Cant, keine Drogen. Unverfälschter Kaffee, unverfälschter Wein. Ich verspreche es."

„Ich werde mir nur eine Zigarre nehmen", sagte ich und griff nach dem Kistchen auf dem Kaffeetisch.

„Wenn wir die Absicht hätten, Ihnen Drogen einzugeben, Mr. Cant", sagte er, während er sich Weißwein einschenkte, „könnten wir das auch ohne weiteres mit Zigarren tun."

Ich ließ mich in den Fauteuil sinken, der anscheinend mein Stammplatz war, und zündete meine Zigarre an. „Ich glaube Ihnen, Doktor. Ich habe nur einfach so viel gegessen, daß außer einer Zigarre nichts mehr Platz hat. Jedenfalls haben Sie recht. Sie haben unendlich viele Möglichkeiten, mich mit Drogen vollzupumpen. Deshalb werde ich Ihren Worten Glauben schenken."

Er lächelte.

„Wir haben mit Sigmund Freud aufgehört, Doktor."

„Stimmt", stellte er fest und hob anerkennend sein Glas. „Freud, Sigmund Freud. Ein Mann, der eine solche Wirkung auf die Öffentlichkeit ausgeübt hat, daß sein Name in unseren Wortschatz eingegangen ist; wir benützen ihn dazu, eine bestimmte Geisteshaltung auszudrücken: ‚freudianisch'. Glauben Sie, daß einmal eine abgeleitete Form meines Namens im Lexikon stehen wird, Mr. Cant?"

„Er steht schon im Lexikon", sagte ich, und seine Augenbrauen gingen in die Höhe, während er auf meine Erklärung wartete.

„Manisch", sagte ich.

Das Lächeln wurde auf meinen kleinen Scherz hin breiter, wirkte aber trotzdem frostig, weil es weder herzlicher noch heiterer wurde. Ich fand, daß Banana keinen Sinn für Humor hatte . . . nicht die leiseste Spur davon. Ich bildete mir ein, daß er nur deshalb lächeln konnte, weil er wußte, wie's gemacht wird, und er zwang sich zu einem Lächeln, wenn er es für angebracht hielt; es war jedenfalls keine spontane Reaktion auf irgendein Gefühl. Banana mußte sich zum Fenster umdrehen und Interesse an einer vorbeigehenden Schwester heucheln, damit das Lächeln auf seinem Gesicht nicht verkrampft wirkte. Denn bekanntlich endet erzwungenes Lächeln immer so; wenn man sich zu lange dazu zwingt, wirkt es verzerrt.

Eine Zeitlang herrschte Stille, während er mit dem Rücken zu mir am Fenster stand. „Oh", sagte er plötzlich und hob sein Weinglas in die Höhe, als wäre ihm gerade etwas eingefallen, „haben Sie einen Beutel bekommen?"

„Ja", antwortete ich.

„Gut", meinte er, aber er hatte den Beutel vorher deutlich an meinem Gürtel gesehen und diese Bemerkung nur gemacht, um über meinen kleinen Scherz mit dem „manisch" hinwegzugehen. Dieser falsche Hundesohn.

„Freud", soufflierte ich.

„Ach ja, Freud. Freud und die angebliche kolossale Entdeckung der Psychoanalyse."

„Ich nehme an, daß sie also nicht ganz so kolossal war."

„Mr. Cant, es gibt in der Geschichte der Medizin keine Pleite, kein Versagen und keine Enttäuschung, die so schwerwiegend sind wie die Psychoanalyse und die an sie geknüpften Erwartungen. Sie blühte und gedieh und breitete sich in alle Richtungen aus. Millionen Bücher wurden geschrieben, gedruckt und ergossen sich über Tausende von Medizinstudenten, die sich abmühten, Psychiater zu werden, und mit Lanzen auf den Drachen Geisteskrankheit losgingen – pfeifenrauchende, an ihren Stühlen klebende Don Quichottes. Sie kamen, sahen und bliesen Rauchringe."

„Aber Sie haben gesagt, daß Freuds Theorien richtig sind."

Er hielt sein Glas immer noch in der Hand, als er sich mir gegenüber niederließ. „Sie sind auch richtig, Mr. Cant. Ich sage nicht, daß alle seine Theorien falsch sind. Ich sage nicht einmal, daß einige seiner Theorien gänzlich falsch sind. Ich sage nur, daß wir sie ungefähr so angewendet haben, als hätten wir nach der Entdeckung der Elektrizität versucht, die Städte mit Blitzableitern zu beleuchten. Die richtige Theorie, aber die falsche Anwendung. Oder vielleicht sollte ich richtiger sagen, eine halbe Lösung und daher überhaupt keine Lösung."

„Es tut mir leid, Doktor, aber ich kann Ihnen nicht folgen."

„Man hat Statistiken über die Menschen aufgestellt, Mr. Cant, die sich verschiedenen Formen der Psychotherapie unterzogen haben. Das Ergebnis ist, daß es einem Drittel bessergeht, einem Drittel schlechter, und ein Drittel zeigt keine Veränderung."

„Und?"

„Man hat Aufzeichnungen über Menschen mit ähnlichen Problemen geführt, die sich keiner Psychotherapie unterzogen haben."

„Und?"

„Einem Drittel geht es besser, einem Drittel geht es schlechter, ein Drittel zeigt keine Veränderung. Die Ergebnisse waren die gleichen, ob die Leute sich einer Behandlung unterzogen oder nicht. Der einzige Unterschied bestand darin, daß Ärzte umfangreiche Bücher über jene schrieben, denen es infolge der Theorie bessergeht, und damit Freud einen Tempel errichteten, der jahrelang bestehen blieb, bis wir uns die Statistiken genauer ansahen."

„Ich glaube, ich verstehe Sie jetzt."

„Aber Freud hat eine grundlegende und einleuchtende Formel aufgestellt, wenn auch nicht erfunden, und zwar:

Jede Handlung beruht auf einem Motiv.

Jedes Motiv beruht auf einer Erfahrung.

Jede Erfahrung ist Erinnerung.

Es ist ganz einfach."

Er verschob seinen Allerwertesten, stellte die übereinandergeschlagenen Beine gerade hin, schlug sie wieder übereinander. Als er endlich wieder bequem saß, fuhr er fort: „Wußten Sie, daß viele Kulturen, manche davon auf diesem Kontinent, zum Transport von großen Steinen runde Stämme, aber nie Karren oder Wagen verwendet haben? Sie haben Material und Zubehör auf ungeeigneten Schlitten über den Boden geschleift und die Reibung mit vielem Schweiß oder – wenn sie Glück hatten – mit Zugtieren überwunden. Warum? Wenn sie runde Stämme zum Transport großer Steine verwendeten, hatten sie doch das Prinzip des Rades erkannt, oder? Warum verwendeten sie also ungeeignete Schlitten statt Wagen?"

„Ich mache Ihnen die Freude, also: warum?"

„Weil das Rad nicht die große Erfindung darstellte." Seine Augen wurden schmal. „Die große Erfindung war die feststehende Achse. Die feststehende Achse ermöglichte das Flugzeug. Das Rad rollte, aber die Achse trug. Freud gab uns das Rad. Die halbe

Lösung. Zur Veranschaulichung nehmen wir ein Hollywood-Drehbuch über einen psychopathischen Mörder. Wir sehen einen Mann vor einem Schulhof. Er schaut den kleinen Mädchen zu. An seinen verstohlenen Bewegungen, dem aufgestellten Kragen usw. erkennen wir, daß er ein Kinderschänder ist. Im Verlauf des Films wird er erwischt und verhaftet, und ein aufgeschlossener Richter verurteilt ihn zur Einweisung in eine psychiatrische Klinik. Er liegt auf einer Couch und plaudert vor sich hin, und der Psychiater läßt sein Taschentuch fallen. Nahaufnahme. Wir sehen das schweißbedeckte Gesicht des Mannes und dann wieder das Taschentuch, das zu einem Schal wird, und dann zurück zum Mann, und die Szene blendet in seine Kindheit über."

Ich lächelte über Bananas Begeisterung, und das ärgerte ihn.

„Sie wollen es doch verstehen, nicht wahr, Mr. Cant?"

„Entschuldigen Sie; ja."

„Nun, die Sache ist die, daß der Mann bei der typischen Hollywood-Behandlung aus seinem Unterbewußtsein eine schreckliche Kindheitserinnerung ausgräbt, den Zusammenhang mit seiner abnormen Abwegigkeit herstellt und so geheilt wird. Es fehlt nur noch die Schlußszene, in der er als freier Mann weggeht."

„Und das stimmt nicht?"

„Das stimmt ganz und gar nicht, Mr. Cant. Krankengeschichte um Krankengeschichte beweist, daß das abwegige Verhalten bestehen bleibt. Aber das Ausgraben der kausativen Erinnerung war ein Teil der Lösung. Das war das Rad."

„Und die Achse?"

„Das, Mr. Cant, liegt auf der Hand."

„Zerstöre die Erinnerung?"

„Nicht die gesamte Erinnerung. Nur die besondere Erfahrung, die die Ursache für das unerwünschte Verhalten ist."

„Sie meinen, daß man einfach hineingreift und die spezifische Erinnerung, die man nicht mag, herausfischt und sie auslöscht?"

„Genau. Ebenso mühelos, wie man ein Band auf einem Recorder löscht."

„Das können Sie nicht tun", sagte ich, aber sein Lächeln widerlegte meine Behauptung, und die Ungeheuerlichkeit dessen, was er gesagt hatte, ließ mich verstummen.

„Wenn Sie reden könnten, Mr. Cant, wäre Ihre nächste Frage wahrscheinlich: wie?"

Ich nickte stumm.

„Verstehen Sie jetzt, warum ich mich bemüht habe, Sie allmählich zu erziehen? Verstehen Sie jetzt, wenn Sie die Spitze des Eisbergs sehen, die Tiefgründigkeit dessen, was wir in Sunnyview vollbringen? Erkennen Sie unsere furchterregende Macht, Güte zu erzeugen?"

„Ein Eisberg", sagte ich, als ich endlich meine Stimme wiedergefunden hatte, „ist nicht gütig, Dr. Manna."

„Nur ein Vergleich, Mr. Cant. Vielleicht nicht glücklich gewählt."

„Vielleicht, Doktor, war es – wie lautet der Ausdruck? – ein Freudscher Versprecher."

Er lächelte, aber seine Augen waren aus Stein.

7

NACHDEM ich Bananas Büro verlassen hatte, verfiel ich in eine Art Halbtrance und schlafwandelte zum Schlaftrakt und dort in den Winterraum an den Kamin, wo ich ein Mädchen in Blau auf Trab hielt, weil es dafür sorgen mußte, daß mein Weinglas immer voll war. Der Heilige kam herein, und weil sich meine Aufmerksamkeit auf das Kaminfeuer konzentrierte, stand er neben mir, bevor ich ihn bemerkte.

„Wie ging's heute, Sebastian?"

„Nicht schlecht", antwortete ich, ohne mich umzudrehen. „Eine interessante Institution habt ihr hier, Saint John. Nur ist Sunnyview kein passender Name dafür. Man sollte es . . ." Ich trank meinen Wein.

„Wie sollte man es denn nennen, Sebastian?"

Ich schmetterte das Glas in den Kamin und stieß die Antwort hervor: „Wie wäre es mit Hotel Gedächtnisschwund oder . . . oder . . ."

„Reg dich nicht auf, Sebastian."

Ich stand vor dem Kamin, die Hände in die Hüften gestemmt,

und zitterte, und als ich meinen Kopf dem Heiligen zuwandte, sah ich hinter ihm im Schein des Kaminfeuers erschrockene Gesichter, die mich anstarrten. „Was, zum Teufel, gibt es hier zu sehen?" brüllte ich. Ich fuchtelte mit den Armen in der Luft herum, und wie durch Zauberei verschwanden die Gesichter, weil die Zuschauer sich von mir und dem Kamin abwandten.

„Bitte setz dich wieder, Sebastian", bat John freundlich, während er mich in den Stuhl drückte.

„Es tut mir leid . . . nein, es tut mir nicht leid. Dieser Dreckskerl . . .", meine Stimme wurde wieder lauter, und ich schaltete um ein paar Phon zurück, weil der Heilige mich durch Gesten beschwor, mich wenigstens halbwegs zivilisiert zu benehmen, „. . . dieser Dreckskerl, diese Klinik, sie haben einen Teil meines Gedächtnisses gestohlen, nicht wahr? Das hat er mir gegenüber heute praktisch zugegeben. Das macht ihr ja hier, nicht wahr? Ihr operiert das Gehirn, um die Erinnerung auszulöschen, richtig? Oder einen Teil davon. Paß auf, Heiliger, ich bin verdammt wütend. Ich habe eine Wahnsinnswut im Bauch. Welches Recht hat irgend jemand . . . ich meine, daß es darauf hinausläuft, als würde man die Seele verändern. Ich meine, wenn man die Erinnerungen eines Menschen zur Gänze zerstört, dann hat man auch seine Seele zerstört. Ich gehe fort, John. Im Ernst, ich gehe!"

John vermied es, mir in die Augen zu sehen; er geriet in Panik. Ich packte seinen Jackenaufschlag und sein Hemd und zog ihn zu mir hinunter. „He, Sebastian, laß los!" Er hatte seine Stimme zu einem heiseren Flüstern gedämpft und versuchte, meine Hand wegzustoßen.

„Warum hast du weggesehen, als ich sagte, daß ich fortgehe?"

„Ich habe darüber nachgedacht, was ich dir antworten soll."

„Was meinst du damit, John?" Ich hielt ihn immer noch fest.

„Ich meine, daß du zu viele Schlüsse voreilig gezogen hast." Er hatte beide Hände auf meine Faust gelegt und stieß so heftig dagegen, daß ich ihn loslassen mußte, wenn ich sein Hemd nicht zerreißen wollte. „Danke, Freund", sagte er. Er zupfte seine Kleidung zurecht, und ich schaute mich um und sah, wie die anderen sich rasch wegdrehten. In Sunnyview war man nicht an Demonstrationen roher Gewalt gewöhnt. John machte eine Kopfbewegung zu unseren neugierigen Zuhörern hin und schlug vor, uns an die kühle Nachtluft zu begeben. Es war ein passender Vorschlag, der gerade rechtzeitig kam. Sobald wir draußen waren, nahm ich meine Anklagerede wieder auf, während wir die gewundenen Wege entlanggingen.

„Das ist einfach nicht in Ordnung, John."

Keine Antwort.

„Gewisse Dinge dürfen nicht angetastet werden."

Keine Antwort.

„Der Zweck heiligt nicht die Mittel – niemals!"

Keine Antwort.

„Ich halte es nicht mehr aus, John."

„Was?"

„Deine Redseligkeit."

Ein Lächeln.

„Warte noch ein wenig, Sebastian."

„Worauf soll ich warten?"

„Auf weitere Erklärungen. Du kennst nur einen kleinen Teil der Tatsachen, das reicht noch nicht, um ein endgültiges Urteil zu fällen. Heute ist Donnerstag. Du wirst eine Woche lang täglich mit Dr. Manna sprechen. Bis Mittwoch solltest du alles erfahren haben. Warte bis dahin, okay, Sportsfreund?"

„Das wird ein langes Wochenende, John."

„Was für ein Wochenende?"

„Samstag und Sonntag natürlich. Oder willst du sagen, daß ich auch an diesen Tagen mit Banana sprechen werde?"

John machte kehrt, und weil er mir den Arm um die Schultern gelegt hatte, drehte er mich dabei sanft in Richtung auf den Schlaftrakt um, und wir gingen zurück.

„Wir kennen in Sunnyview kein Wochenende. Wozu auch?"

Natürlich, wozu auch? Einen Augenblick später standen wir vor dem Eingang.

Zuerst war ich nicht sicher, ob sie hinter mir stand und sich in der Glastür vor mir spiegelte oder ob sie drinnen im Foyer stand. John öffnete die Tür, und das Bild bewegte sich nicht.

„He, Julie."

„He, John. Hallo, Sebastian."

„Hallo."

„Du meine Güte, sehen wir aber ernst aus", stellte sie fest.

„Heitere ihn auf, Julie, er ist heute abend in ziemlich schlechter Stimmung." John ging zum Winterzimmer und ließ uns im Foyer stehen, drehte sich aber zu einer letzten Mahnung um: „Du wirst doch noch eine Weile warten, Sebastian? Du wirst nicht versuchen zu . . ."

„Nein, ich werde warten, John. Mein Wort darauf."

„Okay", sagte er und war weg.

Ich drehte mich zu Julie um, die meine Hand ergriff und mich wieder hinausführte. Wir gingen einen grauen Weg zu den weit hingebreiteten grauen, welligen Wiesen hinunter, und je schwächer die Lichter des Schlaftraktes wurden, desto sternenklarer wurde der Himmel. Ihre Hand lag glatt und warm in der meinen, und ihr Haar flatterte leicht im Wind.

„Machst du dir Sorgen, Sebastian?"

„Kannst du Gedanken lesen?"

„Nein, Sebastian, eigentlich mehr deine Stimmung. Setzen wir uns, das Gras ist warm."

„Elektronisch beheizt."

Sie hörte die Bitterkeit in meiner Stimme, zog mich zu sich hinunter, und als ich saß, legte sie meinen Kopf sanft in ihren Schoß. Ich legte mich auf den Rücken, hielt ihre Hand, sah hinauf zu den unendlich vielen Sternen und ging in der unendlichen Weite auf.

„Da oben liegt ein Versprechen", sagte ich. „Die Erinnerung an andere Zeiten, andere Welten, die es einmal gab und die es wieder geben wird. Eine Erinnerung, die irgendwo in unseren Genen eingeschlossen ist, nicht weit unterhalb unseres Bewußtseins. Es ist unrecht, die Erinnerung zu manipulieren, Julie."

Sie streichelte meine Stirn und sagte nur beruhigend: „So, so."

Ich verrenkte mir den Hals, um sie anzusehen. „Es ist mir ernst damit, Julie. Die Erinnerung ist die Seele. Sie ist das Wesentliche im Leben eines Menschen. Sie darf nicht angetastet werden." Ich brachte meinen Hals wieder in eine bequemere Lage, indem ich das Kinn auf die Brust senkte. „Es ist unrecht, die Erinnerung auszulöschen, und das hat man bei mir getan."

„Hat man das wirklich?“ Sie streichelte weiter meine Stirn und wickelte eine Haarsträhne um ihren Finger.

„Natürlich.“ Ich setzte mich abrupt auf und drehte mich zu ihr um. „Banana hat mir das bei unserem heutigen Gespräch praktisch gesagt.“

„Ausdrücklich? Oder hat er es praktisch gesagt?“

„Na ja, er hat gesagt, daß sie . . . komisch, wahrscheinlich gehörst du dazu, wenn ich sie sagte . . .“ Sie schüttelte die Haare, aber es war keine Verneinung, sondern eine der sinnlosen Bewegungen, wie sie Frauen öfters machen. „Er ist imstande, Erinnerungen auszulöschen“, fuhr ich fort, „anscheinend genauso mühelos, wie man das Band bei einem Recorder löscht. Genau diesen Vergleich hat Banana übrigens gebraucht. Nun, die Tatsache ist, daß in meiner Erinnerung Lücken klaffen; vor allem in bezug auf meine Arbeit und meine unmittelbare Vergangenheit, bevor ich hierherkam . . . oder hierhergebracht wurde, was eher der Wahrheit entspricht.“

„Zwei und zwei ist vier, ist das deine Logik?“

„Nun, und das stimmt ja auch, oder? Leugnest du, was ich behaupte? Willst du sagen, daß man an meinem Gedächtnis nicht herumgepfuscht hat?“

„Nein.“

„Gibst du also zu, daß man es getan hat?“

„Nein.“

„Dann spielst du irgendein Spiel, und dafür bin ich nicht in der richtigen Stimmung.“

Ich stand auf und putzte das Gras von meinem Hosenboden. Sie zog die Füße unter sich wie ein junges Mädchen und sagte weinerlich: „Geh nicht fort, Sebastian!“

„Bist du eine planmäßige Ablenkung, Julie?“ fragte ich bissig.

„Bitte“, sagte sie und streckte die Hand aus, behielt aber sonst ihre Stellung bei. Ich nahm ihre Hand, und sie lächelte, und ich ließ mich wieder zu ihr hinunterziehen und küßte sie und war wieder friedlich.

„Ich liebe dich, Sebastian.“

Ich hielt sie an den Schultern von mir weg. „Was für eine Art Liebe ist das, wenn du mich fragst, ob es mir Spaß gemacht hat, mit einer anderen Frau zu bumsen, während du gearbeitet hast? Was für eine Art von Liebe ist das?"

„Keine besitzergreifende Liebe, Sebastian. Kann besitzergreifende Liebe denn wahre Liebe sein? Ist es nicht viel aufrichtiger, viel selbstloser, wenn man will, daß die geliebte Person glücklich ist und das Leben genießt?"

„Nein."

„Nein?"

„Nicht, wenn sie es mit jemand anderem genießt."

Sie ließ sich zurückfallen und zog mich sanft zu sich hinunter, bis sie ausgestreckt auf dem Boden lag, die Arme um meinen Hals geschlungen, und ich mich über ihr auf die Hände aufstützte. Ich gab ihren Armen und der Schwerkraft und Gott Eros nach, und wir liebten einander, was auf dem warmen Gras köstlich war.

Während des übrigen Abends sprachen wir sehr wenig. Wir gingen in den Schlaftrakt zurück und tranken Wein und sahen einander in die Augen und gingen schließlich in mein Zimmer und zu Bett. Ich war gerade im Einschlafen, als ich plötzlich hellwach wurde und mich kerzengerade im Bett aufsetzte.

„Er hat gesagt, *versuchen"*, erklärte ich in die Dunkelheit hinein.

„Was ist los, Liebling?" Julie richtete sich auf und legte mir den Arm um die nackten Schultern. „Was ist los, Sebastian?"

„Saint John hat gesagt: *versuchen."*

„Ich verstehe dich nicht, Sebastian", sagte sie schläfrig, „leg dich hin, Liebling." Ich drehte mich zu ihr hin.

„Als uns John heute abend im Foyer verließ, verlangte er, ich solle ihm versprechen, es nicht zu versuchen, und bevor er zu Ende gesprochen hatte, sagte ich zu. Ich gab ihm mein Wort darauf. Erinnerst du dich? Ich weiß, daß der Schluß des Satzes ‚zu fliehen' gelautet hätte."

„Das ist möglich . . ."

„Aber er hat *versuchen* gesagt, Julie. Warum sollte er sagen ‚versuch nicht zu fliehen', wenn ich eigentlich jederzeit gehen könnte?"

„Ich bin sicher, daß er sich nur versprochen hat."

„Ja, darauf gehe ich jede Wette ein!"

Sie setzte sich auf und fuhr sich durchs Haar. „Du hast selbst gesehen, Sebastian, daß dich an dem Tag, an dem du zu laufen begannst, niemand aufgehalten hat. Du hast über dich selbst gelacht, erinnerst du dich?"

„Warum hat er dann gesagt, *versuchen*, Julie? Das einzige, was mich bis jetzt daran gehindert hat, in Panik zu geraten, war das Bewußtsein, daß ich Sunnyview jederzeit verlassen kann, wenn ich will. Verstehst du? Die Vorstellung, daß ich hier vielleicht ein Gefangener bin, jagt mir kalte Schauer über den Rücken. Ich halte das Gefühl, eingesperrt zu sein, einfach nicht aus. Es ist eine Art Klaustrophobie."

„Du bist nicht eingesperrt, Sebastian. Du kannst jederzeit gehen. Bitte leg dich hin und schlafe. Gerate nicht wegen eines einzigen Worts in Panik. Bitte!"

Ich antwortete nicht, aber ich legte mich langsam wieder hin, und ihre Arme schlossen sich um mich, und irgendwie vertrieb ich die Angst aus meinem Gehirn und schlief ein.

„WILLKOMMEN, willkommen, willkommen, kleiner, winziger Sebastian Cant!"

„Sie haben überhaupt kein Recht, mir meine Größe zu nehmen", sagte ich und zeigte drohend auf Dr. Manna. Er trug den schwarzen Talar eines Richters und saß hoch oben auf einem Richterstuhl. Ich zeigte auf ihn, wütend über die offensichtliche Ungerechtigkeit bei der Verteilung der Größen. Ich war zum Beispiel entweder nicht größer als zwölf Zentimeter, oder der riesige schwarze Stuhl, auf dem ich saß, war mindestens fünf bis sechs Meter breit. In beiden Fällen war die Wirkung die gleiche. Ich wirkte lächerlich klein und deshalb hilflos.

Dieser Zustand ist offensichtlich von der Anklage absichtlich herbeigeführt worden, dachte ich. Schlaue Burschen, die vor nichts zurückschrecken. Ich schob mich über die Kante des Stuhls, blieb einen Augenblick lang hängen und fiel auf den Fußboden, gute vier Meter tief, wobei ich mir den Knöchel verstauchte. Ich hinkte zum Richterstuhl, hielt die Hände trichterförmig an den Mund und rief zum Richter hinauf: „Einspruch!"

„Mit welcher Begründung?" donnerte er.

„Wie bitte?“ brüllte ich zurück und hielt die Hand ans Ohr, als wäre ich schwerhörig, um Zeit zum Überlegen zu gewinnen.

„Mit welcher Begründung?" dröhnte er und klopfte mit dem Hammer wie Thor. Der Boden unter meinen Füßen zitterte, aber ich formulierte meinen Einspruch und brüllte zum Richterstuhl hinauf.

„Mit der Begründung *nolo contemptuus.*“

Der Staatsanwalt und sein schweigsamer, häßlicher Assistent wetzten hin und her und tuschelten heimlich miteinander. Diesen Gegenzug hatten sie offensichtlich nicht erwartet. Schließlich ergriff der Staatsanwalt (der Dreckskerl mit dem schwarzen Schnurrbart) das Wort. „Dies, Euer Ehren, ist wieder einer von Sebastian Cants billigen Gerichtssaaltricks. Er ist unerheblich und gehört nicht zur Sache.“

„Einspruch stattgegeben!“ erklärte Banana.

„Euer Ehren“, sagte ich und fuhr mir mit einem großen weißen Taschentuch über den Nacken, „wegen des heißen, schwülen Wetters beantrage ich, daß der Schreiber die Fenster öffnet.“

„Es sei!“ Er winkte dem Gerichtsdiener, der den oberen Teil der Fenster mit einer langen Stange herunterschob. Einige Leute im Zuschauerraum klatschten bei dieser Maßnahme Beifall. Die Südstaatler sind wirklich nette Leute, dachte ich.

„Euer Ehren, ich möchte meinen ersten und einzigen Zeugen aufrufen.“ Ich nahm um des dramatischen Effektes willen einen Schluck aus dem Wasserglas. „Und dieser Zeuge bin ich!“

Plötzlich brach im Saal ein Gewirr von Hoch- und Pfuirufen aus, und das Lager der Anklage befand sich in völliger Auflösung.

„Euer Ehren!“ Der Staatsanwalt war aufgestanden, verschwitzt, fett und nervös. „Einspruch!“

„Mit welcher Begründung?“

„Das ist wieder einer von Sebastian Cants billigen Gerichtssaaltricks. Es gibt in den Annalen der Gerichtsbarkeit keinen Präzedenzfall dazu!“

„Da haben Sie recht, Herr Staatsanwalt. Würden beide Anwälte bitte zum Richtertisch kommen?“ Wir kamen.

„Euer Ehren!“ brüllte ich hinauf. Er lehnte sich vor und blinzelte zu mir herunter.

„Sprechen Sie lauter, Mr. Cant, ich kann Sie kaum hören!"

„Das ist einer der Punkte, gegen die ich Einspruch erhebe, Euer Ehren. Warum sind der Staatsanwalt und sein häßlicher Assistent einen Meter achtzig groß, wenn ich nur zwölf Zentimeter groß bin?"

Banana dachte einen Augenblick lang nach, dann wandte er sich der Geschworenenbank zu.

„Die Jury wird angewiesen, die lächerliche Größe des Angeklagten und seines Verteidigers, die ein und dieselbe Person sind, nicht zu beachten."

Nur ein nebensächlicher Sieg, natürlich, aber ich baute auf ihm meine Verteidigung auf.

„Ich möchte hier und jetzt in den Zeugenstand treten und Fragen beantworten, die ich mir selbst stelle. Erhebt irgend jemand Einspruch?"

„Irgend jemand Einspruch?" wiederholte der Richter unnötigerweise.

„Nein", antwortete der Staatsanwalt.

„Ist mir scheißegal", sagte sein häßlicher Assistent.

„Ich werde mir mittels eines Tonbandgeräts, das ich auf das schwarze Sofa stelle und mit Hilfe der Fernsteuerung betätige, die ich in der Hand halte, selbst Fragen stellen. Erhebt irgend jemand Einspruch?"

„Kein Einspruch", erklärten der Staatsanwalt, sein Assistent und Banana im Chor.

Ich trat in den Zeugenstand, der meiner Größe entsprach, und erst jetzt bemerkte ich, daß die Geschworenen alle meine Größe hatten, was ich für einen weiteren Faktor zu meinen Gunsten hielt. Ich drückte die Taste der Fernsteuerung, und die Maschine auf dem Sofa knackte und summte. Dann krächzte meine früher aufgenommene Stimme die erste Frage.

„Name, Beruf und Zimmer?"

„Sebastian Cant, Anwalt und Angeklagter, Eckzimmer, zweiter Stock." Ich drückte wieder auf die Taste.

„Wo sind Sie?" fragte die Maschine. Ich wetzte hin und her. Ich erinnerte mich nicht, die Frage aufgezeichnet zu haben.

„Ich habe diese Frage nicht gestellt, Euer Ehren."

Der Staatsanwalt und sein häßlicher Assistent sprangen gleichzeitig auf. „Einspruch! Das ist wieder ein schäbiger Gerichtssaaltrick von Sebastian Cant."

„Der Angeklagte wird angewiesen, die Frage zu beantworten", ordnete der Richter an. Mein eigenes Tonbandgerät hat mich hereingelegt, dachte ich.

„Ich bin in Sunnyview", entgegnete ich, schon nervös geworden. Ich drückte wieder die Taste.

„Und was war vorher?" fragte die Maschine. Ich sprang auf.

„Was für eine Frage ist das, zum Teufel?"

„Ruhe! Ruhe!" donnerte Banana. Seine Stimme und sein riesiger Hammer betäubten mich. Ich preßte die Hände auf die Ohren, weil ich Angst hatte, daß meine Trommelfelle platzen könnten.

„Bitte, Euer Ehren, klopfen Sie nicht mit dem Hammer."

„Wir verlangen, daß er die Frage beantwortet, die er sich gerade selbst gestellt hat", rief der Staatsanwalt frohlockend.

„Ruhe! Ruhe!" pochte Thor, und ich wußte, daß ich antworten mußte, weil mich sonst der Lärm töten würde. Aus meinen Ohren tropfte Blut in meine Hände.

„Ich erinnere mich nicht an vorher", verteidigte ich mich.

„Das ist keine Antwort, Euer Ehren", warf der häßliche Assistent ein. „Das ist wieder ein Trick."

„Es ist die einzige Antwort, die ich geben kann, Euer Ehren."

Banana beugte sich vor und lächelte mich an. Seine Zähne waren groß und gelb. „Fahren Sie fort, Mr. Cant, das Gericht akzeptiert Ihre Antwort, weil es ja schließlich auch Ihre Frage ist."

Ich drückte wieder auf die Taste.

„Was war vorher?" fragte die Maschine. Ich drückte schnell wieder auf die Taste. „Was war vorher?" fragte sie noch einmal.

„Sie müssen jetzt antworten", brüllte der Staatsanwalt. „Sie haben dreimal gefragt. Das ist das Gesetz . . . das kalifornische Strafgesetz 3069234."

„Er muß antworten!" kreischte der häßliche Assistent, der fortwährend in die Höhe sprang, sich Büschel seiner weißen Haare ausriß und sie nach mir warf.

„Ruhe! Ruhe!" Bananas Stimme ließ den Boden unter mir erzittern. Er erhob sich zu seiner gewaltigen Größe und schlug mit dem

Vorschlaghammer auf den Eichentisch, donnernd, donnernd mit einer solch explosiven Lautstärke, daß mir beide Ohren in die Hände fielen, und ich streckte sie aus, sie waren schmutzig und trieften vor Blut.

„Sebastian! Sebastian!“ Es war Julie. Ich wachte auf – in Schweiß gebadet und zitternd vor Kälte.

8

BANANA lächelte. „Nur ein Traum.“

„Scheiße! Wieder einer von Ihren durch Drogen herbeigeführten Alpträumen, das war's.“ Ich zitterte vom Kopf bis zu den Füßen.

„Nur ein Traum. Nach unserem heutigen Gespräch, Mr. Cant, werden Sie einsehen, daß es für uns keinen Sinn hätte, einen solchen Traum, wie Sie ihn beschreiben, künstlich herbeizuführen.“

„Sie sagen das, als könnten Sie das Wesen eines Traums kontrollieren. Sie können mir vielleicht Drogen eingeben, die einen Alptraum herbeiführen, aber ich bin davon überzeugt, daß ich der einzige bin, der das Drehbuch schreiben kann. Das können Sie nicht tun.“

„Wir können sehr wohl das Drehbuch schreiben, wie Sie sich ausdrücken.“ Er lächelte. Er sagte die Wahrheit.

„Haben Sie es getan? Haben Sie den Alptraum herbeigeführt, den ich vergangene Nacht hatte?“

„Um es kurz zu machen: Nein. Kaffee?“

„Es war einfach ein spontaner Alptraum?“

„Sahne? Zucker?“ Er hatte nein gesagt und hatte offensichtlich nicht die Absicht, noch weitere Erklärungen zu geben.

„Ein Stück. Schwarz. Sie sind wirklich ein Schatz, Banana.“

Er lächelte. Aber man sah deutlich, daß er sich dazu zwang. Er mochte den Spitznamen überhaupt nicht.

„Sie mögen den Namen nicht sehr, nicht wahr, Banana?“

Er trug zwei Tassen auf blauen Untertassen zum Kaffeetisch und stellte eine vorsichtig vor mich hin. Seine Hände zitterten leicht vor unterdrückter Wut. „Ich möchte ein Abkommen mit Ihnen treffen, Mr. Cant. Sie hören auf, mich mit dem Spitznamen zu benennen, den Sie für so komisch halten, und ich werde Sie nicht mehr Mr. Cant nennen. Einverstanden?"

Das war köstlich. Er brachte es nicht einmal über sich, Banana zu sagen, es ärgerte ihn zu sehr. Das ist die Last, die die Götter in Weiß tragen müssen, dachte ich. Ihre Egos sind so verdammt überempfindlich.

„Nein. Nicht einverstanden, Banana."

Er war wirklich überrascht. Er hatte geglaubt, daß sein Vorschlag schon ein Abkommen war. Dieser selbstgefällige Dreckskerl. Er stellte Tasse und Untertasse so heftig hin, daß der Kaffee überschwappte. „Hören Sie mal, Mr. Cant, ich habe keine Lust, neckische Spiele zu spielen. Ich bin Arzt. Ich bin im Besitz von Dekreten und Zeugnissen, die mich zum Tragen dieses Titels berechtigen. Sie werden sofort aufhören, mich mit diesem beleidigenden Namen zu belegen, oder ich werde . . . werde . . ."

„Oder Sie werden was, Doktor? Mich operieren und mein Gedächtnis vollkommen zerstören? Ist das Ihre Drohung?" Während ich diese Worte hervorsprudelte, erkannte ich an seinem nichtssagenden, beinahe zustimmenden Ausdruck, daß ich womöglich die Wahrheit aussprach, und mein Magen krampfte sich zusammen. Von Panik ergriffen, trat ich den Rückzug an. „Also sehen Sie mal, was soll das? Es tut mir leid, Doktor. Ich gebe zu, ich wollte Sie einfach aus der Ruhe bringen. Sie haben recht, ich verschwende Ihre und meine Zeit, und Sie sind ja wirklich ein Arzt und haben Anspruch auf Respekt."

Während ich sprach, wurde mein Mund trocken. Das Schweigen des Mannes erschreckte mich. Alle krankhaft Selbstsüchtigen, die über Macht verfügen, sind gefährlich wie der Teufel, und man darf es nicht wagen, ihr Selbstimage anzukratzen. Man darf es nicht wagen, sie lächerlich zu machen. Ich befeuchtete meine Kehle mit Kaffee.

„Bitte, nehmen Sie meine Entschuldigung entgegen, Doktor, und fahren Sie fort. Ich möchte wirklich gern lernen. Ich hoffe, Sie verstehen mein Entsetzen über den schrecklichen Alptraum, den ich gehabt habe." Ich befeuchtete meine Kehle noch einmal und stellte die Tasse wieder auf die Untertasse.

„Es ist schon in Ordnung, Mr. Cant, ich verstehe." Er ging zur Bar zurück, holte einen kleinen Lappen und wischte den auf dem Tisch verschütteten Kaffee auf.

„Ich sehe ein, daß Sie unter Druck waren", sagte er, augenscheinlich durch meine Zurschaustellung von Unterwürfigkeit und Angst befriedigt.

„Ja, Sir", sagte ich. „Ich bin froh, daß Sie das verstehen."

Nachdem er den verschütteten Kaffee aufgewischt hatte, brachte er den Lappen wieder zur Bar und warf ihn nach hinten, wahrscheinlich in eine Spüle. Dann kehrte er zu dem mir gegenüber stehenden Stuhl zurück und nahm seinen Vortrag wieder auf.

„Ich habe Ihnen gesagt, Mr. Cant, daß wir die Erinnerung zerstören können. Glauben Sie mir?"

„Ich weiß nicht."

„Ich werde Ihnen einen kurzen Vortrag darüber halten, wie das Gedächtnis funktioniert, und dann werde ich Ihnen erklären, wie das Zerstören möglich ist."

„Los."

„Erstens, es gibt zwei Arten von Erinnerung. Kurzfristige und langfristige. Um eine kurzfristige Erinnerung in eine langfristige umzuwandeln, können wir verschiedene Kniffe anwenden, wie zum Beispiel die Wiederholung. Um die langfristigen Erinnerungen hervorzuholen, können wir diese Gedanken und Vorstellungen mit den dazugehörigen Assoziationen stapeln. Gedächtniskünstler wenden diesen Trick an. Traumatische Erinnerungen können hervorgeholt werden, indem man die Assoziationen benützt, die mit dem Trauma gestapelt wurden. Zweitens, sobald eine Erinnerung einmal hervorgeholt wurde, ist es leicht, sie sich ins Gedächtnis zu rufen, wenn man sie braucht. Sie ist langfristig, aber nicht mehr im Unterbewußtsein verloren. Aber wie werden Erinnerungen eigentlich gestapelt? Wie werden sie physisch im Gehirn aufbewahrt? Bis vor kurzem wußte niemand die Antwort auf diese Frage. Der Durchbruch, Mr. Cant, – Wendepunkt ist vielleicht der bessere Ausdruck – kam mit dem Werk eines ein wenig unorthodoxen Psychologen namens James McConnell und seinen Experimenten mit dem primitiven Flachwurm. McConnell lehrte diese *Planaria* genannten Flachwürmer, auf Licht zu reagieren, schon an sich eine bemerkenswerte Leistung. Dann, um seine vorgefaßte Theorie zu beweisen, zerhackte er diese kleinen Würmer und fütterte mit ihnen ungeschulte Artgenossen. Das Ergebnis? Die Würmer, die ihre gebildeten Verwandten verspeisten, lernten viel schneller, auf Licht zu reagieren, als eine Kontrollgruppe. McConnells Theorie wurde als Scherz behandelt, und andere Wissenschaftler, die versuchten, seine Arbeiten zu wiederholen, erlebten Mißerfolge. McConnells These lautete, daß das Gedächtnis chemisch übertragbar ist, und die Wissenschaftler, die sich mit Gehirnforschung beschäftigten, spalteten sich in zwei Lager: die an McConnells Theorie Glaubenden und die Ungläubigen."

„Sie haben daran geglaubt", sagte ich.

„Ich habe daran geglaubt."

Er trank einen Schluck Kaffee und dozierte weiter: „Die Möglichkeiten faszinierten mich, aber erst als ich von den Experimenten eines anderen Wissenschaftlers, Dr. Agranoff, erfuhr, wurde es wirklich spannend. Dr. Agranoff lehrte Goldfische, auf Licht zu reagieren, indem er die Konditionierung mittels Elektroschocks anwendete. Weil er wissen wollte, ob er die Lernfähigkeit steigern konnte, injizierte er in das Gehirn der Goldfische verschiedene Chemikalien. Zu seiner Überraschung stellte Dr. Agranoff fest, daß er, wenn er Puromycin – eine Chemikalie, die die Erzeugung von Protein hemmt – in das Hirn eben erst dressierter Goldfische injizierte, die Erinnerung an diese Dressur auslöschte. Er stellte die Theorie auf, daß Protein erforderlich ist, um eine Erinnerung zu fixieren, und das Puromycin blockierte diesen Fixierungsvorgang." Er stand plötzlich auf. „An diesem Punkt, Sebastian Cant, waren die Forschungsarbeiten über Gedächtniskontrolle angelangt, als ich meine Entdeckungen machte."

„Ich kann es kaum erwarten", meinte ich sarkastisch.

Er sah mich feindselig an. Dieser Mann war ein eiskalter Mensch, und im Geist taufte ich ihn auf Dr. Bananastein um und nahm mir im stillen vor, ihn nie laut so zu nennen. Der eiskalte Blick wurde wärmer, und er wurde lebhafter. Jetzt kam sein Teil des Epos.

„Sehen Sie, Mr. Cant, die Neurologen hatten erkannt, daß manchmal längst vergessene Erfahrungen in voller Frische ins Gedächtnis zurückkehren, wenn man das Gehirn mit Elektroden stimuliert. Sie bewaffneten sich mit Elektroenzephalographen, um die Gehirnwellen zu messen, und begannen eine Karte des Gehirns anzulegen, indem sie Patienten unter Lokalanästhesie stimulierten. Ich hatte selbst während meiner Operationen Erfahrungen zutage gefördert, an die sich die Patienten später ohne große Schwierigkeiten erinnerten. Da ich detaillierte Beschreibungen von Agranoffs Experimenten mit seinen Fischen gelesen hatte, erwog ich die möglichen Folgen einer Puromycininjektion in das Gehirn, und zwar sofort nach einer dieser stimulierten Erinnerungen. Würde die Erinnerung verzögert werden? Würde sie vollkommen zerstört werden?"

„Sie haben offensichtlich Ihr Experiment durchgeführt, Doktor. Zuerst an Tieren? Oder haben Sie gleich menschliches Material verwendet?"

„Bevor ich diese Frage beantworte, Mr. Cant, möchte ich noch einiges erklären. Kurzfristige Erinnerungen müssen in langfristige Erinnerungen umgewandelt werden, wenn man sie behalten will. Wir wissen jetzt, daß es sich dabei um einen chemischen Prozeß handelt, der Veränderungen in den chemischen Strukturen der RNS bewirkt und zum Entstehen von gedächtnisbewahrenden Proteinen führt. Wenn diese Proteine nicht entstehen, wird die Erinnerung nicht langfristig festgehalten, und das bezeichnen wir als Vergessen. Das tun wir, wenn wir eine Telefonnummer nachschlagen, die wir nur einmal brauchen und uns nicht merken müssen. Die chemischen Veränderungen in der RNS finden nicht statt, und das Protein wird nicht erzeugt. Einfach. Hier wird das Naturgesetz von der Erhaltung der Energie wirksam."

„Erhaltung der Energie?"

„Mit dem Gesetz von der Erhaltung der Energie, Mr. Cant, will ich sagen, daß die Natur nie unnötig Energie verschwendet. Kein Vulkan ist je nur der Eruption wegen ausgebrochen, und das Gehirn erzeugt nicht ins Blaue hinein Proteine, um nutzlose Erinnerungen aufzubewahren."

„Was ist aber mit den traumatischen Erinnerungen?"

„Sie sind vielleicht nicht absolut notwendig, aber anscheinend werden sie wegen ihrer Bedeutung aufbewahrt, und diese wird daran gemessen, wie stark ihre Wirkung auf Körper und Geist ist.

Eine Hypothese besagt, daß diese Erinnerungen gespeichert werden, um eine Wiederholung zu vermeiden."

„Eine Hypothese, Doktor?"

„Ja, Mr. Cant, es ist uns bis jetzt noch nicht klar, warum eine traumatische Erinnerung so lange aufbewahrt wird, da sie ja nichts nützt, um eine Wiederholung des Traumas zu vermeiden, aber das steht wieder im Widerspruch zu der Tatsache, daß sie oft ins Unterbewußtsein verdrängt wird."

„Kurz gesagt, Sie wissen es nicht."

„Wir sind nicht allwissend, Mr. Cant."

„Da bin ich aber froh", stellte ich fest.

„Jetzt zu Ihrer vorhergehenden Frage. Ich testete meine Hypothese zuerst an einem Menschen, aber bevor Sie Ihrem heiligen Zorn Ausdruck verleihen, möchte ich auf zwei Tatsachen hinweisen. Erstens ist das Medikament Puromycin lediglich ein Antibiotikum und deshalb an und für sich für menschliches Gewebe unschädlich. Zweitens verwendete ich die Puromycin-Injektion anstelle einer partiellen Lobotomie. Bei der Patientin handelte es sich um ein Mädchen Anfang Zwanzig. Sie litt an Epilepsie, und die Anfälle waren im Lauf der Jahre immer häufiger geworden, bis sie zum Zeitpunkt der Operation beinahe täglich auftraten. Wie es meine Gewohnheit ist, tastete ich das Operationsfeld versuchsweise mit einer Elektrode ab, und daraufhin begann die Patientin ein Erlebnis zu beschreiben, bei dem sie sich in einem Kino erbrechen mußte. Diese Vorstellung des Erbrechens war beinahe allen Anfällen vorangegangen. Ich beschloß sofort, diese Gelegenheit wahrzunehmen, und verlangte eine Injektionsspritze mit einem Kubikzentimeter Puromycin. Ich injizierte das Antibiotikum direkt in die Gewebefläche, die auf die Elektrode reagiert hatte. Nach einer Minute reizte ich die Fläche wieder. Die Patientin sah sich wieder in einem Kino, aber diesmal sagte sie von sich, sie fühle sich nicht wohl. Ein Erbrechen wurde nicht erwähnt. Ich schien auf dem richtigen Weg zu sein, verdoppelte die Dosis und injizierte wieder. Ich wartete dann noch eine Minute und reizte die Fläche wieder mit der Elektrode. Diesmal erinnerte sie sich nur daran, daß sie sich in der Öffentlichkeit befand und sich ‚nicht wohl fühlte'. Ich beschloß, keine Lobotomie durchzuführen, sondern abzuwarten und zu beobachten, ob die Anfälle vielleicht weniger häufig oder weniger intensiv auftraten. Das war auch der Fall. Keine wesentliche, aber eine deutlich erkennbare Besserung. Wenn die Anfälle, die bis dahin an Häufigkeit und Intensität ständig zugenommen hatten, nur stabilisiert worden wären, hätte ich die Behandlung bereits als erfolgreich bezeichnet, aber die Intensität hatte deutlich nachgelassen. Ich war sicher, mich auf dem richtigen Weg zu befinden. Ich setzte wieder einen Operationstermin an. Ich wiederholte das Verfahren, erhöhte die Dosis aber auf drei Kubikzentimeter Puromycin. Sie erwies sich als tödlich. Da Puromycin an sich unschädlich ist, schloß ich daraus, daß nur die zu hohe Dosierung zum Exitus geführt hatte."

„Faszinierend, Doktor."

„Ja, es ist tatsächlich faszinierend", gab er zu und begann dann wieder, auf und ab zu gehen. „Nun, dieser Fehlschlag, wenn man überhaupt von einem solchen sprechen kann, bestärkte mich nur in meinem Entschluß. Ich wußte, Mr. Cant, ich wußte ganz genau, daß meine Hypothese richtig war, und es ging nur darum, eine Chemikalie zu finden, bei der weniger als zwei Kubikzentimeter die Proteinerzeugung sofort stoppen würden."

„Sprechen Sie doch weiter, Doktor", sagte ich, aber er bemerkte den Spott in meiner Aufforderung überhaupt nicht.

„Nachdem ich fast zwei Jahre lang täglich erfolglose Versuche unternommen hatte, fand ich eine wirksame Formel. Ich erprobte sie an über fünfhundert Ratten, und bei jeder wurde die Erinnerung an eine bestimmte Dressur vollkommen ausgelöscht, auch wenn ich nur mikroskopisch kleine Mengen in das Gehirn injizierte. Also?" Er ließ die Hände mit einer dramatischen Geste sinken.

„Also", wiederholte ich, „ich scheiß drauf!"

9

„UND WAS geschah dann, Sebastian?"

„Die Verhandlung wurde abgebrochen."

„Mein Gott", betete John, während wir zu dem Gebäude gingen, in dem sich das Restaurant des Golfplatzes befand. „Kein

Wunder, daß du mich mit ‚genehmigen wir uns einen' begrüßt hast."

„Schön, es tut mir leid, John, aber was sollte ich sagen? Ich konnte einfach nicht anders. Du hättest die letzte großartige Pose sehen sollen, als er mir seinen endgültigen Sieg über die Erinnerung unter die Nase hielt. Manche Versuchungen sind eben stärker als der menschliche Geist."

„Mein Gott", war sein ganzer Kommentar.

„Heiliger, hoffentlich wirst du mir, sobald wir diese Stufen überwunden haben und vor einem Drink für zivilisierte Menschen sitzen, irgendeinen Rat geben, anstatt phantasielos den Chef anzurufen."

Er schwieg, und ich hoffte, daß er sich in Gedanken mit meinen Problemen und deren Lösung beschäftigte. Wir setzten uns auf Barhocker, wobei ich die Plätze aussuchte. Es gibt Zeiten, in denen man sein Getränk schlürft und angenehmen Überlegungen nachhängt. Jetzt war es aber Zeit für harte Getränke und harte Entschlüsse. „Whisky", bestellte ich, um von Anfang an keine Unklarheiten aufkommen zu lassen.

„Zwei", korrigierte John.

Fünf Drinks später war mein leeres Gerede nur noch undeutliches Gemurmel.

„In vino veritas", prostete ich ihm mit hocherhobenem Glas zu.

„Und welche Wahrheit haben Sie erspäht, Sir Cant?"

„Erspart?"

„Erspäht."

„Erspuckt", kicherte ich.

„Du wirst die Wahrheit nicht erkennen, wenn du besinnungslos betrunken bist, Sebastian."

„Okay, okay, Saint John. Dr. Bananastein hat gesagt . . ."

„Bananastein?"

„Wie in Frankastein."

„Frankenstein", stellte er richtig.

„Du pflichtest mir also bei?"

„Ich pflichte dir bei, daß es keine sehr gute Idee wäre, ihm diesen Namen ins Gesicht zu schleudern." Wir tranken eine Zeitlang schweigend, und in dieser Zeit brachte ich es fertig, etliche doppelte Bourbons zu kippen.

„Hör mir mal zu, Saint John!" Ich bedeutete John mit dem Finger, sich zu mir herüberzubeugen. Ich erinnere mich, daß ich in diesem Augenblick so geheimnisvoll tun wollte, wie es nur ein Betrunkener fertigbringt.

„Er will, daß ich sein Laborassistent werde", flüsterte ich.

„Sein was?"

„Schsch", zischte ich. „Er will, daß ich sein Laborassistent werde und die Ratten mit Medikamenten vollpumpe."

Ich habe keine klare Erinnerung an das, was ich nachher noch sagte oder tat. An diesem Nachmittag löschte ich mit Hilfe des aus Hafer hergestellten Gebräus außerordentlich erfolgreich mein Gedächtnis selbst, aber an eine Tatsache erinnere ich mich deutlich, und die erwies sich als sehr bedeutungsvoll. John schaffte es, mich von dem Barhocker, auf dem ich ins Reich des Vergessens ritt, herunterzubringen und zu einem der Tische an der Fensterseite zu lotsen. Dort bestellte er für uns beide das Abendessen und brachte mich mit guten Worten dazu, wenigstens einen Teil der Mahlzeit, die man vor mich hinstellte, zu mir zu nehmen. Er wollte mich durch die Nahrungsaufnahme wieder nüchtern bekommen. Aber das Essen machte mich nur schläfrig, und ich schlug vor, zu Bett zu gehen. Bevor wir den Tisch verließen, fiel mir jedoch zwischen den kleinen Hügeln jenseits des Golfplatzes etwas auf. Es war bereits spät am Nachmittag, und ich besaß die Geistesgegenwart, mir die Uhrzeit zu merken, denn ich hatte das dumpfe Gefühl, daß sie einen wesentlichen Faktor darstellte. Es war genau 17.25 Uhr, als ein Busch im Sonnenlicht glitzerte, wie nur etwas Metallisches glitzern kann, das mehr oder weniger in einer geraden Linie verläuft. Sehr merkwürdig, dachte ich, wiederholte im Geist immer wieder 17.25, 17.25, 17.25, merkte mir bewußt den Tisch, an dem wir gesessen hatten, und so prägten sich diese beiden Informationen – Gott sei Dank – meinem Langzeitgedächtnis ein.

Ich hatte damit Erfolg, denn als ich erwachte, erinnerte ich mich kaum an das, was geschehen war, nachdem ich begonnen hatte, mich intensiv mit dem Alkohol zu beschäftigen, sondern nur noch an die Zeit 17.25 und an den Tisch im Restaurant. Das Dumme daran war, daß ich nicht mehr wußte, was an diesen beiden Fakten so wichtig war, und auch nicht wußte, wozu ich sie mir eingeprägt hatte. Da wieder ein Gespräch mit dem Komiker Bozo Bananastein auf dem Programm stand, zog ich mich an, aß und erledigte noch einige nützliche Dinge, bevor ich fröhlich wie ein Leichenbestatter zu dem weißen Haus pilgerte, das meinen Mentor beherbergte.

„Guten Morgen, Mr. Cant."

„Guten Morgen, Herr Doktor."

„Ach . . . ja, Mr. Cant. Bitte nehmen Sie doch Platz." Pause. „Kaffee?"

„Ja."

Er setzte sein tiefgekühltes Lächeln auf, schenkte für jeden von uns eine Tasse voll und stürzte sich dann entschlossen in die Arbeit. „Ich glaube, wir sind gestern dabei stehengeblieben, als ich beschrieb, wie ich ein brauchbares Antiprotein entdeckte, worauf Sie mit einer vulgären Bemerkung reagierten, die wohl humorvoll klingen sollte."

„Ich würde es nicht so ausdrücken."

„Wie würden Sie es denn ausdrücken?"

„Eine zutreffende Bemerkung. Vielleicht eine Darstellung meiner Situation, Doktor, oder der historisch fundierte Standpunkt eines Laien in der Welt der Wissenschaft."

Er zog es vor, meine Antwort zu überhören.

„Haben Sie noch irgendwelche Fragen zu diesem Punkt?"

„Einige."

„Also, schießen Sie los!" Er schlug die Beine übereinander und verschränkte die Arme.

„Warum bin ich eigentlich hier, Doktor?"

„Erinnern Sie sich an die Geschichte des Mannes mit den beiden Mädchen? Der eines der Kinder im Kamin verbrannte?"

Ich bin sicher, daß mein Gesicht in diesem Augenblick sehr blaß geworden sein muß, denn Bananastein fragte mich, ob ich mich wohl fühle, und streckte die Hand aus; er wollte mich festhalten, falls ich ohnmächtig vom Stuhl kippte.

„Ich fühle mich wohl", log ich.

„Sie sind nicht dieser Mann, Mr. Cant."

Ich fühlte, wie wieder ein wenig Blut in mein Gehirn zurückfloß. Die Versicherung des Arztes, daß meine Annahme nicht zutraf, kam keinen Augenblick zu früh.

„Sie haben recht, Doktor. Ich hatte mir eingebildet, daß ich es sei, aber wenn ich nicht dieser Charles L. bin, worin besteht dann der Zusammenhang? Oder wollen Sie irgendeine Parallele zwischen uns ziehen?"

„Sie haben beide die gleiche Behandlung erhalten. Das ist der einzige Zusammenhang . . . außer . . ."

„Weiter."

„Die Ursache und die Behandlung waren die gleichen . . ."

„Los, Doktor, lassen Sie doch die Katze aus dem Sack!"

„Der Mann hatte eine Erinnerung verdrängt, eigentlich eine Reihe von Erinnerungen, alle traumatisch bedingt und alle miteinander verknüpft. Sie hatten das gleiche Problem, nur gab es bei Ihnen auch eine Reihe von Kindheitserfahrungen, die Sie unterdrückten und die die Ursache für Ihr gewalttätiges Verhalten in Ihrem späteren Leben waren . . ."

„Die Behandlung war die gleiche", unterbrach ich ihn, „Sie haben operiert, Ihr Antiprotein angewendet, diese Erinnerung gelöscht . . ."

„Und damit das gewalttätige Verhalten für immer beseitigt", beendete er meinen Satz.

„Ich verstehe."

Ich schwieg und erforschte mein Gehirn. Ich versuchte herauszubekommen, woran ich mich erinnern konnte. Ein lächerlicher Versuch. Er deutete meine gerunzelte Stirn richtig.

„Was wollen Sie herausfinden? Die Erinnerung ist keine Kartei, die Sie durchblättern können, um zu sehen, was fehlt."

„Das stimmt wahrscheinlich. Aber . . ."

„Ja?"

„Warum kann ich mich zum Teil an Dinge erinnern, die ausgelöscht wurden?" Er lehnte sich langsam vor und versuchte vergeblich, seine Besorgnis zu verbergen.

„Was sind das für Dinge?" fragte er kühl.

„Ich kann mich erinnern . . . nicht deutlich, aber ich kann mich immerhin erinnern . . . meine kleine Tochter . . . und das Fenster . . . und ihr blaues Kleid . . ."

Die Erinnerung gewann plötzlich Gestalt. Sie war sehr schmerzlich. Und meine Augen füllten sich mit Tränen. Aber ich bemerkte trotzdem, daß Bananasteins Besorgnis wie weggeblasen war. Er wirkte teilnahmsvoll, aber entschieden weniger besorgt als noch einen Augenblick zuvor.

„Mr. Cant, bitte, ich möchte Sie beruhigen. Sie erinnern sich vielleicht zum Teil an die Nacht, in der Ihre Tochter gestorben ist, aber Ihr gewalttätiges Verhalten, das ihren Tod verursacht hat, wird sich nie mehr wiederholen, und darauf kommt es schließlich an."

„Zum Teufel noch mal, wovon sprechen Sie eigentlich? Sie sagen mir, es wäre ganz in Ordnung, wenn ich mein eigenes Kind getötet habe, weil es nie wieder geschehen wird?" Ich vergrub mein Gesicht in den Händen, denn jetzt weinte ich.

„Mr. Cant", er legte mir die Hand auf die Schulter, „Sie haben Ihre Tochter nicht ermordet. Sie hatten nicht die Absicht, sie zu töten. Sie schlugen sie, und sie lief davon, und das Fenster stand offen, aber Sie haben nicht absichtlich . . ."

„Danke, Doktor, ich bin nur ein ganz gewöhnlicher, altmodischer Vater, der sein Kind mißhandelt und es dabei ganz zufällig getötet hat."

„Nein, nein. Ihre assoziative Reaktion war ein automatischer Mechanismus, den Sie genausowenig beherrschen konnten wie Ihren Pulsschlag. Hier stehen weder Schuld noch Unschuld zur Debatte. Und vor allem: Diese assoziative Reaktion wird sich nie mehr wiederholen, weil Sie tatsächlich geheilt sind."

Ich fuhr mir mit dem Handrücken über die Nase, worauf der Doktor prompt ein Taschentuch zum Vorschein brachte. „Danke." Ich wischte mir die Augen trocken und schneuzte mich.

„Mr. Cant." Bananastein stand unvermittelt auf. „Wie wäre es, wenn wir die Sitzung jetzt unterbrechen? Möchten Sie mit mir kommen? Ich würde Ihnen gerne mein Labor zeigen."

„Sie betreiben noch immer Forschungen?"

„Noch immer? Noch immer?" Er legte mir den Arm um die Schultern und ging mit mir zur Tür. „Die Forschung hört nie auf,

Mr. Cant, sie geht immer weiter, wie der Fortschritt, wie die Zeit." Wie dein Mundwerk, dachte ich.

Im nächsten Augenblick standen wir im Lift und glitten unter leisem Surren im Zeitlupentempo in die Tiefe.

„Warum befinden sich die Labors immer im Keller, Doktor? Ist hohe Luftfeuchtigkeit eine Voraussetzung für Ihre Experimente?"

„Der erforderliche Feuchtigkeitsgehalt der Luft hängt vom Experiment ab", antwortete er absolut ernsthaft.

„Ich verstehe." Das Surren verstummte. Die Türen gingen auf. Die Luft war feucht. Wir verließen den Lift und gingen den Korridor entlang, und unsere Schritte hallten auf dem Steinfußboden wider; ich versuchte, mich an eine Redensart zu erinnern, die die Besessenheit dieses Mannes wiedergab. Wie, zum Teufel, lautete sie nur? Während wir um eine Ecke in einen weiteren, endlos langen Korridor bogen, versuchte ich, mir die Redensart ins Gedächtnis zu rufen. Sie beschrieb das manische Bedürfnis dieses Mannes, zu experimentieren und zu bohren und zu manipulieren, einfach weil er die Macht besaß, es zu tun. Warum war er so sehr das Gegenteil eines Dichters? Eines Bauern? Eines Fischers? Warum war es undenkbar, daß er ein Lied sang oder gar jemanden liebte? Ich konnte mir diesen Eisberg bei keiner dieser Beschäftigungen vorstellen.

„So, da wären wir." Bananastein griff in die Tasche und holte einen supermodernen Schlüsselring hervor. Nach zwei Versuchen hatte er den richtigen Schlüssel gefunden und öffnete die Tür. Das war kein Labor. Diese Abkürzung trifft nur auf so freundliche Räume wie Schullabors zu. Bananasteins Werkstatt erhob Anspruch auf die volle Bezeichnung. Das hier war ein Laboratorium.

Sofort überfiel uns ohrenbetäubender Lärm. An allen vier Wänden waren Käfige aufgereiht, in denen sich die verschiedensten Arten von schnatternden Affen befanden. Die Mitte des Raumes wurde von einem Operationstisch beherrscht, der etwa sechzig Zentimeter breit und hundertfünfzig Zentimeter lang war. Ein anscheinend frisches Laken lag darauf, und das Kopfende war mit hygienischem Wegwerfpapier bedeckt.

Rings um den Tisch standen alle möglichen Maschinen mit

Schalttafeln und Sichtscheiben. Auf der anderen Seite des Operationstisches befand sich ein auf Zwerge zugeschnittener Friseurstuhl, der komisch gewirkt hätte, wenn nicht die bedrohlichen Ledergurte und die Vorrichtung zum Fixieren des Kopfes gewesen wären.

„Das hier sind meine Kinder, Mr. Cant“, erklärte er, und das Bild meines Kindes tauchte auf dem Bildschirm meines Geistes auf. Ich konnte sie ganz genau sehen. Annie . . . die eben sechs Jahre alt geworden war. Ihr blaues Kleid . . . die blonden Haare . . . sie saß am Tisch und aß. Das Bild bewegte sich nicht. Ich konzentrierte mich mit aller Kraft darauf und betete, daß es sich bewegen möge, damit ich mehr erfuhr. Bananastein rief mich, aber ich versuchte, ihn aus meinem Geist auszuschalten, und konzentrierte mich auf das Bild . . . auf die Erinnerung.

„Mr. Cant.“ Bananastein hatte mich an den Schultern gepackt. „Mr. Cant, was ist mit Ihnen los? Fühlen Sie sich wohl?“

„Ja, ich fühle mich wohl. Danke. Ich fühle mich wohl. Mir geht es gut.“ Das Bild war weggewischt. Und ich glaube nicht, daß ich jemals in meinem Leben jemanden so gehaßt habe wie den Mann, der in diesem Augenblick vor mir stand.

„Kommen Sie her, ich möchte Ihnen etwas zeigen!“ Er war im Begriff, einen Schrank an der Rückwand des Raumes zu öffnen.

„Ja?“ Ich ging quer durch den Raum zu ihm. Er hatte dem Schrank einen Gegenstand entnommen, der wie ein kleines Sprechfunkgerät aussah, und sperrte ihn jetzt wieder zu. „Was ist das?“ fragte ich.

„Ein Sender. Erinnern Sie sich vielleicht, schon einmal etwas über Dr. Delgado, den elektronischen Stierkämpfer, gelesen zu haben?“ fuhr er fort, ohne mir Zeit zu einer Antwort zu lassen. „Nun, das waren kleine Fische, Mr. Cant. An unserem Standard gemessen geradezu primitiv. Ein unförmiger Apparat, der aus dem Schädel des Stieres herausragte. Verglichen mit dem, worüber wir heute verfügen, war es Opas Radio mit Kopfhörern neben einem modernen Transistorgerät.“ Er sprach sehr laut, um sich trotz des ohrenbetäubenden Geschnatters der Affen verständlich zu machen. „Passen Sie auf!“ schrie er und betätigte eine Wählscheibe. Was daraufhin eintrat, wirkte wegen seiner Plötzlichkeit erschreckend. Alle Affenstimmen im Raum verstummten augenblicklich. Die Tiere saßen auf ihren Hinterteilen und schaukelten vor und zurück, oder sie lehnten wie betrunken am Maschendraht der Käfige. Die plötzliche Veränderung im Raum war atemberaubend.

Ich konnte nur flüstern: „Wie?"

„Das Zentrum für lustbetonte Gefühle."

„Oh?" Ich drehte mich fasziniert langsam im Kreis. Jedes der Tiere sah aus, als wäre es high. „Sie fühlen sich offensichtlich wohl."

„Für Konditionierungszwecke hat es sich als weit wirksamer erwiesen als Nahrung oder Sex oder sogar als das Vermeiden von Schmerzen. Ratten, die gelernt haben, sich selbst zu stimulieren, indem sie einen Hebel drückten, taten dies bis zu fünftausendmal in der Stunde. Sie betätigten den Hebel, bis sie erschöpft zusammenbrachen; und nach einer kurzen Ruhepause begannen sie ihn wieder mit der gleichen Inbrunst zu betätigen, bis sie vollkommen ermattet waren. Sie zogen den Reiz, den sie damit auf das Zentrum für lustbetonte Gefühle ausübten, dem Futter vor, bis sie beinahe verhungerten."

„Und empfinden diese Affen jetzt dasselbe?"

„Ja. Sie empfinden den Reiz in Wellen, beinahe wie einen Orgasmus, weil er in Intervallen von jeweils einer halben Sekunde leicht an- und abschwillt. Jetzt passen Sie einmal auf."

Bananastein wählte eine andere Ziffer, und alle Tiere erstarrten vollkommen. Sie hatten sich zwar auch zuvor kaum bewegt, aber einige schaukelten immerhin vor und zurück, andere nickten oder fuhren mit den Fingern den Maschendraht entlang. Als der Doktor die zweite Ziffer wählte, erstarrten alle plötzlich zu Statuen. Sie blinzelten nicht einmal.

„Atmen sie?"

„Kaum. Alle lebenswichtigen Funktionen sind stark herabgesetzt."

Ich sah mich in dem Raum um: es war ein wirklich deprimierender Anblick. Sie hätten genausogut ausgestopft sein können, und genau das hätte jeder angenommen, der in diesem Augenblick den Raum betreten hätte.

„Empfinden sie noch etwas?"

„Sie wollen wissen, ob das Zentrum für lustbetonte Gefühle immer noch stimuliert wird? Nein, das habe ich abgeschaltet, und wenn sie nicht infolge des katatonischen Zustands jetzt aktionsunfähig wären, wäre ihr Protest unüberhörbar. Zum Glück sind sie jetzt nicht dazu fähig. Ich werde diese Kontrolle für einen Augenblick abschalten, damit Sie ihre Reaktion auf das Abschalten des Reizes erleben; aber zuerst möchte ich Ihnen einiges zeigen."

Er ging zu einem der Käfige, und ich folgte ihm. Wir machten vor einem Gibbon halt, der beinahe aufrecht stand; seine Finger ragten zwischen dem Maschendraht hervor. Während die Stimulierung wirkte, hatte er sich verzückt langsam vor- und zurückgewiegt, und jetzt wirkte er leblos, nicht einmal seine großen Kinderaugen bewegten sich. Bananastein hob einen seiner schlanken haarigen Finger, und er war schlaff, nicht verkrampft, wie ich angenommen hatte. Bananastein klatschte plötzlich kräftig vor den blicklosen Augen in die Hände, und sie blinzelten nicht. Sie standen weiter starr offen, und dennoch konnte man im Augenblick des Klatschens etwas wie Angst in diesen unbeweglichen Augen erkennen – oder fühlen. Mein kleiner Verwandter tat mir leid, aber Bananastein empfand natürlich nur Begeisterung angesichts der Macht, die er über seine lebenden Spielzeuge ausübte.

Wir gingen zu einem größeren Käfig aus Metallstäben, der abseits in einer Ecke stand. Er beherbergte einen herrlichen Gorilla mit riesigem Brustkasten; er war etwa einen Meter fünfzig groß, stützte sich auf die Fingerknöchel auf und beugte sich vor. Auch er bewegte sich nicht, aber der Ausdruck in seinen Augen war irgendwie anders. Anders als bei dem eingeschüchterten Gibbon glühte in den leuchtenden kleinen Augen des Gorillas angespannte, massive Wut – um so bedrohlicher, als sie unterdrückt und unter Kontrolle war.

„Beachten Sie, daß weder aus dem Kopf dieses noch irgendeines anderen Tiers im Labor irgendwelche metallischen Teile herausragen. Sehen Sie sich um." Es stimmte. Am Körper der Tiere in Bananasteins Kerker war nichts befestigt. Ich fragte, ob wirklich Elektroden in ihre Gehirne eingepflanzt waren.

„Sehen Sie hinter das linke Ohr, Mr. Cant."

Ich trat an die Seitenwand des Käfigs und entdeckte ein kaum sichtbares Plättchen.

„Sie verfügen über ausreichende technische Kenntnisse, um zu wissen, daß es für jeden Sender auch einen Empfänger geben muß. Ihr Freund John Macky hat Ihnen von den Metallplättchen erzählt, die wir dicht unter dem Rasen verteilt haben und die als Wärmeleiter dienen."

„Ja."

„Wir haben eine Methode perfektioniert, mittels der wir diese winzigen Plättchen an bestimmten Stellen im Gehirn einpflanzen; sie sind so vorbehandelt, daß sie auf einen Funkimpuls auf einer bestimmten Frequenz ansprechen. Sie müssen wissen, Mr. Cant, daß das Gehirn auf den geringsten elektrischen Impuls reagiert. Die Energie, die benötigt wird, um alle Tiere in diesem Raum unter Kontrolle zu halten, ist nicht größer als der Bedarf einer einzigen Taschenlampe."

Ich war gebührend beeindruckt und sagte das auch. Dann erkundigte ich mich nach den praktischen Anwendungsmöglichkeiten dieser Entdeckung.

„Aber, aber, Mr. Cant, strengen Sie Ihre Phantasie doch ein bißchen an. Eine einzige Krankenschwester könnte eine gesamte Abteilung in einer Nervenheilanstalt unter Kontrolle halten. Ein Gefängniswärter könnte Hunderte von Häftlingen durch einen Knopfdruck erstarren lassen – er könnte eine Revolte ebenso leicht abstellen wie ein Radio."

„Wäre es nicht einfacher und auch humaner, sie nicht erstarren zu lassen, sondern sie durch die ständige Stimulierung des Zentrums für lustbetonte Gefühle zu beruhigen?"

„Nein. Natürlich könnte man das annehmen, aber wir haben durch bittere Erfahrungen gelernt, was wir uns aufgrund logischer Überlegungen eigentlich hätten sagen müssen."

„Und zwar, Doktor?"

„Daß Lust etwas Relatives ist, wie auch alle übrigen Gefühle. Sie haben von dem Idioten gehört, der mit dem Kopf gegen die Wand rennt, weil es so angenehm ist, wenn der Schmerz wieder aufhört?" Ich widerstand der Versuchung, sarkastisch zu sein, und nickte nur. „Es ist ausschließlich eine Sache der Gewöhnung.

Wenn jemand an heftige Schmerzen gewöhnt ist, dann bereitet es ihm riesiges Vergnügen, wenn die Schmerzen wieder aufhören, und wenn ihm dieses Vergnügen genommen wird, empfindet er das als schmerzlich. Kong ist ein gutes Beispiel für diese Art von Anpassung." Kong war der Gorilla. „Er ist ein Prachtexemplar, nicht wahr?"

„Ich habe das Gefühl, Doktor, daß Ihr Kong gar nicht so bösartig ist, wie er zu sein scheint."

„Das stimmt, aber er war bösartig, als wir ihn bekamen, und das ist einer der Gründe dafür, warum wir ihn gekauft haben. Kong hatte anscheinend in seiner Jugend einen sadistischen Dresseur. Er wurde in einem Zirkus aufgezogen, und sein Dresseur wollte Kong offensichtlich so bösartig wie möglich machen, damit die Damen und Kinder, die in die Nähe seines Käfigs kamen, vor Angst aufkreischten. Welche Methoden er auch immer angewendet hat, Folter, Nahrungsentzug, Zwang oder eine Kombination von allen dreien . . . der Mann hatte ungeahnten Erfolg. Eines Tages streckte Kong die Hand aus dem Käfig, packte seinen Herrn, zog ihn an die Gitterstäbe heran und riß ihm den Kopf ab. Er sollte eingeschläfert werden, als wir uns einschalteten und den Zirkusdirektor überredeten, ihn uns zu Forschungszwecken zu verkaufen."

„Uns? Das ist etwas, was ich mich schon gefragt habe, Doktor. Wie treten Sie gegenüber der Außenwelt auf? Sie müssen doch Nahrungsmittel und andere Vorräte für Sunnyview einkaufen. Bringen Sie alles selbst hierher, und wenn ja, bestellen Sie die Sachen, und bezahlen Sie sie im Namen der Sunnyview-Klinik? Oder verfügen Sie über ein anderes Aushängeschild? Irgendwelche Gesellschaften, die als Strohmänner fungieren?"

Er wurde unruhig. Ihm war die Richtung, in die meine Fragen gingen, äußerst unangenehm.

„Im Augenblick ziehe ich es vor, auf diese Fragen nicht zu antworten. Ich beschränke mich auf die Feststellung, daß wir über Mittel und Wege verfügen, um das zu bekommen, was wir benötigen, ohne unseren Standort zu verraten. Wenn ich jetzt weiterreden dürfte . . ." Ich hob die Hände, um ihm zu zeigen, daß er das Wort hatte.

„Kong war in einem Augenblick des Zorns zum Menschenkiller

geworden. Als er in Sunnyview eintraf, entkam er beinahe aus seinem ersten Käfig, indem er das Schloß abriß. Wir betäubten ihn mittels eines Narkosegewehrs, aber vorher verletzte er noch einen Wärter schwer. Als wir ihn in einem neuen, solideren Käfig unterbrachten, rüttelte er anfangs unablässig wild an den Gitterstäben, bis er es nach einer Woche einfach aufgab. Nach einer Woche der Beobachtung operierten wir ihn und pflanzten ihm die Metallplättchen ein, die wir BSC nennen. Sie werden mit Hilfe von Injektionsnadeln im Gehirn implantiert, nachdem wir mittels elektronischer Sonden das Zentrum für lustbetonte Gefühle abgegrenzt haben. Die Operation war ein voller Erfolg. Er reagierte auf den Reiz, indem er sofort sanft wie ein Lamm wurde. Er genoß ihn. Einige Wochen lang wurde er ständig stimuliert. Als wir den Reiz aber abschalteten, zeigte er sein früheres aggressives Verhalten wieder, und zwar zehnfach intensiver. Damals gaben wir ihm den Namen Kong."

„Wie hat er vorher geheißen?"

„Was für eine komische Frage. Nach allem, was ich Ihnen erzählt habe, interessiert Sie sein Name. Namen sind für Sie eine Art Zwangsvorstellung, nicht wahr?"

„Wie hat er geheißen? Oder ist das ein Geheimnis, Doktor?"

„Wenn ich mich nicht irre, hieß er Elwood."

„Elwood? Wie nett." Ich lachte, blickte in die stählernen Augen des Tieres und fragte: „Was wäre geschehen, Doktor, wenn man ihm statt der im Gehirn stimulierten Lust Liebe gegeben hätte?"

„Liebe? Seien Sie nicht kindisch, Mr. Cant. Das Tier hat seinem Besitzer den Kopf abgerissen. Ich habe Ihnen ja gesagt, daß er ein Menschenkiller ist."

„Ein einziger Mensch, Doktor, und Ihrer Beschreibung nach ein Sadist, der ihn gefoltert hat."

„Sie übersehen, Mr. Cant, daß wir uns das Ziel gesetzt haben, mittels chirurgischer Implantate eine vollkommene, absolut sichere Kontrolle der Aggressivität zu erreichen. Das war der einzige Zweck, zu dem wir den Affen hierhergebracht haben. Es hätte gar keinen Sinn gehabt, die ganze Prozedur an einem nicht bösartigen Tier vorzunehmen. Natürlich gibt es Beweise dafür, daß liebevolle Pflege ein bösartiges Tier manchmal in ein sanftmütiges verwandeln kann. Unsere Methode funktioniert immer. Sie ist unfehlbar."

Ich sah mich im Raum um, betrachtete all diese armen, leblosen Geschöpfe, deren natürlicher Zustand sich so sehr von den stummen Statuen vor mir unterschied, und ich dachte über die Klinik- und Gefängnisinsassen nach, die Bananastein unter Kontrolle bekommen wollte.

„Wollen wir essen gehen, Mr. Cant?"

Ich sah mich im Raum um und schaute ihn fragend an.

„Ach so. Nein, machen Sie sich keine Sorgen, ich werde sie nicht in diesem Zustand lassen."

Er hob den kleinen Sender hoch und drehte die Scheibe. Sofort ließ die Spannung in dem Raum deutlich nach. Ich warf einen Blick auf Kongs – oder eigentlich Elwoods – Augen. Die Wut in ihnen erlosch so plötzlich wie eine Kerze, die man ausbläst.

„Passen Sie jetzt auf", sagte er, „ich werde ihnen die Bewegungsfreiheit wiedergeben." Er drehte die Scheibe wieder. Sofort wurden Stimmen laut. Die Affen schaukelten vor und zurück und stießen leise, vergnügte Laute aus. Der große Gorilla setzte sich auf seine mächtigen Hinterbacken und begann geradezu zu schnurren. Bananastein hielt mir den Sender hin und zeigte auf die Wählscheibe.

„Damit betätigen Sie den Luststimulator, Mr. Cant. Drehen Sie sie entgegen dem Uhrzeigersinn nach links bis zum Anschlag."

Ich sah mich um, und mein Blick blieb auf Elwood haften. So, dachte ich, hat er vor dem sadistischen Dresseur, vor Sunnyview, vor seiner Bekanntschaft mit den Menschen ausgesehen.

„Und was geschieht, Doktor, wenn ich sie nicht bis zum Anschlag drehe?"

„Versuchen Sie's."

Ich streckte die Hand zögernd aus und drehte die Scheibe langsam nach links. Das Ergebnis war ein hysterischer Ausbruch. Jeder einzelne Affe wirkte und benahm sich, als wäre er betrunken. Sie geiferten und kreischten und lachten (so schien es jedenfalls) und taumelten in ihren Käfigen herum. Elwood fiel um, stand wieder auf, machte einen Kopfstand – oder versuchte es zumindest –, fiel wieder um und verzog seine Lippen zu einem unwahrscheinlichen Grinsen. Der Gesamteindruck war unglaublich komisch, und ich lachte, und darauf reagierten sie, indem sie hin und her sprangen, umfielen, wieder aufstanden und laut schnatterten.

Dr. Bananastein drehte die Scheibe ganz durch, und sie verfielen wieder in den Zustand der Betäubung.

„Wie Sie sehen", stellte er trocken fest, „ist entweder volle Stimulierung oder aber gar keine erforderlich, um brauchbare Resultate zu erzielen. Wenn man die Scheibe nur halb dreht und damit nur einen unendlich geringen Impuls aussendet, erzielt man einen Zustand leichter Berauschtheit, der für Forschungszwecke uninteressant ist." In diesem Augenblick gelangte ich zu der Überzeugung, daß Bananastein ein altes Scheusal war.

„Würden Sie bitte zur Tür gehen, Mr. Cant?"

„Was kommt jetzt?"

„Jetzt gehen wir; aber zuerst muß ich den Stimulator abschalten, und die Reaktion der Tiere kann sogar Leute erschrecken, die daran gewöhnt sind."

„Machen Sie weiter", sagte ich tapfer.

„Wie Sie wollen."

Es war sehr still im Raum, nur hier und da hörte man zufriedenes Grunzen. Als Banana die Scheibe mit einer raschen Drehung auf Null stellte, gab es ein leises, knirschendes Geräusch. Was dann geschah, war erschreckend. Die Luft war sofort vom angsterfüllten Gekreisch aller im Raum befindlichen Geschöpfe, mit Ausnahme von uns beiden, erfüllt, und ich bin nicht einmal sicher, ob ich wirklich ruhig blieb. Das Gekreisch wurde beinahe zum Gebrüll, die großen und kleinen Affen tobten in ihren Käfigen herum und hämmerten wütend gegen die metallenen Fußböden und Decken.

Kong (jetzt war er tatsächlich Kong) hatte die Stangen an der Vorderseite des Käfigs gepackt und warf sein Gewicht mit solch wütender Kraft vor und zurück, daß der ungeheuer schwere Käfig sich abwechselnd vorn und hinten vom Boden abhob und mit lautem Krachen wieder zurückfiel, so daß Staub und Betonsplitter herumflogen. Seine kleinen glänzenden Augen wirkten elektrizitätsgeladen vor Haß.

Ich preßte die Hände in einem Abwehrreflex gegen die Ohren, um das schreckliche Getöse auszuschalten. Mit einem Blick erkannte ich, daß alle haßerfüllten Augen auf uns gerichtet waren. Irgendwie wußten sie, daß wir das Gefühl abgestellt hatten, an das sie gewöhnt waren, und ich bin sicher, daß sie uns in Stücke gerissen hätten, wenn sie nicht eingesperrt gewesen wären.

Ich preßte die Hände fest auf die Ohren und lief zur Tür. Ich drückte die Klinke hinunter, die Tür ging auf, und ich blickte zum Doktor zurück. Er verschloß unbeeindruckt den Glasschrank, in den er den Sender wieder hineingestellt hatte, und sah sich noch einmal im Raum um, bevor er zu mir kam. Es war unglaublich, aber dieser verrückte Schweinehund lächelte zufrieden.

Draußen verschloß Bananastein die Metalltür, während ich neben ihm stand. Auch nachdem die Tür fest verschlossen war, konnte ich immer noch gedämpft den Lärm hören.

„Wie lange werden sie in diesem Zustand bleiben?"

„In ein paar Stunden werden sie sich soweit beruhigt haben, daß sie resigniert wimmern. Was halten Sie von der Vorführung?"

„Ein bißchen grausam, nicht wahr?"

„Versuchen Sie, an das Gute zu denken, das wir dadurch erreichen, Mr. Cant. Denken Sie an die Abschaffung von Zwangsjacken in den Klinikabteilungen für Gewalttätige. Denken Sie an die absolute Sicherheit in den Gefängnissen."

„Ich denke, Doktor, ich denke."

Wir gingen den langen Korridor zurück. Das Dröhnen in meinen Ohren ebbte ab und wurde durch das Geräusch unserer Schritte ersetzt. Die armen kleinen Schweine, dachte ich immerzu, diese armen kleinen Schweine.

„Wie wäre es mit dem Mittagessen, Mr. Cant?" fragte er fröhlich. „Ich bin hungrig."

Dr. Bananastein aß herzhaft. Vielleicht regt Grausamkeit den sadistischen Appetit an. Mir lag das alles zu sehr im Magen – wörtlich –, als daß ich etwas anderes zu mir nehmen konnte als einen Martini. Er stopfte sich mit Steak voll, während ich an meinem Glas nippte, und zwischen den einzelnen Bissen erzählte er mir von seinen persönlichen Lebensumständen.

Vor einigen Jahren, sagte er, stieß er auf die Möglichkeit, die destruktiven Triebe im Menschen zu unterdrücken, indem man das Gehirn physisch veränderte. Er und einige ihm nahestehende

Kollegen waren sich darüber einig, daß ihre unterschiedlichen, aber parallel verlaufenden Forschungen alle in diese Richtung wiesen. Im Lauf der Jahre begann sich die kleine Gruppe immer mehr als die Avantgarde zu fühlen, die eines Tages den Menschen von seinem ärgsten Feind befreien würde – seiner eigenen Aggressivität. Bananas Augen leuchteten, als er von dem Zusammenschluß der Gruppe zu einer Einheit, einem Team, sprach, das ein gemeinsames Ziel verfolgte. „Ein heiliger Kreuzzug", sagte er

Und wie heilig, dachte ich.

Er erzählte mir, wie er und seine Freundesschar raschere Fortschritte machten, indem sie die Resultate ihrer Arbeit untereinander austauschten. Manchmal überschnitten sie und manchmal ergänzten sie einander, worauf dann immer allgemeine Begeisterung herrschte. Als sie Fortschritte erzielten, wuchs ihre Schar – sorgfältig ausgewählt, selektiv, aber ständig. Bananastein, der gelegentlich als ihr Wortführer fungiert hatte, übernahm die Leitung, als er den entscheidenden Zusatz zu dem Medikament fand, mit dem sie ihre revolutionäre Behandlung durchführen wollten – das Antiprotein, das er „Oedipium" taufte.

Einige Jahre lang experimentierte die Gruppe mit Tieren und wartete geduldig darauf, ihre neuentdeckten Möglichkeiten an ein paar Exemplaren der Spezies *Homo sapiens* ausprobieren zu können. Nachdem sie eine geraume Weile Gefängniswärtern und Leitern von Nervenheilanstalten in den Ohren gelegen hatten, wurde ihnen schließlich der Körper und mit ihm der Geist eines gewissen Charles L. überantwortet, der ein Kind getötet und die Leiche verbrannt hatte.

Sie hatten hauptsächlich deshalb so große Schwierigkeiten, ein menschliches Exemplar zu erhalten, weil sie keine Details bekanntgeben wollten, außer daß sie im Besitz einer absolut sicheren Heilmethode für antisoziales Verhalten waren. Sie konnten sich Charles' deshalb bemächtigen, weil sie dem Zufall ein wenig nachgeholfen hatten und weil es dem Anwalt des Mannes nicht gelungen war, die Geschworenen davon zu überzeugen, daß sein Mandant verrückt war, so daß Charles ins Gefängnis gesteckt wurde. Deshalb fand man, daß er sich für medizinische Experimente eignete.

Bananas Gruppe verpflichtete sich, Charles L. sofort nach der Behandlung ins Gefängnis zurückzubringen, wo er seine Strafe absitzen sollte. Er sollte jedoch genau beobachtet und – falls die Behandlung Erfolg hatte – eventuell auf Bewährung entlassen werden. Es wurde ein voller Erfolg, und zwei Jahre später wurde der einst irre Mörder in die liebenden Arme der zivilisierten Gesellschaft zurückgeschickt. Kaum zu glauben, aber die Behörden waren wegen möglicher negativer Reaktionen der Öffentlichkeit so nervös, daß sie sich nie nach Details der Behandlung erkundigten, sondern Bananastein und Konsorten erlaubten, sich mit den Meerschweinchen zu befassen und über das Experiment selbst Stillschweigen zu bewahren. Niemand außerhalb dieser exklusiven Clique erfuhr etwas von der Großtat.

Im Laufe der Jahre erweiterten sie langsam ihren Kreis. Sie informierten ihre ärztlichen Kollegen über die von ihnen erzielten Ergebnisse, ohne ihre Behandlungsmethoden preiszugeben. Die Angehörigen dieser Berufsgruppe waren zunächst über diese exklusive Haltung erbost, sahen aber schließlich angesichts der unglaublichen Resultate darüber hinweg, und daraufhin wurde sogar der innere Kreis, vorsichtig und selektiv, erweitert.

Der fruchtbare Zuwachs an Mitgliedern zu diesem außergewöhnlichen Klub kam aus den Reihen der Psychiater.

Zu Beginn sprachen sich innerhalb der ärztlichen Bruderschaft die Erfolge nur langsam herum, und die Psychiater schickten nur ihre unheilbaren Fälle zu Bananastein & Co. Aber da die Erfolgsrate beinahe bei hundert Prozent lag, stieg die Zahl der Medizinmänner, die in den elitären Klub aufgenommen wurden, immer schneller. Immer mehr Ärzte waren der Meinung, daß „die Behandlung" als erstes Mittel eingesetzt werden sollte und nicht als die letzte Notmaßnahme. Die Wartelisten wurden immer länger, und früher oder später wäre die geheime Behandlung Allgemeingut geworden . . . eine Möglichkeit, die Bananastein und seine Clique nicht zur Kenntnis nehmen wollten.

Sie lösten das Problem auf bewährte und typisch kapitalistische Art – sie erhöhten ihre Preise. Wie Banana sagte, erhöhten sie sie so sehr, daß nur die sehr Reichen sich die Behandlung leisten konnten; so schränkten sie die Nachfrage ein und schufen gleichzeitig einen Markt, der ein ungeheures Vermögen einbrachte, das dazu verwendet wurde, geschlossene Anstalten zu errichten, in denen man Patienten unterbringen und das für die neuen Methoden notwendige Personal schulen konnte. So entstanden Sunnyview und zehn Schwesterkliniken, alle an abgelegenen Orten und nur den Mitgliedern des innersten Kreises bekannt.

Ich hatte gerade meinen dritten Martini intus, als Bananastein sich Schokoladenpuddingreste vom Kinn wischte und ich fragte, ob die Geheimhaltungspflicht je verletzt worden sei, und wenn nicht, warum?

„Noch nie", antwortete er, „und der Grund dafür ist, daß wir alle, jeder Arzt, jede Schwester, jedes Mitglied des Personals bis zum Portier, voll und ganz einer Idee ergeben sind, die größer ist als wir." Er legte die Serviette neben den Teller. „Wollen wir gehen?" schlug er vor und schob seinen Stuhl zurück.

„Wieder in Ihr Büro?"

„Nein, lieber nicht. Ich glaube, daß Sie für heute genug zum Verarbeiten haben. Sie sollten am Nachmittag ausspannen und mich morgen früh wieder besuchen."

„Werden Sie mir sagen, was ich vergessen mußte, um gesund zu werden? Werden Sie mir morgen alles sagen?"

„Alles, Mr. Cant, alles. Wir wollen, daß Sie wieder in den Schoß der Familie zurückkehren."

„Wieder?" wiederholte ich. Er ging nicht darauf ein.

„Morgen, Mr. Cant."

„Morgen", stimmte ich zu, und schon war er weg. Ich ließ mein Glas noch einmal füllen. Ich wollte die Zeit totschlagen, bis es fünf Uhr war. Ich wollte um fünf Uhr fünfundzwanzig im Restaurant am Golfplatz sein, und ich wußte noch immer nicht, warum eigentlich.

10

IN DER STUNDE, die ich am Tisch sitzen blieb, nachdem Dr. Bananastein gegangen war, sagte ich mir immer wieder all das vor, was ich an diesem Tag erfahren hatte. Es klang tatsächlich ganz vernünftig. Ich mochte Bananastein nicht, aber das war meine persönliche Angelegenheit. Vielleicht, überlegte ich, heiligt der Zweck, wenn er gerechtfertigt ist, doch die Mittel. Eine Welt ohne Aggression; das konnte kein schlechtes Ziel sein.

Bananastein hatte im Verlauf des Gesprächs erwähnt, daß sie jetzt im Begriff waren, je eine Klinik in Europa und in Südamerika zu errichten. Sie besaßen bereits eine in Kanada, und jene Ärzte, die ihre Methode billigten und Patienten an sie verwiesen, machten schon ein Siebentel aller Psychiater der Welt aus. Er deutete auch unmißverständlich an, daß einige mächtige und ihm wohlgesinnte Politiker und Philanthropen Angehörige des heiligen inneren Kreises waren.

Vielleicht, so dachte ich, ist das wirklich die Lösung. Kurz bevor er sich auf seinen Schokoladenpudding stürzte, hatte Bananastein die Geschichte eines Obersten der Air Force erzählt, der dieser Behandlung unterzogen worden war. Anscheinend war dieser Oberst bis zu seinem vierzigsten Lebensjahr überzeugter Junggeselle gewesen, hatte dann geheiratet und war prompt übergeschnappt. Er hatte eine unter Umständen gefährliche Schlüsselposition im Generalstab der Luftwaffe inne. An einem besonders hektischen Tag in einer Luftwaffenbasis des Generalstabs sprang er am Höhepunkt eines simulierten Angriffsmanövers unvermittelt auf und erklärte mit voller Lautstärke, daß San Francisco ein viel lohnenderes Ziel darstelle als Moskau. Homosexualität und nicht der Kommunismus sei der gefährlichste Feind, grölte er und wurde daraufhin von der Militärpolizei aus dem Zimmer geschleppt.

Die stabsärztlichen Psychiater untersuchten ihn und wiesen ihn in ein Spital ein. Irgendwann während der Behandlung ließ ein Arzt den gegen Schwule allergischen Oberst heimlich nach Sunnyview transportieren.

Nach relativ kurzer Zeit konnten die Luftwaffendienststellen den Oberst wieder auf seinen verantwortungsvollen Posten zurücktransportieren, denn er empfand keinerlei Bedürfnis mehr, Homo-Treffpunkte mit Atombomben zu belegen.

Wie kann man an einer so erfolgreichen Behandlung etwas auszusetzen haben, argumentierte ich. Und dennoch hatte ich trotz meiner rationalen Überlegungen das Gefühl, daß irgend etwas dabei nicht in Ordnung war. Was kann man dagegen tun, wenn man alles vorurteilslos erwogen hat, die logischen Schlüsse sich mit mathematischer Präzision ergeben und sich dennoch tief in der Seele eine instinktive Stimme erhebt, die, anscheinend ohne jeglichen Grund, jammert: „Es ist unrecht; es ist unrecht."

Diese Gedanken beschäftigten mich bis in den späten Nachmittag, als ich mich auf den Weg zum Golfplatzrestaurant machte.

Ich setzte mich an denselben Tisch wie am Vortag. Ich blickte durch dasselbe Fenster, beobachtete die Grenze von Sunnyview und wartete darauf, daß das, was mich am Vortag beunruhigt hatte, wieder eintrat. Es war fünf Uhr.

Ich bestellte Salat und ein Steak, denn ich war entschlossen, genügend Nahrung zu mir zu nehmen, um die Wirkung des Martinis zu dämpfen, aber nichts zu Schweres, das mich schläfrig machte.

Als die Uhrzeiger sich dem erwarteten Zeitpunkt näherten, beobachtete ich den Golfplatz genau, und ein metallisches Glitzern erregte meine Aufmerksamkeit; es verlief parallel zu dem Weg zwischen dem Gelände von Sunnyview und den umgebenden Wäldern. Mein Verdacht erforderte eine genauere Untersuchung, denn wenn das Glitzern das war, wofür ich es hielt, dann sah alles sofort ganz anders aus.

Ich aß mein Steak und prägte mir Orientierungspunkte ein, so wie man den Ort, an dem ein Golfball aufschlägt, genau festlegt, bevor man sich auf die Suche nach ihm begibt. Mein Ziel befand sich etwa zwanzig Meter oberhalb von zwei Fichten und etwa dreißig Meter innerhalb der Trennlinie zwischen Rasen und Wald. Es war vom Restaurant aus nicht weit dahin, und ich ging zunächst rasch; als ich mich dem fraglichen Punkt näherte, wurde ich langsamer und schlenderte scheinbar ziellos umher. Als ich glaubte, meine Show lang genug abgezogen zu haben, schlich ich mich zum Waldrand. Ich war davon überzeugt, daß mich niemand beobachtete, und allmählich gelangte ich zu den Sträuchern, die so unnatürlich glitzerten. Sobald ich dort war, erkannte ich die Ursache des Glitzerns. Die Blätter waren mit winzigen Metallplättchen gesprenkelt, wie die, die man im Stuck billiger Häuser verwendet.

Ohne etwas zu berühren, beugte ich mich vor, um die Blätter genau zu betrachten, als ich das unverkennbare Geräusch eines näher kommenden Hubschraubers vernahm. Im nächsten Augenblick befand er sich über mir, aber ich spazierte schon wieder scheinbar ziellos umher. Ein Lautsprecher krächzte meinen Namen.

„Mr. Cant, bitte ins Hauptgebäude! Mr. Cant, bitte ins Hauptgebäude!"

Gehorsam machte ich mich auf den Weg zu Bananasteins weißem Schloß; ich wußte jetzt, daß das, was ich entdeckt hatte, elektronisch, ultramodern, raffiniert und einmalig, aber dennoch nichts anderes war als . . . eine Mauer. Ich kämpfte mit aller Kraft gegen die Panik an, die in mir aufsteigen wollte. Ich wußte, daß ich auf keinen Fall vom weißen Gebäude weg- und zum Wald hinsehen durfte, denn sonst würde ich schwach werden und im nächsten Augenblick blind vor Angst um meine Freiheit laufen. Ich hielt durch und beherrschte mich, bis ich den Eingang zum Hauptgebäude erreichte, vor dem Bananastein mich erwartete. Ich folgte ihm gehorsam den Korridor entlang in sein Büro. Er ging sofort zu seiner abscheulichen Bar, und ich blieb mit dem Rücken zur geschlossenen Bürotür stehen. Ich zitterte.

„Ich habe Sie holen lassen, Mr. Cant, weil es noch ein paar Dinge gibt, die wir . . ."

„Das ist nicht notwendig."

„Was wollen Sie damit sagen?" fragte er, während er sich ein Glas einschenkte und dadurch vermied, mir in die Augen zu sehen.

„Ich weiß, daß es ein Zaun ist. Ich weiß, daß die Gebüschreihe voller Metallplättchen, die am Waldrand verläuft, ein elektronischer Zaun ist. Ich war die ganze Zeit über ein Gefangener, nicht wahr, Doktor?"

„Gefangener ist ein zu harter Ausdruck dafür."

„Geben Sie's auf, Doktor, dieses Klischee paßt besser bei Erpressungen. Hart oder nicht, es gibt kein anderes Wort dafür. Ich bin ein Gefangener."

„Sobald die Behandlung begonnen hat, müssen wir dafür sorgen, daß der Patient bis zur vollständigen Genesung hierbleibt."

„Genesung? Wovon, zum Teufel, sprechen Sie? Sie haben mir die Behandlungsmethode erklärt. Die Halluzinationen, die Alpträume haben dazugehört. Das akzeptiere ich. Aber während der vergangenen Woche haben Sie mich zu überreden versucht, hierzubleiben. Das gehört nicht zu Ihrer verdammten Behandlung. Ihr Glitzerzaun ist dazu da, um jeden in Sunnyview festzuhalten. Punkt. Meine Behandlung ist zu Ende, und ich kann nicht fort, ob ich nun geheilt bin oder nicht. Alles übrige ist Scheiße!"

„Bevor Sie ein Urteil fällen, müssen Sie alles wissen!" Er schlug heftig mit der Faust auf die Bar, so daß sein Drink beinahe überschwappte.

„Ich weiß alles . . ." Ich verstummte. Ich gab die Auseinandersetzung auf, bevor sie begonnen hatte. Was für einen Sinn hatte es? Ich wollte von Sunnyview fort, und ich würde bestimmt nicht durch bloßes Reden hinauskommen. Ich mußte fliehen.

„Wir haben unser Gespräch heute mit einer unbeantworteten Frage beendet, Mr. Cant." Er füllte seinen Drink mit Eis und Soda auf. Das war sinnlos, denn er hatte noch keinen Schluck getrunken, aber er zeigte dadurch, daß er seine Selbstbeherrschung wiedererlangt hatte.

„Und die lautete?"

„Sie fragten, warum ich den Ausdruck ‚wieder in den Schoß der Familie' verwendet hatte; Sie schlossen daraus, daß Sie vorher schon hier waren." Der Hundesohn hatte mich wieder im Griff.

„Schön, warum haben Sie ihn verwendet? Bin ich schon vorher in Sunnyview gewesen?"

„Nein. Nein, Sie sind vor diesem Aufenthalt nie hier gewesen, aber Sie gehörten zur Familie; das heißt, Sie waren einer von uns."

„Ein Arzt?" Die Vorstellung war ungeheuerlich. Hatten sie Jahre des Medizinstudiums und der ärztlichen Praxis aus meinem Gehirn gelöscht? Hatten Jahre meines Lebens, meiner ärztlichen Tätigkeit keine Spur hinterlassen? Diese Möglichkeit brachte mich plötzlich in Wut, und das mußte er gemerkt haben.

„Beruhigen Sie sich, Mr. Cant, Sie waren nie Arzt."

Er hob ein leeres Glas hoch. „Wollen Sie mir Gesellschaft leisten?"

„Danke. Ich möchte etwas Leichtes. Bourbon und Ginger Ale."

„Ich glaube nicht, daß sich das mit dem Gin und Wermut verträgt. Wie wäre es mit einem Martini?"

„Wie Sie meinen."

Er entnahm dem Kühlschrank eine kleine Cocktailflasche, schraubte den Verschluß ab und schenkte ein.

„Also gut, Doktor, was war ich? Welche Aufgabe hatte ich in dem heiligen inneren Kreis?" Er mißbilligte meinen sarkastischen Ton sichtlich.

„Können Sie sich an Ihre Verbindung mit uns erinnern?"

Er gab mir mein Glas, ließ sich in seinen Sessel fallen und rührte anscheinend geistesabwesend seinen Drink mit einem grünen Plastikquirl um. Er beobachtete mich dabei.

„Sie wissen es nicht, Doktor, nicht wahr?"

„Was weiß ich nicht?" Er zuckte die Achseln und streifte den Quirl am Rand des Glases ab, bevor er ihn auf den Kaffeetisch zurücklegte.

„Sie sind sich offensichtlich nicht sicher, wie weit ich mich an meinen Beruf und seine Verbindung zu Ihnen und Ihrer Gruppe erinnere. Ich vermute allmählich, daß die Behandlung, der ich hier unterzogen wurde, nicht mein Schuldgefühl über den Tod meiner Tochter, sondern Wissen auslöschen sollte, das eine Gefahr für Sie darstellte. Wissen, das ich zu einer Erpressung benützen konnte? Oder ging es einfach darum, daß ich das neue, großartige Reich vor der Welt bloßstellen wollte? War es das? Sie verschlossen mir den Mund, indem Sie an mir einfach eine Gehirnwäsche vornahmen. Habe ich recht?"

„Ja und nein."

„Verdammt! Ich bin nicht in der Stimmung für Ihre heiteren Spielchen!" Ich war aufgesprungen, bereit, ihn niederzuschlagen. Er begriff, daß es mir ernst war, und wurde blaß.

„Wenn Sie die Absicht haben, mich anzugreifen, vergessen Sie's sofort wieder. Sie gewinnen dadurch nichts, und es würde Sie teuer zu stehen kommen."

Ich bekam meine Nerven wieder in die Gewalt, aber ich setzte mich nicht. Ich war zu aufgeregt. Ich nahm einen großen Schluck Martini und begann auf und ab zu gehen. Ich sammelte meine Gedanken und legte mir zurecht, was ich sagen wollte. Da fiel mir auf, daß ich jetzt stand und Bananastein saß und darauf wartete, was ich zu sagen hatte. Unser Rollentausch weckte meinen Sinn für Humor, und mein Zorn war verflogen.

„Werden Sie meine Fragen beantworten?" sagte ich weder drohend noch bittend.

„Ja."

Ich ging zum Fenster und stellte meine erste Frage, ohne ihn anzusehen. „War ich wirklich am Tod meiner Tochter schuld?"

„Ja."

„Erläutern Sie mir das, bitte."

„Von Anfang an? Mehr oder weniger?"

„Mehr oder weniger."

„Als Sie ein Kind waren, hatten Sie, so vermuten wir jedenfalls, einen Babysitter, ein Kindermädchen oder eine Erzieherin, die für Sie sorgte. Dieses Kindermädchen – und wir wissen, daß sie es war, nicht Ihre Mutter – litt an einer Geistesstörung, die sehr eigenartig und sehr krankhaft war."

„Sie betraf das Urinieren?" unterbrach ich ihn.

„Ja."

„Woher weiß ich das? Wie kann ich geheilt sein und mich immer noch erinnern . . ."

„Die Alpträume? Die Halluzinationen?"

„Ja."

„Ihnen ist klar, daß die Halluzinationen und Alpträume wegen des Urinierens hier in Sunnyview herbeigeführt wurden und nicht wirklich waren, nicht wahr, Mr. Cant?"

„Ja."

„Um Sie weiter zu beruhigen, kann ich Ihnen sagen, falls Sie es nicht schon erraten haben, daß sie Äußerungen Ihrer lange Zeit unterdrückten Erinnerungen an die Erfahrungen mit Ihrem Kindermädchen waren, die als notwendiger Teil Ihrer Behandlung an die Oberfläche gebracht wurden."

„An die Oberfläche gebracht wurden, um ausgelöscht zu werden."

„Richtig, Mr. Cant."

„Das war vielleicht ein Kindermädchen. Wo meine Eltern die hergehabt haben?"

„Ist das wichtig? Wenn sie heute noch lebt, hält sie vielleicht immer noch an ihrer merkwürdigen Gewohnheit fest, die zweifellos die Folge eines Traumas ist, das *sie* erlebt hat. Aber genau deshalb sind wir alle da, mein junger Freund. Um Krankheit mittels der wirksamsten Methode zu heilen, die die ärztliche Wissenschaft bis jetzt erfunden hat. Sind wir wirklich so böse?"

Ich vermied es, die Frage zu beantworten. „Bitte fahren Sie fort, Doktor." Ich setzte mich und nippte am Rest des Martinis.

„Es gibt einige Geisteskrankheiten, die sich in offenkundigen Symptomen manifestieren, die man beobachten und daher erkennen kann. Es gibt andere Geisteskrankheiten, mit denen die Betroffenen allein fertig werden und die deshalb nie erkannt werden. Einige dieser Menschen können wir nicht einmal als wirklich geisteskrank bezeichnen wie die Transvestiten oder die verkappten Homosexuellen, aber es gibt andere, deren Krankheit sehr real ist . . . Sadisten, Frauen- und Kinderschänder. Es gibt die Kindesmißhandler und solche wie Ihr Kindermädchen, deren widerstrebende Opfer Kinder sind, die sich nicht wehren können. Diese Leute können fürchterlichen Schaden anrichten und niemals entdeckt werden."

„Außer vielleicht durch Ihre Methoden, Gott sei Dank." Ich pries tatsächlich das gute alte Sunnyview. Der liebe, gute Doktor lächelte wohlwollend voll rechtschaffener Dankbarkeit.

„Wir tun, was wir können", sagte er tapfer.

„Sie haben gesagt, Doktor, daß Sie sich hauptsächlich mit aggressivem, asozialem Verhalten beschäftigen. Äußerte sich mein unterdrücktes Trauma bereits vor dem Zwischenfall mit dem Tod meiner Tochter durch ein derartiges Verhalten?" Ich war erstaunt, daß ich so objektiv über die kleine Annie sprechen konnte.

„Ja. Sie werden sich erinnern, daß wir uns in meinem Büro über den Zwischenfall mit Ihrer Schwester unterhalten haben. Als Sie ihr damals das Schulabschlußgeschenk ins Gesicht warfen."

„Ja, ich erinnere mich. Eine Uhr – richtig?"

„Das stimmt. Es gab zahlreiche weitere . . ."

„Entschuldigen Sie, Doktor. Es tut mir leid, daß ich Sie unterbreche, aber würden Sie einen Augenblick abschweifen und mir den Tod meiner Tochter schildern? Würden Sie mir genau erzählen, was geschah? Habe ich sie tatsächlich, sei es nun zufällig oder absichtlich, aus dem Fenster gestoßen?"

„Ich werde Ihnen das alles erzählen, aber in der richtigen Reihenfolge, bitte."

„Ach, zum Teufel mit der Reihenfolge! Ich will von meiner Tochter hören. Was macht es nun, in welcher Reihenfolge Sie über die Ereignisse berichten?"

„Es macht etwas aus, Mr. Cant. Bitte haben Sie nur halb soviel Geduld mit mir wie ich mit Ihnen."

„Nun, ein Gefangener muß Geduld haben, Doktor. Sie kommt ohnehin, sobald man das Urteil erfährt, nicht wahr?"

Er sprang auf. „Ich will Ihnen geradeheraus sagen, daß einige Leute der Meinung sind, daß ich meine Geduld Ihnen gegenüber übertreibe. Ich behaupte immer, daß Sie die Mühe wert sind, aber ich bin selbst nicht mehr sicher, ob ich recht habe."

„Was schlagen diese Leute vor, Doktor? Daß Sie mich beseitigen?"

„Etwas Ähnliches, Mr. Cant! Etwas Ähnliches!"

„Aber, aber. Ich nehme an, daß man das als Ihre direkte Standarddrohung bezeichnen kann."

„Ich habe genug von diesem Gerede, Mr. Cant. Es bringt uns keinen Schritt weiter, gelinde ausgedrückt. Wir haben Sie dort draußen bei dem offensichtlichen Versuch ertappt, Sunnyview ohne vorherige Ankündigung oder gar Erlaubnis zu verlassen."

„Und wenn ich es ankündige – ich nehme an, dreißig Tage ist die übliche Frist –, würde ich dann die Erlaubnis erhalten? Und warum vermeiden Sie so sorgfältig das allgemein geläufige und prägnante Verb *fliehen*?"

„Sie werden gut daran tun . . . und ich meine es gut mit Ihnen . . . sich alles anzuhören, was ich Ihnen zu sagen habe, und nicht unbedacht falsche Schlüsse daraus zu ziehen. Es wird langsam spät."

Ich studierte sorgfältig seine Augen. Dies war zweifellos ein Ultimatum, das ich mir genau überlegen mußte. Ich beschloß wieder und diesmal hoffentlich mit Erfolg, mein loses Mundwerk im Zaum zu halten, bis ich auf irgendeine Weise fortkonnte; es sah ja so aus, als würde die Entscheidung bald fallen. Ich nickte unterwürfig, und er fuhr fort.

„Außer dem Zwischenfall mit Ihrer Schwester gab es in Ihrer Jugendzeit zahlreiche weitere Anfälle von Gewalttätigkeit, wobei Sie meist glimpflich davonkamen. Das heißt, daß Sie niemanden schwer genug verletzten, als daß sich die Polizei oder die Schulbehörden und so weiter damit befaßten. Als Sie achtzehn waren, gingen Sie zum Militär und kamen nach Vietnam, und zwar keinen Augenblick zu früh, würde ich sagen."

„Ach?"

„Ja. Wie so vielen, die zu asozialer Aggression neigen, bot Ihnen der Krieg die ideale Möglichkeit, sich abzureagieren. Hier durften Sie nicht nur Ihrem unterdrückten Zorn Luft machen, sondern wurden auch noch dafür belohnt. Sie kamen mit ordengeschmückter Brust aus dem Krieg zurück. Und traten in die West Coast Stock Exchange ein. Nach drei arbeitsreichen Jahren waren Sie Makler. Als Sie eine Position erreicht hatten, in der Sie Ihre Konten so ziemlich allein kontrollierten, nahmen wir Kontakt mit Ihnen auf."

„Falls ich Sie damit nicht unterbreche: Warum gerade mit mir?"

„Nun, einmal, weil Sie Geld brauchten. Sie machten große Schulden, als Sie versuchten, einen kleinen Verlust hereinzubringen, und sich dabei auf sehr riskante Aktienkäufe einließen. Aber wichtiger war, daß Sie ärztliche Hilfe brauchten. Sie hatten Magengeschwüre und waren bei einem Psychiater in Behandlung; einem Arzt, den wir sehr gut kannten. Er wußte, daß wir Scheingesellschaften brauchten, die unsere Organisation vor einer öffentlichen Untersuchung schützen sollten, und er hielt Ihren Fall, und zwar vollkommen zu Recht, für eine einmalige Gelegenheit, ein für beide Teile vorteilhaftes Geschäft abzuschließen."

„Damit umschreiben Sie sehr weitschweifig, daß Sie mich ganz einfach in der Hand hatten."

„Das stimmt nicht, Mr. Cant. Sie brauchten uns mehr, als wir Sie brauchten. Sie hatten Magengeschwüre, aber das war nur eine milde Erscheinungsform Ihrer Krankheit. Um es präzise auszudrücken, Sie befanden sich wieder vor einem Anfall von Gewalttätigkeit, und irgendwie hatten Sie das Gefühl, daß die Folgen schlimm sein könnten; es könnte sogar zu einem Mord kommen.

Wir trafen mit Ihnen ein Übereinkommen. Wir versprachen Ihnen eine komplette Behandlung, wenn Sie zwei Scheingesellschaften für uns gründeten, aber Sie wollten mehr. Sie wollten, daß wir alle Ihre Schulden bezahlten. Wir waren einverstanden. Ihr Psychiater hielt Sie mittels Tranquilizern unter Kontrolle, während Sie die notwendigen Schritte unternahmen, um zwei Gesellschaften zu gründen, die unseren Bedürfnissen entsprachen; aber dann brach das Unheil durch den Tod Ihrer Tochter herein, und zwar in dem Augenblick, in dem Sie mit Ihrer Arbeit fertig waren.

Ihre Tochter besuchte Sie in Ihrer Wohnung. Sie hieß Annie. Sie war sieben Jahre alt und eines der beiden Kinder aus einer gescheiterten Ehe, die insgesamt nur drei Jahre gedauert hatte. Der Tag des Unfalls war einer der regelmäßigen Besuchstage, auf die Sie und Ihre Frau sich geeinigt hatten. Ihr Sohn kam nicht mit. Er hatte Grippe und lag im Bett.

Sie beschlossen, beim Zusammensein mit Ihrer Tochter nicht unter Rauschgift zu stehen, wie Sie sich ausdrückten, und zogen es deshalb vor, an diesem Tag auf die Ihnen verordnete Dosis von Tranquilizern zu verzichten. Als das Mädchen während des Besuchs über seine Mutter zu sprechen begann, schrien Sie es so wütend an, daß es sich naß machte. Diese vollkommen unschuldige und unter diesen Umständen nur natürliche Reaktion rührte an den verborgenen wunden Punkt in Ihrer Psyche, und Ihr Zorn verwandelte sich in hemmungslose Wut. Sie rührten Annie zwar nicht an, aber Sie ließen Ihren Zorn an den Einrichtungsgegenständen aus und zerbrachen und zerstörten alles, was Ihnen unter die Hände kam. Das Kind rannte in blinder Panik zum offenen Fenster, beugte sich hinaus und schrie um Hilfe. Ein Nachbar jenseits des nur zehn Meter breiten Lichtschachts sagte aus, daß das Kind unverletzt und verschreckt war. Der Nachbar konnte Sie deutlich im Hintergrund erkennen, wie Sie irgend etwas zertrümmerten. Das Kind lehnte sich zu weit hinaus und . . ." Er unterbrach sich, weil ich weinte. „Es tut mir leid, Mr. Cant." Er ging zur Bar und brachte mir eine Schachtel Kleenex. „Hier."

„Danke."

„Soll ich fortfahren, oder wollen wir es auf ein anderes Mal verschieben?"

„Nein. Erzählen Sie weiter. Ich will alles wissen."

„Während der Verhandlung beschlossen Sie unglücklicherweise, alles über unsere Organisation, über die Mittel, die Sie einnahmen, über unser Abkommen und so weiter zu erzählen. Hätten Sie diese Enthüllungen ruhig und beherrscht im Zeugenstand gemacht, hätte Ihnen der Richter vielleicht geglaubt, aber zum Glück für alle Beteiligten tobten und schrien Sie aus voller Kehle. Wir brauchten nur die Zeugenaussagen Ihres Psychiaters, der natürlich zu uns hielt. Er sagte unter Eid aus, daß Sie geisteskrank seien und an fortgeschrittener Paranoia litten. Sie behaupteten, daß Sie Beweise für den Betrug erbringen könnten. Kurz, Mr. Cant, in Ihrer unvernünftigen Wut waren Sie darauf aus, uns zu vernichten, und das konnten wir natürlich nicht zulassen."

„Also brachten Sie mich nach Sunnyview und löschten aus meinem Gedächtnis alles aus, was Ihnen gefährlich werden konnte."

„Richtig", sagte er, ohne im geringsten schuldbewußt zu sein.

„Und was ist mit diesem Quatsch über die asoziale Reaktion, über meine verrückte Erzieherin und über meinen Hang zur Gewalttätigkeit?"

„Alles das war sehr real, aber das ist vorbei. Sie sind jetzt gesund, vollkommen geheilt. Die Anfälle werden sich nicht mehr wiederholen."

„Sagen Sie, Doktor, mir muß doch damals klargewesen sein, daß ich meine Tochter nicht getötet habe. Ich meine, wenn ich, wie der Nachbar bezeugte, gerade dabei war, die Einrichtung zu zertrümmern, muß ich gewußt haben, daß ich sie nicht hinausgestoßen habe. Ich muß gewußt haben, daß es nur ein Unfall war."

„Das haben Sie gewußt."

„Dann erklären Sie mir etwas: Hätten Sie mich nicht heilen können, ohne meine gesamte Kindheit aus meinem Gedächtnis zu löschen?"

„Wir haben nicht Ihre gesamte Kindheit gelöscht."

„Was, zum Teufel, meinen Sie damit? Ich kann mich an überhaupt nichts erinnern, also kann ich das am besten beurteilen.

Und was ist mit den übrigen großen Lücken . . . meiner Ehe . . . meiner Militärzeit . . . meiner Schulzeit? War es notwendig, das alles mitzunehmen?"

„Manches davon, ja. Anderes nicht. Manches ging sozusagen mit dem übrigen mit."

„Mit dem übrigen mit? Was soll das heißen?"

„Nun, diese Behandlung ist nicht ganz präzise. Wir haben es mit einem menschlichen Gehirn und keinem Diktiergerät zu tun. Wenn Sie zugleich mit den für uns wichtigen Erinnerungen aus Ihrem Gedächtnis andere hervorholten, die uns nicht betrafen, konnten wir sie nicht voneinander lösen. Erinnerungen sind oft miteinander verflochten, verquickt, überlagern einander. Wir können sie nicht trennen. Wir sind noch nicht soweit."

„Also wenn Sie etwas entdeckten, das wegmußte, ging alles übrige mit. Stimmt das? Sie haben ganze Abschnitte, Jahre meines Lebens ausgelöscht, richtig?"

„Sie sind immer noch derselbe Mensch, der Sie vorher waren, aber ohne den Hang zur asozialen Gewalttätigkeit."

„Dann sagen Sie mir etwas, Doktor: Warum habe ich den übermächtigen Drang, Sie zu töten?"

„Die Tatsache, daß Sie es nicht tun, ist der Beweis, daß der Drang nicht übermächtig ist, sondern daß Sie ihn unter Kontrolle haben."

Ich wußte nicht, wie ich vor meinem Aufenthalt in Sunnyview gewesen war, aber in diesem Augenblick kochte ich innerlich, und es hätte mir sicherlich unendliche Befriedigung bereitet zuzusehen, wie seine Augen aus dem Kopf traten, weil meine Hände seinen Hals zusammendrückten. Aber er hatte recht: ich hatte mich unter Kontrolle, ich beherrschte mich.

„Können Sie mir noch etwas erklären, Doktor?"

„Fragen Sie nur."

„Wenn Sie mich nicht für Ihre ungesetzlichen Börsengeschäfte gebraucht hätten und wenn ich nicht im Begriff gewesen wäre, Sie zu verpfeifen, wäre ich auch dann für die Behandlung in Frage gekommen? Wäre ich auch dann in Sunnyview gelandet, hätten Sie mir auch dann die Erinnerungen meines halben Lebens weggenommen?"

„Das, mein lieber Mr. Cant, ist eine sinn- und zwecklose Diskussion. Habe ich recht?"

Ich konnte nichts dazu sagen. Ich verfügte nicht über Bananasteins Vertrauen in meine Selbstbeherrschung, und ich war sicher, daß sich jede Antwort zu einem Urschrei steigern und ich ihm dann an die Gurgel springen würde. Und ich würde erst loslassen, wenn er nicht mehr atmete. Er sagte etwas darüber, daß es Zeit fürs Abendessen sei, und fragte mich, ob ich am nächsten Vormittag wieder in sein Büro kommen wolle. Irgendwie riß ich mich zusammen, sagte ihm, daß ich kommen würde, und verließ das Büro. Ich ging ins Restaurant, nicht um zu essen, sondern um John Macky zu erwischen. Auf dem Weg vom Hauptgebäude zum Schlaftrakt hatte ich mir zweierlei zurechtgelegt: allein zu fliehen war unmöglich, und der Heilige wollte auch fort. Wie ich zu dem zweiten Schluß gelangt war, kann ich nicht sagen; es war einfach Intuition.

Als ich John entdeckte, fragte ich ihn nicht, ob er Zeit hätte, sondern packte ihn einfach am Arm und zog ihn ungeduldig in mein Zimmer. Dort fiel er, von meiner Erklärung überrumpelt, auf einen Stuhl.

„Ich verschwinde von hier, John."

„Hör mal", sagte er, „ich weiß nicht, was dich so weit gebracht hat, Sebastian, aber du weißt, daß du Sunnyview jederzeit verlassen kannst . . ."

„Tu das nicht, Heiliger."

„Was soll ich nicht tun? Wovon sprichst du?"

„Bescheiß mich nicht, Heiliger. Das würde ich nämlich nicht mehr aushalten. Ich bin fertig."

Ich zitterte, und mir war schrecklich heiß.

„Ich habe den verdammten Zaun für die Idioten gesehen, John, also bitte versuch nicht, mir Märchen zu erzählen. Sag mir nur zwei Dinge: kann ich es schaffen, und willst du mit mir kommen?"

Er antwortete, aber dabei strafte sein Gesichtsausdruck alles Lügen, was er sagte. Er erklärte ruhig und beschwichtigend, ich bilde mir das alles nur ein, ich denke nicht wirklich an Flucht, denn trotz allem, was ich gesehen hätte, könnte ich jederzeit gehen, wann ich wollte, und so fort. Aber während er das alles ruhig und ungezwungen vorbrachte, wanderten seine Blicke so vielsagend hin und her, daß nur zwei Schlüsse möglich waren: entweder wollte er damit alles widerlegen, was er sagte, oder er war verrückt.

Ich machte das Spiel mit und ließ zu, daß er mich langsam beruhigte. Es war klar, daß John entweder wußte, daß im Zimmer Wanzen waren, oder daß er es vermutete. Ich mußte darauf achten, mein Verhalten nicht zu plötzlich zu ändern, damit der Lauscher an der Wand meine kleine List nicht durchschaute. Sunnyview erzog mich zu einem erstklassigen Schauspieler, dachte ich.

Nach einiger Zeit und noch ein paar ausgezeichneten Einlagen, bei denen ich um des Effektes willen sogar eine Lampe auf den Boden schmetterte, gestattete ich John Macky, mich zu einem Drink im Winterraum zu überreden, und wir gingen hinunter.

Den Rest des Abends waren wir in das merkwürdigste Gespräch vertieft, das ich je geführt habe. Wir sprachen über Julie, und John erklärte mir, daß sie wieder in den Krankenzimmern Schichtdienst machte. Er versicherte mir, daß es sich um kein Komplott gegen uns handelte, sondern um einen normalen und notwendigen Wechsel in den Arbeiten, gemäß einem festgelegten Schema. Wir sprachen über Golf und vereinbarten eine Partie zeitig am nächsten Tag. John versicherte mir, daß Banana seine Patienten nie vor neun oder zehn Uhr empfing und daß wir deshalb ausreichend Zeit für neun Löcher hatten, wenn wir zeitig anfingen.

Und wenn Pausen im Gespräch eintraten, blickte mir John starr in die Augen und machte mir auf diese Weise eindringlich klar, daß man uns belauschte oder beobachtete oder beides.

Auf diese Art schlugen wir uns den Rest des Abends um die Ohren, bis es Zeit zum Schlafengehen war, und als ich dann durch das schwach beleuchtete Treppenhaus und den Korridor zu meinem Zimmer ging, stellte ich mir etliche Fragen über Saint John Macky. Wie und unter welchen Umständen hatte er herausgefunden, daß er überwacht wurde? Hatte er jemals versucht zu fliehen? Oder wartete er und hoffte auf einen Verbündeten, um einen seit langem ausgearbeiteten Plan in die Tat umzusetzen, zu dessen exakter Durchführung ein Flüchtling allein nicht genügte? Oder – und das war die deprimierendste Möglichkeit – hatte ich Mackys Augenrollen und bedeutungsvolle Blicke fälschlicherweise als geheime Mitteilung ausgelegt, während sie in Wirklichkeit nur paranoide Symptome eines Mannes waren, der schon zu lange in diesem Irrenhaus lebte?

Ich zog mich aus, ließ meine Sachen einfach auf den Boden fallen, kroch ins Bett und tröstete mich, indem ich an Julie dachte.

„SEBASTIAN, wach auf!" Irgendein Idiot rüttelte an meiner Schulter.

„Laß mich in Ruhe, laß mich in Ruhe! Ich will schlafen. Geh weg! Ich will schlafen. Laß mich in Ruhe!"

„Sebastian, bitte. Deine Verehrer warten schon." Ich gab den Widerstand auf, und Saint John rollte mich auf den Rücken.

„Was, zum Teufel, willst du überhaupt?" Ich blinzelte zu ihm hinauf, weil mich die Deckenbeleuchtung blendete.

„Zeit zum Aufstehen, mein Freund. Sunnyviews Sportanlagen warten auf dich."

„Ach ja, ja. Wie spät ist es, John? Bitte schalte das Licht aus, ja?"

„Warum? Du wirst dich schon daran gewöhnen. Komm jetzt!" drängte er. „Es ist schon nach fünf."

„Dreckskerl."

„Tsch, tsch, tsch. Sehr schlecht gelaunt. Wirklich sehr schlecht gelaunt. Muß eine böse Persönlichkeit sein. Los, los, Soldat, aufstehen, aufstehen!" Er hatte seinen Fuß, der in einem Tennisschuh steckte, auf den Rand der Matratze gestellt und versetzte das Bett in heftige Schwingungen.

„Okay, okay. Nimm deinen verdammten Fuß von meinem Bett, du Strolch!" Ich zwang mich, meine Füße auf den Boden zu stellen, setzte mich auf und stützte den Kopf in die Hände.

„Wie spät ist es?"

„Das hast du mich schon einmal gefragt, Sebastian."

Ich rieb mir die Augen und kratzte mich am Hinterkopf. „Fünf? Ist es wirklich fünf Uhr?"

„Bereits nach fünf."

Ich blickte nicht auf, sondern stützte die Ellbogen auf meine knochigen Knie und fuhr mir mit den Händen über das Gesicht.

„Hat man Ihnen schon einmal gesagt, Mr. Cant, daß Sie am Morgen ausgesprochen gut aussehen?"

Ich stand auf, vom Drängen des Heiligen und von meiner vollen Blase getrieben. Kurz darauf war ich fertig. Wir gingen ins Restaurant, wo wir zwischen leeren Tischen und Stühlen hockten und sehr heißen Kaffee tranken. Wir waren allein, nur zwei zerknitterte Schwestern saßen an zwei Tischen und sahen nach einem schweren Nachtdienst müde aus.

John unterbrach gelegentlich sein Schlürfen, um mich wieder starr anzusehen und daran zu erinnern, daß wir nur über Unwesentliches plaudern durften. Ich nickte so unmerklich wie möglich und fühlte mich inzwischen wie ein Spion in einem ausländischen Restaurant. Wir tauschten Golfwitze aus, wobei der Heilige mich mühelos übertraf. Es kam mir so verkehrt vor, daß wir lachten, obwohl die Situation so ernst und unsere Pläne so riskant waren.

„Noch eine Tasse Kaffee?" John stand vor mir, hielt unsere Tassen in den Händen und wartete auf eine Antwort. Sein ärgerlicher Tonfall wies darauf hin, daß er nicht zum erstenmal fragte.

„Oh, entschuldige, Heiliger. Ja, bitte."

Ich beobachtete ihn, während er unsere Tassen aus einer großen Kanne füllte, die am Ende des Selbstbedienungspultes stand. Die Köche häuften Speisen in rechteckige Metallbecken und stellten sie vorsichtig in die Öffnungen des Dampftisches. Das erinnerte mich sofort an die Eßräume beim Militär. Die rauhen Ausdrücke und die Tätowierungen fehlten, aber die Köche mit ihren weißen Mützen hatten immer noch die gleichen hastigen Bewegungen, und die Atmosphäre war auch die gleiche. Ich dachte an die Zeit, als ich Soldat gewesen war, und plötzlich schmerzte es mich, daß ich mich nicht an die Einsätze erinnern konnte, von denen Bananastein gesprochen hatte, sondern nur an meinen Einsatz beim Kartoffelschälen.

John kam zurück, er hielt die Tassen mit ausgestreckten Armen von sich, für den Fall, daß sie überschwappten. Er stellte meine vor mich hin.

„Wirst du heute mit Bananastein sprechen?" Die unvermittelte Erwähnung des Doktors, noch dazu mit diesem Spitznamen, brachte mich einen Augenblick lang aus der Fassung. Befanden wir uns plötzlich außerhalb des Wirkungsbereichs der Abhöranlagen und konnten offen miteinander sprechen? Aber Johns gerunzelte Stirn und eine kurze Überlegung machten mir klar, daß dies nicht der Fall war und daß John nur versuchte, möglichst harmlos zu klingen. Ich griff nach dem Kaffee und nippte daran, als wäre er die Ursache meines Zögerns.

„Heiß“, bemerkte ich.

„Ja.“

„Ich werde heute gegen neun Uhr mit dem alten Scheißer sprechen. Weißt du, John, einiges von dem, was er mir erzählt hat, klingt recht vernünftig . . . ich will sagen, er ist nicht ganz das Ungeheuer, für das ich ihn zuerst gehalten habe. Der alte Knabe hat sogar einen ausgeprägten Sinn für Humor.“ Das sagte ich. Ehrenwort.

„Er ist in Ordnung“, stimmte John zu, „aber er ist mir zu dogmatisch. Zu selbstsicher.“ John, der bessere Schauspieler, dämpfte meine Lobeshymnen mit ein wenig Kritik.

„Ja, das kann stimmen.“ Diese Scharade begann mich zu ermüden, und ich wollte irgendwohin, wo wir offen miteinander reden konnten.

„Sollten wir nicht allmählich auf den Golfplatz gehen, John?“

„Richtig, Sebastian. Wenn du soweit bist, bin ich es auch.“

Ich vertilgte den Rest meines heißen Kaffees mit drei hastigen Schlucken, stand auf und ging zur Tür.

„Du kannst die Tasse hierlassen, Sebastian.“

Verdammt, dachte ich, während ich die Tasse auf den Tisch stellte. Das hier erinnert mich wirklich an den Eßraum beim Militär. Ich war im Begriff gewesen, meine Tasse auf einen nicht vorhandenen Geschirrständer neben der Tür zu stellen. Ich sah mich im Geist die Ausgangstür aufstoßen, die Mütze aufsetzen und einen lehmigen Weg in einem fast vergessenen Militärlager hinuntergehen.

Als wir hundert Meter vom Schlaftrakt entfernt waren, war ich sicher, daß wir gefahrlos sprechen konnten, und vergaß alle Vorsicht. „Können wir . . .?“

„Natürlich“, unterbrach mich John schnell, „natürlich, wir können gleich anfangen. Um diese Tageszeit gehört der Platz uns allein." Seine Augen fixierten mich eine Sekunde lang, wieder mit dem kaum erkennbaren strengen Ausdruck, der mich warnte.

Wo könnte hier denn eine Wanze sein? fragte ich mich. Können sie Gespräche aus der Luft aufnehmen? Na, jedenfalls ist es besser, vorsichtig zu sein, dachte ich. Wir gingen schweigend zum Klubhaus. Plötzlich griff der Heilige nach meiner Jacke und zog sie weit über die Gürtellinie hinauf.

„Das Essen scheint dir wirklich zu schmecken, Sebastian." Er tätschelte meinen immer rundlicher werdenden Bauch. „Darauf mußt du aufpassen, alter Junge", sagte er fröhlich, während wir durch die Tür gingen. Er wirkte plötzlich entspannt. Waren wir vielleicht innerhalb des Klubhauses nicht mehr in Gefahr, überwacht zu werden? Nein, das ergab keinen Sinn. Dann begriff ich, daß der Heilige mich soeben durchsucht hatte. Er nahm an oder vermutete zumindest, daß ein Mikrofon an meinem Körper befestigt war. Donnerwetter, dachte ich und sah plötzlich John Macky mit seinem Jungengesicht und den Sommersprossen mit ganz anderen Augen. Er war kein naiver, vertrauensseliger Dummkopf . . . ganz im Gegenteil.

Ich wählte statt der schweren Tragtasche einen „Lazy Caddie" aus Aluminium, einen jener federleichten Ständer, die man in die Erde steckt. Ich wollte für einen eventuellen Spurt in den Dschungel bereit sein.

Wir waren bereits beim vierten Loch, und der Heilige hatte bis jetzt überhaupt nichts Bedeutsames gesagt, also beherrschte ich mich und machte nur harmlose Konversation. Ich war entschlossen, unsere Sicherheit nicht noch einmal zu gefährden. Außerdem fragte ich mich wieder, ob mir vielleicht meine Einbildungskraft einen Streich spielte und ich etwas sah, das gar nicht vorhanden war. Schließlich bestand der einzige Beweis dafür, daß der Heilige bereit war, mit mir zu konspirieren, aus ein paar verstohlenen Blicken, die ich ohne weiteres falsch verstanden haben konnte.

Aber nach dem Abschlag, als wir weitergingen, streckte der Heilige den Arm aus, so daß ich stehenblieb. Er zeigte auf den Waldrand, etwa dreißig Meter zu unserer Rechten. Dort machte ein großes Kaninchen Männchen. Dann ließ es sich auf die Vorderpfoten nieder, hoppelte über das Gras auf uns zu und machte wieder Männchen. Der Heilige ließ die Golftasche auf den Boden gleiten und sah mich an, als wollte er sagen: „Paß auf!“ Er streckte die Arme aus und klatschte dann plötzlich in die hohlen Hände. Das Langohr machte einen riesigen Satz nach hinten, dann verschwand es im Zickzack im Wald. Saint John sah mich an, dann in die Höhe, prüfte den Himmel links kritisch, prüfte ihn rechts, und um sicher zu sein, daß ich begriffen hatte, wiederholte er das Ganze noch einmal . . . und ich verstand. Kein Hubschrauber. Das Kaninchen hatte keinen elektronischen Alarm ausgelöst, als es über den ‚Zaun‘ hoppelte.

Beim sechsten Loch war John zuerst am Anschlag. Ich hockte auf der Bank und wartete, bis ich an der Reihe war. Der Heilige legte den Ball auf die Abschlagstelle, probierte den Schläger aus und kam dann zu mir.

„Hast du eine S-Pille? Ich habe Kopfschmerzen.“

Ich griff nach dem Beutel an meinem Gürtel, aber er war nicht dort.

„Tut mir leid, Heiliger, ich nehme an, ich habe ihn im Schlaftrakt gelassen.“

„Ich auch“, antwortete er und schob seine Jacke in die Höhe, so daß ich seinen Gürtel sehen konnte.

„Wenn du willst, Heiliger, hören wir auf.“ Ich war bereit, Schluß zu machen, denn es war nicht zu übersehen, daß John nicht die Absicht hatte zu reden – falls er überhaupt etwas zu sagen hatte.

„Spielen wir bis zum neunten Loch, Sebastian.“ Er ging zu seinem Ball, holte aus und schlug ihn gut hundert Meter weit. Dann trat er zurück und forderte mich mit einer Verbeugung auf zu spielen. Ich stellte mich in Positur, holte aus und beförderte den Ball mit Schwung in eine Sandgrube.

John lachte vergnügt, er wirkte jetzt noch entspannter. Er schlug mich auf den Rücken und machte ein paar Bemerkungen über mein Formtief, während wir weitergingen. Er grinste immer noch, als er unvermittelt, ohne die Lippen zu bewegen, flüsterte: „Sprich nicht laut. Immer nur leise.“ Mein Puls ging schneller, und mein Magen krampfte sich zusammen.

„Ich verstehe“, flüsterte ich zurück.

„Wenn du den Kopf beim Sprechen so neigst und wenn du flüsterst, können sie es nicht abhören oder von unseren Lippen ablesen." Ich nickte. Er senkte den Kopf und flüsterte, dann hob er ihn und plauderte laut über Golf, dann senkte er ihn wieder und flüsterte weiter. Ich antwortete auf die gleiche Art, beschränkte aber meinen Anteil an der Konversation soweit wie möglich auf ein zustimmendes Grunzen.

„Hast du gesehen, daß das Kaninchen keinen Alarm ausgelöst hat?"

„Hmmm."

„Kein Metall."

„Kein Metall?"

„Ja, dazu ist Metall notwendig. Beutel, Gürtelschnalle, Schuhnägel und so weiter. Kein Metall, kein Alarm."

Wir kamen zum Ball des Heiligen, und er übte wieder ein paar Schwünge. Seine Stimme wurde ein wenig lauter; anscheinend fühlte er sich hier sicherer. Er zupfte Grasbüschel vor dem Ball aus, kratzte mit dem Daumennagel an seinem Schläger herum, legte den Ball zurecht und sprach die ganze Zeit. Ich konnte sogar eine Frage stellen: „Wenn man Schuhe, Gürtel, Tasche und so weiter ablegt, Heiliger, kommt man dann durch?"

„Nein."

„Warum nicht?"

„Im Bund und in den Säumen unserer Kleidung ist pulverisiertes Metall eingewebt."

„Nett."

„Man kann es entfernen . . . die Sachen reinigen . . . dann gibt es kein Problem . . . geradewegs durch." Er schlug endlich, und der Ball flog gehorsam auf das Grün und blieb einen Meter neben dem Loch liegen.

„Wie ein Kaninchen", sagte er laut und zwinkerte mir zu.

Ich hatte meinen Ball ganz vergessen und erinnerte mich erst an ihn, als der Heilige auf die Sandgrube zeigte. Ich stapfte in das Loch und brachte den Ball mit vier Schlägen auf das Grün. Ich beugte mich über ihn, um mir den nächsten Schlag zu überlegen, und benützte die Gelegenheit für eine weitere wichtige Frage.

„Warum erzählst du mir das alles, John?"

Er hockte mir gegenüber auf einer Ferse und bewegte den Arm, als wollte er mir den nächsten Schlag erklären, aber seine Worte hatten nichts mit Golf zu tun, überhaupt nichts.

„Ich will Sunnyview verlassen. Ich glaube, daß man zu zweit bessere Chancen hat."

Ich kniete mich hinter den Ball, als wollte ich ihn zurechtlegen.

„Warum willst du fliehen, John?"

„Enttäuschung . . . Ernüchterung. Spielt es eine Rolle?"

„Nein. Hast du irgendeinen Plan?"

„Ja. Siehst du, wir brauchen etwas, das sie ablenkt . . . etwas, das den ganzen Apparat in Aufruhr versetzt . . . und ich besitze den Schlüssel zu dieser Ablenkung." Er lächelte. „Etwas, das noch lustiger ist als ein Käfig voller Affen." Ich wollte einlochen, schoß aber, was zu erwarten war, zwei Meter über das Loch hinaus.

„Wie wär's mit morgen?" fragte er mich laut, so daß ich zusammenzuckte. „Kannst du morgen wieder neun Löcher schaffen, Sebastian?"

„Ich bin bereit, wenn du es bist", sagte ich so vielsagend wie möglich. Er streckte die Hand aus, ergriff meine und schüttelte sie. Eine natürliche Geste, wie sie am Ende einer Runde Golf oder auch beim Abschluß eines Paktes üblich ist.

John hob seine Golftasche auf und ging mit großen Schritten zum Klubhaus zurück. Ich holte meinen „Lazy Caddie" von der anderen Seite des Grüns. Unterwegs entdeckte ich einen vergessenen Ball, hob ihn auf, und weil im Gestell kein Platz mehr war, schob ich ihn in die Jackentasche. Dabei stieß ich auf etwas. Ich wußte sofort, was es war.

„He, Heiliger!" rief ich. „Warte!" und ich lief hinter ihm her, bis ich ihn eingeholt hatte.

„Mensch, hast du lange Beine."

„Meine sind nicht zu lang, Sebastian, deine sind zu kurz." Er grinste breit.

„Schau!" sagte ich. Ich streckte die Hand aus, um es ihm zu zeigen. „Mein Beutel. Ich muß ihn in die Jacke gesteckt und vergessen haben. Willst du noch immer eine S-Pille? Hast du noch immer Kopfschmerzen?"

Sein Gesicht verlor alle Farbe. Seine Lippen wirkten unglaublicherweise noch weißer als die Haut ringsum, und er starrte den Beutel auf meiner Hand an, als wäre er eine Tarantel. Langsam sank er auf die Knie, der Riemen der Golftasche glitt von seiner Schulter, die Tasche fiel auf den Boden, die Schläger rutschten halb heraus. Er legte die Hände über die Augen, und sein Gesicht und sein Mund verzogen sich zu einem Schrei, aber er brachte keinen Ton hervor.

Deshalb hatte er meine Jacke hochgeschoben, um meinen Gürtel zu untersuchen. Deshalb hatte er mich um eine S-Pille gebeten. Er wollte sicher sein, daß ich den Beutel nicht bei mir hatte. O ich Idiot! *Die verdammten Dinger waren Sender!* Als mir zu Bewußtsein kam, was ich getan hatte, surrte das flatternde Ding über die Baumwipfel heran, und die Lautsprecher schmetterten: „Bleiben Sie stehen. Bitte bleiben Sie stehen, wir landen."

Er landete, und durch das Gras liefen Wellen in verschiedenen Schattierungen, als wäre es aus Samt. Ein weißgekleideter Wärter sprang aus dem kleinen Vehikel, blieb in gebückter Haltung, bis er außerhalb der Reichweite der Rotoren war, dann richtete er sich auf und lief auf uns zu.

„Mr. Macky, würden Sie bitte mitkommen? Sie werden im Hauptgebäude gebraucht."

Nicht „Sie sind verhaftet". Kein Befehl, sondern eine Bitte. Eine einfache, unschuldige Bitte, und als John freiwillig zum Hubschrauber ging und einstieg, fragte ich mich, ob ich ihn jemals wiedersehen würde. Ich fragte mich auch, warum sie mich nicht gleich mitnahmen, und als die Rotoren sich schneller zu drehen begannen, wiederholte ich im Geist das geflüsterte verschwörerische Gespräch. Hatte ich mich wirklich damit einverstanden erklärt zu fliehen? Oder hatte ich nur zugehört und gelegentlich genickt? Als der Hubschrauber wieder aufstieg, drehte ich mich um und ging zum Klubhaus. Die Angst lag mir wie ein Stein im Magen.

Nachdem der Hubschrauber den Heiligen entführt hatte, hatte ich Schläger und Ständer abgegeben. Ich benahm mich genau so, als wäre ich gerade von einer angenehmen Runde Golf zurückgekommen, bei der sich nichts Außergewöhnliches ereignet hatte, während in Wirklichkeit die Gestapo von Sunnyview meinen

Spielpartner arretiert hatte, weil sie ihn eines Verbrechens verdächtigte. Der Mann hinter dem Pult, der meine Golfausrüstung übernahm, fragte mich, ob es ein schönes Spiel gewesen sei. „Ja, danke", hatte ich lächelnd geantwortet, ungezwungen wie ein ganz normaler Mensch.

Ich überlegte mir ernsthaft, ob ich nicht einen verzweifelten Fluchtversuch machen sollte, aber ich verwarf diese Idee wieder. Zweifellos erwarteten sie einen solchen Schritt und würden mich schnappen, noch bevor ich zehn Meter im Wald war. Daß sie mich nicht zusammen mit Saint John mitgenommen hatten, war kein Versehen. Entweder glaubten sie nicht, daß ich wirklich fliehen wollte, oder sie glaubten immer noch, daß sie mich dazu überreden konnten, *meine Meinung zu ändern.* Mich schauderte bei der neuen Bedeutung dieses früher so harmlosen Ausdrucks.

Bei meinem ziellosen Herumwandern war ich zum Eingang des Hauptgebäudes gelangt. Na schön, dachte ich, laut meinem Stundenplan ist ein Gespräch mit Bananastein dem Großen vorgesehen, und da ich ohnehin nicht die Absicht hatte, wie eine verstörte Gazelle in die Wälder zu flüchten, konnte ich genausogut meinen Stundenplan einhalten.

Während ich den Korridor entlangging, schwebten Schwestern, Ärzte, Wärter und Patienten wie weißgekleidete Gespenster an mir vorbei, ohne ein Wort zu sagen und ohne mich zu grüßen, als wüßten sie alle, daß ich ein Verräter war.

Ich kam zu Bananas Büro. Ich legte die Hand auf die Türklinke, holte tief Luft und trat ein.

„Guten Morgen, Mr. Cant. Wie geht es Ihnen an diesem schönen, sonnigen Tag?"

„Sehr gut", erwiderte ich und blieb neben der Tür stehen, denn ich wußte nicht, was ich sagen oder tun sollte. Ich wäre nicht überrascht gewesen, wenn er einen Revolver aus seiner Schreibtischschublade gezogen und mich erschossen hätte oder wenn er seinem Zorn in einem wilden Ausbruch Luft gemacht hätte oder wenn er geweint, gejammert und enttäuscht über meinen Charakter gestöhnt hätte. Alle diese Reaktionen hielt mein pochendes Herz für möglich, aber darauf, daß er überhaupt keine Reaktion zeigte, war ich völlig unvorbereitet, und deshalb wirkte sein Benehmen auf mich noch viel furchterregender.

„Setzen Sie sich. Sie sehen ganz so aus, als wollten Sie ausreißen."

Aha, dachte ich, wir spielen also Katz und Maus. Ich war im Begriff, das Spiel zu beenden, bevor es begonnen hatte, indem ich ein Geständnis heraussprudelte, aber dann überlegte ich es mir. Vielleicht war ich überhaupt nicht in Gefahr oder sogar vollkommen unschuldig? Vielleicht legten sie die Unterhaltung zwischen John und mir anders aus, als ich angenommen hatte? Ich versuchte, mich an den Dialog zu erinnern, aber hier in Bananas Büro konnte ich mich nicht konzentrieren. Jedenfalls überließ ich ihm die Führung des Gesprächs und nahm mir vor, vorsichtig zu antworten und nichts freiwillig zuzugeben.

„Zigarre, Mr. Cant?"

Ich nahm eine und setzte mich.

Er gab mir Feuer. „Manche Menschen", sagte er zwischen zwei Zügen, während er seine Zigarre anzündete, „manche Menschen glauben, daß . . ." puff . . . „Zigarren am . . ." puff . . . „Vormittag vulgär . . ." puff . . . „sind." Er ließ das Feuerzeug zuschnappen und steckte es umständlich in die Tasche. „Was meinen Sie dazu, Sebastian Cant?"

„Ach, ich weiß nicht recht."

„Warum wollen Sie uns verlassen, Mr. Cant?"

Ich fühlte, wie meine Stirn feucht wurde. „Wie bitte?"

„Na hören Sie mal. Sie wissen doch, was Sie John Macky gesagt haben. Sie wissen, worüber Sie beide gesprochen . . . was Sie geplant haben, während Sie scheinbar harmlos Golf spielten. Und was wichtiger ist, Sie wissen, daß wir es wissen, also ersparen wir uns ein sinnloses Geplänkel."

„Die Beutel, die wir tragen, sind Sender, nicht wahr?"

„Ja. Aber das ist unwichtig. Sie haben die Frage nicht beantwortet. Warum wollen Sie uns verlassen?"

„Weil . . ."

„Sprechen Sie weiter."

„Weil ich nicht fortkann."

„Ach, kommen Sie mir nicht mit diesem philosophischen

Larifari über Zäune. Möchten Sie vielleicht über eine Absperrung klettern und vom Empire State Building hinunterspringen, nur weil dort ein Geländer aufgestellt wurde, das Sie daran hindert?"

„Das ist nicht dasselbe."

„Es ist dasselbe!" Seine Faust krachte mit solcher Gewalt auf den Kaffeetisch, daß die Zigarrenschachtel herunterfiel und ihr Inhalt mir vor die Füße rollte.

„Es ist genau dasselbe! Wenn wir unseren Patienten erlauben, uns vorzeitig zu verlassen, so hieße das, daß wir ihnen erlauben, sich in schwere Gefahr zu begeben. Solange sie nicht vollkommen geheilt sind, kann sie alles mögliche so nachdrücklich beunruhigen, daß es zu einer schweren und vielleicht tödlichen Depression kommt. Depressionen, mein lieber Mr. Cant, können tödlich sein; ihr tiefster Punkt ist der Selbstmord."

„John Macky hat hier gearbeitet, Doktor. War er nicht geheilt? Sagen Sie nur nicht, daß er immer noch ein Patient war, falls er überhaupt je einer gewesen ist."

„Er ist einer gewesen. Und bei jeder Behandlung kann es einen Rückfall geben, Mr. Cant. John Macky hatte einen schweren Rückfall, der durch Ihren Einfluß zwar nicht hervorgerufen, aber doch gefördert wurde."

Mir war wieder klar, daß ich es mit einem besessenen Egozentriker zu tun hatte, der es ablehnte, bei seinen Überlegungen die Realität zu berücksichtigen. Das Problem bestand darin, daß ich mir diese Wahrheit nicht lange genug merken konnte, um alles, was er sagte, in diesem Licht zu sehen. Das Problem bestand darin, daß er über einen scharfen Verstand verfügte und daß seine manische Veranlagung nur während kurzer Wutanfälle zum Vorschein kam. Sobald er sich wieder beruhigte, wirkte er vollkommen vernünftig, und seine Argumente waren schwer zu widerlegen.

„Ich weiß, was Sie denken, Mr. Cant."

„Wirklich?"

„Ja. Sie denken, Sebastian Cant" – er machte einen tiefen Zug aus seiner Zigarre und blies dann den Rauch zur Decke –, „Sie glauben, daß Bananastein vollkommen verrückt ist. Ein besessener, verrückter Arzt. Habe ich recht?"

Unglaublich. Jetzt war er wieder vernünftig. Ihm war vollkommen klar, wie ihn die anderen sahen; und ich hatte immer angenommen, daß über diese Fähigkeit nur die wenigen nicht neurotischen Menschen verfügen.

„Ich *bin* besessen, Mr. Cant. Ich bin von der meiner Meinung nach einzig möglichen Rettung für die Menschheit besessen; der konstruktiven Kontrolle des menschlichen Wesens. Die menschliche Persönlichkeit wird durch Erinnerung und Erfahrung geprägt. Wir können Jack the Ripper in ein soziales menschliches Wesen verwandeln. Das können wir tun, und da wir über diese Macht verfügen, sind wir verpflichtet, sie anzuwenden."

„Ist das eine Art kategorischer Imperativ, eine unabänderliche Notwendigkeit?"

„Wie sollten wir es verantworten, sie nicht anzuwenden? Wenn wir wissen, daß wir über eine Methode verfügen, um den menschlichen Geist friedlich, tolerant, sozial zu gestalten, wie können wir es dann verantworten, von ihr keinen Gebrauch zu machen?"

Wieder konnte ich kein Gegenargument vorbringen. Das heißt, ich konnte seine Behauptung nicht mit logischen Einwänden widerlegen. Ich hatte nur das Gefühl, daß kein Mensch sich eine solche Macht anmaßen durfte.

„Mr. Cant", er streckte mir die Hände entgegen, die einen unsichtbaren Globus zu halten schienen, „ich glaube, daß Sie nicht begreifen, wie groß unsere Organisation geworden ist. Bald, sehr bald werden wir in jedem Bundesstaat Amerikas über Kliniken verfügen und auch in anderen Ländern auf der ganzen Welt. Keine Kliniken, die die Welt versklaven sollen, sondern Kliniken, die sie von ihrem Fluch erlösen werden; die jegliche Aggressivität auf der ganzen Welt aus dem Geist des letzten Straßenkehrers wie des höchsten Staatsmannes löschen wird. Wir können es tun. Und wir werden es tun. Und nun frage ich Sie noch einmal: Warum wollen Sie uns verlassen?"

„Ich weiß nicht recht."

„Dann kommen Sie bitte zu uns. Kommen Sie zu uns, Sebastian Cant. Arbeiten Sie hier in Sunnyview für eine neue Zukunft. Für eine Welt voller Menschen, die mit sich selbst und mit ihren Brüdern und Schwestern in Frieden leben. Wir brauchen Sie."

„Warum?“ Seine Bitte hatte mich tatsächlich beeindruckt. „Warum bin ich so wichtig? Damit ich Fußböden schrubbe, Bettschüsseln ausleere? Worüber verfüge ich, das für Sie so verdammt wertvoll ist?“

„Ihren Verstand, Mr. Cant. Ihren Verstand.“

„Haha. Sehr komisch.“

„Keineswegs. Sie verfügen über eine überdurchschnittliche Intelligenz; das ist etwas sehr Seltenes. Der einzige erforderliche Aufwand wäre ein wenig Schulung für Ihre neue Aufgabe, dann könnten Sie ungeheuer wertvoll sein.“

„Außerdem weiß ich zuviel, als daß Sie mich einfach weggehen lassen könnten. Stimmt's?“

„Nicht ganz. Sie . . .“ Er unterbrach sich plötzlich.

„Was? Was wollten Sie sagen?“

Er wendete mir schnell den Rücken zu, ging zur Bar, nahm zwei Gläser und entkorkte eine Flasche Chablis. Die Bar war sein Zufluchtsort, der ihn nie im Stich ließ. „Ich wollte sagen, daß Sie hier nie herauskommen werden, solange Sie sich an etwas erinnern, das uns schaden könnte.“

Er schenkte sich ein Glas Wein ein und hob die Flasche mit der stummen Frage, ob er mir einschenken dürfe. Ich nickte. Ich war darüber erschrocken, wie deutlich er mir klargemacht hatte, daß eine weitere Gehirnwäsche fällig war, wenn ich darauf bestand fortzugehen; aber ich wußte genau, daß er etwas anderes hatte sagen wollen, etwas Schrecklicheres. Mein Verdacht bestätigte sich später . . . später, als ich John Macky wiedersah.

An diesem Tag wurde in Bananasteins Büro nichts Wesentliches beschlossen. Ich war nur wieder einmal unschlüssig. Ich war ein Gefangener, und dennoch konnte ich meine Kerkermeister nicht verurteilen. Der Konflikt zwischen meinen instinktiven Gefühlen und meiner intellektuellen Objektivität schien sich jedoch zugunsten letzterer zu entscheiden. Ich glaube, daß meine tief eingewurzelte pessimistische Meinung von der Menschheit dabei der entscheidende Faktor war. Ich hatte immer gedacht, daß sich die Menschheit einmal in den atomaren Entscheidungskampf stürzen würde. Ich war immer der Ansicht gewesen, daß aus irgendeinem Grund der kälteste Politiker auch der erfolgreichste war und daß deshalb ehrgeizige Männer mit scharfem Verstand und kaltem Herzen immer Führungspositionen erreichen würden.

Ich war davon überzeugt, daß wir alle Mörder sind und daß wir uns von Natur aus gegeneinander wenden würden, wenn das Wild einmal rar wurde, und nun stand ein Mann vor mir, der eine Lösung anbot, die „Rettung", wie er es nannte, und er schlug mir vor, mich dieser Aktion anzuschließen. Eine einmalige Gelegenheit dazuzustoßen, solange die Leute, die die Kontrolle über die Gehirne ausüben wollten, sich mit ihrer Aktion noch im Anfangsstadium befanden. Es ist unvermeidlich, daß sie früher oder später die Gesamtleitung übernehmen, dachte ich, und das Ganze läuft darauf hinaus, ob ich zu ihnen gehören will oder nicht.

„Ich glaube, ich werde mich Ihnen anschließen", sagte ich und streckte ihm die Hand hin.

„Willkommen an Bord", antwortete er. Ehrenwort, genau das hat er gesagt.

Ich verließ das Büro, und damit begann für mich ein einwöchiger unfreiwilliger Urlaub. Bananastein sagte nichts von einem neuerlichen Gespräch, und auch sonst stellte niemand Anforderungen an meine Zeit. Ich füllte die Tage mit Golfspielen und Geblödel aus und meine Nächte mit Julie. Wenn ich mich danach erkundigte, wo sich John Macky befand und was mit ihm geschehen war – falls überhaupt etwas geschehen war –, sah sie weg und erklärte, daß es ihm gutgehe und daß ich mir keine Sorgen machen solle. Weder sie noch sonst jemand sagte mehr darüber, und alle gaben mir sehr deutlich zu verstehen, daß ich aufhören solle, Fragen zu stellen. Das tat ich denn auch.

Beinahe auf die Minute genau eine Woche nach unserem letzten Gespräch lief mir Bananastein über den Weg. Und zwar im wörtlichen Sinn, denn ich stieß mit ihm zusammen, als ich in das Golfhaus hineinrannte; ich wollte eine Solopartie spielen. Und da war er, nicht zu umgehen, genau auf Kollisionskurs, in voller Größe. Ich konnte nicht rechtzeitig bremsen, und er landete auf seinem Hintern.

„Es tut mir schrecklich leid. Haben Sie sich weh getan?" Sein Begleiter und ich stellten ihn gemeinsam wieder auf die Beine, und da stand er nun, mitten im Klubhaus, in Freizeitkleidung wie ein ganz gewöhnlicher Mensch.

„Es ist alles in Ordnung", meinte er und putzte unsichtbaren Staub von seiner Hose. „Kein Problem. Nichts passiert."

Also, verdammt noch mal, dachte ich. Er ist mir so dankbar dafür, daß ich mich zu seiner Armee anwerben ließ, daß es ihm nicht einmal etwas ausmacht, wenn ich ihn ab und zu niederschlage. Eine angenehme Draufgabe. „Haben Sie einen Augenblick Zeit, Doktor?" fragte ich. „Wollen Sie mir bei einer Tasse Kaffee Gesellschaft leisten?" Ich zeigte einladend auf die benachbarte Cafeteria. Banana sah seinen Begleiter an, der versicherte, daß man auf ihn keine Rücksicht nehmen solle, und daraufhin erklärte der Doktor, ja, er würde mir Gesellschaft leisten.

Wir gingen in die Cafeteria, holten uns am Selbstbedienungspult Plastiktassen mit heißem Kaffee und suchten einen sauberen Tisch. Während dieser einleitenden Manöver fragte ich mich, was mich eigentlich bedrückte und warum ich ihn überhaupt gebeten hatte, mit mir zu kommen. Als wir uns setzten und Zucker in den Kaffee taten, geriet ich in Panik, denn ich hatte absolut nichts zu sagen.

„Wie geht es Ihnen, Mr. Cant?"

„Großartig. Großartig. Alles in Ordnung."

„Gut."

Ich nippte an meinem schwarzen, süßen Gebräu. Er tat noch etwas Sahne in das seine. „Ich entspanne mich einfach", meinte ich.

„Gut, das ist gut. Ich nehme nur deshalb Sahne, damit mein Kaffee kühler wird", stellte er fest. „Ungeduld ist mein größter Fehler. Sind Sie ungeduldig, Mr. Cant?"

„Wie meinen Sie das? Überhaupt? Oder speziell in diesem Augenblick?"

„Wollten Sie nicht deshalb mit mir sprechen? Ich hoffe, daß Sie mich nicht deshalb umgerannt haben, sondern daß Ihre Einladung zum Kaffee damit zu tun hat. Wollten Sie mich fragen, wann Sie beginnen werden, für mich zu arbeiten?"

Das war es, natürlich. Er hatte genau erkannt, was mich bedrückte. Nach den Wochen voll angespannter Gespräche mit

Banana und nach dem Ernüchterungsprozeß bedrückte es mich beinahe, keine Angst zu empfinden. Ich hatte meine Meinung geändert und litt an einer Art postnataler Depression.

„Ich möchte gerne wissen, was ich zu tun habe, und damit anfangen. Ja, das stimmt, ich bin bereit, und ich möchte endlich etwas tun."

Er leerte seine Tasse mit einem langen Zug und stand auf. „Morgen. In meinem Büro. Um neun Uhr?" Er stellte die federleichte Tasse auf den Tisch, und der Luftzug aus einer geöffneten Tür blies sie davon. Ich erwischte sie und zerquetschte sie, denn das war die einfachste Methode, sie auf dem Tisch zu halten.

„Um neun", bestätigte ich, und er marschierte hinaus.

11

„WIE SPÄT ist es?" Sie sprach ins Kissen, ohne sich zu mir umzudrehen, aber ich verstand die gemurmelte Frage trotzdem. Sie sah am Morgen nicht hübsch aus. Sie gehörte zu den Menschen, deren Augen über Nacht rot werden und anschwellen. Sie rieb sie, wodurch sie noch röter wurden, und setzte sich auf. Sie hob die Arme und streckte sie, so daß sich das Nachthemd über ihren Brüsten spannte. Wesentlich besser geeignet als Vogelgezwitscher, um einen am Morgen in Schwung zu bringen, überlegte ich. „Es ist zeitig", flüsterte ich.

„Danke." Sie ließ die Arme sinken und kratzte sich kräftig am Kopf, um den Schlaf zu vertreiben.

„Es ist ungefähr sieben oder halb acht, Julie." Sie stützte sich auf den Ellbogen auf.

„Warum stehst du so früh auf, Sebastian?"

„Ich beginne heute."

„Womit?"

„Das weiß ich nicht. Ich beginne mit meiner Arbeit."

„Ach so."

Während ich das Hemd in die Hose stopfte, stand sie auf. Sie begann, wieder hübsch auszusehen. Sie kam zu mir und legte mir die Arme um den Hals. „Dein Atem riecht", sagte ich. Er roch nicht.

„Das stimmt nicht“, sagte sie, war sich aber nicht sicher. „Ich werde mir die Zähne putzen und es noch einmal probieren.“ Sie ging zum Badezimmer, blieb im Türrahmen stehen und griff nach dem Saum ihres Nachthemds. „Willst du meine Blinddarmnarbe sehen?“ Ohne auf meine Antwort zu warten, hob sie das Nachthemd über den Kopf. „Siehst du sie?“ fragte sie durch das dünne Gewebe.

„Du hast keine Blinddarmnarbe.“

Sie ließ den Hemdsaum bis unter die Augen sinken. „Nicht einmal eine ganz klitzekleine?“

Ich ging langsam auf sie zu und sah ihr dabei unverwandt in die Augen, bis ich knapp vor ihr stand. Sie spannte das Nachthemd wie einen Schleier über ihre Augen, von ihrer Rolle als Verführerin sichtlich begeistert.

„Heute früh muß Jochanaan einen klaren Kopf behalten, Salome“, sagte ich und zupfte ihr ein paar Schamhaare aus, um meine Feststellung zu unterstreichen. Sie quietschte vor Schmerz, ließ das Nachthemd fallen, nannte mich ein elendes Biest und rieb sich die schmerzende Stelle.

Ich faßte sie unters Kinn und küßte sie.

„Du bist verführerisch, Julie, aber ich kann mich nicht von dir wieder ins Bett locken lassen. Ich muß mich in das Räderwerk von Sunnyview eingliedern. Ich habe es eilig. Das verstehst du doch, meine einmalige Sirene?“

Ihre Augen leuchteten auf; sie war sich ihrer Macht bewußt. „Diesmal will ich dich davonkommen lassen, o Sterblicher“, und damit zog sie triumphierend die Badezimmertür hinter sich zu.

Ich rief ihr nach, daß ich sie in der Cafeteria erwarte. Dann verließ ich das Zimmer und ging rasch den Korridor entlang. Das war der erste Tag . . . wovon eigentlich? Ich wußte es nicht, aber ich empfand das vertraute Gefühl angenehm kribbelnder Unruhe, das ich seit meiner Jugend nicht mehr erlebt hatte. Die Sommerferien waren vorbei, es war der erste Schultag.

John Macky fehlte mir. Ich saß mitten in der überfüllten Cafeteria, hörte das Stimmengewirr um mich und war plötzlich tieftraurig. Ich hatte Lust, auf einen Tisch zu steigen und allen zu verkünden, daß es mich interessierte, wo der Heilige geblieben war.

Wußte es vielleicht einer der Anwesenden? Und falls ja, solle er sich bitte bei Sebastian Cant melden. Er konnte anonym bleiben, wenn er wollte. Für alle zweckdienlichen Hinweise setzte ich eine Belohnung aus etc.

Julie betrat den Raum. Sie sah frisch aus und wieder strahlend schön. Sie kam direkt an meinen Tisch, und die Männer, an denen sie vorbeiging, drehten sich nach ihr um. Mich erfüllte berechtigter Stolz, weil sie auf mich zusteuerte und alle anderen links und rechts liegen ließ.

„Guten Morgen, du Sadist." Sie strich sich die Haare mit der Hand zurück. Ich reichte ihr die Speisekarte.

„Guten Morgen, Salome. Die Tagesspezialität sind Täufer nach Art des Hauses, soviel ich weiß."

„Ich nehme einen John. Natürlich auf goldener Schüssel."

„Ich möchte einen John . . . Macky", sagte ich todernst.

Ihr Gesichtsausdruck veränderte sich sofort. Ihre Augen strahlten nicht mehr, und ihr Mund wurde hart und kühl.

„Also?" Ich sprach etwas lauter. „Ich möchte einen John Macky."

„Sebastian, bitte . . .!"

„Zum Teufel mit dem ‚bitte'." Ich hatte zu laut gesprochen und dämpfte deshalb meine Stimme. „Ich möchte wissen, wo er sich aufhält", sagte ich beinahe flüsternd.

„Es geht ihm gut."

„Warum sagst du es mir dann nicht, Julie? Du behauptest, daß du mich liebst, aber du traust mir offensichtlich nicht. Und Liebe bedeutet doch Vertrauen, oder?"

„Sebastian . . ." Sie legte die Hand auf meine Faust.

„Was?"

„Sebastian . . ., frag Dr. Manna."

„Scheiße!" zischte ich, immer noch leise. Ich zog meine Faust zurück. „Ich werde ihn finden. Ich werde John Macky finden." Ich stand auf. Sie weinte lautlos. „Es tut mir leid, Julie."

Ich hatte noch den Kaffeegeschmack auf der Zunge, als ich wieder einmal auf dem vertrauten Lederstuhl in Bananasteins Büro saß. Er stand hinter mir, die Arme auf die Rückenlehne meines Stuhls gestützt.

„Sind Sie bereit, mit der Arbeit zu beginnen, Mr. Cant?"

„Nicht ganz."

„Warum nicht?"

„Ich möchte zuerst wissen, wo sich John Macky befindet. Ich möchte ihn sehen. Ich möchte mit ihm reden."

„Sie können leider nicht mit ihm reden, Mr. Cant. Er hat Dienst."

Während er sprach, nahm er die Hand von meinem Stuhl, streichelte ihn, als wäre er ein Hund, der sitzenbleiben sollte, und machte ein paar Schritte.

„Ich glaube Ihnen nicht, Doktor."

„Warum nicht? Warum sollte ich Sie belügen? Glauben Sie, daß wir ihn irgendwo in einen Kerker gesteckt haben? Er hat gegen unsere Sicherheitsvorschriften verstoßen, aber glauben Sie, daß wir mittelalterliche Methoden anwenden, um ihn zu bestrafen? Glauben Sie, daß wir ihn getötet haben? Glauben Sie das wirklich?"

„Vielleicht. Aber wenn er am Leben ist, wo liegt dann die Schwierigkeit? Ich bin bereit, einen Kompromiß zu schließen. Ich muß nicht mit ihm sprechen. Ich bin zufrieden, wenn ich sehe, daß er atmet und gesund ist. Gibt es auch dabei eine Schwierigkeit?"

Er stand mitten im Zimmer, eine Hand in die Hüfte gestemmt, die andere strich über sein Kinn. „Gut", sagte er und nickte nachdenklich. Er ging zur Bar.

„Doktor, ich brauche wirklich keinen Drink und will auch keinen haben."

Er hob beschwichtigend die Hand und drückte auf einen Knopf an der Wand, der einen automatischen Mechanismus in Gang setzte. Mit elektrischem Summen glitt ein Teil der Holztäfelung zur Seite und gab einen großen Fernsehschirm frei. Willkommen im Jahre 1984, dachte ich. Ich fragte mich, ob wir John auf dem stillen Örtchen belauschen würden. Aber das wäre zu vulgär gewesen. Die Kamera schwenkte hin und her, und da war er im Bild. Er saß an einer Art Armaturenbrett. Er trug Kopfhörer und sah vor sich auf das Steuerpult, während er verschiedene Schalter bediente. Die Kamera erfaßte ihn von schräg oben und von vorne. Ich fragte Banana, ob John wußte, daß wir ihn belauschten.

„Natürlich weiß er, daß eine Kamera auf ihn gerichtet ist, aber er weiß nicht, wann sie eingeschaltet ist."

„Wie freundlich."

„Bei der Arbeit, mit der Mr. Macky beschäftigt ist, besteht die Gefahr, daß man einschläft, wie Sie selbst feststellen werden."

„Wieso?"

„Die Arbeit, die John macht, wird auch zu Ihren Pflichten gehören."

„Und die sind?"

„Sie werden es bald erfahren." Er stand auf, um den Bildschirm abzuschalten.

„Bitte, Doktor, lassen Sie die Kamera noch eine Weile eingeschaltet, ja?" Ich ging zur Bar, um mir die Szene genauer anzusehen.

„Wie Sie wollen", antwortete er, behielt aber den Finger auf dem Knopf.

John Macky sah gut aus. Seine Augen waren klar, und er konzentrierte sich sichtlich auf das, was er tat. Er sah vor sich hin, dann betätigte er einen Schalter und sagte etwas. Man sah kein Mikrofon, aber es war nicht zu übersehen, daß er mit jemandem sprach. Er führte nicht einfach Selbstgespräche.

„Kein Ton, Doktor?"

„Ich habe den Ton nicht eingeschaltet."

„Warum?"

„Wir belauschen niemanden ohne Grund, und Sie haben gesagt, daß Sie Mr. Macky nur sehen wollen. Nun, da ist er, in Großaufnahme und Farbe. Sind Sie jetzt bereit, mit dem Programm für den heutigen Tag fortzufahren? Denn ich habe weder Zeit noch Lust, mich mit Ihrer Paranoia abzugeben."

„Fahren Sie fort", resignierte ich.

„Gut." Er drückte auf den Knopf, und die Täfelung glitt an ihren Platz zurück. Es war eine meisterhafte Vorrichtung. Man konnte nicht einmal einen Haarspalt entdecken.

Erst viel später wurde mir klar, daß ich keine Live-Übertragung gesehen hatte, sondern eine Filmaufzeichnung von John Macky.

Er zog die Vorhänge zu, eine merkwürdige Tätigkeit für eine leitende Persönlichkeit, dachte ich. Paßt eigentlich besser zu einer zimperlichen Haushälterin. Der Mann steckt bis obenhin voller kleiner, überraschender Eigenarten.

„Wollen wir gehen?“ fragte er und vergewisserte sich durch einen Blick über die Arena, daß er nichts vergessen hatte.

„Die Lampe?“ machte ich ihn aufmerksam.

„Danke“, antwortete er und löschte das Licht auf seinem Schreibtisch. Wir verließen das Zimmer, das er sorgfältig versperrte.

„Zuerst einmal zum Zoo“, verkündete er, und ich erriet, daß er das Labor und seine „Freunde“ meinte. Ich marschierte aufgeregt und voller Erwartung auf meine neue Karriere zu.

„Tierwärter?“ fragte ich, während ich ihm in den Lift folgte.

„Nicht ganz. Jedenfalls handelt es sich dabei nur um eine unbedeutende Aufgabe, obwohl sie notwendig ist.“

Das Summen des Lifts verstummte, dann glitt die Tür leise surrend auf. Die Akustik vervielfältigte unsere Stimmen und das Klappern unserer Schuhe. Man konnte einen solchen Korridor nicht einfach entlangschlendern. Die seelenlose, rechtwinklige Konstruktion wirkte wie ein Kraftfeld, zu dem nur rasche militärische Marschtritte paßten.

In diesem Geschoß befanden sich noch weitere Räume, und als wir an ihren Türen vorbeikamen, die alle in dem gleichen Turnsaalgrün gestrichen und fortlaufend numeriert waren, fragte ich mich, wozu sie dienten und wer hinter ihnen arbeitete, falls dort überhaupt jemand arbeitete. Während wir weitergingen, gerieten einige Einzelheiten flüchtig in mein Blickfeld wie Telefonmasten von einem Zugfenster aus. Hier ein Schreibtisch, dort ein Stuhl, eingeschaltete Lampen, ein weißes Etwas, das sich bewegte. Ein Wärter? Eine Schwester? Unser eigenes Spiegelbild? Gespenster?

Wir erreichten unser Ziel, den Raum mit den Affenkäfigen. Während Bananastein den Schlüssel heraussuchte, sah ich den Korridor zuerst nach rechts und dann nach links hinunter. Kein Laut war zu hören, außer dem gedämpften Geschnatter und Gekreisch der Affen hinter der schweren Eisentür, die wir gerade aufsperrten. Und dann, während Bananastein den Schlüssel im Schloß umdrehte, fiel eine Metalltür zu, und das Dröhnen pflanzte sich zwischen den kahlen Wänden fort; dann hörte man das Klappern von Schuhabsätzen und ein gespenstisches Geplapper, das ebensogut von einer anderen Welt stammen konnte. Dann fiel noch eine Tür ins Schloß, und die Wände waren wieder stumm. Woran erinnerten mich diese Geräusche? An ein Gefängnis. Aber woher wußte ich das? Ich begann vergeblich, mein Gedächtnis zu durchforschen, und meine Gedanken wurden unterbrochen, als Banana die Tür öffnete. Die Affen zu sehen und zu hören war irgendwie eine Erleichterung. Ich fühlte mich sofort wohl unter ihnen. Und das war wirklich kein Wunder, denn diese Tiere waren menschlicher als die meisten Bewohner von Sunnyview. Vor allem als der Mensch mit dem steinernen Herzen, neben dem ich stand.

„Nun, wie geht es meinen Freunden heute?" fragte er, klatschte in die Hände und rieb sie aneinander. Bei dem Händeklatschen begannen „seine Freunde" zu heulen und zu kreischen, in den Käfigen herumzuspringen und an den Gitterstäben zu rütteln, so daß ich annahm, es handle sich dabei um eine Art Signal. Und das war es ja auch, überlegte ich, falls die Begrüßung jedesmal die gleiche war, wenn er den Raum betrat, und falls auf sie die Fütterung oder etwas Ähnliches folgte.

„Werden Sie sie füttern, Doktor?" brüllte ich, um den Lärm zu übertönen.

Er schüttelte den Kopf, dann rief er: „Sie füttern sich selbst!" Er zeigte auf einen kleinen Affen, der sich damit abmühte, eine runde Metallstange zu heben, die etwa einen Meter lang und zwei Zentimeter dick war. Das Tier stand auf seinen haarigen, krummen Beinen, drückte wie ein grotesker Gewichtheber die Stange über Kopfhöhe und ließ sie dann auf zwei Metallhebel fallen, die aus senkrechten Schlitzen in der Rückwand des Käfigs ragten. Das Gewicht der Stange drückte die Hebel hinunter. Der Affe sprang schnell zur Seite, und zwei Dinge geschahen: während die Hebel unter dem Gewicht der Stange nach unten gedrückt wurden, ging ein Türchen unterhalb von ihnen auf, eine geringe Menge von Körnern fiel auf den Boden des Käfigs. Dann erreichten die Hebel den tiefsten Punkt, und die Stange rollte von ihnen herunter und prallte auf dem Boden auf.

„Raffiniert?" schrie der Doktor.

„Raffiniert!" brüllte ich zurück.

„Wie Sie sehen", schrie er, „haben wir in allen Käfigen die gleiche Einrichtung installiert! Schauen Sie sich den Gorilla an." Elwood – ich zog es vor, ihn so zu nennen – hatte eine Stange, die mindestens fünf Zentimeter dick und so lang wie die Breitseite des Käfigs war. Sie sah aus, als wäre sie aus massivem Eisen oder Stahl oder vielleicht sogar aus Blei.

Bananastein legte mir die Hände auf die Schultern, beugte sich zu mir und sprach mir ins Ohr.

„Dieses kleine Spielzeug wiegt über hundert Kilo", sagte er.

„Blei?"

„Blei. Alle sind aus Blei." Er hob die Hand, um mir zu zeigen, daß ich einen Augenblick warten sollte, dann winkte er mir, mit ihm zu dem Glasschrank an der Wand zu gehen. Ich erinnerte mich, daß er dort den Sender aufbewahrte. Er wollte ihnen einen Schuß Glückseligkeit verpassen. Ich empfand plötzlich Mitleid mit ihnen. Wahrscheinlich war das ihre einzige Freude in dieser unnatürlichen Umgebung.

Er beugte sich wieder zu meinem Ohr, während er den Schlüsselbund hervorzog. „Sie werden gleich still sein, und ich werde Ihnen alles Weitere erklären."

Er öffnete den Glasschrank und entnahm ihm den Sender. Er schaltete ihn ein, lächelte und zwinkerte mir zu. Dieser vergnügte Schweinehund genoß seine Macht in vollen Zügen.

Im Raum wurde es sofort still. Die Affen befanden sich unter dem Einfluß des stimulierten Gehirnzentrums für lustbetonte Gefühle, und ich fragte mich einen Augenblick lang, was das für ein Gefühl sein mochte.

Elwood hatte sich mit dem Rücken an die Käfigwand gelehnt, zupfte an seinen Knien herum und gab zufriedene Laute von sich, die ganz tief aus seiner mächtigen Brust kamen. Ich mochte Elwood. Ich hielt ihn für einen netten Kerl, der ein paar harte Schicksalsschläge hatte einstecken müssen. Wenn ich ein Gorilla wäre, hätten wir einander in einem urzeitlichen Eden kennenlernen und rasch Freunde werden können. Wir hätten einander auf die haarigen Rücken geklopft und an Früchten geknabbert. Wäre er ein Mensch, hätten wir die Wochenenden gemeinsam beim Fischfang verbracht, Bier getrunken, und ich würde ihm helfen, die bösen Erinnerungen an seinen früheren Herrn zu vergessen.

„Träumen Sie mit offenen Augen, Mr. Cant?"

„Ich frage mich, was Elwood so denken mag."

„Er denkt nicht, Mr. Cant."

Einige Affen begannen, auf den Boden ihrer Käfige zu trommeln. Trommeln ist eigentlich ein zu starker Ausdruck, weil keine Kraft dahintersteckte. Aber irgendwie war es ein Protest, wie bei Gefangenen, die mit den Blechschüsseln an den Gitterstäben ihrer Zellen entlangrattern – falls Gefangene das nicht nur in Filmen tun.

„Was ist los?" fragte ich wissenschaftlich.

„Sie wollen eine stärkere Dosis."

„Als ich das letzte Mal hier war, haben sie sich nicht so aufgeführt, und ich habe eigentlich geglaubt, daß sie betrunken werden, wenn sie nur eine kleine Dosis bekommen."

„Wir erzielen Trunkenheit, wie Sie es nennen, wenn der Schalter für die Dosierung hier steht." Er führte es mir vor, indem er die Wählscheibe auf 0,25 einstellte und den Apparat so hielt, daß ich die Zahl erkennen konnte.

Die Patienten – oder Opfer, je nachdem, von welchem Standpunkt aus man es sah – begannen zu heulen und zu schnattern, rollten und taumelten in den Käfigen herum. Elwood war aufgestanden, hielt sich an den Gitterstäben fest und schwankte vor und zurück. Er schlug mit dem Kopf schmerzhaft gegen ein metallenes Querstück und rieb sich geistesabwesend die blutende Stelle.

„Ich würde es Trunkenheit nennen, Doktor. Wie würden Sie es nennen?"

„Unterdosiert und gefährlich", meinte er. Wenn der Mann mit solchen Bemerkungen antwortete, wirkte er physisch auf mich wie ein Kälteschock. Er stellte die Scheibe wieder auf 0,85 ein. Elwood sackte auf den Fußboden zurück, und seine Augen wurden glasig. Seine Vettern folgten seinem Beispiel.

„Wir wissen nicht genau, Mr. Cant, warum die niedrigere Dosierung eine aktive, aber der Trunkenheit ähnliche Wirkung auslöst, während die höhere Dosierung Euphorie hervorruft. Wir wissen jedoch, daß ein immunisierender Faktor mitspielt, der für uns überraschend auftauchte. Wie ich schon erläutert habe, führt der Entzug der Dosis dazu, daß der Patient eine Art von Schmerz empfindet, und zwar infolge der Relativität der adaptierten Konditionierung. Können Sie mir folgen?"

„Ich war traurig, weil ich keine Schuhe hatte, bis ich einen Mann sah, der keine Füße hatte."

„Richtig."

„Doktor, Sie haben mit Ihrer wissenschaftlichen Technologie etwas entdeckt, was so mancher kluge Mann mit Beobachtungsgabe und gesundem Menschenverstand auch erkannt hat – nämlich, daß jedes Vergnügen nur relativ ist und deshalb auch das Glück. Das erklärt, warum der eine darüber weint, daß er seine Arbeit als Kanalräumer verloren hat, während der andere von einem Wolkenkratzer in der Wall Street hinunterspringt, weil er seinen Lebensunterhalt als Kanalräumer verdienen müßte."

„Dennoch, mein philosophischer Freund, ist die elektronisch hervorgerufene Euphorie eine bewiesene Tatsache, und wenn wir den Relativitätsfaktor überwinden, werden wir die Macht haben, einen sehr realen Himmel auf Erden zu schaffen."

„Und was bleibt uns dann noch, wonach wir streben können, Dr. Manna?"

„Dasselbe, wonach wir immer gestrebt haben, Mr. Cant. Nichts."

Elwood grunzte bei der Bemerkung, und als ich mich umdrehte und ihn ansah, schüttelte er den Kopf. Zweifellos vor Verzweiflung über die Unwissenheit des Doktors.

„Wird es meine Aufgabe sein, hier herunterzukommen und den armen Schweinen Freudenschocks zu versetzen? Wie oft? Mit welcher Spannung? Einmal täglich oder öfter?"

„Eine Frage nach der anderen, Mr. Cant. Das ist eine Ihrer Pflichten. Ja, einmal täglich, fünfzehn Minuten lang, am Vormittag, immer zur gleichen Zeit. Die Gleichmäßigkeit ist wichtig. Eine Dosis zu 0,85 täglich, während dieser Woche. Dann fünfundsiebzig nächste Woche, dann sechzig und so weiter."

„Sie entwöhnen sie also, nicht wahr?"

„Ja."

„Was wird dabei herauskommen?"

„Das wissen wir noch nicht. Deshalb machen wir ja das Experiment. Sie sollen Notizen über ihr Verhalten machen und möglichst keine Kommentare abgeben. Berichten Sie uns nur, was Sie sehen. Beobachten Sie sie jeden Vormittag etwa zwanzig Minuten lang, und deponieren Sie Ihre Notizen bei der Schwester auf Zimmer dreihundertsiebzehn im dritten Stock. Bitte kommen Sie jetzt zu mir."

Er führte mich zu einem hüfthohen Schaltpult neben dem Glaskasten. Es bestand aus zwei Reihen grüner Lämpchen, neben denen sich kleine Quadrate aus Glas befanden; in jedem leuchteten zweistellige Computerzahlen. Jede Lampe war mit einer Zahl zwischen eins und dreißig bezeichnet.

Banana nahm einen Schreibblock von einem Haken oberhalb des Schaltpults. An ihm war mit einer dünnen Metallkette ein Filzstift befestigt. Im Schaltpult befanden sich zwei kleine Schubladen; Bananastein zog eine auf und entnahm ihr das oberste Blatt eines Stoßes von Formularen. Er klammerte es auf dem Schreibblock fest, reichte es mir und erläuterte mir, wie es auszufüllen war.

Das Formular enthielt dreißig Felder, die den dreißig Lämpchen auf dem Schaltpult entsprachen. An seinem unteren Rand waren Felder für meinen Namen, das Datum und die Uhrzeit vorgesehen sowie eine Spalte mit der Überschrift „Bemerkungen". Jedem Feld und dem dazugehörigen grünen Lämpchen auf dem Pult war ein Käfig zugeordnet. Wenn sich ein Tier mittels der Gewichtsstange selbst Futter beschaffte, wurde diese Tatsache auf dem Pult festgehalten. Ich mußte die Zahl der Fütterungen in den entsprechenden Feldern vermerken. Waren es drei oder weniger, mußte ich einen Kreis um die Zahl ziehen; sobald ich alle Angaben eingetragen hatte, mußte ich die betreffenden Lämpchen auf dem Schaltpult ausschalten, indem ich einen Knopf drückte. Das grüne Licht neben jeder Käfignummer hatte zwei Funktionen. Wenn es brannte, bedeutete es, daß der Käfig besetzt war – oder es wenigstens sein sollte. Wenn das Lämpchen aufflammte und wieder erlosch, wies es auf irgendeine Funktionsstörung hin. Es konnte sich um eine nicht fest versperrte Käfigtür handeln, um eine Panne im Fütterungsmechanismus, um leere Wasserbehälter (die automatisch nachgefüllt wurden). Oder auch um einen Defekt im Reinigungssystem. Dieses bestand aus Wasserrohren, die an der Vorderseite der Käfige entlangliefen. Sie waren mit Löchern versehen und wuschen in regelmäßigen Zeitabständen den Fußboden der Käfige mit druckstarken, dünnen Wasserstrahlen sauber, durch die der Unrat in einen Schlitz an der Rückwand gespült wurde.

Wenn ich ein blinkendes Lämpchen bemerkte, mußte ich zuerst die Käfigtür überprüfen und dann nachsehen, ob der Boden des Käfigs feucht war und ob sich Unrat darauf befand. Die Käfige wurden so oft durchgespült, daß der Fußboden ständig naß war. Trockener Fußboden bedeutete also eine Störung. Wenn diese beiden Punkte in Ordnung waren und das Lämpchen weiterhin blinkte, mußte ich sofort Meldung erstatten.

Ich erlaubte mir die Bemerkung, daß der Mann, der diese Anlage entworfen hatte, ein hervorragender Rationalisierungsfachmann war. Bananastein gestand, der Schuldige zu sein, und dankte mir für das Kompliment.

„Wird beim Spülen der Käfige nicht auch das Futter weggewaschen?" fragte ich.

„Ja", antwortete er, „aber sie können sich so oft Futter beschaffen, wie sie wollen, und meist macht es ihnen so viel Mühe, zur Nahrung zu gelangen, daß sie sie sehr rasch verschlingen."

„Es kommt mir grausam vor, daß man sie zu solchen Anstrengungen zwingt, damit sie etwas zum Essen bekommen."

„Ganz im Gegenteil, dieser Vorgang dient mehreren Zwecken und ist deshalb äußerst rationell. Erstens kommen sie nicht in Gefahr, sich zu überfressen. Zweitens zwingen wir sie zu täglicher körperlicher Bewegung, und drittens verstärken wir die grundlegende Konditionierung, sie müssen nämlich eine Tätigkeit ausüben, um einen gewünschten Erfolg zu erreichen."

„Ich verstehe", sagte ich und drückte wieder aufrichtige Bewunderung für sein Talent aus, die er wie ein langgedienter Egozentriker mit bescheidenem Kopfnicken zur Kenntnis nahm.

Bananastein fragte mich dann, ob ich noch weitere Fragen hätte. Ich antwortete, daß mir alles klar sei, und er schlug vor, ich solle probeweise ein Formular ausfüllen. Ich tat es, machte die notwendigen Eintragungen, löschte die Zahlen auf dem Pult und unterschrieb das Blatt.

„Gut", sagte er, zog die zweite Schublade auf, entnahm ihr ein weiteres Formular und klammerte es auf dem Schreibblock fest. Diesmal handelte es sich um einfaches liniertes Papier, wieder mit einem Feld für Unterschrift, Datum und Uhrzeit.

„Dieses Formular ist für Ihren Kommentar bestimmt, Mr. Cant. Falls Sie sich fragen, warum wir die Formulare in getrennten Schubladen aufbewahren – um Ihre Pflichten zu ritualisieren. Zwei Formulare in zwei verschiedenen Schubladen erfordern zwei Arbeitsvorgänge. Die Ritualisierung fördert das Gedächtnis, und, wie ich schon vorher sagte, Sie dürfen die Bedeutung Ihrer Aufgabe nicht unterschätzen. Jedes dieser Tiere repräsentiert nicht nur einen großen Aufwand an Pflege und Nahrung, sondern auch viele Stunden menschlicher Operationstätigkeit. Sie sind sehr wertvoll. Mit diesem Formular auf dem Schreibblock müssen Sie jeden Käfig und seinen Bewohner inspizieren. Überprüfen Sie alle Türen selbst, als Kontrolle für den Computer. Beobachten Sie jedes Tier so sorgfältig, wie es Ihnen möglich ist, ohne daß Sie die Käfigtür öffnen. Sie können gefährlich sein. Achten Sie auf Teilnahmslosigkeit. Untätigkeit ist ein sicherer Hinweis auf eine gesundheitliche Störung."

Ich sah ihn fragend an.

„Natürlich müssen Sie dabei den Sender abschalten", fügte er hinzu. „Das hätte ich gleich sagen sollen. Wie Sie wissen, ist es dann ein bißchen laut, aber daran werden Sie sich gewöhnen."

„Tun wir das nicht alle?"

„Ja . . . also, Sie sollen auf Untätigkeit achten, wie ich schon sagte, und auch auf Quetschungen oder Verletzungen, wunde Stellen, Hautrisse oder Verfärbungen irgendwelcher Art. Einige unserer Patienten haben etwas Ähnliches wie Anfälle. Ich habe einen solchen Anfall nie persönlich beobachtet, aber ich habe die Folgen gesehen. Vor einem Monat ist ein Gibbon an einem Schädelbruch gestorben, den er sich selbst zugefügt hatte. Aus den zahlreichen Quetschungen, die verschiedenen Datums waren, haben wir geschlossen, daß sich die Kopfverletzung nach vielen Nächten nicht beobachteter Anfälle ereignete, und das hätte man vermeiden können, wenn man es rechtzeitig erkannt hätte. Wenn Sie mit Ihren Beobachtungen fertig sind, überprüfen Sie das Fenster." Er ging zu dem einzigen Fenster im Raum. Es war ziemlich groß, etwa einen Meter fünfzig im Quadrat, und bestand aus kräftigen, eng beieinanderstehenden Gitterstäben sowie einer dicken Glasscheibe in einem Metallrahmen. Bananastein betätigte einen Schalter, und der Rahmen glitt mitsamt Stäben und Scheiben auf Schienen in die Wand, so daß frische Luft und die Geräusche der Außenwelt hereindrangen. Das Fenster war knapp unter der Decke angebracht, und deshalb befand sich der untere Rand des Rahmens außen in gleicher Höhe mit dem Erdboden. Innen war eine Reihe von Haken in der Mauer befestigt, die als ortsfeste Leiter zum Fenster führten.

„Das ist die Feuerleiter", erklärte er. „Sollten Sie sich in diesem Raum oder überhaupt in diesem Geschoß befinden, ist es Ihre Aufgabe, die Tiere zu retten und natürlich auch sich selbst."

„Danke."

„Ich wäre Ihnen dankbar, wenn Sie Ihre unpassende Neigung zu sarkastischen Bemerkungen etwas im Zaum halten könnten, Mr. Cant."

„Entschuldigen Sie."

Er nahm mir flink den Schreibblock aus den Händen und ersetzte ihn durch das Steuergerät des Senders.

„Diese beiden Schalter hier sind für Sie wichtig." Er zeigte auf zwei Schalter, unter denen jeweils „Käfige" und „Fenster" stand. Mir kam der Gedanke, daß entweder Bananastein oder einer seiner Gehilfen Luftwaffenerfahrung haben mußte, weil es in Sunnyview eine solche Menge Kippschalter mit Sicherheitsabdeckungen gab.

„Wie ich Ihnen gerade vorgeführt habe, öffnet dieser hier das Fenster." Er stellte ihn wieder auf „zu", und das dicke Glas und die Stäbe glitten gehorsam an ihren Platz. „Dieser hier . . . öffnet alle Käfige gleichzeitig."

Er demonstrierte es mir, indem er den zweiten Schalter mit Daumen und Zeigefinger festhielt und einen Augenblick lang auf „offen" und gleich darauf wieder auf „zu" umlegte. Lang genug, damit ich hörte, wie alle Käfigtüren synchron klickten.

„Es ist vorgesehen, Mr. Cant, daß Sie zunächst das Fenster öffnen." Er legte den „Fenster"-Schalter um, und das Fenster glitt wieder in die Wand.

„Dann", fuhr er fort, während er die Hand auf eine der Leitersprossen legte, „klettern Sie hinaus. Sobald Sie draußen sind, öffnen Sie mittels des Senders alle Käfige."

„Das klingt gut", sagte ich. „Aber selbst wenn ich die Käfige aufsperre, wer garantiert, daß die Tiere die Käfigtüren aufstoßen und zum Fenster laufen? Sind sie so konditioniert worden, daß das Aufschnappen der Schlösser sie veranlaßt, die Türen zu öffnen und hinauszuspringen? Ich habe kein einziges gesehen, das versucht hat, die Käfigtür zu erreichen, als Sie sie eben auf- und wieder zugesperrt haben."

„Sehr gut beobachtet. Sie müssen bedenken, daß sie in diesem Augenblick friedlich sind . . . dafür müssen Sie sorgen; aber sobald Sie beim Fenster draußen sind, stellen Sie die Wählscheibe auf Null. Im nächsten Moment werden alle fürchterlich aufgeregt sein, einer wird die Käfigtür aufstoßen und hinausspringen. Die anderen werden es ihm sofort nachmachen, und gleich darauf wird einer von ihnen zum Fenster hinausklettern, und die anderen werden ihm auf den Fersen folgen. Was ein Affe sieht, macht er nach . . . eine wissenschaftliche Erkenntnis."

„Aber dann flüchten alle in den Wald, und damit sind sie für Sie verloren", warf ich ein.

„Ich möchte meiner Zufriedenheit darüber Ausdruck verleihen, daß Sie ohne jegliche abstrakte Sentimentalität ausschließlich am Wert der Affen interessiert sind, Mr. Cant." Übersetzung: Schön, daß Ihre Gefühle sich dem Klima bei uns anpassen.

Ich fragte mich im stillen, ob sie das tatsächlich taten.

„Aber Sie halten die Antwort in Händen. Genau wie in einem Notfall die Verantwortung für die Sicherheit dieser Tiere. Sobald sie alle draußen sind . . . und sie werden binnen Sekunden durch das offene Fenster draußen sein . . . erhöhen Sie die Spannung wieder; daraufhin werden sie, von Hochstimmung erfaßt, stehenbleiben und ohne große Mühe wieder in Käfige gesteckt werden können. Wir haben eigens für diesen Fall Käfige in einem Schuppen in der Nähe des Fensters bereitgestellt."

„Wie soll ich wissen, daß alle aus dem Raum entkommen sind?“ fragte ich.

„Sie werden alle draußen sein.“

„Wie können Sie das mit solcher Sicherheit behaupten?“

„Sie würden schon durch den Brandgeruch in solche Panik geraten, daß sie binnen Sekunden fliehen. Die Wahrscheinlichkeit, daß es Nachzügler gibt, ist äußerst gering. Und sie wird gleich Null, indem man ihnen das Gefühl des Wohlbehagens nimmt.“

„Anzunehmen.“

„Mr. Cant, wissen Sie denn nicht, daß jede wissenschaftliche Folgerung die Logik des Möglichen ist und daß alle wissenschaftlichen Tatsachen sicher auf Theorien beruhen, die nur so lange als Wahrheiten gelten, als sie unanfechtbare Möglichkeiten sind? Wenn heute nachmittag um siebzehn Uhr irgendein freudestrahlender Paläontologe den unwiderlegbaren Beweis erbrächte, daß er die versteinerten Knochen von Adam und Eva samt ihrer Familie ausgegraben hat, würden wir fünf Minuten später alle bisherigen Evolutionstheorien zugunsten der biblischen Genesis verwerfen.“

Er legte den Kippschalter um und schloß damit das Fenster und das Gespräch.

„Sämtliche Affen werden in Sekundenschnelle draußen sein“, sagte er, als der Eisenrahmen einrastete. „Sie müssen nur sofort reagieren und die elektrische Stimulation einschalten.“

„Bevor sie außer Reichweite sind?“

„Bevor sie jemanden angreifen oder verschwinden.“

Er nahm den Sender wieder an sich und fragte mich, ob ich alles verstanden hätte. Ich bejahte, und er legte den Sender in den Glasschrank. Er steckte den Schlüssel in das Schloß des Glasschranks, ließ aber die Hand auf der Wählscheibe des Senders liegen.

„In dieser Reihenfolge erfolgt das Absperren. Weil Sie aber ein Neuling und an den Lärm noch nicht gewöhnt sind, der unweigerlich folgt, wenn man die Stimulation des Zentrums für lustbetonte Gefühle abschaltet, werde ich die Scheibe auf Null stellen und den Schrank so schnell wie möglich abschließen, damit die Geräuschkulisse auf ein Minimum beschränkt wird.“

Ich nickte dankbar, und er lächelte zurück. Seine Falschheit bei allen Gefühlsäußerungen, sogar bei dieser flüchtigen Rücksichtnahme auf mein Unbehagen, war wirklich bemerkenswert. Manche Menschen sind so falsch, daß ihr Gesichtsausdruck anscheinend mittels Fernsteuerung geregelt wird, und das Lächeln ist wohl die klassische menschliche Gefühlsregung, die impulsiv sein muß, um echt zu wirken.

Meine Überlegungen wurden durch das Gebrüll der Tiere unterbrochen, die aus ihrer Euphorie erwachten. Manna bewegte sich schnell, legte den Sender in den Glasschrank und versperrte ihn. Im nächsten Augenblick waren wir draußen, und er verschloß die Tür, hinter der der Tumult weitertobte.

„Um die Wahrheit zu sagen", meinte er, „ich glaube nicht, daß man sich jemals an diesen Lärm gewöhnen kann."

„Ganz zu schweigen von dem Leiden, das er signalisiert", ergänzte ich.

Aber er hörte es nicht. Oder verstand es nicht. Er knipste sein Lächeln an, und ich lächelte ebenfalls, bewußt zynisch.

12

„TRAUMKONTROLLE?"

„Traumunterbrechung ist präziser", erklärte Bananastein flüsternd. Wir befanden uns jetzt in einem kleinen Raum, der an den Regieraum in einem Tonstudio erinnerte.

Das Zimmer war etwa zehn Quadratmeter groß, und Wände und Decken waren mit weißem, geräuschdämpfendem Material verkleidet. Die gesamte Wand gegenüber der Eingangstür, in der wir standen, wurde von einem Schaltpult eingenommen. Ich erkannte es wieder: es war das gleiche, das der Heilige bedient hatte, als Banana ihn mir vorführte. Auch vor diesem saß ein Mann, der die einheitliche weiße Uniform von Sunnyview trug, die Lämpchen auf dem Schaltpult beobachtete und gelegentlich einen Schluck Kaffee trank.

„Guten Morgen, Ed." Der Mann ließ das Schaltpult nicht aus den Augen und erwiderte den Gruß, ohne sich umzudrehen.

„Guten Morgen, Doktor."

Dann beugte er sich vor, durch irgendein Signal in dem Labyrinth von vielfarbigen Lämpchen aufmerksam gemacht, und sprach in das Mikrofon vor sich: „Ruhig, Thomas. Nein, Thomas. Wach auf . . . stell deine Füße wieder auf den Fußboden . . . stell deine Füße wieder auf den Fußboden, Thomas . . . nein, Thomas, wach auf . . . komm schon . . .!" Er sprach sanft in das Mikrofon wie ein Erwachsener zu einem Kind, und ich hatte keinen Grund anzunehmen, daß das nicht der Fall war. Er drückte auf einen Knopf, und das Lämpchen neben ihm leuchtete für einen Augenblick auf. „So ist es besser, Thomas", fuhr er fort, „viel besser . . . gut . . . so ist es gut . . . jetzt aufstehen, Thomas . . . nein, Thomas . . . aufstehen . . . bitte . . . trink jetzt etwas Wasser . . . ja, richtig so . . . gut . . . noch mehr, Thomas . . . mach weiter . . . gut . . . steh jetzt auf . . . gut."

Bananastein beugte sich zu mir. „Das hat auch John Macky getan, als Sie ihn gesehen haben. Das wird eine Ihrer Hauptaufgaben sein", flüsterte er.

Ich blickte zu den kleinen elektronischen Fernsehaugen an der Decke hinauf, die auf den Mann gerichtet waren.

„Warum wird dieser Mann . . . dieses Zimmer . . . überwacht, Doktor?"

„Wenn er einschläft, ist sehr viel Arbeit und Zeit nutzlos vertan. Sie werden bald verstehen, warum."

Der Mann sprach weiter mit seinem Thomas, den ich mir in einem entfernten Zimmer vorstellte, wie er hin und her schwankte und benommen versuchte, den Befehlen zu gehorchen.

„Gut, Thomas! Bitte geh . . . nein! . . . Steh auf, Thomas . . . steh auf. Thomas, steh auf, bitte . . ." Er drückte wieder den schwarzen Knopf, und das Lämpchen leuchtete wieder rot, nur diesmal etwas länger. „Auf, Thomas . . . gut . . . gut . . . noch mehr Wasser, bitte . . . nimm das Glas . . . mehr Wasser, Thomas . . . gut . . . jetzt geh . . . gut . . ."

Er unterbrach sich unvermittelt, sah zu einem anderen Teil des Pults hinüber. Er betätigte ein paar Schalter und sprach wieder mit der gleichen beschwörenden Stimme in das Mikrofon: „Wach auf, Sally . . . wach auf, Liebling . . . ich bin der Doktor, Sally . . . ich bin der Doktor, Liebling . . . wach auf! . . . Stell deine Füße auf den Fußboden, Sally . . . Sally, wach auf . . . hier spricht der Doktor . . . du mußt jetzt aufstehen . . ."

Ich sah Bananastein fragend an. „Alle Männer am Pult sind für die Patienten ein ‚Doktor'. Dadurch wird der Übergang zum nächsten Stadium erleichtert", erklärte er.

Ich murmelte ein verständnisvolles „Oh!" und nickte beifällig. Anscheinend grundlos fielen mir der Raum mit den Affen und der Schlüssel ein, doch ich verbannte diesen Gedanken bis zu einer besseren Gelegenheit in einen Winkel meines Gehirns, aber ich gestehe, daß ich jedesmal ein orgiastisches Lustgefühl empfand, wenn ich an den Plan dachte, der langsam in mir Gestalt annahm.

„Können Sie sich denken, wozu dieser Raum dient, Mr. Cant?"

„Ich glaube schon. Das Pult steht in Verbindung mit Zimmern, in denen Patienten schlafen, die von Zeit zu Zeit geweckt werden, damit sie nicht zu tief oder nicht genügend lang schlafen. Ehrlich gesagt, Doktor, es sieht wie die Art von Folter aus, die bei einer Gehirnwäsche angewendet wird."

Ich hatte meine Stimme ebenfalls zu einem Flüstern gesenkt.

„Sie haben recht, Mr. Cant, es ist Aufgabe dieses Zimmers und dieses Mannes, Patienten aufzuwecken und Träume zu unterbrechen, aber es ist keine Art von Folter. Es herrscht keine Jäger-Beute-Beziehung, sondern ein Doktor-Patient-Verhältnis. Sehen Sie sich das Pult genau an. Beobachten Sie es. Ich werde Ihnen alles erklären, sobald wir draußen sind und ungestört sprechen können."

Ich stellte mich neben Ed. Er blickte auf und lächelte mir zu, ohne einen Augenblick die Ermahnungen an seine Patienten zu unterbrechen.

„Eins-zwei-drei . . . gut, Sally . . . eins-zwei-drei . . . gut . . . braves Mädchen . . . eins-zwei . . . nein, lehn dich nicht an die Wand . . . eins-zwei, komm schon . . . eins-zwei-drei . . . gut . . . zwei-drei . . . und eins-zwei . . . gut, gut . . . sehr gut . . . eins-zwei . . . okay . . . sehr gut. Leg dich hin, Sally . . . los . . . leg dich hin . . . entspann dich . . . gut, Thomas . . . wach auf, Thomas . . ."

Bananastein winkte mir, und ich folgte ihm aus dem Zimmer.

„Wie wäre es mit einem Mittagessen, Mr. Cant?"

„Ja gern. Ich bin hungrig wie ein Wolf."

„Gehen wir in mein Büro. Wir können uns das Essen dort servieren lassen und dabei ungestört miteinander plaudern."

„Zimmerservice, was?"

„Warum nicht?"

Ich beobachtete ihn aus den Augenwinkeln, während wir durch die Korridore zu seinem Büro gingen, und fragte mich, wie lange ich es ertragen würde, in Sunnyview Professor Bananas Schüler zu spielen.

„Ich freue mich, daß Sie sich entschlossen haben, mit uns zusammenzuarbeiten, Mr. Cant", bemerkte er, als er seine Bürotür aufsperrte.

Ich stand mitten im Zimmer, während er telefonisch das Essen bestellte, und fühlte mich so, als wären wir gerade in einem Motel angekommen.

„Soll ich auch für Sie bestellen?" fragte er.

„Ja, bitte", antwortete ich und betrachtete die Einrichtung, als wäre ich zum erstenmal hier. Banana stand neben seinem Schreibtisch, den ich für antik hielt. Er war groß, sah schwer aus, paßte ausgezeichnet zur Persönlichkeit seines Besitzers. Die Bar war ein freistehendes Gebilde, schwarz, brusthoch und an die zwei Meter breit.

Bananastein bestellte ein Bauernfrühstück, und ich wanderte währenddessen an dem Bücherregal entlang, das die ganze Wand hinter der Bar einnahm. Es handelte sich hauptsächlich um in Leder gebundene medizinische Bücher, aber er besaß auch ein paar Romane.

„In einer Viertelstunde gibt's was zum Futtern, Mr. Cant. Setzen Sie sich." Schon wieder, dachte ich. „Gibt's was zum Futtern." Diese Ausdrucksweise paßte überhaupt nicht zu ihm.

„Ich könnte einen ganzen Ochsen verschlingen", konstatierte ich, weil ich mich seinem volkstümlichen Ton anpassen wollte.

„Ich könnte ein Nilpferd verschlingen", scherzte er und blinzelte mir zu.

Rühreier mit Schinken, Toast, Kaffee und andere heiße und warme Köstlichkeiten ratterten auf einem Serviertisch durch die Tür, und Bananastein gab seine Versuche auf, volkstümlich zu wirken, und wurde wieder zu dem kaltschnäuzigen Mann der Wissenschaft, als den ich ihn kannte.

„Ordnung", sagte er gerade, „überall muß Ordnung herrschen. Die wichtigste Forderung der Natur ist Ordnung. Erstklassige, perfekte Ordnung ist für das Funktionieren jeglichen Lebens auf diesem Planeten unabdinglich notwendig, ganz zu schweigen von dem Funktionieren und Überleben der Menschen."

„Hmm", stimmte ich zu, weil ich immer noch Rührei in mich hineinschaufelte. Er tupfte seinen schmalen Mund mit der Serviette ab und nippte an seinem Kaffee, dann tupfte er seinen Mund wieder ab und lehnte sich zurück. Er breitete die Serviette über seine Knie und fuhr in seinem Vortrag fort.

„Gleich nachdem der Mensch auftauchte, begann er, die Ordnung der Natur zu stören, aber die Wissenschaftler werden die Ordnung mit wissenschaftlichen Methoden wiederherstellen, und zwar auf eine Weise, die den Menschen die Freiheit schenken wird, die sie immer gesucht haben. Denken Sie, Mr. Cant, denken Sie an all die Energie, die die Menschen verschwenden, indem sie ihren Aggressionen, Eifersüchteleien, Vorurteilen, Haßgefühlen nachgeben. Was wäre, wenn wir von diesen Energie verschlingenden Trieben frei wären? Was dann, Mr. Cant? Was für Reichtümer könnten wir erwerben! Stellen Sie sich vor, wie weit wir gelangen würden und noch dazu wie schnell, wenn alle unsere Energien in produktive Kanäle geleitet werden könnten! Wenn wir den Haß abschaffen, gänzlich aus unserem Geist entfernen und durch brüderliche Liebe ersetzen könnten!"

Ich hatte aufgehört zu essen und trank einen Schluck von dem starken Kaffee.

„Sie beginnen zu reden wie ein Christ, Doktor."

„Christus hat über diese Dinge *gesprochen"*, dozierte er mit erhobenem Zeigefinger. „*Wir* haben die Macht, sie zu verwirklichen! Sagen Sie mir, mein moralisch denkender junger Freund, kann es verwerflich sein, die Menschen so zu verändern, daß sie Christus ähnlicher werden? Ganz gleich, welche Mittel dazu angewendet werden, ist es falsch, eine Welt zu schaffen, die keinen Haß kennt und von Freude und christlicher Liebe erfüllt ist?"

Zur Hölle mit ihm. Ich fühlte, wie ich unsicher wurde. Das

Pendel war im Begriff, unter dem Gewicht seiner infernalischen Logik wieder einmal auf die andere Seite auszuschlagen.

„Wenn . . . wenn es vorsichtig durchgeführt wird, nehme ich an. Wenn es durch . . . das heißt, wenn die Mittel nicht . . . nicht schlecht sind." Wenn jemand sich nur zögernd verteidigt, bietet er dem Gegner Angriffsflächen. Und er griff auch prompt an.

„Das, Mr. Cant, das . . .", betonte er triumphierend, „ist genau der springende Punkt, und ich bin froh, daß Sie das Wort ‚schlecht' verwendet haben. Wir sind Menschen, Mr. Cant. Das hier ist eine Klinik und kein Konzentrationslager. Wir in Sunnyview befassen uns mit den Leiden der Menschen. Wir arbeiten und überlegen, um den Schmerz auszuschalten, und nicht nur den körperlichen Schmerz, sondern auch die Ängste und Kümmernisse der Menschen, die widernatürlich sind, die durch traumatische Erlebnisse entstehen. Traumata, die für immer im ungeprägten Gehirngewebe festgehalten werden. Die nicht durch Gene, sondern durch Erfahrungen in das Bewußtsein gelangen, auf die der Mensch keinen Einfluß hat."

„Denken Sie darüber nach, Mr. Cant . . ." Er beugte sich vor und legte seine Serviette auf den Tisch. Er wirkte so eifrig wie ein Autoverkäufer, der unbedingt ein Geschäft abschließen will. „Wenn wir die Gehirne der Menschen mittels unserer schmerzlosen und ungefährlichen Methoden verändern, können wir die Menschheit für immer verwandeln. Wir müssen nur eine ganze Generation so behandeln. Dann können wir die Hände in den Schoß legen und den Dingen ihren Lauf lassen. Die Veränderung wird dann in den folgenden Generationen weitervererbt werden. Wenn Sie das nicht glauben wollen, gehören Sie zu jenen, die nur das Negative anbeten, demzufolge der Mensch im Grunde ein ewig aggressiver Fleischfresser ist, dazu verurteilt, der Mörder seiner eigenen Art zu sein."

Du hast mich herumgekriegt, dachte ich. Ich nehme das Sportcoupé mit den Ledersitzen.

Niedergeschlagen, das war die passende Bezeichnung für meine Stimmung, als ich mich nach dem Lunch mit Banana vom Hauptgebäude zum Schlaftrakt zurückschleppte. Das Pendel hatte nicht ganz für den Doktor ausgeschlagen, aber es hatte die Stellung „Freiheitsdurst“ verlassen und hing jetzt schlaff in der Mitte. Wo war Julie? Ich empfand das dringende Bedürfnis, mit ihr ins Bett zu gehen. Ich suchte sie und fand sie ausgerechnet im Restaurant beim Golfplatz.

„Hallo“, sagte ich müde.

„Oh, hallo, Sebastian!“ Sie wandte sich fröhlich von ein paar Burschen in weißer Kleidung ab, die sich an der Bar um sie drängelten. Sie bemerkte sofort meinen betrübten Gesichtsausdruck, der nach Bemutterung verlangte, und riß sich von ihrer Gesellschaft los, um sich ganz mir zu widmen.

„Entschuldigt mich, Sportsfreunde“, sagte sie, rutschte vom Barhocker, balancierte dabei ihren Drink in einer Hand und reichte mir den Arm. Sie war einfach großartig, wenn es um die intuitive weibliche Fähigkeit ging, das Selbstbewußtsein eines deprimierten Mannes aufzurichten. Ich fühlte mich auch sofort besser.

„Wollen wir uns ans Fenster setzen?“

„Okay, Sebastian. Du siehst etwas niedergeschlagen aus, Liebling. Willst du mit mir darüber sprechen?“

„Ich werde es versuchen“, murmelte ich. Obwohl mein ramponiertes Selbstbewußtsein sich etwas gebessert hatte, fühlte ich mich geistig vollkommen leer. Vielleicht, dachte ich, können einige Drinks Abhilfe schaffen.

Wir verdrückten uns in eine ruhige Nische am Fenster, das auf den Golfplatz ging. Zufällig – oder vielleicht vom Unterbewußtsein beeinflußt – hatte ich den gleichen Tisch gewählt wie damals, als ich zum erstenmal die metallischen Reflexe des ekligen elektronischen Zauns entdeckte. Ein gutes Thema für den Beginn eines Gesprächs.

„Weißt du eigentlich, Julie, daß Sunnyview von einem Zaun umgeben ist?“

In ihren Augen tauchte sofort eine Andeutung von Angst auf, und es war schrecklich, dieses Gefühl in ihrem Blick zu erkennen. Ich bedauerte meinen Fehler und war bedrückt, weil ich mich dafür nicht entschuldigen konnte. Es hatte keinen Sinn. Wir trugen beide unsere Beutel, und selbst wenn wir sie nicht bei uns gehabt hätten, war am Tisch höchstwahrscheinlich eine Wanze angebracht. Zum Teufel, sie hatten hier so hochmoderne elektronische

Einrichtungen, um durch die Schlüssellöcher zu gucken, daß sogar in den Eiswürfeln in den Drinks durchsichtige Mikrofone versteckt sein konnten. Ich sah ihr um Entschuldigung bittend in die Augen.

„Natürlich weiß ich von dem Zaun. Fast alle Angestellten von Sunnyview wissen es, und jetzt gehörst du ja auch dazu. Hast du nicht heute angefangen?"

„So ungefähr. Ich nehme an, daß ich erst morgen richtig anfangen werde. Heute haben wir nur eine Orientierungsrunde gemacht. Ich werde den Raum mit den Affen betreuen und auch im Traumkontroll-Labor arbeiten."

„Wirklich? Das ist ein überaus interessanter Posten. Ich war eine Zeitlang im T.K.-Labor beschäftigt . . ."

Eine Kellnerin tauchte am Tisch auf und unterbrach unser Gespräch autoritär durch ihre Anwesenheit; manche von ihnen bringen das mühelos fertig. Julie zeigte auf ihren Drink und erklärte, daß sie nichts brauche. Eine interessante Methode, einen Drink abzulehnen, fiel mir ein. Ich bestellte einen doppelten Whisky. Die Kellnerin entschwebte mit einem gehauchten „Danke".

„Es hat wahrscheinlich keinen Sinn, dir zu erklären, Sebastian, daß Alkohol nie hilft."

„Es hat keinen Sinn, aber trotzdem danke."

Sie griff über den Tisch nach meiner Hand. Kurz darauf tauchte die Kellnerin mit einem Tablett voller Gläser auf und drückte eines davon in meine freie Hand.

„Brauchen Sie noch etwas, Sir?"

„Nein, danke."

Sie entschwebte, und mir kam es immer noch merkwürdig vor, daß ich keine Brieftasche zücken mußte.

„Ich kann mich noch immer nicht daran gewöhnen, daß ich für nichts bezahlen muß."

Ich hielt ihre Hand in meiner Linken fest, hob das Glas und nahm einen langen Schluck, der mir fast den Atem verschlug. Mir traten Tränen in die Augen, und ich ließ ihre Hand los, um die Tränen wegzuwischen.

„Sie haben einen Doppelten bestellt, Mr. Cant", erinnerte mich

Julie mit mitfühlendem Lächeln, als ich nach Luft schnappte, um meinen brennenden Gaumen zu kühlen.

„Das habe ich allerdings getan", stellte ich mit etwas unsicherer Stimme fest und lächelte über mich selbst. „Siehst du, Julie, das Elixier hilft doch, wenn auch nur langsam: ich lächle schon, oder?"

Ich beschloß, den Schaden, den ich dadurch angerichtet hatte, daß ich sie nach dem Zaun fragte, wenigstens teilweise wiedergutzumachen. „Julie, ich habe dich gefragt, ob du vom Zaun weißt, weil ich neugierig war . . ."

Ihr Gesicht wurde blaß, sie schüttelte den Kopf und forderte mich auf diese Weise auf zu schweigen.

„Du wolltest wissen", beendete sie meinen Satz, „was aus John Macky geworden ist. Stimmt's?" Sie wartete meine Antwort nicht ab, sondern sprach rasch weiter. Sie wollte offensichtlich dem Gespräch eine bestimmte Richtung geben. „Natürlich bist du neugierig. John geht es gut, glaube mir. Ich bin sicher, daß du ihn bald sprechen und dich selbst davon überzeugen kannst, daß alles in Ordnung ist. Mach dir keine Sorgen, Sebastian. Du machst dir immer zuviel Sorgen. Es gibt hier einen Zaun, sicherlich, aber du weißt, daß jede Regierung Sicherheitsmaßnahmen ergreifen muß, und wir sind so eine Art Regierung. Die gesamte gute Arbeit, die wir hier leisten, wäre in Gefahr, wenn jemand von hier fortliefe, der nur die halbe Wahrheit kennt, paranoide Wahnvorstellungen hat und uns die Behörden auf den Hals hetzt. Glaubst du, daß irgendein Provinzsheriff imstande ist, die Tragweite der Arbeit von Sunnyview zu begreifen? Und was das betrifft, glaubst du, daß die Regierung es verstehen würde?"

Das war lupenreine Parteilinie. Sie war eine gute und reaktionsschnelle Schauspielerin. Ich antwortete im gleichen Sinn für unsere unsichtbaren Zuhörer, aber ich erlaubte meinen Augen, meine Worte Lügen zu strafen.

„Ich verstehe es allmählich besser, Julie, und ich weiß, daß Maßnahmen wie der Zaun eine absolute Notwendigkeit darstellen. Ich gehöre zu euch; und mir ist klar, daß der Zweck tatsächlich die Mittel heiligt. Ich habe mir Sorgen wegen John gemacht, aber wenn du sagst, daß es ihm gutgeht, so genügt mir das."

Ich hob ihr mein Glas entgegen. Sie drückte meine Hand.

„Ich freue mich auf heute nacht, Sebastian. Ich freue mich darauf, daß du mich liebst."

„Bei diesem Text sollte meine Männlichkeit zu pochen beginnen. Sie tut es aber nicht."

„Mach dir keine Sorgen. Sie wird pochen. Heute nacht." Sie blinzelte mir über ihr Glas hinweg zu, nahm einen Schluck und fuhr sich mit der Zungenspitze über die Oberlippe, aber ich mußte weiter an die Arbeit in Sunnyview denken.

„Sei mir nicht böse, Julie . . . ich möchte mehr über das Traumkontroll-Labor wissen. Banana hat gesagt, daß er mir erklären wird, wie es funktioniert, aber statt dessen hat er während des Lunchs nur über die Vorzüge von Sunnyview geredet. Was geschieht dort wirklich? Ich sollte es wissen . . . denn ich werde dort arbeiten, und wahrscheinlich schon morgen." Ich sah sie fragend an. War ich wieder ungeschickterweise auf verbotenes Terrain geraten und hatte sie dadurch in Verlegenheit gebracht? Sie schloß einen Augenblick lang die Augen und nickte kaum merklich, um mir zu zeigen, daß wir uns auf sicherem Boden befanden.

Durch unser Mienenspiel sagten wir einander eine Menge zwischen den Zeilen. Mir wurde klar, daß dies die einzige sichere Verständigungsmethode ist, wenn man unter Beobachtung steht. Es war, als ginge man über ein Minenfeld. Man wußte, wohin man treten durfte, aber es war trotzdem besser, wenn man es vorsichtig tat.

„Das Traumkontroll-Labor." Sie versah ihren Vortrag mit einem Titel wie eine Musterschülerin. „Gut. Man hat dir die Methode doch erklärt, mit der man unerwünschte Erinnerungen ausschaltet? Die Proteininjektion auf dem Höhepunkt der Erinnerung et cetera?"

„Ja."

„Gut. Um eine Erinnerung als Traum wiedererstehen zu lassen, brauchen wir ein auslösendes Moment. Ein Drehbuch, das möglichst lebendig und realistisch ist. Die Menschen brauchen Träume. Nicht in demselben Sinn, wie sie Liebe oder Aufmerksamkeit, sondern so, wie sie Nahrung und Luft brauchen. Man ist darauf gekommen, daß jemand überschnappt, wenn man ihn am Träumen hindert."

„Überschnappt", betonte ich.

„Er wird vollkommen psychotisch."

„Ich verstehe." Ich verstand es tatsächlich. Ich hatte im Gehirn der schönen Julie eine neue Seite entdeckt, die ich in diesem leichtfertigen Köpfchen nie vermutet hätte. Vor mir saß nicht das vollbusige, dunkelhaarige Betthäschen, sondern die psychiatrisch geschulte Krankenschwester Julie. Das gefiel mir nicht sehr. Sie fuhr beinahe mechanisch fort, mir das Funktionieren des Traumkontroll-Labors zu erklären.

„Deine Aufgabe als Techniker im Traumkontroll-Labor besteht einfach darin, daß du die Patienten am Träumen hinderst."

„Woher weiß ich, wann . . ."

„Indem du die Augenbewegungen der Schlafenden beobachtest. Du weißt ja, wenn jemand träumt . . ."

„Bewegen sich seine Augen", unterbrach ich sie. „Und wenn das Schaltpult das signalisiert, versetze ich dem armen Teufel einen elektrischen Schlag, um ihn aufzuwecken, dann zwinge ich ihn, in seiner Zelle auf und ab zu marschieren und wach zu bleiben. Wenn er sich dann wieder hinlegt, warte ich, bis wieder die Augenbewegungen einsetzen, und wiederhole dann den Vorgang, bis wann? Bis er, wie du es nennst, überschnappt?"

„Dein Drink wird warm", stellte sie fest, und ihre hellblauen Augen blickten mich warnend an. Ich nahm einen kräftigen Schluck, und der Whisky verschaffte mir einen angenehmen warmen Schauer.

„Nein", fuhr sie fort, nachdem sie zufrieden konstatiert hatte, daß ich mich auf der richtigen Bahn befand, „wir treiben sie nicht in den Wahnsinn. Wir foltern ja nicht." Sie war ehrlich empört.

„Wir treiben sie bis an den Rand des Wahnsinns, aber nicht weiter. Genau in diesem Augenblick schalten wir auf die nächste Phase um. Unsere wichtigste Verantwortung im T.K.-Labor besteht nämlich darin, daß wir sie daran hindern, wahnsinnig zu werden. Der Zeitpunkt muß ganz präzis eingehalten werden, und du wirst über alle Anzeichen unterrichtet, so daß du im Augenblick ihrer höchsten Bereitschaft auf die nächste Phase umschalten kannst."

„Zweifellos wird das von einem Computer berechnet."

„Genau."

Die Bemerkung über den Computer war ein vergeblicher

Sarkasmus, der auf die leidenschaftslose Einstellung des T.K.-Labors gemünzt war, aber ohne es zu wollen, hatte ich den Nagel auf den Kopf getroffen.

„Kein Stoff?“ fragte ich.

„Kein Stoff.“ In ihrer Stimme lag leise Verachtung für meine nicht fachgerechte Ausdrucksweise, die mich an Bananasteins Snobismus erinnerte und die mir überhaupt nicht gefiel.

„Es tut mir leid, daß dich meine unwissenschaftliche Ausdrucksweise stört, Julie.“

„Nun“, sagte sie, ohne Anstalten zu machen, sich zu entschuldigen, „du solltest wirklich versuchen, ernste Fragen auch wirklich ernst zu nehmen.“

„Ich habe geglaubt, daß dir mein Un-Ernstsein Spaß macht.“

„Alles zu seiner Zeit, Sebastian.“

„Ich kann es kaum erwarten.“

„Soll ich fortfahren, Sebastian? Oder wollen wir jetzt damit Schluß machen?“

Vor meinen Augen verwandelte sich Julies heißes Herz in Ameisensäure. Plötzlich hatte ich ein bißchen Angst vor ihr. Das ganze Gerede über die Anpassung an das Leben in Sunnyview ließ mich kalt. Da man ständig beobachtet und abgehört wurde, mußte Paranoia ein fester Bestandteil von Sunnyview sein, und ich konnte nicht begreifen, wie man mit dieser Krankheit angenehm leben konnte. Die unsichtbaren Lauscher und Julies Verwandlung aus der leidenschaftlichen Geliebten zur kalten, loyalen Parteigenossin machten mich fertig, und so gab ich nach.

„Es tut mit leid“, entschuldigte ich mich und hoffte, daß sie nicht mit einem „Na endlich“ noch Salz in die Wunde streuen würde.

„Na endlich“, sagte sie.

Ich ertränkte meinen Stolz in einem Glas Whisky, bat sie um Entschuldigung für meine unangebrachte Leichtfertigkeit und ersuchte sie, mir die Funktion des T.K.-Labors weiter zu erklären.

„Sofort“, sagte sie, während sie aus der Nische schoß. „Ich muß nur mal eben raus.“ Sie strich die Falten in ihrem weißen Rock glatt, griff nach ihrem Beutel, der an dem weißen Lackledergürtel befestigt war, und rückte ihn wieder zurecht, weil er sich verschoben hatte, als sie sich aus der Nische zwängte.

„Der Rock verrutscht fürchterlich, wenn man in eine Nische rein oder aus ihr raus will."

„Ja", stimmte ich zu, aber sie blickte mich starr an, während sie diesen Satz sagte, und legte die Hand lang genug auf den Beutel, damit ich es bestimmt bemerkte.

„Ich liebe dich, Sebastian", sagte sie, die Hand immer noch auf dem Beutel, „aber du verstehst, daß meine Arbeit hier vorgeht."

„Das verstehe ich vollkommen."

Ich hoffte, sie wollte mir damit sagen, daß ihre eiskalten parteiliniengetreuen Äußerungen nur für die Ohren unserer Zuhörer bestimmt waren. Um ganz sicherzugehen, beugte sie sich vor, legte mir die Hand auf die Schulter, sagte „du bist lieb", küßte mich leicht auf die Wange und flüsterte mir rasch und beinahe unhörbar ins Ohr: „Sunnyview ist ein Scheißhaufen."

Sie richtete sich auf, drehte sich mit einem „Geh nicht weg" um und ging zur Toilette.

Sie kam schon nach ein paar Minuten zurück, aber inzwischen hatte ich den Rest meines Drinks hinuntergestürzt und einen weiteren bestellt.

„Hier bin ich." Sie schlüpfte wieder in die Nische und schob sich zum Fenster. In meinem Blick lag mein ganzes Gefühl für sie, und ich wollte, daß sie das bemerkte, deshalb starrte ich sie einen Augenblick lang an.

„Ich sehe", stellte sie fest, „daß du einen frischen Drink hast. Wo bleibt meiner?" Sie hielt ein kleines Glas in die Höhe, in dem ein Gemisch aus halb zerschmolzenen Eiswürfeln und Wasser stand, und schlürfte es geräuschvoll.

„Entschuldige, ich habe gewartet, bis du kommst. Ich war nicht sicher, ob du noch einen Drink willst."

Sie drehte das Glas, so daß die Eiswürfel durcheinandergeschüttelt wurden. „Ich will keinen mehr", stellte sie fest.

Mir war jetzt ganz klar, daß wir belauscht wurden – Julie hatte dieses Gefühl schon die ganze Zeit gehabt –, und unser Schweigen beunruhigte mich, denn vielleicht ärgerten wir die Lauscher, wenn wir ihnen kein kontinuierliches Gespräch lieferten. Julie begnügte sich damit zu schweigen; sie wirkte nicht angespannt, und ich dachte darüber nach, warum man nicht ausschließlich

Frauen als Spione verwendet, denn das schwache Geschlecht eignet sich für Intrigen viel besser als wir Männer. „Du hast gesagt", soufflierte ich ihr, „daß der Labortechniker sozusagen das Bedürfnis zu träumen ‚aufbaut' und daß der Computer dann bestimmt, wann dieses Bedürfnis seinen Höhepunkt erreicht?"

„Ja", bestätigte sie, stellte das Glas hin und stupste die Eiswürfel mit dem Zeigefinger. Ich nahm ihr sanft ihr Spielzeug weg, weil es sie nur ablenkte. „Entschuldige", sagte sie, „ja, der Computer ist an das Schaltpult des T.K.-Labors angeschlossen, das wiederum mit dem Patienten verbunden ist. Er hält fest, wie oft der Patient aufgeweckt wurde, wie lange er wach war, wie lange er geschlafen hat, und vor allem, in welchen Abständen er aufgeweckt wurde. Das berechnet er nach Formeln, die ihm einprogrammiert wurden, und gibt dann im richtigen Augenblick das Signal für das Umschalten des Patienten auf die nächste Phase."

„Darf ich fragen, worin die nächste Phase besteht?"

„Natürlich. Ein Arzt übernimmt persönlich die Behandlung des Patienten und bringt ihn unter Hypnose dazu, sich an seinen Traum zu erinnern. Dann läßt er ihn schlafen. Ich habe mir Bänder von solchen Träumen angehört, und sie klingen oft ganz unglaublich."

„Das kann ich mir vorstellen. Und was geschieht, wenn der Arzt keinen Erfolg hat, Julie? Wenn er eine Niete zieht? Was dann?"

„Zurück ins T.K." Sie sah, daß ich die Stirn runzelte, und fügte hinzu: „Das geschieht selten, und ein Patient kommt nie öfter als zweimal ins T.K. Wenn der Arzt beim erstenmal nicht alles bekommt, was er braucht, reicht es doch, damit er den Rest herauskriegt, indem er die Hypnose durch Drogen ergänzt."

„Ich glaube dir, Julie, wenn du sagst, daß ihr dem Patienten nicht schadet. Ich frage mich nur, wie wirksam das T.K.-Labor wirklich ist."

„Sehr wirksam. Wenn ich sage, daß Träumen ein Bedürfnis ist, meine ich es auch, und wenn man jemanden am Träumen hindert, wird das Bedürfnis immer stärker, wie der Druck in einem Dampftopf oder wie Gewichte, die man aufstapelt. Irgendwann muß etwas nachgeben. Wenn der Dampf nicht abgelassen wird, explodiert der Topf. Wir lassen den Dampf genau im richtigen Augenblick ab, knapp bevor der Topf zerspringt. Die Intensität, Tiefe und Dauer der freigesetzten Träume stehen in direktem Verhältnis zu der Dauer des Entzuges. Es gibt natürlich kleine Unterschiede von Patient zu Patient, aber der Computer berücksichtigt diese Eigenheiten und stellt das Feedback darauf ein."

„Faszinierend."

„Ist es auch. Wirklich. T.K.-Labor ist eine interessante und wichtige Aufgabe. Du hast Glück, Sebastian."

Ich fühlte, daß sie mir im Moment nichts vorspielte, konnte es aber nicht fassen, daß irgend jemand sich so verstellen konnte. Diese Folgerung aber führte dazu, daß ich nicht wußte, auf welcher Seite sie stand. Ich war hoffnungslos durcheinander.

Kurz nachdem Julie festgestellt hatte, daß die Arbeit im T.K.-Labor interessant und wichtig sei, verließ sie den Tisch. Sie mußte „kurz Dienst machen", wie sie geheimnisvoll erklärte. Ich sah sie erst wieder, als sie nachts unter meine Decke schlüpfte.

Wir liebten einander, ohne Konversation zu machen, und am Morgen war sie schon fort, als ich aufwachte. Ich begrüßte den Morgen begeistert, weil er mein erster offizieller „Arbeitstag" in Sunnyview war.

Ich sollte um Punkt neun Uhr Bananastein an der Tür zum Affenraum treffen. Ich kam zu früh, und während ich vor der Tür wartete, horchte ich auf die gedämpften Dschungellaute der irritierten Tiere in der Station.

Einige Minuten später kam der Aufzug; seine Türen gingen auf, und ich nahm an, daß Bananastein aussteigen würde. Seine Schritte wurden immer lauter, je näher er zu der Ecke kam, hinter der ich stand. Aber ich war nicht auf den Mann gefaßt, der dann auftauchte.

Um die Ecke bog eine vielfarbige Erscheinung, die entschieden besser nach Hawaii gepaßt hätte. Konnte er es sein? Ja, tatsächlich, er war es, der Urlauber Bananastein; ihm fehlte nur noch ein mit dem Schulterriemen einer Polaroidkamera verhedderter Blumenkranz, um das Bild vollständig zu machen. Das Hemd war das Produkt eines verrückt gewordenen Designers, und die Bermuda-Shorts waren . . . na ja, sie waren leuchtend rot.

Wie im Klubhaus, als ich Banana zum erstenmal ohne Uniform gesehen hatte, konnte ich mir nicht vorstellen, daß dieser sachliche Mann in diesem bunten Zeug steckte.

„Guten Morgen", sagte die Erscheinung, als sie bei mir angelangt war.

„Guten Morgen", antwortete ich, denn die Karikatur, die live neben mir stand, war besser als alles, was mir hätte einfallen können.

„Machen Sie keine solchen Stielaugen, Mr. Cant. In unserem Sunnyview habe sogar ich Anspruch auf Freizeit. Dienst ist Dienst, und Schnaps ist Schnaps."

Er zog einen Schlüssel aus der Tasche und hielt ihn mir gönnerhaft hin; so überreicht der Präsident einer Gesellschaft einem jüngeren Angestellten den Schlüssel zur Direktionstoilette.

„Hier, er gehört Ihnen."

„Sie wissen nicht, was das für mich bedeutet", stammelte ich, hatte aber einige Hintergedanken dabei.

„Ich weiß es. Es bedeutet, daß Sie endlich ganz zu uns gehören, Mr. Cant." Er modulierte seine Stimme so, daß sie zu dem feierlichen Anlaß paßte. „Sie gehören zu uns, zu den Schöpfern einer neuen, besseren Welt für alle Menschen. Ich muß Ihnen sagen, daß ich über Ihre Entscheidung so froh bin, als wären Sie . . ." Er legte mir die Hand auf die Schulter. O Gott, laß es ihn nicht aussprechen, betete ich. „. . . als wären Sie mein eigener Sohn."

„Hmmmm", machte ich und schluckte Blut, weil ich mich wieder einmal in die Zunge gebissen hatte.

Mit der rechten Hand drehte ich den Schlüssel im Schlüsselloch, und mit der linken öffnete ich die Tür zum Tollhaus. Ich schritt durch den Raum zum Glaskasten, öffnete ihn und nahm den Sender in die Hand. Ich drehte mich zu meinen wartenden Untertanen um, legte die Hand auf die Wählscheibe und empfand ein angenehmes Gefühl, obwohl ich mich dagegen sträubte – es widerstrebte mir um so mehr, weil ich es als angenehm empfand. Ich erlebte das Gefühl der Macht. Dank der kleinen schwarzen Schachtel und der meiner Willkür ausgelieferten Affen empfand ich dieses Gefühl der Macht stärker als je zuvor in meinem Leben. Es übertraf das Gefühl der Macht über Leben und Tod; ich, Sebastian Cant, konnte mit einer Fingerbewegung diese armen Seelen aus dem Fegefeuer erlösen und ihnen die Tore des Paradieses öffnen. Ich genoß wider meinen Willen das Gefühl, das ich bei anderen Menschen verabscheute.

Bananastein deutete mir mit einer Handbewegung an, den Strom einzuschalten. Ich drehte die Wählscheibe, und wo eben noch ein Höllenlärm geherrscht hatte, breitete sich plötzlich Grabesstille aus.

„Warum haben Sie so lange gezögert, Mr. Cant? Ich hatte schon den Eindruck, daß Ihnen der Höllenlärm gefällt."

„Nein, wirklich nicht, Doktor, ich wollte nur . . ."

„Nur beobachten, wie schnell sie reagieren?"

„So ähnlich." Ich wollte den Augenblick voll auskosten. Deshalb hatte ich gezögert, und die Wahrheit traf mich wie ein Schlag. Ich war also dem Gefühl der Macht erlegen, war korrumpiert worden wie jeder beliebige andere Mensch, obwohl ich mich für besser hielt als alle anderen.

„Gut. Sie beginnen wissenschaftlich zu denken. Wenn Sie jetzt . . ." Er deutete auf das Schaltpult und erinnerte mich damit daran, daß ich Routinepflichten zu erfüllen hatte. Ich nahm die Schreibunterlage von der Wand, sah auf die Uhr und vermerkte die Uhrzeit, meinen Namen und das Datum in den dafür vorgesehenen Spalten.

Nachdem ich mit dem ersten Formular fertig war und alle Angaben über die Futteraufnahme eingetragen hatte, nahm ich mir das zweite Formular vor, das für meine persönlichen Beobachtungen bestimmt war. Ich fing bei Elwood an. Die Augen des großen Gorillas waren glasig, wirkten aber noch immer haßerfüllt wie bei einem Alkoholiker, der von seiner Sucht nicht loskommt, aber seinen Zustand haßt.

„Darf ich die Spannung reduzieren, Doktor?"

„Warum?"

„Um die Reaktion genauer beobachten zu können."

Ihm mißfiel der Vorschlag ganz und gar, aber wie konnte er angesichts der wissenschaftlichen Neugier eines Neulings meine Bitte abschlagen? Er konnte es nicht.

„Gut. Aber nur einen Augenblick lang. Damit unterbrechen Sie nämlich das allmähliche planmäßige Herabsetzen der Spannung."

„Ich verstehe", sagte ich, obwohl es mir scheißegal war, und überzeugte mich davon, daß die halbe Spannung die Affen betrunken machte. Ich hatte die Wählscheibe entsprechend eingestellt. Das darauffolgende Herumtoben in den Käfigen und das merkwürdige Lachen der Affen bestätigten mir, daß die Gesellschaft sofort besoffen war, aber ich ließ Elwood nicht aus den Augen, weil ich genau wissen wollte, wann er ausflippte. Er verzog die Lippen und gab ein anhaltendes Geheul von sich, das sich zu einem ohrenbetäubenden Kreischen steigerte. Dann fiel er auf den Boden, rollte herum und genoß sichtlich den mühelos erworbenen Rausch.

„Was würde geschehen, wenn man ihn in diesem Zustand aus dem Käfig ließe? Glauben Sie, daß er gefährlich wäre?"

„Das hängt davon ab, was Sie unter gefährlich verstehen", erwiderte Bananastein gereizt. Anscheinend machte es ihn nervös, daß Elwood und seine ungestümen Kumpane nicht ordnungsgemäß mit glasigen Augen vor sich hin starrten. „Mr. Cant, bitte", fügte er schnell hinzu, als hätte er mir gerade klargemacht, was ihn bedrückte.

„Erklären Sie es mir bitte trotzdem", ließ ich nicht locker, während sich über den Raum wieder die Stille einer Leichenhalle senkte, „wäre er gefährlich?"

„Wenn Sie wissen wollen, ob er Menschen angreifen würde, nein, das bezweifle ich sehr. Aber können Sie sich Elwood, wie Sie ihn nennen, vorstellen, wie er wild durch unser Institut läuft, in dem sich empfindliche Instrumente im Wert von Tausenden von Dollars innerhalb seiner Reichweite befinden? Er wäre gefährlich. Genauso und aus dem gleichen Grund gefährlich wie der sprichwörtliche Elefant im Porzellanladen."

Zufrieden erledigte ich meine Arbeit im Affenraum und lieferte den Papierkram in Begleitung von Banana auf Zimmer 317 ab. Nächste Station: das T.K.-Labor.

Meine Tätigkeit dort entsprach so ziemlich dem, was Julie mir am Abend erklärt hatte. Ich begann zu arbeiten, und nach einiger Zeit empfand ich das gleiche zwiespältige Gefühl wie bei den

Affen, nämlich die Freude an der Macht und zugleich das Schuldbewußtsein über diese Freude.

Zuerst taten mir die Patienten leid, aber nach einiger Zeit wartete ich begierig auf die Lichtsignale, die mir die Möglichkeit gaben, den mir persönlich unterstellten Robotern Befehle zu erteilen. Bald kannte ich alle Namen, mußte nicht mehr die Karten zu den Nummern heraussuchen und rief sie auch mit ihren Spitznamen.

„Wach auf, Fred . . . komm schon . . . so ist's gut . . . Beine aus dem Bett . . . komm schon . . ." Und weil Fred so langsam war, mußte ich ihn mittels Elektrizität anspornen und ihm einen kleinen Schlag versetzen. „In diesem schlafwandlerischen Zustand erschreckt ihn selbst der durch eine winzige Batterie hervorgerufene leichte Schock fürchterlich", hatte Bananastein mir erklärt. Wie sich herausstellte, war das noch eine Untertreibung. Fred war im nächsten Augenblick auf den Beinen und taumelte im Zimmer herum. „Gut so, Fred. Eins-zwei, eins-zwei." Etwa nach der vierten Stunde und dem dritten Aufwecken beschloß ich, mit ihm ein wenig Sport zu betreiben. „Rumpfbeuge, Fred . . . gut . . . klatsch in die Hände . . . gut . . . noch einmal . . ."

„Was tun Sie da?" fragte mich da eine komische, elektronische Stimme.

Ich sah mich um und konnte niemanden entdecken.

„Es handelt sich hier um *Patienten*, Mr. Cant", erklärte mir die Stimme und ermahnte mich damit eindeutig, mit diesem neckischen Spielchen aufzuhören.

„Entschuldigung", wandte ich mich an den Unsichtbaren. Ich blickte in die leblosen Linsen, die mich oberhalb des Schaltpults anstarrten, fragte mich, aus wessen Kehlkopf die Stimme kam, und überlegte, wie viele Augenpaare jetzt mein Gesicht beobachteten, über das sich inzwischen ein gebührend zerknirschter Ausdruck gelegt hatte.

„Hm . . . so ist's gut, Fred. Richte dich auf, Fred . . . richte dich auf."

Ich starrte ungläubig in den Monitor. Verdammt noch mal, Fred war während der Rumpfbeuge glatt eingeschlafen. Mann, der ist vielleicht müde, dachte ich. Ich versetzte ihm einen ganz leichten

Schlag. Der elektrische Kontakt war ferngesteuert und befand sich unter der Haut am Hals. Entweder ist diese Stelle sehr empfindlich, oder die Rumpfbeuge verstärkte die Wirkung, denn Fred produzierte in seiner winzigen Zelle einen Salto rückwärts.

Er landete zwischen Bett und Wand, seine Augen waren geschlossen, sein Gesicht mir zugewandt, und sein Mund murmelte: „Mami, Mami, ich bin durstig, Mami, ich bin so durstig."

Verdammte Scheiße, dachte ich, da haben wir die Bescherung. Der Hundesohn bekommt seine Alpträume zu früh.

Freds schlafwandelnder Salto war der Höhepunkt des Tages, und ich berichtete Julie beim Abendessen von diesem Zwischenfall.

„Hat er sich verletzt?"

„Nein", antwortete ich und angelte mit der Gabel nach dem letzten winzigen Salatblättchen in meiner leer gegessenen Salatschüssel. „Ich bin hungrig", verkündete ich, als hätte mein Stochern das nicht bereits deutlich gezeigt.

„Die Steaks kommen gleich. Erzähl mir mehr über Fred. In der ersten Woche, in der ich hier Dienst gemacht habe, habe ich mit einem ziemlich dicken Mädchen etwas Ähnliches erlebt. Man hat mich auch dabei erwischt."

„Na ja, man kann sich nicht sehr viel herausnehmen, wenn man ständig von dieser verdammten Kamera beobachtet wird." Ich warf die Gabel auf den Teller und lehnte mich zurück, um zu betonen, wie abstoßend ich dieses Detail an Sunnyview empfand.

„Sie müssen es aber tun, Sebastian."

„Warum?" Ich lehnte mich vor, aber mein zweites „Warum" kam wegen ein paar Köpfen, die sich nach uns umdrehten, bedeutend leiser. „Warum?"

„Um sicher zu sein, daß du nicht selbst einschläfst", meinte sie. „Das ist ja eine berechtigte Maßnahme, nicht wahr?"

„Mir gefällt es trotzdem nicht, Julie."

„Sebastian, man kann nicht zuschauen, wie andere schlafen, ohne selbst schläfrig zu werden. Das siehst du doch ein, nicht wahr?"

„Ja, wahrscheinlich, aber mir gefällt es trotzdem nicht. Ich mag es nicht, wenn man mir nachspioniert."

Sie sah verzweifelt nach oben, als wolle sie ein unsichtbares Gericht um Verzeihung für ihre Ungeduld bitten.

„Ich mag es nicht, weil ich es nicht mag", erklärte ich.

„Das ist kein Grund, Sebastian."

„Vielleicht. Muß alles, was hier passiert, einen verdammten wissenschaftlichen Grund haben? Ich will dir noch etwas sagen, Julie: ich mag auch deine autoritäre Art nicht, und hör gefälligst auf, den getreuen Gefolgsmann zu spielen. Als Geliebte bist du mir lieber. Ich habe übrigens einen Kameraden gehabt. John Macky. Wo befindet er sich genau? Wo befindet er sich in diesem Augenblick, Julie?"

„Es geht ihm gut", sagte sie leichthin und überging damit meine Frage nach dem Aufenthaltsort des Heiligen. Sie lenkte mit „Wo bleiben die Steaks?" noch deutlicher von dem Thema ab; ihre Blicke wanderten unruhig durch den Raum, und ihr Gesichtsausdruck war so zurückhaltend, daß kein Zweifel daran bestand, daß wir uns auf verbotenem Terrain befanden. Diese verdammten Beutel. Sie waren mehr als kalte Sender, sie waren bösartige kleine Blutegel, lebendig, klebrig, immer wach.

Der Kellner kam, ein glatzköpfiger, dicklicher Mann, der unter seinen schlanken, jungen Arbeitskollegen deplaciert wirkte. Er stellte einen zusammenklappbaren Aluminiumtisch auf und setzte sein Tablett darauf ab. Er hatte nur eine Bestellung gebracht, und zwar die Julies; jetzt baute er alles sorgfältig vor ihr auf und wandte sich dann mir zu.

„Mr. Cant, Dr. Manna erwartet Sie in seinem Büro."

Mein Magen krampfte sich wieder zusammen. Genauso hatten sie auf dem Golfplatz zu dem Heiligen gesprochen. Weder drohend noch autoritär, aber es klang ganz unmißverständlich, nicht wie eine Bitte.

Wollte dieser SS-Schläger mich etwa begleiten? Nein. Nachdem er seine Botschaft abgeliefert hatte, fragte er Julie, ob sie Wein oder einen Drink haben wolle. Ich entschuldigte mich und machte mich auf den Weg zu meinem Rendezvous mit dem Schicksal.

Es war kaum zu glauben, aber Julie sagte völlig unbeeindruckt „Komm bald wieder". Ich nickte benommen und verließ den Raum.

Als ich beim Hauptgebäude ankam, zitterte ich. Wieso war ich eigentlich so sicher, daß sie mich nicht umbringen würden, dachte ich. Warum war ich davon überzeugt, daß sie in Sunnyview keinen Mord begehen würden? Diese Dreckskerle würden den Vorgang wahrscheinlich sowieso anders bezeichnen. Sie würden beschönigend von Beseitigung oder Abschaffung oder Ausmerzung sprechen oder das wunderbare Wort „Lösung" für das „Problem Sebastian Cant" verwenden.

Ich ärgerte mich über mich, weil ich mich von der Angst überwältigen ließ, und schaltete von Furcht auf Zorn um. Nachdem ich mich aus einem zitternden Nervenbündel, das blaß vor Angst war, in ein zitterndes Nervenbündel verwandelt hatte, das blaß vor Zorn war, ging ich bewußt an Bananasteins Büro vorbei zum Aufzug und entwarf dabei im Geist rasch einen bösen Plan.

Ich drückte auf den Knopf und schritt nervös auf und ab, während ich wartete. Der Aufzug hielt, die Türen gingen auf, und drinnen stand ein süßes junges Ding in gestärktem weißem Schwesternkittel, das ein Bündel Akten an die Brust drückte. Ich lächelte. Angesichts meines seelischen Zustands mußte das Lächeln eigentlich wie eine Karikatur wirken. Aber sie lächelte zurück, drückte auf den Knopf zur zweiten Etage und fragte mich, wohin ich wollte.

„O . . . bitte in den dritten Stock." Liebenswürdig drückte sie auf „Drei".

„Schöner Tag", meinte sie beiläufig.

„Tatsächlich", antwortete ich genauso beiläufig, und die Türen gingen auf, und sie verschwand mit einem fröhlichen „Viel Vergnügen". „Auch Ihnen", antwortete ich, und dann verdeckten mir die zugleitenden Türen die Aussicht auf ihr entzückendes Hinterteil.

Bevor der Aufzug den dritten Stock erreichte, drückte ich auf „Stop" und dann auf „K". Eine Minute später befand ich mich im Keller.

Ich lief den Korridor entlang und stellte mir die kleinen bösen Männer vor, die in irgendeinem Zimmer saßen, Kopfhörer an ihre Ohren drückten, meinem keuchenden Atem lauschten und davon überzeugt waren, daß ich Böses im Schilde führte. Sie konnten mich natürlich auch sehen, denn alle paar Meter war, wie ich inzwischen herausgefunden hatte, eine winzige Kamera installiert.

Mein Herz klopfte schneller, als mein Ziel in Sicht kam, ich die Tür mit der Aufschrift „Herren" aufstieß und das neonbeleuchtete, weißgekachelte Allerheiligste betrat. Ich lehnte mich an die Tür und ruhte mich einen Augenblick lang aus.

Dann ließ ich meine Blicke über die Decke gleiten und entdeckte das unvermeidliche Auge des Objektivs. In jeder Ecke lauerte eins, aber die einzelnen Kabinen befanden sich anscheinend nicht in ihrem Blickfeld. Die Kameras hätten zu diesem Zweck direkt über ihnen angebracht sein müssen. Ich betrat eine Kabine und untersuchte sie genau, konnte aber keine Kamera und kein Mikrofon entdecken.

Sunnyview war zwar ein hundertprozentiges Utopia, aber es war von ganz gewöhnlichen Sterblichen errichtet worden, und der Arbeiter, der diesen Raum gebaut hatte, hatte zwischen der Seitenwand und der Rückwand der Kabine einen zentimeterbreiten Spalt offengelassen, gerade groß genug, um den Schlüssel aufzubewahren, bis ich mit ihm das Tor zur Freiheit aufschließen würde.

Obwohl ich keineswegs ein dringendes Bedürfnis verspürte, entblößte ich feierlich meine Kehrseite und setzte mich bequem auf der Brille zurecht. Meine Hosen lagen in Falten um meine Knöchel, mein Hemd hatte ich in die Höhe geschoben, also konnte ich den verhaßten Beutel vorsichtig von meinem Gürtel streifen, als wäre er eine scharfe Handgranate. Ich hielt ihn mit ausgestrecktem Arm von mir, und um die Übertragung noch gründlicher zu stören, schloß ich die Faust um ihn. Ich war bereit. Ich wartete eine Minute, vielleicht auch zwei, ohne das geringste Geräusch zu machen. Meiner Meinung nach mußte diese vollkommene Stille die Horcher an der Wand soweit beunruhigen, daß sie nervös an ihren Wählscheiben herumdrehten, um festzustellen, ob ein elektronisches Versagen daran schuld war. Ich nahm an, daß sie nach einer Weile zur richtigen Frequenz zurückkehren und dann die Lautstärke weiter aufdrehen würden. Als sie meinen Berechnungen zufolge soweit sein mußten, begann ich zu brummen und zu murmeln und vor mich hin zu flüstern. Ich ahmte die Stimmen meiner beiden Lieblingsschauspieler nach, um ihnen das Fluchtkomplott möglichst überzeugend vorzuspielen. Die Imitation war natürlich keineswegs absolut originalgetreu, aber immerhin gelang es mir, den Eindruck eines Gesprächs zwischen zwei Personen zu erwecken.

Obwohl sie zweifellos gesehen hatten, daß ich den Raum und dann die Kabine betrat, konnten sie nicht sicher sein, ob sich mein Mitverschwörer nicht vielleicht in der Nachbarkabine aufhielt, die er eventuell schon vor einiger Zeit besetzt hatte, um dort auf mich zu warten. Seine Beine könnte er außer Sichtweite der Kamera halten, indem er die Knie hochzog und die Arme um sie schlang. Es gab natürlich andere Möglichkeiten, die ich aber der Phantasie meiner aufmerksamen Beobachter überließ.

Jedenfalls murmelte ich immer leiser und war davon überzeugt, daß sie – sei es aus echter Besorgnis oder einfach aus Neugierde – daraufhin die Lautstärke immer weiter aufdrehten, bis zum Anschlag. Ich flüsterte weiter – „Rhabarber . . . Rhabarber . . . fliehen . . . Rhabarber . . . Rhabarber . . . heute abend . . . Rhabarber . . . Revolver und . . . Rhabarber . . . Rhabarber . . . erschießen . . . Rhabarber . . . nein! ja . . . wir . . . Rhabarber . . . Rhabarber . . . hier hast du den Plan . . . Rhabarber . . . Rhabarber . . ."

Wieder vollkommene Stille, während ich tief Luft holte, mir den verdammten Beutel (und mit ihm die Ohren der verdammten Horcher) vor den Mund hielt und dann den lautesten Schrei von mir gab, den ich je in meinem Leben hervorgebracht hatte.

„Yeeeeeeeeeeeeeeeeessir, that's my baby, no sir, I don't mean maybe, yessir, that's my baby now . . ." Ich ging gekonnt zu einem fröhlichen Pfeifen über, befestigte den Beutel wieder am Gürtel, zog die Hose hoch, stopfte das Hemd hinein, schloß die Hosenknöpfe und Reißverschlüsse und verließ mein kleines Tonstudio.

Unvermittelt stand ich vor meinem Spiegelbild in dem vom Boden bis zur Decke reichenden Wandspiegel. „Hallo, wie geht es Ihnen?" stellte ich mich vor. „Mein Name ist Sebastian Cant, und ich habe gerade mein Schicksal besiegelt."

Dann wandte ich mich dem allgegenwärtigen Glasauge zu, das für alle Ewigkeiten diesen Entschlackungsplatz kontrollierte. „Seid pünktlich, Männer. Bestellt das Erschießungskommando. Vergeßt nicht, eine Platzpatrone drunterzumischen, so daß kein Mann todsicher ist – wenn dieser Witz erlaubt ist –, die tödliche Kugel abgefeuert zu haben."

„Mr. Cant, bitte in Dr. Mannas Büro", rief die elektronische Stimme wie auf ein Stichwort hin.

„Natürlich, Sir, ja, Sir. Sofort, Sir", sagte ich in Richtung der Kamera. Ich strich mir eine lose Haarsträhne aus der Stirn, glättete den Rockaufschlag, zog meine weiße Jacke zurecht, hob die Hand zum Hitlergruß, machte eine exakte Rechtswendung und marschierte meinem Schicksal entgegen.

13

„GUTEN MORGEN, Doktor", grüßte ich absolut nicht eingeschüchtert. Das wäre auch sinnlos gewesen. Er saß in einem der großen schwarzen Fauteuils, die mir so vertraut geworden waren. Er hatte den Stuhl anders aufgestellt, so daß er zur Tür und deshalb mir ins Gesicht sah.

Er hatte die Beine übereinandergeschlagen und die Ellbogen auf die Stuhllehnen aufgestützt, so daß er die Finger verschränken und sich nachdenklich mit dem Daumen über das Kinn streichen konnte.

„Setzen Sie sich, Mr. Cant", sagte er ganz ruhig, ohne dabei seine Haltung zu verändern. Es mußte etwas Endgültiges eingetreten sein. Er war zu einem Entschluß gelangt, und mein Schicksal war besiegelt. Es gab keine Drinks, keine Zigarren und keine väterlichen Ermahnungen.

Ich setzte mich, und er schwieg weiter, anscheinend bereit, so lang zu warten, bis ich das Schweigen brach. Ich schlug ebenfalls die Beine übereinander, und weil ich erkannte, daß ich damit seine Haltung nachgeahmt hatte, stellte ich sie verlegen wieder nebeneinander hin.

„Sie sind über meine Toilettenarie zweifellos erstaunt." Ich brachte es fertig, ihm zuzublinzeln, während ich das sagte, aber er ging nicht darauf ein, und ich wurde nur noch verlegener.

„Was sollen wir tun, Mr. Cant?"

Das war's. Was für einen Sinn hat es denn, sich ahnungslos zu stellen, wenn man auf der Herrentoilette im Keller die Hosen hinuntergelassen und aus voller Kehle die ersten acht Takte von „Yes, Sir, That's My Baby" gebrüllt hat. Eine solche Nummer macht ein unschuldiges „Was wollen Sie damit sagen?" unmöglich.

Ich begann nervös auf dem Stuhl herumzurutschen, bis ich mich endlich zusammenriß.

„Wenn Sie mich fragen, Doktor, was Sie jetzt tun sollten, würde ich Ihnen den Rat geben, mich einfach gehen zu lassen. Ich hätte nichts davon, wenn ich irgend jemand von Sunnyview erzähle, und Sie hätten nichts davon, wenn Sie . . . wenn Sie . . . irgend etwas . . . unternehmen." Meine Stimme erstarb.

„Damit ist der Fall also erledigt. Möchten Sie noch etwas mit mir besprechen?" Mein Magen krampfte sich wieder zusammen, und mein Herz schlug schneller.

„Ja." Ich schluckte, weil mein Hals plötzlich ganz trocken war. Ich geriet in Panik und konnte mich nur mit Mühe beherrschen. „Ich möchte mit John Macky sprechen, wenn . . ."

Er schüttelte den Kopf und unterbrach mich dadurch mitten im Satz. „Ganz ausgeschlossen, Mr. Cant." Er stand auf und stützte sich dabei auf die Armlehnen. Dann streckte er mir die Hand hin, und ich ergriff sie unwillkürlich und schüttelte sie. Er legte mir den Arm um die Schultern und führte mich zur Tür. „Ihre Freundin Julie wartet im Eßraum des Schlaftrakts auf Sie, Mr. Cant."

„Danke", murmelte ich undeutlich. Er öffnete die Tür, klopfte mir auf die Schulter und schob mich in den Korridor hinaus.

„Viel Glück, Mr. Cant."

Ich ging den Korridor entlang und war sicher, daß jeder Vorübergehende über mein Schicksal Bescheid wußte. Wieder einer, dachten sie. Dieser arme Teufel.

Ich stieß die Tür auf; während ich zum Schlaftrakt hinüberging, wurden meine Schritte immer schneller. Julie; ich hatte noch nie im Leben größere Sehnsucht nach jemandem empfunden. Als ich den Eingang zum Schlaftrakt erreicht hatte, rannte ich bereits.

„Ich bin erledigt", verkündete ich, während ich mich an dem kleinen Kaffeetisch ihr gegenüber in den Stuhl fallen ließ.

„Ja, ich weiß."

„Du hast aber wirklich die Ruhe weg, das kann man wohl sagen."

„Dadurch, daß du zu schreien beginnst, kommst du auch nicht weiter, oder, Sebastian?"

„Wenn du so verdammt ruhig bist, kannst du mir vielleicht in aller Ruhe mitteilen, was sie mit dem Mann vorhaben, den du angeblich liebst."

„Ich werde zu der Kaffeemaschine hinüberschlendern, uns zwei Tassen einschenken, und wenn ich zurückkomme, wirst du hoffentlich deine männliche Selbstbeherrschung wiedergefunden haben." Sprach's, stand auf und ging zum Buffet.

Ich wußte, daß meine zur Schau gestellte Erregung und Nervosität eine Art Selbstschutz waren, um die im Unterbewußtsein schwelende viel realere Panik zu unterdrücken, die ich gerade noch im Zaum halten konnte. Ich mußte schwanken wie ein hohes Gebäude bei einem Erdbeben, damit mich die unterirdischen Erschütterungen nicht zu Fall brachten.

Julie schlängelte sich mit zwei Kaffeetassen in den Händen zu mir zurück, wand sich auf den Zehenspitzen hüftenschwingend wie ein Torero zwischen den Tischen durch, ohne daß eine Ecke ihren weichen, flachen Bauch streifte. Endlich blieb sie stehen, stellte eine weiße Steinguttasse vor mich hin, warf die Haare mit einem Ruck zurück und setzte sich. Ich griff nach dem dampfenden, henkellosen Trinkgefäß. „Was ist aus den Plastiktassen geworden?" fragte ich, um zu zeigen, wie ruhig ich war, obwohl das absolut nicht der Fall war.

„Eigens für dich, Liebling", antwortete sie leichthin. „Ich habe den Kaffeekoch bestochen."

„Eigens? Ich habe von Henkersmahlzeiten und den dabei üblichen kulinarischen Besonderheiten gehört, aber eine letzte Kaffeepause? Ich bin erschüttert. Ist das, was auf mich wartet – was immer es ist – nicht mehr wert?"

Mein Versuch, humorvoll und gefaßt zu wirken, überzeugte niemanden. Weder Julie noch mich selbst.

„Warum gibst du so an?" wollte sie wissen.

„Weil ich Angst habe, daß ich es nicht mehr lange tun kann."

Sie hielt die dickwandige Tasse in beiden Händen und schlürfte den heißen Kaffee.

„Was hat dir Dr. Manna genau über deine Zukunft gesagt?"

„Nichts. Ich habe ihm einfach vorgeschlagen, daß ich Sunnyview verlasse, und er hat einfach erwidert, daß – ich zitiere wörtlich – damit der Fall erledigt ist. Ende des Zitats. Julie . . ." Ich zog sanft an ihrem Handgelenk, so daß sie die Kaffeetasse auf den Tisch stellen mußte. „Ich möchte, daß du mir etwas sagst. Etwas, von dem ich weiß, daß du es mir nicht sagen darfst . . ."

Sie hob die Tasse an die Lippen und zog dabei meine Hand mit; sie schien ihr Gesicht verbergen zu wollen, um meine Worte nicht zu hören und um meinem Blick auszuweichen.

„Dieser verdammte Beutel! Hier, du kannst meinen haben!" Ich riß ihn von meinem Gürtel und reichte ihn ihr wie ein Polizist, der seine Dienstmarke zurückgibt. „Ich danke ab. Ich scheiss' auf meine Pension!" Das fügte ich hinzu, um den Dialog dem Drama anzupassen. Und knallte das Ding mit voller Wucht auf den Tisch.

Sie hätte nicht entsetzter sein können, wenn ich van Goghs Ohr auf ihre Untertasse gelegt hätte.

„Du . . . du . . .", stammelte sie.

„Na und? Habe ich mich durch dieses kleine Ritual vielleicht in noch größere Gefahr begeben? Sollte ich mich mehr mit der Strafe und weniger mit der Ursache beschäftigen? Sie können mich nur einmal aufhängen, Liebste", schloß ich, obwohl mir plötzlich der schreckliche Gedanke kam, daß sie in Sunnyview vielleicht sogar dieses Problem gelöst hatten. Mein Magen krampfte sich schon wieder zusammen, aber ich hatte nicht die Absicht, den Beutel wieder umzuschnallen. Ich blieb dabei, daß ich diesen kleinen schwarzen Parasiten ein für allemal abgelegt hatte.

„Du behältst ja deinen, Julie. Er wird eben für uns beide funktionieren." Nach dieser Feststellung lehnte ich mich zurück und genoß meine ihr jetzt überlegene freie Haltung. Alles war natürlich nur Angabe. Meine stählernen Nerven waren, um es genau zu sagen, dünn wie Zwirnsfäden. Ich empfand plötzlich das dringende Bedürfnis nach frischer Luft.

„Julie?"

„Ja?"

Ich stand auf. „Wie wäre es mit ein bißchen Sternenschimmer? Einverstanden?"

Sie nickte und erhob sich gleichfalls.

Draußen in der kühlen Nachtluft entspannte ich mich ein wenig.

Ich steckte beim Gehen die Hände in die Jackentaschen und stieß mit der Fußspitze nach Steinen, während sie vor Kälte schaudernd die Arme verschränkte.

„Brrr, kalt", bibberte sie und steckte einen Arm durch den schmalen Zwischenraum zwischen meinem Arm und meinem Körper. Sie hielt sich mit beiden Händen an mir fest, und wir schlenderten den graublauen Weg entlang, ohne ein bestimmtes Ziel anzuvisieren.

„In kalten Nächten leuchten die Sterne besonders hell", dozierte ich, machte einen Schritt vom Weg, um einen besonders schönen Stein wegzustoßen, und zog Julie mit mir. „Eigentlich vertragen sich Kälte und Schönheit sehr gut. Alles sieht in der Kälte besser aus, von der Landschaft bis zum weiblichen Teint."

„Und der männliche Teint?"

„Das weiß ich nicht. Wie findest du ihn?" fragte ich und schob mein Profil in ihr Blickfeld.

„Wie ein Rosenblatt. Natürlich ein tiefgekühltes." Sie war wieder meine Allerliebste. Wir erwähnten Bananastein oder mein weiteres Schicksal in Sunnyview nicht mehr. Statt dessen sprachen wir von der Liebe und dem Wetter.

Julie begann ein Gedicht aufzusagen, aber sie hatte die erste Zeile noch nicht zu Ende gesprochen, als wir beide das gleiche Bedürfnis empfanden, uns durch einen Blick verständigten und im Laufschritt zum geheizten Schlaftrakt zurückhasteten. Wir stießen die Worte des Gedichts während des Gehens keuchend hervor, der kalte Wind trieb uns vor sich her, der helle Kamin zog uns magisch an, und Julie sang:

Die Welt wird im Feuer untergehen,
Meinen die einen; die anderen im Eis,
Nach allem, was sie von der Liebe verstehn,
Würde ich sagen: „Auch ich mag es heiß."

„Wie geht es weiter, Sebastian?" fragte mich Julie schließlich.

„Irgend etwas mit Eis, soviel ich weiß", antwortete ich, gerade als wir die Tür des Schlaftrakts erreicht hatten. Wir gingen zielstrebig zum Winterraum und dem Kamin. Wir hatten Glück, einen Lehnstuhl in der Nähe des Feuers zu ergattern, der groß genug für uns beide war.

„Ich muß das Gedicht nachlesen", sagte sie beinahe für sich, „damit ich das Ende wiederfinde. So etwas läßt mich nicht in Ruhe. Ich bin einmal die ganze Nacht aufgeblieben, weil ich mich an den Namen eines Autors erinnern wollte. Ich ertrage es nicht, wenn ich etwas weiß, mich aber nicht daran erinnern kann . . ." Sie schob sich auf meine Knie und lehnte den Kopf an meine Schulter.

„Weißt du, Julie", begann ich, unterbrach mich aber wieder. „Verflucht, ich möchte mit dir allein sein. Dieser verdammte Beutel, den du trägst. Das Scheißding drückt mir tatsächlich, nicht nur symbolisch, das Herz ab."

„Entschuldige", sagte sie und schob ihre Hüften zur Seite, so daß sich der Beutel nicht mehr in meine Seite bohrte.

„Besser so?"

„Danke."

„Weißt du überhaupt, Sebastian, daß sie nicht die ganze Zeit zuhören?"

„Wieso?"

„Ja, ja, ich kenne jemanden, dessen Aufgabe das ist."

„Einen Lauscher?"

„Sie nennen es Sicherheitsdienst."

„Es ist Lauschen. Voyeurismus. Kurz gesagt: Schnüffelei."

„Er ist ein netter Kerl. Es ist eine Arbeit wie jede andere."

„Na schön. Du sagst, daß sie nicht immer zuhören? Erzähl mir mehr darüber. Das interessiert mich."

„Sie hören nicht zu . . . sie hören nicht zu, wenn wir einander lieben."

„Woher willst du das wissen? Du hast das nur von dem einen Mann gehört, und vielleicht hat er gelogen. Es kann auch sein, daß er nicht gelogen hat, daß es aber die Ausnahme war."

„Nein, er hat nicht gelogen. Das weiß ich."

„Woher?"

Sie antwortete nicht.

„Du und er?"

Sie nickte.

„Er hat dich geliebt?"

Sie nickte wieder.

„Verzeih mir, wenn ich nicht niedergeschlagen bin, aber mich kann eigentlich nichts noch mehr niederschlagen."

„Es war vor deiner Zeit, Sebastian."

„Ha! Vor Sebastian. Ante Sebastian. Abgekürzt A. S., nicht wahr?"

„Es ist gar nicht so komisch. Ich wollte nur deine Gefühle schonen."

„Ich glaube, ein Drink täte mir jetzt gut, Julie. Und dir?"

„Ja. Ich hole uns was." Sie zwängte sich aus unserem gepolsterten Nest und stand auf.

Ich ergriff ihre Hand. „Werden sie uns dann denn wirklich in Ruhe lassen? Wenn wir . . ."

„Einander lieben? Ja." Sie nahm den Beutel vom Gürtel und hielt ihn an den Mund. „Sie sind keine schleimigen Typen, die um des Schnüffelns willen schnüffeln", sagte sie direkt in den Beutel. „Sie machen nur ihre Arbeit, und ihnen ist klar, daß Lieben keine Gefahr für die Sicherheit darstellt."

Sie hakte den Beutel wieder an ihren Gürtel, küßte mich auf die Wange und verschwand, um die Drinks zu holen.

Es war spät, und ich war müde, und deshalb wirkten die Drinks doppelt. Kurz darauf stiegen wir die Treppe hinauf, ich mit ziemlicher Schlagseite.

„Weißt du", sagte ich mit der typischen Stimme des Betrunkenen, um zwei Oktaven höher als gewöhnlich, „ich möchte wissen, wie das Gedicht ausgeht. Ich wünsche diese Infohmaschion zu bekommen. Ich mag Gedichte un so", erklärte ich.

„Natürlich, Sebastian. Morgen. Okay?" Sie hatte mir einen Arm um die Taille gelegt, und ich hielt mich mit einem Arm an ihrer Schulter fest. Mit ihrer freien Hand zog sie uns beide am Treppengeländer hinauf.

„Wo?"

„Was willst du wissen, Sebastian?"

„Wo kann ich die Infohmaschion über die Gedichte kriegen?"

„In der Bibliothek."

„Was für eine Bibliothek? Gibt es hier eine Bibliothek?"

„Ja. Komm weiter, Sebastian, du bist ganz schön schwer, Liebling."

Sie schaffte es, mich den halbdunklen Korridor zu meinem Zimmer entlangzuschleppen.

„Wo ist denn nun die Bibliothek?" fragte ich, während sie mich auszog.

„Im Hauptgebäude, zweiter Stock."

Ich versuchte, sie zu lieben, bemühte mich aber vergeblich und schlief ein. Eine Weile später schreckte ich aus dem Schlaf hoch und rieb mir die Augen und Stirn. Julie lag neben mir, den Kopf in die Hand gestützt.

„Wie spät ist es?" stellte ich die ewige erste Frage des Betrunkenen, der mit einem Kater aufwacht.

„Zu früh. Leg dich wieder hin, Liebling."

Ich nahm an, sie wollte dort anknüpfen, wo wir am Abend vorher aufgehört hatten, aber ich hatte Kopfschmerzen, und mein Magen revoltierte entsetzlich. Ich brauchte frische Luft und stand etwas zu rasch auf, so daß ich beinahe umkippte. Krampfhaft hielt ich meinen Kopf mit beiden Händen fest, damit er nicht hinunterfallen und über den Fußboden rollen konnte, und tastete mich so zum Fenster, während Julie mich vergeblich beschwor, ins Bett zurückzukehren.

Um die Fenster meines Zimmers zu öffnen, mußte man sie hochkurbeln. Ich machte mich an die Arbeit.

Ich war noch eifrig am Kurbeln, als ich ihn erblickte. Da stand er in voller Lebensgröße an dem mir gegenüberliegenden Fenster, unübersehbar, und schaute mir genau in die Augen. Ich winkte. Keine Reaktion. Ich winkte noch einmal, heftiger. Es war John Macky, in Lebensgröße, nicht einmal zwanzig Meter von mir entfernt.

Vielleicht, dachte ich, sieht er doch nicht mich an, obwohl er mir gegenübersteht, sondern blickt woandershin. Nein, er sah mich an. Ich konnte es fühlen. Warum winkte er nicht zurück? Ich kurbelte das Fenster ganz hinauf. Ich legte die Hände wie einen Trichter um den Mund und wollte gerade seinen Namen rufen, als er etwas Merkwürdiges tat. Er sah sich um, als wollte er sich überzeugen, daß ich wirklich ihm zuwinkte, und dann erst winkte auch er. Er konnte mich genauso deutlich sehen wie ich ihn, und dennoch erkannte er mich nicht. Das war die einzig mögliche Erklärung. Warum? Mir wurde schwarz vor den Augen, als ich mir die verschiedenen Möglichkeiten ausmalte. Ich drehte mich rasch um, ging zum Bett zurück und rüttelte Julie, die wieder eingeschlafen war, sanft an den Schultern.

„Liebling, Liebling, wach auf!"

Sie stöhnte, rollte sich auf den Rücken und sah mich an, wobei sie ihre Augen mit der Hand gegen den Sonnenschein schützte. „Was ist denn, Sebastian?" Sie streichelte meine Hand und drehte sich wieder auf die Seite. „Komm zurück ins Bett."

Ich griff nach ihrer Schulter und drehte sie wieder zu mir herum. „Julie. Weißt du, wen ich eben gesehen habe?"

„Wen?" Sie wachte jetzt erst richtig auf, und einem instinktiven Impuls folgend, beschloß ich, ihr nichts von John Macky zu erzählen.

„Wo ist die Bibliothek?" fragte ich und hoffte, daß sie meine erste Frage nicht ganz mitgekriegt hatte.

„Wen hast du gesehen?"

„Was meinst du damit?" fragte ich.

Sie setzte sich auf, gähnte, streckte sich und rieb sich den Schlaf aus den Augen. Als Abschluß des Rituals schüttelte sie den Kopf.

„Hast du nicht gesagt, daß du jemanden gesehen hast?"

„Nein", behauptete ich mit großen, unschuldigen Augen. „Ich habe dich gefragt, wo sich die Bibliothek befindet."

Sie zog die Beine zum Schneidersitz hoch und schüttelte noch einmal ihre Mähne. „Ich muß geträumt haben."

„Ja."

„Die Bibliothek?" gähnte sie.

„Ja. Ich will versuchen, das Gedicht zu finden, an das wir uns gestern abend erinnern wollten. Du weißt ja – ‚Feuer und Eis'."

„Ach ja", meinte sie, ließ die Beine über die Kante des Betts gleiten und stand auf. „Zweiter Stock. Am Ende des Nordflügels.

Oder ist es der Ostflügel . . . na ja, wenn du zum Schwesternzimmer im zweiten Stock kommst, frag dort."

Macky – oder auch nur sein Geist – hatte sich im zweiten Stock befunden. Ich packte ihren Kopf mit beiden Händen und küßte sie hingebungsvoll auf die Lippen.

„Danke, meine Süße."

Ich zog mich sehr rasch an, während sie das Badezimmer mit Beschlag belegte, und stand Sekunden später im Korridor.

Ich nahm zwei und auch drei Stufen gleichzeitig, blieb kurz vor dem Spiegel im ersten Stock stehen und begutachtete mein Äußeres, stieß die Ausgangstür des Schlaftrakts auf und ging zum Hauptgebäude hinüber. Unterwegs wischte ich mir ununterbrochen die Hände an der Uniform ab. Ich hatte Angst. Nicht so sehr davor, erwischt zu werden, sondern davor, was ich entdecken würde, wenn ich John Macky auffand – falls mir dies überhaupt gelang. Merkwürdigerweise trieb mich die Angst vorwärts, statt mich zu hemmen. Ich mußte die Wahrheit erfahren, auch wenn sie noch so schlimm war, und den lebenden, atmenden Beweis für die Existenz des Bösen sehen, das an diesem Ort beinahe greifbar vorhanden war. Sie konnten mich töten oder mit mir tun, was immer sie wollten, aber vor meinem Ende mußte ich die Hand ins Feuer stecken und die Wahrheit ans Tageslicht befördern.

Ich bog um die Ecke, und da stand doch tatsächlich Bananastein keine drei Meter von mir entfernt und wartete auf den Aufzug. Er kehrte mir den Rücken zu, und ich erstarrte wie ein Tier, damit ich ihn durch kein Geräusch veranlaßte, sich zu mir umzudrehen. In diesem Augenblick wurde mir klar, wieviel Angst ich vor diesem Mann hatte. Ich ging langsam rückwärts, ohne ihn aus den Augen zu lassen, bis ich wieder um die Ecke war, mich zusammenriß und weiterging, halb entschlossen, mein Vorhaben aufzugeben.

Aber irgendwie bestärkten mich das gerade noch vermiedene Zusammentreffen und die Angst, die ich dabei empfunden hatte, in meinem Entschluß. Ich erblickte eine Tür, auf der „Treppe" stand, stieß sie auf und rannte die Stufen hinauf. Ich stürmte mit solchem Schwung in den Korridor im zweiten Stock, daß ich mit einer Frau zusammenstieß, die unglücklicherweise in diesem

Augenblick an der Tür vorbeiging. Ich hielt sie fest, damit sie nicht umfiel. Sie war offensichtlich eine Patientin, trug einen blauen Bademantel und Badesandalen. Als ich nach ihr griff, begann sie laut und unbeherrscht zu lachen und trommelte dabei mit den Fäusten auf meiner Brust herum. Eine Schwester erschien, ergriff die Frau von hinten am Arm und zog sie von mir weg.

„Nur ruhig, Sarah, nur schön ruhig. Komm, mein Liebes. Wir müssen jetzt in unser Zimmer zurückgehen." Die Schwester warf mir einen Blick zu, der deutlich bezweifelte, ob ich das Recht hatte zu atmen, noch dazu in der Nähe ihrer Patientin.

„Entschuldigen Sie. Ich habe mich verirrt. Ich suche die Bibliothek", sagte ich.

„Sind Sie diesem Stockwerk zugeteilt?"

Sie musterte mich von Kopf bis Fuß.

„Nein. Ich gehöre zum T.K.-Labor. Ich muß etwas nachschlagen . . . für Dr. Ban . . . für Dr. Manna."

Plötzlich spürte ich instinktiv, daß mich jemand beobachtete. Ich blickte rasch zur Decke hinauf und entdeckte eine Kamera, die auf einem Zapfen vor- und zurückschwenkte und dabei den Korridor absuchte. Mir blieb nicht mehr viel Zeit, das stand fest.

„Ich habe geglaubt, daß sie dort drüben ist", sagte ich, und statt mit dem Finger in die Richtung zu zeigen, drehte ich mich um, sah den Korridor hinunter und kehrte so der Kamera den Rücken zu, als sie am Ende ihres Schwenks angelangt war und wieder wendete. Vielleicht hatte sie mein Gesicht nicht erfaßt.

„Ja, dort unten ist sie auch", meinte die Schwester gereizt. „Geradeaus. Durch die breite Doppeltür."

„Danke", sagte ich, kehrte dabei aber beharrlich ihr und der Kamera den Rücken zu.

„Komm jetzt, Sarah! Komm, mein Liebes", hörte ich die Schwester sagen, während sie die nur noch schwach widerstrebende Sarah dorthin zurückbrachte, von wo sie ausgerissen war. Ich entdeckte eine zweite Kamera, die suchend über den Korridor schwenkte, und ging rasch in die Kniebeuge, um mein Schuhband auf- und sorgfältig wieder zuzubinden. Ganz auf meine Aufgabe konzentriert, beugte ich meinen Kopf so weit hinunter, daß mein Gesicht außerhalb des Sichtbereichs der Kamera war.

Ich blickte vorsichtig auf und stellte fest, daß ich den Schwenk der Kamera ziemlich genau berechnet hatte. Die kleinen schwarzen Spione waren alle zehn Meter angebracht, und jeder von ihnen suchte einen Teil des Korridors ab. Der, der sie installiert hatte, war so freundlich – oder sorglos – gewesen, sie im Gleichtakt schwenken zu lassen. Sobald man den Rhythmus kannte, konnte man durch Ausweichmanöver vermeiden, von der Kamera erfaßt zu werden. Daher schlängelte ich mich den Korridor entlang, von Tür zu Tür, von rechts nach links, guckte durch die kleinen, mit Maschendraht verstärkten Fenster, um den Eindruck zu erwecken, daß ich mich verirrt hatte, und drehte den Kameras ständig den Rücken zu.

Gelegentlich fiel ich auf die Knie, um die Schuhbänder zu binden, oder ich nieste, wobei ich mir die Hände vors Gesicht hielt, oder ich fuhr mir mit gespreizten Fingern über die Stirn, ganz in Gedanken versunken, als versuchte ich, mich an etwas Wichtiges zu erinnern. Aber diese taktischen Manöver konnte ich nur eine Zeitlang ausführen, sonst würden die Beobachter mich für einen Spastiker halten oder wahrscheinlich darauf kommen, daß ich mich vor den elektronischen Beobachtern versteckte.

Weil ich davon überzeugt war, daß sowieso alles verloren war, legte ich nach Indianerart die Hand über die Augen und schaute durch das Glasfenster der letzten Tür im Korridor. Da war er. Ich öffnete die Tür, trat in den Raum und war davon überzeugt, daß mir nur wenige Minuten blieben, bevor die Sturmtruppe hier eindrang oder der Lautsprecher mich nach Bananaville beorderte.

Der Raum, den ich betreten hatte, war ziemlich groß: etwa zehn Meter von der Tür, die hinter mir ins Schloß fiel, bis zur Fensterwand mir gegenüber. Von dem Fenster aus hatte man einen umfassenden Ausblick auf Sunnyview, einschließlich des Schlaftrakts, von dem aus ich den Heiligen entdeckt hatte.

Die Länge des Zimmers betrug etwa fünfzehn Meter. Die Wände waren in Rosa oder einem hellen Korallenrot gehalten – jedenfalls in einem Pastellton, der in krassem Gegensatz zum eintönigen Weiß der übrigen Klinik stand.

Kartentische standen herum, dazu Klappstühle, und auf ihnen saßen Patienten, die alle einheitliche blaue Bademäntel und weiße Pantoffeln trugen. Der Raum sah nach einem Rekonvaleszentenheim aus, aber der Eindruck täuschte: Offensichtlich war keiner der Insassen körperlich behindert, und die alten Leute waren in der Minderheit. Dennoch blieb der Eindruck bestehen. Vielleicht deshalb, weil sie alle damit beschäftigt waren, die Zeit totzuschlagen – die beliebteste und paradoxe Freizeitgestaltung in Altersheimen.

Ich war verblüfft, weil ich so wenig Aufmerksamkeit erregte. Die Art, wie ich hereingekommen war – ich war schnell durch die Tür getreten und dann plötzlich regungslos stehengeblieben –, und mein wahrscheinlich ängstlicher, wenn nicht gar verzweifelter Gesichtsausdruck hätten mindestens ein paar neugierige Blicke hervorrufen müssen, aber niemand beachtete mich.

Der Raum wurde von etwas beherrscht, das auf den ersten Blick wie eine Verkehrsampel aussah. An jeder Seite befanden sich je ein Gelb- und ein Grünlicht, und obwohl das Rotlicht fehlte, war die Apparatur genauso groß wie die Ampeln an Kreuzungen. Sie hing mitten im Zimmer, etwa anderthalb Meter unter der Decke, und wirkte in dem gemütlichen Spielzimmer befremdend zweckmäßig.

John Macky blickte mich an.

Er saß an einem langen Tisch zusammen mit anderen Patienten in blauen Bademänteln und war mit einem großen Puzzle beschäftigt. Als unsere Blicke einander trafen, begann ich zu grinsen, und er lächelte mich freundlich an. Alle Muskeln in meinem Körper entspannten sich, als ich sah, daß er mich erkannte. Ich ging sofort auf ihn zu, aber während ich das tat, veränderte sich der Ausdruck seiner Augen zu einer merkwürdigen Mischung aus Angst und Schmerz.

Ich setzte mich auf einen freien Stuhl ihm gegenüber und streckte ihm über den Tisch hinweg die Hand entgegen. Er schüttelte sie fest, sagte aber nichts.

„He, John, du alter Hundesohn", begrüßte ich ihn, sprach aber leise, um die Bibliotheksatmosphäre nicht zu stören. Er lächelte schwach.

„He", erwiderte er.

Ich überblickte rasch die Decke und sah die unvermeidliche

Kamera, die den Raum kontrollierte. Ich war der Meinung, daß ich nur noch wenige Minuten hatte, bis die Gestapo kam, und beschloß, die mir verbleibende Zeit in angeregtem Gespräch zu verbringen, denn die unvermeidliche Unterbrechung würde auf jeden Fall eintreten, ich konnte sie durch Stillschweigen weder aufschieben noch verhindern.

„Du siehst großartig aus“, stellte ich fest.

„Danke.“

„Na, was ist los? Was gibt's Neues?“

„Mir geht's gut.“

„Fein, dir geht's gut, aber was sonst?“

„Ich verstehe nicht. Sind Sie hier, um mich zu untersuchen?“

Ich starrte ihn an, ohne zu antworten. Ich sah ihm lange unverwandt in die Augen, und dann dämmerte mir zu meinem tiefsten Entsetzen die Wahrheit. Ich war für ihn ein Fremder. Ein vollkommen Fremder, als hätten wir einander nie zuvor gesehen. Es konnte keinen Zweifel daran geben, aber ich stellte ihm trotzdem die Frage: „Du erkennst mich nicht, nicht wahr, John?“

Seine Augen wurden feucht, eine einzelne Träne kullerte über seine Wange, und er wischte sie mit der Faust weg.

„Du weißt, daß ich mich nicht erinnern kann!“ jammerte er wie ein Kind vor seinem ungeduldigen Vater. „Du weißt, daß ich es nicht kann!“ jammerte er noch einmal. Er schaute über meine Schulter nach hinten, und irgendwie wußte ich, daß er das merkwürdige Ding angesehen hatte, das mitten im Zimmer hing. Ich drehte mich um, sah es ebenfalls an, dann wendete ich mich wieder dem Heiligen zu. Er rieb sich die geröteten Augen. Ich zog seine Hände sanft von seinem Gesicht.

„John, warum hast du dorthin geschaut?“ Ich deutete auf die Verkehrsampel.

„Ich weiß nicht“, antwortete er leise; er versuchte nicht, seine Hände zu befreien, obwohl ich sie nur leicht festhielt. Er bot ein Bild völliger Unterwerfung. Ich ließ seine Hände los, und er begann, die Teile des Puzzles wieder mit der Bildseite nach unten hinzulegen.

„Wie oft hast du dieses Puzzle schon zusammengesetzt?“

„Ich weiß nicht“, antwortete er und begann zu schluchzen. „Untersuchst du mich? Gehört das zu der Untersuchung?“

Er blickte wieder zur Verkehrsampel hinauf. Ich bemerkte, daß die anderen, die an den Tischen saßen und sich die Zeit mit Schach-, Karten-, Damespielen und so weiter vertrieben, ebenfalls gelegentlich einen Blick auf sie warfen.

„Was ist mit der Ampel los, John? Warum siehst du immer wieder dorthin?“

„Ich weiß nicht“, antwortete er. „Ich fühle mich nicht wohl. Ich bin nervös.“

Während er sprach, sah er mich an, aber plötzlich schaute er wieder zum merkwürdigen Kronleuchter – und genauso plötzlich wurde es im Zimmer lebendig, die Leute standen auf, legten Bücher, Karten und andere Utensilien weg. Auch ich drehte mich um, weil ich wissen wollte, was diese Unruhe verursacht hatte, und mein Blick fiel sofort auf die Verkehrsampel. Das gelbe „Achtung“-Licht war eingeschaltet. Als ich mich John wieder zuwenden wollte, war er fort. Alle blauen Bademäntel hatten sich in Lehnstühlen niedergelassen. Es war mir vorher nie aufgefallen, aber im Unterschied zu den normalen Stühlen waren die Lehnstühle, die im Raum verteilt waren, alle auf den Mittelpunkt ausgerichtet.

Plötzlich erfüllte ein klarer Glockenton die Luft. Es klang mehr vokal als elektronisch, als ob eine Koloratursängerin das hohe C übermenschlich lange hielte. Zugleich wechselte das Licht zu Grün, und bei dem Anblick, der sich mir jetzt bot, erstarrte ich.

Sie stöhnten in den Stühlen leise vor sich hin. Einige hatten die Beine ausgestreckt und die Arme über der Brust verschränkt; andere hatten sich zusammengerollt und den Kopf an die Seitenlehne gepreßt. Und auf allen Gesichtern lag das gleiche idiotische Grinsen.

Ich sah mich nach John Macky um. Er hatte sich in einem besonders bequemen, samtgepolsterten Lehnstuhl niedergelassen, der beinahe in der Mitte des Zimmers stand. Ich ging zu ihm hin und blickte in seine blauen Augen, die meinen Blick erwiderten, die mich wohl sahen, mich aber nicht wahrnahmen.

Dann entdeckte ich es an seinem Kopf. Eine pfenniggroße,

glattrasierte Stelle mit einem metallischen Punkt in der Mitte, knapp oberhalb des Ohrs. Ich befand mich im Affenraum, nur handelte es sich hier nicht um Affen, sondern um menschliche Wesen. Ich drehte mich um und rannte; der Koloraturton verfolgte mich immer noch, während ich voll Entsetzen floh. Ich schaffte es gerade noch bis in den Korridor, dann mußte ich mich übergeben.

14

„Keine Bewegung!"

Dr. Manna erstarrte. Ich verfügte über keine Waffe, mit der ich ihn einschüchtern konnte, aber er reagierte genauso prompt und unterwürfig, als zielte ich mit einer Pistole auf ihn und nicht nur mit dem Finger. Ich war mit Adrenalin vollgepumpt, und er spürte, daß ich alle meine Hemmungen verloren hatte.

„Doktor, er hat mich niedergeschlagen . . . er . . ." Das war die Schwester aus dem Vorzimmer. Sie stand neben mir, ihr Häubchen war weg, ihre Haare waren zerzaust, und ihre Stimme zitterte, als würde sie jeden Augenblick in Tränen ausbrechen. Sie versuchte, sich zusammenzunehmen. „Was soll ich tun, Doktor?" fragte sie. „Soll ich jemanden rufen . . ."

„Nein!" befahl ich. „Rufen Sie niemanden!" Bananastein stand regungslos hinter dem Schreibtisch, die Hände unterhalb der Platte – vielleicht betätigte er gerade einen Alarmknopf. Ich hatte die Schwester weggestoßen, als sie mich daran hindern wollte, sein Büro zu betreten. Sie war heftig gegen die Wand geprallt und dann hingefallen, und dann war sie wieder auf die Füße gekommen und hinter mir hergerannt.

Ich rührte mich nicht, mein Arm blieb ausgestreckt, und mein Finger zeigte auf ihn. „Wenn Sie oder die Schwester sich bewegen oder wenn jemand aus irgendeinem Grund zur Tür hereinkommt, stürze ich mich auf Sie und breche Ihnen mit einem Hieb das Genick, und wenn es das letzte ist, was ich in meinem Leben tue. Und ich werde so schnell sein, daß niemand Sie retten kann."

Er richtete sich sehr langsam auf, zog die Hand unter dem Schreibtisch hervor und steckte sie in die Seitentasche seines Morgenrocks. Dann entspannte er sich, seine Haltung war nicht mehr starr, sondern lässig und gleichmütig.

Ich wagte nicht, mich ebenfalls zu entspannen, weil ich ihn dann vielleicht nicht mehr einschüchtern konnte, deshalb behielt ich meine aggressive Haltung bei.

„Es ist schon gut, Mary, bitte regen Sie sich nicht auf. Ich versichere Ihnen, daß Mr. Cant niemandem etwas tun wird. Bitte gehen Sie an Ihren Schreibtisch zurück, und rufen Sie niemanden herbei – das meine ich ernst. Mr. Cant und ich werden miteinander plaudern. Sie brauchen sich überhaupt keine Sorgen zu machen. Wenn ich Sie benötige, werde ich Sie rufen."

Ich ließ Bananastein nicht aus den Augen, aber ich konnte am Rande meines Gesichtsfeldes die Schwester ausmachen, die die Situation allmählich überblickte. Sie wollte uns nicht allein lassen, ganz gleich, was der Doktor sagte.

„Gehen Sie nur, Mary. Es ist schon in Ordnung", beruhigte er sie noch einmal, und mit einem „Ja, Dr. Manna, wenn Sie wirklich meinen" verließ sie das Zimmer, und es war plötzlich sehr still. Ich ließ meinen Arm endlich sinken und entspannte meine verkrampften Muskeln, aber mein Gesicht brannte noch immer, und blinder Haß erfüllte mich.

„Ich habe John Macky gesehen, Doktor." Ich stieß den Titel wütend hervor.

Er lehnte sich zurück und verschränkte die Arme.

„Das ist bedauerlich", stellte er fest, und sein Blick wanderte zum Fußboden, zu einem imaginären Punkt mitten zwischen uns.

„Sie sind so unmenschlich, Sie widerwärtiger Kriecher, daß Sie diese schreckliche Begegnung mit einem ‚Bedauerlich' abtun können!" Ich machte einen Schritt auf ihn zu, und seine Haltung wurde wieder steif.

„Ich meine bedauerlich in dem Sinn, daß Sie ihn unvorbereitet trafen, das heißt ohne Erklärung über . . ."

„Erklärung? Um Himmels willen, was wollen Sie denn da erklären? Wie haben Sie es nur tun können?" Ich streckte die Arme anklagend aus. „Warum haben Sie ihn nicht einfach umgebracht?"

Ich fühlte, wie mir die Tränen über die Wangen liefen, und ich packte ihn mit beiden Fäusten an seinem hübschen Morgenrock.

„Warum haben Sie ihn nicht umgebracht, Sie verdammtes Monstrum?"

Ich weinte. Bananas Körper wurde unter meinen Händen steif wie ein Brett, und sein Gesicht verlor jegliche Farbe. Plötzlich begriff ich, daß ich den Schweinehund nicht so sehr umbringen als ihm meine Meinung sagen wollte, weil ihn das härter treffen würde. Ich ließ ihn los, drehte mich um und ging ein paarmal auf und ab, damit er sich erholen konnte.

Dann machte ich kehrt und zeigte wieder mit dem Finger auf ihn. „Rühren Sie sich nicht von der Stelle, Sie Mistkerl! Ich muß Ihnen ein paar Sachen sagen."

„Nur zu", meinte er zitternd. Aber er war sichtlich erleichtert, weil ich wenigstens ein gewisses Maß an Selbstbeherrschung wiedergewonnen hatte, und wollte mich darin bestärken. Seine Wangen bekamen wieder Farbe, als ihm klar wurde, daß er sich nicht mehr in unmittelbarer Gefahr befand, erwürgt zu werden, jedenfalls nicht im nächsten Augenblick.

„Sprechen Sie weiter, Mr. Cant. Es interessiert mich."

„Wissen Sie, warum ich Sie Bananastein nenne? Wissen Sie es, Doktor? Weil Sie von der gleichen Zwangsvorstellung besessen sind wie der verrückte Wissenschaftler in dieser netten Geschichte. Sie und jeder verdammte machthungrige, hinterlistige Wissenschaftler Ihres Schlags – Sie leiden alle an der gleichen manischen Wahnvorstellung. Sie leiden an einer Krankheit, an einer echten Geisteskrankheit, die aber gefährlicher ist als alle anderen. Sie sind vom Frankenstein-Wahn besessen. Soll ich seine Symptome beschreiben? Sie können nicht der Versuchung widerstehen, alles zu manipulieren, was sich nur manipulieren läßt. Wenn Sie entdecken, daß Sie auf irgendeinem Gebiet die Macht ergreifen können, dann tun Sie es. Sie müssen die Büchse der Pandora öffnen, wenn Sie den Schlüssel finden, ganz gleich, welches Unheil Sie dadurch für Ihre unschuldigen Brüder heraufbeschwören. Das alles tun Sie unter dem Deckmantel einer heiligen Berufung – Sie sind berufen, die Geheimnisse des Alls zu erforschen. Sie tragen die Entschlossenheit des Bergsteigers zur Schau, der als Motiv angibt, daß ‚der Berg eben da ist', und ergründen dann den Schlund der Hölle. Sie essen von der Frucht der Erkenntnis, entschlossen, jedes Paradies, das es auf dieser Welt noch gibt, in ein Inferno zu verwandeln. Sie stopfen sich während Ihrer selbstherrlichen heiligen Sendung mit dem Obst dieses Baumes voll, und Sie erbrechen die Hiroshimas und fühlen sich jeder Schuld ledig, weil Sie nicht am Steuer der Flugzeuge sitzen oder den Hebel für den Bombenabwurfschacht betätigen."

„Das ist eine sehr beeindruckende Rede, Mr. Cant, Sie . . ."

„Ich bin noch nicht fertig, Sie Wurm!" Er zuckte beide Achseln, aber er hatte Angst.

„Und jetzt haben Sie sich der verdammenswertesten Tätigkeit von allen zugewendet. Sie dringen in das Heiligtum der Seele ein – Sie wagen es, dort einzudringen. Wenn der Teufel Sie und Ihresgleichen je in Versuchung geführt hat zu sündigen, dann ist es jetzt der Fall. Hier in Sunnyview. Was für ein Name! Was für eine bittere Ironie! Die Aussichten, die die Menschen hier haben, kann man kaum sonnig nennen! Ich sehe nichts als die schwärzeste Hölle auf Erden."

Einen Augenblick lang schwieg ich. Ich war vollkommen erschöpft, und im Zimmer herrschte plötzlich Grabesstille.

„Mr. Cant, Sie glauben an Gott – an den freundlichen alten Mann mit dem weißen Bart, nicht wahr?" Er lächelte.

„Vielleicht. Ich weiß es nicht. Ich glaube jedenfalls an eine Macht jenseits des irdischen Lebens. Jenseits dessen, was wir sehen können."

„Sie sind Christ?"

„Ich glaube, daß die Lehren Christi die einzige wirkliche Rettung der Menschheit darstellen."

„Hier trennen sich unsere Ansichten, Mr. Cant. Es gibt keinen Gott."

„Sie wollen damit wahrscheinlich nur sagen, daß Sie nicht an Gott glauben."

„Mein lieber Mr. Cant, ein Wissenschaftler glaubt nur an bewiesene Tatsachen, und daher gibt es keinen Gott. Wenn Sie in mir den Adam des Paradieses sehen, der die sogenannte Gnade verspielt hat, weil er von der Frucht der Erkenntnis aß, dann sind Sie das Kind dieses Paradiesgartens, das nie erwachsen wurde. Ihrer Meinung nach bin ich das Ungeheuer, und Sie sind der blondgelockte Held. Meiner Meinung nach bin ich ein Realist, und Sie sind ein Kind, das in seiner kindlichen Vorstellungswelt befangen ist. Wenn man die Welt Ihnen und Ihresgleichen überließe, bliebe sie für immer in den dunklen Zeiten der Unwissenheit stecken."

„Wenn es nach Ihnen geht, steht uns ein verdammt dunkles Zeitalter bevor, ein Zeitalter gottloser Unmenschlichkeit."

„Dann steht die Diskussion unentschieden. Dann handelt es sich einfach darum, daß wir verschiedener Meinung sind, nicht wahr?"

„Nein, so einfach ist das nicht."

„Warum?"

„Weil ich an den freien Willen des Menschen glaube, Bananastein. An sein Recht, frei zu wählen. Zu glauben oder nicht zu glauben. In seinen Entscheidungen seinem Verstand und seinem Herzen zu folgen. Ich will Ihnen nicht meinen Willen aufzwingen, aber Sie sehr wohl mir den Ihren, und darin liegt der Unterschied."

„Wir werden siegen, Mr. Cant. Es ist unabwendbar."

„Sie werden mich nicht besiegen, Doktor. Mich nicht, weil ich etwas in der Hand halte."

Ich ballte die Faust und ging auf ihn zu, und ich glaube, er ließ meine Faust nicht aus den Augen, bis sie an seinem Kinn landete. Durch die Wucht des Schlages flog er gegen das Fenster, aber infolge eines Wunders zersplitterte das Glas nicht. Mit einer Reflexbewegung klammerte er sich an den Vorhängen fest und zog sie auf sich herunter. Ich schoß aus dem Zimmer und rannte bei dieser Gelegenheit wieder einmal die unglückliche Schwester über den Haufen.

Ich raste den Korridor entlang, stieß mich dabei an den Ecken von den Wänden ab, um nicht langsamer zu werden. Mitten in dem ersten langen Korridor schob eine Schwester gemächlich ein hohes Wägelchen über eine Kreuzung und fuhr sich mit der Hand erschrocken an den Mund, als sie sah, daß ich nicht langsamer wurde, geschweige denn stehenblieb. Ich konnte einfach nicht. Ich hatte zuviel Schwung. Ich konnte gerade noch mit der Schulter voran in das Hindernis krachen.

Es muß ein spektakulärer Zusammenstoß gewesen sein. Der

Wagen war beinahe genausobreit wie der Korridor und so hoch wie ich. Er bestand aus sechs Etagen voller Flaschen in den verschiedensten Größen, die mit farbigen Flüssigkeiten gefüllt waren. Der Wagen war ein zerbrechliches, schwaches Gestell, und deshalb brach ich mir bei dem Aufprall keinen Knochen. Wäre die Konstruktion nur etwas solider gewesen, hätte ich sicherlich schwere Verletzungen davongetragen. So hatte ich nur Quetschungen und Schnitte am Oberkörper und am rechten Arm, eine große Beule auf meiner Stirn und war dazu schwer frustriert.

Zwei kräftig gebaute Wärter beherrschten die Szene, als sich wie aus dem Nichts eine Menschenmenge versammelte und mich in einem Halbkreis umstand, während ich zwischen den Scherben lag. Dank der vielen Flüssigkeiten, die auf mir gelandet waren, und dank meinem eigenen Blutfarbstoff war meine blütenweiße Uniform plötzlich sehr bunt. Der Wagen war umgefallen. Alkoholgeruch überdeckte alle anderen Düfte, und als jemand vorschlug „Holt einen Arzt", mußte ich lachen, worauf mein durcheinandergebeutelter Kopf noch mehr schmerzte.

Jemand sagte: „Da kommt Dr. Manna", und die beiden Wärter drehten nicht wie die anderen den Kopf, um ihm entgegenzusehen. Sie standen mit verschränkten Armen Seite an Seite über mir, und mir fielen vor allem ihre soliden Unterarme auf. Dann traf ihr Herr und Gebieter ein, nickte ihnen beifällig zu und kniete nieder, um mich zu verarzten.

Er griff unter mich und tastete meinen Hals mit den Fingern ab. „Tut das weh?"

„Leck mich!"

„Dreh ihn auf den Rücken, Charles!" befahl er dem blonden Eunuchen. „Sei aber vorsichtig."

Charles drehte mich auf den Rücken und war dabei überhaupt nicht vorsichtig. Ich stöhnte, als von jeder meiner Quetschungen und Platzwunden Schmerzen ausstrahlten.

„Nun, Sie haben sich jedenfalls keinen lebenswichtigen Körperteil verletzt, Mr. Cant", stellte Banana fest.

Er nickte den beiden Schlägertypen zu. Sie konnten abtreten. Ihre Beute befand sich in festen Händen, und sie hatten gute Arbeit geleistet. Zwei andere Wärter tauchten mit einer fahrbaren

Bahre auf, und die Zuschauer wichen zur Seite, um sie durchzulassen. Sie schoben die Bahre neben mich, legten mich auf die weiche Unterlage und schnallten mich mit raschen, geübten Bewegungen fest. Dann war ich wieder unterwegs. In meiner Nase brannte der Krankenhausgeruch, vermischte sich mit dem Rasierwasser des Wärters hinter mir. Ich verlor das Bewußtsein.

„Wie fühlen Sie sich, Mr. Cant?"

Ich öffnete meine Augen und sah eine Zimmerdecke. Die Stimme kam vom Fußende des Bettes, auf dem ich jetzt lag. Ich hob den Kopf, und als ich das tat, konnte ich anhand des Schmerzes genau feststellen, wo sich die Beule auf meinem Schädel befand. Ich stöhnte. Natürlich war es Banana; er saß rittlings auf einem Holzstuhl und sah mich über die Lehne hinweg an. Wenn jemand so auf einem Stuhl sitzt, habe ich immer das Gefühl, daß es bedeutungsvoll wirken soll.

„Wie fühlen Sie sich?" wiederholte er. Ich ließ den Kopf wieder auf das Kissen fallen, starrte zur Decke hinauf und antwortete nicht.

Die Tür ging auf, und das Gesicht und die weiße Haube einer Schwester tauchten in meinem Gesichtsfeld auf.

„Nicht jetzt, Schwester", sagte Banana, und die Schwester drehte sich um und ging. Das Scharren der hölzernen Stuhlbeine verriet mir, daß er aufgestanden war, und sein Oberkörper schob sich vor meine Augen. „Das war ein ganz ordentlicher Sturz." Er lächelte auf mich herab.

„Danke. Es hat mir wirklich Spaß gemacht."

Er zwang sich, noch freundlicher zu lächeln, und als ich ihn ebenfalls anstarrte, faszinierte mich der Anblick seines Mundes in dieser grotesk verdrehten Stellung.

„Es war dumm von Ihnen, mich zu schlagen", sagte das Monstrum, „und genauso dumm, auch nur einen Augenblick lang anzunehmen, daß Sie ganz einfach davonlaufen könnten. Sie schlagen ganz schön kräftig zu", sagte er und fuhr sich mit der Hand übers Kinn.

„Nochmals danke. Sie tragen es mit Haltung, Doktor."

„Nein, das tue ich nicht", sagte er, und als der Ton feindseliger wurde, wirkte er noch scheußlicher. Er beugte sich tiefer zu mir

und John

anastein?"

Ihrer Mei-
en Fortbe-
che bleibt,
se Lösung
hmieriger

ch an mir.
zu einem

mmenheit
cken, und
hnallt war.
e er selbst-

es Kalb an
n, was Sie
gibt, wird
e brennen,
icht.
r vollkom-
Kehle und
ter und ein
ar vor Wut
on meinen

alar schlug
ch.
er, der gut

„Nein, das stimmt
dröhnender Stimme.
Schritte und stand vor
„Doch!" brüllte er-
chenden Kinnhaken u
Ich lief aus dem Ge
einer riesigen Frau.
„Ist ja alles gut, Se
hervor, in das ich mic
entsetzt, daß der Kopf
Hals saß.
„Ruhe im Gerichtss
auf den Tisch. „Wohin
„Wer, Euer Ehrwürd
„Nicht Euer Ehrwür
der Richter und schlug
Schlag flogen Kreides
„Er soll aufhören!" r
tes Gesicht zwischen
„Wer hat die Deck
Richter, und der weiß
Hammer immer wied
wandte sich mit einer
weg.
„Ach, Sie sind ja ver
„Das bin ich ganz u
sich zu voller Größe,
zu und kreischte, un
schrecklichen, verkeh
gen Sie ihn augenblick
„Er soll aufhören", b
riesigen Frau herumzut
„Binde die Zwangs
Stimme.
„Wie hat er seine
zweite Stimme, die zu
gehörte.

Wagen war beinahe genausobreit wie der Korridor und so hoch wie ich. Er bestand aus sechs Etagen voller Flaschen in den verschiedensten Größen, die mit farbigen Flüssigkeiten gefüllt waren. Der Wagen war ein zerbrechliches, schwaches Gestell, und deshalb brach ich mir bei dem Aufprall keinen Knochen. Wäre die Konstruktion nur etwas solider gewesen, hätte ich sicherlich schwere Verletzungen davongetragen. So hatte ich nur Quetschungen und Schnitte am Oberkörper und am rechten Arm, eine große Beule auf meiner Stirn und war dazu schwer frustriert.

Zwei kräftig gebaute Wärter beherrschten die Szene, als sich wie aus dem Nichts eine Menschenmenge versammelte und mich in einem Halbkreis umstand, während ich zwischen den Scherben lag. Dank der vielen Flüssigkeiten, die auf mir gelandet waren, und dank meinem eigenen Blutfarbstoff war meine blütenweiße Uniform plötzlich sehr bunt. Der Wagen war umgefallen. Alkoholgeruch überdeckte alle anderen Düfte, und als jemand vorschlug „Holt einen Arzt", mußte ich lachen, worauf mein durcheinandergebeutelter Kopf noch mehr schmerzte.

Jemand sagte: „Da kommt Dr. Manna", und die beiden Wärter drehten nicht wie die anderen den Kopf, um ihm entgegenzusehen. Sie standen mit verschränkten Armen Seite an Seite über mir, und mir fielen vor allem ihre soliden Unterarme auf. Dann traf ihr Herr und Gebieter ein, nickte ihnen beifällig zu und kniete nieder, um mich zu verarzten.

Er griff unter mich und tastete meinen Hals mit den Fingern ab. „Tut das weh?"

„Leck mich!"

„Dreh ihn auf den Rücken, Charles!" befahl er dem blonden Eunuchen. „Sei aber vorsichtig."

Charles drehte mich auf den Rücken und war dabei überhaupt nicht vorsichtig. Ich stöhnte, als von jeder meiner Quetschungen und Platzwunden Schmerzen ausstrahlten.

„Nun, Sie haben sich jedenfalls keinen lebenswichtigen Körperteil verletzt, Mr. Cant", stellte Banana fest.

Er nickte den beiden Schlägertypen zu. Sie konnten abtreten. Ihre Beute befand sich in festen Händen, und sie hatten gute Arbeit geleistet. Zwei andere Wärter tauchten mit einer fahrbaren

Bahre auf, und die Zuschauer wichen zur Seite, um sie durchzulassen. Sie schoben die Bahre neben mich, legten mich auf die weiche Unterlage und schnallten mich mit raschen, geübten Bewegungen fest. Dann war ich wieder unterwegs. In meiner Nase brannte der Krankenhausgeruch, vermischte sich mit dem Rasierwasser des Wärters hinter mir. Ich verlor das Bewußtsein.

„Wie fühlen Sie sich, Mr. Cant?"

Ich öffnete meine Augen und sah eine Zimmerdecke. Die Stimme kam vom Fußende des Bettes, auf dem ich jetzt lag. Ich hob den Kopf, und als ich das tat, konnte ich anhand des Schmerzes genau feststellen, wo sich die Beule auf meinem Schädel befand. Ich stöhnte. Natürlich war es Banana; er saß rittlings auf einem Holzstuhl und sah mich über die Lehne hinweg an. Wenn jemand so auf einem Stuhl sitzt, habe ich immer das Gefühl, daß es bedeutungsvoll wirken soll.

„Wie fühlen Sie sich?" wiederholte er. Ich ließ den Kopf wieder auf das Kissen fallen, starrte zur Decke hinauf und antwortete nicht.

Die Tür ging auf, und das Gesicht und die weiße Haube einer Schwester tauchten in meinem Gesichtsfeld auf.

„Nicht jetzt, Schwester", sagte Banana, und die Schwester drehte sich um und ging. Das Scharren der hölzernen Stuhlbeine verriet mir, daß er aufgestanden war, und sein Oberkörper schob sich vor meine Augen. „Das war ein ganz ordentlicher Sturz." Er lächelte auf mich herab.

„Danke. Es hat mir wirklich Spaß gemacht."

Er zwang sich, noch freundlicher zu lächeln, und als ich ihn ebenfalls anstarrte, faszinierte mich der Anblick seines Mundes in dieser grotesk verdrehten Stellung.

„Es war dumm von Ihnen, mich zu schlagen", sagte das Monstrum, „und genauso dumm, auch nur einen Augenblick lang anzunehmen, daß Sie ganz einfach davonlaufen könnten. Sie schlagen ganz schön kräftig zu", sagte er und fuhr sich mit der Hand übers Kinn.

„Nochmals danke. Sie tragen es mit Haltung, Doktor."

„Nein, das tue ich nicht", sagte er, und als der Ton feindseliger wurde, wirkte er noch scheußlicher. Er beugte sich tiefer zu mir herunter. „Sie werden bald gemeinsam mit Ihrem Freund John Macky auf das grüne Licht warten“, teilte er mir mit.

„Sie genießen diese Vorstellung sehr, nicht wahr, Bananastein?“

„Sie haben Ihre Chance gehabt, Mr. Cant.“

„Vielleicht. Und vielleicht werden Sie das tun, was Ihrer Meinung nach für die Sicherheit von Sunnyview und für den Fortbestand Ihres edlen Lebenswerks notwendig ist, aber Tatsache bleibt, Bananastein, daß Sie es voll auskosten und daß diese Lösung gleichzeitig eine Strafe ist. Es macht Ihnen Spaß, Sie schmieriger Schweinehund.“

„Ich bin ein Mensch, Mr. Cant. Das bewundern Sie doch an mir. Menschliche Schwäche.“ Er verzog die Mundwinkel zu einem noch scheußlicheren Grinsen.

„Was ist aus Ihrer wissenschaftlichen Unvoreingenommenheit geworden, Doktor?“ Ich hatte Lust, ihn am Hals zu packen, und plötzlich wurde mir bewußt, daß ich in dem Bett festgeschnallt war.

„Ich bin nicht ganz gefühllos, Mr. Cant.“ Jetzt wirkte er selbstgefällig.

„Sie haben mich, Doktor, ich bin wie ein gefangenes Kalb an dieses Bett gebunden. Sie können mit meinem Gehirn tun, was Sie wollen, aber so gewiß, wie es einen Gott im Himmel gibt, wird meine Seele am Leben bleiben und die Ihre in der Hölle brennen, Sie wahnsinniges Monstrum.“ Ich spuckte ihm ins Gesicht.

Er stotterte, nach Worten suchend, und dann geriet er vollkommen aus dem Häuschen, verfluchte mich aus voller Kehle und drosch mit beiden Fäusten auf mich ein. Eine Schwester und ein Wärter stürmten herein und zogen ihn von mir fort. Er war vor Wut blau im Gesicht, und ich lachte ihn aus, obwohl mir von meinen bereits anschwellenden Lippen Blut in den Mund rann.

15

„RUHE im Gerichtssaal!“ Der Richter im schwarzen Talar schlug mit dem Hammer auf den zwei Stockwerke hohen Tisch.

„Das ist meine Aufgabe“, sagte der Gerichtsdiener, der gut zweihundert Meter groß war.

„Nein, das stimmt nicht!“ widersprach ihm der Richter mit dröhnender Stimme. Der Gerichtsdiener machte zwei riesige Schritte und stand vor dem Tisch.

„Doch!“ brüllte er. Dann versetzte er dem Richter einen krachenden Kinnhaken und fügte hinzu „Euer Ehren“.

Ich lief aus dem Gerichtssaal hinaus und landete in den Armen einer riesigen Frau.

„Ist ja alles gut, Sebastian“, sagte sie und zog ein Taschentuch hervor, in das ich mich schneuzte. Ich blickte zurück und merkte entsetzt, daß der Kopf des Richters mit der Schädeldecke auf dem Hals saß.

„Ruhe im Gerichtssaal!“ brüllte er und schlug mit dem Hammer auf den Tisch. „Wohin ist er gegangen, Gerichtsdiener?“

„Wer, Euer Ehrwürdigen?“

„Nicht Euer Ehrwürdigen; Euer Ehren! Euer Ehren!“ kreischte der Richter und schlug mit dem Hammer auf den Tisch. Bei jedem Schlag flogen Kreidesplitter und Staub in die Höhe.

„Er soll aufhören!“ rief ich und drückte mein tränenüberströmtes Gesicht zwischen die Brüste der Frau.

„Wer hat die Decke mit dem Boden vertauscht?“ schrie der Richter, und der weiße Staub flog auf, während er den riesigen Hammer immer wieder niedersausen ließ. Der Gerichtsdiener wandte sich mit einer Handbewegung voll Widerwillen vom Tisch weg.

„Ach, Sie sind ja verrückt, Richter.“

„Das bin ich ganz und gar nicht“, kreischte der Richter. Er erhob sich zu voller Größe, mindestens vier Stockwerke hoch, schlug zu und kreischte, und der weiße Kreidestaub umhüllte seinen schrecklichen, verkehrt aufgesetzten Kopf wie eine Wolke. „Bringen Sie ihn augenblicklich zurück, das ist ein gerichtlicher Befehl!“

„Er soll aufhören“, brüllte ich und begann, auf den Brüsten der riesigen Frau herumzutrommeln. „Er soll endlich aufhören.“

„Binde die Zwangsjacke wieder fest“, sagte eine weibliche Stimme.

„Wie hat er seine Arme nur befreien können?“ fragte eine zweite Stimme, die zu einem Wesen des gleichen Geschlechts gehörte.

„Keine Ahnung", antwortete die erste Stimme, „er schlägt sogar Houdini. Und noch dazu im Schlaf."

Ich schlug die Augen auf. Es war das rustikale, sommersprossige Mädchen. Sie lächelte mich von der einen Seite des Bettes an, während eine zweite Schwester an der anderen Seite ihr behilflich war, mich wieder in die Zwangsjacke zu stecken. Ich spannte die Muskeln in beiden Armen an, so daß sie vollkommen steif waren. Beide Schwestern versuchten vergeblich, sie geradezubiegen, und redeten mir gut zu, aber ihr Keuchen zeigte mir, daß sie ihre ganzen Kräfte einsetzten. Ich bin ziemlich kräftig, und sie hatten also keinen Erfolg. Das rustikale Mädchen versuchte es auf die sanfte Tour.

„Du bist aber wirklich stark, Sebastian." In dem Moment fiel mir ein, daß ich mit diesem Mädchen schon geschlafen hatte, und ich lockerte geistesabwesend meine angespannten Muskeln.

„Läßt du dich wieder in die Zwangsjacke packen, Sebastian?"

„Nein." Ich versteifte meine Arme wieder.

„Vertraust du mir nicht?" fragte sie sanft, und ihre Stimme klang, als hätte ich ihre Gefühle verletzt.

„Ich soll dir vertrauen und mich in einen Apparat stecken lassen, der ein Beweis dafür ist, daß du mir mißtraust? Das ergibt doch keinen Sinn." Sie setzte sich neben mich auf das Bett.

„Ohne Zwangsjacke würdest du aus dem Bett fallen. Das ist dir nämlich schon einmal passiert."

Sie sah ihre Kollegin an, deutete mit dem Kinn auf die Tür, und die andere Schwester verließ wortlos das Zimmer.

„Wann werden sie es tun, Rotfuchs?"

„Was tun?" fragte sie, und ihre Antwort klang so aufrichtig unschuldig, daß ich einen Augenblick lang glaubte, sie wüßte wirklich nicht, wovon ich sprach.

„Das weißt du doch", sondierte ich.

„Ich habe keine Ahnung, Sebastian. Ehrlich. Ich weiß nur, daß man dich hierhergebracht hat, weil du Anfälle hast, und ich sollte dafür sorgen, daß du dich wohl fühlst und daß sich die Anfälle nicht wiederholen, das ist alles. Was vermutest du denn? Was meinst du damit, wenn du mich fragst, wann sie es tun werden? Was werden sie tun?"

Sie war tatsächlich unschuldig. Ich hätte es wissen müssen, daß jemand mit einem so sommersprossigen Gesicht nicht hinterlistig genug ist, um ein so perfekter Schauspieler zu sein. Sie sprach die Wahrheit. Sie hatten ihr zweifellos gesagt, daß ich Anfälle gehabt hatte, und sie angewiesen, mich liebenswürdig, aber aufmerksam zu bewachen. Wenn ich diese Schweinehunde davon überzeugen konnte, daß ich das rustikale Mädchen für ihre Komplizin hielt, hatte ich ihnen gegenüber einen Vorteil. Vielleicht gerade so viel, wie ich brauchte.

„Ich glaube dir nicht", sagte ich im Brustton der Überzeugung.

„Das schmerzt mich, Sebastian. Wir sind uns doch nicht vollkommen fremd."

„Ich lasse dich die Zwangsjacke zubinden, wenn du mir einen Kuß gibst." Ich schenkte ihr mein charmantestes Lächeln.

„Okay." Sie grinste mich an.

Sie beugte sich zu mir herunter und drückte ihre Lippen auf die meinen.

Während sie das tat, warf ich durch die halbgeschlossenen Lider einen Blick auf die Kamera in der linken oberen Zimmerecke, ergriff den Kopf des Mädchens mit beiden Händen, drückte ihre Wange an die meine, so daß sich mein Mund bei ihrem Ohr befand, und flüsterte: „Bitte vertrau mir, Liebling. Zieh den Knoten an der Zwangsjacke nicht zu. Tu's nicht. Bitte."

Ich drückte ihre Wange fest an meine, weniger, um ihr meine Zuneigung zu beweisen, als um ihr zu zeigen, wie verzweifelt ich war.

„Läßt du dir jetzt die Zwangsjacke anlegen, Sebastian?" fragte sie fröhlich, wandte aber den Blick nicht von meinen Augen ab.

„Alles, was du willst, Rotfuchs. Ich vertraue dir", sagte ich vieldeutig.

Ich steckte die Arme in das Relikt aus dem finstersten Mittelalter, und sie zog die Gurte unter dem Bett durch. Sie zog sie ein paarmal kräftig nach, so daß ich mich kaum bewegen konnte, und ich versank in abgrundtiefe Verzweiflung. Sie richtete sich auf und setzte sich dann auf das Bett. „Na also", meinte sie, „es war ja gar nicht so schlimm." Dann: „Ich habe dich vermißt, Sebastian. Wenn du wieder gesund bist, wirst du . . ."

Sie beugte sich wieder vor, küßte mich, umfaßte meine Schultern und drückte dann ihre Wange an die meine. „Es ist nur ein Schlupfknoten“, flüsterte sie fast unhörbar. „Wenn du kräftig ziehst, geht er auf.“

Sie richtete sich wieder auf, erhob sich, ging zur Rückwand des Zimmers und entschwand dabei aus meinem Blickfeld. Ich hob den Kopf, um sie zu sehen. Sie hatte mir den Rücken zugewandt und machte sich an dem Tischchen vor ihr zu schaffen.

„Jetzt muß ich dir eine kleine Injektion verpassen“, sagte sie, während sie sich zu mir umdrehte. Sie hielt eine Injektionsspritze in einer Hand und drückte sie in den Gummiverschluß eines Fläschchens, das sie in der anderen hielt. Mein Mund und mein Hals wurden ganz trocken.

„Was ist das, Rotfuchs?“

„Nur etwas, damit du dich entspannst“, antwortete sie. „Ist das nicht eine der Standardantworten aller Krankenschwestern?“

„Ja“, sagte ich, wieder einmal von tiefster Verzweiflung erfaßt.

Sie hielt das Fläschchen und die Injektionsnadel gegen das Licht, während sie die Spritze aufzog. Dann wandte sie mir einen Augenblick lang den Rücken zu, und als sie sich wieder umdrehte, hielt sie ein kleines Tablett in den Händen. Salome, dachte ich und hätte es auch beinahe ausgesprochen, dann wandte ich den Kopf von ihr ab. Ich hörte, wie sie das Tablett auf das Nachttischchen an der anderen Seite des Bettes stellte, und fühlte, wie die Matratze unter ihrem Gewicht nachgab, als sie sich auf das Bett setzte. Sie rollte meinen Ärmel hoch und tupfte meinen Oberarm mit einem alkoholgetränkten Wattebausch ab. Der Einstich rief in mir ein Gemisch aus Resignation und Enttäuschung hervor, aber dann fühlte ich noch etwas, und meine Stimmung stieg wieder. Die Flüssigkeit aus der Spritze floß wie ein kleines kühles Bächlein meinen Arm entlang in das Laken unter meinen Rippen. Ich sah sie an. Sie saß so, daß ihr Rücken ihre Hantierungen vor dem Kameraauge verdeckte, und um es noch besser zu tarnen, hielt sie die Spitze der Nadel unter dem Wattebausch versteckt, den sie auf meinen Arm preßte. Herrlich. Großartig. Perfekt. Gott segne die angeborene List der Frauen!

„Das hat ein bißchen weh getan, Rotfuchs.“

„Das sagen alle“, ging sie geschickt auf den Scherz ein. Sie legte die Injektionsspritze wieder auf das Tablett und zog die Decke bis zu meinem Kinn hoch. „So“, stellte sie befriedigt fest, während sie die Decke unter mich stopfte und dann aufstand. „Du wirst heute nacht sehr gut schlafen.“

In Sekundenschnelle hatte sie ihr Werkzeug zusammengepackt und verließ das Zimmer mit einem letzten Blick und einem Blinzeln, mit dem sie mir Glück wünschte.

Ich blieb allein in dem still gewordenen Zimmer liegen; es war dunkel bis auf das Licht einer Laterne, das durch die Vorhänge drang, und den schwachen hellen Schimmer, der unter der Tür durch auf den Teppich fiel. Dann faßte ich den idiotischen Entschluß, ein bißchen zu warten, bevor ich mich in Bewegung setzte. Weil der Raum finster war und weil ich im Augenblick keine Angst hatte, verlor ich den Kampf mit der Müdigkeit – und schlief ein.

16

ICH SAH von einem Operationstisch geradewegs in die Höhe zu hellen Lampen, die Hitze ausstrahlten, so daß meine Stirn sich unangenehm warm anfühlte. Alle Gesichter, die sich über mich beugten, trugen Operationsmasken, die Nase und Mund bedeckten, und darüber blickten ihre Augen angestrengt und konzentriert auf mich herunter. Die kalten blauen Augen des Operateurs gehörten Bananastein, den ich auch an der harten Stimme erkannte, mit der er Befehle an seine Kollegen krächzte.

„Es tut mir leid, Doktor, aber das Anästhetikum scheint nicht zu wirken. Wir stoßen auf unerwartete Aktivitäten auf dem bewußten Niveau.“

Was für ein komischer Satz, dachte ich.

„Vereisen Sie ihn örtlich.“

„Ich versuche es ja, Doktor“, sagte die Stimme einer Schwester über mir. „Wir können keine Reaktion darauf feststellen.“

„Vereisen Sie ihn! Dieser Patient hat regungslos dazuliegen, und wenn Sie ihn mit einem Schraubenschlüssel bewußtlos schlagen müssen!“

Auf diese Bemerkung hin schloß ich langsam die Augen und verhielt mich vollkommen ruhig.

„So ist's besser", sagte Bananastein zur Schwester, „viel besser."

Er drehte meinen Kopf zur Seite, preßte meine Wange an das weiße, nach Wäscherei riechende Laken, und seine kräftigen Hände erinnerten mich wie im Traum an meinen lang vergessenen Vater, der sich von der Sauberkeit meiner Ohren nach der Abendwäsche überzeugte.

„Rasieren Sie ihn noch einmal", befahl Bananastein angewidert.

„Ja, Doktor."

Weichere, sanftere Hände schoben mein Haar zur Seite und betupften meine Haut an einer Stelle mit Rasierschaum, an der sich noch Haare befinden sollten, aber nicht mehr vorhanden waren. Der enthaarte Fleck, den ich auf John Mackys Schläfe gesehen hatte, tauchte vor meinem geistigen Auge auf und mit ihm das Zimmer voller Zombies, und ich spürte, wie ich in Panik geriet; plötzlich wölbte ich den Rücken in die Höhe und wehrte mich voll Entsetzen gegen die Gurte, die mich festhielten.

„Um Gottes willen, haltet ihn doch fest!" brüllte Bananastein, und alle Hände drückten mich auf den Tisch zurück. Nur mein Kopf war frei, und ich hob ihn so hoch wie möglich, als könnte ich mich nur mit meinen Nackenmuskeln vom Operationstisch losreißen.

„Halten Sie doch still, Mr. Cant! Es hat keinen Sinn, sich zu wehren", sagte er.

„Er hat recht, Sebastian." O Gott, das war doch – *Julie!*

Du Hure! Du Hure! wollte ich schreien, aber aus meinem Mund kam kein Laut. Hatten diese unmenschlichen Schweine schon an meinen Sprechorganen herumgefummelt? Hatten sie meine Stimmbänder verletzt oder gar entfernt? Ich ballte unter dem Laken die Fäuste und zerrte noch heftiger an den Gurten. Beide Arme waren an den Körper festgeschnallt. Ein Gurt über den Beinen, knapp oberhalb der Knie, und ein zweiter über meiner Brust. Irgendwie fühlte ich, daß ich sie alle sprengen würde, daß sie meinem Zorn nicht standhalten konnten.

„Haltet ihn fest, ihr Idioten! Er ist stark!" Das war Julie. Sie schien das Kommando übernommen zu haben. Ich hob den Kopf noch höher und löste meine Schultern, meinen Oberkörper vom Tisch. Ich wollte sie erwischen. Sie erwürgen. Ihr die Augen auskratzen.

„Injektionsspritze!" befahl Bananastein, der jetzt wieder den Oberbefehl ergriff. Eine Schwester drückte eine Nadel in die ihr entgegengestreckte Hand.

„Wo?" fragte sie.

„Das rechte Auge", antwortete er, und meine Därme entleerten sich. Unglaublicherweise genierte ich mich trotz der Panik, aber diese Verlegenheit ging sofort in überwältigende animalische Angst über.

„Nein! Nein!" wollte ich schreien, und noch immer brachte ich keinen Laut hervor.

„Nein!" Mein Körper bog sich jetzt nach der anderen Seite. Mein Kopf drehte sich nach links. Meine Wange preßte sich an den Tisch, und ich strengte mich übermenschlich an, um mein Gesicht nach unten zu drehen und meine Augen vor der schrecklichen Nadel zu schützen, die nur wenige Zentimeter von mir entfernt war.

„Dreht seinen Kopf herum! Dreht seinen Kopf herum!"

Ich richtete mich kerzengerade auf.

Ich war frei.

Die Gesichter waren verschwunden.

Das Zimmer war finster.

Der Knoten war aufgegangen, wie das rustikale Mädchen versprochen hatte, und ich setzte mich auf, die Arme, die in der Zwangsjacke steckten, noch immer gekreuzt. Ich war schweißnaß, und die ruhigen, pflichteifrigen Stimmen im Korridor bewiesen mir, daß ich während meines Alptraums nicht laut geschrien hatte.

Ich legte mich auf das durchnäßte Kissen zurück und riß mich zusammen. Wieviel Zeit war vergangen? Ich hatte keine Ahnung. Eine Minute? Eine Stunde? Zwei, drei? Es hatte keinen Sinn, Vermutungen anzustellen. Was auch immer mich in den Schlaf gewiegt hatte, ob es nun ein Beruhigungsmittel in meiner letzten Mahlzeit oder die Laune eines mir geneigten Gottes war, ich mußte etwas unternehmen. Wenn zuviel Zeit verstrichen war, waren sie vielleicht schon unterwegs, um mich abzuholen. Vielleicht bogen sie gerade mit der Tragbahre und den Gurten um die Ecke.

Ich stand hastig auf. Ich hatte ein Krankenhausnachthemd am Leib, sonst nichts. Ich trottete zur Tür, hielt dieses blödsinnige Kleidungsstück mit einer Hand auf dem Rücken zusammen und öffnete die Tür langsam und vorsichtig einen Spaltbreit.

Der Spalt war sehr schmal, und ich bekam nur einen verschwommenen Eindruck von dem, was im Korridor vor sich ging, und deshalb drückte ich die Tür langsam Zentimeter um Zentimeter auf, bis ich einen klaren Ausblick hatte. Dort herrschte mehr Betrieb als auf dem Zentralbahnhof. Ich schloß die Tür und kroch wieder ins Bett zurück. Wie in Gottes Namen sollte ich aus dem Zimmer oder gar über den Korridor zum Treppenhaus gelangen? Der Aufzug kam dafür nicht in Frage. Ich konnte mich nicht einfach mit nacktem Hinterteil hinstellen und darauf warten, daß die Aufzugtüren aufgingen und weiß Gott wer erschien. Ich mußte die Treppe benutzen. Aber wo befand sie sich? Das Wort „Ausgang" war in Sunnyview quasi verboten, und es gab keine Richtungspfeile, die einem den Weg dorthin wiesen.

Plötzlich hörte ich die Stimmen von zwei Männern, die vor meiner Tür stehengeblieben waren.

Ich kicherte. Dieses nervöse, weinerliche Kichern, das einem bei Begräbnissen entschlüpft, die einem nahegehen. Eine Hand stieß die Tür ein paar Zentimeter weit auf, und Licht und Geräusche drangen herein; dann verschwand die Hand genauso rasch wieder, und die Tür fiel zu.

Zwei Männer stritten draußen. Ich konnte nicht verstehen, worum es ging, aber unabhängig davon, was es war, es war ein Segen für mich. Ich hatte dadurch eine Minute Zeit zum Überlegen, und ich mußte mich damit beeilen. Im nächsten Augenblick würden sie hereinkommen, und dann hatte ich keine Zeit mehr nachzudenken.

Ich schlüpfte aus dem Bett und stellte mich gegenüber der Tür in Positur. Einen Augenblick lang wurde es hell, als die Tür wieder auf- und dann zuging. Weitere Debatten folgten. Gut. Ich hoffte, daß sie noch eine Weile vor dieser verdammten Tür weitersprechen würden. Ich beugte mich vor, stützte die Hände auf den Boden auf, streckte die Beine durch und drückte das Kinn an die Brust, so daß ich zuerst mit dem Gesicht auf den Boden aufprallen würde. Dann sprach ich schnell ein Stoßgebet und warf beide Hände gleichzeitig in die Höhe.

Weil Reflexe nie ganz beherrscht werden können, hob ich das Gesicht während des Sekundenbruchteils, da ich stürzte, ein wenig und landete mit voller Wucht auf der Nase. Das war mein Glück. Ich hatte mich nicht selbst k. o. geschlagen, und meine Nase blutete sehr überzeugend, als der Raum zum dritten und letzten Mal hell wurde.

„Er ist weg."

Nein, ich bin noch da, betete ich. Kommt hierher, ihr Schwachköpfe! Hier bin ich. Ich bin aus dem Bett gefallen.

„Da ist er", stellte einer der Wärter fest. „Er muß sich im Schlaf losgerissen haben und ist aus dem Bett gefallen."

Ich ließ meinen Körper erschlaffen, während sie mich auf das Bett wuchteten. Das unaufhörlich rinnende Blut kitzelte mich in der Nase und im Hals, und ich hielt den Atem an und hoffte, daß ich nicht niesen mußte.

„Hol die fahrbare Bahre! Ich werde inzwischen versuchen, die Blutung zu stillen."

„Okay, Chuck."

Chucks Kollege verließ den Raum, um die Bahre zu holen, und der sanfte, gut geschulte Chuck stillte die Blutung, indem er mir einfach die Nase zuhielt. Ich konnte mich nicht mehr beherrschen. Mein Mund war voller Blut, und ich erbrach. „Scheiße", lautete Chucks gefühlvoller Kommentar.

„Was ist los?" erkundigte sich sein genauso heller Kollege, als er die Bahre zur Tür hereinschob und neben meinem Bett abstellte.

„Er hat erbrochen", meldete Chuck.

„Oh! Nimm das", meinte der zweite, und jemand fuhr mir mit einem Tuch über Mund und Kinn.

Dann legten sie mich auf die Bahre, und ich wartete gespannt darauf, ob sie Gurte hatte und ob sie sie auch verwenden würden.

Aber meine Glückssträhne hielt an. Es waren zwar Gurte dran, gleich zwei, einer für die Beine und einer für die Brust, aber sie legten sie nur lose über mich, ohne sie festzuziehen. Dann zwängten sie sich mit mir auf der Bahre durch die Tür, und ich spürte, daß ich rasch den Korridor entlanggeschoben wurde.

„Also?" fragte Chuck an meinem Kopfende.

„Also was?" wollte der andere wissen.

„Also nimmst du heute abend Alice und läßt mir Mary?"

„Ich muß es mir noch überlegen."

„Überlegen? Nun mach schon, Mann, es ist halb sieben durch."

Bis dahin hatte ich nicht gewagt, die Augen zu öffnen, um eventuell im Vorbeigehen eine Uhr zu entdecken, deshalb kam die Bemerkung des Wärters über die Zeit wie ein Geschenk des Himmels. Wenn es halb sieben war, würde es in einer Stunde dämmrig sein, was sehr gut in meinen Plan paßte. Somit war alles bestens in Ordnung, nur mußte ich zuerst den Hohlköpfen entkommen, die jetzt für mich verantwortlich waren.

Obwohl ich an Gott glaubte, war ich nie davon überzeugt gewesen, der Allmächtige würde sich so eingehend mit dem einzelnen beschäftigen, daß er in die kleinsten Ereignisse meines Lebens eingreifen würde. In der Theologie, die ich mir für meinen persönlichen Gebrauch zurechtgelegt hatte, gab es keine Schutzengel. Aber vielleicht war die Tatsache, daß ich dem Teufelsschüler Bananastein einen Kinnhaken versetzt und mich offen zur Gegenpartei bekannt hatte, da oben so wohlwollend zur Kenntnis genommen worden, daß sich irgend jemand bemüßigt fühlte, in dieser Nacht mir zuliebe ein paar Sterne zu verschieben. Die darauffolgenden Ereignisse bestärkten mich in dieser Überzeugung.

„Was, zum Teufel, ist mit dir los?" fragte Chuck.

„Ich habe einen Muskelkrampf", antwortete der andere. Sie hatten angehalten, und beide Stimmen ertönten jetzt hinter mir. Ich hätte liebend gern ein Auge geöffnet, beherrschte mich aber. Das Gespräch wurde ziemlich lebhaft, und dann gesellte sich noch eine Schwester zu den beiden Intelligenzbestien. Im wesentlichen ging es anscheinend darum, ob sie warten sollten, bis der Muskel wieder funktionsfähig war, oder ob Chuck seinen verletzten Kameraden im Stich lassen und mich weiterbefördern sollte. Die

Schwester griff ein, erinnerte sie an ihre Pflicht und auch daran, daß die Ablieferung der Körper im Operationssaal Vorrang hatte, und mit einem Ruck ging Chuck wieder an die Arbeit, und wir rollten weiter.

Dann hielten wir wieder an. Eine Aufzugglocke klingelte. Wir warteten. Ein kurzes Rumpeln, das Geräusch von Türen, die sich schlossen, und dann das altbekannte Surren. Jetzt oder nie. Ich öffnete die Augen einen Spaltbreit, so daß ich meine Umgebung verschwommen wahrnehmen konnte. Chuck hatte mir den Rücken zugekehrt und studierte die Knöpfe und Lämpchen auf dem Signalbrett des Aufzugs. Ich schlug die Augen ganz auf. Wir waren allein in der Kabine.

Ich sprang ihn von hinten an. Mit dem Unterarm schnürte ich ihm die Luftzufuhr und damit die Stimme ab. Ich war kein gelernter Schläger, deshalb drosch ich seinen Kopf nicht gerade fachgerecht immer wieder gegen die Wand, bis er ohnmächtig wurde und auf dem Boden zusammensackte. Die Aufzugtür ging auf, und ich betätigte rasch ein paar Knöpfe, so daß sie sich wieder schloß, bevor zwei verdutzte Schwestern reagieren konnten.

Kein Wunder, daß die Schwestern verdutzt waren. Mein Nachthemd war mit Blut beschmiert, das von Chucks Schädelverletzung stammte, und als ich mir mit der Hand über die Wange fuhr, fand ich auch dort eine klebrige Flüssigkeit vor. Ich muß einen herrlichen Anblick geboten haben. Jedenfalls erfüllte er seinen Zweck. Sie stiegen nicht ein. Einem Impuls folgend, streifte ich etwas Blut von meinem Nachthemd und schmierte es auf die Linse der Kamera, die sich in einer der oberen Ecken befand. Dann drückte ich auf „K", und der Lift schwebte abwärts.

Während der Ewigkeit, die vergeht, bevor sich die Türen des Aufzugs öffnen, nachdem er angehalten hat, fiel mir ein, daß sie vielleicht schon im Keller auf mich warteten. Daß sie vielleicht irgendwie meinen Plan durchschaut hatten. Daß sie ihn aus meinen Träumen herausgelesen hatten. Aus Johns Gehirnwellenmuster. Irgendwoher wußten sie es, bildete ich mir ein, und deshalb sah ich bereits ein Regiment muskelbepackter Wächter auf mich warten. Ich war daher nicht wirklich erschrocken, als tatsächlich jemand dastand.

Sie war jung. Hübsch wie alle weiblichen Wesen hier, und ihre großen Augen nahmen die grausige Szene auf, als die Tür wie ein Vorhang vor einem makabren Schauspiel aufging.

Ich handelte rasch und, wenn ich es so ausdrücken darf, äußerst geschickt und listig.

„Schnell", sagte ich, „bringen Sie diesen Mann in den dritten Stock! Beeilen Sie sich, man braucht dort jede Hand!" Ich zog sie am Arm in den Aufzug, drückte den Knopf zum dritten Stockwerk, sprang hinaus, blieb stehen und sah sie an, während die Tür zuging. „Dritter Stock!" wiederholte ich. „Die Decke im Westflügel ist eingestürzt! Schrecklich! Schrecklich!"

Hinter der geschlossenen Tür surrte die Kabine in die Höhe, und ich wartete noch ein paar Sekunden, bis aus der Lichtanzeige oberhalb der Tür ersichtlich war, daß sie den ersten Stock hinter sich hatte. Dann raste ich in Richtung auf mein Ziel los. Ich muß einen großartigen Anblick geboten haben: mein Hinterteil war nackt, mein offenes, blutbeschmiertes Nachthemd flatterte.

Sekunden später war ich bei der ersten Zwischenstation angelangt – der Kleiderkammer. Ich stieß die unversperrte Tür auf und fand den alten Drillichanzug eines Wärters, der an einem Haken hing. Mein Nachthemd flog in eine Ecke, und eine Minute später steckte ich im Drillich und sauste weiter.

Zweiter Stopp – die Herrentoilette. Die Kabine, in der ich „Yes Sir, That's My Baby" gesungen und den Schlüssel in dem Spalt in der Mauer versteckt hatte. Der Schlüssel. Der Schlüssel, den John auf dem Golfplatz erwähnt hatte, bevor sie ihn erwischten. Der Schlüssel zum Affenraum . . . und zu noch viel mehr. Meine Hände zitterten vor Aufregung und Erschöpfung, als ich nach ihm tastete. Er war da! Ich hatte ihn. Ich hatte das Kleinod, hielt es fest in der Hand und rannte weiter.

Jetzt war ich auf Hochtouren und empfand eine Heiterkeit, die fast an Panik grenzte. Nicht die Zähne des Monsters, die schon nach mir schnappten, hatten mich in diesen Zustand versetzt, sondern das erste Anzeichen eines Erfolgs bei diesem Wettschwimmen aus der Todeszone der drohenden dunklen Gewässer. Ich fühlte zum erstenmal, daß das Gelingen einer Flucht aus Sunnyview im Bereich des Möglichen lag.

Als ich zur letzten Ecke kam, klopfte mein Herz wild. Endlich am Ziel! Ich fuhr mit den Händen in die Tasche. In welcher Tasche befand sich der Schlüssel? Ich zerriß beinahe meine Hose, während ich in ihr nach dem Schlüssel wühlte, der nicht da war. „O Gott!" schrie ich laut, als ich das Öffnen der Aufzugtüren und das Stimmengewirr der Menschen vernahm, die in den Keller stürmten. In den Seitentaschen? Nein! Gesäßtasche? Nein! Ich hörte ihre Rufe, als sie sich in zwei Gruppen teilten, um das Labyrinth besser durchkämmen zu können. Ich nahm an, daß es sich mindestens um ein Dutzend handelte. Tiefste Verzweiflung und Resignation bemächtigten sich meiner, und ich fühlte, wie mein Magen sich wieder zusammenkrampfte. Mir wurde schlecht.

Ich stülpte beide Seitentaschen hastig nach außen, und der Schlüssel fiel auf den Boden. Jemand rief irgendwo „Hierher!", als er das Geklirr des kleinen Metallgegenstandes hörte. Verdammte Akustik, dachte ich und hob ihn auf. Dann holte ich tief Luft, um meine zitternden Hände etwas zu beruhigen, steckte ihn ins Schloß, sperrte auf, stürzte durch die Tür und verschloß sie hinter mir. Das Geschrei der Affen klang in meinen Ohren wie Musik.

Ich konnte mich nicht ausruhen, sondern mußte sehr schnell handeln. Sobald sie herausfanden, wo ich steckte, würden sie mir die Flucht durch das Fenster abschneiden. Ich lief zum Glasschrank, öffnete ihn und nahm den Sender heraus. Der Lärm schwoll plötzlich an; Elwood war der Anführer. Er rüttelte heftig an den Gitterstäben seines Käfigs. Ich betätigte den Schalter, der das Fenster öffnete. Es glitt in die Wand zurück; der Metallrahmen bewegte sich quälend langsam, wie in Zeitlupe, auf den Schienen. Die Tür begann unter den Fäusten und Schultern meiner Verfolger zu erzittern, und die Lautstärke der kreischenden Affen nahm noch zu, obwohl man es kaum für möglich gehalten hätte.

Ich war zum Fenster hinaus, bevor es sich halb geöffnet hatte; ich kletterte die eingebaute Leiter hinauf und drückte dabei den Sender fest an mich. Draußen blieben vorbeikommende Wärter und Schwestern verblüfft stehen, als sie das Gekreisch der Tiere hörten, das plötzlich aus dem weit geöffneten Fenster drang. Sie waren so verdutzt, daß sie mich nicht daran hinderten, an ihnen vorbei in den Wald zu laufen.

Der erste der Wärter, die mich verfolgten, stieg aus dem Fenster. Entweder hatten sie die Tür eingerannt oder einen Ersatzschlüssel herbeigeschafft. Ich blickte im Laufen zurück und betätigte den Schalter, der alle Käfige im Raum öffnete. Ich hörte die Schreie der Menschen, die sich noch im Affenraum befanden; sie übertönten den Lärm der Tiere.

Als ich nur noch zwanzig Meter vom Waldrand entfernt war, schaute ich zurück und sah weiße Uniformen und tobende Affen aus dem Fenster quellen. Ich warf mich in die Büsche am Waldesrand wie ein Surfer, der sich in einen Brecher wirft.

Ich schlug einen Purzelbaum, Dornbüsche zerkratzten mein Gesicht, dann kniete ich in Deckung und beobachtete die Ereignisse. Ich empfand das Bedürfnis, in hysterisches Gelächter auszubrechen, aber die tödliche Angst davor, wieder eingefangen zu werden, schnürte mir die Kehle zu. Was sich vor mir abspielte, war ein Tollhaus. Die Affen waren verrückt vor Angst und Panik; die weißgekleideten Wärter versuchten, sie mit bloßen Händen einzufangen, und hatten ebenfalls panische Angst. Die Rufe der Männer vermischten sich mit dem schrillen Gekreisch der Tiere, und das Pandämonium wurde immer lauter und stieg wie eine höllische Symphonie zum Himmel empor.

Es stimmt genau, dachte ich, von einer gefährlichen Verzückung gepackt. Das ist Sunnyview, wie es wirklich ist, eine entlarvte Hölle. Meine Augen überblickten die Szene, blieben an einer Gestalt haften und betrachteten sie genauer. Es war Manna. Beinahe unheimlich ruhig in all dem Aufruhr.

Mein Gott, dachte ich, er sieht genau zu mir herüber. Er sieht mich!

Ich drehte mich um und begann gebückt weiterzulaufen. Dichtes Blattwerk schlug mir ins Gesicht und auf die Hände, mein Herz klopfte bis in den Hals, ich keuchte, meine Lungen brannten. Ich stürzte, war sofort wieder auf den Beinen, beinahe noch bevor ich den Boden berührt hatte, meine Hände und Füße bewegten sich wie Automaten, und ich rannte weiter.

Wie ein Irrer war ich bestrebt, eine möglichst große Entfernung zwischen mich und Sunnyview zu legen.

Endlich verlor sich der Lärm in der Ferne, und ich ging langsam weiter, bis mein Körper streikte. Ich fiel nach vorne, und meine blutenden Hände und mein Gesicht wühlten sich in den feuchten Waldboden.

Mit einer letzten Anstrengung rollte ich mich auf den Rücken und starrte erschöpft zum Himmel und zu den Kronen der Bäume empor.

Eine einsame Amsel flatterte in mein Blickfeld und setzte sich auf die Spitze einer Fichte. Sie ordnete und putzte hastig ihr Gefieder. Dann gehorchte sie einem unhörbaren Befehl Gottes oder der Natur oder ihres Instinkts, flatterte auf, glitt über die Baumwipfel hinweg und war verschwunden. Ich sah nur noch verschwommen, weil salzige Tränen aus meinen Augen quollen, über meine zerkratzten Wangen kollerten, und dann lag ich allein im Wald und weinte vor Glück.

Ich war frei.

P. J. O'Shaughnessy

Leider war trotz größter Bemühungen über den Autor des Romans „Trauma" nichts in Erfahrung zu bringen; es darf aber vermutet werden, daß P. J. O'Shaughnessy ein Pseudonym ist. Viele Autoren schreiben unter falschem Namen, doch fast immer ist es möglich, die wahre Identität des Autors zu ermitteln. Im vorliegenden Falle ist es dem Autor jedoch tatsächlich gelungen, vollkommen anonym zu bleiben. Daher müssen wir diesmal die gewohnten Informationen schuldig bleiben.

Technik im Dienst des Menschen

Ein Blick ins Krankenhaus der Zukunft

Ein Auszug aus dem Buch
2019-07-20 – Ein Tag im 21. Jahrhundert
von Arthur C. Clarke
erschienen im Verlag Ullstein GmbH

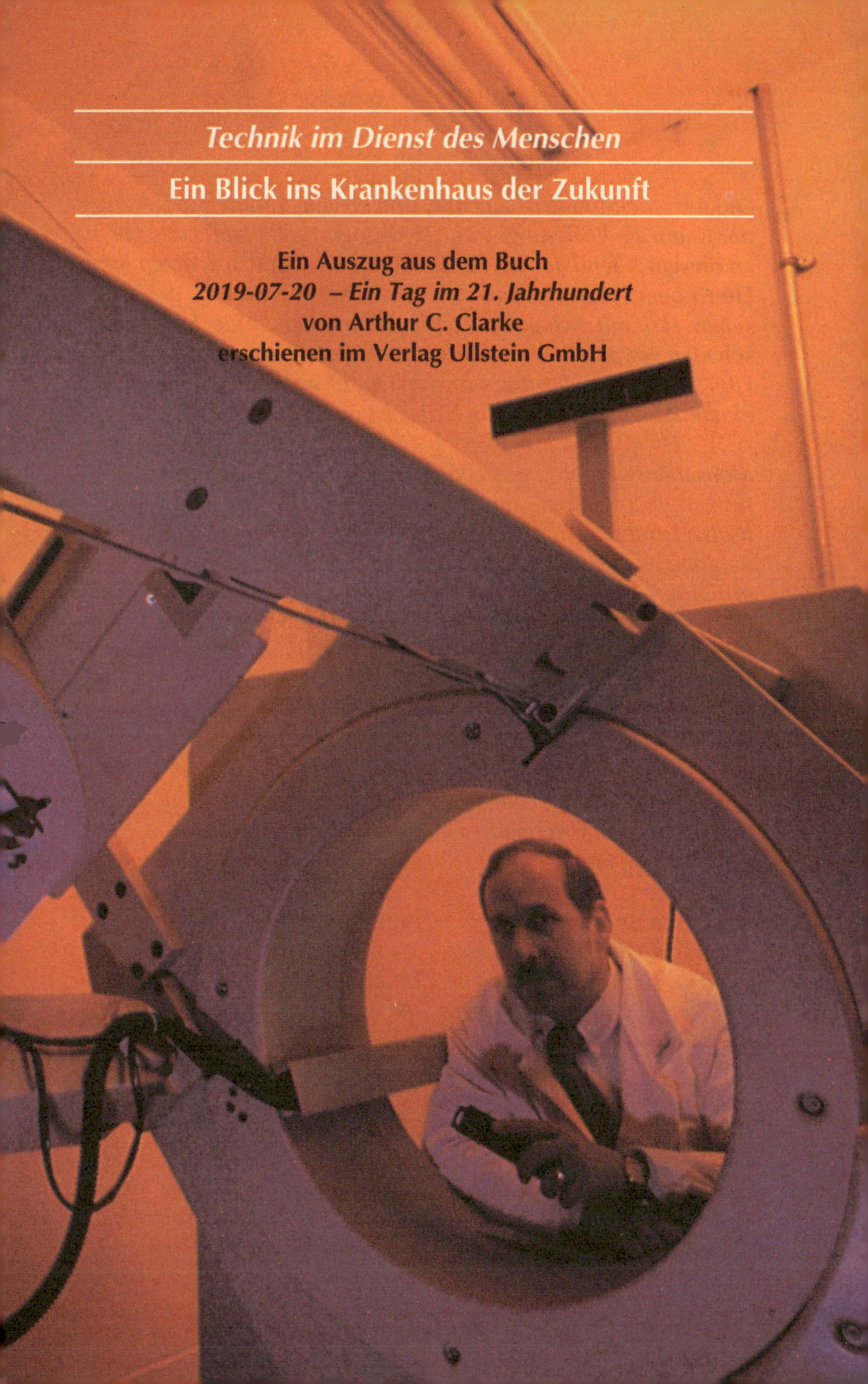

Die Aerobic-Stunde ist zu Ende, und dreißig Minuten später dient der Raum als Vorlesungssaal. „Iß dich gesund!" lautet das Thema an diesem Abend des 20. Juli 2019. Im Obergeschoß sitzen junge Eltern bei einem romantischen Abendessen zu zweit; es gibt frischen Hai mit Schalotten und wildem Reis. Eine Ecke weiter schauen ein paar nicht mehr ganz junge Frauen und Männer den Film „Die Marx Brothers in der Oper" an. Es sieht aus wie in einem Freizeitzentrum, doch dies ist ein Krankenhaus.

Menschen werden hier geboren, und in ihren Geburtsurkunden sind so viele biologische Informationen aufgeführt, daß sie praktisch ein Bauplan für ihr zukünftiges Leben sind. Die Klinik hat sich dahingehend entwickelt, daß Menschen sich hier wohl fühlen, sich erfrischen, verjüngen und erholen können. Selbstverständlich gibt es hier auch therapeutische Hilfe und seelische Betreuung. Dahinter steckt ein kommerzielles Unternehmen, das mit anderen privaten medizinischen Einrichtungen um Kunden werben muß – nicht etwa eine staatliche Einrichtung für die Betreuung von arm und reich. Das Überangebot an Ärzten und Krankenhausbetten, die Reduktion der staatlichen Subventionen sowie die Kostenexplosion durch die modernen Diagnoseverfahren führten dazu, daß sich die Funktion des Krankenhauses in der Gesellschaft änderte.

Der Kliniktyp des Jahres 2019 beginnt sich schon heute abzuzeichnen. In den USA ist bereits jedes fünfte Krankenhaus im Besitz privater Investitionsfirmen. Zum Beispiel besitzt die „Humana Corporation" weltweit achtzig gewinnorientierte Krankenhäuser, und die „Hospital Corporation of America" ist Eignerin von 250 Krankenhäusern und betreibt weitere 200. Dabei arbeiten sie Hand in Hand mit Versicherungsgesellschaften und Herstellern von Krankenhausbedarf.

Gleichzeitig wird die Zahl der stationären Behandlungen im Jahre 2000 geringer sein als heute, ebenso die durchschnittliche Dauer des Aufenthaltes. Ambulante Kliniken werden einen Großteil der Operationen ausführen. Mit Laserstrahlen können Ärzte in der Praxis rasch und sicher Warzen, Pigmentmale, ja sogar Hautkarzinome entfernen und Operationen am Auge durchführen,

Moderne Innenarchitektur im Klinikum Aachen

ohne daß die Patienten stationär aufgenommen werden müßten.

Angesichts derartiger Fortschritte stellen aber ebenjene Einrichtungen, die sich der Gesundheitspflege verschrieben haben, selbst fest, daß sie „krank" sind. Um die schrumpfenden Einnahmen ihrer Krankenhäuser aufzustocken, versuchen die Verwaltungen, „Kunden anzulocken" und ihnen den Aufenthalt angenehmer zu gestalten. Man sieht im Jahre 2019 im Gesamtkomplex Krankenhaus ein Instrumentarium, das die Heilung beschleunigen kann. Daher werden Fitneßkurse, Diäten und Kuren für Alkoholiker zusätzlich angeboten.

Gewiß, auch im Krankenhaus des Jahres 2019 werden komplizierte Operationen, etwa am Gehirn oder am Herzen ausgeführt, doch hat sich bis dahin nahezu alles andere verändert, einschließlich der Bauten selbst. Es dürfte Patienten schwerfallen, sich an die Zeit zu erinnern, in der Kliniken nicht ästhetisch reizvoll waren. Die Foyers werden sonnendurchflutet sein, in den Räumen wachsen üppige Grünpflanzen, und jedes Zimmer hat Ausblick entweder auf ein Atrium oder auf das gepflegte Gelände.

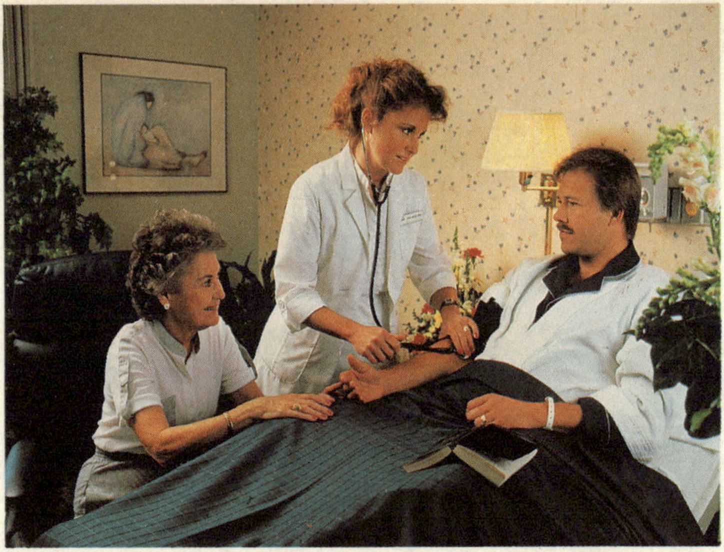

Der Patient soll sich im Krankenzimmer wie zu Hause fühlen.

An den Wänden hängen fröhliche Bilder, und in den Gemeinschaftsräumen können sich Besucher an Aquarien voll farbenprächtiger tropischer Fische erfreuen.

In dem Modellprojekt eines Krankenhauses in San Francisco leben die Patienten schon heute wie in einem Hotel. In den Zimmern gibt es Tagesdecken für die Betten, Topfpflanzen, Gemälde und angenehme Beleuchtung. Die Patienten und ihre Angehörigen können sich in der gutausgestatteten Küche einen Imbiß oder ganze Mahlzeiten zubereiten. Das Schwesternzimmer ist offen, denn man bemüht sich, die Schranken zwischen Patienten und Pflegepersonal zu beseitigen.

„Hier werden die Maßstäbe für die Klinikbetreuung der Zukunft gesetzt", prophezeit der Chefarzt John Gamble. „Die Verbindung von moderner Medizin und Technik in einer Umgebung, in der die gesamten Persönlichkeitsrechte des einzelnen Patienten gewährleistet sind, wird der Heilung unendlich förderlich sein."

Im Jahre 2019 werden Patienten sich unterschiedliche Ange-

bote machen lassen und vergleichen, ehe sie in ein Krankenhaus gehen; sie werden dabei das äußere Erscheinungsbild, die besonderen Leistungen, die es bietet, und die Kosten für bestimmte medizinische Leistungen mit berücksichtigen. Landesweit stellen Krankenhäuser professionelle Betreuer ein, die sich darum kümmern, daß die Patienten mit kleinen Annehmlichkeiten verwöhnt werden – von besonderen Leckerbissen bis zu frischen Blumen.

In manchen Fällen wird man die bereits vorhandenen Annehmlichkeiten verbessern. Die Krankenhäuser werden über umfassendes Datenmaterial und eine gutbestückte Bibliothek für die Patienten verfügen, in der es auch Hörkassetten mit Bestsellerromanen und großgedruckte Ausgaben von Zeitungen und klassischen Werken der Literatur gibt. Zunehmend werden die beschränkten Besuchszeiten der Vergangenheit angehören, und man wird auch spezielle Räume mit Extrabetten für die Angehörigen von Patienten bereitstellen.

Je mehr die Bürger die Verantwortung für ihre Gesundheit selbst in die Hand nehmen, desto häufiger werden Krankenhäuser

High-Tech: Eine Radiologin arbeitet an einem Body-Scanner.

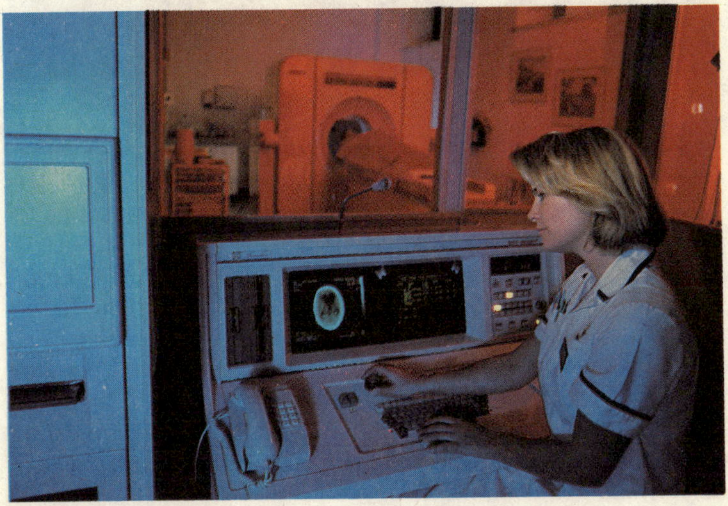

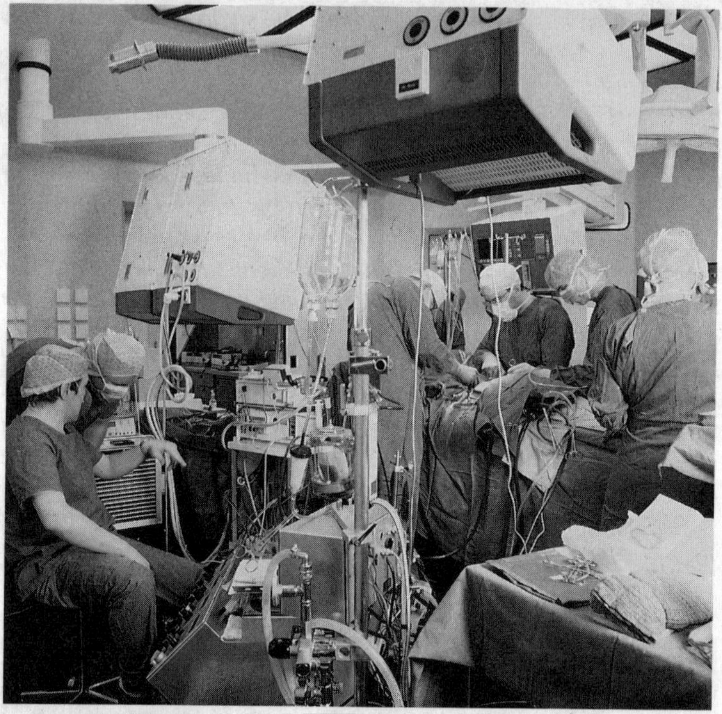

Auch im Jahr 2019 wird die Technik Menschenleben retten.

Gesundheitsprogramme in die Liste ihrer Angebote aufnehmen. Das Krankenhaus des Jahres 2019 ist ein Angebot für diejenigen, die ihre Gesundheit erhalten wollen, und eine Zufluchtsstätte für die Kranken.

Weniger auffällig – wenn auch viel tiefgreifender – wird die völlige Computerisierung des Krankenhauses sein. In den Finanzabteilungen, Pflegepersonalzimmern, medizinischen Labors und an den Betten der Patienten wird der allgegenwärtige Computer sämtliche wichtigen Informationen zusammentragen, aufzeichnen, verarbeiten und überwachen. Auf diese Weise werden Krankenhäuser in Zukunft mit höherer Effizienz und geringerem Personalaufwand betrieben werden.

Es gibt bereits Dutzende von Systemen, die für bestimmte Abteilungen maßgeschneidert sind. So liefert etwa ein Programm dem Arzt sämtliche verfügbaren Daten der unterschiedlichsten Krankheiten, vom Abszeß bis zur Zuckerkrankheit. Ein anderes System gestattet der Verwaltung die Überwachung der Arbeit des Pflegepersonals – und der Ärzte – und schlägt Alarm, wenn das Personal unnötige Tests anordnet oder wenn ein Patient nicht planmäßig entlassen wird. Das „Ulticare" genannte Computersystem, das man derzeit landesweit in einigen Kliniken der USA testet, ersetzt eine der altmodischsten, aber wichtigsten Komponenten der Krankenpflege: das Krankenblatt. Die Krankenschwestern haben für jeden Patienten eine kodierte Karte, die dem Krankenblatt entspricht, aber zusätzlich auch Anordnungen über die nötigen Maßnahmen für den Patienten enthält. Der große Vorteil ist, daß deutlich weniger Papierkram erledigt werden muß und so mehr Zeit für den Patienten bleibt.

Es scheint, daß die Möglichkeiten der Computer nahezu unbegrenzt sind. Wird also der Computer eines Tages den guten alten Hausarzt ersetzen? Nähern wir uns mit Windeseile dem Tag, an dem Roboter unsere Körpertemperatur und unseren Blutdruck messen, uns die Lungen abhorchen, Rachenabstriche und Bluttests ausführen und die gewonnenen Daten in den Computer eingeben, der dann seinerseits die Diagnose ausspuckt?

Es ist wahrscheinlicher, daß man den Computer gewissermaßen als eine Art „konsultierenden Kollegen" benutzt, den der behandelnde Arzt anzapft, um eine Zweitdiagnose zu erhalten. Computer werden dem Arzt eine Unmenge medizinischer Fachliteratur zugänglich machen, und zwar auf Abruf und sofort. Es wird der Tag kommen, an dem ein Arzt einfach die Röntgendiagnose eines Patienten abrufen kann und der Computer sie auf den Bildschirm neben dem Bett des Patienten projiziert. Ärzte werden alle Untersuchungsergebnisse, subjektive Aussagen des Patienten, Daten über den Allgemeinzustand eingeben und dann den Computer um seine Ansicht bitten.

In gleichem Maße, wie die Computer sich zum Denkzentrum der Kliniken entwickeln, werden die Roboter mehr und mehr die manuellen Arbeiten übernehmen. Im 21. Jahrhundert wird jedes Krankenhaus über funktionstüchtige, unermüdliche Roboter verfügen, die die verschiedensten Tätigkeiten ausführen – vom Leeren einer Bettpfanne bis zur Assistenz bei Gehirnoperationen. Auf jedem Sektor des modernen Krankenhauses werden Roboter ihre menschlichen Mitarbeiter entlasten. Die Unempfindlichkeit der Roboter gegenüber Krankheiten und gegenüber Strahlen, die in der Nuklearmedizin und der Radiologie verwendet werden, macht diese Hilfskräfte natürlich besonders attraktiv.

„Ole", der erste neurochirurgische Roboter der Welt, gab sein Debüt im Jahre 1985, als er im Memorial Medical Center im kalifornischen Long Beach Chirurgen bei einer Operation assistierte. Ole ist ein mit sechs Gelenken ausgerüsteter mechanischer Arm, der in der Lage ist, dem Chirurgen einen Bohrer mit einer Genauigkeit von einem Hundertstelmillimeter festzuhalten, wenn es um die Drainage einer Zyste oder die Resektion eines Tumors geht. Im Jahr 2019 werden „mechanische Chirurgen" eine wesentliche Rolle in den OP-Teams spielen. Sie werden beispielsweise winzige radioaktive Kügelchen in den Kern von Tumoren implantieren, chirurgische Laserstrahlen auf ihren Objektpunkt lenken, Klammern an der Eingriffsstelle anbringen.

Die Prothesentechnik ist ein weiterer Bereich, der sich rasant weiterentwickeln wird. Es wird in Zukunft für fast jeden Teil des menschlichen Körpers künstliche Gegenstücke geben. Unfallopfern mit nicht mehr zu rettenden Gliedmaßen kann geholfen werden, man kann mit künstlichen Knochen krebszerstörte Knochen ersetzen, bionische Arme werden die Gedankenbefehle ihrer Träger ausführen. Frauen, die auf Grund einer Eileiteranomalie bisher unfruchtbar waren, werden mit Hilfe eines künstlichen Eileiters schwanger werden können. Die Gehörlosen werden hören, die Lahmen werden gehen.

Die Ärzteschwemme, die man für das 21. Jahrhundert erwartet, wird auch zu einer Verbesserung der medizinischen Betreuung führen. Patienten können zwischen mehreren Ärzten wählen, die eifrig bemüht sind, sie zu behandeln, und die wegen der rückläufigen Patientenzahl in der Lage sind, jedem mehr Zeit zu widmen.

<u>Rechts:</u> Herztöne auf einem Bildschirm
<u>Unten:</u> Computertomographie eines Kopfes

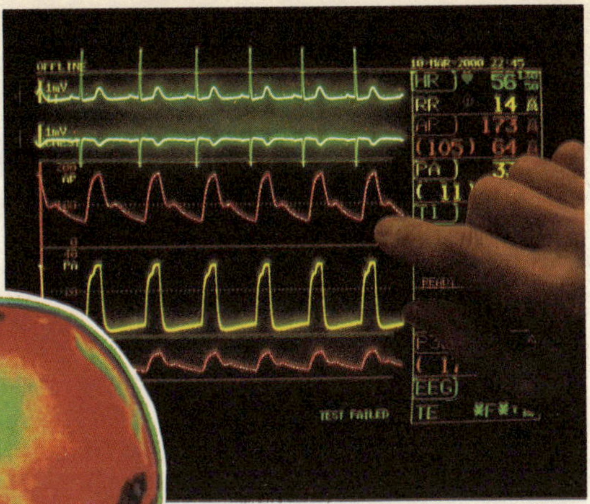

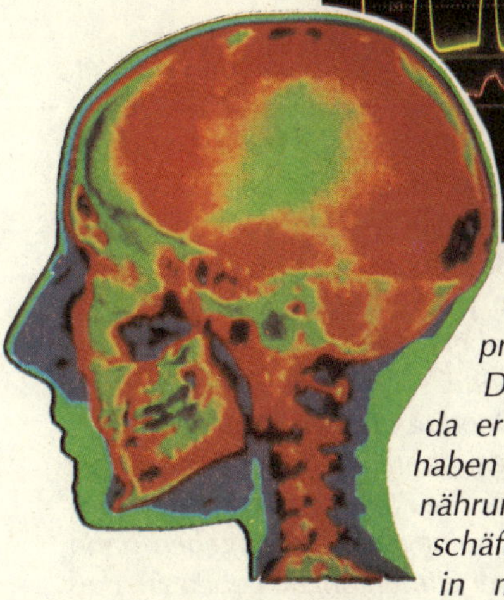

Immer öfter werden sich Ärzte darum auch in Gemeinschaftspraxen zusammenschließen.

Der Arzt selbst wird anders sein, da er eine weiter gefaßte Ausbildung haben wird. Er wird sich auch mit Ernährung, Computern, Roboterkunde beschäftigen. Außerdem werden Frauen in medizinischen Berufen häufiger vertreten sein – um das Jahr 2000 wird der Anteil der Ärztinnen zwanzig Prozent betragen.

Ein anderer Begleitumstand ist natürlich das Vordringen der Männer in Pflegeberufe. Die Nachfrage nach Pflegern, die für Spezialaufgaben wie etwa Intensivversorgung und OP-Hilfe ausgebildet sind, wird stark ansteigen. Während der Arzt im Jahre 2019 sich noch immer vorwiegend auf die Diagnose und die entsprechende Therapie der Krankheiten seiner Patienten beschränkt, wird der pflegende Mensch immer mehr am Heilungsprozeß beteiligt sein und etwa dem Patienten helfen, durch Meditation und andere Methoden rascher zu einem stabilisierten Gesundheitsniveau zu finden.

Gesellschaftliche Kräfte ebenso wie die Einflußnahme der

Behörden werden das Operationspotential der Kliniken beschneiden. Patienten, die man früher auch zur Behandlung von Bagatellen an die Notaufnahme der Krankenhäuser verwies, haben heute schon in vielen Landesteilen der USA die Wahlmöglichkeit zwischen einer ambulanten Klinik oder dem „Doktor in der Bude". Diese Praxen sind jeden Tag geöffnet und bieten ärztliche Behandlung an zu Preisen, die oft niedriger sind als die der Notaufnahmen der Krankenhäuser und manchmal sogar niedriger als die Honorare eines praktischen Arztes.

Viele dieser Praxen werden von ehemaligen Notärzten geleitet. Die Belegschaft besteht aus mindestens einem Arzt und einer Krankenschwester, die über die Grundausrüstung einer Arztpraxis verfügen. Außerdem gehört ein Labor dazu, in dem an Ort und Stelle Blut- und Urinproben untersucht werden können – eine Maßnahme, die Zeit spart und Kosten senkt.

Manche der Zentren versorgen ausschließlich Patienten, die kleinere Operationen ausgeführt haben wollen: Mandelentfernungen, Bruchschnitte, ja sogar Schönheitskorrekturen verschiedenster Art. Je mehr sich die blutlose Operationstechnik mit dem Laser verbreitet, desto öfter werden diese ambulanten Operationsräume die kleineren Eingriffe übernehmen. Die Patienten verbringen hinterher einige Stunden in einem Erholungsraum und gehen dann nach Hause. Sogar die Kritiker dieser Einrichtungen geben zu, daß diese Ein-Tages-Operationstechnik psychologische Vorzüge hat – die Menschen sehen in der Behandlung eher eine Art einfacher „Reparaturarbeit" als die Behandlung einer Krankheit.

Mit der Zeit werden sich derartige Kliniken wahrscheinlich zu einem Verbundsystem mit den örtlichen Krankenhauseinrichtungen entwickeln. Statt der bisherigen Streuung der verschiedenen Bereiche der Gesundheitsversorgung werden einige der großen Krankenhausgesellschaften eine Konzentrierung der Arztpraxen, der ambulanten chirurgischen Betreuung, der Diagnosezentren, Schwangerschafts- und Entbindungskliniken, Apotheken, Vorsorgeeinrichtungen und Krankenhausstationen vornehmen und sie zu promenadenhaften Ensembles rings um öffentliche Restaurants und Aufenthaltsräume gruppieren. Ernährungsfachleute, Radiolo-

gen und Krankengymnasten werden ihre Arbeit unter ein und demselben Dach ausüben. Übergewichtige lernen, ihre Ernährung umzustellen, Alkoholiker werden trockengelegt, Raucher entwöhnt.

Um das Jahr 2000 wird der Patient zu Hause Tests durchführen können – etwa bei Diabetes, Asthma, Blasenentzündungen und Geschlechtskrankheiten. Im Idealfall gibt der Patient dann die Resultate eines solchen Tests in seinen Heimcomputer ein, der die Informationen an den Computer einer Praxis weiterleitet. Und der dortige Arzt entscheidet dann, ob eine persönliche Konsultation zur Erstellung der richtigen Therapie nötig ist oder nicht.

Das menschliche Leben – vom Wunder der Geburt bis zum Geheimnis des Todes – wird auf vielfältige Weise durch diese neuen Errungenschaften der Technik erleichtert und verbessert werden – durch die Robotergehilfen, die exakte chirurgische Aufgaben ausführen, durch die Computer, die in Bruchteilen von Sekunden eine Flut von verwirrenden Symptominformationen zu analysieren imstande sind. Was jedoch von weitaus größerer Bedeutung ist: Im Jahre 2019 werden wir – die menschlichen Meister dieser Wunderwerke – einen größeren Erkenntnisradius, was uns selbst angeht, erreicht haben. Wir werden dann erkennen, auf welch wundersame Weise wir alle gebaut sind und funktionieren – nämlich alle auf die gleiche Weise. Das Krankenhaus der Zukunft wird der Hort der menschlichen Wahrheit sein: daß Gesundheit das Gleichgewicht zwischen Körper und Seele ist und daß sich dieses am besten in einem auf beides eingestimmten und abgestimmten Milieu erreichen läßt. Zwar wird ein Aufenthalt im Krankenhaus niemals mit einer Woche Ferien vergleichbar sein, aber in dreißig Jahren wird er nicht mehr mit Angstvorstellungen belastet sein, wie dies jetzt noch der Fall ist. Und das allein bedeutet ja, daß wir die Schlacht bereits zur Hälfte gewonnen haben.